1ª edición: Noviembre 1998
2ª edición: Enero 1999

Diseño de colección y portada: Esteban Montorio

Portuetxe Kalea, 88 bis
20009 Donostia
Tel. 943 310267
Faxa 943 310216
ttarttalo@jalgi.com

Fotocomposición: Monti
Fotomecánica: Irudi

I.S.B.N.: 84-8091-482-3
Depósito Legal: NA. 91-1999

Impreso en Gráficas Lizarra, S.L., Carretera a Tafalla, Km. 1, Estella (Navarra)

Arantxa Ormazabal

La calle de la judería

Toti Martínez de Lezea

TTARTTALO

Nacida en Vitoria-Gasteiz en 1949, traductora, guionista de TV, titiritera, viajera, escritora de cuentos, “devoradora” de libros, melómana, amante del medievo europeo, pero sobre todo de la historia y tradiciones de Euskal Herria. Hoy en día vive en Larrabetzu, Bizkaia, en un caserio lleno de libros, plantas y trastos, tres perras, dos gallinas y un sinfín de gatos.
Después de cursar sus estudios de bachiller en Vitoria-Gasteiz, aprende euskera durante un año de estancia en el Goierri de Gipuzkoa. Vive cuatro años en Francia, tres en Inglaterra y dos en Alemania, obteniendo los títulos correspondientes a dichos idiomas y el de secretaria del Pitman School de Londres.
De vuelta a Euskal Herria, ya casada y con dos hijos, alterna su trabajo de traductora-intérprete con la actividad teatral, participando en numerosas obras y fundando el grupo de teatro de calle “Kukubiltxo”.
En 1983/84 escribe, dirige y realiza 40 programas de vídeo para el Departamento de Educación del Gobierno Vasco. Ese mismo año escribe dos libros para el mismo Departamento sobre leyendas vascas y actividades teatrales e imparte numerosos cursillos a profesores e inspectores de educación.
En 1985 crea, dirige, realiza y escribe para ETB una serie de 13 programas basados en sketches y temas de la naturaleza. En 1986 recopila y escribe el libro *Euskal Leyendak* que edita la Editorial Erein.
De 1986 a 1992 crea, escribe y dirige para ETB programas dirigidos a niños y jóvenes: *Poli eta Loinaz*, *Banan Banan*, *Bilin Bolonka*, *Ankaz Gora*. En 1992 vuelve a su actividad de traductora-interprete y emprende una nueva actividad literaria. En estos últimos años ha realizado mascotas deportivas y de animación de gran tamaño para diversas entidades como el Diario Vasco, la Kutxa de Donostia, el Deportivo Alavés, la Diputación de Gipuzkoa, Adidas y otros.

A mi ama.

PRÓLOGO

Es emocionante pensar que un trabajo en el que se ha puesto tanta ilusión y tiempo ha merecido atención por parte de una editorial, en este caso Ttarttalo Argitaletxea, pero es aún más emocionante compartir con los posibles lectores el recuerdo de unas gentes de las que la memoria colectiva ha perdido el recuerdo.

Me gustaría dejar bien claro, ante todo, que éste no es un libro de historia. Hay muchos y buenos eruditos que saben del tema mucho más que yo y cuyos trabajos he utilizado para llevar a cabo el mío. Esta es una novela de amores, odios, y venganzas, una historia humana simplemente basada, eso sí en hechos y personajes reales que una vez hollaron las calles del Casco Viejo de Vitoria.

Nacida en Vitoria y de familia vitoriana siempre me llamó la atención el nombre de Judimendi, lugar al que íbamos a pasar las tardes del verano. Mi padre me explicó que aquello significaba "monte de los judíos", así llamado por ser el antiguo cementerio de los judíos de Vitoria. Sin embargo, no supe mucho más acerca de ellos. Ninguna referencia en libros de texto, ningún otro recuerdo que el propio Judimendi y alguna mención a la "antigua judería", refiriéndose a la calle Nueva

Dentro, la calle más extrema de las tres que conformaban la ciudad a la izquierda de la Iglesia de San Vicente.

Sin embargo, los judíos estuvieron asentados en el País Vasco durante varios siglos. En Navarra primero, a partir del siglo X, después un poco por todas partes, aunque su presencia fuera más numerosa en Álava que en Bizkaia y Gipuzkoa. En estas dos últimas provincias se toleraba su presencia por familias o pequeños grupos, siempre que no se constituyesen "aljamas", es decir, comunidades con entidad jurídica. Única excepción fue Balmaseda, en la que existía una aljama numerosa e importante que llegó a tener una gran influencia por sus logros comerciales y culturales. No obstante, fueron expulsados de allí en el año 1486, es decir nueve años antes de que los Reyes Católicos decretaran la expulsión de todos los judíos que no aceptaran el bautismo. Fueron muchos los que se marcharon, pero fueron más los que se quedaron, es decir, los que prefirieron bautizarse y renegar de su fe –lo que conllevó renegar de su pasado, sus costumbres, sus modos de vida– antes que partir hacia lo desconocido y exilarse de una tierra que consideraban la suya. Muchos de los que ignoran su presencia en el País Vasco se asombrarían de saber que entre sus antepasados hay algunos de aquellos judíos que prefirieron quedarse.

Existe la idea de que los judíos eran mayoritariamente prestamistas, pero eso no es cierto. Entre ellos había todo tipo de personas, desde humildes campesinos, hasta grandes potentados, pasando por todas las capas de una sociedad: comerciantes, artesanos, maestros, físicos, zapateros, ricos, pobres, viudas y huérfanos. Ni la ley judía ni la cristiana permitían a sus creyentes prestarse dinero entre sí, por lo tanto los judíos prestaban a los cristianos y los cristianos hacían otro tanto a los judíos, pero siendo éstos mucho menos numerosos, también solicitarían menos préstamos que sus vecinos. Y en cuanto a la usura, ningún prestamista podía prestar con un interés mayor al señalado por la ley.

También existe la idea de que no había relaciones entre unos y otros y esto tampoco es cierto. En el País Vasco, a excepción de algunos conatos furiosos que tuvieron lugar en

Navarra en el siglo XIV –tan furiosos como que la judería de Tudela llegó a desaparecer– y de la expulsión de Balmaseda, cristianos y judíos mantuvieron unas relaciones aceptables, exentas de la crispación y violencia que tuvieron lugar en algunas ciudades de Castilla, Extremadura o Andalucía.

El hecho de que el Casco Viejo de Vitoria se haya conservado en tan buen estado, de que aún queden en pie hermosas casas y bellos palacios de la época y, especialmente, la Casa del Cordón, hizo mi trabajo mucho más atractivo. No tenía más que recorrer sus calles para imaginar la existencia en él de las dos comunidades. Fue fácil "ver" y "oír" a David y a su familia, al bonachón de Mendoza, al malvado Escoriaza, a María de Gaona y a su hijo "el rico". Fue magnífico sumergirse en el siglo XV y caminar por la Judería, la Cuchillería, la plaza de la Leña y el Campillo, dar vida a los personajes reales y crear a los ficticios. Escuchar los ruidos de la calle y ser parte de una época dura y muchas veces cruel, pero que conforma uno de los eslabones de nuestro presente.

He querido dar una visión de lo que fue o pudo ser la vida de los personajes de esta historia obviando, a propósito, los otros conflictos políticos y sociales que sacudían la ciudad en aquellos momentos. Era muy importante para mí mostrar esta cara oculta de nuestro pasado y contribuir, en cierta manera, a la tolerancia, al mejor entendimiento de una parte de nuestra historia, tal vez pequeña, tal vez poco importante, pero que ahí está.

Sólo me resta agradecer a todos aquellos que han apoyado mi proyecto y que han sido muchos: a los que me han leído y animado, a los entusiastas, a los críticos, a los que han aportado ideas o materiales, a todos ellos que han hecho posible que *La calle de la Judería* haya visto la luz.

Toti Martínez de Lezea

VOCABULARIO

HEBREO:

ALJAMA –Institución que agrupa a los judíos de un lugar en los reinos hispano-medievales.
BAR MISVÁ –Ceremonia de iniciación religiosa de los muchachos a los trece años.
BET–DIN –Tribunal que juzga según la ley judía.
GAON –Título honorífico dado a rabinos eminentes en Babilonia y Egipto.
GALUT –Diáspora, exilio.
GOLEM –Cuerpo sin vida.
HANUKÁ –Festividad en la que se conmemora la purificación del Templo tras la victoria de los macabeos sobre los seléucidas.
HEREM –Excomunión, anatema de la comunidad judía.
LE–JÁYIM ! –"*¡Por las vidas!*", brindis hebreo.
MAGUÉN DAVID –Estrella de seis puntas formada por dos triángulos equiláteros superpuestos en sentido opuesto.
MALSIN –El judío que denuncia a otro judío ante un tribunal no hebreo.
MESUMAD –Renegado. Judío convertido por su propia voluntad a otra religión.
MEZUZÁ –Estuche colocado en la jamba de la puerta y que contiene dos pasajes del Deuteronomio.
MIQVÉ –Estanque de agua para la purificación ritual.
MOHEL –Encargado de realizar la circuncisión.
MUCDAMIN –Jefe civil de la aljama.
NASSI –Título dado a rabinos eminentes en la Edad Media.
QADDISH –Oración escrita en arameo que se recita al final de las oraciones de la mañana, de la noche y en los funerales.
SEFARAD –Denominación hebrea de la Península Ibérica.
SHOFAR –Cuerno que se toca en ciertas festividades religiosas.
SUKKOT –Fiesta de los Tabernáculos, conmemora la travesía de los israelitas por el desierto.
TALIT –Manto de ceremonia que llevan los hombres en la sinagoga.

MES DE TAMUZ –Julio.
TALMUD TORÁ –Escuela religiosa.
TEFIL-LIM o **Filacterias** –Estuches que contienen cuatro pasajes de la Torá. Se colocan en el brazo izquierdo y en la frente por medio de unas correas.
TISRI –Primer mes del año civil judío (entre sept. y oct.)
TORÁ –Pentateuco, libro en el que está escrito el código mosaico y la doctrina del judaísmo revelados en el Sinaí.
YESHIVÁ –Escuela de estudios rabínicos.
YOM KIPPUR –Expiación. Fiesta en la que los judíos expían todos los pecados cometidos durante el año. Es la más importante del judaísmo.

euskera:

JUDENCALE –Calle de los judíos.
ADISKIDE MAITEA –Querido amigo.
BIGARRENA –Segunda.
GIZONTXU –Hombrecillo.
ILKORRAK –La seta que mata (*Amanita Phalloides*).
IZEKO –Tiíta.
LOBEDARRA –Adormidera (*Papaver somniferun*).
MAKILA –Bastón vasco con punta de metal afilada en el extremo. A veces también esconde un pequeño estoque.
POPANDIA –Culo grande (En este caso: la culona).
TXARRIBODA –Matanza del cerdo en el País Vasco.

árabe:

ALARIFE –Arquitecto, constructor.
ALMEMAR –Púlpito.
ALMOJARIFE –Tesorero.
SURA –Versículo del Corán.

castellano:

MARRANO –Judeoconverso, judaizante

Primera parte

Invierno de 1404

El hombre caminaba deprisa mirando con recelo a derecha e izquierda. Era ya muy entrada la noche y el toque de queda se había escuchado una hora antes. Su sombra reflejada en los muros de las casas parecía perseguirle como un fantasma. Era joven, pero unos cuantos cabellos blancos habían empezado a asomar en sus sienes y en su barba. Alto y delgado, de facciones armoniosas, vestía un jubón de terciopelo verde musgo y calzas a juego que unas altas botas de montar tapaban hasta medio muslo. Portaba una capa amplia y oscura y la cabeza cubierta por un sombrero ancho rodeado de una larga bufanda envuelta alrededor de su cuello. Podía apreciarse por su aspecto e incluso por sus andares que era hombre de posición holgada.

Había dejado su caballo y su equipaje en las caballerizas del Camino de Navarra, a las puertas de la muralla. No quería llamar la atención. El ruido de los cascos sobre el empedrado haría asomarse a más de un vecino curioso y era mejor pasar totalmente desapercibido.

En su rostro se reflejó el alivio al penetrar por el Portal y contemplar un cartel iluminado por la parpadeante luz de un candil en el que podía leerse "*Calle de la Judería*". Aminoró la marcha y hasta se entretuvo un instante para colocar bien la bufanda y sacudir el polvo de su traje. Unos pasos más adelante se detuvo delante de una hermosa casa de dos plantas, rodeada por un pequeño muro, y tras posar su mano sobre el mezuzá de la jamba, llamó a la puerta. No tuvo que esperar demasiado. Breves instantes después una mujer de mediana edad abrió la puerta. El recelo que mostraba su rostro se tornó en amplia sonrisa al reconocer al visitante y unas lágrimas aparecieron en sus ojos.

–¡Yehudá!

–Shalom Ruma, la paz sea contigo.

–Y contigo... –respondió la mujer.

Se abrazaron durante largo rato sin decir nada. Después, la mujer se hizo a un lado para permitirle la entrada.

–¿Está David en casa? –preguntó Yehudá al tiempo que se quitaba capa y sombrero y se los tendía a Ruma.

–¿Dónde iba a estar a estas horas? –respondió ella cogiendo las prendas.

–Ocupándose de uno de sus innumerables enfermos...

–¡Ni el mismo rey podría hoy sacarlo de casa! Sarai está en plena labor...

–¿Ya? –la sorpresa y la preocupación se reflejaron en el rostro de Yehudá– ¿No debía nacer el mes que viene?

–Y así era –respondió la mujer– pero se ha adelantado y... –añadió bajando la voz– parece ser que hay complicaciones... Sarai nunca ha sido demasiado fuerte...

En silencio penetraron en la cocina e instintivamente el hombre se acercó al hogar en el que alegremente ardían un montón de leños. Se frotó las manos, entumecidas por el frío, y se quedó pensativo. Ruma se aprestó a calentar un poco de caldo.

Un niño de unos tres años dormía profundamente en una pequeña cama al lado de la chimenea. Se inclinó sobre él y le pasó la mano por el cabello revuelto y sudoroso. El niño se movió inquieto pero no abrió los ojos.

–Este tiene que ser... –dijo.

–Nuestro sobrino Jonás –Ruma acabó la frase acercándose con una sonrisa y le tendió un tazón de caldo que su hermano apuró de un trago.

–Es hermoso –dijo reconfortado por el calor del caldo en su estómago.

–Sí que lo es. Se parece a su madre. Tiene los ojos azules y es un niño listo y cariñoso. La alegría de la casa –concluyó con orgullo casi maternal.

Miró a su hermana con ternura. El tiempo no pasaba en balde. También a ella se le apreciaban cabellos blancos en la que había sido una de las cabelleras más admiradas de la kahala. Llevaba el cabello recogido en un moño, la cara despejada. Había engordado un poco adquiriendo la silueta de una matrona, pero los años no habían hecho menguar una vitalidad que la mantenía siempre activa. Era unos años mayor que él pero siempre habían estado muy unidos. Todavía recordaba la fiesta de su boda y podía ver su rostro iluminado de felicidad al lado de su esposo Eleazar. Nada presagiaba entonces que años más tarde, iban ya para trece, Eleazar muriera en el asalto a la comunidad de Toledo. Dios dispuso que se encontrara en aquella ciudad por motivo de negocios en el momento en que hordas de cristianos furiosos entraron a saco en la judería y mataron a cientos de los suyos. El recuerdo de la terrible matanza todavía le ponía los pelos de punta. Según les relataron a David y a él cuando fueron a ocuparse de las pertenencias de su cuñado y a colocar una lápida sobre su tumba, los cristianos habían asaltado la judería animados por las arengas de un tal Fernán Martínez que predicaba la destrucción de las sinagogas y su conversión en iglesias. Entraron por sus calles armados de machetes y palos, mataron a todo aquel que encontraron en el camino ya fuera hombre, mujer o niño, y saquearon casas y comercios. Su cuñado Eleazar murió junto a muchos otros que trataban de defender la sinagoga.

Ruma nunca se repuso de aquel golpe. Pasado el año de luto, sus hermanos le instaron a contraer un nuevo matrimonio con alguno de los pretendientes que la solicitaban, pero nada logró convencerla. Volvió a la casa de sus padres y se ocupó de ellos. Cuando David se casó con Sarai, ella siguió encargándose de los quehaceres caseros y ayudó a su nueva hermana que carecía de su salud y energía. Su pequeño sobrino Jonás era para ella el hijo que nunca tendría.

–Voy a decirle a David que estás aquí.

–No lo hagas –le rogó su hermano– deja que primero se ocupe de Sarai. Tiempo tendremos para hablar...

–No te preocupes –insistió Ruma–. Todavía va para largo. Su madre y hermana están arriba y David ha de comer algo. No ha probado bocado en todo el día.

Salió de la cocina y Yehudá le oyó subir las escaleras. Echó una mirada en derredor y se sintió reconfortado. Llevaba ya cuatro años lejos de Vitoria.

–Desde que David y Sarai se casaron... –recordó.

¿Cuál fue la verdadera razón de su marcha? ¿La intención de ampliar sus estudios como inicialmente dijo? Eso era en parte cierto. Había aprendido todo lo que un rabino debía saber pero sentía la imperiosa necesidad de continuar estudiando. ¡Había tantas preguntas sin respuesta!

–Las respuestas están en tu corazón –le había dicho su maestro, don Abraham–. No busques en los libros lo que puedes encontrar muy dentro de ti. Pregúntate y tendrás la respuesta que buscas.

No obstante, y a pesar de sus esfuerzos, el ayuno y la oración, no la había encontrado y decidió ir a Toledo. Las cosas habían cambiado en aquella ciudad. Ya no era el centro de la sabiduría, la tolerancia y la filosofía de las que tanta gala había hecho en años precedentes pero, aun así, seguía siendo el lugar al que todo estudioso debía acudir si quería ampliar sus conocimientos. La pujanza económica, el refinamiento artístico, la prestigiosa biblioteca con miles de volúmenes y manuscritos griegos, latinos, árabes y hebreos y muchos otros aspectos de la intelectualidad y las finanzas seguían presentes en las calles de Toledo y en ellas confluían las mentes más prestigiosas y dotadas de la comunidad judeo-hispánica.

¿O fue tal vez la boda de su hermano con la dulce Sarai lo que le impelió a abandonar la ciudad que le vio nacer? No era secreto de nadie que, desde que eran unos mozalbetes, los dos hermanos Sahadia habían estado enamorados de la misma muchacha. La familia de Sarai eligió a David, entre otras razones, por ser el mayor –aunque el hecho de que fuera médico de méritos incipientes y prometedores y heredero de la casa de sus padres, también tuviera algo que ver en la elección.

Suspiró y también lo hizo el niño dormido al lado del fuego.

–Parece que lees mi pensamiento pequeño Jonás... –sonrió–. La vida da muchas vueltas y tiempo tendrás para comprobarlo.

Dirigió la mirada hacia la puerta al oír ruido de pasos bajando la escalera. David entró como una tromba y sin decir nada le abrazó con tal ímpetu que a punto estuvieron los dos de rodar por el suelo.

–¡Yehudá! ¡Por fin! –exclamó y volvio a abrazar a su hermano con fuerza.

–No has cambiado nada, David... ¡Sigues teniendo la fuerza de dos mulas de tiro! –rió y contempló a su hermano mayor.

David era tan alto como él, o incluso un poco más. A pesar del parecido, tenía marcada en el rostro una determinación que a él mismo le faltaba. Su mirada era franca, leal, directa. Debajo de sus espesas cejas brillaban unos ojos oscuros y cálidos. Tenía el cabello largo y ondulado de color castaño, al igual que la barba y –Yehudá sintió una pizca de envidia– no se le veía ni una sola cana. Llevaba una larga túnica blanca bordada con hilos de oro que le cubría los pies.

–Igual que Moisés... –pensó admirado.

–¿Por qué no has avisado de tu venida? ¿Por qué nos has tenido tanto tiempo sin noticias tuyas? ¿Ha ocurrido algo en Toledo? ¿Has vuelto para quedarte?

Yehudá reía sin responder ante la avalancha de preguntas y Ruma sonrió complacida viendo a sus dos hermanos reunidos. Tan parecidos y, sin embargo, tan diferentes.

–¿Cómo está Sarai? –preguntó el más joven.

David entornó los ojos y amagó el golpe.

–Mal –fue su lacónica respuesta.

–¿Qué ocurre? –insistió Yehudá.

–Es estrecha, muy estrecha –respondió David–. Ya tuvo problemas cuando nació Jonás y su cuerpo debilitado no ha podido reponerse desde entonces... Insistió tanto en darme otro hijo... –hablaba para sí, reprochándose la debilidad de haber accedido a sus deseos–. No debí permitirlo. Sabía que había riesgos y no debí permitirlo...

Permanecieron en silencio. David apretaba la boca con fuerza para evitar que se le escapara un grito de dolor e impotencia.

–Eres el mejor de los físicos, hermano –prosiguió Yehudá con su calma habitual–. Si algo puede hacerse, estoy seguro de que lo harás. No te atormentes antes de lo debido.

–Será lo que Señor decida que sea –interrumpió Ruma dirigiéndose a David–, pero has de comer algo antes de enfrentarte a la tarea. En nada ayuda estar falto de energía y no has comido nada desde hace más de un día. ¡Sentaos!

El tono imperioso de Ruma hizo sonreir a los dos hombres que obedecieron y tomaron asiento. Su hermana les sirvió una espesa sopa de verduras y carne acompañada de pan recién hecho y de una jarra de buen vino. Después de comprobar que los dos hombres daban cuenta de sus respectivas raciones y que lo hacían con ganas, Ruma también se sentó dispuesta a tomar parte en la conversación.

–Como antes... –pensó.

El tiempo había vuelto atrás. Allí estaban los tres, como solían estar al anochecer de cada día, disfrutando de sus guisos, comentando los aconteceres de la jornada y las últimas noticias... Como cuando David aún no se había casado... Como cuando Yehudá aún estaba en casa...

–Vuelvo a preguntarte, hermano –dijo David– ¿Cuáles son tus planes? ¿Has decidido sentar la cabeza? El rabí Eliezer es ya muy viejo y, desgraciadamente, su salud no es buena. Pronto hará falta aquí un nuevo rabino ¿Por qué no habrías de ser tú? Hay varias jóvenes que estarían encantadas de ser tu esposa. No está bien que andes por esos mundos sin casa ni oficio. No es digno de nuestra familia. Has de saber...

Yehudá sonrió mostrando una dentadura perfecta y bien alineada.

–David... David... ¡Para ya! –suplicó en un tono tan cómico que su hermano calló sorprendido y Ruma rió tapándose la cara con las dos manos–. No me abrumes con tanta pregunta. ¡Acabo de llegar! Ten caridad con un pobre viajero que ha hecho casi doscientas leguas de viaje para venir a veros... No sé lo que voy a hacer –prosiguió con seriedad–. Tengo proyectos, pero necesito ponerlos en orden. Meditar. He venido a Vitoria con la intención de descansar un poco, de veros a ti, a Ruma, a Sarai, al pequeño Jonás... –y al decir esto miró hacia la cama en donde el niño seguía profundamente dormido, ajeno a personas y voces.

–Bien –dijo David–. Me parece bien. Te llevará algunos días quitarte de encima ese aire viajero que traes y volver a ser nuestro Yehudá de siempre. Ésta es tu casa, siempre lo ha sido, al igual que de Ruma y mía. Tómate el tiempo que necesites, mas no olvides lo que te he dicho: un buen judío no debe permanecer soltero.

Al decir esto miró directamente a su hermana con aire de reproche, pero Ruma le mantuvo la mirada sin tan siquiera parpadear. Yehudá los contempló con cariño.

–Son iguales los dos ¡Igual de tozudos! –pensó y se sintió de nuevo en casa.

Un grito procedente del piso superior les sobresaltó.

–¡David! ¡David! –gritó una voz femenina.

David se levantó bruscamente y su silla cayó al suelo. Salió de la cocina apresuradamente seguido por Ruma. Yehudá también se levantó pero permaneció de pie, inmóvil. Jonás se había despertado y había empezado a llorar asustado. Se acercó a la cama y lo cogió en brazos sin saber muy bien qué hacer con aquella criatura llorosa y babeante que se agarraba a su cuello. Le vino a la memoria una canción que su madre solía cantarle cuando era pequeño y dulcemente empezó a mecer al niño mientras iba recordando la letra.

La noche fue muy larga. Dormitó sentado en una silla. El pequeño en sus brazos parecía sentirse a gusto y había vuelto a perderse en su sueño infantil con una sonrisa en los labios. De vez en cuando, los gritos y pasos en el piso superior le sacaban de su sopor, pero el viaje había sido muy largo y cansado. A duras penas conseguía mantener los ojos abiertos.

Despertó sobresaltado por el silencio que reinaba a su alrededor cuando la luz de la mañana se filtraba por las ventanas de la cocina. Le llevó unos instantes darse cuenta dónde se encontraba y sacudió la cabeza para espabilarse. Con sumo cuidado colocó al niño en la cama y lo cubrió con la manta de lana. El fuego se había apagado y en la estancia hacía frío. Cogió agua de un cubo, se lavó la cara con energía y luego se secó con un paño limpio. Acercándose a la puerta, trató de escuchar algo, pero no oyó nada y se aventuró a subir las escaleras. Creyó percibir un suave lamento a medida que ascendía y que se hizo más nítido al llegar al pasillo del piso superior. En un primer momento se encontró desorientado hasta que recordó que la habitación de Sarai y David era la misma que habían ocupado sus padres, al fondo del corredor.

La puerta de la habitación estaba entornada y entró sin llamar. Vio a dos mujeres –una mayor que estaba sentada en una silla de brazos y de cuyos ojos caían mudas lágrimas de dolor, y una joven, de rodillas a sus pies, que sollozaba entre hipos y suspiros–, y reconoció en ellas a la madre y a la hermana de Sarai. Buscó a David con la mirada y lo vio de pie, junto a la ventana, las manos a la espalda, la mirada perdida, el ceño fruncido. De perfil, tal como lo veía, con su abundante cabellera y su espesa barba perfilándose a la luz del amanecer, volvía a recordarle con más fuerza si cabía la imagen enojada de Moisés bajando de la Montaña Sagrada para encontrar a su pueblo olvidado de su Dios y entregado a un ídolo de oro. Vio que Ruma se afanaba poniendo las cosas en orden, limpiando, recogiendo paños y lienzos... Salió de la habitación llevando a la criatura en sus brazos y le rozó al pasar. Sus ojos se encontraron. En los de él un interrogante, en los de ellas una infinita tristeza.

Finalmente, miró hacia el lecho. La enorme cama de madera, que su padre había mandado fabricar con motivo de su boda al mejor artesano de Vitoria, se alzaba majestuosa delante de él ocupando la mayor parte de la habitación. Sarai yacía sobre ella. Parecía dormida, serena, el rostro vuelto hacia la pared. Ruma la había lavado, la había vestido con su mejor túnica y había peinado su largo cabello dorado. A pesar de la palidez de su piel, casi transparente, no había cambiado nada en aquellos cuatro años y Yehudá sintió un agudo pinchazo en el corazón.

Durante todo el día la casa se llenó de gentes que venían a ofrecer sus condolencias, familiares, amigos y vecinos. Ruma no paraba de trajinar. Ora entre los pucheros, ora ocupándose de Jonás que no entendía nada de lo que ocurría, o vigilando a la gruesa Orocara, la nodriza que había sido contratada para dar de mamar al pequeño Yosef. Yehudá la contemplaba y sabía lo que pasaba por la mente de su hermana. Había estado celosa de Sarai porque le había arrebatado su puesto en la casa. Porque, a su llegada, él mismo se había marchado y se había roto la intimidad que hasta entonces habían compartido. Sin embargo, sabía que Ruma era mujer de corazón generoso y que no siempre sabía expresar sus sentimientos más profundos. Estaba convencido de que lamentaba terriblemente la pérdida de su cuñada –de la que había llegado a ser la mejor de las amigas– y de que sufría por el dolor de su hermano David a quien adoraba.

El rabino Eliezer llegó a media mañana. Los presentes gimieron por la muerte de la joven así como por ellos mismos que, antes o después, se verían en iguales circunstancias y cuando el día empezó a declinar, colocaron el cuerpo amortajado de Sarai encima de unas parihuelas recubiertas con una hermosa pieza de tela bordada y lo cubrieron con otra aún más bella. El cortejo fúnebre salió de la casa acompañado por la mayoría de los hombres y mujeres de la comunidad y se dirigió hacia Judimendi, el cementerio judío, atravesando la Puerta de Navarra.

Durante los siguientes siete días observaron el shivá. Cubrieron muebles y objetos con paños negros y, sentados sobre unos cajones de madera, recibieron las visitas y oraron por el alma de la difunta. David no abrió la boca, ni para hablar, ni para rezar. No derramó una sola lágrima. Únicamente sus mandíbulas contraídas y la dureza de su mirada atravesando el espacio eran signos, para un observador atento, del inmenso dolor que sentía.

Las preces que escuchaba no mitigaban su sufrimiento ni aplacaban la rabia que sentía. Nunca había sido un judío atento a las obligaciones de su religión. Seguía los ritos y asistía con cierta asiduidad a la sinagoga, pero cualquier disculpa le era útil para substraerse de dichas obligaciones. Siempre había sido escéptico en cuanto a los bienes que la religión, cualquier religión, podía aportar a los hombres. Creía más en la bondad o la maldad del ser humano por sí mismo que en las promesas de una vida eterna bienaventurada o maldita, según los casos.

–El hombre necesita creer en la religión –decía Yehudá.

Cuando aún vivían juntos disfrutaban manteniendo interminables discusiones religiosas al lado del fuego con una buena copa de licor en la mano mientras Ruma tejía a su lado, escuchándoles.

–¿Por qué? –respondía David en el tono irónico que utilizaba en dichas ocasiones.

–Porque..., ¿qué es el hombre sin Dios? –insistía Yehudá.

–No confundas dos conceptos tan diferentes como religión y Dios, hermano...

–Son la misma cosa...

–No. No lo son. Dios está ahí. Siempre lo ha estado, incluso antes de que el hombre existiera. La religión, sin embargo, apareció con el hombre. Es una creación del hombre, no de Dios.

–Es el medio del que se vale el hombre para estar en contacto con Él –siempre se sentía algo escandalizado por las opiniones de su hermano mayor.

–¿Quién lo dice? –preguntaba David sonriendo y sorbiendo después con deleite y lentamente el líquido de su copa.

–Las Sagradas Escrituras. En la Torá está escrito que…

–Pero, ¿quién escribió las Sagradas Escrituras? –siempre la misma pregunta y la misma respuesta– El hombre.

–Inspirado por Dios… –argumentaba Yehudá, desesperado ante la cerrazón de su hermano.

–Eso es lo que dicen los que las escribieron. Algo tenían que decir o ¿es que acaso piensas que alguien les iba a creer porque sí? Imagínate que yo ahora me pongo a escribir una idea filosófica, exclusivamente mía, y luego digo a voces que ha sido el propio Dios el que me ha inspirado. Que es Su Palabra, Su Dictamen… ¿Por qué ibas tú a creer que es cierto?

–La fe no necesita explicaciones ni pruebas…

–Es decir –continuaba David cada vez más animado por el vino y la discusión–, que un hombre nacido en medio del desierto o de una selva, que nunca ha escuchado a un rabino, ni ha leído un sura o un evangelio está irremediablemente perdido para toda la eternidad. Dios en su infinita bondad y sabiduría, ¿no permitirá que ese hombre, inocente de su situación, pueda gozar la dicha del Paraíso prometido a los creyentes?

Yehudá callaba entonces y su hermano le contemplaba risueño y divertido.

No habían vuelto a intercambiar más de dos palabras seguidas desde la noche de su llegada en la que juntos habían compartido la cena preparada por Ruma. Yehudá deseaba de todo corazón volver a discutir con su hermano, sacarlo del silencio en el que se había recluido. Sabía, no obstante, que era imposible presionar a David. Cuanto más insistiese, mayor sería su incomunicación. Esperó pues pacientemente a que las cosas volvieran a la normalidad y, entre tanto, aprovechó para recorrer las calles que tantos y tan buenos recuerdos le traían de su infancia.

Vitoria no había cambiado nada en aquellos cuatro años. Era una villa bonita y limpia en la que la convivencia entre judíos y cristianos no había sufrido alteraciones desde que un grupo de hebreos se habían instalado en ella doscientos años antes. En un principio ocuparon cualquier casa en alquiler o venta por toda la ciudad, pero poco a poco fueron adquiriendo todos los edificios de la llamada Calle Nueva cambiando su nombre por el de Calle de la Judería. Estaba claro que se sentían más a gusto viviendo entre vecinos de su misma religión y procedencia que entre cristianos. Sin embargo, aún eran muchas las familias que habitaban casas en otras calles, aunque acudían regularmente a la judería para asistir a los oficios de la sinagoga que se alzaba justo en medio de la calle.

Disfrutó el primer día de su salida al verse reconocido por muchos de sus vecinos, pero pronto se dio cuenta de que no tenían mucho que decirse. Tras los saludos de rigor y las meras preguntas a que obligaba la cortesía, el silencio se instalaba entre él y sus interlocutores. Se dirigió entonces a otras partes de la ciudad y, a través del cantón de Santa Ana, encaminó sus pasos hacia la plaza de la catedral. Era una plaza coqueta a la que llamaban "de los chopos" porque la adornaban numerosos de estos árboles, aunque en aquel momento presentaban un aspecto triste y desolado por la falta de hojas y de gentes charlando animadamente a la sombra de sus ramas. Se detuvo al oír que alguien le llamaba.

–¡Yehudá! ¡Yehudá!

Se volvió y vio avanzar hacia él a un hombre envuelto en un gran abrigo de piel que le hacía gestos con la mano. Sonrió. Aquella figura era inconfundible. Juan López de Mendoza no era hombre que pudiera pasar desapercibido. Su extraordinaria corpulencia tanto a lo alto como a lo ancho, su pelo ensortijado y casi siempre mal peinado y el bigote que le bajaba por debajo de la barbilla, le daban un aspecto feroz que contrastaba con la vivacidad de unos ojillos alegres y amables que asomaban bajo sus cejas. Dio unos pasos hacia él y se inclinó levemente

–Shalom, Juan… –dijo.

–¡Adiskide maitea! –respondió el otro, dándole un abrazo de oso ante la mirada sorprendida de los pocos viandantes que por allí pasaban– ¿Qué te trae por nuestra ciudad, Yehudá ? ¿Cuántos años son ya los que faltas de Vitoria?

–Cuatro… y van para cinco.

–¿Qué ocurre? ¿Has olvidado ya que ésta es tu ciudad? ¿O es que en Toledo te dan algo que nosotros no podemos darte? –le soltó el de Mendoza a bocajarro.

Rió con ganas. Juan era, por así decirlo, el único amigo que tenía en Vitoria. Se habían conocido siendo ambos niños. Un día de verano, contraviniendo las órdenes de su padre, se escabulló a través de la muralla y se acercó al río Abendaño para meter los pies en el agua y ver pescar algún pez despistado. Al rato escuchó unos gritos desesperados y se apercibió de que, algo más abajo, un mozuelo se estaba hundiendo en el agua. Sin pensarlo dos veces se lanzó a salvarlo. No recordó que él mismo no sabía nadar. La oportuna llegada de un labrador que trabajaba en un campo cercano les salvó a ambos del apuro. Pasado el susto se tumbaron a la orilla del río y dejaron que el sol secara sus ropas antes de decidirse a volver a la ciudad. Mendoza también había salido sin permiso y esa circunstancia les hizo cómplices del mismo crimen. A partir de entonces, una vez por semana durante todo el verano y si nada lo impedía, se encontraron en el mismo lugar con el firme propósito de aprender a nadar. Lo consiguieron después de denodados esfuerzos y más de una aguadilla.

Los años habían transcurrido pero su amistad no había disminuido y siguieron viéndose periódicamente. Fue Mendoza quien le descubrió los placeres del sexo y quien le llevó a una mancebía, extramuros, para probar por primera vez el fruto prohibido del que tanto había oído hablar. También le enseñó a usar la daga con una maestría impropia de un futuro rabino. Él, por su parte, le mostró la forma más rápida y práctica de hacer una trampa para lobos y también le enseñó la forma de cauterizar una herida, algo que había aprendido viendo hacer a su padre que era un médico experto. Juntos cogieron la primera borrachera y durmieron la mona a la intemperie. Aunque sus caminos siguieron direcciones muy diferentes, aquella amistad juvenil seguía viva en su recuerdo y en sus corazones.

–¿Cuánto tiempo llevas aquí, hide...? –le soltó bruscamente Juan de Mendoza –¿Por qué no me has mandado aviso?

–He llegado tan sólo hace unos días y en casa de mi hermano ha ocurrido una tragedia que...

La emoción atenazó su garganta y no pudo continuar. Su amigo le echó un brazo al hombro.

–Lo sé, Yehudá, y te pido disculpas por mi brusquedad anterior. La alegría de verte me ha hecho olvidar tu pena.

Juan de Mendoza conocía el amor que su amigo siempre había sentido por su cuñada, aunque apenas hubieran hablado de ello en un par de ocasiones. También conocía y respetaba a David, pero nunca había llegado a tener con él la intimidad que disfrutaba con Yehudá.

–¡Hace un frío de perros! –exclamó Mendoza que no se sentía a gusto ofreciendo condolencias a nadie– Pronto será la hora del almuerzo. ¡Ven a mi casa! Allí podremos hablar más a gusto, con una buena copa de vino en la mano.

–No sé... –dudó– mi familia...

–No te preocupes por ella. Mandaremos un recado para que no te esperen ¡No te puedes negar a mi invitación después de tanto tiempo !

No podía y no quería negarse. El ambiente en su casa era muy deprimente. Necesitaba salir de allí y la invitación de su amigo le venía como caída del cielo. Hablando como si acabaran de despedirse pocas horas antes, se encaminaron a la hermosa casa de Mendoza, situada junto al Portal de Arriaga. Era un edificio impresionante, a la vez casa y a la vez torre fuerte. Los Mendoza poseían varias propiedades en la ciudad pero aquella era la que más le gustaba a Juan y con la que se había quedado a la muerte de sus padres. Las otras las había repartido generosamente entre sus hermanos.

El criado que abrió la puerta no mostró ninguna sorpresa al ver a su amo acompañado de Yehudá. Nada en su aspecto exterior le hacía parecer a un judío como los que estaba acostumbrado a ver por la calle. Su ropa no le diferenciaba de cualquier otro caballero cristiano. Sin embargo, doña Ana de Soto torció el gesto al ver a su marido acompañado de aquel amigo indeseable a quien creía olvidado para siempre. Nunca le había gustado la afabilidad con la que Juan trataba a los judíos en general y a aquél en particular. Su padre había caído en manos de un prestamista judío cuando ella era muy joven y había sufrido la humillación de ver al hombre que más quería y admiraba rebajándose hasta lo indecible para no perder todas sus posesiones. Desde entonces judío y prestamista eran para ella sinónimos despreciables.

Juan de Mendoza hizo caso omiso de su mala cara y pidió que les sirvieran de comer verduras y pescado, así como el vino que compraba a un comerciante judío y que estaba elaborado según su ley. A él le daba igual cualquier clase con tal de que fuera vino, pero respetaba los usos de su amigo aunque éste, pasadas las locuras de juventud, hubiera adoptado la costumbre judía de no beber alcohol en compañía de un gentil y se limitaba a humedecer sus labios por cortesía. Después, ordenó que les dejaran solos para gran alivio tanto de su mujer como de Yehudá. A él tampoco le agradaba la presencia de doña Ana.

Sentados confortablemente a una mesa colocada delante de una gran chimenea en la que crepitaba el fuego animadamente, los dos hombres se dispusieron a comer, a beber y hablar de lo que habían sido sus vidas durante el tiempo en que no se habían visto.

–Esos sinvergüenzas de los Ayala siguen copando todos los cargos de importancia –dijo Mendoza centrando la conversación en los asuntos de la ciudad– Lope López de Ayala hace lo que se le pone en los cojones y me han dicho que aspira a los más altos cargos para el imberbe de su hijo. Él no podría ocuparlos. Los Calleja se encargarían de que no fuera así.

–¿Siguen pues las cosas igual que estaban hace cuatro años?

–¿Qué si siguen? ¡Y peor que nunca! –exclamó Mendoza– ¡Mal rayo los parta a todos de una maldita vez! Hace tan sólo unas semanas, un hijo de la casa de Hurtado murió a manos de Pedro de Abendaño. Éste dijo que el otro le había atacado a traición, pero hay testigos que afirman que no fue así. El de Hurtado iba camino a su casa cuando le salieron Abendaño y dos amigos suyos en la Plaza de la Leña. Como era de esperar, cruzaron insultos y malas palabras entre ellos y después sacaron las dagas. Es fácil de imaginar el resultado.

–¿Pero…, no hay una ordenanza del Concejo que prohibe llevar armas dentro de la ciudad? –preguntó de nuevo Yehudá.

–¡Y la hay! Pero hacen tanto caso de esa ordenanza como el que yo hago de mi mujer…

Mendoza soltó una carcajada riendo de su propio comentario y su amigo sonrió al comprobar que seguía siendo el de siempre. Bruto, generoso, mal hablado…, más acostumbrado al trato con la soldadesca que al refinamiento propio de palacios y casas señoriales.

–¿Has estado en campaña últimamente? –le preguntó para desviar la conversación hacia otro tema.

–Antes del invierno. Nuestro rey, don Enrique, lanzó una campaña contra la morisca de Málaga y allí fui yo con mis hombres y mis caballos. No hubo muchos que llevaran un ejército tan bien preparado como el mío –añadió sin pizca de modestia.

–¡Ah!, pero es que yo tengo a mis hombres practicando sin cesar en mis tierras. No les dejo vaguear como hacen otros. Yo mismo suelo pasar allí días y semanas porque el buen ejemplo es lo que vale. ¡Lo demás son monsergas!

–¿Sabes si el rey piensa promulgar unas leyes contra los judíos? –preguntó Yehudá y ante la mirada extrañada de su amigo, añadió– Algo oí en Toledo a ese respecto…

–Pues yo nada he oído –respondió Mendoza–. Claro que tampoco es de extrañar. No me atraen los chanchullos y líos que se traen en la Corte. Eso lo dejo para mi primo Pedro que es hombre ducho en la materia. Llegará muy lejos, ya lo verás…

Hizo un guiño a su amigo y los dos se echaron a reír.

–De todos modos, si esa es cuestión que te preocupa, me haré con la información y te la haré llegar. ¿Piensas quedarte mucho tiempo en Vitoria?

–Te digo a ti lo mismo que le he dicho a mi hermano David, no lo sé. No sé lo que voy a hacer. Probablemente me quedaré aquí durante algún tiempo y luego… ¡Ya veremos!

–¿No ibas para rabino? –preguntó Mendoza con la ingenuidad que le era propia.

Yehudá sonrió.

–Fue una decisión familiar más que mía. Mi hermano mayor médico, yo rabino. Así se hacen las cosas entre los judíos.

–¡Y entre los cristianos! ¿Qué crees? –exclamó Mendoza– Yo he tenido suerte por ser el mayor y el mayorazgo, pero mi hermano Miguel, por ejemplo, entró en el convento de los franciscanos cuando tenía ocho años y, ¡allá sigue el muy desgraciado!

Volvió a sonreír al escuchar el exabrupto de su amigo.

–Tal vez llegue lejos dentro de la Orden…

–Sólo si la familia está dispuesta a invertir ingentes cantidades de dinero, cosa que yo no tengo ninguna intención de hacer –aclaró Mendoza y bebió de un trago el contenido de la copa–. Claro que también puede ser que sea un santo, aunque yo no me haya enterado, en cuyo caso subirá a las alturas por medios propios.

Rieron con ganas y Mendoza continuó.

–Los franciscanos están ampliando el conventejo que edificaron hace doscientos años y, lo sé de fuente bien informada, no van a permitir que los dominicos impongan aquí su voluntad como lo están haciendo en Castilla y Aragón. ¡Hay muchos intereses en juego! Fray Lucio tiene puesta la mirada en el obispado de Calahorra y lo defenderá con uñas y dientes. ¡Bueno es él!

–Pero los dominicos llevan asentados en la ciudad tanto tiempo como los franciscanos y no creo que vayan a quedarse de brazos cruzados…

–¡Y ahí entramos todos nosotros! Los dominicos se ven apoyados por los Ayala, los Guevara, los Abendaño y todos los que les siguen… ¡Ralea de campesinos venidos a más! Así que a los Hurtado, Calleja, a mí mismo y a todos mis parientes no nos va a quedar otra salida que apoyar a los franciscanos… ¡Ya veremos quién se la lleva !

Degustaron en silencio unas peras maceradas en almíbar que una criada les había servido y continuaron su conversación.

–¿Y de hembras qué? –preguntó Juan de Mendoza.

–¿De hembras?

–¡No te hagas el tonto, Yehudá! –rió el primero– Sabes muy bien de qué estoy hablando... ¿No me dirás que durante estos cuatro años no has catado el fruto del Paraíso? Estoy seguro de que la razón de tu larga estancia en Toledo no han sido los libros, como dices, sino alguna moza de prietas carnes y ojos tiernos que te ha encandilado.

Yehudá no pudo evitar una sonrisa. ¡Qué lejos estaba su amigo de la realidad! Después de la boda de su hermano, se había centrado de tal manera en los estudios que apenas si había tenido tiempo para percatarse de ninguna mujer, joven o vieja. Vivió en casa del rabino Yuçe aben Megas, hombre santo, como santa era su esposa, doña Sorbellita. Los dos eran viejos y no tenían hijos ni hijas, ni tampoco sobrinas así que la tentación nunca le había rozado. El tiempo que no dedicaba a estudiar la Torá, el Talmud, la Cabalá y demás libros religiosos, lo pasaba en la sinagoga ocupado en interminables discusiones filosóficas y teológicas con otros estudiosos. No había tenido tiempo de pensar en mujeres.

–¡Ah! –exclamó Mendoza– ¡Qué buen fraile serías si fueras cristiano!

La mueca que se dibujó en el rostro de Yehudá le hizo reír con fuerza.

–¡No pongas esa cara! Sabes bien que los clérigos cristianos no pueden casarse y, en principio, tampoco pueden tener trato carnal con hembra alguna. También es verdad que muchos se saltan tal norma y no pueden contarse los hijos de curas que andan por el mundo... Tú, sin embargo, no tienes esa traba y ahí estás: célibe y casto ¿No has pensado nunca en hacerte cristiano?

La conversación tomaba un derrotero que no le agradaba. A lo largo de sus muchos años de amistad, Mendoza había tratado el tema con cierta asiduidad. Estaba convencido de que su amigo no sentía ningún atisbo antijudío. Es más, la religión le traía sin cuidado. Había nacido cristiano y cumplía mínimamente con sus obligaciones religiosas para no dar qué hablar. En el fondo –pensó–, se parecía mucho a su hermano David. Lo más importante para ambos eran las personas y no su casta ni su doctrina. No obstante, y aún más después de los ataques a las juderías en el año 1391, Mendoza había comenzado a mencionar el tema cada vez que tenían la oportunidad de charlar reposadamente. Sabía que era la preocupación por su seguridad física lo que le hacía tocar tan espinoso asunto.

–¿Y qué me dices tú?

–¿Sobre qué?

–Sobre las mujeres...

El hombretón soltó una carcajada y apuró la copa.

–¡No menciones la cuerda en casa del ahorcado! –exclamó– Soy hombre casado y padre de familia.

–Lo sé... –dijo Yehudá en un tono tan escéptico que provocó una nueva risotada en el otro.

–Doña Ana es un excelente mujer. Un poco estirada, es cierto, y demasiado devota a mi entender, pero no puedo quejarme. Se ocupa de mí y lleva mi casa como lo haría la mejor de las mujeres, pero... –durante unos instantes Mendoza añoró sus años mozos de libertad–, le falta entusiasmo –concluyó.

Esta vez le tocó reír a él. Conocía bien a su amigo y sabía lo mucho que le gustaban las faldas. Un perfume, un roce, una sonrisa..., y el hombre estaba perdido.

–Hay una linda jovencita... –continuó Mendoza al tiempo que miraba hacia la puerta para comprobar que no era escuchado por oídos indiscretos– Cada vez que la tengo cerca me arde la sangre. De buena gana la agarraría en un rincón y la levantaría las faldas..., y lo peor es que, ¡la muy coqueta lo sabe! Cuando nos encontramos se mueve con una gracia..., me dirige unas miradas... Se llama María de Mendoza.

–¿María de Mendoza?

–Sí. Es mi prima.

–Cuidado con los parientes... ¡Son los peores! –le advirtió Yehudá a quien siempre habían divertido las aventuras de su amigo.

–No hace falta que me lo digas. Lo sé por propia experiencia... ¿Te acuerdas de aquella pariente de mi madre, Elvira, y cómo tuve que salir un día corriendo de su casa con los calzones a medio poner?

Riendo y recordando pasó la tarde y cuando los veladores empezaban a encender los candiles de las calles, Yehudá se despidió de su amigo no sin antes prometerle una nueva visita. Mendoza le obligó a aceptar la compañía de dos de sus hombres.

–Las calles no son seguras a estas horas –le dijo– y te pido perdón amigo mío, aún lo son menos para un judío. Me sentiré más tranquilo si vas acompañado.

Partió escoltado por los dos hombres y se despidió de ellos a la entrada de la Judería. Vio la sorpresa reflejada en sus rostros pero no se molestó en darles ninguna explicación.

La casa estaba en silencio y únicamente se veía luz en el escritorio de su hermano. Se dirigió hacia allí y encontró a David enfrascado en la lectura de uno de sus muchos libros de medicina y filosofía. Al entrar, el médico levantó la vista y le sonrió.

–Shalom, hermano. ¿Has disfrutado con la compañía de Juan de Mendoza?

–Shalom, David.

Cogió una silla y la acercó a la mesa. Era la primera vez en varios días que David hablaba en el mismo tono de siempre y se regocijó por ello.

–Sí que he disfrutado –dijo contestando a su pregunta–. Sigue siendo el mismo de siempre y hemos pasado unas buenas horas juntos.

–Es extraña –comentó David–, esa amistad que siempre habéis tenido...

–¿Por qué?

–Porque lo es –continuó David en tono pausado–. Cristianos y judíos pueden tener negocios conjuntamente, pueden necesitarse para asuntos legales o..., médicos, pero la amistad, la verdadera amistad, es difícil entre ellos.

–Juan y yo somos amigos desde hace casi veinte años.

—Por eso mismo es extraordinario. Es más, yo diría que es un caso único. No conozco a ningún otro judío que mantenga una amistad tan profunda con un cristiano.

—A Juan y a mí nos trae sin cuidado la religión del otro... —insistió Yehudá tercamente.

—Lo sé y por eso me llama tanto la atención. Incluso yo mismo que como tú sabes soy ajeno a creencias y dogmas de cualquier clase, no tengo ninguna relación tan estrecha.

—Será porque no quieres...

—O porque no quieren ellos...

Permanecieron unos segundos en silencio.

—El dolor que inunda mi corazón me ha enmudecido durante estos últimos días —se disculpó David tristemente—, pero todas las heridas empiezan a cicatrizar antes o después... Dime, hermano, ¿qué se cuenta en Toledo?

—¿Sobre qué?

—Me han llegado noticias de que se preparan nuevas leyes que en algo van a atañer a las comunidades judías de Castilla...

—Sí —replicó Yehudá—, de ello se habla con insistencia, pero nadie sabe qué hay de cierto. Sabes bien que cada cierto tiempo se comentan cosas parecidas y luego tardan años en llevarse a la práctica, si es que se llevan...

—Pero... —insistió David—, esta vez los rumores son más fuertes que de costumbre.

—Se dice que el rey don Enrique ha hecho desempolvar las *partidas* del rey Alfonso X, según las cuales los judíos se verían abocados a vivir en sus propios barrios.

—Ya lo hacemos —sonrió David ante un hecho constatado durante generaciones.

—Pero esta vez estarían obligados a residir en un barrio judío y no se les permitiría vivir en ninguna otra parte. Dicen —continuó—, que se les prohibirá ejercer oficios y profesiones fuera de las juderías...

—¿A los físicos también? —preguntó David divertido.

—A los físicos también.

—Pues ya pueden empezar a preparar mejor a sus médicos porque de lo contrario van a tener graves problemas. En toda

Vitoria no hay ni un solo médico cristiano. Nosotros nos ocupamos de la salud de todos, judíos y cristianos, y no parece que tengan ninguna queja. ¡Qué absurdo! –concluyó enojado ante tanta necedad.

–Y además –prosiguió Yehudá sin darse un respiro–, tendremos que llevar una señal, visible encima de nuestras ropas, para que todos sepan lo que somos.

–¿Y qué somos si puede saberse?

–Judíos.... deicidas...

No pudiendo permanecer por más tiempo sentado, David se levantó de la silla y comenzó a pasear arriba y abajo de la habitación.

–¿Otra vez a vueltas con lo mismo? –preguntó.

–Según ellos, nosotros matamos a su Dios. Somos por tanto deicidas.

–¡Qué imbecilidad! ¿A quién se le puede ocurrir echarnos la culpa de lo que ocurrió en Jerusalén hace mil cuatrocientos años?

–A muchos que odian a los judíos y están deseando acabar con nosotros –replicó Yehudá pausadamente.

–Y que olvidan que su propio Mesías, no era un cristiano, era un judío.

–Pero según la Iglesia católica –prosiguió el más joven–, con Jesucristo se cumplió la promesa de que Dios hizo a nuestro padre Abraham y, por consiguiente, el judaísmo es una aberración que no tiene porqué existir.

–Esa es una idea de mentes obtusas e ignorantes –sentenció David.

–Pero que el pueblo escucha con gusto y la cree. No hay nada más fácil que echar la culpa de todos los males a un chivo expiatorio y da la casualidad de que ese chivo somos nosotros.

Volvieron a permanecer en silencio. Recordaban claramente el terror que se había apoderado de todas las comunidades hebreas cuando se extendió la ola de fanatismo por los reinos de Castilla y Aragón. Pudieron apreciar la destrucción y el espolio a los que se vio sometida la judería toledana cuando fueron a recoger las pertenencias de su cuñado Eleazar. No había familia que no hubiera perdido un miembro o más en el ataque, muchas casas habían sido incendiadas, los comercios saqueados, la sinagoga destruida y robados los objetos de culto. La peste y la guerra juntas no hubieran causado tantos daños. Y lo mismo ocurrió en Andalucía –en Sevilla desapareció la judería–, en Ciudad Real, en Cuenca, en Valencia, en Lérida, en Mallorca... Las aljamas del norte de la península no sufrieron violencias tan extremas, pero todos los judíos de Vitoria permanecieron en sus casas durante muchos días. Los dos hermanos aún recordaban la animosidad de sus conciudadanos y los insultos que escupían a los judíos que, por una u otra razón, salían del barrio.

–¿Por qué? –se preguntó.

–¿Por qué, qué? –le preguntó David.

–¿Por qué ese odio contra nosotros? ¿Sólo porque seguimos una religión diferente? ¿Porque nuestros ritos y algunas de nuestras costumbres difieren de los de ellos?

–No pueden entender que no comamos cerdo, ni que nuestros animales sean sacrificados de una forma especial –recitaba una lección mil veces repetida–. No entienden que lavemos a nuestros recién nacidos, ni tampoco a nuestros muertos; que celebremos el Sabbat en vez del domingo; que no nos bauticemos, ni comulguemos...

–¿Y qué tiene eso que ver con la peste, la pérdida de una batalla o la sequía?

–Te haces las mismas preguntas que se hicieron nuestros padres y antes que ellos los suyos y también sus abuelos... Me temo que no hay respuesta para ellas...

–¿Por qué, si somos el Pueblo Elegido, permite el Señor que nos humillen y nos maten una y otra vez?

–Deja al Señor en paz, Yehudá. Estas cosas ocurren porque el hombre es como es –David suspiró–. La historia de la humanidad está repleta de muerte y destrucción. El león devora a la gacela y el gato al ratón...

–Entonces... –miró fijamente a su hermano–, tal vez sea más sabio ser león o gato...

David se detuvo y le miró con infinita ternura. A pesar de que ya había cumplido los treinta, parecía mucho más joven.

–Espero que siga mi consejo –pensó–, acepte el puesto de rabino y encuentre una esposa. Tal vez así encuentre la seguridad que le falta –y añadió en voz alta–. Cada uno debe seguir su propia senda en la vida..., aunque se equivoque.

En cuanto se hubo cerrado la puerta, Juan de Mendoza volvió a la sala y mordisqueó la galleta de jengibre que quedaba en el plato, después se sirvió una copa de vino y se sentó delante del fuego. Las horas pasadas con Yehudá le habían rejuvenecido y le habían hecho recordar muchos de los buenos momentos pasados cuando eran dos mozalbetes barbilampiños ¡Qué de juergas habían corrido juntos! ¡Cómo se habían divertido espiando a las mozas que iban al arroyo a lavar la ropa y se arremangaban las faldas por encima de los muslos! A ninguno de los dos les había preocupado que sus respectivas familias miraran con malos ojos su amistad ¡Al cuerno! Lo importante era que eran amigos y que lo seguirían siendo hasta el final de sus vidas. Frunció el ceño, ¿por qué diablos tenía que ser la vida tan complicada? ¿Por qué no podía ser cada cual como le diera le gana?

El ruido de la puerta al abrirse le sacó de sus pensamientos. Doña Ana se aproximó a él pausadamente.

–Siempre camina erguida como un palo –pensó–. En vez de una hembra parece una armadura andante...

Había sido bella a los veinte años pero, en los ocho que llevaba de matrimonio, sus facciones se habían endurecido y cuando algo no le agradaba –como ocurría en aquel momento–, entornaba los ojos y apretaba los labios. Las maternidades habían ensanchado su cuerpo y el alto tocado que enmarcaba su rostro le daba el aspecto de una matrona madura.

–¿Se ha marchado el judío? –preguntó.

–Se llama Yehudá –contestó de mal humor.

–Lo siento..., nunca me acuerdo de su nombre... –se disculpó ella.

¡La muy zorra! ¡Claro que se acordaba de su nombre! Pero siempre encontraba una excusa para llamarle "judío" en tono despectivo. Sabía cuánto le molestaba.

–Sí, se ha marchado –dijo.

–¿Y piensas volver a invitarlo a nuestra casa?

–Le invitaré tantas veces como me plazca, señora, ¿tenéis algo que decir?

Siempre la trataba de "vos" cuando le enojaba.

–Te recuerdo que un judío arruinó a mi padre y a punto estuvo de causarle la muerte –prosiguió ella despechada sin darse por aludida por el tratamiento.

–Y yo os recuerdo, señora, que vuestro padre era un jugador y un borracho. Si no hubiera dilapidado su fortuna no se hubiera visto en la necesidad de pedir dinero prestado.

Doña Ana palideció ante el insulto y dignamente salió de la habitación.

–Así la tendré callada durante unos días y me dejará en paz –dijo en voz alta y, para celebrarlo, se sirvió otra copa de vino.

Se quedó dormido sentado en la silla junto al fuego. Los ruidos de la casa le despertaron y su primera reacción fue de sorpresa por encontrarse en tan incómoda posición. Tenía la boca seca y con sabor agrio.

–Por culpa del maldito vino... –murmuró.

Se levantó dolorido por la postura y se dirigió a la puerta.

–¡Esteban! ¡Esteban! –vociferó.

El criado apareció apresuradamente.

–¿Me llamabais señor? –preguntó solícito y un poco asustado, siempre se asustaba cuando Mendoza gritaba.

–Prepárame un baño y llama al barbero. Necesito un buen corte de pelo. ¡Anda! ¡No te quedes ahí parado como si fueras un espantapájaros!

Esteban salió dando trompicones y Mendoza se acercó a la ventana. Pasó la mano por encima del vidrio emplomado, acariciándolo. Estaba muy satisfecho de los vidrios que había hecho traer de Francia. Eran finos y hacían aguas cuando el sol les daba de lleno como en ese momento. Abrió la ventana y se asomó. Una bocanada de aire frío le penetró hasta el estómago y le hizo toser. Cerró la ventana y se dirigió a su escritorio, en el otro extremo de la habitación. Diversos documentos, cartas, facturas y otros papeles se amontonaban unos encima de otros.

–Algún día tengo que poner un poco de orden aquí... –pensó y se rió de sí mismo porque sabía que nunca lo haría. Para eso estaban los escribanos. A ellos de ocuparse de esos menesteres. Un caballero no tenía por qué saber de papeleos, le bastaba con dominar la espada y el caballo..., ¡y las mujeres! Recordó a su prima María de Mendoza, esbelta, elegante, deseable... Con una amplia sonrisa en su rostro, se dirigió al piso superior en donde le esperaban la tina llena de agua caliente y el tembloroso Esteban.

En el octavo día después del nacimiento de Yosef –y de la muerte de su madre Sarai–, el pequeño fue circuncidado. El rabino Eliezer recitó de memorias las palabras contenidas en el Génesis.

–Y dijo Dios a Abraham: "*Tú, pues, guarda mi pacto, y tu descendencia después de ti en la serie de sus generaciones. Éste es mi pacto que habéis de guardar entre Mí y vosotros y tu posterioridad después de ti: todo varón entre vosotros ha de ser circuncidado. Os circuncidaréis la carne de vuestro prepucio; y esto será en señal del pacto entre Mí y vosotros*".

David contemplaba la escena como un espectador ajeno a la misma.

–¿Hasta qué punto puede creerse que Dios hiciera semejante pacto con Abraham? –pensó heréticamente– ¿No sería más bien una medida de higiene en un país de sequía y polvo?

Su mirada se posó en el pequeño cuerpecito que dormía confiadamente en brazos de la nodriza Orocara. Desde su nacimiento apenas si lo había mirado. Se había preocupado de comprobar que el niño estaba bien, que no le faltaba ningún miembro, que sus funciones vitales discurrían sin trabas..., pero no se había detenido, como hiciera con Jonás, a disfrutar de la nueva vida que su semilla había engendrado. No lo había tenido en brazos como un padre orgulloso, ni lo había examinado detenidamente tratando de descubrir en sus facciones algún parecido con los miembros de la familia. Rehuía su contacto. Sabía que era absurdo, impropio de él, culpar al pequeño.

–Yo fui el único culpable –se dijo–. Yo conocía el peligro que corría...

A pesar de ello, no podía evitar pensar, cuando miraba a su hijo, que aquel pequeño ser había desgarrado a su madre y había provocado la muerte de su querida Sarai.

El mohel asió suavemente el prepucio del niño y estirando la piel la cortó de un tajo. Yosef abrió los ojos sorprendido por el inesperado ataque, se quedó rígido durante un instante y después empezó a llorar con tal fuerza que el rostro se le congestionó. El pedazo de piel cortado fue enterrado rápidamente en un cuenco de plata repleto de tierra de Israel y el mohel frotó los labios del niño con un poco de vino. Orocara lo cogió en brazos y empezó a cantarle una dulce canción hebrea, pero Yosef seguía gritando encolerizado y únicamente se calmó cuando la nodriza le presentó el pecho para que calmara su ira entre aquellas carnes generosas que olían a hierbabuena.

La fiesta de circuncisión no fue la habitual en esos casos. El luto de la familia no dejaba lugar a una gran celebración. No obstante, David invitó al rabino y a varios amigos a su casa y Ruma preparó grandes bandejas con buñuelos, pasteles de arroz y miel, rosquillas de queso y bollos de pasas y nueces.

Mientras las mujeres se reunían en la cocina, los hombres lo hicieron en la gran sala, salón y escritorio de David. Una celebración, aunque estuviera marcada por el luto, constituía siempre una buena oportunidad para reunirse y hablar de todo tipo de temas, especialmente de religión y de los problemas que atañían a la aljama.

–El año que acaba de finalizar nos ha sido favorable –comentó Mose Tramias, tesorero de la comunidad–. A pesar de las pechas, las alcabalas y los impuestos especiales que nos obligan a pagar, hemos tenido un beneficio de cientos de miles de maravedíes.

–¡Vaya! ¡Esto sí que es una sorpresa! –exclamó Yuçaf el Nasçi con ironía– ¿Y qué tal si en este año bajáis las tasas para que el beneficio no sea tan enorme? Tal vez así conseguiríais que todos estuviéramos más contentos…

Mose Tramias le atravesó con la mirada.

–No son beneficios que hayan de caer en manos de nadie –respondió con severidad–. La Comunidad precisa de muchos servicios. Están las viudas y los huérfanos, el arreglo del micvé que cualquier día va a darnos un disgusto, la compra de nuevos libros para la sinagoga, el sueldo del rabino y de sus ayudantes, la ayuda a las familias más pobres…

–¡Vale! ¡No sigas! –dijo Yuçaf en el mismo tono irónico– Entiendo que el dinero haga falta para muchas cosas, pero…, dime, ¿cómo es que algunos sois cada día más ricos mientras que otros somos cada vez más pobres?

–Eso nada tiene que ver con los impuestos –respondió Tramias malhumorado–. Son cosas de negocios. Unos los llevan mejor y otros peor…

–Estoy de acuerdo –intervino Seneor Bivas–, pero ya que es así, ¿por qué no aumentar la parte que han de entregar los más adinerados y rebajar la de aquellos a quienes la vida no les es tan propicia?

El comentario dio lugar a una acalorada discusión entre algunos de los presentes. En el otro extremo de la sala Yehudá se entretenía con el viejo rabino.

–¿Has pensado ya en la propuesta que te hemos hecho? –le preguntó el anciano.

–¿Qué propuesta? –preguntó a su vez sorprendido.

–¿No te ha dicho nada David? –insistió Eliezer– ¿No te ha dicho que a todos nos gustaría verte ocupar mi puesto en la sinagoga?

–Ah…, era eso… Pues sí, algo me dijo…

–De todos los jóvenes de la comunidad eres el más idóneo. Nadie como tú ha pasado tantos años estudiando y preparándose para la gran misión. Mi estimado amigo y colega, el rabino Yuçe, me ha escrito muchas y elogiosas palabras sobre ti y la aplicación con la que te has dedicado durante estos últimos años a estudiar los Libros Sagrados. Dice que estás preparado para ocupar el cargo...

Guardó silencio. No sabía qué responder. Sentía que aún no estaba preparado y que no debía aceptar la oferta. Estaba lleno de dudas y vacilaciones. ¿Cómo podría él dirigir el rebaño si desconocía el camino?

–A todos nos ha ocurrido igual antes o después –respondió Eliezer cuando le hubo escuchado–. Por eso somos hombres y no dioses. ¿Has encontrado alguna vez a alguien que haya estado tan seguro de todas sus decisiones que nunca se haya arrepentido?

–Pero no es lo mismo dedicarse a los negocios que al alma de los hombres que te son encomendados –replicó Yehudá.

–Eso es cierto –dijo el anciano–, pero, ¿cómo sabremos que no estamos preparados si no nos ponemos a prueba? Ya has dejado de ser un joven al que se le puedan permitir las dudas y has de tomar una decisión en cuanto a tu futuro. Haz lo que mejor te convenga, pero ten presente que todos nos sentiremos muy felices si te haces cargo de mi puesto. Además –añadió en tono jovial–, la paga es excelente y la casa del rabino es una buena casa...

–Y, ¿dónde vivirás tú, Eliezer?

–Lo mismo me da –respondió Eliezer con una sonrisa–. A mi edad no se tienen ya más anhelos ni ambiciones que esperar la llamada del Señor. De todos modos, y si ello ha de contribuir a tu tranquilidad, te diré que pienso trasladarme a casa de mi nieta Ester. Tienen sitio de sobra para un viejo que poco necesita y disfrutaré viendo crecer a mis bisnietos el tiempo que me quede de vida.

Yuçaf el Nasçi y Mose Tramias reclamaron la opinión del rabino en su discusión y Yehudá aprovechó la ocasión para abandonar la habitación. Envolviéndose en su capa, abrió la puerta de la casa y salió calladamente.

Deambuló durante un par de horas por la ciudad, necesitado de soledad. Eliezer estaba en lo cierto. Tenía que tomar una decisión. ¿Por qué no probar? Al fin y al cabo, no era hombre que pudiera ocuparse de negocios y tampoco tenía una profesión. Había pasado toda su vida estudiando para rabino y eso era lo único que sabía hacer. Se dirigió a la sinagoga. El templo estaba vacío. No era muy grande, pero sí amplio y luminoso. Se entretuvo leyendo las inscripciones grabadas en sus muros: "*Oye Israel: Yahvé, nuestro Dios, Yahvé es uno sólo*", y un poco más abajo continuaba: "*Amarás a Yahvé, tu Dios, con todo tu corazón, con toda tu alma y con todas tus fuerzas*". Con la mirada puesta en las inscripciones, Yehudá sacó del bolsillo una pequeña caja de plata, la abrió y extrajo de ella las dos tiras de cuero con los estuches que encerraban los tefilín. Lentamente enrolló una en torno a su frente y después la otra en el brazo izquierdo a la altura del corazón y comenzó a recitar en un murmullo las palabras del Salmo de David.

"*Dichosos los que moran en tu casa*
y te alaban sin cesar.
Felices aquellos cuya fuerza viene de Ti,
y tienen su corazón puesto en tu camino santo,
y te alaban sin cesar".

Cuando regresó a la casa, los invitados ya se habían marchado. Asomó la cabeza por la cocina y vio a Ruma afanándose en limpiar cacharros y fuentes. El pequeño Yosef dormía tranquilo en brazos de la nodriza y Jonás jugaba con unas cuentas de colores al lado del hogar.

–¿ Y David ? –preguntó a Ruma.

–Ha salido –respondió su hermana–. Tenía que visitar a un par de enfermos.

Se sentó a la mesa y, antes de darse cuenta, tenía delante de él un tazón de leche caliente y el tarro de la miel. Sonrió a su hermana y cogiendo la cuchara se sirvió generosamente.

–No abuses –dijo Ruma–, el dulce es malo para la dentadura.. –y recitó la lección bien aprendida–, "joven goloso, viejo sin dientes".

Los dos se miraron con algo de nostalgia. Era lo que siempre les decía su madre cuando eran pequeños. Jonás se acercó a su tío.

–Yo quiero ser viejo sin dientes –dijo con su lengua de trapo.

Rieron de buena gana, también Orocara. El pequeño Yosef abrió los ojos, sorprendido por las risas y el súbito temblor que agitaba el regazo de la nodriza, pero volvió a cerrarlos inmediatamente. Yehudá untó la cuchara de madera en el tarro de la miel y se la dio a Jonás.

–Ya lo he decidido, Ruma –dijo tras calentar su garganta y su estómago con un gran sorbo de leche.

Ruma no contestó y esperó. Sabía mejor que nadie lo que pasaba por la mente de su hermano. Le había visto sufrir cuando Sarai se casó con David y había previsto su marcha antes que nadie. Nada se escapaba a su aguda mirada ni a sus oídos.

–Mañana iré a hablar con el rabino Eliezer –concluyó Yehudá.

Ruma alzó los brazos al cielo y el hombre vio que sus labios se movían en una plegaria a Dios aunque no brotó de ellos sonido alguno.

Cuando por fin llegó David y le puso al tanto de su decisión, su reacción fue mucho más aparatosa. Le abrazó con fuerza entre exclamaciones de alegría y Yehudá creyó ver en sus ojos un brillo acuoso que no acabó de caer de ellos. Aquello le divirtió.

–¡Vamos David! –exclamó con sorna– Cualquiera que te viera pensaría que eres el más religioso de los hombres...

David rió.

–Me alegro por ti. Porque has decidido tomar un camino en la vida y porque, ¿para qué negarlo? seguirás con nosotros y ya no tendré que preocuparme más por ti.

David se dirigió al pequeño arcón colocado bajo la ventana y sacó una botella de licor que guardaba para ocasiones muy especiales. Sirvió el líquido en dos potes de loza y tendió uno a su hermano.

–Por que la paz reine en nuestra casa. ¡Le–jáyim!

–¡Le–jáyim! –respondió Yehudá.

Bebieron de un sorbo y lanzaron después contra la chimenea los dos potes que se rompieron en varios trozos para regocijo de Jonás y disgusto de Ruma que acababa de dejar todo tan limpio como los chorros del oro.

–¡No entiendo por qué hay que romper la loza de esa manera! –exclamó cogiendo una escobilla para limpiar el desperfecto– Los hombres sois unos tontos...

Los dos hermanos se echaron a reír y sin ponerse previamente de acuerdo la agarraron por la cintura. Entonando una antigua canción hebrea le hicieron dar varias vueltas sin hacer caso de sus débiles protestas.

Una semana más tarde, Yehudá se hacía cargo de la sinagoga y de la dirección espiritual de la Comunidad de Vitoria. La ceremonia fue sencilla y llena de emoción por la despedida del viejo rabino a quien todos querían y respetaban.

–No me voy lejos –les dijo Eliezer con humor–. Sólo a dos portales más abajo... Seguiremos viéndonos todos los días y –añadió con severidad fingida–, ¡os vigilaré! Nuestro nuevo rabino Yehudá trae juventud y nuevos aires a nuestra congregación. Sed pacientes con él y, ¡que él lo sea con vosotros! –concluyó provocando la sonrisa en todos los rostros.

Subió al almemar, abrió el Libro de los Profetas y algo nervioso comenzó la lectura: "*Una molestia grande es innata a todos los hombres; y un pesado yugo abruma a los hijos de Adán, desde el día que salen del vientre materno, hasta el día de su entierro en el seno de la común madre. Están con cuidados y sobresaltos de su corazón, en aprensión de lo que aguardan y del día de la muerte.*

Desde el que está sentado sobre un glorioso trono hasta el que yace por tierra y sobre la ceniza; desde el que viste jacinto y trae corona, hasta el que se cubre de lienzo crudo, hay saña, celos, alborotos, zozobras y temor de muerte, rencor obstinado y contiendas.

Aun al tiempo de reposar en su lecho, perturba su imaginación el sueño de la noche. Breve o casi ninguno es su reposo, y aun en el mismo sueño está como en día de centinela y turbado por las visiones de su espíritu y como quien echa a huir al tiempo de la batalla. Mas cuando despierta y se ve salvo, se admira de su vano temor".

Miró a su congregación. ¿Por qué había elegido precisamente aquel pasaje? Vio la sorpresa reflejada en las caras de algunos de sus oyentes y el enojo en las de otros. Los niños le miraban con los ojos muy abiertos y sentía la zozobra en la galería de las mujeres.

–Podías haber elegido otro pasaje... –le dijo David al finalizar la ceremonia– Algunos dirán que trae mala suerte hablar de la muerte justo el primer día de tu ministerio...

–¿Y tú qué piensas? –le preguntó él.

–Yo no pienso nada, querido hermano –respondió David con una amplia sonrisa–. Ya sabes cuál es mi parecer en materia de religión. Y la muerte..., la veo cerca un día sí y otro también, así que no tengo motivos para asustarme.

Otros fueron menos amables y le reprocharon por no haber elegido una alabanza o un salmo para comenzar su ministerio. La mayoría de los asistentes le saludaron brevemente y apresuraron el paso con ánimo de conjurar lo más rápidamente posible sus sombrías palabras. El rabino Eliezer se le acercó sonriente.

–Debía haberte advertido, hijo mío. Nuestra comunidad no está acostumbrada a los sobresaltos. Vive tranquila y espera que las cosas no cambien. La mención de la muerte trae consigo recuerdos penosos para muchos de ellos y reaviva heridas que creían sanadas...

–Y sin embargo –replicó–, toda nuestra historia está plagada de muertes y desastres...

–Pero..., cuanto más tarde mejor ¿no te parece? Ellos piensan así y cuanto menos atemorizados estén mayor será su gozo para alabar al Señor. Un niño aprende mejor cuando se le enseña con amor y paciencia.

VERANO DE 1407

Yehudá había tomado buena nota de los consejos del viejo rabino y tuvo mucho cuidado en elegir otro tipo de pasajes en días sucesivos. La gente pronto se acostumbró a él. Las semanas y los meses transcurrían plácidamente y llegó a pensar que su vida continuaría de la misma manera hasta que fuera tan viejo como el propio Eliezer.

Todos los días encontraba tiempo para ir a casa de su hermano. Ruma le esperaba impaciente y sus sobrinos también. Jonás empezó a asistir al Talmud-Torá de la sinagoga. Era aún muy pequeño para entender lo que hablaban los más mayores, pero se sentaba recto y atento a todas sus palabras. Tenía la mente despierta y poco a poco iba aprendiendo las primeras letras del alfabeto hebreo que después repetía hasta saberlas de memoria. Tenía la piel blanca y suave, los cabellos rubios y sus ojos eran iguales a los de Sarai. A veces, cuando le contemplaba, sentía un nudo en la garganta y deseaba estrecharlo entre sus brazos, cosa que no hacía porque en aquel lugar él era el maestro y su sobrino otro alumno más.

Pero era Yosef, el pequeño, quien más le atraía. El niño era todo lo contrario que su hermano. Tenía un abundante pelo negro rizado y sus ojos, del color de la castaña madura, no cesaban de escudriñar lo que ocurría a su alrededor. Antes de cumplir un año ya se movía por la casa, ora a gatas, ora sobre sus dos piernas gordezuelas que apenas podían sostenerlo, dándose golpes con las esquinas y berreando cada vez que eso ocurría. Poco tiempo después comenzó a hablar, y a partir de entonces no dejó de parlotear en una jerga incomprensible para todos menos para su tío que había llegado a entenderle con cierta facilidad.

–¿Cómo puedes entender lo que dice? –le preguntaba Ruma asombrada– Yo no le entiendo nada por mucho que me empeño…

–Tal vez no te empeñas lo suficiente… –le respondía y Ruma se enfadaba porque pusieran en duda su empeño.

David seguía manteniendo una relación distante con su hijo pequeño. No podía evitarlo. Verlo tan alegre y lleno de vida le traía penosos recuerdos. Cuando estaba en casa, apenas si le acariciaba el cabello y le dirigía unas pocas palabras. En cambio, Jonás ocupaba todo su tiempo libre. Le leía antiguas historias de su pueblo, salía con él a pasear y juntos iban a pescar. Esta diferencia de trato era claramente visible y tanto Ruma como Yehudá se daban cuenta de ello.

–No es justo –le dijo un día su hermano–. El niño no tiene culpa alguna de la muerte de su madre.

–Lo sé –respondió David frunciendo el ceño, como siempre hacía cuando algo le molestaba.

–Y siente que no le quieres tanto como a su hermano…

–¡Qué tonterías estás diciendo! Es muy pequeño para darse cuenta de nada. Además –continuó en tono de disculpa–, cuando sea algo más mayor le daré igual trato que a Jonás.

–¿Estás seguro?

Habían transcurrido ya dos años desde la muerte de Sarai y David seguía siendo un viudo inconsolable. Cada vez se encerraba más en sí mismo, rehuía el trato con las gentes y se entregaba de lleno a su profesión y a sus libros.

Una noche, después de la cena, Ruma le dijo de pronto:

–¿Has pensado en buscar nueva esposa?

David le miró como si le hubiera hablado en un idioma desconocido.

–Los niños necesitan una madre –insistió su hermana.

–Te tienen a ti...

–No es lo mismo. Yo soy la tía, no la madre. Y tú también necesitas a alguien cerca de ti.

David alzó las cejas.

–¡Mira quién fue a hablar! –replicó enojado– Tú que llevas luto por tu esposo muerto hace casi quince años...

Ruma continuó impasible.

–Yo no soy hombre y tampoco tengo hijos por quien velar.

–Eso es cierto –terció Yehudá.

–¡Vaya! –exclamó David– ¡El que faltaba! Nuestro rabino se permite opinar cuando él es el primero que incumple la ley de Dios. ¿O no es cierto que está escrito: "*Creced y multiplicaos*"? –continuó– Tú deberías saber eso mejor que yo. Y, a propósito, me han llegado ciertos comentarios sobre ti.

–¿Sobre mí? –Yehudá estaba verdaderamente sorprendido.

–Sí. Sobre ti –prosiguió su hermano–. Muchos miembros de nuestra comunidad no ven con buenos ojos que permanezcas soltero. El hombre, y más aún si es un rabino, ha de tener una compañera. Tu ministerio te obliga al trato con las mujeres y no es decente que sigas solo.

–Los sacerdotes cristianos no se casan.

–¡Allá ellos! Nuestras costumbres no son las mismas, ni tienen porqué serlas. Ruma tiene la disculpa, bien pobre por cierto, de ocuparse de nuestra casa y de mis hijos, tú no tienes ninguna. Así que antes de hablar, ¡aplícate el consejo a ti mismo!

David se levantó malhumorado de la mesa y salió de la cocina. Ruma se retiró discretamente poco después y Yehudá permaneció solo con la mirada fija en las brasas de la chimenea.

Eran ciertas las palabras de su hermano. Incluso el viejo Eliezer le había insinuado la conveniencia de buscarse una esposa para no dar motivos para el chismorreo. Cuando hablaba desde el almemar podía sentir sobre él las miradas curiosas de las mujeres y una sombra de suspicacia en los hombres. Todas las mañanas, al despertar, se hacía el firme propósito de elegir una esposa entre las vírgenes de la aljama, pero los días se sucedían unos a otros sin que hubiera tomado ninguna decisión.

–Es que no siento la menor inclinación por el matrimonio –le confesó a su amigo Mendoza un día que habían ido a pescar.

–¿No será que no sientes ninguna inclinación por las mujeres? –le preguntó Mendoza con una medio sonrisa.

–¿Tan extraño te parece?

–¿Y a mí me lo preguntas? –exclamó Mendoza escandalizado– Yo que no puedo vivir sin tener una hembra a mi lado... ¡Claro que me parece extraño! –y añadió con algo de duda– ¿No serán tus inclinaciones de otra índole...?

La mirada furiosa de Yehudá le cortó en seco.

–¡Era una broma! –se disculpó el hombretón– De todos modos, el mundo está plagado de hombres que han decidido vivir solos. Ahí tienes a los frailes, los anacoretas, los teólogos... No digo que todos sean como aparentan, pero muchos hay que son célibes por convicción. Ya te lo he dicho otras veces, si fueras un fraile cristiano no tendrías ese tipo de problemas.

Sus conversaciones sobre dicho asunto acababan invariablemente de la misma manera.

–Y hablando de frailes –le dijo–, ¿has oído algo sobre un tal Vicente Ferrer?

–¿No es un dominico que va predicando de pueblo en pueblo?

–Así es.

Mendoza dejó la caña a un lado y sacó del zurrón un gran pedazo de queso, un pan y una bota de vino. Durante unos minutos los dos hombres comieron en silencio.

–Hace dos semanas, estando en Burgos, tuve oportunidad de escucharlo –prosiguió–. Es distinto a todos los predicadores que he oído hasta ahora...

–No sabía que eras asiduo a las predicaciones –comentó Yehudá en tono de broma.

–Cuando habla –continuó Mendoza seriamente–, se le ilumina el rostro como si el mismo Dios inspirase sus palabras.

Yehudá empezaba a sentirse incómodo.

–Va acompañado de un grupo de majaderos que se flagelan sin cesar hasta que la sangre corre a raudales por sus espaldas –Juan de Mendoza hizo un gesto de disgusto. Le molestaban los fanatismos de cualquier signo–. Las iglesias se llenan y el silencio es total cuando él empieza a hablar...

–Y..., ¿sobre qué habla? –preguntó temiendo de antemano la respuesta.

–Sobre vosotros, los judíos. Sus prédicas giran siempre entorno al mismo tema: los judíos y los conversos –hizo una pausa para beber un trago de la bota y prosiguió–. Mantiene que los conversos nunca podrán ser buenos cristianos mientras sigan en contacto con sus antiguos correligionarios, con los familiares que no se han bautizado. Predica el "santo odio" contra los "infieles", vosotros y los moros –aclaró.

–Bueno –dijo queriendo quitar hierro a sus palabras–, eso ya lo hemos oído antes que ahora y lo volveremos a oír en el futuro.

–Tienes razón, pero nunca había visto tanto fervor en los seguidores de un predicador –Mendoza suspiró profundamente y continuó sin mirar a su amigo–. Me han dicho que obliga a los judíos a entrar en las iglesias y, por el terror, les obliga a la conversión.

–Nadie puede obligar a nadie a tomar una decisión así si no lo desea –protestó Yehudá.

Mendoza le miró con cariño.

–Ay..., querido amigo, ¡qué poco conoces las armas de las que algunos pueden valerse! La amenaza del destierro, de la tortura o de la muerte bastan para convencer al más firme. Puede que hasta yo mismo me convirtiera al judaísmo si las cosas fueran al revés..., o al islamismo, que igual me da.

Volvieron a permanecer en silencio y poco más hablaron hasta que regresaron a la ciudad.

–Una cosa más, querido Yehudá –dijo Mendoza al despedirse–. Ese Vicente Ferrer tiene la intención de venir a predicar al norte. Vitoria y Bilbao serán sus próximas escalas.

Pocos días después llegó a la judería un comerciante procedente de Palencia que se dirigía a Francia. Era amigo de Izra Abenardut, médico de aquella ciudad, y traía una carta para David. A pesar de sus protestas, le obligaron a aceptar la hospitalidad de su casa y Saúl de Lerma permaneció con ellos varios días. Era un hombre joven, poco más que Yehudá, de buena presencia y mejores maneras.

–¿Y qué os lleva a esas tierras de Francia, maese Saúl? –inquirió David a quien le entusiasmaban los viajes, a pesar de no haber salido más que algunas veces de Vitoria y, siempre, hacia poblaciones cercanas.

–Tengo una hermana en La Rochelle– respondió el comerciante–. Hace varios años su esposo y ella decidieron asentarse en aquella ciudad y parece que les va muy bien. Tengo intención de buscarme allí la vida.

–¿Tan mal os van los negocios que os obliga a emigrar?

–No señor. No me van mal, pero..., puede que dentro de poco cambie mi fortuna y no deseo estar aquí cuando eso ocurra.

–¿Y por qué iba a cambiar vuestra fortuna? –inquirió Ruma ante tan curiosa respuesta.

–No solo la mía, señora –dijo Saúl–, sino la de todos los judíos de Castilla.

Sin que nadie le preguntara la razón de sus palabras, Saúl continuó hablando. Su oficio de comerciante le llevaba de un lado para otro y había podido observar con preocupación que las cosas estaban cambiando. Había sentido el temor y la desconfianza en los barrios judíos. Los frailes predicadores vociferaban desde los púlpitos de las iglesias y cientos de judíos se convertían al cristianismo. Cada vez eran más las voces que se oían para que los judíos fueran confinados en sus barrios y se les prohibiera cualquier contacto con la población cristiana, para que no pudieran ejercer cargo público alguno y para que llevaran una marca que les distinguiese de los verdaderos creyentes.

–Las *partidas* del rey Alfonso... –musitó Yehudá.

–En efecto –continuó Saúl de Lerma–, la reina viuda y regente del reino, doña Catalina, aconsejada por el rabino apóstata Salomón ha-Leví, que ahora se hace llamar Pablo de Santa María y que ha sido nombrado obispo y miembro del Consejo Real, tiene la intención de volver a poner en práctica las ordenanzas de Alfonso X, a quien se le llamó "El Sabio".

¡Así pues era cierto! Los rumores que llevaban escuchando desde hacía varios años no eran meros rumores. Sobre los judíos de Castilla planeaba de nuevo la funesta sombra del Concilio de Letrán que dos siglos antes, en el año 1215, había denunciado el peligro que representaba la convivencia entre cristianos y judíos, prohibido los matrimonios mixtos –incluso las relaciones sexuales entre personas de ambas religiones–, y obligado a relegar a los hijos de Israel a barrios separados... En el año 1312, en el Sínodo de Zamora, los obispos exigieron la aplicación de las disposiciones antijudías dictadas por concilios y papas, añadiendo algunas más de su propia cosecha. Una vez más, en el concilio celebrado en Valladolid en el año 1322, se adoptaron otros acuerdos en el mismo sentido: los judíos no debían entrar en las iglesias ni los cristianos asistir a bodas o entierros de judío y moros, ni debían acudir a los servicios de médicos y boticarios judíos. No faltaba, naturalmente, el tema del pueblo deicida: los predicadores invitaban a los fieles a rezar *pro perfidis judaeis* y a poner todo su empeño en convertirlos, incluso por la fuerza. Su abuelo Yanto Sa'adia, también médico, llegó a Vitoria huyendo de las terribles matanzas que tuvieron lugar en Navarra durante 1328 cuando un fraile franciscano azuzó al pueblo contra los "asesinos de Cristo" y, tan sólo hacía varios años, la historia había vuelto a repetirse.

Todas aquellas fechas estaban grabadas con sangre en la memoria colectiva de los judíos castellanos. ¡Qué lejos quedaban los logros conseguidos tras siglos de obligada convivencia entre cristianos, moros y judíos en los que las tres religiones, las tres culturas, habían luchado entre ellas y, no obstante, habían llegado a tolerarse y respetarse!

–Puede que las cosas no lleguen a mayores –comentó David en tono ligero, pero poco convencido.

–Entre las disposiciones que se barajan –continuó Saúl–, hay una que prohíbe a los judíos cambiar de residencia o emigrar. Antes de que esto ocurra yo estaré en La Rochelle.

–Tampoco los franceses se han destacado por su aprecio a los de nuestra raza… –replicó David.

–Tal vez no, amigo mío, pero en estos momentos no existe la animadversión que tan claramente se palpa en los reinos de Castilla. Hay un fraile dominico…

–Vicente Ferrer… –dijo Yehudá que había permanecido callado.

–¿Le conoces? –le preguntó su hermano interesado.

–He oído hablar de él…

–Yo le he visto y le he oído esta misma semana en Palencia –prosiguió Saúl–. Habla en nombre de su Dios con tal convicción que nuestras gentes se convierten en masa. Cuando no por las buenas, lo consigue por las malas, amenazándoles con los más terribles castigos.

–Poca es entonces la fe de nuestros hermanos… –comentó Yehudá apesadumbrado.

–¡Deja la fe a un lado! –exclamó David– Nada tiene que ver con esto. Nuestro pueblo sufre desde hace siglos una terrible persecución. Ni todos los padres son como Abraham, ni las madres son como la de los Macabeos. El hombre normal es débil por naturaleza. Teme a la muerte, al sufrimiento y al destierro. No desea abandonar su casa y sus bienes. No quiere ser apaleado como un perro, ni vivir en la inseguridad. Personalmente no sé cuál sería mi reacción si me viera enfrentado a la tortura… –concluyó.

–Ese Vicente Ferrer va a venir a Vitoria –dijo Yehudá.

–¿Cómo lo sabes? –le interrogó David más preocupado de lo que quería aparentar.

–Me lo ha dicho Mendoza…

–Ah…, tu amigo cristiano…

–Sí, él. Le oyó predicar en Burgos y me ha dicho que Vitoria y Bilbao serán sus próximas etapas.

–Habrá que reunir al Consejo y ponerle en antecedentes.

–De poco valdrá... –terció Saúl de Lerma–, todos los judíos de esta ciudad serán obligados por decreto a asistir a las prédicas.

–¿Y qué pasa con los que no quieren bautizarse? –preguntó David.

–No pasa nada. Vicente Ferrer no está en favor de la persecución física de los judíos, prefiere métodos más sutiles. Los que sí han de preocuparse son los conversos.

–¿Y eso? –preguntaron los dos hermanos al unísono.

–Porque lo que verdaderamente preocupa a los hombres de la Iglesia es que las conversiones no sean tales –afirmó Saúl–. Piensan, y no yerran al hacerlo, que muchos de los nuevos cristianos lo son por temor o por interés, no por convicción.

–¿Acaso todos los cristianos son fieles creyentes? –preguntó Yehudá con la mente puesta en Mendonza.

–Por supuesto que no –respondió Saúl–, pero se han dado casos probados de conversos que han seguido practicando el judaísmo en secreto, "marranos" les llaman, y eso, a los ojos de la Iglesia, es una de las mayores herejías y el castigo, la muerte. La desconfianza corroe la sociedad castellana y, por esa misma razón, nuestros peores enemigos son los rabinos y filósofos apóstatas que hacen denodados esfuerzos para convencer a los viejos cristianos de su verdadera vocación.

–Es decir –intervino David–, que se mire por donde se mire, no tenemos salida. Si continuamos fieles a nuestra fe, seremos tratados como perros y, si nos bautizamos, seremos sospechosos de herejía y muertos o estaremos abocados a convertirnos en los peores enemigos de nuestros hermanos.

–Y como yo no deseo encontrarme en tal situación –añadió Saúl–, buscaré en otros lugares la manera de poder seguir siendo yo mismo sin que nadie me obligue a cambiar.

David y Yehudá intercambiaron una mirada pero guardaron silencio.

La asamblea convocada por Yehudá, a la que asistieron todos los hombres notables de la aljama y la mayoría de los vecinos de la comunidad vitoriana, provocó un gran revuelo. La noticia de la llegada del místico predicador corrió de boca en boca y, como siempre ocurría, tomó porporciones descomunales. El temor se veía reflejado en los rostros de los artesanos, comerciantes y agricultores humildes, mientras que los notables sonreían displicentes y con arrogancia.

–¡No será para tanto! –exclamó Samuel Alguadix por enésima vez y añadió como si estuviera bien informado del asunto– Cada cierto tiempo nos llegan rumores parecidos y nunca ocurre nada.

–También llegaron rumores hace más de diez años y sí ocurrió algo –respondió el zapatero Isaque Nieto y un murmullo recorrió la sala.

–Pero no ocurrió nada aquí –insistió el recaudador disgustado por la intromisión del zapatero–. Las gentes del norte no son tan fanáticas como las de otras partes del reino...

–¿Y qué me dices de las persecuciones de Navarra? –se oyó una voz– Muchos de nuestros abuelos tuvieron que escapar de allí para no caer en manos de los cristianos

El viejo rabino Eliezer se levantó de su asiento y tomó la palabra.

–No estamos aquí para discutir lo que ocurrió en otros tiempos y en otros lugares. Nuestro joven rabino nos ha convocado para que serenamente –recalcó la palabra y miró detenidamente a la audiencia– estudiemos la situación...

Eliezer hizo una seña a Yehudá invitándole a hablar.

–La situación es la siguiente –carraspeó y continuó–: el fraile dominico Vicente Ferrer va a venir a Vitoria. Desde hace varios años predica en todos los pueblos de Castilla, Aragón, Valencia, Andalucía e incluso lo ha hecho en Francia. No sé qué dice en sus sermones, pero sí sé que nuestros hermanos se bautizan por millares...

–¡Qué Satanás los confunda! –gritó Yaco Tello.

Su exclamación fue seguida por un tumulto de gritos e improperios contra los que abandonaban la fe en el verdadero Dios, contra los cristianos y, en especial, contra los frailes predicadores. Cuando se hubo recobrado de nuevo la calma, Yehudá continuó:

–Los judíos son obligados a asistir a las prédicas del dominico y...

No pudo continuar. Yaco Tello y sus amigos armaron un gran alboroto jurando que ellos no asistirían a los sermones ni aunque fueran arrastrados por la fuerza. Samuel Alguadix y Judá Caballero trataron de imponer la calma pero fueron recibidos con gritos e insultos. Los notables se agruparon y respondieron a los alborotadores. Un instante después toda la asamblea se hallaba inmersa en una tremenda discusión en la que no faltaron empujones y amenazas por ambas partes.

Yehudá contempló la escena entristecido. Era en ocasiones como aquella cuando salían a relucir las enormes discrepancias que existían entre ellos. Una minoría pudiente y acomodada –compuesta por ricos financieros y comerciantes–, controlaba las finanzas y la organización de la aljama, mientras que los pequeños comerciantes, artesanos y agricultores se veían estrujados por el terrible peso de los impuestos, mucho más elevados que entre los cristianos. Además estaban los pobres y los indigentes que vivían de la caridad y constituían una carga más.

–No sé por qué te extrañas –le comentó David de regreso a su casa–. Nuestra comunidad es igual que cualquier otra...

–Pero nosotros debíamos de estar más unidos...

–¿Por qué razón? –le preguntó su hermano en el tono irónico que utilizaba cuando se aprestaba a discutir.

–Porque somos el Pueblo elegido..., porque todos corremos el mismo peligro..., porque...

–¡Tonterías! –siempre le había parecido absurdo oír hablar de la elección divina– Nada de eso hará que el pobre esté conforme con su suerte y deje de echar al rico la culpa de su miseria. Y tampoco hará que el rico piense más en el hermano necesitado. ¿Cuándo vas a despertar Yehudá? ¿Cuándo vas a darte cuenta de que cada uno de nosotros somos lo que somos porque así lo queremos?

–¿Qué nos queda entonces? –preguntó desalentado.

–Muy poco –respondió David.

El verano transcurrió apaciblemente y llegó el otoño, con sus lluvias y el viento arreciando fuerte en la loma sobre la que se asentaba Vitoria. Ya casi habían olvidado sus temores cuando un día les llegó la noticia de que el fraile dominico había llegado a la ciudad.

La mayoría de los vecinos de la judería permanecieron en sus casas. Sin embargo, algunos curiosos, entre ellos David y Yehudá, se acercaron a ver la procesión que recorría las calles de la ciudad.

–¡Es todo un espectáculo! –exclamó David al oído de su hermano.

Las gentes se habían apiñado en las calles para ver pasar la procesión. Dirigiéndose hacia la catedral de Santa María, en lo alto del Campillo, iba abriendo la marcha un cuerpo de alabarderos que golpeaban con fuerza sus tambores. Tras ellos, dos decenas de flagelantes que con unas correas de cuero se golpeaban las espaldas sin cesar. La sangre empapaba sus camisas.

–Los majaderos... –pensó Yehudá recordando las palabras de su amigo Mendoza.

Una gran cruz de madera en la que se hallaba clavado un Cristo horriblemente tallado era portada por doce frailes que recitaban letanías con voz jadeante por el esfuerzo que tenían que hacer para subir la cuesta y, tras ellos, el famoso dominico Vicente Ferrer.

Yehudá lo contempló con atención. Esperaba encontrar un hombre diferente a los demás, alguien a quien la luz de su Dios hubiera iluminado de manera especial, pero sólo vio a un frailecillo descalzo y con la cabeza casi completamente tonsurada que respondía con devoción a las letanías de los portadores de la cruz. En el fondo se sintió algo decepcionado. ¿Cómo era posible que aquel predicador hubiera conseguido que miles de judíos y moros se hicieran cristianos? ¿Qué había podido decirles para conseguir que olvidaran siglos de tradición y adoctrinamiento? Lo vio desaparecer seguido por una multitud de fieles que esperaban escuchar su primer sermón.

Los primeros días, las pláticas del dominico se dirigieron exclusivamente a la población cristiana. Tenían lugar en la catedral, después de la misa. El regidor, el alcalde y las cabezas de linaje se sentaban en unos bancos. Tras ellos, de pie, cientos de fieles se apretujaban intentando ver y escuchar al predicador.

Yehudá deseaba ir a escucharle.

–No veo razón para tanto interés –comentó David. Todo aquel asunto le parecía una pérdida de tiempo–. Ya sabemos lo que va a decir...

–No es lo qué va a decir, sino cómo lo va a decir –replicó picado por el comentario de su hermano–. Algo ha de tener para que sea seguido con tanto fervor.

–El pueblo siempre necesita creer en algo o en alguien –continuó David en tono despectivo–. Hoy es un fraile iluminado, mañana será un rey y al otro un gran general... ¿Qué más da? ¡Con algo han de alimentar sus sueños!

–De todos modos voy a ir –dijo con voluntad. Su hermano se alzó de hombros y salió a visitar a un enfermo.

Sacó de un baúl el jubón, las calzas y las altas botas que no había vuelto a vestir desde su regreso de Toledo, se envolvió en la capa, y cubrió su barba –sin rapar desde que aceptó el puesto de rabino– con la larga bufanda del sombrero. Entró en la catedral como un cristiano más y se colocó al lado de una columna. Desde allí podía ver muy bien el púlpito y, sin embargo, pasaba desapercibido entre la multitud que abarrotaba el templo. Desde su lugar podía ver a Pedro de Ayala, al de Guevara, a los Landa..., todos personajes prominentes de la ciudad. También estaba entre ellos Juan de Mendoza. Tuvo un pequeño sobresalto cuando sus ojos se encontraron y le reconoció, pero su amigo desvió inmediatamente la mirada y la centró en el púlpito al cual acababa de subir fray Vicente.

–Bendito sea el nombre del Señor –comenzó–. Bendita su Santa Madre, Nuestra Señora, bendito el Espíritu Santo, benditos los santos que están en el Cielo...

A medida que el fraile recitaba las letanías, la masa de fieles respondía en una sola voz. Para no llamar la atención, Yehudá también respondía a las invocaciones. Hubo un momento en que creyó ver a Mendoza mirándole con una incipiente sonrisa en sus labios, pero al instante siguiente, su amigo tenía la mirada puesta en el predicador.

Vicente Ferrer habló a los fieles durante dos horas seguidas. En ningún momento se le debilitó la voz, una voz potente y grave que contrastaba con su pequeña y desgastada figura. Habló de la bondad de Dios para los que seguían sus enseñanzas y acataban sus mandatos y de su cólera cuando los hombres pecaban. A medida que hablaba, la emoción iba haciendo presa de los fieles. Cuando el fraile comenzó a narrar la agonía del Hijo de Dios en el huerto de los Olivos, su apresamiento, las negaciones de Pedro, su juicio y finalmente su tortura y muerte, los ojos de los presentes estaban anegados en lágrimas.

Yehudá estaba atónito. Era una historia que ya había oído contar otras veces, pero nunca había visto semejante reacción entre los cristianos. Parecían vivir la pasión de Jesucristo como si de un hijo propio se tratara.

Entonces una voz se alzó entre la multitud y gritó.

–¡Muerte a los judíos!

Otras voces airadas se le unieron coreando la consigna. Mendoza miró a su amigo preocupado y dispuesto a saltar en su ayuda si era necesario, pero él le contuvo con gesto. Fray Vicente pidió silencio y finalmente consiguió que los ánimos se calmaran.

–No es ésa la forma de atraer a nuestra fe a los que viven en el error –dijo severamente mirando enojado a la zona de donde habían partido las primeras voces–. La violencia sólo acarrea sangre y muerte. ¿Acaso queréis hacer de ellos unos mártires equiparables a los cristianos que sufrieron las persecuciones de Nerón?

Un murmullo negativo corrió por la asamblea.

–Porque eso es lo que serán a los ojos de los de su raza –continuó el fraile–, y les hará más fuertes, como más fuertes fueron los cristianos que sobrevivieron a los leones. No, hermanos míos, no es ése el camino. Debemos llevarles la palabra de Cristo con amor y firmeza. Dejemos en paz a aquellos que, a pesar de todo, no deseen abrazar la única y verdadera fe. Dejemos que continúen viviendo en el error de sus creencias. No verán nunca a Dios ni gozarán de la vida eterna en el Paraíso.

Se oyó un murmullo de aprobación.

–Pero –prosiguió el fraile–, ayudemos a los que desean abrazar nuestra religión, la única y verdadera religión. Acojámosles en nuestras casas y en nuestras familias. Démosles fuerzas para que lleven una vida verdaderamente cristiana...

De nuevo se escuchó un murmullo de aprobación.

–Mas guardaros de aquellos otros que se han hecho bautizar sólo para conseguir mayores beneficios, más riquezas y más poder –su tono se había tornado duro e inmisericorde–. Los que siguen profesando la falsa religión en secreto y mantienen contacto con sus antiguos compañeros. ¡Son esos los verdaderos herejes que hay que extirpar de nuestro seno! ¡Son la manzana podrida que hay que quitar del cesto! ¡El brazo gangrenado que hay que cortar para que el resto del cuerpo no se contamine!

Vicente Ferrer había levantado la voz y la asamblea entera se estremeció ante sus gritos.

Después de una plegaria dirigida a la Madre de Cristo, el fraile dio por terminado el sermón y se retiró a la sacristía seguido por los numeroso clérigos que habían acudido a escucharle y por los notables que esperaban poder acercarse a él. Las gentes fueron saliendo de la catedral en silencio, impresionadas por la fuerza y la pasión que emanaban del predicador.

También Yehudá estaba muy impresionado. Había escuchado algunos sermones a lo largo de su vida, pero ninguno había sido como aquél. Caminando despacio se dirigió a casa de su hermano. David y los niños estaban ya sentados a la mesa mientras Ruma acababa de dar los últimos toques a la comida. Entró en silencio y se sentó en su sitio.

–¿Y bien? –le preguntó su hermano en un tono que quería ser irónico pero que ocultaba su preocupación– ¿Cuándo piensan atacar la judería?

–No lo harán –respondió tras un breve silencio.

–¡Vaya! –exclamó David– Entonces, ¡ya podemos comer tranquilos!

Los niños rieron sin saber muy bien por qué y Ruma sirvió el potaje.

–Parece que el sermón de ese iluminado te ha dejado muy impresionado… –dijo David al observar a su hermano dispuesto a permanecer en silencio.

–No sabría como explicártelo… –respondió Yehudá con la mirada puesta en la comida que aún no había probado– Ha hablado de paz y amor, rechazando la violencia.

–Pues no es eso lo que nos contó Saúl de Lerma –le recordó el médico–. Dijo que conseguía que los nuestros se bautizaran por las buenas o por las malas.

–Yo sólo le he escuchado atacar a aquellos que se convierten por interés…

–¡Cabras de cinco pies que el Señor confunda! –exclamó Ruma en hebreo y los niños volvieron a reír sin saber por qué.

Yehudá asistió a todos los sermones que dio Vicente Ferrer. Por alguna razón desconocida para él, aquel fraile le atraía como un imán. No estaba de acuerdo con todo lo que decía ni cómo lo decía, pero le escuchaba con atención y observaba la reacción que sus palabras producían en los cientos de fieles que a diario acudían a la catedral.

Una semana después, el Concejo extendió una orden por la que se obligaba a todos los judíos mayores de catorce años a asistir a los sermones del dominico. Serían pláticas dirigidas especialmente a ellos y por esa razón no tendrían lugar en la catedral sino en la iglesia de San Ildefonso, contigua a la Judería. Alguaciles y veladores se encargaron de sacar de sus casas y escoltar a todos los remisos, entre ellos a Yaco Tello y a sus amigos. Yehudá, por ser el rabino y la máxima autoridad religiosa, tuvo que sentarse en la primera fila, al lado de los notables de la aljama. David y Ruma se mezclaron con los demás vecinos.

El temor que se reflejaba en la mayoría de los rostros dio paso a una cierta tranquilidad cuando el dominico comenzó a narrarles el nacimiento de Cristo. Pocos de entre ellos conocían la historia. Al escuchar nombres como Jerusalén, Belén, Nazaret, Galilea y otros que habían oído repetir de generación en generación, recordándoles la Tierra Prometida, muchos sintieron una gran emoción y se les humedecieron los ojos.

–Sabe hacerlo –a él le hubiera gustado saber hablar en la sinagoga con aquel dominio–. A cada uno le dice lo que quiere escuchar. He ahí el secreto de su éxito.

Durante cinco días, los judíos se reunieron en San Ildefonso para escuchar al fraile. Ante sus ojos transcurrió la vida de Jesús, sus palabras, sus milagros, sus sufrimientos y, finalmente, su muerte. Vicente Ferrer les hablaba con una voz cálida, muy diferente a la utilizada con los cristianos –como constató Yehudá– y durante los primeros cuatro sermones no habló para nada de bautizos y conversiones. El quinto día, sin embargo, su tono se volvió más grave.

–Habéis escuchado durante estos días la vida en la tierra del Hijo de Dios, una vida repleta de amor y bondad –comenzó diciendo–, y cuyo final fue el más terrible castigo, la infame muerte en una cruz, como un criminal. Él que no hizo daño a nadie, Él que predicó el amor entre los hombres, la paz, y la caridad, también era judío. De niño asistió a la sinagoga y de mayor acudió al templo. Vuestros padres no quisieron creer que Él era el Mesías tantas veces anunciado. ¿No dice el profeta Isaías : "*Venid pues, discutamos juntos. Aunque vuestros pecados fuesen como la grana, quedarán blancos como la nieve. Aunque fuesen rojos como el carmesí, vendrán a ser como lana. Si queréis y si me escucháis, comeréis de los mejor de la tierra. Pero si no queréis y os rebeláis, seréis devorados por la espada*"? ¿Quién de entre vuestros sacerdotes o grandes hombres fue capaz de hacer los milagros que los profetas habían vaticinado? Solamente Jesús de Nazaret en quien vuestros padres no confiaron y a quien entregaron a los romanos para que muriera. También ellos dijeron a Poncio Pilatos:

"*Caiga su sangre sobre nosotros y sobre nuestros hijos*", y por eso, hijos de Israel, sufrís desde entonces persecución y muerte allí a donde vais. Por eso no tenéis reposo y vuestros hijos temen el mañana. ¡Volved vuestros ojos hacia el Hijo de Dios, el Mesías, que murió para salvar a los hombres! ¡Recibid el bautismo y hallaréis al fin la paz!

El tono del predicador había ido elevándose a medida que el sermón tocaba a su fin y muchos de entre los congregados gemían y se golpeaban el pecho. Yehudá estuvo a punto de levantarse y decir a su atribulada gente que Isaías también había dicho: "*Los transgresores y los pecadores serán quebrantados juntamente y anonadados los que abandonan a Yahvé. Pues os avergonzaréis de las encinas que habéis amado, y os abochornaréis por los jardines que habéis escogido. Seréis como encina cuya hoja se marchita y como huerto sin agua. Será el fuerte como estopa, y su obra cual chispa; arderán los dos juntos, y no habrá quien apague el fuego* ", pero no lo hizo.

Más de cien judíos recibieron aquel día el bautismo. En muchos casos fueron padres e hijos los que se convirtieron; en otros, la esposa abandonó al marido y el hijo al padre. La comunidad hebrea se vio golpeada en lo que la mantenía más estrechamente unida, su fe. No hubo familia que no tuviera un desertor entre sus miembros, ni casa en la que no se cubrieran los muebles con paños en señal de duelo.

–Por lo menos –dijo David, mientras se ocupaba en encender el fuego de la chimenea–, en esta casa no tenemos a ningún mesumad.

–¿Qué es un mesumad, padre? –preguntó Jonás muy interesado en una palabra que oía por primera vez.

–Un golem. Alguien sin vida porque, a pesar de seguir respirando, su alma está muerta.

–Alabado sea el Señor, Nuestro Dios –Ruma alzó los brazos al techo en señal de agradecimiento.

–Tío Yehudá, ¿conoces tú a algún golem? –preguntó Jonás de nuevo.

Yehudá no respondió.

Por primera vez en su vida, David no estaba seguro de estar dando el paso correcto. ¿Había sido la pertinaz insistencia de Ruma lo que le había empujado? ¿O la soledad de su lecho le pesaba más de lo que había querido reconocer? Era suficientemente joven para empezar de nuevo –se dijo–, ¿pero lo era aún para acostumbrarse a una nueva presencia en su entorno? Suspiró y se colocó el talit sobre la larga túnica blanca de hilo, primorosamente bordada, que también había utilizado el día de su boda con Sarai. Pensó en Miriam. Acababa de cumplir los diecisiete años.

–¡Lo que faltaba en esta casa! –había exclamado Ruma al conocer el nombre de la elegida– ¡Una niña! ¿En que estás pensando David Sahadia? Tienes treinta y cinco años, diecisiete más que ella..., pero ¡si podrías ser su padre!

–No es extraño que un hombre se case con una mujer mucho más joven que él –replicó débilmente.

–¿Acaso no hay ninguna viuda decente en la Comunidad para que tengas que meter en tu cama a una niña que hace poco todavía jugaba con sus muñecas? –cuanto más pensaba en ello, más se indignaba.

–Te recuerdo que ésa era la edad que tenías tú cuando te casaste con Eleazar...

–Pero él tenía veinte –sintió un pellizco en el corazón al recordar al hombre amado–. Los dos éramos jóvenes y dispuestos a equivocarnos juntos. Tú, sin embargo, eres un hombre maduro, padre de dos hijos, ¿qué esperas encontrar en una mozuela?

–Tal vez un poco de calor femenino en mi vida...

–¿Querrás decir en tu cama?

–¡Ruma! ¡Te prohíbo que hables así ! No es decente.

–Lo que no es decente es que te cases con una niña.

–Y tampoco que tú no hayas aceptado a hacerlo desde que murió tu marido.

Se midieron con la mirada. David vio la furia en los ojos de su hermana y se arrepintió de haber mencionado el tema. Sabía que Ruma había jurado fidelidad a la memoria de Eleazar y nada en el mundo le haría cambiar de opinión.

–¿Hubieras preferido verme casada con un viejo legañoso en vez de tenerme aquí cuidando de ti y de tus hijos?

David calló y Ruma salió de la casa dando un portazo. No volvieron a hablar de la boda, pero la vio afanarse por todos los rincones, limpiando a fondo suelos y muebles, haciendo acopio de alimentos para el banquete de bodas y dando órdenes a dos jóvenes que había contratado para la ocasión.

Se miró en el espejo que la madre de Sarai le había regalado el día de sus esponsales. La imagen que podía contemplar era la de un hombre maduro, de facciones atractivas. Se sintió satisfecho.

–¡Yo no soy un viejo legañoso! –comentó en voz alta y sus pensamientos volvieron de nuevo a Miriam.

La había conocido en casa de su padre, Ben Arroyo, uno de los hombres más importantes de la Aljama y uno de los más ricos también. Era una muchacha discreta que permanecía la mayor parte del tiempo con los ojos bajos. No era muy alta, pero el cuerpo que se adivinaba bajo la túnica azul, sujeta a la cintura por un cinturón de plata, era armonioso y deseable. Quedó deslumbrado cuando sus miradas por fin se encontraron. Tenía unos grandes ojos castaños y su piel era blanca y tersa. La boca bien dibujada mostraba una dentadura perfecta y los labios carnosos invitaban al beso. Los cabellos recogidos bajo la toca –al contrario que las muchachas cristianas de Vitoria que lo llevaban al aire y muy corto– tenían el mismo color que los ojos. Sintió un inmenso deseo de poseerla. Días después pidió a Ben Arroyo la mano de su hija.

Normalmente los trámites de la boda llevaban dos o tres años, pero en su caso se aceleraron y el contrato quedó redactado en unos pocos meses. Ben Arroyo tenía otras cuatro hijas casaderas y no estaba dispuesto a dejar pasar la oportunidad de unir a una de ellas con el físico más respetado de la ciudad. Dotó a Miriam generosamente y ofreció a la pareja una hermosa casa situada justo en frente de la sinagoga. David rechazó el regalo amablemente. Ya tenía una casa, la de sus padres, y pensaba seguir viviendo en ella hasta el día de su muerte.

–Bien –dijo echando un última mirada al espejo–, ¡vamos allá!

En la entrada de la casa le esperaban sus hijos y sus amigos. Al verlos pensó que todavía estaba a tiempo de echarse atrás, pero avanzó sonriendo y cogiendo a los niños de la mano se dirigió a la sinagoga acompañado por la alegre comitiva que iba en aumento a medida que avanzaban. Se sentía incómodo. No le agradaba ser el centro de miradas y comentarios. Deseaba que todo acabara cuanto antes.

Miriam le esperaba en la sinagoga flanqueada por su madre, por Ruma y por otras mujeres de la familia.

–¡Qué bella es! –pensó olvidando de pronto sus temores.

La joven vestía una túnica blanca y también lo era su tocado que ceñía con una corona de flores blancas y un largo velo. El rostro maquillado ocultaba su palidez y sobre él resaltaban los labios pintados en tono bermellón, al igual que las uñas. Durante la mañana, mientras él oraba en la sinagoga y juraba cumplir en todo el contrato matrimonial, ella había ido al miqvé acompañada por su madre, sus parientas y amigas, se había desnudado y había penetrado en el agua tres veces, como lo ordenaba el ritual. Su aseo había sido completo: le habían depilado con dedos impregnados en pez y la joven había soportado la tortura sin una queja; enjabonado todas las partes del cuerpo con suaves esponjas; frotado con pequeños cepillos bajo las uñas de los pies y de las manos; lavado el cabello y hurgado en los oídos con unos bastoncillos untados en aceite de oliva. Después le habían dado un masaje y habían perfumado su cuerpo con aceites y perfumes procedentes del Líbano. Su hermana mayor le había cepillado el cabello durante una hora larga y se lo había trenzado ricamente recogiéndolo después en un artístico moño que iba a quedar oculto bajo la toca. La habían maquillado y vestido con una camisa de hilo bordada y sobre ésta otra de lino también bordada antes de ponerle la túnica, que su madre y sus tías habían cosido y bordado en tejido de seda blanca, y ciñiéndole un precioso cinturón en el que brillaba un hermoso broche de oro y topacios. Finalmente habían completado la *toilette* colocando en sus muñecas varios brazaletes y anillos de oro, regalo de sus padres.

Como era preceptivo, la ceremonia religiosa oficiada por Yehudá tuvo lugar bajo la jupá, el velo sagrado, sostenido por cuatro parientes. Tras las oraciones, las siete vueltas de la novia a su alrededor y la bendición del vino, David sintió que la mano le temblaba cuando colocó el anillo en el dedo índice de Miriam y el gozo inundó su pecho al romper la copa de cristal que les recordaba la fragilidad de la vida y la destrucción del Templo de Salomón. Después, la asamblea estalló en un profundo grito de alegría –¡*Mazal Tov!*– y dio comienzo la fiesta que habría de durar toda una semana.

Varios días más tarde, Yehudá se sentó a su escritorio y escribió dos cartas. Una para su hermano David y otra para el viejo rabino Eliezer. Después se cortó la barba, se quitó la túnica, la dobló con cuidado y la dejó encima de un arcón. Cogió la cajita de plata en la que guardaba sus tefilín y la dejó encima de la túnica. Se vistió el jubón, las calzas y las botas, echó la capa encima de sus hombros y sin mirar atrás abandonó la sinagoga. Atravesó la puerta de Navarra y se dirigió al convento de San Francisco.

Invierno de 1418

Cuando Yosef cumplió los catorce años, su padre le dio permiso para leer los libros de su biblioteca. Era el momento que había estado esperando desde que, a los nueve años, el rabino Elías le dijo que era el mejor estudiante de la Talmud-Torá. Había regresado corriendo a casa y muy ufano de sí mismo le había repetido a su padre las palabras del maestro. David se sintió muy orgulloso de su hijo menor, pero, como siempre cuando se trataba de Yosef, se limitó a aprobar con la cabeza.

–Si hubiera sido Jonás, me hubiera abrazado y lo hubiéramos festejado –dijo enfadado en voz alta cuando se hubo encerrado en su habitación.

Todos los esfuerzos que hacía por contentarle parecían no importarle nada. Sin embargo, cuando su hermano hacía algo bien, su padre no dejaba de alabarle y de repetirle lo contento que estaba por sus progresos.

–¡Algún día le demostraré que yo puedo hacer las cosas mucho mejor que Jonás! –prometió y se golpeó el pecho con el puño cerrado.

Ese día había llegado. ¡Por fin podría leer los libros de la biblioteca! Aprendería todo lo que ellos contenían y mantendría con su padre conversaciones de hombre. Sería el mejor médico de Vitoria. Ansioso por empezar, cogió un escabel y decidió echar un vistazo a los volúmenes que se apilaban cuidadosamente en la estantería superior. Eran tratados de filosofía, el tema preferido de su padre. Copias bellamente ilustradas de las obras de Abraham ibn Ezrá, Abraham ben David, Maimónides, Yehudá Haleví, Nahmánides y otros pensadores y filósofos hebreos que, a lo largo de los siglos, habían tratado de conciliar el pensamiento de Aristóteles con las enseñanzas del Talmud. A Yosef no le interesaban especialmente. La filosofía no era su tema favorito. Era difícil de leer y tenía demasiadas palabras de las que desconocía el significado.

–¿Para qué sirve estudiar el pensamiento de hombres que murieron hace ya tanto tiempo?

Había encontrado a David enfrascado en la lectura de una traducción hebrea de Constastinus Afer del *Libro de los Elementos* escrito por el médico Isaac Israelí de Cairuán en árabe.

Su padre le miró severamente.

–En él está encerrada toda la sabiduría de los hombres –le respondió duramente–. Nunca llegarás a ser un buen físico si no te interesa saber lo que esconde el alma humana.

Yosef recordó las palabras de su padre, pero pensó que la filosofía seguía sin preocuparle demasiado y que ya tendría tiempo para ella cuando fuera más viejo. Iba a dejar en su sitio el libro favorito de su padre, una copia del *Moré Nebujim*, la “Guía de Perplejos”, de Maimónides, cuando una hoja se desprendió y cayó al suelo volando como una pluma. Bajó del escabel y la recogió. En la hoja se hallaba dibujado el árbol de la vida de los Sahadia. En él estaban inscritos los nombres de todos los miembros de la familia desde hacía seis generaciones. Se tumbó encima de la gruesa alfombra árabe, que cubría casi todo el suelo de la habitación, y se dispuso a leer con curiosidad los nombres de sus antepasados. Al llegar a los de sus padres, se detuvo en el de su madre, Sarai.

–¿Por qué yo no tengo una madre como mis amigos? –había preguntado una vez a su tía Ruma.

–Murió cuando tú naciste, pichoncito mío –le respondió su tía con triste sonrisa.

–¿Por qué? –insistió.

Su tía se limitó a levantar los ojos y las manos hacia el cielo.

Al lado del de Sarai, estaba el nombre de Miriam. Sonrió, le gustaba la segunda esposa de su padre, más que una madre era para él como una hermana mayor. Le había dado un hermano, Mosseh, y eso también le había gustado. Estaba cansado de ser el pequeño de la casa.

Siguió con el dedo la línea que llevaba al nombre de Jonás, al suyo y al de Mosseh. Después ya no había escrito ninguno más. Repasó una vez más el árbol de la vida y levantó la ceja derecha, sorprendido. A la misma altura en la que estaban los nombres de David y Sarai, había tres más: el de Ruma unido a un Eleazar y otro, Yehudá.

–Eleazar fue el marido de la tía Ruma –el mártir de la familia a quien todos los años se recordaba en el aniversario de su muerte–, pero..., ¿quién es este Yehudá?

Una hora después se hallaba sentado a la mesa, comiendo vorazmente bajo la mirada complacida de Ruma, que opinaba que un joven que no se alimentaba bien no llegaría a la vejez.

–¿Quién es Yehudá? –preguntó al tiempo que se concentraba en atrapar el último pedazo de carne que le quedaba en el plato.

Un pesado silencio siguió a su pregunta. Yosef levantó la vista sorprendido y miró a su familia. Ruma contemplaba insistentemente sus manos, Jonás tenía el ceño fruncido, Miriam miraba anhelante y preocupada a su esposo y la cuchara de David se había quedado a medio camino entre el plato y su boca. Incluso Mosseh había dejado de babear y miraba asombrado a todo el mundo.

–¿Dónde has oído ese nombre? –le preguntó su padre.

–Lo he leído en uno de los libros que están en la parte alta del armario... –y sin saber por qué, se disculpó– Se cayó la hoja y...

–Es un golem que... –Jonás se detuvo al ver el enojo en la mirada de David.

–Era mi hermano... Nuestro hermano, de tu tía Ruma y mío. Murió hace muchos años.

Algo en el tono de su padre hizo comprender al muchacho que no era aconsejable seguir preguntando. Cuando se encontró a solas con Jonás volvió al tema.

–¿Por qué has dicho que nuestro tío Yehudá era un golem?

–Un golem es alguien que está muerto en vida –le respondió su hermano con aire de suficiencia.

–¡Eso ya lo sé!

En realidad no lo sabía. ¿Un golem estaba muerto o estaba vivo? ¿Era un fantasma que erraba desamparado por la tierra? ¿O el diablo que se transformaba en hombre para asustar a los humanos? Aunque no dejaría que Jonás descubriera su ignorancia.

–Pero, ¿por qué has dicho que el tío Yehudá lo era?

–Porque así es –y añadió con aire de superioridad–. Se convirtió en uno de ellos cuando tú aún eras un crío que mamaba la leche de la nodriza. Yo era suficiente mayor para enterarme...

–¿Qué hizo?

Jonás recordó la mirada de su padre y temió haber hablado demasiado.

–Murió y se fue al infierno.

–¿Cómo lo sabes? –insistió Yosef.

–Lo sé –e, imitando a David cuando no quería seguir hablando de un tema en particular, el mayor de los hermanos abandonó la habitación dejando al pequeño con las ganas.

Ruma había ido a la sinagoga para la oración de la tarde. No solía hacerlo a esa hora, pero aquel día necesitaba orar y escuchar la palabra del Señor. La pregunta de Yosef había reavivado en ella un dolor que creía olvidado.

Cuando David leyó la carta dejada por Yehudá lo vieron palidecer y le oyeron maldecir, cosa que jamás hacía. Miriam y ella esperaron a que les explicara el motivo de su cólera, pero él se marchó sin decir ni una palabra dejando la carta sobre la mesa. ¡Cuánto hubieran dado las dos en aquel momento por saber leer! Ruma cogió el papel y lo manoseó tratando de averiguar el contenido de aquella misiva que había provocado una reacción tan desacostumbrada en su hermano. Era inútil. Tendrían que esperar a que él les hablara.

Aquella misma noche, cuando los niños ya se habían dormido, se sentaron al lado del fuego. David leyó de nuevo la carta.

–Es de Yehudá –dijo–. Se ha marchado.

Ruma levantó los ojos sorprendida. ¿Yehudá se había marchado? ¿A dónde? ¿Sin despedirse de ella? Esperó, sin preguntar, a que su hermano continuara.

–Ha decidido hacerse cristiano.

Se llevó la mano a la boca y ahogó un grito. Miriam bajó los ojos avergonzada por la acción de su cuñado y a la vez apenada por él.

–¿Por qué? –consiguió preguntar Ruma tras un largo silencio.

–¿Quién puede saberlo? –la voz de su hermano sonaba triste– ¿Sabe alguien lo que encierra el alma de los demás? Sólo espero que encuentre la paz y, en verdad, es algo que va a serle muy difícil.

No volvieron a hablar del asunto. Aquella noche no pudo conciliar el sueño y lloró como no lo había hecho desde el día en que supo que no volvería a ver a su amado Eleazar. No le preguntó a David si sabía dónde se encontraba Yehudá. También él había muerto.

La noticia de la apostasía del rabino se esparció por la aljama como un reguero de pólvora. Durante muchas semanas sintió tanta vergüenza que dejó que Miriam se encargara de las compras. Sentía sobre sí las miradas de sus vecinos, despectivas las de aquéllos que se habían mantenido firmes, compasivas las de los que también habían sufrido alguna deserción entre sus familiares.

El rabino Eliezer se hizo de nuevo cargo de la dirección espiritual de la aljama. Parecía mucho más viejo. El abandono de Yehudá, en quien tanta confianza había puesto, le había golpeado con fuerza y su salud se había resentido. No habló, sin embargo, de castigo para los que traicionaban a su pueblo y renegaban de la fe de sus padres. Habló de amor y comprensión, pidiendo a todos que rogaran por el retorno de las ovejas perdidas a la Casa del Señor.

–Es curioso –le comentó más tarde David–, me recuerda al frailillo. Los dos dicen las mismas cosas.

Ruma se escandalizó. ¿Cómo podía su hermano comparar al santo Eliezer con aquel ladrón de almas que había llevado la desolación a tantas buenas y honradas familias judías?

–Al fin y al cabo –continuó David recordando algunas de las teorías que había leído y que ciertamente estaban próximas a su propio pensamiento–, sólo hay un Dios único y verdadero. ¿Qué más da que se le dé uno u otro nombre? Los cristianos creen en Jesucristo, los moros en Alá y nosotros en Yahvé. ¿No serán los tres la misma cosa? Y si así fuera, ¿merecería la pena tanto sufrimiento sólo por un nombre? ¿Y quién puede decir que está en posesión de la verdad?

No podía dar crédito a sus oídos. ¡Aquello era herejía! Su hermano podía ser excomulgado y expulsado de la comunidad por sus palabras. El miedo se reflejó en sus ojos y David se dio cuenta de ello.

–¡No temas! –rió–, no voy a ir por ahí diciendo lo que pienso y tampoco tengo la intención de hacerme bautizar. Nací judío y judío moriré.

Respiró tranquila. Sin embargo, le hubiera gustado que su hermano no dijera cosas tan terribles ni siquiera en la intimidad de su hogar. Sabía que no era un gran creyente y que tenía en su biblioteca libros que habían sido prohibidos por los doctores, pero nunca le había oído expresarse en aquellos términos.

De vuelta a casa, encontró que Yosef le estaba esperando y se sorprendió. Normalmente el chico desaparecía en cuanto salía de la Yeshivá y se iba por ahí con sus amigos. No solía aparecer hasta la hora de la cena. Siempre llegaba tarde y sudoroso de haber estado corriendo o jugando a la pelota.

–Shalom, tía Ruma –dijo y cariñosamente le echó el brazo por encima del hombro.

¡Cuánto había crecido! Lo había criado como a su propio hijo y estaba orgullosa del resultado. Era alto y espigado como todos los Sahadia. Tenía la tez blanca como la de una muchacha y sus ojos oscuros resaltaban sobre ella.

–Tiene mis ojos –se dijo satisfecha.

Se fijó en el cabello, castaño, abundante y lleno de rizos rebeldes al agua y al peine.

–¿De quién habrás sacado este pelo...? –le dijo al tiempo que le pasaba la mano tratando de despejar su frente.

–¿Estás segura de que siempre me has dicho la verdad? –preguntó él, cogiéndola en sus brazos– ¿No soy un niño abandonado que recogisteis de debajo de un puente?

–¡Qué tonto eres! ¡Déjame!

Ruma se apartó de su sobrino y recompuso su aspecto. Le encantaba que fuera tan cariñoso, pero temía que alguien pudiera verles y pensara que no tenía el respeto debido a los mayores. Yosef le siguió dentro de la casa.

–¿Quieres que te ayude? –le preguntó– ¿Necesitas agua o leña?

Se detuvo y le miró. Tanta solicitud le parecía sospechosa.

–¿Qué es lo que quieres Yosef Sahadia?

–¿Yo? No quiero nada, izeko, sólo ayudarte... –su voz tenía el más inocente de los tonos– Los barreños para el agua son demasiado pesados y tú tienes unas manos tan pequeñas...

Sonrió. El muchacho era adorable cuando quería.

–¡No me vengas con zalamerías! –repuso tratando de aparentar severidad– Te conozco muy bien y sé cuando quieres algo de mí.

–Te aseguro... –¿para qué engañarla? De todos modos tenía que preguntárselo...– Bueno, sí. Quiero que me hables de Yehudá.

Ruma suspiró. Era de esperar que tarde o temprano el muchacho le haría esa pregunta. No se la haría a David. No había entre ellos la suficiente confianza. ¿Por qué razón su padre se había mantenido siempre tan distante con él? Nunca le había querido tanto como a Jonás o, por lo menos, no lo había demostrado. En compensación, ella le había dado todo su cariño y atención desde el primer momento que lo tuvo en brazos. Entraron en la casa, echó una ojeada y aguzó el oído. Respiró tranquila, Miriam y el pequeño Mosseh no estaban en casa. Recordó que le había dicho que pensaba pasar a visitar a sus padres y llevar al niño con ella para que lo vieran sus abuelos. Entró en la cocina y se quitó la toca y el velo dejándolos con cuidado sobre una silla, después se quitó el manto de lana que ella misma había bordado y lo dobló con cuidado, dejándolo sobre otra silla.

–Está muerto... –dijo respondiendo a la pregunta de su sobrino

–¿Cuándo murió?

–Cuando tú eras pequeño...

–¿De qué murió? ¿Dónde está enterrado? ¿Por qué nunca me has hablado de él como lo has hecho de tu marido Eleazar?

Estaba claro que Yosef no tenía intención de darse por vencido. Si no encontraba las respuestas en su casa, las buscaría en otra parte. Se sentó en el banco corrido que estaba bajo la ventana y le indicó que se sentara junto a ella.

–Mi hermano Yehudá murió para mí el día que abandonó su puesto de rabino en la sinagoga –el recuerdo de aquel momento siempre entristecía su corazón–. Escribió una carta a tu padre y se marchó sin despedirse de mí. Desde entonces no he vuelto a saber de él.

–¿Por qué se marchó? ¿A dónde fue? –insistió Yosef, cada vez más interesado.

–Decidió hacerse cristiano. Se hizo bautizar.

El muchacho se quedó sin habla. ¡Su tío era un cristiano! ¿Como podía haber ocurrido algo así en su familia?

–El fraile Vicente Ferrer vino a predicar a Vitoria –recordó con odio la pequeña figura embutida en su hábito de dominico–. Todos los judíos fuimos obligados a asistir a los sermones. Es una fecha muy triste de recordar. Más de cien de los nuestros abrazaron el cristianismo... Yehudá se marchó meses después y nos ahorró la vergüenza de ver cómo se hacía bautizar.

Tú no has tenido la ocasión, pero cuando ocurre una conversión en masa, todos los judíos son obligados a asistir a la ceremonia.

Yosef seguía perplejo. ¡Tenía un tío rabino que era cristiano!

–¿Y dónde está ahora? –preguntó.

–Ya te he dicho antes que no lo sé. Tal vez tu padre lo sepa pero nunca más, desde entonces, hemos vuelto a hablar de ello. Además, ¿qué puede importarte dónde esté?

–Curiosidad...

–Olvida lo que te he dicho y, ¡por favor! –quizá había hablado demasiado de lo que no debía–, no le digas a tu padre que te lo he contado.

–¿Por qué?

–No estoy segura de que le guste...

–¿Se disgustó mucho?

El chico no dejaba de preguntar y Ruma no quería seguir hablando del tema. Tardó un momento en responder.

–Pues, la verdad, tampoco lo sé.

Durante algún tiempo no tuvo oportunidad de volver al tema que le interesaba. No se atrevió a preguntar nada a su padre y se enfrascó de lleno en los estudios. Era su último año en la Yeshivá y tenía que prepararse bien si quería convencer a David para que le enviara a la escuela de medicina de Toledo, la más reputada de Castilla. Jonás estaba aprendiendo el arte de la medicina con su padre y le acompañaba en todas sus visitas.

–Yo seré mejor médico que él –se decía a menudo y estaba convencido de que así sería.

Pasaba horas en la biblioteca aprendiendo anatomía, estudiando los nombres y síntomas de las diversas enfermedades, el estudio de las plantas curativas, tóxicas y venenosas. Quiso buscar de nuevo la hoja en la que estaba el árbol de la vida de su familia, pero había desaparecido del *Moré Nebujim*.

Un día, al anochecer, llamaron a la puerta. Al abrir se encontró con dos hombres armados y su primera reacción fue de sobresalto.

–¿Vive aquí el físico David Sahadia? –preguntó uno de ellos en tono fiero.

–Pues sí... –respondió–, ¿quién...?

–Venimos de parte de nuestro señor, don Juan de Mendoza –el hombre le miró fijamente–. Quiere que maese David acuda a su casa inmediatamente.

David había asomado la cabeza de su escritorio y se acercó a la puerta.

–Yo soy David.

Para gran sorpresa de Yosef, los dos hombres se inclinaron respetuosamente.

–Nuestro señor, don Juan de Mendoza, solicita vuestra presencia en su casa, maese David –dijo el hombre del tono fiero.

–¿Ocurre algo grave?

–Nuestra señora, doña Ana, parece hallarse mal, señor.

–Ahora mismo voy para allá –pensó con ironía que la gente tenía la mala costumbre de ponerse enferma justo en el momento en que él pensaba irse a la cama–. Podéis ir por delante –les indicó.

–Nuestro señor nos ha dado orden de escoltaros para que no os ocurra ningún percance, señor –respondió el hombre haciendo una nueva reverencia.

David sonrió. No conocía muy bien a Juan de Mendoza, pero le constaba que de todos los notables de la ciudad, él era el más noble. Jonás no estaba en casa. David ordenó a Yosef que fuera a por su bolsa de utensilios y medicinas de primer auxilio.

–Ven conmigo –le dijo cuando volvió con la bolsa y ante su mirada de extrañeza, añadió sonriente–. Si vas a ser médico, va siendo ya hora de que empieces a ayudarme.

Nunca en su vida se había sentido el joven tan feliz como en aquel momento. ¡Su padre le había pedido que le acompañara! Corrió escaleras arriba y entró en su cuarto como una tromba. Se puso su tabardo nuevo y repetidas veces pasó el peine por sus cabellos rebeldes. Su tía tenía razón, ¿a quién habría sacado él aquel maldito pelo? Desesperado por no poder hacer nada con su cabello, echó agua en la jofaina, metió las dos manos y se las pasó después por la cabeza. Su padre, que empezaba a impacientarse, sonrió al ver su aspecto de gato mojado y le hizo una seña para que se apresurara.

Para cuando llegaron a casa de Mendoza, el cabello de Yosef había vuelto a adquirir su aspecto habitual. Pocas veces había estado en aquella zona. Era la parte más antigua de la ciudad y estaba dominada por el bando oñacino. Mendozas, Sautos, Nanclares, Hurtados, Maturanas..., tenían allí sus hermosas casas de piedra de sillería, con amplios balcones y grandes escudos señoriales. Muchas de las gentes que vivían en la parte vieja eran descendientes de las primeras familias que se aposentaron en la ciudad de Vitoria fundada por el rey Sancho VI, *El Sabio*, de Navarra. Se quedó mirando el escudo colocado encima del gran portón y se preguntó por qué habría unas cadenas en él. No se dio cuenta de que la puerta se había abierto y su padre le hizo entrar tirando de una punta de su tabardo.

Tampoco había estado nunca dentro de una casa señorial y se quedó con la boca abierta al contemplar el enorme patio cubierto. Jamás había visto un patio tan enorme. Grandes antorchas colgaban de los antorcheros de los muros e iluminaban el lugar y los criados se afanaban de un lado para otro con caballerías y otros enseres. Al fondo del patio había una escalera de mármol muy ancha y por ella subieron siguiendo los pasos del criado que les guiaba.

–Así debe ser la escalera del palacio real –murmuró admirado.

–¿Decías algo? –preguntó su padre.

Negó con la cabeza y sus ojos se abrieron asombrados. La estancia en la que les había introducido el sirviente era la más hermosa que había visto en su vida. Grandes cortinajes de terciopelo cubrían las paredes maestras. Las otras estaban completamente recubiertas de paneles de madera montados unos sobre otros y sobre ellas pendían retratos de hermosos hombres y mujeres con las armas de la casa de Mendoza. La habitación estaba iluminada por tantas lámparas de plata y bronce que parecía que era de día. En la enorme chimenea ardían unos grandes troncos y hacía un calor sofocante. No había tenido tiempo de contemplar todo lo que se presentaba a su vista cuando la voz del dueño le sacó de su pasmo.

–Bienvenido seas, maese David.

–La paz sea contigo y con los tuyos –le respondió el médico haciendo una breve inclinación–. Éste es mi hijo menor, Yosef. Va a ser médico.

Don Juan saludó al muchacho con un gesto de cabeza.

–Te he hecho llamar –continuó el de Mendoza–, porque mi esposa, doña Ana, se halla gravemente enferma.

Les indicó que le siguieran hasta el gran lecho cubierto con un baldaquín del que también pendían unas cortinas de terciopelo a juego con las de las paredes. Don Juan corrió una de las cortinas y las dos doncellas que se aprestaban cerca de su dueña con paños humedecidos en agua de rosa se retiraron.

Yosef no estaba preparado y malamente contuvo una exclamación. Doña Ana yacía completamente desnuda encima de la cama, sus músculos contraídos por la fiebre y tiritando a pesar del calor reinante en la habitación. Tenía su cuerpo enflaquecido cubierto de bubas purulentas.

–Oh Señor... –suspiró el médico.

–No se la puede cubrir porque el simple roce de una tela le produce un inmenso dolor –explicó don Juan.

–¿Por qué no me has hecho llamar antes?

Yosef advirtió en el tono de su padre la cólera que le producían situaciones como aquélla. Siempre comentaba lo necia que era la gente que esperaba hasta el último momento para llamar al médico, cuando ya podía ser tarde para curar al enfermo.

–Apenas hace una hora que he llegado –explicó Mendoza–. Y lo primero que he hecho ha sido llamarte. He estado ausente de Vitoria durante las tres últimas semanas y nadie me ha comunicado lo que ocurría.

–Y, ¿por qué los hombres de tu casa no han llamado a un médico, a mí o cualquier otro?

–Todavía no lo sé –respondió don Juan apesadumbrado–, ¿puedes hacer algo por ella?

–Me es difícil decirlo –respondió con cautela. Los muchos años de experiencia le habían enseñado a no asegurar nada antes de ver la evolución del enfermo–. Tal vez sea demasiado tarde. Pero puedo intentarlo o, al menos, aliviar su dolor.

Don Juan afirmó con la cabeza y dio orden para que se siguiera en todo las indicaciones del médico. David ordenó a las dos doncellas que calentaran gran cantidad de agua, cortaran tiras de lienzo y mandaran a buscar a la botica las hierbas y pomadas que escribió en un pedazo de papel. Después se quitó la garnacha, se remangó las mangas de la saya y se colocó un mandil limpio que sacó de la bolsa que llevaba su hijo. Abrió la boca de la enferma, vertió en ella unas gotas de un pequeño frasco y esperó a que hicieran efecto. Al poco, doña Ana dormía plácidamente.

–No sentirá ningún dolor –explicó dando a su hijo la primera lección práctica de medicina–. Esto es un narcótico muy poderoso que se obtiene mezclando raíz de orval y vino. Produce un sueño muy profundo, pero sólo ha de utilizarse en casos extremos como éste y en una mínima cantidad. El exceso puede producir la muerte.

Eligió el más fino de los escalpelos de varios tamaños que guardaba en una caja de madera de cedro y se dispuso a sajar las bubas una a una. Yosef miraba hacer a su padre hipnotizado. Sus manos se movían con una rapidez asombrosa. Sajaba de un corte limpio y recogía el pus con un pequeño trozo de lino que luego desechaba. Después limpiaba bien la llaga con la cocción obtenida de los tallos y hojas de la persicaria.

–¿Te atreves a hacerlo tú? –le preguntó tras haber hecho la misma operación media docena de veces.

El joven se quedó de piedra y, como un autómata, movió la cabeza afirmativamente. David le tendió el escalpelo.

–Procura que el corte sea rápido y corta sólo la piel infectada –le aconsejó.

Reprimiendo la repugnancia que sentía, cogió el instrumento y con mano temblorosa hizo su primera operación. Instantes después ya no sentía asco y se aplicaba concienzudamente a abrir las bubas y limpiar las heridas. David contemplaba orgulloso a su hijo menor.

–Será un buen médico –pensó en las cuatro generaciones Sahadia dedicadas al ejercicio de la medicina–. No le tiembla el pulso y tiene buena corazonada.

Mientras Yosef se concentraba en su labor, David aplicaba en las llagas una pomada hecha con corteza de olmo, aceite de oliva y cera virgen, mezclado todo con aceite de trementina que expandió por la habitación un suave olor a limón.

–Es un remedio vulnerario que sirve para cicatrizar las heridas y calmar el dolor que producen –le explicó a Yosef.

Las doncellas les ayudaron a vendar a la enferma. Acabaron pasada la media noche. Doña Ana seguía dormida y reposaba tranquila, cubierta por una suave manta hecha con piel de cordero.

–Cuando despierte –dijo David a las doncellas–, le daréis una taza de agua en la que habréis cocido un puñado de corteza de sauce. Le hará bajar la fiebre. Y no olvidéis colarla por un paño de tela fina –advirtió.

Don Juan de Mendoza había ordenado preparar en su escritorio una ligera colación compuesta de tortas de pan de centeno y membrillos con miel, acompañados del vino kasher que seguía comprando al comerciante judío a pesar de que ya no recibía las visitas de Yehudá. Invitó a David y a su hijo a lavarse en unas grandes jofainas en las que los criados vertieron agua templada mezclada con pétalos de rosa y luego les invitó a seguirle.

El escritorio de Mendoza era pequeño y acogedor. En la chimenea ardían unos leños y las viandas habían sido colocadas encima de una pequeña mesa, justo delante del fuego. Yosef comió un poco, pero no probó el vino, como tampoco lo hizo David. Un judío no bebía vino en compañía de un gentil. El muchacho estaba satisfecho consigo mismo, la habitación estaba caliente, el sillón de piel era muy confortable y no podía mantener los ojos abiertos. Los dos hombres se le quedaron mirando con ternura.

–Ha trabajado duro –dijo Mendoza.

–Será un médico excelente –añadió David.

–Igual que su padre... Quiero pedirte disculpas, maese David –observó la mirada de extrañeza del físico y continuó– He indagado la razón por la cual no se te llamó antes. Mi esposa no quería.

–Suele ocurrir. A veces no damos importancia a los síntomas y evitamos la visita del médico que suele resultar incómoda.

–No ha sido eso –dijo Mendoza fijando la mirada en la copa que tenía en la mano, parecía avergonzado–. Doña Ana no quería que ningún médico judío la visitara y como en Vitoria no hay médicos cristianos...

David no se sorprendió. No era la primera vez que eso le ocurría y recordó el caso del merino Pedro Arbuza que murió de gangrena en una pierna herida durante una cacería porque los familiares se negaron a dejar entrar en su casa a un judío, por muy médico que fuera.

–Hace años su padre tuvo graves problemas financieros y cayó en manos de un prestamista...

–Judío... –se oyó decir David.

–Sí, claro –dijo el otro–. No podía ser de otra manera. Los cristianos no pueden prestar dinero a los cristianos.

David rió suavemente.

–Ni los judíos a los judíos...

–En el fondo no somos tan diferentes –añadió Mendoza.

–Eso mismo he pensado yo siempre.

Mendoza se sirvió vino, lo bebió de un trago y se quedó mirando fijamente al físico.

–Yehudá te echa mucho en falta, maese David –dijo finalmente.

David sintió que todos sus músculos se ponían tensos y miró a Yosef. El chico parecía dormir profundamente.

–Yehudá ya no existe –dijo en un tono frío y cortante–. Creo que su nombre actual es fray Anselmo de Vitoria.

–Yo prefiero llamarle por su antiguo nombre –insistió Mendoza.

–Yo también –pensó el médico pero no dijo nada.

–Sigue siendo mi mejor amigo y le visito todos los domingos. Hablamos mucho y nunca deja de preguntarme por ti y tu familia.

David permanecía callado. A él también le hubiera gustado preguntar por su hermano, saber dónde estaba y si había encontrado la paz que tanto anhelaba..., pero estaba enojado con él por haberles dejado. No le había perdonado.

Como si pudiera leerle el pensamiento, don Juan continuó:

–Está bien. El abad del convento de San Francisco, fray Lucio, lo acogió como un hijo y le ayudó en los momentos más difíciles.

Así pues seguía en Vitoria. No se había movido de la ciudad en todos aquellos años. David sintió que su enfado aumentaba. ¿Por qué no había intentado ponerse en contacto con él? ¿Acaso pensaba que el mero hecho de cambiar de religión podía romper los lazos fraternales que les unían? Se levantó bruscamente y zarandeó a Yosef

–¡Despierta hijo! Nos vamos...

Los mismos hombres que les habían ido a buscar, les acompañaron de vuelta a su casa. El muchacho iba dando tumbos por las calles. Tenía frío. ¡De buena gana se hubiera quedado en aquel sillón toda la noche! Miró a su padre que caminaba unos pasos por delante de él y trató de recordar algo que había oído. Su tío Yehudá era fraile en el convento de San Francisco y don Juan le visitaba todos los domingos... ¿Sería cierto o es que lo había soñado?

Habían llegado a su casa. David se despidió de los dos hombres y Yosef subió las escaleras. Se tumbó en la cama completamente vestido.

–Lo averiguaré el domingo que viene –dijo y se quedó dormido.

Al principio se le planteó un problema. El domingo era día laboral para los judíos. Puesto que se tomaban libre el sábado, las ordenanzas les obligaban trabajar en domingo. ¿Cómo faltar a la Yeshivá sin llamar la atención? Era difícil hacerlo. Todos los estudiantes de la judería estaban muy controlados. Si no aparecía por la escuela, el rabino Yaacob pasaría después por su casa para informarse sobre la razón de su ausencia. Calculó que no era probable que don Juan fuera al convento de los franciscanos por la mañana. Seguramente se levantaría tarde y, luego, estaba también la misa en la catedral. Asistió a clase y pidió permiso para ausentarse por la tarde. Deseaba, dijo, estudiar los *Proverbios Morales* de Sem-Tob de Carrión y hacer un extracto resumido de los mismos. El rabino se sintió halagado por la aplicación de su alumno y le dio el permiso.

Después de comer, cogió sus libros y salió de casa en dirección a la sinagoga. Al llegar al primer cantón se metió por él, tomó el camino que conducía a la casa de Mendoza y se dispuso a esperar agazapado tras unos carros. Esperó más de dos horas.

–¡Pues sí que me he lucido! –para eso había mentido y se había arriesgado tanto... –Ahora va a resultar que don Juan no está en Vitoria, o que ha ido a San Francisco por la mañana, o que su mujer está peor...

Su padre había ido a visitar a doña Ana todos los días, pero él no le había acompañado. Cuando le preguntó cómo se encontraba la señora, se limitó a responder lacónicamente que se encontraba mejor y no hizo ningún otro comentario. Iba a marcharse desesperanzado cuando oyó el ruido de los goznes al abrirse el portón. La gruesa figura de don Juan apareció en la calle seguido de un gran lebrel que caracoleaba feliz por salir de paseo con su amo. Les siguió a distancia. Mendoza no parecía tener ninguna prisa. Saludaba a unos, se detenía a hablar con otros o se paraba a contemplar las obras de la calzada. Finalmente atravesó la puerta de San Miguel y salió de la muralla.

El corazón le palpitaba con fuerza y casi podía oír sus latidos. Se escondió tras unos matos cuando estuvieron cerca del convento. Por un momento sintió verdadero pánico cuando el lebrel, abandonando a su amo, dio media vuelta y a toda velocidad se dirigió contra él. Cerró los ojos y esperó la embestida, pero el animal se limitó a oliscarle y hasta le dio un par de lametadas. La llamada de su amo, le hizo regresar y juntos entraron en el convento. Repuesto del susto, Yosef esperó. Tal vez Mendoza y su tío salieran del convento a dar un paseo... La espera se le hizo interminable.

–¿No pensará quedarse ahí a pasar la noche? –no estaba dispuesto a tanto y sus huesos empezaban a sentir el frío y la humedad– Esperó un rato más y luego me voy. Total, ¡no sé por qué he hecho esta tontería!

Transcurrieron un par de horas antes de que don Juan saliera del convento. Iba acompañado por el lebrel y un fraile que salió a despedirle. Agudizó la vista todo lo que pudo, pero no pudo distinguir los rasgos del fraile. Podía ser su tío o el portero. Todos los frailes le parecían iguales. Cuando la puerta del convento se cerró y Mendoza cogió el camino de vuelta, echó a correr y entró en la ciudad por la puerta de Navarra.

Aquella noche tuvo que quedarse estudiando los *Proverbios* y preparando el resumen que había prometido al rabino.

Cada domingo encontraba una excusa para no asistir a las clases de la tarde y se dirigía directamente hacia la cuesta del convento de San Francisco a la espera de que llegara don Juan y con la esperanza de ver a su tío.

Un día que se hallaba escondido entre los matos, Mendoza pasó tan cerca de él que temió que le descubriera, pero el caballero siguió su camino sin percatarse de su presencia. No así el lebrel, que le olió y le chupeteó varias veces antes de salir corriendo tras de su amo. De pronto oyó unas voces a su espalda

–¡Mirad!, ¿qué tenemos aquí?

Se volvió y vio a tres mozalbetes, más o menos de su edad, que le contemplaban con una sonrisa que no le gustó en absoluto. Se puso en pie y se encaró con ellos.

–¿Quién es? –preguntó uno.

–¿No lo ves? –le respondió el que parecía ser el cabecilla– Es un sucio judío.

Apretó los dientes y se aguantó la rabia. El cabecilla, un pelirrojo con el cabello tan alborotado como el de él mismo, se le acercó y le dio un empujón en el hombro.

–¿Qué haces aquí judío de mierda? –su padre siempre les llamaba a así cuando hablaba de ellos.

Yosef guardó silencio.

–¿Te ha comido la lengua el gato? –dijo el otro, y los tres rieron la gracia.

–¿Cómo sabes que es judío? –preguntó el más joven. Le había estado contemplando con interés de los pies a la cabeza.

–Porque lo sé –respondió el pelirrojo–. Los huelo.

–Los judíos no tienen polla –dijo el segundo–. ¡Todo el mundo lo sabe!

–¡Eso es mentira! –gritó, recobrando de pronto la palabra.

–¿Ah, sí? –dijo el cabecilla dándole otro empujón– Pues enséñanos la tuya...

–No me da la gana –respondió ofendido.

–De todos modos vamos a verla. ¡Agarradle bien y bajadle los calzones! –les ordenó a los otros dos.

Los tres muchachos se abalanzaron contra él tratando de dominarlo pero, ante su sorpresa, el muchacho les hizo frente. De algo tenían que valerle las peleas con Jonás, se dijo. Bien era cierto que siempre se llevaba él la peor parte, pero había aprendido a defenderse y vendería caro su honor. Empezó a propinar puñetazos y patadas a diestra y siniestra y tuvo el placer de colocar un buen directo en el ojo derecho del pelirrojo, que aulló de dolor. Lleno de rabia, el cabecilla se abalanzó contra él y lo derribó al suelo. En un abrir y cerrar de ojos tenía a los tres encima de él y las cosas empezaban a ponerse feas. Unos furiosos ladridos detuvieron la pelea. El lebrel de Mendoza se dirigía hacia ellos mostrando los dientes con ánimo de atacarles. Los tres muchachos se levantaron y echaron a correr para detenerse unas yardas más arriba y mirar asombrados cómo el perro lamía a Yosef y le hacía carantoñas moviendo el rabo.

–¡Os he visto, bribones! –les gritó don Juan que había llegado en pos del perro– ¡Tres contra uno es acción de cobardes!

Te conozco Martín de Escoriaza y como te vuelva a ver, ¡yo mismo te cortaré las orejas!

La terrible amenaza del coloso surtió efecto y los chicos huyeron rápidamente como almas que llevaba el diablo. Don Juan se acercó al muchacho y le ayudó a levantarse.

–Te he visto pelear y no lo haces mal –le dijo–, pero otro día ten más cuidado y escóndete mejor.

Le miró sorprendido.

–¿Creías que no me había dado cuenta? –rió el hombretón– Mal soldado sería, ¡vive Dios!, si no descubriera a un espía tras de mí. Sé que me sigues cuando vengo al convento y que luego te quedas aquí, escondido, esperando a que salga. ¿Por qué lo haces?

Tragó saliva, se limpió la nariz con el dorso de la mano y miró directamente a Mendoza.

–Esperaba poder ver a mi tío –ya estaba dicho.

–¿A tu tío? ¿Y quién es tu tío? ¿Por qué...? –don Juan le observó con mayor atención– Espera... yo a ti te conozco.

–Soy Yosef, el segundo hijo de maese David, el físico.

Durante unos instantes el hombre no reaccionó. Trataba de pensar.

–¡Naturalmente! –exclamó por fin. Era el chico que había acompañado a David y se había quedado dormido en la butaca de su escritorio– La noche que viniste a mi casa..., nos oíste hablar de Yehudá a tu padre y a mí.

–Bueno –se disculpó–, no todo..., sólo algunas cosas que recordé más tarde.

–¿Y por qué diablos no le has preguntado a tu padre lo que quieres saber?

–Porque no me lo hubiera dicho –le hubiera mirado entornando los ojos y no se hubiera molestado en responder– En nuestra casa no se habla de mi tío. Yo me enteré de que existía por casualidad...

–¿Y quieres conocerle?

–No sé. Quería verle. Saber cómo era...

–Ven conmigo y lo verás con tus propios ojos.

Mendoza echó a andar y Yosef le siguió sin saber muy bien si lo que hacía estaba bien o mal. El lebrel saltaba a su alrededor encantado de que les acompañara en su paseo. Cuando el portón del convento se cerró con gran estruendo tras ellos, se le pasó por la imaginación que nunca más volvería a salir de allí.

Esperaba a don Juan las tardes de los domingos y juntos entraban en el convento. Mientras los dos hombres hablaban, él les escuchaba o se entretenía jugando con el lebrel. La emoción de fray Anselmo había sido extraordinaria cuando su amigo le presentó a su sobrino.

–¡Casi no me lo puedo creer! –¡Cómo había crecido!– Si eras un pequeño retaco la última vez que te vi...

Le abrazó con los ojos llenos de lágrimas y Yosef se sintió incómodo; ¿estaba bien que un fraile cristiano le abrazara, aunque fuera su tío? No recordaba haber leído nada al respecto en los Libros Sagrados. Luego le miró y trató de descubrir algún rasgo que le recordara a los suyos. Estaba muy delgado, llevaba la cabeza tonsurada y la barba rapada. A primera vista le resultó un extraño. Poco a poco fue percibiendo pequeños detalles que le resultaban familiares, como la manera de rascarse la oreja cuando algo le preocupaba, igual que hacía su padre; la mirada, alegre y triste a la vez, que era igual que la de tía Ruma; las manos largas y nerviosas que de nuevo le recordaban a su padre... Cuanto más le miraba, más parecidos le encontraba.

Le habló de su padre, de Miriam, de su tía, de sus hermanos... Le contó los progresos que hacía en la Yeshivá, los libros que leía, los planes que tenía para irse a Toledo... Era extraño, podía hablar con él mejor que con su propio padre a quien nada de lo suyo parecía interesar.

–Mi hermano David siempre ha sido un hombre reservado –dijo fray Anselmo–. No se lo tengas en cuenta. Estoy seguro de que le interesa mucho todo lo tuyo, aunque no sepa demostrártelo.

–¡Pues bien que se lo demuestra a Jonás! –replicó él.

–Porque tu hermano es mayor que tú y le será más fácil hablar con él que contigo. Ten en cuenta que sufrió mucho cuando murió su esposa, tu madre...

–¿Y yo qué culpa tengo? –pensó. Él ni siquiera la había conocido.

–Maese David es el mejor médico de la ciudad –continuó Mendoza–. Gracias a él mi esposa ha recuperado completamente la salud. Por otra parte –rió divertido–, ha conseguido lo que parecía imposible.

–¿El qué? –preguntó fray Anselmo.

–Que deje de odiar a los judíos.

Los dos se echaron a reír, sin que Yosef llegara a entender lo que les hacía tanta gracia.

–No a todos, ¡claro! –recalcó Mendoza. Su mujer seguía sin poder ver a prestamistas, financieros, arrendadores, recaudadores y a todos que tenían que relación con el dinero– Pero, al menos, ahora se da cuenta de que no todas las telas son iguales aunque tengan el mismo color.

De nuevo volvieron a reír y Yosef pensó que, muchas veces, los mayores eran bastante tontos. Estaba a gusto con ellos. Los dos le trataban como un adulto, le dejaban escuchar sus conversaciones y le pedían su opinión. Solían sentarse en el claustro cuando el tiempo lo permitía y cuando no, lo hacían en la celda de su tío. Era una pequeña habitación.

–¡Enana! –fue lo que pensó cuando entró en ella por primera vez.

Solamente había un catre duro como pudo comprobar cuando se sentó en él a falta de silla, un pequeño arcón, una mesa con un par de libros y poco más. Las paredes estaban desnudas, sin adornos ni cuadros, salvo un crucifijo que colgaba en una de ellas. Yosef procuraba no mirarlo.

–¿Por qué nunca miras al crucifijo? –le preguntó una vez su tío. Se había dado cuenta de que apartaba la mirada cuando se topaba con la imagen– ¿Te molesta?

–No –respondió él– sólo que no lo entiendo...

–¿Qué es lo que no entiendes?

Le miró directamente a los ojos y Mendoza comprobó que los dos se parecían mucho.

–Por qué decís que ese es vuestro Dios y lo representáis ahí, clavado en una cruz. Es indigno de un Dios morir crucificado y además, ¡cómo si hubiera sido el único en el mundo que hubiera sufrido una muerte así!

–También murieron con él dos ladrones –repuso fray Anselmo suavemente.

–Y miles de judíos que se opusieron a los romanos. Todo el mundo sabe que esa era la forma que tenían los romanos para acabar con el enemigo.

Mendoza rió divertido.

–¡Vaya! ¡Nos ha salido un polemista!

–Además –continuó Yosef–, ¿cómo os atrevéis a representar a vuestro Dios en una figura? ¿Cómo sabéis que ese era su rostro? Cada artista hace como mejor le place...

–¡Bravo muchacho! –aplaudió Mendoza– Me gusta que vayas directamente al grano.

–Si en verdad es vuestro Dios, ¿por qué permitió que le mataran así? ¿Por qué no hizo nada para salvarse? ¿Por qué no luchó contra los romanos? ¿Por qué no ayudó a su gente que sufría la opresión?

–Él no vino a ocuparse de nuestros cuerpos, sino de nuestras almas –le respondió su tío–. Habló de bondad, de paz, de amor...

–Entonces... –le interrumpió impaciente–, ¿por qué deja que nos insulten y nos desprecien? ¿Por qué sus sacerdotes nos persiguen y lanzan al pueblo contra nosotros? ¿Por qué permite que, en su nombre, hombres, mujeres y niños de su raza sean asesinados como mi tío Eleazar?

Los ojos se le habían llenado de lágrimas y los dos hombres estaban impresionados por su vehemencia. Fray Anselmo se levantó de la silla, se sentó a su lado encima del catre y le apretó contra su cuerpo.

–Tienes razón, Yosef. Hay muchas preguntas que no tienen respuesta y tal vez nunca la tendrán... Eres un buen muchacho. Sigue así y Dios velará por ti.

Un día, mientras daban vueltas y más vueltas por el claustro, Mendoza y fray Anselmo hablaban gravemente. Él se distraía lanzando una rama que el lebrel corría a buscar y traía de vuelta muy satisfecho de su rapidez y buen ojo. Unas palabras de su tío le hicieron prestar atención a la conversación.

–Entonces por fin se han decidido... Van a obligar a los judíos a vivir apartados.

–Así es –dijo Mendoza. La noticia le había llegado pocos días antes–. A los judíos y a los moros. Claro que en Vitoria no hay moros y el problema sólo va a presentarse para los judíos. Doña Catalina ha decidido poner en vigor las Ordenanzas que sus escribanos llevan preparando desde hace años en base a las *partidas* del rey sabio.

–Otras veces se ha intentado sin grandes resultados...

–Pero esta vez están dispuestos a que se cumplan a rajatabla –prosiguió don Juan–. Han enviado orden a todos los Concejos para que así se haga bajo pena de fuertes multas y castigos. Los judíos tendrán que vivir todos en el mismo barrio; no se les permitirá adquirir propiedades fuera de él; no se les dejará ejercer profesiones ni oficios en zona cristiana; no podrán vestir como los cristianos y deberán llevar una rodela para distinguirse de los demás...

Yosef les escuchaba aterrorizado. Nunca había oído hablar de algo parecido. ¡Querían marcarles como a las ovejas!

–La reina regente y su asesor, Pablo de Santa María, han instado a Vicente Ferrer para que intensifique su campaña de conversiones y envíe predicadores a todas las aljamas del reino.

–¿Por qué se empeña todo el mundo en hacernos cristianos? –preguntó Yosef– ¿Qué mal hacemos siendo judíos?

Los dos hombres se sorprendieron al oírle. Casi habían olvidado que estaba con ellos.

–Es algo que viene de lejos, hijo –le respondió Mendoza.

–¡Nos acusan de haber matado a un hombre hace cientos de años!

–Digamos que esa es la disculpa –prosiguió don Juan ante la mirada asombrada de fray Anselmo–. En este país fue cosa del rey godo Recaredo, que era pagano. Cuando se convirtió al cristianismo, decidió que todos tenían que hacer como él y proclamó que un pueblo sólo podía tener un rey y una religión. Era la forma de evitar diferencias por motivos religiosos que, tal vez, podían llevar a graves enfrentamientos sociales y políticos. Muchos de nuestros reyes no han sido especialmente ejemplares en cuanto a su comportamiento religioso, pero desde entonces se viene manteniendo esa teoría. En realidad, al rey lo único que le interesa es que sus súbditos paguen los impuestos, cuanto más mejor, y que no le causen problemas.

–No sabía que fueras versado en historia... –comentó su amigo con una sonrisa.

–Y no lo soy. Pero me interesa la vida en general y la que nos atañe, en particular. Además me molestan mucho la estupidez y el fanatismo que cuatro listillos inculcan en el pueblo.

–Deberías dedicarte a la política en la corte.

–¡Dios me libre de caer en manos de escribanos y chupatintas! –exclamó don Juan– Eso lo dejo para la primera rama de la familia, tengo un montón de parientes bien situados. Yo pertenezco a la segundona y me conformo con lo que tengo, a pesar de que mi primo Pedro ha acabado por hacerse con las tierras de Mendoza, torre y caserías incluidas gracias al apoyo real.

–¿Cuándo van a entrar en vigor esas leyes de las que hablabais, señor de Mendoza? –preguntó Yosef queriendo volver al tema que le preocupaba.

–Dentro de poco, muchacho. Dentro de muy poco.

Yosef no volvió a abrir la boca.

Se debatía ante la duda de decir lo que sabía o de callar. Si lo decía, su padre le preguntaría cómo se había enterado y tendría que contarle sus visitas al convento de San Francisco. Su enojo sería terrible. Si callaba, tal vez tendría sobre su conciencia una pesada carga. Decidió hablar, pasara lo que pasara.

Aprovechó el momento, después de la cena, en la que solían sentarse alrededor del fuego para conversar y contarse las últimas novedades.

–Padre –dijo dirigiéndose a David–, tengo algo que decirte.

Habló durante un buen rato. Les contó lo que había oído y cómo lo había oído, sin omitir detalle desde el momento que había tenido conocimiento de que su tío vivía en el convento de los franciscanos. Ruma y Miriam le miraban asustadas, David no apartaba los ojos del fuego y Jonás iba poniéndose rojo de furia a medida que hablaba. Cuando hubo terminado, su hermano le soltó una bofetada que lo lanzó contra la pared. Iba a seguir golpeándole, pero David se interpuso entre ambos.

–¡Quieto Jonás! –ordenó– No es momento para peleas. ¡Tú! –dijo dirigiéndose a Yosef–, ve a tu cuarto y no salgas de él hasta que yo te lo diga.

Salió de la cocina, frotándose la mejilla. Le ardía.

–Jonás es un bestia –murmuró mientras subía las escaleras–. Algún día le devolveré todas las tortas que me ha dado...

–Se merece unos buenos correazos –dijo Jonás.

–Ha sido valiente contándolo todo –replicó David.

Ruma respiró aliviada. Reconocía por el tono de su voz que su hermano no estaba enfadado, sino más bien preocupado. Se sintió algo culpable. No tenía que haberle hablado a Yosef de Yehudá. Sin embargo, se alegraba de haberlo hecho. Más tarde le preguntaría al muchacho por su tío.

–Habrá que comunicar esta noticia al Consejo de Ancianos y al *mucdamim* –pensó David en voz alta.

–¿Tú crees que será tan grave como nos ha dicho? –dudaba un poco de la veracidad de su hermano, siempre le gustaba exagerar las cosas.

–Sé que otras veces han intentado poner en marcha leyes de ese estilo, pero nunca han tenido gran éxito –respondió su padre–. Una cosa son las leyes que se escriben en los escritorios de los escribanos reales y otra, muy distinta, es llevarlas a la práctica. Si no permiten que ejerzamos nuestros oficios fuera de las juderías, ¿quién se encargará de las finanzas? Hace siglos que el cargo de tesorero real está en manos de algún hebreo... ¿Quién cuidará de los enfermos? Apenas hay unos pocos médicos cristianos en el reino –en Vitoria no hay ninguno–, y la mayoría son conversos...

–¡Que el cielo confunda! –exclamó Jonás. Yaco tenía razón. Los conversos eran gente de la peor especie, traidores a los suyos y amigos de sus enemigos.

–Eres demasiado vehemente, hijo. Procura dominar tu genio. La ira no es buena compañera, no permite razonar con claridad. De todos modos, acompáñame a casa de Alguadix.

Padre e hijo salieron dirigiéndose a casa de Samuel Alguadix, financiero y mucdamin de la aljama.

–Exageraciones..., seguro que son exageraciones... –comentó sonriente cuando hubo escuchado a David.

–No creo que esta vez lo sean –insistió el médico gravemente.

Aquel hombre le sacaba de quicio. Había sido elegido mucdamin gracias a su poder e influencias. Además de ser el hombre más rico de la comunidad, era el encargado de recaudar los impuestos por partida triple: los de la aljama, los de la ciudad y los del reino. Había montado una amplia red de ayudantes entre sus parientes y amigos. Nadie podía escapar a sus vigilantes ojos. Sin embargo, había oído decir que, gracias a sus relaciones con los miembros del Concejo, eludía el pago de las alcábalas ciudadanas y obtenía una buena reducción en las del reino.

–Algún día –pensó–, lo encontrarán acuchillado en un callejón y a nadie le extrañará.

–Además –le oyó decir–, ¿por qué preocupar a los demás antes de tiempo? ¿Y si nada ocurre? ¿Y si esos rumores que has oído no son más que simples fábulas inventadas por alguien que no tiene nada mejor que hacer?

David y Jonás se miraron. No le habían dicho la fuente de su información, ni tenían intención de hacerlo.

–¿No piensas pues convocar al Consejo? –sabía que no lo haría.

–Ya te lo he dicho –respondió Samuel Alguadix con voz cansada–. ¿Para qué preocupar a nuestra gente? Mañana sin falta iré a hablar con el alcalde don Pedro de Ayala. Tenemos una buena relación y estoy seguro de que si hay algo que debemos saber, él me lo dirá.

Con estas palabras dio por terminada la conversación y les acompañó a la puerta.

–¡Es un cretino! –exclamó David cuando estuvieron a varios pasos de la casa.

–Nunca te había oído decir algo así... –dijo Jonás asombrado ante la reacción de su padre.

–Pues ahora me lo oyes. Samuel Alguadix, Judá Caballero, los Mijanca..., ¡son todos iguales! Ricos hombres que estrujan a los pobres. Prestamistas de los cristianos. Mangonean la aljama como si fuera un feudo y ellos los señores; se casan entre ellos; no se mezclan con la plebe; tratan con el Concejo y con los enviados del rey; obtienen favores y prebendas para su propio beneficio ¡Son la hez de nuestra Comunidad!

Jonás estaba verdaderamente sorprendido. Su padre era hombre de pocas palabras y jamás le había oído hablar de asuntos políticos.

–Pero han sido elegidos... –adujo levemente.

David rió sin ganas.

–¿Elegidos? Se han elegido a sí mismos. Prometen, presionan, amenazan y al final consiguen lo que desean.

Volvieron a casa en silencio y David se encerró en su despacho para leer, una vez más, algunos pasajes de su amado libro, *Moré Nebujim*. No sólo porque comulgaba con muchas de las tesis del gran sabio y pensador Maimónides, sino porque además aquel libro había sido regalo de Sarai con motivo de su boda. Recién casados le había leído los pasajes más brillantes y había tratado de explicarle que el filósofo trataba de conjugar la sabiduría universal, adquirida por la humanidad a lo largo de los siglos, con las enseñanzas del Talmud; que ambas doctrinas no estaban reñidas, sino que se complementaban como la mano y el guante. Sarai no entendía lo que él le decía, pero sonreía y escuchaba atentamente. David sintió que el corazón se le comprimía, como siempre ocurría cuando pensaba en ella. Después de tantos años aún seguía echándola en falta. ¿Por qué había tenido que morir tan pronto dejándole a él perdido en su soledad? Miriam no podía llenar el hueco que su primera esposa había dejado. Nunca podría hacerlo. La quería y ella le había dado un nuevo hijo, el pequeño Mosseh –sonrió al pensar en él–, pero no era su amor apasionado y profundo como el que había sentido por la madre de sus otros dos hijos.

Pensó en Yosef. ¿Cómo decirle que la frialdad con la que le trataba era sólo un escudo para no echarse a llorar cada vez que le miraba? ¿Que estaba lleno de amor por él porque era el último regalo de Sarai? Le veía crecer de día en día, hacerse hombre y oía su risa, igual que la de ella. Era un chico inteligente y él era un mal padre que lo mantenía alejado de su corazón. No era de extrañar que hubiera magnificado la persona de su tío y que lo hubiera buscado y encontrado a riesgo de sufrir un castigo. Probablemente Yehudá le escuchaba con atención y tenía para él las palabras que hubiera deseado escuchar de su boca y que nunca había oído.

El rabino Yaacob le golpeó nueve veces con la vara. Una por cada tarde de domingo que había faltado a clase y que había mentido para no asistir. Lo hizo delante de todos sus compañeros y el muchacho se sintió terriblemente humillado. Apretó con firmeza los dientes para no gritar y no permitió que ni una sola lágrima cayera de su ojos a pesar de que flotaban bajo los párpados. Su padre le había impuesto como castigo contarle al rabino lo que había hecho.

Yaacob era un hombre de la antigua escuela. Alumno destacado del escritor y comentarista del Talmud Simón ben Sémah Durán, no aceptaba ninguna interpretación moderna de los Libros Sagrados. Según él, lo escrito debía ser tomado al pie de la letra y esta postura le llevaba a enfrentarse violentamente con los más ilustrados miembros de cualquier comunidad. Había sido rabino en Olmedo y Sigüenza –de donde había tenido que marcharse debido a su intransigencia y a la oposición de los fieles–. Llegó a Vitoria justo después del bautizo de los cien y la marcha de Yehudá. A pesar de que el rabino Eliezer conocía sus antecedentes, creyó que vendría bien una mano fuerte que diera de nuevo seguridad a la asamblea –sumida en la confusión después de las recientes deserciones–, y apoyó su contratación por el Consejo.

Yosef fue obligado a permanecer de pie delante de toda la clase con un cartel colgado al cuello en el que estaba escrita la palabra "MENTIROSO" y el rabino le obligó a leer un pasaje del Levítico. La voz le temblaba un poco cuando comenzó a leer.

–*"Pero si no me escucháis ni cumplís todos estos mandamientos; si despreciáis mis leyes y rechazáis mis preceptos, no haciendo caso de todos mis mandamientos y rompiendo mi pacto, mirad lo que Yo entonces haré con vosotros: traeré sobre vosotros el espanto, la consunción y la fiebre, que os abrasen los ojos y os consuman el alma. Sembraréis en vano vuestra semilla, pues se la comerán vuestros enemigos. Me volveré contra vosotros, de modo que seréis derrotados ante vuestros enemigos; os tiranizarán los que os aborrecen, y huiréis sin que nadie os persiga".*

–Piensa bien en lo que acabas de leer, muchacho –le dijo el rabino.

Se había acercado tanto que sus narices casi se tocaban.

–Sólo le falta morder –pensó Yosef y estuvo a punto de estallar en una risa histérica que a duras penas dominó.

–La mentira es un gran pecado a los ojos de Dios –continuó el rabino ajeno totalmente a los pensamientos de su alumno–, no menor que el robo o la fornicación. Tú verás si quieres ser un hombre recto o un pecador maldito y condenado al fuego eterno.

El rabino no dijo delante de la clase que además de mentir, su compañero había estado acudiendo a un convento de frailes cristianos para visitar a su tío, el apóstata. No quería suscitar la curiosidad entre ellos y estaba seguro de que el muchacho no hablaría de ello.

Durante mucho tiempo, Yosef estuvo muy vigilado por su familia y por el rabino Yaacob. Nunca estaba a solas y tenía que dar cuenta de todos sus pasos. Naturalmente, no pudo volver al convento a ver a su tío y tampoco tenía la posibilidad de hablar con don Juan de Mendoza que nunca iba a la judería.

De pronto, un día las cosas cambiaron. Llegaron a Vitoria las Ordenanzas de doña Catalina y con ellas un contingente de frailes dominicos dispuestos a convertir a todos los judíos. La comunidad se preparó para hacer frente a unas y a otros.

–Tendremos que ir a hablar con el alcalde –dijo Samuel Alguadix en la Asamblea. Le gustaba aquella sensación de mando que le daba el hecho de ser el primer miembro de la Comunidad.

–Yo creía que ya habías hablado con él –le contestó David en voz alta para que todo el mundo lo oyera.

Algunos de los presentes pidieron explicaciones y el médico dijo que dos meses antes se había personado en la casa del mucdamin para advertirle de lo que se avecinaba. Alguadix había prometido entonces hablar con don Pedro de Ayala. El alboroto fue enorme. Yaco Tello y su grupo se alzaron como una sola persona y comenzaron a insultar al mucdamin y, de paso, a todo el Consejo de Ancianos que, en realidad, estaba compuesto por los hombres más ricos y notables de la aljama. El juez, Samuel Embalid, golpeó la mesa con un mazo de madera para imponer silencio.

–Lo que aquí tenemos que dilucidar rápidamente es la postura que la aljama va a adoptar ante las nuevas medidas –dijo en voz fuerte y clara y, mirando a Yaco Tello, añadió–. Como vuelva a haber gritos e insultos expulsaré de la sala a los responsables.

A pesar del murmullo de protesta que se escuchó del lado de los disidentes, la reunión continuó algo más tranquila. Decidieron presentar una queja formal ante el Concejo de la ciudad por las medidas discriminatorias que pensaban imponerles. Era imposible que los judíos de los pueblos vecinos pudieran reunirse en un solo barrio. Los propietarios de caseríos y tierras, alejados unos de otros, no podían agruparse sin perder lo que tenían. Por otra parte, todas las casas de la calle estaban ocupadas, así que tampoco era cuestión de que fueran a ella los que vivían en otras calles de Vitoria. En cuanto al tema de las profesiones, la Asamblea decidió que si el Concejo persistía en imponerles las nuevas leyes, desde ese mismo momento ningún médico judío atendería a un enfermo cristiano, ningún herrero se ocuparía de las caballerías cristianas y ni un solo maravedí saldría de arcas judías. Sin embargo, se reclamaría el pago inmediato de las deudas contraídas por los cristianos.

David no sabía si estaba conforme con lo que a él concernía. Nunca había hecho diferencias entre sus enfermos. Se debía a la medicina y eso era lo único que le importaba. ¿Cómo podría negar su ayuda a un herido o a un moribundo únicamente por ser cristianos? Decidió esperar el curso de los acontecimientos.

Los financieros tampoco estuvieron de acuerdo con el punto de los préstamos, ¿qué tenía que ver una cosa con la otra? Los negocios eran los negocios y no había por qué mezclar todo en la misma olla. Yaco Tello y los suyos aprovecharon la oportunidad para llamarlos usureros, vendecoños y otras lindezas por el estilo. De nuevo fueron llamados al orden por el juez.

Finalmente se trató el tema de la rodela que tendrían que llevar sobre la ropa. Fue el único punto en el que todos estuvieron unánimemente de acuerdo: se negarían a llevarla. Era un insulto que no podían aceptar.

Nadie dijo nada sobre la obligación de asistir a los sermones de los frailes dominicos. La Iglesia era un enemigo mucho más poderoso que el Concejo. Era mejor no atacarla. Para cuando el rabino Yaacob se percató de que dicho punto no había sido tratado, casi todos los asistentes habían abandonado el local. Yosef se alegró al ver que la cara macilenta de su maestro se tornaba aún más amarilla.

Los veinte estudiantes de la clase tuvieron un trato especial por parte de los frailes predicadores. Fueron invitados todos juntos, sin su maestro, a asistir a una plática especialmente dedicada a ellos. No tuvo lugar en la iglesia de san Ildefonso –como las dirigidas a los demás–, sino en el propio convento de Santo Domingo situado extramuros, en el camino de la Cruz Blanca, en la parte norte de la ciudad.

El predicador, un tal fray Alonso de Ciervana, era poco mayor que ellos. Aprovechando la natural tendencia a la rebeldía de los jóvenes, versó su charla en las muchas similitudes que ofrecían las dos religiones: una antigua, la otra nueva, más acorde con los tiempos. Las comparó a la relación que tienen un padre y un hijo que no llegan a entenderse. El tronco y la rama que teniendo las mismas raíces llevan direcciones distintas. Yosef pensó en David y estuvo de acuerdo con el monje. Los estudiantes pudieron charlar con él libremente, hacer preguntas y discrepar tanto como quisieron. Fray Alonso les escuchó con paciencia y rebatió sus palabras como pudiera haberlo hecho un amigo de siempre.

Los jóvenes salieron favorablemente impresionados. No estaban acostumbrados a exponer sus ideas con tanta libertad. Sus profesores raramente les permitían poner en tela de juicio las enseñanzas que recibían. "Primero aprender, después discutir", era su lema.

El rabino Yaacob les esperaba a la puerta de la sinagoga y, aunque ya había pasado la hora de clase, les hizo entrar.

Nadie se atrevió a protestar.

–¿Y bien? –les preguntó con su voz poderosa– ¿Qué os han dicho esos hijos del diablo?

Hubo un gran silencio

–¿Qué ocurre? ¿No os han dicho nada? –insistió el rabino– ¿Os han llevado a su convento para no deciros nada? –señaló a uno de los más mayores– A ver, ¡tú! ¡responde! ¿de qué os han hablado?

El muchacho respondió con voz temblorosa y le contó la forma en que había transcurrido la plática y las palabras del fraile sobre lo parecidas que eran las dos religiones

–¿Parecidas? –gritó más que preguntó el rabino. La osadía de aquel idólatra rayaba la ignorancia– ¿Parecidas? ¡Son tan parecidas como el día y la noche! Los cristianos son gente sucia, que no se lavan, que no respetan ni siquiera sus domingos, comen carne indigna y fornican lascivamente hasta con sus propias madres.

A Yosef le pareció algo excesivo lo de fornicar con las madres, pero optó por guardar un silencio prudente.

–No respetan los mandamientos: matan, mienten, roban, blasfeman... –continuó el rabino cada vez más agitado–. Sus sacerdotes tienen mancebas y los hombres se acuestan con rameras. Por eso el Señor les castiga con la enfermedad que contagian a sus mujeres y les condena a tener una muerte cruel y dolorosa.

Pensó que el rabino tenía una fijación con el tema. Tal vez era porque no había encontrado una mujer que le aguantara y no se había casado. Pensó después en su tío Yehudá, fray Anselmo de Vitoria, como se llamaba ahora. Tampoco él se había casado, ¿tendría también obsesión por el sexo? No entendía por qué los frailes cristianos no podían tener una esposa. Decidió preguntárselo la próxima vez que lo viera.

Los gritos del rabino le hicieron prestar atención.

–¿Pueden llamarse hijos de Dios aquellos que matan y destruyen a otros hombres, a sus mujeres e hijos?

–"*Tomamos entonces todas sus ciudades y consagramos al exterminio toda la ciudad, hombres, mujeres y niños, sin dejar uno solo que escapase*" –se oyó decir Yosef en voz alta.

Un silencio sepulcral siguió a sus palabras.

–¿Qué has dicho? –le preguntó el rabino en tono amenazador.

Se arrepintió de su torpeza, pero ya era tarde. El rabino se había acercado a él. Sus ojos despedían llamas. Le agarró por el jubón y le zarandeó con furia.

–¿Qué has dicho? –volvió a preguntar. Era aquel muchacho, Yosef Sahadia, el mentiroso.

–Sólo he recordado un pasaje de la Torá... –respondió el joven temblando– La victoria de los hebreos sobre el rey de Hebrón...

No pudo continuar. El rabino le agarró por los cabellos y le arrastró hasta su mesa. Cogió la vara y empezó a golpearle. Le daba igual pegar en la cara, que en la espalda, que en las piernas... Los golpes caían sobre él con una fuerza inusitada. Acurrucado en el suelo, junto a la mesa, trataba de detenerlos y defenderse cubriéndose con los brazos, pero la vara caía una y otra vez.

–¡Maldito hijo de ramera! –gritaba el rabino fuera de sí– ¡Escoria! ¡Hijo de Satanás! ¿Te atreves a mancillar los Textos Sagrados? ¿Te atreves a comparar al Pueblo Elegido con esos pestilentes cristianos seguidores de un judío renegado muerto en una cruz? ¡Blasfemo! ¡Hereje! ¡Apóstata como tu tío!

Recibió un golpe en la cara y notó el sabor de la sangre en sus labios. Después, la vista se le nubló y perdió el sentido.

Entre varios compañeros lo llevaron a su casa. La gente en la calle se detenía sorprendida y horrorizada. ¿Qué había ocurrido? ¿Habían atacado los cristianos la sinagoga?

Cuando abrió la puerta y vio a su sobrino en brazos de sus amigos y en tan lamentable estado, Ruma dio un grito y estuvo a punto de desmayarse de la impresión. Se olvidó de hacerles entrar y corrió escaleras arriba llamando a gritos a David. Sin una mueca ni una palabra que demostrara la angustia que en ese momento sentía, el médico pidió a los jóvenes que llevaran a Yosef a su cuarto y los despidió con unas palabras de agradecimiento. Fuera de la casa se había concentrado un gran número de vecinos que esperaban saber algo sobre lo ocurrido.

Jonás llegó momentos después alertado por un compañero de su hermano y entre los cuatro desvistieron al muchacho que seguía sin recobrar el sentido. Ruma y Miriam no cesaban de llorar a lágrima viva ¿Por qué le habían hecho algo así? ¿Quién podía ser tan cruel para torturarlo de aquella manera? David las echó fuera de la habitación y, ante su mirada de reproche, les pidió con dulzura que calentarán agua y preparan unas cuantas vendas.

Apenas había partes en el cuerpo que no hubieran sufrido la cólera del rabino. Tras un rápido reconocimiento, el médico apreció que la mayoría de las marcas eran verdugones sin gravedad. No obstante le preocupaban las heridas de la cabeza y del rostro, de las que manaba abundante sangre. Limpió con celeridad las partes laceradas, en especial una herida en el cuero cabelludo y otra en la mejilla, aplicando luego cataplasmas de brea de abedul mezclado con hierba mora para bajar la hinchazón y se dispuso a suturar.

A pesar de lo que pudiera sentir en aquellos momentos, el médico ocupaba el lugar del padre. Con mano firme y segura cosió la herida de la cabeza. La de la mejilla precisaba mayor cuidado. Despacio y con mimo fue uniendo la carne con pequeñas puntadas para que la cicatriz resultante fuera lo menos ofensiva posible. Después llamó a su mujer y a su hermana para que le ayudaran a lavarlo y aplicó aceite de trementina en todas las partes magulladas de su joven cuerpo. Finalmente colocó una compresa sobre las dos heridas recién suturadas y le vendó la cabeza y parte de la cara. Sacó el frasquito en el que guardaba la mezcla de vino y raíces de orval y vertió varias gotas en la boca del muchacho. Le cubrieron con un lienzo blanco de lino y una suave manta de lana, cerraron la ventana y salieron de la habitación.

–¿Qué ha ocurrido? –preguntó David por primera vez en las dos últimas horas.

–Uno de los compañeros de Yosef se ha quedado abajo para explicárnoslo –respondió Ruma, temblando aún por la impresión recibida.

El estudiante les relató los hechos que habían tenido lugar en la sinagoga a la vuelta de la prédica y después se marchó. Jonás levantó el puño furioso.

–¡Por muy rabino que sea, voy a ir ahora mismo a romperle la cabeza! –No permitiría que nadie golpeara a su hermano y quedara tan campante para ir a contarlo por ahí– Voy a hacer con él lo mismo que él ha hecho con Yosef.

–Y entonces serás tan animal como él –le respondió su padre.

–¡Ojo por ojo! Lo dice la Escritura.

Ruma y Miriam afirmaron con la cabeza.

–¿Y qué conseguirás con eso? –replicó David– Mañana mismo presentaré una denuncia contra él ante el Bet–Din y, si me ponen pegas, no tendré inconveniente en hacerlo ante el Merino de Vitoria.

Los otros le miraron asombrados.

–¿Te atreverías a presentar una denuncia ante el Merino? –le preguntó Ruma un poco asustada.

–¿Y por qué no? –preguntó él a su vez– Somos ciudadanos de esta ciudad y, en principio, la justicia está prevista para todos, cristianos y judíos.

–Pero..., nunca se ha hecho... –dijo Miriam tan asustada como su cuñada– ¡Serás un malsin!

–No estoy seguro de eso –hizo esfuerzos por recordar algún caso y no recordó ninguno–, pero ya va siendo hora de que alguien lo haga si entre los suyos no encuentra la equidad que le es debida.

No hizo falta que David acudiera al Merino. Samuel Embalid y los miembros del Consejo escucharon con atención sus quejas. Después llamaron a Yaacob y también le escucharon. Finalmente confrontaron a los dos hombres en una asamblea abierta a todos los vecinos.

–Este hombre –comenzó David señalando al rabino– golpeó a mi hijo Yosef hasta dejarlo sin sentido. Podía haberlo matado.

Y pasó a describir los golpes y heridas que presentaba el cuerpo del muchacho, así como los remedios que había aplicado.

–¿Qué tienes que decir tú a eso, Yaacob? –preguntó el juez.

–Hice lo que tenía que hacer. Hay que extirpar el mal que hay dentro de ese muchacho. ¡Es perverso y pecador!

Un murmullo de desaprobación recorrió la sala. El rabino se volvió hacia los asistentes y tronó.

–¡Sí! ¡Perverso y pecador! No hace mucho mintió para no asistir a las clases e ir a ver al apóstata de su tío que se oculta en el convento de los frailes franciscanos huyendo de la vergüenza y del oprobio –había que acabar de una maldita vez con todos los amigos de los cristianos–. ¡El mal roe las entrañas de esa familia!

Jonás se levantó furioso de su asiento con la intención de abalanzarse sobre él, pero su padre le contuvo de un gesto y volvió a sentarse.

–Pero ya le castigué entonces –prosiguió el rabino–. Le azoté con la vara y le obligué a permanecer de pie ante sus compañeros con un cartel colgado al cuello.

David levantó la ceja. Yosef no le había dicho nada del castigo que había recibido.

–Y ayer se atrevió a mencionar un pasaje de las Sagradas Escrituras para justificar el acoso que sufre nuestro pueblo en manos de los gentiles. Por eso lo castigué y lo volvería a hacer una y mil veces –el fuego divino caería sobre la cabeza del blasfemo para llevarlo al infierno–. Y pediría que fuera lapidado como se hacía en los tiempos en los que nuestro pueblo era un pueblo temeroso de Yahvé. Porque Él es nuestro Dios y nadie puede ofenderle y quedar impune.

–¡Dios no ordena golpear hasta la muerte a un muchacho indefenso! –respondió David en el mismo tono y de nuevo se escuchó un murmullo de aprobación en la sala.

El rabino se volvió furioso hacia el médico y le señaló con un dedo acusador.

–Tú, David Sahadia, también eres culpable. Eres culpable por no haber enseñado a tu hijo a no mentir y a no usar el Sagrado Escrito para justificar a los cristianos. Eres culpable de atender a los cristianos en vez de dejarles morir en el estiércol. Eres culpable por no arrodillarte ante Yahvé, tu Dios, y pedir perdón por tus pecados.

–¡Esto es demasiado! –exclamó David mirando a los miembros del tribunal.

–Mide tus palabras –ordenó al rabino el juez Embalid.

Yaacob miró al tribunal y a los notables.

–Y vosotros también sois culpables por comerciar con los cristianos. Les prestáis vuestro dinero y obtenéis grandes beneficios. Agacháis la cerviz ante los enemigos de Yahvé, nuestro Dios.

–¡Beeee! –gritó Yaco Tello y sus amigos soltaron la carcajada.

El rabino se volvió hacia ellos y el resto de la asamblea.

–Y vosotros también, ¡todos! ¡Sois culpables! Como los habitantes de Sodoma y Gomorra, ¡así pereceréis entre las llamas y el sufrimiento porque os habéis apartado del camino de la verdad y escucháis a los falsos profetas!

El desorden fue total. Viendo sus ojos desvariados, inyectados de sangre, la saliva que salía de su boca y sus gestos incontrolados, David se dio rápidamente cuenta de que el hombre sufría un ataque de nervios. Ayudado por el juez y el viejo rabino Eliezer, consiguió sacarlo de la sala. Estaba fuera de sí y seguía profiriendo gritos y maldiciones como un poseso. El médico envió a su hijo a casa, a por el preparado de orval y entre los cuatro hombres le obligaron a tomar unas gotas. Poco después el rabino se hallaba tumbado en el suelo, profundamente dormido.

–¡Oh, Señor! ¿Qué he hecho? –preguntó Eliezer mirando al techo.

–Tú no has hecho nada, Eliezer –le respondió el juez.

–¡Sí que lo hecho! Sabía que este hombre ha tenido problemas allí por donde ha pasado. Mis amigos me advirtieron que tuviéramos cuidado con él y, sin embargo –ahogó un sollozo–, yo aconsejé que se quedara entre nosotros. Ha traído la angustia a nuestra comunidad.

–Tranquilízate, Eliezer –le dijo David cariñosamente–. No es culpa tuya. Yaacob está enfermo. Probablemente la intensidad de sus estudios y la fe ciega que siente le han trastornado el espíritu. Sufre un ataque de los sentidos.

El rabino fue invitado a abandonar la aljama vitoriana al día siguiente y el viejo rabino Eliezer volvió a hacerse cargo de la sinagoga.

Yosef deliraba. En su mente se mezclaban las imágenes. Veía el rostro severo de su padre, la amable sonrisa de su tío tonsurado, el lebrel de Mendoza dando saltos a su alrededor..., oía la risa burlona del joven Escoriaza y los gritos del rabino Yaacob...

–¡Sois todos iguales! ¡Sois todos iguales! –gritó.

Asustada, Ruma fue en busca de su hermano.

–No te preocupes –le dijo David–. Es normal en su estado. Tiene mucha fiebre y su cuerpo lucha contra la infección. Dentro de unas horas todo habrá pasado. Ve a descansar. Has pasado todo el día junto a él. Yo me quedaré a su lado...

Cogió un taburete y se sentó al lado de la cama. Empapó un paño en agua y lo pasó por la frente ardiente de su hijo. Lo contempló durante un buen rato y se sorprendió a sí mismo pensando en lo parecidos que eran. No en el físico, que el muchacho había heredado de su abuelo materno y de su madre, sino en la forma de ver la vida.

–Dice y hace lo que piensa –musitó–. Igual que yo cuando tenía su edad...

A media noche, Yosef se despertó. Tardó unos minutos en recordar lo que había ocurrido. El cuerpo le dolía miserablemente y no podía mover la cabeza. David se había quedado dormido con la cabeza apoyada en los brazos cruzados encima de la cama.

–Padre...

David abrió los ojos y sonrió.

–Tranquilo, hijo, ya ha pasado lo peor. Dentro de unos días estarás perfectamente.

–La cabeza... –dijo el muchacho a duras penas.

–He tenido que darte unos puntos y por eso te duele. Durante algún tiempo sentirás tirones en el lado derecho y lucirás una fea calva, pero eso será todo...

Movió el brazo dolorido y se tocó la cara.

–También he tenido que suturar tu mejilla –le explicó–. He procurado hacerlo lo mejor posible para que sólo te quede una pequeña cicatriz. He hecho un bordado mejor que los que hace tu tía Ruma –añadió jovialmente.

Trató de sonreír pero sólo llegó a esbozar una mueca. ¡Diablos! ¡Nunca se había sentido tan mal! ¡Ni los elefantes de Aníbal pasándole por encima le hubieran dejado tan dolorido!

–Padre…

–No hables, hijo –le apremió David–. Ya lo harás cuando te sientas mejor.

–He decidido hacerme cristiano.

David creyó haber oído mal. Miró a Yosef y vio que había cerrado los ojos y se había quedado dormido.

–Es la fiebre –se dijo–. Tiene que ser la fiebre.

Empapó de nuevo el paño y se lo puso en la frente.

Tres semanas más tarde, maese Sahadia y su hijo se encaminaron al convento de San Francisco. David solicitó ser recibido por el Abad Lucio y penetró en su escritorio mientras su hijo permanecía sentado en el claustro.

–Es sencillo lo que vengo a deciros, fray Lucio –comenzó–. Mi segundo hijo, Yosef, desea ser bautizado.

El Abad reprimió un gesto de sorpresa.

–Me disgusta su decisión, pero no es mi intención oponerme. No obstante –continuó–, es un paso muy importante –tal vez el más importante que dé en su vida–, y no quiero que lo haga de forma inconsciente y se arrepienta más tarde.

–Sabias palabras son esas, maese David –aseguró el Abad.

–Si vos lo permitís, el muchacho se quedará en vuestra Casa. Podréis adoctrinarle en vuestra religión y, si después continúa pensando igual, os rogaría… –tenía la garganta seca y le costaba hablar–, que lo bautizarais aquí mismo, en el convento. No me gustaría que se hiciera un espectáculo de su bautismo.

El Abad asintió con la cabeza. Sabía muy bien a lo que se refería el médico. Los dominicos disfrutaban mostrando públicamente el bautismo de judíos. Organizaban una gran ceremonia y obligaban a los bautizados a renegar a su fe anterior. Era normal que la iglesia sintiera alegría al acoger nuevos conversos en su seno, pero a fray Lucio siempre le había disgustado la ostentación con que se hacía y, más aún, que se obligara a estar presentes a los familiares y vecinos del nuevo cristiano.

–La humillación atrae el rencor –solía decirles a sus frailes– y no es buena consejera.

Miró a David. Sentía por él una enorme simpatía. Era un hombre respetado en Vitoria, un gran médico a quien recurrían confiadamente cristianos y judíos. Conocía su forma de pensar porque habían tenido oportunidad de hablar en algunas ocasiones y comprendía lo duro que había tenido que ser para él traerles a su propio hijo. Era una lástima que él no siguiera su ejemplo. Sería un gran logro para la Iglesia.

–¿Y no habéis pensado Vos… ?

–¿En hacerme también cristiano? –le interrumpió el médico– No. No lo he pensado –¿o tal vez sí lo había hecho en algún momento, cuando las cosas se ponían difíciles?– Veréis para mí no es sólo un tema de religión. El judaísmo es una forma de ver la vida, nuestra vida. Una filosofía de la existencia y del ser mismo que nos ha sido transmitida desde hace cientos de generaciones. Romper con todo ello sería dejar de ser fiel a lo que mis padres me legaron.

–Pero…, no os oponéis a que vuestro hijo…

–Según nuestra doctrina, Yosef es ya un adulto y sólo a él incumbe tomar una decisión semejante –se detuvo unos instantes y luego continuó–. Aunque también es aún joven y no ha tenido tiempo de sentir dentro de sí lo que significa ser judío, no ha absorbido las enseñanzas de la Torá, no ha llorado ni sufrido por su pueblo…, en estas circunstancias puede recibir otras enseñanzas sin sentirse demasiado culpable.

–Y… –el Abad Lucio dudó antes de hacerle la pregunta–, ¿qué me decís de vuestro hermano, fray Anselmo?

–No tengo capacidad para adentrarme en el alma de ningún ser humano, aunque sea mi hermano –y aunque la tuviera no aceptaría semejante responsabilidad, pensó–. Desconozco cuáles fueron las razones que le indujeron a abandonar sus raíces y seguir otra senda. No obstante, sé que es un hombre honrado y honradas han de ser dichas razones, aunque sean erróneas.

–Decís bien, maese David. No hay falsedad ni engaño en la fe de fray Anselmo...

El Abad recordó la llegada de Yehudá al convento, un anochecer después del toque de queda. Pidió verle y el hermano encargado de la puerta quedó muy sorprendido. Todos en Vitoria conocían al rabino. No dio explicaciones, simplemente dijo que deseaba ser instruido en la religión cristiana. Al principio hubo gran conmoción en el convento y los frailes no acababan de fiarse del recién llegado. No obstante, Yehudá aceptó desde el primer momento todas las tareas que se le encargaron, aún las más humildes y desagradables. Limpió los pozos negros, las cuadras, el patio..., cortó la hierba del prado y ayudó al hermano encargado de la cocina. Atendió con aplicado interés la instrucción religiosa que le daba el maestro de novicios y era el primero en levantarse y el último en acostarse. Varias veces tuvo que recriminarle por su celo excesivo, las penitencias a las que sometía su cuerpo y las interminables horas que pasaba en la capilla orando y meditando de rodillas. No hablaba mucho y únicamente pidió que se le permitiera abstenerse de comer carne y pescado y de beber vino; verduras, agua y pan componían su dieta.

–¿Por qué tanta abstinencia? –le preguntó interesado– Si queremos servir a Dios con todas nuestras fuerzas, nuestros cuerpos han de ser fuertes.

–Temo, mi estimado padre y Abad, que soy demasiado mayor para cambiar de costumbres y prefiero abstenerme de todo lo que pueda enturbiar la paz de mi espíritu –respondió con sencillez.

¿Cómo podía explicarle que toda una vida sin comer carne impura no podía cambiarse por mucho que estuviera decidido a abrazar la fe de Cristo?

Fray Lucio sonrió comprensivo y le dio su permiso, no hacía falta que le explicara nada. Sabía muy bien cuáles eran los temores del nuevo novicio y, a fin de cuentas, no era el único que mantenía un ayuno continuo. Otros hermanos, y no precisamente judíos, también lo hacían.

El bautismo de Yehudá, un año después, tuvo lugar el domingo de Resurrección. Eligió esa fecha por tener un significado especial. La resurrección de Cristo era el acontecimiento más importante del calendario eclesiástico puesto que con ella comenzó la senda que habría de llevar su doctrina a todos los rincones de la tierra. Igualmente, el antiguo rabino nacía de nuevo a los ojos de Dios para servirle y adorarle. La ceremonia tuvo lugar en la intimidad del convento y únicamente asistió a ella don Juan de Mendoza y doña Catalina Martínez de Álava, dama viuda y generosa benefactora, padrinos del nuevo neófito. Eligió el nombre de Anselmo, porque los escritos de este santo le habían causado una gran impresión. Su *Cur Deus Homo*, en el que exponía el dogma de la Redención y, sobre todo,su *Alloquium de Dei existentia*, en el que desarrollaba la prueba de la existencia de Dios se habían convertido en sus lecturas favoritas.

El mismo día de su bautismo fue ordenado fraile y pudo al fin vestir el hábito y el cordón de San Francisco. Pidió seguir encargándose de las tareas que había ejercido desde su llegada, pero el Abad Lucio se negó y se mantuvo inflexible en su decisión. A parte de las tareas manuales a las que todos los hermanos estaban obligados –incluso él mismo–, no estaba dispuesto a relegarlo a las cuadras. Raramente podía contar con un fraile intelectualmente preparado que además podía hablar y escribir en varias lenguas. Le obligó a hacerse cargo de las traducciones de manuscritos árabes y hebreos, así como del puesto de amanuense del convento ya que fray Mateo, debido a su avanzada edad, no podía seguir ejerciéndolo. Fray Anselmo aceptó obediente la orden de su superior, pero no por ello dejó de ocuparse de tareas que otros hermanos evitaban por desagradables y duras.

–No –pensó–, no hay ninguna grieta en su fe...

–En cuanto a los gastos de su mantenimiento... –David no estaba dispuesto a aceptar que su hijo se convirtiera en un parásito de los frailes.

–No hablemos de ellos, maese David –replicó el Abad–. Nuestros recursos no son tan exiguos que no puedan hacerse cargo de uno más.

–No creo que mi hijo tenga intención de hacerse monje. Siempre ha dicho que quería ser médico...

–Me alegra oíros decir eso. Hacen falta buenos médicos –y más si eran médicos cristianos, pensó, pero se abstuvo de comentarlo en voz alta–. No os preocupéis por nada, maese David, Yosef estará bien cuidado entre nosotros y nos ocuparemos de que siga estudiando y preparándose para ejercer la medicina.

–¿Permitiréis, sin embargo, que os haga entrega de una limosna para vuestras obras de caridad? –un Sahadia no aceptaba regalos sin dar nada a cambio.

Fray Lucio no deseaba ofender al médico y aceptó gustoso. ¿Cómo podía rechazar una oferta, sin duda generosa, cuando las arcas del convento estaban perpetuamente vacías? Los dos hombres salieron del escritorio. David empezaba a arrepentirse de haber llevado allí a Yosef. Dios le condenaría al olvido eterno por haber entregado a su hijo, por no haberse ocupado de su educación religiosa con más empeño, por no haberle transmitido la fe y tradición de sus antepasados. Se autojustificó diciéndose que si sólo había un Ser Supremo daba igual cómo se le sirviera.

El muchacho seguía sentado en el mismo lugar en el que lo había dejado. Hablaba animadamente con un fraile alto y delgado, de pómulos salientes y huesudas manos. Al principio no le reconoció, después el corazón le golpeó con tanta fuerza que creyó que se le iba a salir por la boca. ¡Era Yehudá! Los dos se levantaron cuando les vieron acercarse. Fray Anselmo se inclinó ante el Abad y después miró a su hermano profundamente emocionado.

–David, hermano...

–Estás muy delgado. Demasiado delgado –no le demostraría la rabia, el cariño, el despecho y la añoranza que sentía en aquellos momentos. Sentimientos que manaban incontrolables, dolorosamente entretejidos, de la herida que nunca había cicatrizado.

–Maese David nos deja aquí a su hijo para que sea adoctrinado –dijo fray Lucio.

–Velaremos para que nada le falte –fray Anselmo se inclinó de nuevo ante su superior.

–Bueno hijo, aquí nos despedimos –David observó que las lágrimas asomaban a los ojos del muchacho–. El Abad y yo estamos de acuerdo en que, si en algún momento decides volver a casa, podrás hacerlo. Ni él ni yo nos opondremos.

Yosef afirmó con la cabeza. No había pensado en lo duro que iba a resultarle despedirse de su padre. De todos modos, pensaba seguir adelante. Nunca más volverían a llamarle sucio judío, ni le golpearían por citar los Textos Sagrados, ni tendría que llevar una marca como si fuera un esclavo, ni vería el terror en los ojos de sus hijos cada vez que los cristianos entraran en la judería con la cruz al frente... Sería uno de ellos. El más rico y poderoso de todos ellos.

David le estrechó fuertemente entre sus brazos y dio media vuelta para marcharse. Se detuvo un instante, giró y abrazó a fray Anselmo con la misma intensidad. Después, salió del convento y se dirigió hacia la puerta de Navarra sin volver la cabeza ni una sola vez. Yosef y su tío permanecieron en la puerta hasta que su figura hubo desaparecido de su vista. Luego entraron y la puerta se cerró tras ellos.

Primavera de 1428

Abrió los ojos y se quedó contemplando el techo de la habitación. Las vigas irregulares se alineaban a igual distancia y pasaban horizontales por encima de su cabeza. El yeso, que una vez fue blanco y ahora parecía más bien gris, se había descascarillado por algunas zonas y podía verse el suelo del piso superior. Supo por la posición de los rayos que entraban en la habitación que aún era muy temprano y se arrebujó en la cama.

–Hoy es mi último día en París –pensó y una sonrisa cruzó su rostro de oreja a oreja–. A partir de ahora me llamarán maese Pedro Sánchez de Bilbao. Seré médico y tendré mi propia consulta. Ya puedo volver a Vitoria.

Por fin se había doctorado y lo había hecho con excelentes resultados. Sus maestros opinaban que era uno de los estudiantes más brillantes que había pasado por la Universidad de medicina y así lo habían hecho constar en su calificaciones finales.

Cuando llegó a París pensó que el mundo se le venía encima. Había pasado cuatro años con los frailes del convento de San Francisco y se había preparado concienzudamente para el examen de entrada. Sabía que estaba obligado a ello si quería llevar sus planes a buen puerto. Don Juan de Mendoza le había ofrecido hacerse cargo del coste económico que supondría su educación médica en una de las Universidades más prestigiosas y él había aceptado porque era una oportunidad única. Juró, sin embargo, devolver hasta el último maravedí que el amigo de su tío desembolsara en sus estudios.

–¡Ya hablaremos de eso, muchacho! –rió con su risa franca y saludable– ¿Quién sabe? Tal vez tengas que hacerte cargo de mi salud cuando sea un viejo gotoso.

París le pareció el ombligo del universo. Había estudiado algo de francés con fray Jerôme y no tardó en entender y hacerse entender en aquella lengua gutural que, al principio, le provocaba la risa. Sin embargo, tardó semanas en habituarse al ajetreo de sus ruidosas calles concurridas tanto de día como de noche. Se paseaba asombrado por las hermosas calles bien empedradas, contemplando los altos edificios y los hermosos jardines de la Île de France. Sobre ella se alzaban la más bella catedral del mundo, el palacio de rey y el palacio de justicia, rodeada por las aguas del río Sena que se abrían y volvían a cerrar para protegerla. La *Lutecia* de los romanos se había transformado en el centro de los negocios, las finanzas y la intelectualidad de Occidente. En la orilla izquierda del río, se agitaba un mundo totalmente diferente de comerciantes y estudiantes, un hormiguero siempre activo y en movimiento. La Universidad de París –fundada en 1257 por Robert de Sorbon, capellán y confesor de San Luis, para facilitar los estudios de teología a los estudiantes pobres–, era un mundo en miniatura únicamente concurrido por escolásticos. Futuros teólogos y filósofos, médicos, abogados, científicos, matemáticos y lingüistas se apretujaban en sus aulas soportando el frío del invierno y el calor del verano para escuchar a los más eminentes profesores procedentes de todo el orbe cristiano.

Encontró alojamiento en una casa propiedad de Marcel Moineau, coadjutor de la catedral y profesor de teología, que alquilaba habitaciones a los estudiantes a condición de que pagaran religiosamente cada mensualidad y por adelantado. Lo que hicieran en ellas le traía sin cuidado y únicamente aparecía por allí cuando lo requería algún grave problema de mantenimiento.

–La última vez que vino fue porque parte del tejado se desmoronó por las lluvias –le explicó su vecino de habitación, un estudiante de leyes que tenía el cabello tieso, de color de la paja seca, y la cara repleta de pecas–. Tuvimos que amenazarle con acudir al juez si no lo arreglaba.

Poco a poco fue habituándose a la agitada vida de escolástico: mucho estudio, escasa comida y pocas horas de sueño no precisamente ocupadas en los libros. Muchas noches se reunía con un grupo de amigos en bulliciosas jaranas, que se alargaban hasta el amanecer, en torno a rebosantes jarras de vino para mayor molestia y queja de sus vecinos comerciantes y artesanos. Le encantaba aquella vida independiente y libre de prejuicios, en la que no tenía que dar cuentas a nadie. Las cartas, que al principio enviaba con asiduidad a su padre, su tío, el Abad Lucio y a don Juan, fueron espaciándose a medida que transcurrían los meses. Ya solamente escribía al de Mendoza para solicitar el envío de fondos, prometiendo en todas sus misivas la devolución de los mismos en cuanto estuviera en condiciones de ganarse su propia vida, y enviando recuerdos para todos los demás.

La puerta se abrió de golpe y por ella asomó el rostro alegre y despreocupado de su amigo Louis de Tournay.

–¿Todavía durmiendo, perezoso? –exclamó al tiempo que entraba en la habitación– ¡Hoy es el gran día! Dentro de unas horas seremos doctores en medicina y la gente se inclinará a nuestro paso.

Se dejó caer de golpe sobre la cama y sintió en sus costillas algo duro que se movió lanzando un quejido.

–¡Por todos los diablos del infierno! ¿Qué es esto?

Una cara joven y aún dormida asomó entre las sábanas.

–Es Marion –dijo Pedro con una sonrisa–. Me ha hecho compañía en mi última noche como estudiante...

–¡Anda putilla! ¡Sal de esa cama! Mi amigo tiene hoy muchas cosas que hacer...

Retiró las sábanas de un tirón dejando al descubierto el generoso cuerpo de la muchacha. Marion dio un grito y salió disparada no sin antes haber recibido de Louis una buena palmada en las nalgas. Los dos amigos rieron groseramente mientras la joven se lanzaba hacia la puerta malcubriéndose con las ropas que había recogido del suelo.

–Y bien, mi estimado amigo, ¿a qué dedicarás tu diploma? –preguntó el recién llegado

–A curar los furúnculos que les salen a los ricos de tanto permanecer sentados mientras otros trabajan para ellos –rieron de buena gana imaginándose la situación.

Pedro se había levantado de la cama y trataba de encontrar sus calzas entre el desorden de ropas, libros y objetos que se desparramaban por toda la habitación.

Se habían conocido a poco de llegar ambos a París. Louis de Tournay procedía de Tarbes, ciudad de Aquitania, y aunque la Universidad de Montpellier, más cercana de su casa, tenía más renombre que la de París en lo concerniente a los estudios de la medicina, había decidido trasladarse hasta la capital del reino para poder seguir las enseñanzas impartidas por el sabio maestro holandés Thomas van Höegh.

Poco tiempo habían tardado en darse cuenta de que ambos eran judíos. Sus gustos en cuanto a comidas, su manía de lavarse antes de comer y la costumbre que les incitaba a no estudiar los sábados habían sido el preámbulo. El día que compartieron la misma tinaja de agua para darse un baño y pudieron contemplar sus respectivos miembros circuncidados estallaron en una alegre carcajada.

–*!Tu quoque, judi!* –dijo Pedro emulando la frase de César.

–*Felix qui potuit rerum cognoscere causas* –respondió su amigo citando los famosos versos de Virgilio.

El abuelo de su padre, Itzak ben Elia, fue uno de los miles de judíos que en compañía de los suyos hubo de abandonar su tierra natal cuando el rey Eduardo I decretó su expulsión de Inglaterra, exactamente el día 17 de Tamuz de 1290 –fecha de la conmemoración de la destrucción de Jerusalén–. Hombre de imaginación y recursos decidió trasladarse a Francia con su familia. Se instaló en Normandía y se dedicó al comercio de la lana. Allí seguirían sus descendientes si los judíos no hubieran sido expulsados de Francia por orden del rey Carlos VI en septiembre de 1394. Muchos buscaron refugio al sur del país, en territorios de señorío que no pertenecían a la corona.

Aunque protegidos por el Papa –de hecho se les llamaba "*los judíos del Papa*"–, y los altos miembros del clero que utilizaban continuamente sus servicios para todo tipo de menesteres, en especial la recaudación de los impuestos para la iglesia y el envío de mensajes secretos a otros países, el ambiente no les era propicio. No podían comprar casas ni dedicarse libremente a sus actividades comerciales o profesionales.

Azach ben Elia, el padre de Louis, decidió que su familia no pasaría más privaciones ni volvería a exilarse por causas religiosas. Aprovechó la presencia en aquellas tierras del fraile dominico Vicente Ferrer, capellán y confesor del Papa Benedicto XIII embarcado en la misión de convertir a todos los infieles que encontraba en su camino, y se hizo bautizar junto a su mujer e hijos. Adoptó el nombre francés de Antoine y eligió como apellido el nombre de una pequeña población cercana a Tarbes.

–¡Qué curioso! –exclamó Pedro al oír el nombre del dominico.

–¿Por qué?

–Ese Vicente Ferrer también estuvo en mi ciudad, en Vitoria, y logró muchas conversiones entre ellas las de mi tío Yehudá que luego se hizo monje y ahora se llama fray Anselmo de Vitoria –sintió de pronto ganas de regresar a casa y ver de nuevo a los suyos.

–¿Toda tu familia se convirtió?

Pedro tardó unos segundos en responder. Su mente voló a la casa de la judería vitoriana en donde vivían su padre, su hermano y su tía.

–No. Sólo yo. Lo hice años después de mi tío...

Le relató las razones que le habían llevado a dar el gran paso, parecidas en cierta manera a las del padre de su amigo. No se había arrepentido de haberlo hecho, pero dejó bien claro que no eran motivaciones religiosas las que le habían impulsado. De hecho, opinaba que las religiones eran una sarta de cuentos dirigidos a encandilar al pueblo y tenerlo callado o el medio de justificar ciertas actuaciones de los gobernantes y las clases poderosas.

–Yo que tú no andaría por ahí diciendo eso... –Antoine de Tournay había aleccionado bien a sus dos hijos.

–En ningún caso, ¿me oís? –les había dicho–, debéis dejar entrever que nuestro bautismo ha sido motivado por la necesidad. Desde este momento somos fieles cristianos y debemos actuar como tales. Asistiremos a misa todos los domingos, guardaremos la fiestas, contribuiremos al óbolo de la Iglesia y nunca hablaremos de nuestras antiguas creencias. De lo contrario, seremos perseguidos por herejes judaizantes y condenados a muerte por el fuego. La más terrible y dolorosa de las muertes.

Pedro tomó buena cuenta de las palabras de su amigo y se juró no volver a soltar la lengua en materia de religión.

Los dos jóvenes se dirigieron al Aula Magna de la Universidad en donde tendrían que exponer un tema elegido antes de recibir el diploma que les acreditaba como médicos.

La sala estaba llena de estudiantes y profesores dispuestos a escuchar a los ocho nuevos médicos, un tanto acongojados ante tanta expectación de la que eran objeto. El turno de cada orador había sido sorteado y a Pedro de Bilbao le cupo el dudoso honor de ser el último y, por tanto, el que lo tenía más difícil.

Louis de Tournay habló sobre las enfermedades de la piel, muy comunes en todas las capas de la sociedad, y los remedios para combatirlas. El auditorio aplaudió calurosamente su intervención y sintió gran satisfacción al ver la sonrisa aprobatoria en los labios de su maestro van Höegh.

Cuando le llegó su turno, Pedro tenía la garganta seca y hubiera dado lo poco que poseía con tal de poder escapar de allí a toda prisa. Subió al estrado y se dispuso a desarrollar el tema que había elegido: "*Medicina et Chirurgia*". El gesto adusto que observó en algunos de los miembros del tribunal al enunciar el título de su disertación le paralizó durante unos instantes. Optó por ignorarlos y dirigirse a los estudiantes entre los que podía ver muchas caras amigas que le sonreían para darle ánimos.

–Cuando los Santos Padres de la Iglesia en diversos Concilios prohibieron a los médicos la práctica de operaciones cruentas, la cirugía fue considerada en relación con la medicina como un arte inferior –la mención de la Iglesia provocó más de un sobresalto. Pedro pudo ver el temor en los ojos de su amigo, pero continuó–, y dejada en manos de barberos y gentes sin instrucción que obtienen a veces éxitos notables debidos a su habilidad manual y a los conocimientos que se han transmitido de padres a hijos. No obstante medicina y cirugía son dos artes que obligatoriamente han de ir unidas. Los escritos del gran Hipócrates establecen claramente el concepto unitario de ambas. No existe diferencia entre enfermedades médicas y quirúrgicas, solamente son diferentes los medios de curar.

El silencio era total y el auditorio seguía sus palabras con una atención inusitada. Incluso los miembros del tribunal habían dejado de lado su actitud hierática y atendían interesados. Pedro olvidó las anotaciones que llevaba preparadas y habló entusiasmado de Herófilo y Erasístrato, de Heráclito de Tarento, del tratado *De Re Medica* de Celso y de los logros obtenidos por Galeno. No ocultó su admiración por Rasis, Avicena, Abulcasis y Averroes, los físicos árabes que tanto había hecho por la medicina en general –y la cirugía en particular– cuyas obras habían sido traducidas y estudiadas en la Escuela de Salerno. Finalizó su exposición mencionando a Maimónides, Arnau de Vilanova y otros grandes físicos judíos que habían contribuido a acrecentar los conocimientos médicos y quirúrgicos que les permitían, a ellos médicos del siglo XV, combatir plagas y enfermedades.

La ovación final fue tan clamorosa que le dejó sorprendido. Los estudiantes aplaudían con todas sus fuerzas acompañando las palmadas con gritos de entusiasmo. Pedro miró a los miembros del tribunal y de nuevo se sorprendió al ver que también ellos aplaudían. Fue sacado en hombros por sus amigos y paseado por las calles para asombro y temor de los comerciantes que, ante tal barullo, dieron por concluida la jornada y cerraron sus puestos en prevención de males mayores.

El glorioso día acabó en la taberna de "*Les trois coqs*" en medio de una gran borrachera animada por las canciones subidas de tono de un grupo de juglares que eran coreadas por los ruidosos estudiantes.

Vendieron las pocas pertenencias que habían acumulado en sus seis años de estudios, a excepción de un poco de ropa y algunos libros, y compraron dos recias mulas y provisiones para el viaje.

–¿Piensas establecerte en Tarbes y ejercer allí? –preguntó Pedro a su amigo sintiendo que le iba a costar mucho separarse de él.

–No lo sé –respondió Louis–. De hecho, creo que no deseo regresar. Mis padres murieron y las relaciones con mi hermano Jacques no han sido nunca muy buenas. Él heredó la casa y las tierras y yo tendría que empezar de cero, por tanto, igual me da un sitio que otro.

–¿Por qué no vienes conmigo a Vitoria? –los planes brotaban en su mente como una cascada– Podríamos trabajar juntos, abrir un consultorio, vivir en la misma casa... Yo también tengo que empezar desde el principio y no puedo contar con la ayuda de los míos –y aunque pudiera no lo aceptaría, pensó–. Te gustará mi tierra y queda relativamente cerca de la tuya, por si cambias de opinión...

Louis de Tournay no tuvo que pensárselo mucho. Le agradaba la idea de comenzar su nueva vida en compañía de su amigo. Además, conocía bastante la lengua castellana debido a los viajes que había hecho a Castilla y Aragón cuando, mozuelo, acompañaba a su padre para tratar con pastores y dueños de rebaños.

Tres semanas después llegaron a Vitoria. La casa de Mendoza, a donde se dirigieron nada más atravesar la muralla, le produjo el mismo efecto que sintió la primera vez que entró en ella. Un criado se hizo cargo de sus caballerías y les acompañó al escritorio de su amo. Don Juan les recibió con los brazos abiertos. Por la alegría que se reflejaba en su rostro y los apretones que dio a su ahijado, cualquiera hubiera dicho que eran padre e hijo.

–¿Eres ya físico? –le interrogó imperativo.

–Sí, señor –y Pedro le tendió el diploma que certificaba su título.

–Imagino que aquí pondrá todo eso de que eres un médico preparado para mandar al otro barrio con presteza a los infelices que caigan en tus manos ¿no? –sus conocimientos de latín se limitaban a las oraciones de la iglesia y a alguna otra frase hecha que no dejaba de repetir cuando se le presentaba la ocasión.

–Más o menos, señor –rió el joven.

–Su nota ha sido la más alta –terció Louis de Tournay deseoso de decir lo que su amigo callaba–. Sus maestros querían que permaneciera en París para impartir enseñanza.

–¡Me alegro y te felicito por ello, hijo! –exclamó Mendoza más orgulloso que un pavo real en celo–, pero que los franceses se las entiendan entre ellos. ¡Tú haces falta aquí!

Pedro miró con cariño a su benefactor. Estaba más gordo y tenía el cabello repleto de mechones grises, pero seguía siendo el mismo hombre jovial y bonachón que recordaba.

–Sí que hago falta aquí, señor don Juan, y para empezar voy a ordenaros seguir un régimen de verduras y pescado que os harán rebajar las onzas de peso que os sobran.

–Si crees que voy a dejarme tratar por un médico inexperto, ¡vas listo! –exclamó aparentando una ira que no sentía– ¡Ya tenemos un físico que se ocupa de nuestra familia! Maese David, el mejor médico que conozco.

–¿Cómo se encuentra mi padre?

–Perfectamente. Ha sido contratado por el Concejo por seiscientos maravedíes, lo que no está nada mal para un matasanos judío.

Louis de Tournay miró a su amigo esperando ver la ira reflejada en su rostro, pero Pedro sonreía divertido sin el mínimo asomo de enfado.

—¿Y mi tío, fray Anselmo? —lo recordaba con su cuerpo enjuto y su mirada amable hablando apasionadamente de las enseñanzas de Cristo.

—¿No te das cuenta, Yosef? —le decía— Jesús era judío como nosotros. Dios eligió a nuestro pueblo para que en él naciera el Salvador, su Hijo. Podía haberlo hecho nacer en Roma, en Babilonia, en Egipto o incluso aquí, en Hispania..., sin embargo, nos eligió a nosotros.

—Pues no hizo muy buena elección... —le había respondido él en el mismo tono que adoptaba su padre cuando deseaba polemizar.

—¿Cómo puedes decir algo así?

—Visto el fin que tuvo... —nunca entendería cómo Dios había permitido que su Hijo, si en verdad lo era, muriera en una cruz de la forma más innoble.

—Ahí radica la grandeza de su Misterio —cada vez que su tío hablaba de ese tema, se le iluminaban los ojos y su rostro adquiría una extraña luminosidad—. Dejó que sufriera tortura y muerte como un hombre cualquiera para resucitar después en toda su gloria y esplendor. Con su resurrección, comenzó una nueva era.

—Y si fue Dios quien permitió que muriera en una cruz, ¿por qué los cristianos nos echan la culpa de su muerte?, ¿por qué no se la echan a los romanos?

—Los romanos lo hicieron con el consentimiento del Sanhedrín...

—¿Y siempre pedían permiso al Sanhedrín antes de matar a un preso judío? ¿Pidió permiso el romano Varo para crucificar a los dos mil hombres que se le opusieron en Galilea? ¿Lo pidió Tito para hacer otro tanto después de la destrucción de Jerusalén? Los romanos no tenían necesidad de pedir permiso a nadie cuando querían ejecutar a alguien.

Cada vez que polemizaban sobre la religión, su tío acababa mirándole y exclamaba:

—¡Cómo me recuerdas a tu padre! —y su tono de voz reflejaba lo mucho que le echaba en falta.

–¿No te lo dije en mi última carta? –Mendoza trató de recordar si se lo había escrito o no– Nuestro querido fray Anselmo ya no está en Vitoria –la mirada de extrañeza de Pedro le hizo continuar–, el Abad Lucio fue trasladado a principios de año y tu tío se fue con él.

–¿A dónde?

–Le nombraron arcediano de la catedral de Sevilla. ¡No encontraron un lugar más alejado!

El Abad Lucio se había opuesto formalmente a los dominicos en los territorios dependientes de la diócesis de Calahorra. Íntimamente esperaba ocupar la silla episcopal a la muerte del obispo Nuño. Para ello había llegado a diferentes acuerdos verbales con los enviados de Juan II de Castilla y Alfonso de Aragón. Los reyes no influirían en el nombramiento del nuevo obispo. Pero don Lucio no había contado con el Abad de Fulces, rígido dominico, que consiguió el apoyo del nuncio, mosén Arnoldo Caravent. El Abad de Fulces fue nombrado obispo y Lucio desterrado a Sevilla.

–Y allá sigue –añoraba las largas conversaciones en la celda de su amigo. Yehudá, como seguía llamándole para sus adentros, era uno de los pocos hombres en los que podía confiar–. Con un poco de suerte podré ir a verle dentro de algún tiempo, pues tengo oído que el rey anda preparando una nueva campaña en contra del moro de Granada. De ser así, espero poder acudir con mis hombres. Llevo mucho tiempo inactivo y mis armas empiezan a echar en falta la acción.

Quería alejarse de Vitoria cuanto antes. Le asfixiaba el clima enrarecido de la ciudad. Callejas y Ayalas habían vuelto a las andadas. No pasaba día en que no hubiera reyertas y heridos, cuando no algún muerto. Los Ayala, y con ellos los Guevara, Abendaño, Landa, y Salazar, llevaban las de ganar. Habían conseguido nombrar un alcalde afín a su causa y nadie podía dar un paso sin encontrarse a alguno de ellos pavoneándose con arrogancia.

–¡Qué el diablo se lleve a todos y no los devuelva! –pensó y añadió en voz alta– Bueno, ¿que tal si pensamos lo que vamos a hacer contigo? Esta misma tarde iré a hablar con los miembros del Concejo para que te den un puesto en el hospital y…

–Me temo que mis planes sean otros, señor –le interrumpió Pedro con suavidad. No quería herir a quien tanto le había ayudado–. Louis y yo habíamos pensado tener nuestra propia consulta privada y…

Se detuvo sorprendido por la carcajada que sus palabras habían provocado en el de Mendoza.

–¿Ya te has olvidado de cómo es la gente de esta tierra, muchacho? Antes de que un solo enfermo acuda a vosotros, os moriréis de hambre. Sois físicos sin experiencia, desconocidos –tenía que reconocer que don Juan estaba en lo cierto–. Primero tenéis que haceros un nombre y para ello no hay sitio mejor que el hospital. El Concejo estará encantado de poder contar con dos nuevos físicos aunque, he de advertiros, la paga es más bien escasa y el director del hospital un hueso duro de roer.

–¿Podremos alquilar una casa?

–No, ¡y ni falta que os hace! Precisamente tengo yo una en la calle de la Herrería. Los últimos inquilinos la dejaron hace unos meses y no es bueno que una casa permanezca deshabitada. Podéis vivir en ella.

La generosidad de Mendoza no conocía límites. Pedro se sintió abrumado y prometió una vez más devolverle hasta el último maravedí.

–Si no quieres dormir esta noche en la calle y dejar de contar con mi amistad, no vuelvas a hablar de dineros ni de deudas.

Estaba verdaderamente ofendido y así lo entendió Pedro. Se inclinó y cogiéndole la mano se la besó, dejando al hombre confundido y halagado al mismo tiempo.

–¿Quién es el director del hospital? ¿Ese que decís que es tan duro? ¿Lo conozco? –preguntó interesado con la mente puesta en su primer trabajo.

–Sí que lo conoces –a don Juan le brillaron los ojos maliciosamente–. Es tu padre.

Aprovecharon la tarde para dar una vuelta. En el año de 1181, el rey don Sancho el Sabio de Navarra había dado fuero y título de Villa a una humilde aldea, llamada Gazteiz, cuyo nombre cambió por el de Nueva Victoria.

–En realidad era más bien una fortaleza militar que iba desde la iglesia de Santa María, esa que ves ahí, hasta el fuerte de San Vicente y sólo había dos calles entre ellos –explicó Pedro con un entusiasmo infantil que hizo sonreír a su amigo.

Otro rey navarro, Sancho el Fuerte, había concedido otros fueros y ampliado el recinto con lo que nuevas gentes habían llegado para instalarse allí, provocando no pocos roces y choques entre éstos y los pobladores de los alrededores que veían desconfiados el auge de la nueva Villa.

–Hace dos siglos, en el año 1200 –prosiguió Pedro que había aprendido la historia de la ciudad de boca de fray Lucio –, el rey Alfonso VIII de Castilla sitió la ciudad. Después de siete meses de asedio fue preciso que el propio rey don Sancho el Fuerte relevara de su juramento de lealtad a los habitantes. Desde entonces dejó de pertenecer a Navarra para pasar a depender de la corona de Castilla.

–Y continuó agrandándose... –la historia de su ciudad de Tarbes era parecida.

–Sí y no. Ocurrió que dos años después, hubo un gran incendio que lo destruyó todo. Volvieron a reconstruir la Nueva Victoria y aprovecharon la ocasión para ensancharla con tres nuevas calles: la Correría, la Zapatería y la Herrería. Algunos años después añadieron la Cuchillería, la Pintorería y la calle Nueva.

–¿Y la judería? –Louis había notado que su amigo todavía no había mencionado la presencia de judíos en Vitoria.

–La judería o *Judencale*, como la llaman, es la antigua calle Nueva. Nuestras gentes llegaron aquí a mediados del siglo XIII y se instalaron mayoritariamente en dicha calle. Con el tiempo le cambiaron el nombre.

Louis advirtió la referencia que su amigo había hecho de "nuestras gentes", refiriéndose a la población judía. ¿Lo habría hecho conscientemente?

–¿Vas a ir a visitar a tu familia?

Pedro vaciló durante unos momentos. Eso mismo había estado él preguntándose desde el momento que había puesto los pies en la ciudad. Tenía inmensos deseos de ver a su padre, a sus hermanos, a la tía Ruma, a Miriam..., y sin embargo... Desde que David le dejó en el convento de San Francisco no había vuelto a pisar el barrio judío. Fue un acuerdo tácito entre él y su padre, un acuerdo sin palabras. David había ido a visitarle alguna que otra vez, aunque no así los otros. La víspera de su partida hacia París, se encontraron en casa de don Juan.

–Estudia mucho y aprende todo lo que puedan enseñarte –le dijo su padre con la seriedad que acostumbraba–. Y no olvides agradecer al señor de Mendoza la oportunidad que te ofrece de llegar a ser un gran médico. Espero que mucho mejor que yo –añadió.

Le dio un furtivo abrazo y se marchó. Las pocas cartas que él le escribió desde París no tuvieron respuesta y sólo supo de su familia por las que recibió de don Juan y de su tío, fray Anselmo.

–No sé –respondió finalmente–. Puede que no fuera bien recibido. Han pasado muchos años desde aquello. Puede que para ellos yo sea un mesumad, un traidor que abandonó la religión de sus padres y se pasó al enemigo.

–Un hijo siempre es un hijo... –dijo Louis, pero recordó las miradas de las otras familias judías cuando su padre decidió hacerse bautizar con los suyos y no insistió.

Al día siguiente el Licenciado Martínez de Olabe, el administrador, les acompañó al hospital. No era un hombre bien parecido, pero tenía un rostro amable y una sonrisa franca. Les envidiaba, y así se lo dijo, por haber tenido la oportunidad de estudiar en una Universidad tan prestigiosa como la de París.

–¡Qué no hubiera dado yo por tener tal oportunidad! –suspiró pensando en los muchos años que había trabajado como pasante de un notario en Salamanca y pagándose los estudios de

Leyes– Espero que el Señor me dé salud y medios económicos para poder enviar a mi querido hijo Juan a esa Universidad o a la de Oxford en Inglaterra que, según dicen, no le va a la zaga en cuanto a méritos académicos.

–¿Cuántos años tiene vuestro hijo, señor Licenciado? –preguntó Pedro mirándole con curiosidad. No parecía tener muchos más años que ellos.

–Dos meses hará la semana que viene…

Los tres se miraron y se echaron a reír.

–Algo pronto es a mi parecer para que hagáis planes.

–Más vale pecar por sobra que por falta –replicó el Licenciado y de nuevo se echaron a reír.

–Decidnos señor de Olabe, ¿en qué condiciones se encuentra el hospital? –preguntó interesado Louis de Tournay.

–Para empezar, querido amigo, es el único que tenemos –sonrió–, también es verdad que otras poblaciones no pueden decir lo mismo. De aquí a Bilbao no hay ningún otro. Lo hizo construir hace un siglo doña Elvira Ceballos, esposa de Fernán Pérez de Ayala y madre del que fue Canciller de Castilla.

–¿Y sigue igual que entonces? –el tono candoroso de Pedro hizo que el de Olabe se detuviera unos instantes, pero sonrió al observar un brillo malicioso en sus ojos.

–No, ¡claro! Se han hecho muchas reformas desde entonces aunque tampoco puede decirse que sea un hospital nuevo… –no, pensó, no era un hospital nuevo, más bien era un hospital muy viejo– Sin embargo, cuenta con todas las instalaciones precisas, dos amplias salas para albergar a los pacientes, algunas habitaciones individuales por si se da el caso de que el enfermo sea persona de calidad, una amplia cocina y dos grandes salas de baños. El director del hospital es un físico de grandes merecimientos, maese David Sahadia, tal vez hayáis oído hablar de él –bajó la voz y miró a su alrededor–. Es judío.

Pedro y su amigo sonrieron divertidos. Olabe no sabía quién era él. Tampoco tenía por qué saberlo –pensó–, a fin de cuentas, su bautizo había sido cosa privada y después salió para Francia. A parte de don Juan de Mendoza, dudaba de que ningún otro cristiano supiera que él era un converso, hijo del médico de la Villa.

En efecto, el hospital era muy viejo. El exterior apenas había sido reformado desde la época de su construcción y presentaba el aspecto de una gran mole poco atractiva. No obstante, como pudieron comprobar, el interior estaba limpio y reluciente. Las monjas del convento de La Magdalena se ocupaban de los enfermos, la limpieza y la comida.

–De vez en cuando también cuentan con la presencia de algunas señoras –dijo Olabe señalando a dos damas ocupadas en preparar vendajes–, que amablemente se prestan para ayudar.

–¿Qué deseáis? –una voz autoritaria y exenta de simpatía les sobresaltó.

–Buenos días, sor Margarita –a Pedro le pareció que la voz del Licenciado temblaba un poco–. Traigo dos nuevos físicos que el Concejo ha contratado. He de llevarlos ante maese David.

Era una mujer alta y gorda, con cara de pocos amigos, cuya nariz llena de venillas permanecía continuamente roja. Les miró de arriba a abajo con aire de desaprobación.

–¿Estáis seguro de que son físicos? A mí me parecen demasiado jóvenes para serlo.

Pedro hizo esfuerzos por contener la risa. Louis de Tournay, sin embargo, encontró ofensivas las palabras de la religiosa.

–Sabed, señora, que tenemos los diplomas que nos acreditan como doctores en medicina –dijo con un terrible acento francés.

Sor Margarita se le quedó mirando como quien ve visiones. Pedro no pudo aguantar más y soltó una carcajada que retumbó por los pasillos del hospital. Las dos damas ocupadas en los vendajes le miraron con aire acusador. Se le cortó la risa de golpe cuando vio emerger de una habitación la figura poderosa de su padre.

–¡Cómo destaca entre todos! –pensó con admiración.

David se les acercó a grandes zancadas, las cejas fruncidas, los músculos tensos.

–¿Puede saberse qué es lo que hace tanta gracia a estos caballeros? –bramó con la mirada puesta en el administrador.

–Son dos nuevos físicos para el hospital, maese David –Pedro constató que realmente la voz del Licenciado tenía un leve temblor–. Permitid que os los presente, maese Pedro Sánchez de Bilbao y maese Louis de Tournay. Han obtenido excelentes calificaciones en la Universidad de París como así lo atestiguan estos diplomas y vienen altamente recomendados por don Juan de Mendoza.

Con la vista fija en su hijo y controlando la emoción que sentía en aquel momento, el médico cogió los diplomas que le tendía Martínez de Olabe.

–Seguidme –dijo bruscamente dando media vuelta después de haber saludado con la cabeza al administrador.

–¡Ya nos veremos! –les gritó Olabe a modo de despedida. Miró a sor Margarita y salió a toda prisa.

La pequeña habitación en la que penetraron estaba impecablemente ordenada. Pedro sonrió recordando la manía de su padre por el orden y la limpieza.

–¿Cómo puede ocuparse un médico de su paciente si no es capaz de mantener sus cosas con la propiedad debida? –solía decirle– Nunca llegarás a ser un buen médico, Yosef, si no eres capaz de ser ordenado y limpio.

–Bien, caballeros –la voz de su padre le sobresaltó. Se había sentado en una silla vieja de cuero y les observaba con atención mientras ellos permanecían de pie–, veo que vuestras calificaciones han sido excelentes. Sobre todo las vuestras... –vaciló un instante–, maese Pedro. Espero que podáis poner en práctica todo lo que habéis aprendido en tan prestigiosa escuela. No obstante, quiero dejar bien claro que en este hospital mando yo y se hace lo que yo ordeno. Hay gran diferencia entre el estudio y la práctica. Aquí os encontraréis con casos que no habéis estudiado en los libros y que sólo la experiencia puede enseñar.

Se levantó y se dirigió a la puerta llamando a sor Margarita que apareció al instante.

–Sor Margarita, os ruego que acompañéis a maese Louis y le enseñéis nuestras instalaciones.

La monja sonrió al médico y Pedro observó que su rostro se transformaba y perdía ferocidad. Se preguntó regocijado qué extraño lazo uniría a su padre, un judío, con una monja católica de armas tomar. Cuando la puerta se cerró tras ellos, David se volvió hacia él conmovido.

–¡Yosef!

–¡Padre!

Se abrazaron como si sólo hubieran estado alejados unos pocos días el uno del otro, como si él siguiera siendo judío, como si en verdad su nombre fuera el mismo, como si nada hubiera ocurrido... Los ojos se le llenaron de lágrimas.

–¡Deja que te mire! ¡Cómo has cambiado!

David miraba y remiraba una y otra vez a su hijo. Su pequeño Yosef se había convertido en un hombre atractivo lleno de encanto: alto, delgado, de ojos castaños, tan parecidos a los de su abuelo, los cabellos rizados siempre revueltos como si no conocieran el peine, la sonrisa de Sarai... A su vez Pedro se recreaba en la visión de su padre, seguía igual que cuando le dejó: ni una arruga, ni una cana en su abundante cabello y barba, la mirada penetrante y escrutadora y el aire de patriarca bíblico que tan bien recordaba.

–Tus calificaciones han sido excelentes –repitió David echando una ojeada al diploma.

–Las mejores –respondió su hijo sin asomo de modestia.

David sonrió

–Ya lo veremos...

–¿Cómo están Jonás y tía Ruma? –la pregunta le ardía en la boca– ¿Y Miriam y el joven Mosseh?

–Todos están bien. Jonás trabaja también aquí. En este momento está haciendo algunas visitas, pero luego lo verás y tu tía sigue igual que siempre: activa, sin un hombre en su cama y últimamente un poco gruñona. Debe ser la edad... ¿Cuándo has llegado? –preguntó de sopetón, recordando la pregunta que había querido hacerle nada más verle.

–Antes de ayer... –¿por qué tenía aquel sentimiento de culpa?

–Ah..., ¿y dónde estás alojado? –no parecía que le importara mucho que no le hubiera avisado de su llegada.

–En casa de don Juan de Mendoza, pero hoy mismo Louis y yo vamos a trasladarnos a una de sus casas, en la calle de la Herrería. Nos la deja hasta que podamos comprar o alquilar una nosotros mismos –notó que su padre se distendía un poco y se aventuró a hacerle otra pregunta–. Padre, ¿podríamos..., podría ir a visitaros?

–La puerta de nuestra casa nunca ha estado cerrada para ti –y añadió–, ni para ningún otro. He de advertirte, no obstante, que la gente no ve con buenos ojos que los cristianos anden por la judería. El Concejo ha sacado unas nuevas ordenanzas. Nos prohiben trabajar o hacer negocios en domingos y fiestas religiosas cristianas. También nos obligan a arrodillarnos al paso de la cruz o de la hostia consagrada...

Pedro escuchaba aturdido las palabras de su padre. El Concejo de Vitoria jamás había hecho algo así. La relación entre las dos comunidades se había respetado a lo largo de los años, sin dar motivo a incidentes de ningún tipo. Durante los cuatro años en París, casi había olvidado la situación en la que vivían los suyos. Sólo trataba con estudiantes, maestros y alguna puta de las tabernas. Sabía que había judíos en París, pero nunca intentó estar con ellos, ¿para qué?, él ya no era uno de los suyos, era un cristiano más...

–No permiten que ninguna mujer cristiana sirva en una casa judía, ni les permiten la entrada en la judería a menos que no vayan acompañadas de un hombre de su religión... –David continuaba enumerando las prohibiciones como si fueran parte de una letanía– Obligan a todos los judíos que salen del barrio a llevar la rodela que los identifica. Yo no la llevo, ni Jonás tampoco, porque los físicos estamos exentos de tal obligación. Tu tía tampoco la lleva porque no ha vuelto a salir de *Judencale* desde que el edicto entró en vigor.

–Pero…, ¿por qué? ¿por qué esas absurdas leyes?

–Me extraña que me hagas esa pregunta, hijo –David sonrió tristemente–. ¿No fue esa una de las razones que te obligaron a hacerte bautizar?

–Llegaré a ser una persona importante en esta villa, una persona muy importante –estaba convencido de que así sería, trabajaría y lucharía por conseguir una posición entre los privilegiados–. Tal vez entonces pueda ayudaros.

–Lo dudo mucho, Yosef –también David estaba convencido de sus propias palabras.

El día transcurrió rápidamente, ocupados como estaban por ponerse al tanto de la marcha del hospital, del tipo de enfermos que se hallaban en él en aquellos momentos, de la farmacia que disponían allí mismo y otros asuntos de la misma índole, Pedro no tuvo tiempo de hablar con su amigo y tampoco vio a su hermano Jonás. A media tarde regresaron a casa de don Juan a recoger sus cosas. Mendoza les invitó a dejar las mulas en sus cuadras.

–Entre tanta acémila que me rodea, no me daré cuenta de que hay dos más –ironizó–, y vosotros os ahorraréis el coste de su mantenimiento en la cuadra comunal.

Les acompañó a la casa de la Herrería. Era una buena casa y el sol del atardecer penetraba por las ventanas del piso superior iluminando las paredes encaladas. Había pocos muebles, pero eran suficientes.

–La planta de la calle está alquilada a un comerciante de hortalizas, pero podréis disponer a vuestro antojo de los dos pisos superiores.

–Con un poco de limpieza y algunas estanterías para nuestros libros –comentó Louis encantado con el lugar–, nos sentiremos como en un palacio…

Los tres hombres rieron ante la ocurrencia del francés y Mendoza se despidió de ellos no sin antes hacerles prometer que acudirían a él en cualquier momento que tuvieran necesidad.

Pasaron el resto de la tarde limpiando y adecentando la vivienda.

–¡Mi primera casa toda mía! –pensó Pedro y luego dijo en voz alta–, y de Louis…

–¿Decías algo? –le preguntó su amigo.

–Pensaba que ésta es nuestra primera casa…

–Podremos instalar aquí nuestro consultorio –añadió Tournay mirando satisfecho a su alrededor–, hay sitio suficiente.

–Antes tendremos que labrarnos un nombre tan respetado por lo menos como el de mi padre…

Sintió ganas de ver de nuevo a David. Lo poco que habían hablado en el hospital no le había bastado para llenar la laguna emocional que anegaba su corazón. Dejó a su amigo tratando de encender el hogar para preparar la cena –el comerciante del piso bajo les había regalado un canasto lleno de verduras en prueba de amistad y buena voluntad vecinal–, y se dirigió a la judería.

Caminaba despacio, disfrutando de los lugares que le eran tan conocidos y aspirando los olores de cada calle y de cada cantón. Decidió dar un rodeo y dirigirse primero a la plazuela de la catedral para después atravesar el cantón de San Marcos y penetrar en la judería por el camino que llevaba al portal de Urbina, una de las puertas de la ciudad. Sólo encontró a media docena de personas en el trayecto. Pensó lo diferente que era de París. A esas horas estaría metido en una taberna con una buena moza sobre sus rodillas y bebiendo un vaso de cerveza o estaría en casa de alguno de sus amigos inmerso en una discusión inacabable sobre la mejor forma de atajar la hemorragia de una embarazada y evitar que perdiera el feto o la utilización de la raíz del eléboro para cicatrizar las heridas.

No tenía prisa por llegar a la casa de su padre. En realidad, luchaba entre seguir adelante o volverse. ¿Cómo le recibiría su hermano Jonás? Llevaban diez años sin verse. Nunca le había perdonado que se hiciera cristiano, ¿o fue tal vez el que no se hubiera confiado a él?, ¿que se hubiera marchado sigiloso como un ladrón nocturno? A pesar de las muchas diferencias entre ellos y de su posición privilegiada por ser el mayor y el favorito de su padre, siempre habían mantenido una firme relación fraternal a prueba de mellas. Sonrió al recordar cómo iba detrás de su hermano cuando era muy pequeño deseoso de parecerse a él y cómo Jonás se lo permitía con aire de fastidio, pero íntimamente satisfecho de ser su modelo, cómo le reñía cuando hacía algo mal y cómo empezó él a devolverle los golpes cuando tuvo la fuerza suficiente, y cómo, de no haber sido detenido, su hermano hubiera ido a romperle la cabeza al maldito rabino Yaacob por lo que le había hecho aquel terrible día.

No se veía un alma. Las familias judías acostumbraban a recogerse temprano y no era normal que ningún miembro saliera de la casa a menos que no hubiera una necesidad perentoria. Lo prefirió así. Era dudoso que le reconocieran después de tantos años, pero prefería no tener que enfrentarse a la posibilidad de topar con algún antiguo conocido. Se detuvo delante de la sinagoga. El edificio se alzaba por encima de las casas vecinas. Tenía una factura sobria, pero su fachada estaba enriquecida por cuatro columnas desnudas y un gran friso en el que podía leerse en hebreo una frase del Eclesiastés: "*Teme a Dios y guarda sus mandamientos, porque en esto consiste ser hombre*"

Durante unos segundos permaneció con los ojos fijos en aquellas palabras. Cuando aún vivía en la judería y asistía a las clases de la Yeshivá, había visto aquellas palabras cientos de veces pero nunca había reparado en su significado.

Siguió pensativo su camino hasta hallarse frente a su antiguo hogar. El corazón se le aceleró de gozo. Volvía a ser el joven Yosef que se había entretenido con sus amigos, charlando bajo los soportales, y tenía que pensar rápidamente en una buena disculpa que dar por llegar tan tarde. David frunciría el ceño y tía Ruma se lamentaría por su falta de puntualidad a las horas de las comidas, sagradas para ella.

Pasó la mano por la mezuzá de forma espontánea sin tan siquiera darse cuenta de su gesto y llamó a la puerta. No tuvo que esperar, David abrió la puerta y le recibió con una sonrisa.

–Pasa, hijo. Algo me decía que vendrías esta noche.

El perfume de jazmín y de laurel le llenó las fosas nasales con tal fuerza que casi pudo sentirlo en la boca. Había olvidado el empeño de su tía por que la casa oliera siempre a flores y paliar, de alguna manera, los fuertes olores a ungüentos, aceites y pomadas que David se empeñaba en elaborar él mismo dentro de la casa.

Miriam salió a recibirle y le tendió los brazos con una sonrisa.

–Bienvenido seas hijo de David –no sabía cómo llamarle y se le notaba emocionada.

–Que Dios sea contigo Miriam, esposa de mi padre –le respondió Pedro con verdadero cariño.

Miriam nunca les había impuesto a él y a Jonás la autoridad a la que como nueva ama de la casa tenía derecho. No les había obligado a llamarla madre, ni les había tratado con frialdad, como lo había hecho la segunda esposa del padre de su amigo Abraham. Había sido su amiga y les había contado historias y enseñado montones de canciones. Se había ganado el aprecio y la simpatía de Ruma permitiendo que siguiera ocupándose del control de la casa y mostrándole respeto, como si se tratara de su suegra. Ni siquiera cuando nació Mosseh intentó cambiar las cosas. Pedro la había querido desde el principio y más cuando se dio cuenta de que su padre pasaba más tiempo con sus libros que con su nueva esposa. Nada había cambiado con la boda.

Entraron en la cocina. Ruma se afanaba en poner en orden lo que ya estaba ordenado sin levantar la vista hacia la puerta y de la olla se escapaba una delicioso aroma que le hizo la boca agua. ¡Hubiera podido reconocer aquel olor en cualquier parte del mundo! Era su plato favorito cuando vivía en la casa: albondaquillos de carne picada guisados en una salsa cuya receta su tía nunca había confiado a nadie, a pesar de las muchas veces que sus vecinas y amigas se la habían pedido. Era su gran secreto.

–Y bien Ruma –oyó decir a su padre–, ¿no vas a saludar a nuestro hijo pródigo?

La mujer se volvió, miró a su sobrino y los ojos se le llenaron de lágrimas. ¡Cómo había cambiado! Casi no podía reconocerlo. ¿Aquel hombre hecho y derecho era su pequeño Yosef? ¿Su pichoncito? La amargura que había sentido desde su marcha se borró como por encanto. No le importaba que fuera un mesumad. Lo tenía de nuevo a su lado y dio gracias a Dios por haberle podido ver una vez más.

Pedro se acercó y la abrazó con fuerza. También ella había cambiado. Le parecía más pequeña, más frágil. Su cabello siempre peinado en un moño aparecía lleno de reflejos plateados que el fuego del hogar hacía brillar con intensidad.

–Shalom, tiíta –dijo y le besó en las dos mejillas.

–Shalom, Yosef –para ella nunca sería otra cosa que Yosef. Nunca pronunciaría el nombre cristiano de su sobrino. Le pasó la mano por los cabellos como solía hacer y no pudo dejar de preguntar–. ¿A quién habrás sacado tú estos rizos rebeldes?

–Recuerda izeko que me recogisteis de debajo de un puente... –rieron quedamente y volvieron a abrazarse.

–Ummm... Huelo a albondiquillos... –dijo Pedro arrugando la nariz y cerrando los ojos con placer.

Ruma se sintió halagada, pero no lo demostró.

–Es la hora de la cena...

–¿Sabías que iba a venir y por eso me has preparado mi plato favorito?

–No –¡Maldito muchacho! Siempre adivinaba sus menores intenciones–. Era la cena prevista para hoy...

Pedro sonrió. Descubrió complacido que los años no le habían hecho olvidar a los suyos, sus gestos, sus voces, sus caras... En aquella cocina parecía que el tiempo se había detenido diez años antes. Se volvió hacia David y encontró la mirada de unos ojos grandes y azules sorprendidos y, a la vez, asustados. El niño se había agarrado con fuerza a la mano de su padre.

–¿Mosseh?

El niño afirmó con la cabeza y se escondió detrás de la túnica de David.

–No seas tímido, Mosseh –le dijo su padre–. Este es Yosef, tu hermano, que ha vuelto tras un largo viaje. ¡Anda! ¡Salúdale! –y le empujó hacia Pedro.

–Shalom, Yosef –dijo y volvió a esconderse.

–Shalom, Mosseh.

Pedro notó una punzada de celos al ver el rostro sonriente y orgulloso de David contemplando a su hijo menor. A él nunca le había mirado así. Luego recordó. Sí, era la misma mirada que le había dirigido aquella mañana al ver su diploma de médico y se sintió feliz.

–¡La cena se enfría! –dijo Ruma recuperando su puesto y todos se sentaron a la mesa.

Los albondiquillos estaban tan exquisitos como recordaba Pedro. Ahora que vivía en su propia casa tendría que pedirle la receta a tía Ruma.

–No te la daré Yosef –respondió la mujer con seriedad–. Sabes que es mi receta secreta y ni siquiera a ti te la voy a decir...

–¿Piensas llevarte la receta al otro mundo, hermana? –le preguntó David con ironía.

–No. Antes se la pasaré a Miriam –respondió Ruma poniendo su mano sobre la de su cuñada.

–¡Oooooh! –exclamaron al unísono los dos hombres y el chiquillo y todos se echaron a reír.

Oyeron cerrarse la puerta de la entrada y Pedro clavó su mirada en la de la cocina. Un instante después apareció Jonás y se quedó mirando a los comensales.

–Shalom padre, Miriam, tía, Mosseh.... –no miró a Pedro.

–¿No vas a saludar a tu hermano? –le interrogó David con una mirada severa.

–Mi hermano Yosef murió hace diez años –respondió él sosteniendo la mirada.

–Entonces saluda a maese Pedro Sánchez de Bilbao que es nuestro invitado y siéntate con nosotros –insistió su padre frunciendo el ceño.

–No compartiré la mesa con un apóstata. Ni aquí ni en ningún otro sitio –y dicho esto salió de la cocina.

Se instaló un silencio incómodo.

–No se lo tengas en cuenta... –empezó a decir Ruma, pero su voz se ahogó en un gemido.

–No te preocupes, tía –respondió Pedro lo más alegremente que pudo–. Lo entiendo muy bien y no me siento ofendido. No sé qué habría hecho yo en su lugar...

–La descortesía no ha de ser disculpada en esta casa –replicó David–. Eres un miembro de nuestra familia, Yosef. Si tuvieras una enfermedad contagiosa te cuidaríamos y si te persiguiese la justicia te esconderíamos. Así ha de ser y así será mientras yo viva.

Pedro se emocionó profundamente por las palabras de su padre y se las agradeció desde el fondo de su corazón.

–¿En qué idioma hablan los franceses, Yosef?

La repentina pregunta de Mosseh rompió el hielo y todos recuperaron el buen humor. Pedro les relató los años pasados en París, omitiendo sus escarceos amorosos y sus aventuras con mujeres cuya reputación hubiera escandalizado a Miriam y a su tía. Les habló de la hermosa ciudad, de sus grandes edificios, sus jardines, la gente, la Universidad, los estudiantes...

–¿Cómo visten las mujeres en París? –preguntó Miriam tímidamente.

–Las damas llevan unos trajes muy escotados y entallados, con amplias faldas que arrastran por el suelo y unos tocados que acaban en punta y de los cuales pende un corto velo.

Hablaba haciendo gestos para mejor explicar el atuendo provocando las risas de sus parientes. Incluso su padre, poco dado a conversaciones ligeras, sonreía divertido.

Un par de horas después David y Pedro seguían hablando sentados en los confortables sillones del escritorio del médico y degustando el licor que guardaba para las grandes ocasiones.

–Me complace, hijo, que hayas disfrutado de los años pasados en Francia. Pero mi mayor placer es sin duda verte hecho un hombre y un buen médico, como siempre soñamos que llegarías a ser. Estoy muy orgulloso de ti.

Nada en el mundo podría arrebatarle el gozo que sentía en aquel momento. Conservaría en su memoria cada una de las palabras que su padre acababa de pronunciar. ¡Llevaba veinticuatro años esperando oírselas decir!

David se levantó del sillón y se acercó a la biblioteca. Con mano segura cogió uno de sus preciados libros y se lo tendió a su hijo.

–Quiero que guardes este libro. Es mi regalo –dijo sencillamente y volvió a sentarse.

Pedro no podía dar crédito a sus ojos. ¡Era la copia del *Moré Nebujim* de Maimónides! El libro predilecto de su padre, el regalo de bodas de su madre...

–Padre, no puedo aceptar... –balbuceó.

–Sí que puedes y es mi deseo que lo tengas tú –sorbió un trago de licor y prosiguió–. Tal vez no he sido para ti el padre que debía haber sido. El dolor por la pérdida de tu madre fue terrible, aunque ello no me disculpa. No dudes, sin embargo, que te he querido y te sigo queriendo con todas mis fuerzas. No me opuse a tu marcha porque tu libertad era lo más importante para mí a pesar de lo que ella significaba, y sigo pensando igual. Conserva ese libro en memoria de tus padres y si algún día sientes que algo falta en tu vida, léelo. Tal vez encuentres entre sus páginas las respuestas a alguna de tus preguntas.

Tenía un nudo en la garganta y tuvo que tragar saliva para aliviar la opresión que sentía. Nunca había comprendido a su padre, pero tal vez aún estaba a tiempo.

–Padre, mi conversión...

David le interrumpió

–Lo hecho, hecho está y como dice Virgilio: "*Fugit irreparabile tempus*". Ya no puedes dar marcha atrás. Al contrario, has de ser precavido, muy precavido. Corren malos tiempos para todos. Especialmente para los judíos y más aún para los conversos. La Iglesia católica nos tolera –aunque trata de hacernos la vida imposible–, pero no perdona a los que ella llama judaizantes. Ya han encendido más de una pira por esa razón y encenderán muchas más de ahora en adelante. Ten cuidado, hijo. Cualquier gesto por tu parte, cualquier simpatía hacia nuestra causa e, incluso, tu presencia en la judería serían tomados como signos de herejía.

–¡Nadie va a impedirme que haga lo que me dé la gana! –exclamó Pedro, alzándose violentamente del asiento– Vendré a veros tantas veces como desee o como lo deseéis vosotros. Ningún fraile me dirá cómo tengo que vivir mi vida privada.

–No son sólo los frailes, Yosef. El Concejo, los notables y, sobre todo, el pueblo llano tienen los ojos puestos en los conversos a quienes acusan de haberse hecho bautizar para obtener más riquezas y poder. Me llegan noticias de ilustres judíos como los ibn Leví de Zaragoza –que ahora se llaman de la Caballería–, y el malestar que su conversión ha producido en todas las capas de la sociedad.

Su amigo Yaco Tello acababa de volver de un viaje de negocios por tierras aragonesas y le había relatado con todo tipo de detalles cómo los grandes y ricos de las aljamas se habían convertido al cristianismo. Únicamente los artesanos, los pequeños comerciantes, los pobres y algunos hombres piadosos y estudiosos de la Torá seguían siendo fieles a la religión y a las tradiciones de sus antepasados. Un escritor conocido de Yaco le había dicho que la mayoría de los bandoleros recaudadores de impuestos habían abandonado su religión al verse privados de los arrendamientos y las recaudaciones, pues no habían aprendido un oficio del cual vivir. Desmoralizados por el abandono de sus rabinos y notables, algunos artesanos y campesinos también se habían hecho bautizar tras los ataques sufridos en 1414. En Castilla estaba ocurriendo tres cuartos de lo mismo y casi habían desaparecido la mayoría de las grandes aljamas. En Toledo el número de familias hebreas había disminuido considerablemente y lo mismo había ocurrido en otras ciudades. Al tiempo que desaparecía el poder económico judío aumentaba el de algunos conversos. Ya no tenían trabas para hacer negocios, comprar y vender, aspirar a los altos cargos del reino e instalarse en lujosas mansiones que provocaban la envidia y el odio de los cristianos viejos.

–Así pues, la furia de las masas que no entienden más que de lo que les conviene se ha volcado contra los conversos –concluyó David con un tono preocupado por lo que podría ocurrirle a su hijo–, y por ello te ruego que veles por tu seguridad en todo momento.

–No has de preocuparte, padre, porque nada va a ocurrirme. Si algo he aprendido durante todos estos años es a valerme por mí mismo y no permitir que nadie me pisotee –sonrió despectivamente–. Hará falta algo más que un fraile muerto de hambre y un campesino cochambroso para acabar conmigo…

–No olvides que también hay príncipes y obispos poderosos que desean hacernos desaparecer de la faz de la tierra.

Brindaron en silencio. Afuera sólo se escuchaba el ruido de la lluvia golpeando los vidrios de las ventanas.

Otoño de 1434

—Os traigo una taza de caldo, maese Pedro.

Pedro levantó la vista de la mesa y encontró el poco agraciado rostro de sor Margarita mirándole con gesto maternal. Le sonrió y le agradeció el detalle. Había sido una jornada muy dura para todos. Además de los enfermos que se encontraban en el hospital, también habían tenido que atender a un niño que se había caído en un pozo y del cual lo habían sacado lleno de heridas y rasponazos; a una mujer mayor que había sufrido un ataque agudo de asma; a un herrero borracho que había cogido el hierro candente con la mano y a una joven casada que había tenido una hemorragia, perdiendo el hijo que esperaba. Ciertamente había sido una jornada dura y todavía les quedaba, a él y a la religiosa, toda la noche por delante.

–Procurad descansar un poco hermana Margarita. Ya os llamaré si os necesito.

–Más bien ha de ser al contrario –aquella mujer siempre tenía que llevarle la contraria–. Vos hacéis más falta que yo y vuestro pulso ha de estar siempre firme.

Le asió del brazo como si fuera uno de los enfermos y le hizo tumbarse en el catre. Después le tapó con una manta, apagó todas las velas del escritorio menos una y salió cerrando suavemente la puerta tras de sí.

Desde el momento que sor Margarita supo que Pedro era el hijo cristiano de maese David, y le había visto operar con mano diestra, su trato hacia él había cambiado radicalmente. Sus ademanes seguían siendo bruscos y su voz poco amable, pero se preocupaba por que estuviera lo más confortable posible. Nunca faltaba algún detalle en su escritorio: unas flores, unas rosquillas recién hechas... y, sobre todo, le escuchaba con atención cuando daba ordenes y velaba para que todos en el hospital las siguieran al pie de la letra.

–¡Aquí tenemos al favorito de sor Margarita! –solía comentar Louis de Tournay con ironía y añadía imitando la voz de la religiosa– "Lo ha dicho maese Pedro"... "Es una orden de maese Pedro"...

–Lo que pasa es que tienes envidia porque a ti no te trae rosquillas de aceite ni flores –le respondía él en el mismo tono.

–¡Mejor que no lo haga! –exclamaba Louis– ¡Seguro que les echaría raíz de tejo para hacerme abortar!

Tamaña barbaridad hacía reír a las novicias que tenían a sor Margarita por poco menos que un ogro. Lo cierto es que la religiosa era la ayuda más eficaz que podían haber encontrado. A veces se preguntaban si comía y dormía alguna vez como los demás mortales porque en cualquier momento del día y de la noche estaba dispuesta y en plena forma. No era de extrañar que maese David la prefiriese a ella antes que a cualquier otro ayudante. Parecían estar hechos el uno para el otro.

El sueño empezaba a vencerle a pesar de que había decidido seguir despierto por si se presentaba alguna urgencia y a duras penas lograba mantener los ojos abiertos.

Llevaba ya seis años ejerciendo en el hospital y se sentía a gusto. Su padre había estado en lo cierto al decirles a él y a Louis que los libros eran una cosa y la práctica otra muy distinta. Habían aprendido más junto a David en aquellos años que en los seis que habían pasado en París. Su padre era el mejor libro y el mejor enseñante que habían tenido: luxaciones, heridas, hemorragias, fiebres, bubas, mal de hígado, partos, gangrenas..., la lista era interminable. Le habían visto ejercer con una maestría y una seguridad envidiables y esperaban poder emularle algún día.

–Nunca tengáis dudas a la hora de amputar un pie gangrenado –les había recomendado–. No hay posibilidad de cura una vez que el mal ha penetrado en la carne. Si no se ataja rápidamente continuará avanzando hasta llegar a las partes vitales y el paciente morirá en medio de horribles dolores. Cortad sin miedo. Más vale estar cojo que muerto.

–No apliquéis remedios de los que vosotros mismos no estéis seguros o tengáis alguna duda porque sólo existen dos alternativas: la vida o la muerte –les había dicho en una ocasión en que un enfermo de cólico había sido medicado con un jarabe que contenía extracto de raíz de tapsia, un fuerte purgante, que había estado a punto de llevarse al pobre hombre al otro mundo.

–Procurad que el enfermo se encuentre a gusto dentro de lo que cabe. No le tratéis como un objeto pues, si el mal que sufre es grave, no deseará seguir viviendo y poco podréis hacer por él. Si es leve, deseará volver a su casa cuanto antes y no llevará a buen fin el tratamiento que le habéis recetado por lo que la enfermedad podría reproducirse.

–Cuidad de que el miembro roto queda en la disposición debida antes de vendarlo –les había dicho en otra ocasión–, de lo contrario tendréis que volver a romper el hueso una vez soldado. Si sufre dolor en la primera operación, más sufrirá en la segunda.

–Es deber del médico hacer todo lo posible por sanar al enfermo, mas no es un Dios. Si el hombre o la mujer o el niño que estáis atendiendo está tocado de muerte, dejad que muera en paz y no tratéis de experimentar con su cuerpo como si ya fuese cadáver –les había comentado un día después de haber visitado a una joven anémica que se extinguía sin remedio.

Pensó luego en Jonás. Era un buen médico. No tanto como su padre y posiblemente tampoco como él mismo, pero trabajaba a conciencia y no dejaba ningún cabo suelto. Sus relaciones habían mejorado bastante desde que se habían vuelto a ver, pero le trataba como a Louis o a cualquier otro médico, no como a un hermano. Utilizaba el *vos* cada vez que se dirigía a él y le llamaba por su nombre cristiano, anteponiendo la palabra *maese*. Le dolía su actitud. No había conseguido mantener con él una conversación que no fuera estrictamente profesional y cada vez que, al principio, se presentaba en la casa de su padre, ponía una fútil disculpa y abandonaba el lugar. Para evitarle a él y los demás miembros de la familia una escena violenta, Pedro había tomado la costumbre de anunciarles su visita de antemano.

–Algún día tendrás que hablar conmigo, Jonás –murmuró antes de caer vencido por el sueño–. No te quedará otro remedio...

–¡Despertad, maese Pedro! ¡Despertad!

El rabino Yaacob le tenía cogido por los hombros y lo sacudía violentamente.

–¡Hereje! ¡Apóstata! –gritaba con los ojos inyectados de sangre.

Trataba de escapar pero las manos del rabino eran como las garras del águila cuando atrapa a su presa y no la suelta hasta llevarla a su nido.

–¡Irás al infierno, judío de mierda! ¡Arderás en el fuego eterno por toda la eternidad! ¡Yahvé es nuestro único Dios! ¡Muerte a los judíos!

–¡Despertad, maese Pedro! ¡Tenemos una urgencia!

Abrió los ojos. Vio el rostro de Sor Margarita inclinado sobre él. Un instante después estaba en pie tratando de recomponer su figura y su cabello revuelto. Pequeñas gotas de sudor cubrían su frente y tenía la garganta seca.

–¿Qué ocurre? –alcanzó a preguntar.

–Nos han traído a un hombre con una infección que le produce terribles dolores. No deja de chillar como un cerdo en el momento de la matanza.

La comparación le hizo gracia pero se guardó de sonreír.

–¿Dónde tiene la infección? –fue a la repisa y cogió su instrumental. No le gustaba compartir el de los otros médicos.

–¿Dónde tiene la infección? –volvió a preguntar al no obtener respuesta.

Sor Margarita parecía turbada y eso acabó de despejarle la cabeza.

–En..., sus partes –dijo al fin la religiosa.

–Por Dios, hermana –esta vez no pudo reprimir la sonrisa–, no es la primera vez que tenemos un caso así...

–Nunca me acostumbraré –respondió ella y dio por terminada la conversación saliendo a toda prisa del escritorio e indicándole que le siguiera sin tardanza.

El hombre estaba sobre la mesa de operaciones en la pequeña sala que utilizaban para intervenir. Se retorcía como un poseso y gritaba de dolor. A su lado dos hombres trataban de calmarle sin saber qué hacer. Pedro humedeció los labios del enfermo con la mezcla de vino y raíz de orval y esperó.

–¡No quiero que me toque un judío! –gritó el hombre antes de caer en un profundo sopor.

–¿Sois judío? –le preguntó el más anciano de los dos hombres.

–Soy cristiano –respondió con brusquedad.

El hombre miró a sor Margarita y la religiosa afirmó con la cabeza. En aquel momento Pedro deseó darse media vuelta y salir de allí. ¿Qué se habían creído aquellos miserables? Llegaban a media noche, despertaban a todo el mundo y encima ponían condiciones. ¡Que se fueran a otra parte! ¡Qué buscaran a un médico cristiano viejo! ¡A ver si lo encontraban en Vitoria! La hermana le detuvo con la mirada.

–Esta mujer siempre sabe lo que tengo en la cabeza –pensó malhumorado y sin hacer caso de los dos hombres, se inclinó sobre el paciente.

El pene estaba terriblemente hinchado y en la piel dilatada y reluciente parecía que las venillas iban a estallar en cualquier momento. Le tocó la frente y le tomó el pulso. Tenía fiebre y el corazón palpitaba a gran velocidad.

–Debido a la agitación sufrida por el dolor que le causa la infección –dictaminó.

Se dedicó con más atención a examinar el miembro enfermo. No parecía, a primera vista, que fuera una infección causada por el mal francés. No se veía rastro alguno de bubas o hinchazones. Sabía que algunas rameras lo tenían y se lo transmitían a sus amantes. La mayoría morían porque la enfermedad no hacía su aparición hasta que estaba muy avanzada.

Levantó el prepucio y el enfermo se agitó. La parte interior de la membrana estaba completamente llagada y de ella se desprendían minúsculas gotitas de sangre. No se veían llagas en el músculo.

–He aquí la infección –dijo dirigiéndose a los dos acompañantes del enfermo.

Los dos hombres se inclinaron para ver mejor.

–¿Qué se puede hacer? –preguntó el mayor.

–Cortar –fue su lacónica respuesta.

–¿Cortar todo? –preguntó el más joven horrorizado.

–No. Sólo la parte infectada. El prepucio.

Los dos hombres se miraron sin saber qué hacer o qué decir. Por fin el mayor se dirigió a Pedro.

–¿Podrá...?

–¿Tener hijos? –A Pedro empezaba a divertirle la situación. Iba a circuncidar a un cristiano sin hacer de él un judío...– Naturalmente que sí. El prepucio no interviene en la procreación, es simplemente una vaina que protege la espada. Pero, en este caso, la vaina puede acabar por emponzoñar el arma y dejarla inservible...

–¿Estáis seguro de que...? –el viejo no parecía del todo convencido.

–Lo estoy, señor –y añadió maliciosamente–. ¿Creéis vos que los judíos y los moros se reproducirían con tanta facilidad si la falta de un pedazo de piel mermase sus facultades viriles?

–Mi hijo, ¡un circunciso! –exclamó el hombre consternado.

–O un circunciso o un eunuco... ¡A vos la elección!

Se retiró unos pasos para permitir que los dos hombres decidieran. Estaba empezando a hartarse del asunto.

–¡Estúpidos! –pensó– ¿Cómo pueden dudar?

No era la primera vez que se le presentaba un caso parecido e incluso peor. Siempre se había planteado el mismo dilema. Los cristianos viejos no aceptaban fácilmente perder una parte de su miembro, ¡ni tan siquiera un simple pellejo! Preferían muchas veces arriesgar su vida antes que verse maculados en su virilidad. Exhibían su poderío sexual como el estandarte que precede al ejército en las batallas y era motivo de orgullo cubrir a una hembra, dejarla preñada y jactarse después ante los amigos. En los seis años que llevaba ejerciendo en el hospital había visto de todo, pero lo que más le había impresionado era el gran número de mujeres que había tenido que atender por los mismos motivos, aunque por razones diversas.

Recordó lo nervioso que se puso la primera vez que tuvo que enfrentarse con un caso de aborto intencionado. La joven, una muchacha campesina no mayor de dieciséis años, había sido violada por un vecino. Atemorizada y avergonzada no había dicho nada a sus padres. Cuando se percató de su preñez acudió a una vieja comadre experta en hacer desaparecer enojosos embarazos que le proporcionó una mixtura de plomo y cornezuelo de centeno. La joven abortó pero los dolores fueron terribles y la hemorragia que sufrió la colocó al borde de la muerte durante varios días.

Violaciones, abortos intencionados o no, desgarros vaginales, enfermedades venéreas, infecciones en la pelvis, fiebres..., y un sinfín de males de difícil cura. Pocas veces podían salvar a las dolientes puesto que sólo acudían a los médicos cuando ya era tarde. Antes que ser visitadas por ellos, preferían acudir a las parteras, curanderas, sanadoras e, incluso, a las vecinas.

Casos como aquellos eran menos frecuentes entre las mujeres judías. La estricta observancia de la Torá, tanto por su parte como por la de los hombres, prevenía muchas de las dolencias motivadas por el trato sexual.

–No quiere decir esto que entre nuestras gentes no existan casos de libertinaje –le explicó su padre el día que juntos habían luchado por salvar la vida de la joven campesina–. Sería absurdo pensar que somos unos santos en materia de sexo. Pero sí es cierto que la Torá es mucho más explícita que la religión cristiana en cuanto a las relaciones entre hombres y mujeres.

–¿Quieres decir –preguntó–, que el Dios de los judíos es más rígido que el Dios de los cristianos en lo concerniente a ese tema?

Su padre se echo a reír.

–Cuando hablas así me recuerdas a mi hermano –su rostro se veló de tristeza durante unos instantes–. ¿Por qué ese empeño en mezclar a Dios en las cosas de los hombres? ¿Crees en serio que Yahvé se molestó en dictarle a Moisés las reglas del comportamiento sexual de nuestros padres? Si lo piensas con detenimiento podrás darte cuenta de que la mayoría de esas leyes son reglas cabales. ¿Crees tú que está bien violar a una muchacha indefensa? ¿Piensas que es un acto de hombría acostarte con la mujer de tu amigo, o con la hermana de tu padre?

Pensó en la tía Ruma y le entró la risa.

–¿Acaso beberías del mismo vaso en el que han bebido otros hombres a los que no conoces? –prosiguió David haciendo caso omiso de su risa– Hombres que tal vez tengan la lepra o el mal francés o la sarna? Piénsalo y verás que no es muy recomendable tener tratos con prostitutas o mujeres desconocidas.

¡Aquello era un golpe bajo! En París había conocido a bastantes rameras y en Vitoria salía de la ciudad y se dirigía a las casuchas de barrio de la Magdalena cada vez que el deseo se hacía imperioso. Había un par de mozas... Miró a su padre, pero no apercibió en su rostro ningún signo que le hiciera pensar que conocía sus andanzas. Sin embargo, su querida María había muerto hacía ya unos meses y era lógico imaginar cómo aliviaba sus necesidades.

–También la religión católica prohibe el acoplamiento fuera del matrimonio –dijo a la defensiva.

–Pero es mucho más tolerante con los pecados de la carne –replicó David–. Y si no, ahí tienes la cantidad de hijos bastardos que tienen las familias cristianas, las violaciones, los raptos y el número de hombres, y más de mujeres, que mueren por causa de adulterio.

–Es que los judíos son menos... –fue todo lo que se le ocurrió responder y su padre le miró con una sonrisa en los labios que no supo descifrar.

–¡Operad!

El tono autoritario en la voz del mayor de los hombres le sacó de sus pensamientos. Le miró sin saber muy bien a qué se refería y enseguida cayó en la cuenta de que aludía al hombre postrado sobre la mesa. Se puso a la tarea sin dilación y unos pocos minutos había seccionado el prepucio del enfermo, cosido y vendado la herida.

–¿Ya está? –preguntó el hombre un tanto sorprendido ante la celeridad de la operación.

–Ya está –le respondió sin mirarle mientras acababa de atar el vendaje.

–¿Podemos llevarlo a casa? –preguntó de nuevo el hombre.

Esta vez Pedro le miró a la cara.

–Todavía tiene calentura y la infección no ha remitido. Es mejor que se quede en el hospital. Podéis venir a recogerlo mañana si no hay complicaciones.

–¡Nos quedaremos con él! –exclamó el hombre desafiante.

Pedro se alzó de hombros.

–Podéis hacer como mejor gustéis, señor....

–Don Juan Martínez de Escoriaza. Este es mi hijo menor, Diego –señaló a su acompañante y luego al enfermo–; él es mi hijo mayor, Martín.

Pedro miró al paciente. ¿Dónde había oído ese nombre? No podía recordar. Parecía tener más o menos su misma edad. A pesar de la fiebre que deformaba sus rasgos y el rictus dolorido de su rostro, era un hombre apuesto, bien proporcionado, miembros musculosos y fuertes manos. Su cabello, humedecido y pegado a la frente por el sudor, tenía un tono rojizo.

–Engendrado sin duda cuando su madre tenía la menstruación –pensó divertido recordando el dicho popular.

Ordenó que lo trasladaran a una de las habitaciones individuales. Los Escoriaza eran gente poderosa en Vitoria y, además, las dos salas comunes estaban repletas.

–¿Qué sabéis de un tal Martín Martínez de Escoriaza? –preguntó a Mendoza varios días después hallándose cenando en casa de este último.

Don Juan levantó las cejas.

–¿El hijo del viejo Juan? –preguntó.

–Sí..., creo que ese es el nombre del padre.

–¿Y por qué te interesa saberlo? –inquirió interesado Mendoza.

–Porque ese nombre me suena de algo y no consigo recordar de qué.

Don Juan le miró sonriente.

–Poca memoria tienes, Pedro –dijo orgulloso de la suya–. ¿No recuerdas cómo nos conocimos? Estabas escondido entre unas matas y tres mozalbetes estaban a punto de darte una soberana paliza si no llega a ser por mi lebrel, ¿te acuerdas de él? Era un buen perro.

Pedro recordó al pelirrojo que quería verle la polla y se echo a reír ante la mirada sorprendida de Mendoza. Nunca hablaba con nadie de sus casos médicos pero aquel día hizo una excepción y le contó a su amigo las circunstancias en las que de nuevo se habían encontrado con Martín de Escoriaza. Don Juan rió con él e intercambiaron unas cuantas bromas groseras propias del tema en cuestión. Luego, se puso serio.

–Ten cuidado, Pedro –le dijo gravemente–. Los Escoriaza son un linaje poderoso y..., peligroso para sus enemigos. Nuestras familias son aliadas pero yo nunca me he fiado demasiado de ellos. Les he visto actuar demasiadas veces. Martín es un gallito altivo y el ojo derecho de su padre. A pesar de que has obrado correctamente, tal vez llegue el día en que te acuse de haberle operado por venganza.

–¡Qué absurdo! –exclamó el joven– Ha sido su padre el que ha tomado la decisión. Además, no había otra salida.

–Pero esas cosas se olvidan –insistió Mendoza–, y Martín no te perdonará haberle convertido en un circunciso. Odia a los judíos, como todos los de su familia.

–¡Peor para ellos! –respondió Pedro y se prometió no olvidar las palabras de don Juan.

Cuando aquella noche llegó a su casa, todo estaba en silencio. Se asomó a la cocina. Isabel dormitaba sentada en una incómoda silla al lado del fuego, ya apagado. La cabeza se le caía sobre el orondo pecho y el gesto que hacía para levantarla le daba el aspecto del muñeco mecánico que había visto una vez en París y que tanta expectación había causado. Sonrió y carraspeó con fuerza para despertarla. La mujer abrió los ojos asustada.

–¡Ah! Sois vos, maese Pedro...

–Buenas noches, ama Isabel. ¿No te tengo dicho que no me esperes levantada cuando salgo a cenar fuera?

La mujer se levantó e instintivamente se arregló la toca.

–No me quedo tranquila hasta que no estáis de regreso –su tono no admitía réplica–. Cuando os quedáis en el hospital me acuesto porque sé que no volveréis hasta el día siguiente, pero la noche es otro pájaro. Ocurren muchas cosas, cosas terribles.

–¿Y si algo terrible me ocurriera, qué podrías hacer tú mi buena Isabel? –le preguntó con una ironía no exenta de ternura.

–No lo sé, señor– respondió dignamente–. Sólo sé que no puedo dormir en paz si vos no estáis en casa. Buenas noches, que el Señor os bendiga.

–Buenas noches, Isabel.

Se hizo a un lado para dejarla pasar y la siguió con la mirada mientras subía la escalera apoyándose en la barandilla con una mano y llevando una candela en la otra. Entró en la cocina e intentó azuzar el fuego, pero el rescoldo no prendió. Se sirvió un vaso de leche y se sentó en el mismo sitio que poco antes ocupara el aya y que aún estaba caliente.

Isabel había acompañado a María cuando se casaron. Había sido su nodriza y después su dueña. No tenía intención de dejar a su niña en manos de un converso extraño por muy médico que éste fuera y por muy enamorada que estuviera de él. Desde el primer momento dejó claro que no permitiría que nada malo le ocurriera a su joven ama. Suavizó, sin embargo, su trato cuando vio lo mucho que se querían y lo felices que eran juntos. Poco a poco extendió su protección sobre él y a veces ambos se sentían como dos niños vigilados por una nodriza complaciente que disfruta viendo jugar a sus retoños. Cuando María murió, lloraron abrazados y se consolaron mutuamente, unidos como madre e hijo por el gran dolor que sentían.

Pensó en la dulce María. Habían transcurrido casi seis meses desde que la enterró una tarde de primavera en la que florecían las lilas, sus flores favoritas. ¡Qué breve había sido su felicidad! El día de Todos los Santos haría un año de su boda. ¡Qué distinto sería de aquel otro día! Sonrió al recordar a su esposa vestida de blanco, sus cortos cabellos cubiertos por un velo y una corona de flores, sus ojos grandes y oscuros mirándole feliz y enamorada... ¡Qué orgulloso se sentía saliendo de Santa María con ella del brazo! Tenían toda la vida por delante. Conquistaría el mundo y se lo pondría a los pies... Su dicha duró tanto como un fino jarrón de cristal que mientras lo contemplas resbala de tus manos, cae sobre las baldosas y se hace añicos.

Se había fijado en ella un domingo en misa. Siguiendo los consejos recibidos por su padre, Louis de Tournay le insistió en que le acompañara a las prácticas dominicales para no dar qué hablar. No estaría bien visto que unos físicos cristianos dejaran de cumplir con sus obligaciones religiosas. La ciudad no era grande y antes o después todo el mundo acababa sabiendo de las vidas de sus vecinos. Admitiendo los razonamientos de su amigo, y a regañadientes, se dejó llevar a la iglesia. No había pisado una desde que salió del convento de los franciscanos camino a París. Se colocaba en la parte trasera, junto a la pila del agua bendita y trataba de aguantar el largo ceremonial con la mejor cara posible, aunque se perdía en sus pensamientos en el mismo momento en el que el sacerdote pronunciaba el *oremus*.

Un día se fijó en María Sánchez de Oquerruri. Llegó acompañada de su dueña justo cuando la misa iba a empezar. Pasó por su lado, casi rozándolo, y dejó una fragancia de lilas tras de sí. Mantuvo durante las dos horas su vista fija en la espalda de la joven. Únicamente podía ver su figura envuelta en un velo negro bordado que le cubría casi todo el cuerpo y dejaba ver una saya de rica tela roja que apenas cubría los talones de sus zapatos.

En vez de salir rápidamente de la iglesia, como hacía otras veces, esperó a que la joven se diera la vuelta para poder verle la cara. ¡Santo cielo! ¡Qué bonita era! Se quedó como alelado viéndola acercarse hacia él. Cuando estuvo tan próxima que casi podían tocarse, sus ojos se encontraron y ninguno de los dos pudo apartar la mirada. Torpemente metió los dedos en el agua bendita y se los tendió. Ella los rozó con los suyos y una sonrisa iluminó su rostro, se persignó y después salió del templo seguida por la dueña que, al pasar, le lanzó una mirada asesina.

Poco tiempo tardó en averiguar que María era huérfana. Su padre, Lope Sánchez de Oquerruri le había dejado en herencia una pequeña fortuna que era administrada por un albacea –el Licenciado don Francisco Delgado–, puesto que tampoco contaba con parientes masculinos próximos. Su buena suerte hizo que Mendoza conociera al Licenciado y mantuvieran negocios juntos. Los buenos oficios de su amigo y las recomendaciones –algunas ciertamente exageradas–, que hizo de su pupilo allanaron el camino y un año después se celebró la boda.

–Una boda por amor –dijo don Juan bastante bebido después del banquete–, es algo que ocurre una vez de cada cien. ¿Qué digo? ¡Una vez de cada mil! Querido hijo, sé feliz. No todos hemos tenido esa maravillosa oportunidad...

Sentado en la banqueta, con el vaso de leche vacío en las manos, los pensamientos de Pedro se desviaron hacia don Juan de Mendoza. Doña Ana había muerto unos años antes del mal que ya una vez le había atendido su padre. De nuevo, los recelos y los temores que sentía por los judíos habían hecho presa en ella y no había querido que se avisara al médico. De nada sirvió que le dijeran que había dos físicos cristianos en Vitoria, Louis y él. Sabía que eran conversos y su mente enferma no hacía distinciones: judíos o conversos eran para ella la misma cosa. Don Juan se hallaba ausente de Vitoria y no supo nada de la tragedia. Murió entre terribles dolores únicamente aliviados por las pomadas que su administrador mandó ir a buscar a la botica.

Mendoza lloró la pérdida de su esposa. Nunca habían estado muy unidos y el amor no había hecho parte de sus vidas, pero hasta cierto punto se habían apreciado y respetado. Ella había cuidado de su casa y de sus hijos, había llevado la administración con mano segura y le había evitado los engorrosos litigios con vecinos, inquilinos y collazos. Siempre había sido una dama digna, conocedora de su posición, y no le había causado ningún problema.

Algún tiempo después de la muerte de su esposa, don Juan mantuvo una relación íntima con su prima, María de Mendoza. Se habló mucho de ello en Vitoria. El escándalo fue mayúsculo. El párroco de San Pedro, iglesia a la que los dos pertenecían, les amenazó con la excomunión; los hijos de Mendoza se fueron a vivir con sus tíos; los parientes de doña María juraron matar al infame miembro de la línea segundona que había osado mancillar el honor del linaje... A ellos les daba igual. Doña María no era mujer que se apocara fácilmente. Hija de don Ruy Díaz de Mendoza, Almirante Mayor de la Mar y Señor de Mártioda, y de doña Mayor de Ayala, era nieta por parte de padre de don Juan Hurtado de Mendoza, Almirante Mayor de Castilla, y del Canciller don Pedro de Ayala por parte de madre. En ella se unían dos grandes linajes fuertemente entroncados en la historia de Vizcaya, Álava y Castilla. Su fortuna y poder eran inmensos y no iban a ser las habladurías de la plebe y las amenazas de un simple párroco lo que impidiera llevar a cabo su voluntad.

–¡Es una mujer extraordinaria! –le había dicho don Juan en uno de sus momentos de confidencias– ¡No te puedes hacer ni idea, Pedro! ¡Ni idea! ¡Qué cuerpo! ¡Qué senos tan bien formados! ¡Qué caderas anchas y generosas! Me pierdo en ellas cada vez que me adentro en los brazos del amor. El cabello le cubre la espalda y sus labios son una fuente inagotable de placer. Puede ser ardiente como la lava de un volcán o fría como un trozo de hielo. A veces sería capaz de cometer cualquier barbaridad que ella me pidiera y otras la golpearía con gusto por lo enojado que consigue ponerme...

María de Mendoza estaba casada con Diego Pérez de Sarmiento, Repostero Mayor del Rey, pero a nadie ocultaba que aquel matrimonio le había sido impuesto y que no amaba a su marido. El puesto que éste ocupaba en la corte le obligaba a ausentarse de Vitoria con mucha asiduidad, cosa que su esposa agradecía. De todos modos, cuando se encontraban bajo el mismo techo, compartían recámaras separadas y era sabido de todos los criados que nunca se encontraban por la noche como debía hacerlo un matrimonio bien avenido. No habían tenido hijos y ello facilitaba la separación.

Cuando a la señora de Mendoza empezó a redondeársele el vientre y los trajes ampliamente escotados y ajustados tuvieron que permanecer en el arcón, la noticia corrió por la ciudad a velocidad del rayo y no tardó en llegar a oídos de su marido que se encontraba en la Corte y de su primo don Iñigo López de Mendoza, Marqués de Santillana y Conde del Real de Manzanares. Doña María fue obligada a abandonar Vitoria y a dirigirse a uno de los palacios que su pariente poseía en Castilla.

–Ya ves, querido Pedro –le dijo don Juan entre sollozos–, mi dicha en un pozo, como suele decirse. Poco me ha durado la alegría de poseer a hembra semejante. Ni siquiera podré gozar del hijo que va a tener de mi semilla...

–Dad gracias a Dios –le respondió Pedro un tanto incómodo por la explosión sentimental de su benefactor–, que vuestros parientes no han intentado mataros, como habían prometido...

–Ah... No creas que eso les iba a resultar tan fácil... Soy hueso duro de roer –el recuerdo de la amenaza que pesaba sobre él pareció hacerle olvidar sus penas–. Mis hombres vigilan constantemente y yo llevo a mi cintura una daga convenientemente emponzoñada que se la clavaré al primer hijo de puta que se ponga en mi camino.

Y diciendo esto le mostró el arma exquisitamente labrada que guardaba en una vaina de plata en la que estaba grabado su escudo. Pedro la examinó interesado.

–¿Por qué las cadenas?

–¿Qué cadenas? –preguntó Mendoza.

–Las de vuestro escudo. Siempre he querido preguntároslo desde que las vi por primera vez.

–Fueron ganadas por mis antepasados en la batalla de las Navas de Tolosa, el 16 de julio de 1212, en el paso de Muradal, en Sierra Morena –le explicó súbitamente animado–. El Señor de Vizcaya, don Diego López de Haro, acompañado por quinientos caballeros entre los que se encontraban Iñigo de Mendoza y sus sobrinos cortó las cadenas que defendían el real musulmán. De esa manera ganó mi familia las cadenas del escudo. ¡Ah! ¡Qué tiempos aquéllos! ¡Qué no daría yo por haber podido estar presente en una gran batalla!

–Ya habéis estado en otras, señor –le animó Pedro con una sonrisa de aliento.

–¡Bah! ¡Miserias! –exclamó levantándose en busca de una jarra de vino con la que llenó sus dos copas– Batallas para mujerzuelas y pederastas..., ¡no para hombres! Me moriré sin haber visto una verdadera batalla en la que cientos de hombres confronten sus aceros y se oiga silbar las balas de los cañones por encima de las cabezas..., en la que el olor de la sangre llene el aire y los estandartes ondeen al aire de la victoria...

Pedro suspiró, se levantó de la banqueta, apagó las velas y se dirigió al piso de arriba con un candil en la mano. Se acercó a una de las puertas y la abrió sigilosamente. En la habitación había tres camas, una pequeña entre dos grandes. Se acercó a la pequeña y contempló amorosamente el rostro de sus dos hijas gemelas, María y Catalina. Sólo tenían seis meses y su madre había dado la vida por traerlas al mundo. Les acarició suavemente y las dos hicieron un mohín que le recordó a su esposa cuando él le hacía cosquillas bajo la barbilla.

–Os quiero mucho, pequeñitas –dijo quedamente–; yo no os mantendré alejadas de mí como hizo mi padre conmigo...

Dirigió la mirada a las otras camas. En una dormía la nodriza contratada para ocuparse de las niñas, una alavesa fornida, llena de leche, que volcaba en sus hijas el amor que no había podido dar a su hijo, muerto al nacer. Dormía plácidamente con las manos bajo la mejilla y roncaba suavemente. Al mirar hacia la otra cama se encontró con los ojos vigilantes de Isabel.

–Todo está bien, maese Pedro –le dijo en un susurro–. Id a descansad.

–¿Nunca dejas de velar, ama Isabel? –le preguntó él.

–Nunca, señor.

Pedro salió tan sigiloso como había entrado y cerró tras de sí la puerta de la habitación. Se dirigió a su habitación. Con la ayuda del candil encendió el candelabro de cuatro brazos que reposaba encima de la mesilla de noche y empezó a desvestirse.

La cama se le había quedado ancha después de la muerte de María. No pudo evitar un leve temblor cuando su cuerpo desnudo sintió el frío de la sábana, como si se tratara de un sudario. Volvió a pensar en su esposa. El parto se adelantó varias semanas. Pronto comprobó que había complicaciones: el pulso acelerado de María, la fiebre que se apoderó de su cuerpo, sus pupilas dilatadas, el tremendo dolor que le producían las contracciones... Había visto demasiados partos como para no saber que aquél iba a ser difícil. Llegado el momento, el pánico se adueñó de él y mandó llamar a su padre. David llegó a los pocos minutos. Con motivo de su boda, había comprado una casa en la calle de la Cuchillería que estaba separada de la Judería únicamente por otra calle, la Pintorería.

El médico se hizo cargo de la situación ayudado por la comadrona y por Isabel, que se negó en todo momento a abandonar a la mujer que había amamantado con sus propios pechos y a la que siempre había querido como una verdadera hija. Pedro quedó relegado. En su estado de nerviosismo les era de poca ayuda. Mientras observaba la pericia con la que su padre se enfrentaba al problema, cayó en la cuenta de que aquélla era la primera vez que David veía de cerca a su nuera.

La boda había sido todo un acontecimiento. Habían acudido decenas de invitados..., todos cristianos. A la salida de la iglesia y durante unos instantes le pareció ver la figura de su padre y de Miriam contemplando el cortejo nupcial, pero estaba demasiado ebrio de felicidad para fijarse en ellos. Después quiso que María conociera a su familia –no le había ocultado su origen en ningún momento–, pero día tras día posponía el encuentro. En el hospital hablaba de ella con su padre como si ambos ya se conocieran. Nada en el gesto o en el tono de éste parecía reprocharle que no la hubiera llevado a la judería o que no les hubiera invitado a ellos a visitarlos en su nueva casa.

–Más adelante... –se decía tratando de justificar su comportamiento.

Pero no hubo ocasión. David tuvo a su nuera en brazos por primera vez en el momento en que él la perdía para siempre.

PRIMAVERA DE 1435

—No voy a invitarle a mi boda! –Jonás se enfrentó a su padre con la mirada ceñuda y los puños cerrados.

–No veo por qué no has de hacerlo... –repuso David en tono conciliador– Has invitado a Tournay e, incluso, a Olabe...

–No es lo mismo, padre. Sabes que no es lo mismo.

–Tournay también es un converso –prosiguió David sin darse por aludido.

–No se trata de un tema de conversos –replicó Jonás cada vez más enfurruñado–. He madurado lo suficiente para comprender que estamos condenados a entendernos con los cristianos a menos que no queramos desaparecer de esta tierra.

–Me alegra que hayas decido no ser tan intransigente, hijo.

–No he cambiado –replicó bruscamente–. Sigo pensando igual. Un mesumad sigue siendo un traidor a los suyos, un golem, un min, a quien Dios castigará tarde o temprano. No obstante, ya te lo he dicho, hemos de entendernos de alguna manera.

–¿Y por qué no puedes entenderte con tu hermano Yosef?

–Porque dejó de ser mi hermano cuando se hizo cristiano y te recuerdo que su nombre no es Yosef. Se llama don Pedro Sánchez de Bilbao –recalcó el título de "don" que a los judíos les estaba prohibido utilizar–, y además, tampoco él nos invitó a su boda. Discúlpame, padre, tengo qué hacer.

Jonás salió del escritorio y David le siguió con la mirada. Si Sarai no hubiera muerto..., pensó. Ella hubiera sabido cómo hablarle a su hijo mayor y, tal vez, hubiera impedido que Yosef les abandonara. Se sintió viejo. Durante los últimos años había creído que las cosas volverían a su sitio. Las visitas que les hacía Yosef, el trato continuo en el hospital, las conversaciones y discusiones que sobre medicina mantenían los tres hombres le habían hecho concebir la esperanza de que Jonás acabaría perdonando a su hermano. Al fin y al cabo, ¿qué más daba que se hubiera hecho cristiano? Los lazos de la sangre eran mucho más poderosos que los sermones o que las gotas del agua bautismal. Su Yosef no hablaba jamás de su nueva religión. Estaba convencido de que era un escéptico igual que él. De haber vivido en tiempos y lugares de la dominación árabe se hubiera hecho musulmán y hubiera seguido siendo el mismo muchacho alegre y generoso de siempre.

–Padre, ¿puedo entrar?

Se sorprendió al oír la voz de su hijo menor y la preocupación que mostraba su rostro se transformó en placer. Mosseh era el bálsamo que aliviaba su corazón cansado. Le observó mientras se aproximaba a su mesa. Había crecido mucho y era, sin duda, un muchacho guapo. Había heredado la sensibilidad de Miriam, sus maneras dulces y reposadas. Pero también su propia seriedad y su mandíbula recta y firme. Tenía catorce años, la misma edad que Yosef cuando decidió hacerse cristiano y un ligero temblor le sacudió el cuerpo.

–¿Ocurre algo, Mosseh?

–No –respondió el joven–, quiero hablarte de hombre a hombre.

David enarcó las cejas y reprimió una sonrisa.

–¿Qué es lo que te preocupa?

–Mi futuro –el muchacho tomó asiento junto a él–. Bueno, en realidad no me preocupa. Sé exactamente lo que quiero hacer –miró a su padre que permanecía callado y sorprendido por la determinación que reflejaban sus palabras–. Tú sabes que yo no valgo para físico…

David sonrió. Había intentado enseñarle las bases de la medicina al igual que a sus hermanos y le había obligado a acompañarle en varias ocasiones. La palidez, la repugnancia y las ganas de vomitar del niño cada vez que utilizaba los escalpelos o tenía que suturar una herida, le habían convencido muy pronto de que su hijo pequeño no estaba predestinado para curar.

–Tampoco me atrae el comercio –prosiguió Mosseh–, ni el oficio de prestamero –torció el gesto disgustado–. ¿Qué me queda pues?

–No sé… –le escuchaba interesado y a la vez divertido– Las leyes, la ciencia, ¿la aventura tal vez?

Mosseh se quedó pensativo. Eran posibilidades en las que no se había detenido a pensar.

–Quiero ser rabino –dijo al fin decidido.

De todas las decisiones que su hijo podía haber tomado en la vida aquella era la menos esperada. ¿Rabino? Nunca le había oído mencionar el tema. Pocas veces hablaban de religión en casa y jamás le había visto interesado por ella. Le había introducido en el mundo de la filosofía y del pensamiento de los grandes hombres, griegos, árabes y hebreos, que tanto y tan bien habían escrito sobre el alma y el sentir del ser humano, pero nunca habían discutido sobre la Torá.

–¿Te sorprende, padre? –preguntó Mosseh al observar el silencio del médico.

–Pues…, sí –respondió éste finalmente–. ¿Qué quieres que te diga?

–Es que…, verás padre, nosotros, los judíos, hemos sobrevivido a todos los males de la tierra. Llevamos miles de años existiendo. Ni las persecuciones, ni las matanzas, ni las expulsiones, han podido acabar con nosotros. Estamos en esta tierra, tan alejada de la Tierra Prometida, y otros lo están en África y en Francia y en Italia… A pesar de ello, todos seguimos siendo hebreos, fieles a nuestro pasado y con la confianza puesta en un futuro mejor, el regreso a Eretz Israel.

David estaba atónito. No reconocía a su hijo. Parecía otra persona. ¿Dónde diablos había aprendido a hablar de aquel modo? ¿Por qué no se había dado cuenta antes?

–Y si nuestro pueblo ha permanecido unido –continuó Mosseh–, si a pesar de todo ha podido resistir, ha sido gracias a la guía de los rabinos que nos han recordado nuestro destino y han mantenido encendida nuestra esperanza. Por eso quiero ser rabino, padre –concluyó el joven–. Quiero ser como la luz del candil para nuestro pueblo.

David pasó sus dedos por las comisuras de su boca en un gesto para limpiar una saliva inexistente. No sabía qué responder. Jamás había oído hablar así a nadie en la judería de Vitoria, ni siquiera al buen rabino Eliezer, cuya alma moraba con los bienaventurados desde hacía varios años.

La puerta del escritorio se abrió con suavidad y Miriam penetró en la habitación.

–¿Te lo ha dicho ya? –preguntó acercándose a su marido, él afirmó con la cabeza– ¿Y qué le has respondido?

Miró a su esposa y a su hijo y sintió de pronto que no los conocía. Ella estaba al corriente de los deseos de su hijo. El muchacho le había hablado, se había confiado a ella... ¿Por qué no había hecho lo mismo con él? ¿Tan mal padre era que sus tres hijos tomaban decisiones sin tan siquiera consultarle?

–¿No te negarás, verdad, esposo mío? –notó un tono apremiante en la voz de Miriam.

–¿Acaso me he opuesto alguna vez a la voluntad de mis hijos? –preguntó él y en sus ojos se reflejó una mirada de reproche– ¿No han hecho siempre su deseo?

–¡Oh, David! ¡Eres un esposo y un padre maravilloso!

Miriam y Mosseh se abalanzaron sobre él y lo llenaron de besos y abrazos.

–Bueno –pensó complacido ante aquellas muestras de cariño–, tal vez no lo he hecho del todo mal...

Nada más salir de la casa de su padre, Jonás se dirigió rápidamente a la de su futuro suegro, Yaco Tello. Le había mandado recado de acudir sin tardanza llevando su bolsa médica con él.

–¡Hoy todo son problemas! –exclamó en voz alto y una mujer que pasaba por su lado se volvió para mirarlo extrañada.

La casa de Tello estaba a la entrada de la judería y su aspecto era más de torre que de casa. Llamó a la puerta e inmediatamente salió el comerciante a abrirle en persona. Miró receloso a la calle y le hizo pasar con presteza.

–¿Qué ocurre? –preguntó Jonás

Colocando el dedo índice en los labios, Tello le indicó que guardara silencio, cerró la puerta y le hizo signos para que le siguiera escaleras abajo, a la bodega.

–¿Qué ocurre? –preguntó de nuevo en un hilo de voz– ¿Tal vez Ana... ?

Tello negó con la cabeza, pero no dijo nada. Alumbrándose con ayuda de una pequeña lámpara de aceite, se dirigió aceleradamente hacia el fondo de la bodega. Una vez allí, dio dos golpes en una pequeña puerta que se hallaba medio oculta por unas barricas de vino y agachándose penetró por ella. Jonás le siguió. Al enderezarse se quedó contemplando el cuadro que se ofrecía ante sus ojos: su amigo Mayr, el hijo mayor de Yaco, yacía macilento sobre un montón de paja. De su hombro derecho manaba abundante sangre que su madre y sus hermanas trataban de enjuagar con unos paños. El hermano pequeño, Jacob, no podía apartar los ojos de la herida. Miró a Ana. Su túnica de color claro estaba manchada y sus manos también. Ella le devolvió una mirada suplicante.

Era una herida profunda producida por una daga afilada, pero no revestía gravedad a pesar de lo aparatoso de su aspecto. Sin decir nada, sacó un frasco de la bolsa y derramó unas gotas sobre la lesión. El rostro del herido se relajó al momento y dejó de sentir la dolorosa quemazón que le producía la herida. Seguido, Jonás enhebró con hilo de sutura una de las agujas que el propio Yaco le proporcionaba y sin preocuparse por la sangre que seguía manando demostró mayor habilidad en el cosido que una joven novia preparando su ajuar. Los demás le contemplaban hipnotizados sin atreverse si quiera a respirar.

–¿Qué ha ocurrido? –preguntó mientras limpiaba la herida y se disponía a vendar el hombro herido.

–Ha sido todo tan rápido… –respondió Mayr.

–¡Inténtalo! –ordenó Jonás con impaciencia.

–Había estado tratando de unas mercancías con don Hernando López, el mercero de la calle de la Correría, y ya me había despedido y enfilaba el camino de vuelta cuando me he topado en el Campillo con dos hombres que, al parecer, habían bebido más de la cuenta. He intentado desviarme de su ruta, pero ellos me han visto y señalando la rodela han empezado a increparme y a insultarme.

El herido cogió aire y los músculos de su cara se contrajeron de dolor y rabia.

–He tratado de no hacerles caso y he seguido andando –prosiguió–, entonces, uno de ellos, se me ha acercado y llamándome "judío de mierda" ha empezado a empujarme contra el muro. Yo he tratado de defenderme pero el otro ha venido en ayuda del primero y entre los dos me han acorralado. Creía que sólo serían unos empujones puesto que es de día y estábamos a la vista de todos los que por allí pasaban, pero nadie ha venido en mi socorro –volvió a contraer los músculos tratando de retener las lágrimas de odio que pugnaban por caer de sus ojos–. Entonces, el primero le ha dicho al otro que los judíos somos unos perros, unos bastardos del diablo y que la única manera de acabar con nosotros es capándonos para que no podamos seguir engendrando cerdos y ha sacado un cuchillo. Al ver la hoja afilada me he revuelto y le he dado una patada en los cojones que le ha hecho aullar de dolor y soltar el arma de la mano. Su compañero ha sacado rápidamente un cuchillo y me lo ha clavado en el hombro. Yo… yo… –no pudo continuar.

–Tú, ¿qué? –insistió Jonás.

–Yo he cogido la daga que había caído al suelo y se la he clavado –Mayr lanzó un suspiro como si acabara de soltar una pesada carga.

–¿Lo has matado? –le preguntó su padre.

–No lo sé –respondió él–. No me he detenido a verlo. He salido corriendo como he podido hasta llegar a casa.

Yaco Tello hizo una seña a Jonás para que le siguiera fuera del cuchitril.

–Ya habrán mandado a buscarle... –dijo.

–Todavía no –respondió el otro–. Primero tienen que cerciorarse de a quién buscan. Necesitarán que esos dos hombres, o por lo menos uno de ellos, les dé datos sobre Mayr.

–Lo cual es bien sencillo de hacer –añadió Yaco angustiado.

Su hijo tenía una marca de nacimiento fácilmente reconocible. Una mecha blanca que le cubría parte de la ceja izquierda y volvía a renacer en el comienzo de su cuero cabelludo. Aquella señal tan vistosa siempre había sido motivo de comentarios entre sus familiares y amigos. No había nadie en la judería que tuviera algo parecido y todos le conocían por Mayr, *el de la crin blanca*. Esa misma señal ponía su vida en peligro.

–¡No hay tiempo que perder! –exclamó Jonás al tiempo que volvía a penetrar en el cuartillo– Traed una camisa limpia y una capa –ordenó a las mujeres.

–¿Qué piensas hacer? –le preguntó Ana.

–Voy a llevarlo a mi casa.

Vio el temor en los ojos de su prometida.

–En cuanto sepan quién es vendrán aquí directamente y pondrán toda la casa patas arriba –les indicó–. Limpiadlo todo y responded que vuestro hijo y hermano no ha vuelto aún. Luego registrarán la kahala, pero para entonces ya se me habrá ocurrido otra salida.

–Pero, amigo mío –dijo a su vez Yaco Tello–, pondrás a los tuyos en peligro...

–¿Acaso no lo estamos todos en esta tierra de cristianos? –respondió amargamente y los demás afirmaron con la cabeza.

Asiendo a Mayr por debajo del brazo como dos amigos que vuelven de una francachela, Jonás ayudó a su amigo a recorrer las cincuenta yardas que separaban ambas casas. La lluvia había empezado a caer con fuerza y los viandantes se habían refugiado en sus hogares. Las pocas personas con las que se cruzaron iban más preocupadas en cubrirse de la mojadura que en fijarse en los dos hombres, uno de los cuales parecía caerse a cada paso que daba.

Mosseh les abrió la puerta y su hermano le hizo un gesto brusco con la cabeza para que no dijera nada. Llevó al herido directamente a la cocina y se quedó clavado en la puerta. Pedro se hallaba sentado a la mesa y hablaba animadamente con Miriam y con David. Al verles, cesó la conversación. Ruma lanzó un grito y se tapó la boca con la mano ante el aspecto lamentable que presentaban los dos hombres. David no tardó en reaccionar y se alzó de su asiento para ayudar a su hijo a tumbar a Mayr sobre el banco corrido situado bajo la ventana.

–¿Qué ha ocurrido? –preguntó.

Jonás no respondió y miró a su hermano que también se había levantado y se les había aproximado.

–¡Jonás! –exclamó su padre– ¿Por qué está Mayr herido? ¡En nombre de Dios! ¿qué es lo que ha ocurrido?

–Es un asunto que sólo incumbe a los judíos –respondió sin dejar de mirar a Pedro.

–Incumbe a toda la familia puesto que lo has traído a esta casa –le respondió su hermano–. Y me importa un comino lo que tú pienses, no voy a marcharme.

Si el asunto hubiera sido otro, David se hubiera sentido orgulloso al ver a sus dos hijos mayores, tan altos y tan fuertes, medirse uno al otro, dispuestos al ataque como dos gallos de pelea. No había, sin embargo, tiempo para orgullos pueriles.

–Jonás, te ordeno que nos digas ahora mismo lo que ha ocurrido –le dijo a su hijo mayor–. En esta casa sigo siendo yo el amo y todos me debéis obediencia.

Mientras Ruma y Miriam se ocupaban de secar al herido y colocarlo de la manera más confortable posible, Jonás relató los hechos a su padre sin dirigir una sola mirada a Pedro.

–Tenemos entonces que darnos prisa y buscar el medio de sacarlo de aquí –dijo David–. No tardarán en registrar toda la calle, casa por casa. Mayr no puede quedarse en la judería porque lo encontrarían antes o después.

–Podemos pedirle el carro a nuestro vecino y esconderlo bajo unas mantas... –apuntó Mosseh.

–Buena idea, hijo, hay que sacarlo de la ciudad inmediatamente.

–Aunque no hayan comenzado la búsqueda –intervino Pedro que hasta entonces no había abierto la boca–, a buen seguro habrán alertado a los guardas de las puertas para que no dejen salir a ningún judío.

Todos se le quedaron mirando y la congoja se plasmó en sus rostros.

–Tengo una idea...–continuó Pedro.

–No nos interesan las ideas de un mesumad que...–protestó Jonás.

–¡Cállate! –le interrumpió David y añadió dirigiéndose a Pedro– Di lo que tengas que decir, hijo...

Una hora después salía Pedro de casa de su padre y hacía señas a Jonás y a Mosseh para que le siguieran. Sus dos hermanos sostenían una camilla en la que iba recostado Mayr cubierto por una manta. Le habían vendado la cabeza de tal forma que solamente podían vérsele los ojos, la nariz y la boca. Ruma les acompañaba llevando un paraguas de lona para hurtar del agua el rostro del herido. Por primera vez en años, salía de la judería. No les había costado decidir que David y Miriam debían permanecer en la casa por si aparecían los alguaciles. Había que dar una impresión de normalidad.

Subieron por el cantón de Santa Ana, cruzaron la calle de la Pintorería y se adentraron en la de la Cuchillería. En pocos minutos estarían en casa de Pedro. Una voz autoritaria les hizo detenerse.

–¡Alto! ¿Quién vive?

Un capitán acompañado de cuatro soldados más y de dos alguaciles les interceptó el paso hablando en euskera.

–Soy don Pedro Sánchez de Bilbao, físico del hospital de Santiago –respondió Pedro en el mismo tono y la misma lengua.

–¿A dónde os dirigís? –volvió a preguntar el capitán aparentemente poco impresionado.

–A mi casa. Es la que está al lado de la casa torre de Guevara.

–¿Quiénes son éstos que os acompañan?

–Maese Juan, médico del hospital; la viuda Oquerrurri y su joven hijo Lope –replicó Pedro mirando al militar cara a cara.

–¿Y el de la camilla?

–Diego de Oquerruri, el hijo mayor de la viuda– notó los ojos inquietos de su tía clavados en su espalda, pero siguió mirando al capitán.

–¿Os acompañan a vuestra casa? –insistió el soldado, acercándose a la camilla y tratando de ver el rostro del herido.

–Más bien les acompaño yo a ellos –Pedro se colocó entre el capitán y la camilla–. Este hombre está muy enfermo y precisa de atención urgente.

El capitán le empujó a un lado, suave pero firmemente, y se inclinó sobre Mayr.

–¿Por qué lo lleváis a vuestra casa y no al hospital?

–Porque el hospital está repleto y yo tengo espacio en mi consultorio.

El capitán trataba de ver las cejas de Mayr, fuertemente protegidas por el vendaje.

–Sin duda le han dicho lo de la marca –pensó Pedro y añadió rápidamente al observar que el hombre pretendía levantar la venda con el dedo–. Por otra parte, es posible que la enfermedad que sufre este hombre sea altamente contagiosa y no es recomendable exponer a los demás enfermos.

Al oírle, el soldado se echó hacia atrás.

–¿Qué tiene? –preguntó tratando de dominar el temor que se había apoderado de él.

–No estamos seguros. Maese Juan insiste en que es lepra. ¿No es cierto, doctor?

–Así es –respondió Jonás lacónicamente para no traicionar su nerviosismo.

–Yo más bien pienso que es una infección producida por algo que ha comido este desgraciado... –y añadió pensativo–, claro que por la forma como se le desprende la piel... Hemos tenido que vendarle para que...

–Seguid vuestro camino, señores –le interrumpió el capitán– y nosotros seguiremos el nuestro. Buenas noches.

–Buenas sean para vos también.

Los soldados se alejaron a toda prisa y no echaron a correr porque no era la carrera un paso admisible en sus ordenanzas.

El consultorio estaba situado en la planta baja de la casa. Era un piso totalmente independiente del resto del edificio. Allí pasaba consulta tres tardes por semana e iba ganando renombre como galeno. Esperaba poder dedicarse a la medicina privada exclusivamente en unos cuantos años más. Encendió una vela y guió a sus acompañantes hasta un cuarto, al fondo del pasillo, en el que él mismo solía dormir cuando el trabajo o el estudio le retenían hasta el amanecer.

–Vamos a secarlo y mudarlo antes de meterlo en la cama –les indicó.

En silencio desvistieron a Mayr, le quitaron la venda de la cabeza y secaron su cuerpo empapado. Jonás examinó la herida y volvió a vendarla.

–Has hecho un buen trabajo –comentó Pedro admirando las pequeñas puntadas que unían los dos trozos de carne.

–Gracias –respondió su hermano y Pedro creyó advertir que su tono no tenía la animosidad acostumbrada.

A la mañana siguiente bajó temprano al consultorio llevando un gran cuenco de leche con miel y un hermoso pan que ama Isabel acababa de sacar del horno. Mayr había dormido profundamente y se sentía mucho mejor. Pedro examinó la herida y sonrió.

–Dentro de unos días estarás como nuevo, amigo –le dijo.

–¿Y qué haré después? –preguntó Mayr apesadumbrado.

–Dios proverá –le respondió sonriente, ¡quién le había visto a él mencionando la Providencia!–. Lo primero y más importante es que sanes cuanto antes. Aquí te quedarás hasta que estés perfectamente bien. Te he traído algo de comer y ahí tienes una palangana y una jarra de agua por si deseas asearte, aunque –rió divertido–, después de la calada de ayer, puedes darte por lavado durante varias semanas. Volveré a la hora de comer. Si lo deseas, puedes hojear algunos de esos libros aunque te juro que son bastante aburridos.

Salió de la habitación y cerró la puerta con una llave que guardó en el bolsillo secreto de su jubón.

El ama Isabel había observado la maniobra de Pedro llevándose la leche y el pan, pero no dijo nada. Nunca decía nada. Cuando su señor volvió a subir le tenía preparado un suculento desayuno compuesto de gachas con leche y unas grandes rebanadas de pan untadas con manteca y confitura.

–He oído en el mercado que los guardas andan buscando a un judío huido –comentó mientras pelaba unas habas para el almuerzo.

–¿Ah, sí? –preguntó Pedro en un tono indiferente– ¿Y qué es lo que ha hecho ese judío?

–Parece ser que ayer atacó a dos hijosdalgo –prosiguió la mujer en el mismo tono–. A uno le lesionó en sus partes y al otro le clavó una daga en una pierna.

Pedro suspiró aliviado, pero no dejó que el suspiro saliera de su garganta. ¡Al menos Mayr no había matado al hombre!

–¿Un judío solo atacó a dos hijosdalgo? –preguntó de nuevo con ironía– ¿Y dónde ocurrió tamaña proeza?

–En el Campillo… Parce ser que les atacó sin mediar palabra entre ellos.

–¿Y de quién era el arma con la que el judío hirió al caballero? ¿Era del judío?

Ama Isabel se detuvo a pensar durante un instante.

–No –dijo segura de lo que había oído–. Primero los desarmó y le quitó la daga a uno de ellos.

–¡Qué interesante! –exclamó Pedro– Ese hebreo debía ser un coloso para poder atacar a dos hombres armados, desarmarlos y luego herirlos..., y por cierto, ¿qué hacían esos dos señores portando armas dentro del recinto de la ciudad? ¿No es algo que está prohibido por el Concejo?

La mujer estaba confusa. Su señor tenía razón. Estaba prohibido llevar armas en Vitoria.

–No lo sé –repuso enojada por no haber pensado en ello antes–. Lo que sí sé es que Martín de Escoriaza está furioso y ha prometido una recompensa a quien le entregue al judío vivo o muerto.

Pedro levantó la cabeza bruscamente. ¡Martín de Escoriaza! ¡De nuevo él! Ahora estaba seguro de que lo que Mayr le había contado era cierto y que Escoriaza no pararía hasta verlo en la cárcel acusado de atacar a dos caballeros cristianos. Hizo una última pregunta.

–¿Es Martín de Escoriaza el herido?

–No. Es su primo Esteban –respondió Isabel tratando de averiguar qué era lo que tanto había sobresaltado a su señor–. El de Escoriaza únicamente tiene..., el honor dolorido.

–Y probablemente más de lo que tú crees –dijo Pedro y no pudo evitar sonreír ante la curiosa expresión de su dueña.

Unos días después salía de la casa de don Pedro Sánchez de Bilbao un joven caballero, de tez blanca y rasurada y hermoso cabello negro cubierto por un sombrero de ala ancha. Vestía un jubón de color amarillo oro, calzas de terciopelo marrón, botas de viaje y capa corta también de viaje. Le acompañaba el físico. No parecían tener prisa. Se detuvieron en un puesto de fruta y pagaron por dos hermosas manzanas que la vendedora limpió con su delantal hasta dejarlas relucientes. Comiendo las manzanas y hablando animadamente se dirigieron a la Puerta de Navarra y de allí a las caballerizas municipales. El joven sacó veinte reales y compró un hermoso caballo negro, fuerte y reluciente.

–No sé qué hubiera sido de mí sin tu ayuda, Pedro –dijo Mayr abrazando a su amigo.

–Olvídate del asunto y viaja sin detenerte hasta que llegues a Zaragoza –le respondió–. No olvides que te llamas Pedro de Bilbao…

–¡Espero que no llueva antes de que esté bien lejos! –exclamó el joven.

–¿Y eso?

–Porque podría desaparecer el tinte y aparecer de nuevo la crin…

–¡Qué poco conoces de los secretos de la belleza! –rió el médico– ¿No sabes que entre las muchas cosas que un físico ha de aprender se encuentran los remedios para que la piel aparezca blanca y suave, se afirmen los pechos de las mujeres, los dientes blanqueen y el color del cabello permanezca inalterable durante mucho tiempo incluso si se moja?

–Visto el resultado, quizá deberías dedicarte a eso en vez de a componer huesos rotos…

–Quizá lo haga algún día… –rió de nuevo Pedro– Agur don Pedro.

–Agur adiskide maitea –respondió Mayr y espoleó el caballo sin volver la vista atrás.

El médico lo contempló hasta que lo perdió de vista y después regresó a la ciudad silbando una antigua melodía hebrea.

Aquella misma mañana, Jonás se le acercó en el hospital.

–Yaco Tello, se sentiría muy honrado si aceptaras asistir a la boda de su hija Ana el próximo martes –le dijo sin más preámbulos.

–¿Con quién se casa? –preguntó.

–Conmigo –respondió Jonás.

Pedro miró fijamente a su hermano y tardó unos segundos en preguntar

–¿Y tú? ¿También te sentirías honrado?

–Sería un honor para mí que mi hermano Yosef estuviera presente en fecha tan señalada para nuestra familia.

–Asistiré encantado –respondió Pedro.

–¿Estáis seguro de que hacéis bien, maese Pedro? –ama Isabel le miraba con aire preocupado.

–Lo estoy, ama –respondió él.

–Pero..., ¿por qué llevar a las niñas? –volvió a preguntar la mujer.

–Porque son mis hijas y las nietas de mi padre.

–Pero... –insistió Isabel–, ellas están bautizadas...

–Y yo también –no había nada que discutir por ese lado–. ¡Vamos! ¡Vamos ama! ¿Qué es lo que te preocupa?

–La gente no ve con buenos ojos que los nuevos cristianos alternen con los judíos por muy familia que sean –respondió la mujer con firmeza.

–Eso fue hace unos años, ama –le aseguró Pedro con una sonrisa–. Ahora es distinto. No será la primera vez que un cristiano asiste a una ceremonia judía. Hay incluso cristianos viejos que acuden a la sinagoga y festejan el Yom Kippur y otras fiestas hebreas con sus vecinos –y añadió más para sí que para la vieja ama–. ¿Cómo podremos llegar a entendernos si no ponemos todos un poco de buena voluntad?

–¡Que ellos se bauticen! –exclamó Isabel.

–O que los otros se hagan judíos...

Ama Isabel se persignó e invocó a la Santísima Virgen y su corte de ángeles ante la mirada sonriente e irónica de su señor. Todo el amor que sentía por su pobre María lo había volcado en Pedro y las niñas. Los quería como si fueran su verdadera familia y sufría cada vez que le oía decir cosas así. Sabía muy bien que, a pesar de las apariencias, la gente no quería a los judíos y tampoco quería a aquellos que trataban con ellos por otra razón que no fueran los negocios. Ella no conocía a ninguno y tampoco consideraba que su señor lo fuera. Le acompañaba todos los domingos a misa y guardaban las fiestas y los ayunos prescritos por la Santa Iglesia. Era generoso con los frailes –especialmente con los del convento de San Francisco–, y nunca le había oído decir algo en contra de la religión católica. También era verdad que tampoco le había oído decir nada en contra de la falsa religión de los judíos.

–Si van las niñas, también iré yo –afirmó.

Pedro la abrazó.

–No esperaba menos de ti, querida ama.

Por fin, después de tantos años, David se sentía inmensamente feliz. Tenía a toda su familia reunida: sus tres hijos, su esposa, su hermana..., y sus dos preciosas nietas a las que no había vuelto a ver desde su nacimiento. No dejaba de acercarse a la cuna en la que las dos niñas dormían plácidamente. Les acariciaba suavemente para no despertarlas y se quedaba mirándolas embelesado.

–¡Parece un viejo chocho! –decía Ruma cada vez que lo encontraba junto a la cuna– ¿No os parece doña Isabel?

–Sí que me lo parece, señora Ruma –respondía el ama henchida de orgullo materno.

Las dos mujeres habían simpatizado nada más conocerse. Juntas habían buscado un apartado rincón en el coqueto jardín de Tello, lejos de las mesas de las viandas, lejos del ruido de la ceremonia y de las conversaciones de los invitados. Ruma no quería demostrarlo pero sentía por aquellas dos pequeñas criaturas lo mismo que su hermano. ¡Eran las hijas de Yosef! Sangre de su sangre, ramas del tronco de los Sahadia. ¡Qué no hubiera dado ella por estar en el lugar del ama Isabel! Poder ocuparse de las pequeñas, lavarlas, vestirlas, velar por ellas... Le hizo mil y una preguntas. Si tenían buena salud, si mamaban lo suficiente, si la nodriza tenía buena leche... Isabel respondía encantada y añadía más información de su cosecha. Cuando se despertaron, cada una cogió a una niña y allí sentadas, bajo un gran castaño en flor, el ama habló de su señora muerta al dar a luz y Ruma le contó cómo había sido la infancia de su querido Yosef. Viéndolas, parecía que se habían conocido toda la vida.

–¿Sabes algo de tu tío? –preguntó David a su hijo.

–Poco –respondió Pedro–. Don Juan de Mendoza suele llegarse hasta Toledo de vez en cuando y me trae noticias de él. El Abad Lucio fue trasladado de Sevilla a Toledo hace un par de años y fray Anselmo se fue con él. Parece estar bien, aunque Mendoza me ha dicho que lo encuentra..., escuálido. Esa ha sido su palabra. Mi buen tío no deja de santificarse día y noche. Todo el mundo habla de su piedad...

David se quedó pensativo. Yehudá era el único miembro de su familia que faltaba allí. Era la nube que ocultaba el sol de su gozo. Deseaba tenerlo cerca más que nunca. Lo echaba en falta.

–¿Quién es esa joven con la que Louis parece estar tan a gusto? –preguntó Pedro señalando a su amigo.

–Es Judith..., bueno, ahora se llama Leonor. Su padre se hizo bautizar con toda su familia cuando las prédicas de Vicente Ferrer –explicó David–, pero no han dejado nunca de mantener relación con nosotros. Viven incluso aquí, en la kahala, en su casa de siempre.

–No la recuerdo...

–Es hija de Hazan Morayn. ¿No te acuerdas de ellos? Solías ser muy amigo de su hijo Abraham...

Pedro recordó a Abraham. Era un muchacho travieso. Siempre metido en problemas. Su madre había muerto y la nueva esposa de su padre no había sido tan buena como Miriam lo había sido con Jonás y con él. Habían sido muy amigos antes de que la vida los hubiera separado.

–¿Está Abraham también aquí? –preguntó esperanzado.

–Seguramente –respondió David–, toda la familia ha sido invitada.

Pedro se perdió entre los invitados, saludando a unos y a otros. Estaba a gusto. Había pensado que se sentiría violento, que le harían el vacío por haberles traicionado. Continuamente trataba con ellos, los atendía en el hospital o se los cruzaba cuando iba a visitar a su padre, pero nunca desde que había vuelto a Vitoria había entablado una conversación que no fuera estrictamente profesional. Las cosas cambiaron, sin embargo, cuando la comunidad supo lo que había hecho por Mayr Tello. No le dijeron nada, pero las sonrisas que le dirigían y la inclinación de cabeza con la que le saludaban mostraban que su situación entre sus antiguos correligionarios había variado sutilmente.

Encontró a Abraham hablando animadamente con un grupo de matronas a las que trataba de convencer para que probaran las excelencias de los productos de belleza que se hacía traer desde Persia y Turquía.

–Las manos más rugosas se vuelven suaves con una pomada de heliodoro que fabrica especialmente para mí un famoso perfumero persa y la piel de la cara recobra la belleza de los dieciséis años. Señoras, si probáis mis ungüentos os aseguro que vuestros maridos creerán tener una bella hurí en el lecho.

Las mujeres daban grititos escandalizados al oír sus palabras y se tapaban la cara con las manos para ocultar las risas. No había cambiado nada en todos aquellos años. Seguía teniendo la cara de niño travieso que Pedro le conocía. Estuvo escuchando durante un rato, regocijado por la charlatanería de su amigo, y luego le hizo un signo con la mano para que dejara el grupo y se acercara a él.

–¿Puedo serviros en algo, caballero? –le preguntó sin reconocerlo– Mi caja de sorpresas no tiene fondo. ¿Un perfume para vencer a la arisca muchacha de la que estáis enamorado? ¿O tal vez para que vuestra esposa recobre el ardor de las primeras noches? ¿O...?

Pedro le interrumpió.

–¿Crees tú que éste es el lugar apropiado para dedicarte a comerciar? –le preguntó.

–¿Existe acaso momento más oportuno? –preguntó a su vez el descarado– Cuando los ojos se solazan viendo la dicha de los recién casados, cuando el recuerdo de lo que pudo ser y no fue hace presa de los corazones..., ¿qué mejor cosa que un aroma, una pomada de amor o un elixir para recobrar la fuerza ya perdida?

–Abraham Morayn eres un charlatán de tomo y lomo –Pedro soltó una sonora carcajada.

–No tengo el gusto de conocer a su excelencia –dijo el vendedor, algo escamado al oírse llamar por su nombre hebreo, y añadió–. Mi nombre es Francisco Sánchez.

–Y el mío Pedro Sánchez de Bilbao. Pero antes era Yosef ben David Sahadia.

Abrahan entornó los ojos hasta casi cerrarlos, pero a medida que los recuerdos volvían a su mente los fue abriendo y una gran sonrisa apareció en sus labios.

–¡Yosef!

–¡Abraham!

Los dos hombres se abrazaron risueños y emocionados por el reencuentro y se miraron el uno al otro tratando de recuperar su niñez.

–¿Por qué "de Bilbao"? –preguntó de pronto Abraham– Yo me he conformado con un simple Sánchez...

–Hace más cristiano... –respondió Pedro y los dos rieron a gusto.

Pasaron el resto de la fiesta charlando y recordando su antigua amistad, prometieron volver a verse y quedaron para ir a pescar.

–Gracias por haber honrado mi casa –le dijo Yaco Tello cuando fue a despedirse de él.

–Gracias a ti por haberme invitado –le respondió Pedro.

–He recibido noticias de mi hijo Mayr. Está en Zaragoza en casa de unos parientes –continuó Yaco.

–Me alegro de oírlo. ¿Habéis tenido problemas?

–No. Los guardas registraron todas las casas de la calle, pero al no encontrarlo dieron por finalizada la búsqueda.

–No podían hacer otra cosa –dijo Pedro.

–Podían haberlo encontrado –replicó Yaco–. Lo hubieran metido en prisión y tal vez no hubiéramos vuelto a verle.

–Exageras maese Yaco. Esos tiempos ya pasaron.

–Me gustaría poder exagerar–dijo el hombre sombríamente–. Los ataques contra nuestras comunidades siguen un ciclo como el de las estaciones del año. No habrá paz para nosotros hasta que no regresemos a la Tierra Prometida.

–Hace catorce siglos que los judíos salieron de allí –le parecía absurdo seguir pensando en regresar a Israel después de tantos cientos de años–. Las dos comunidades están condenadas a entenderse.

–O a que una de ellas desaparezca... Cada vez son más los que optan por hacerse bautizar y abandonan nuestra religión y nuestras costumbres.

Pedro constató que no había reproche en las palabras del antiguo belicoso. Únicamente una pena profunda e inmensa.

La despedida de los suyos fue muy diferente. A David le chispeaban los ojos de la alegría que sentía y del exceso de vino que había bebido. Besó a las niñas, besó a su hijo e incluso besó a la vieja Isabel. Ruma se entretuvo un rato explicando al ama la forma de preparar los albondiquillos que tanto gustaban a Pedro y hasta le confió al oído el secreto de su maravillosa salsa, provocando la sorpresa e hilaridad de los demás miembros de la familia.

–Adiós hermano –le dijo Jonás–, que la paz sea contigo y con tus hijas.

–Que la paz sea contigo también y con tu esposa Ana –le respondió Pedro y añadió–. Todavía no te he dado tu regalo de boda.

Metió la mano en su jubón y sacó de él un estuche de piel de venado sobre la que estaba grabado su nombre en hebreo y latín. Jonás abrió la caja con mano temblorosa y no pudo reprimir una exclamación de asombro al ver alineado por tamaños un hermoso juego de escalpelos. Los mangos eran de oro con dibujos hebreos bellamente grabados, las hojas de plata. No dijo nada. Abrazó con fuerza a su hermano y se volvió para que nadie viera la emoción en sus ojos.

Aquella noche David Sahadia se postró en el suelo y entonó el Salmo de David:

> "*¡Mirad cuán bueno es y cuán deleitoso*
> *para los hermanos el estar reunidos!*
> *Es como el precioso ungüento*
> *sobre la cabeza*
> *que desciende a la barba,*

la barba de Aarón,
y que baja hasta la orla de su vestido.
Es como el rocío del Hermón,
que desciende sobre el monte Sión.
Porque allí Yahvé derrama bendición,
vida para siempre".

Después besó a su esposa y se acostó quedándose inmediatamente dormido. Miriam tardó tiempo en conciliar el sueño. En todos los años que llevaba casada con David, jamás le había visto hacer algo así. Ni siquiera sabía que su marido conociera los Salmos.

Martín de Escoriaza se paseaba de un lado a otro de la habitación, el cabello revuelto, las manos crispadas, la camisa arrugada asomando por debajo del jubón. Andrés Calleja y Pero López le seguían con la mirada sin atreverse a hablar.

–¡Pues no ha podido desvanecerse en el aire como un fantasma! –vociferó por fin parándose delante de los dos hombres.

–Mis hombres le han buscado por todas partes y no han podido dar con él –se defendió Pero López.

–¿Han mirado con los ojos o con el culo? –le soltó Escoriaza.

–Yo mismo he dirigido la investigación –respondió el capitán ofendido–. He recorrido todas las calles y he registrado las casas de la judería y las de los judíos que viven fuera de ella. Además puse controles en las Puertas de la ciudad en cuanto vos lo ordenasteis.

–¿Y cómo ha podido escapársete un judío de mierda con una ceja y un cuerno del diablo blancos?

–Se los habrá teñido –opinó Calleja frotándose el muslo para aliviar el dolor que todavía sentía en la herida.

–¿Cómo se llama ese bastardo? –preguntó el de Escoriaza de nuevo.

–Mayr Tello. Su descripción coincide y no hemos podido hallarle por ninguna parte –el altivo caballero no podría acusarle de no haber hecho una investigación a fondo–. Su familia vive en la judería. Hemos registrado la casa de arriba a abajo y no hemos encontrado señales de él. Su familia dice que no lo han visto desde el día de autos.

–¡Su familia miente! –gritó Martín Escoriaza.

El capitán se alzó de hombros. ¿Qué esperaba que hiciera? ¿Llevarlos a todos a la cárcel? ¿Golpearlos hasta que dijesen dónde estaba Mayr Tello? De buena gana hubiera dado media vuelta y hubiera mandado al infierno a aquel fanfarrón buscapleitos que siempre le estaba incomodando, pero calló. Escoriaza era un miembro del Concejo. No quería ver desaparecer el mísero sueldo que cobraba por dirigir la milicia de la Villa.

–¿Estás seguro de que no viste nada extraño la otra noche?

–No, señor. A menos que... –recordó al médico y a sus acompañantes, ¿cómo se llamaban?

–A menos que..., ¿qué? –le apremió Escoriaza.

Decididamente aquel bravucón le estaba crispando los nervios.

–Cuando estábamos en la búsqueda, nos topamos con un físico del hospital que iba acompañado de dos hombres y una mujer. Llevaban a un enfermo en una camilla.

–¿De noche y lloviendo? –preguntó Calleja.

–Pues sí...

–¿Y no les pedisteis los pases? –volvió a preguntar Calleja.

–No, señor. No solemos pedirlos –aclaró–. El médico dijo que el enfermo tenía la lepra o una enfermedad parecida...

Escoriaza y Calleja se miraron. No había noticias en el Concejo de que alguien en la Villa tuviera lepra o una enfermedad contagiosa. Los médicos estaban obligados a dar parte en dichos casos.

–¿Cómo se llamaba el físico ? –preguntó Escoriaza.

–Trato de recordarlo, señor –Pero López hacía verdaderos esfuerzos por recordar el nombre. Le iba en ello el puesto–. Don..., Don Pedro Sánchez de Bilbao –sonrió satisfecho de su buena memoria.

¡Pedro Sánchez de Bilbao! ¡El físico que le había maculado! ¡El hombre que había hecho de él un circunciso al igual que los judíos de mierda y los moros! La cara normalmente blanca de Martín de Escoriaza adquirió el tiente violáceo que provoca la congestión.

–¡Imbécil! –gritó furioso– Ese marrano te engañó como a un pardillo. ¿No sabías acaso que es un judío encubierto?

Él tampoco lo había sabido hasta hacía poco. Sanado del mal que durante días lo había mantenido postrado en el lecho, su rabia había sido tremenda al enterarse de que un medicucho había osado atacar su virilidad. Pidió informes sobre el ejecutor de un tal perjuicio a su fama y averiguó que el físico don Pedro Sánchez de Bilbao no era otro que Yosef Sahadia, el hijo converso de maese David. Cuando pensaba en el asunto se ponía enfermo de cólera.

–Estoy seguro de que el supuesto enfermo que llevaban en la camilla era el judío de mierda que me atacó –prosiguió cada vez más rojo y excitado–. ¡Vamos ahora mismo a su casa! ¡Hay que detenerlo!

–¿Con qué cargos ? –preguntó Pero López

–¿Con qué cargos? ¡Estúpido! ¿Con cuáles va a ser? Ayuda a un fugitivo y engaño a la autoridad. ¡Vamos!

–No puedes ordenar que se le detenga –terció Calleja a su vez.

–¿Qué has dicho? –Escoriaza miró furioso a su amigo.

–Lo que has oído –respondió el otro con calma–. El judío ya habrá salido de Vitoria, puedes estar seguro. Pedro de Bilbao negará en todo momento haberle ayudado. Incluso negará haber salido de casa aquella noche. Será su palabra contra la del capitán de la guardia y discúlpame –rogó a Pero López–, es un físico respetado. La noche era oscura y lluviosa, el Concejo pensará que López se equivocó o que no entendió bien el nombre del supuesto médico...

–¡Es un marrano! –chilló Escoriaza.

–Es un cristiano –dijo Calleja–. A efectos de la ley es tan cristiano como tú y tiene los mismos derechos.

Martín de Escoriaza iba a responder, pero se contuvo.

–De acuerdo judío de mierda –pensó, una calma fría se había apoderado de él–. Esta vez nos has engañado, pero de ahora en adelante no podrás dar un paso sin que mis ojos te sigan allá a donde vayas. Algún día cometerás un error y yo estaré allí para cazarte como el halcón caza al orgulloso e inútil gorrioncillo que se aventura en su territorio.

Verano de 1435

La primera vez que se vieron fue con motivo de un banquete ofrecido por los dos alcaldes de la Villa.

Su padre había dejado el puesto en el hospital –la edad y la mala vista lo habían aconsejado– y únicamente se ocupaba de algunos casos particulares en su propia casa. El cargo de director recayó en Pedro y ello le obligaba a asistir a ceremonias, festejos y otros actos organizados por el Concejo.

Vistió pues su mejor jubón, de terciopelo granate con amplias mangas superpuestas, calzas negras y unos chapínes bordados regalo del zapatero Isaque Nieto en agradecimiento por haber operado con éxito a su nieto Itzahak. Se tocó con un sombrero negro de ala ancha acabado en punta y se dispuso a salir hacia Santa María, en donde iba a celebrarse una misa previa al banquete.

–Estáis muy elegante, maese Pedro –le dijo Isabel–. Más de una dama pondrá hoy sus ojos en vos.

–Para pedirme una pomada con la que ocultar las arrugas o suavizar el cabello –añadió él con ironía.

–Hora va siendo ya de que penséis en buscar nueva esposa –continuó el ama–. Esta casa necesita una ama.

Pedro rió divertido.

–Ya te tenemos a ti, Isabel, y nos basta. ¿No es cierto niñas?

–Sí –respondieron las dos al unísono sin levantar la cabeza de su juego, ni entender la pregunta de su padre.

Los dos adultos se miraron y sonrieron.

–No olvidéis lo que os he dicho y buscad esposa –le dijo Isabel una vez más.

Pedro le hizo un gesto con la mano y abandonó la casa.

Se dirigió hacia la catedral meditando las palabras de la vieja ama. No era la primera vez que le decía algo así y le extrañaba que insistiera tanto, teniendo en cuenta el gran cariño que había profesado a María. Él también había pensado en volver a casarse. Hacía cuatro años que era viudo y echaba en falta la presencia cálida de un cuerpo femenino en su lecho. Las escapadas al barrio de la Magdalena no hacían sino aumentar su desazón y el sentimiento de soledad que le invadía.

Penetró en la iglesia y se colocó en un rincón como siempre hacía. No prestó atención a la ceremonia ni a las palabras del sacerdote y se entretuvo en contemplar las espaldas, velos y capas del lado de las mujeres. Las pocas veces que asistía a un acto social encontraba damas acompañando a sus maridos o viudas de cierta edad. Las jóvenes casaderas eran guardadas como un precioso tesoro para negociar beneficiosas alianzas y cuando tenía que atender a alguna, no veía en ellas futuras esposas sino cuerpos dolientes que había que sanar.

No pensaba en el amor. No lo deseaba. Había sido mucho el sufrimiento que había padecido a la muerte de María y no estaba dispuesto a volver a pasar por un trance similar. También tenía claro dos cosas: no se casaría con la hija de un agricultor o un artesano y tampoco lo haría con la de un converso. Lo primero porque pensaba llegar a alcanzar una importante posición en la Villa y no podría conseguirlo con una esposa iletrada y tosca. Lo segundo porque tenía intención de ser la cabeza de un nuevo linaje que obligatoriamente habría de entroncar con una familia de viejos cristianos.

Suspiró. No lo tenía fácil –pensó–; los notables despreciaban a los conversos. Los consideraban advenedizos ambiciosos a los que había que mantener a distancia.

Cuatro largas mesas habían sido dispuestas en el patio del palacio de Bendaña. El Consistorio no era lo demasiado grande para acoger a todos los invitados. Por mil maravedíes, palacio, cocinas y criados estaban a disposición del Concejo en ocasión de grandes celebraciones.

Tuvo que soportar durante un rato a don Luis de Zárate que nunca perdía la oportunidad, cuando se encontraban, de hacerle una descripción detallada de los muchos males que padecía.

–Es la edad, don Luis –le dijo el médico–. Sólo son achaques del cuerpo. Sóis muy afortunado, no todo el mundo alcanza los ochenta años. ¡Ojalá me encuentre yo igual de bien que vuestra merced cuando llegue a su edad!

Juan de Mendoza fue su salvación. En cuanto le vio entrar, corrió a su encuentro dejando al anciano con la palabra en la boca.

–¡Bienvenido seáis don Juan! –exclamó haciendo una reverencia– ¡Dichosos los ojos que tienen la ventura de contemplaros!

Mendoza mostró su sorpresa ante un recibimiento tan caluroso.

–Hace tan sólo unos días que nos hemos visto, Pedro. ¿A qué viene tanta efusión? No sabía que me echabas tanto en falta...

–En estos momentos y en ocasión como ésta, sois como una jarro de agua en una tarde calurosa.

–Preferiría que me comparases con un jarro de vino –respondió alegremente y añadió no sin ironía–. ¿Tanto te incómoda asistir a un banquete organizado por nuestro amado Concejo?

–No soy hombre dado a cortesías y reverencias, vos los sabéis bien. No me gusta mantener conversaciones que no me interesan y, en especial, las consultas médicas gratuitas –dijo

Pedro haciendo un signo en dirección de Zárate que trataba de acercárseles entre la multitud.

Don Juan rió de buena gana y asiendo del brazo a su joven amigo fueron a ocupar los dos últimos sitios libres en una de las mesas.

–¿Qué tal te va el puesto de director del hospital? –preguntó una vez que se hubieron sentado– ¿Vas haciéndote con las riendas?

–¿Qué queréis que os diga, señor? No entiendo cómo mi padre pudo hacerse cargo durante tantos años de esa casa de putas.

La carcajada de Mendoza fue tan sonora que sus compañeros de mesa dejaron de hablar y los contemplaron asombrados.

–Carecemos de mil y una cosas –prosiguió Pedro sin prestarles atención–: equipamiento, instrumentos, medicinas e incluso vendajes. Cada vez que solicito algo del Concejo me hacen perder el tiempo y raramente sueltan la bolsa. Martín de Olabe hace lo que puede pero él, al fin y al cabo, es un mandado como yo...

–¿Por qué no lo dejas?

–Muchas veces me hago yo la misma pregunta. Acabaré ocupándome únicamente de mi consulta y cobrando buenos dineros a todos esos nobles que me miran por encima de sus grandes narices como si yo fuera su criado.

–¿Y por qué no lo haces? –insistió el de Mendoza.

–Porque los pobres también tienen derecho a que los físicos nos ocupemos de ellos. Echo en falta a mi padre. Suelo ir a consultarle pero no es lo mismo. Me falta su presencia en el hospital. Nunca ha hecho distinciones entre sus enfermos y todos le están muy agradecidos.

–Has tenido un buen ejemplo, Pedro –suspiró con tristeza–. ¡Ojalá yo hubiera tenido un padre como el tuyo! El mío estaba siempre demasiado ocupado en hacer guerras o hijos a toda hembra que encontraba en su camino. Y mi pobre madre no tenía espíritu. Pasó toda la vida entre rezos y frailes...

Mendoza se quedó pensativo. Estaba cerca de los sesenta. No había hecho en su vida nada que fuera digno de ser recordado. Sus dos hijos apenas le hablaban; su primo segundo, Pedro de Mendoza, había acabado por hacerse con todas las tierras de la familia, a excepción de unos pocos acres y el señorío de Urrialdo que seguían en su poder; su amada María continuaba en algún lugar perdido de Castilla... Había sabido que su marido, Pedro Sarmiento, el Respostero Real, había muerto. Esperó durante semanas y meses a que ella le hiciera una señal, le enviara una carta o le llamara a su lado, pero el tiempo había transcurrido sin tener noticias de ella. Supo que el hijo que había tenido –su hijo– llevaba el nombre de Juan y, a pesar de ser un nombre muy común en la familia Mendoza, quiso creer que le habían bautizado así en su honor.

–Dentro de unos días parto para Toledo –dijo–. Voy a visitar a tu tío Yehudá. Hace mucho que no estoy con él y cada vez serán menos las oportunidades que tengamos de encontrarnos. Me estoy haciendo viejo y no siento ya gusto por los viajes. Me canso y mis huesos se duelen de las largas horas a caballo. ¡La edad no perdona!

–Mucha guerra es la que tendéis que dar todavía, don Juan –protestó Pedro.

–Tal vez... Tal vez... Pero he pensado en dejar las armas y ocuparme en la administración de los pocos bienes que me han dejado los buitres de mis parientes.

Pedro alzó la ceja derecha, al igual que hacían su padre y su tío cuando ponían algo en duda. Mendoza sonrió reconociendo el gesto.

–Todo puede aprenderse, hijo –dijo y añadió pensativo–. ¿Quién sabe? Tal vez dedique los años que me quedan de vida a la literatura. ¿Sabías que siempre quise ser escritor?

Era algo tan cómico viniendo de un hombre cuyas únicas pasiones eran la pesca, la guerra y las mujeres, que Pedro no pudo evitar una sonrisa divertida y Mendoza una nueva carcajada.

Una risa alegre y juvenil, proveniente del otro extremo de la mesa, se confundió durante un instante con la del soldado. Pedro miró hacía allí interesado y comprobó que su dueña era una joven de aspecto risueño. El cabello corto, al estilo de las mozas solteras, enmarcaba un rostro no especialmente bello pero sí muy personal y atractivo.

–¿Quién es?

–María, la hija del Señor de Torreondoa, de Sabando, don Pedro Ruíz de Gaona. Un gran caballero que fue embajador del rey Juan II hace dos años, cuando se firmó la tregua con Aragón y Navarra.

–¿Se encuentra también aquí el Señor de Sabando?

Mendoza echó un vistazo alrededor.

–Sí –dijo señalando a un hombre de pelo cano–, es aquel que habla con don Pedro Lope de Ayala. Su familia es una de las más antiguas de Álava. Se dice que un antepasado suyo, Ruy Díaz de Gaona, fue hijo del Señor de Vizcaya don Diego López –don Juan disfrutaba hablando de las familias alavesas en las que era un experto–. Otro antepasado, Rodrigo Díaz de Gaona, estuvo presente en las Navas de Tolosa y el abuelo de la joven, Rui Fernández de Gaona, fue Alferez Mayor de Castilla. El rey don Enrique II le concedió el señorío de Castrana porque habiendo sido derribado su caballo se llegó a él y le dijo: "Señor, tomad este caballo, cá ese vuestro ya non se puede mover", y de esta forma el de Trastámara se salvó de las manos de su hermanastro Pedro I.

–¡Vaya! –exclamó Pedro–, sí que es una familia de grandes hombres. ¿Y la joven? –preguntó volviendo al centro de su interés.

–¿María? Es tan fiera como sus antepasados. Si en vez de hembra fuera varón, estaría ahora en Granada con sus hermanos Diego y Alonso que son soldados de mucho merecimiento.

–¿Está prometida en matrimonio?

Mendoza miró a su amigo y una pícara sonrisa se dibujó en su rostro.

–Veo a dónde quieres ir a parar...

–No entiendo vuestras palabras –respondió Pedro bastante confuso.

–¿Te gusta esa muchacha? –insistió don Juan.

–No sé..., ¿cómo puedo saberlo? Acabo de verla por primera vez en mi vida...

–Yo puedo presentártela. Su padre es un gran amigo mío y, aunque me esté mal en decirlo, no han sido pocos los favores que le he hecho.

La ocasión no se presentó y Pedro regresó a su casa de mal humor. No había perdido de vista a la joven María de Gaona durante el resto del tiempo que duró el festín. La vio charlar alegremente con sus compañeros de mesa, bailar con unos cuantos moscones que no la dejaban ni a sol ni a sombra y, sobre todo, vio cómo la cortejaba Martín de Escoriaza.

–¡Ese bastardo! –había exclamado en voz alta.

–¿De quién hablas? –le preguntó Mendoza interesado.

–De Martín de Escoriaza –respondió señalándolo con el dedo–. ¿Sabíais que va diciendo por allí que soy un marrano?

Su amigo se quedó pensativo y un aire de preocupación asomó a sus ojos.

–Te dije que tuvieras cuidado. No son gente de fiar.

–Yo sólo hice lo que tenía que hacer y su padre y su hermano dieron su consentimiento –afirmó Pedro.

–Pero pueden alegar que no sabían para qué lo daban. El médico eras tú...

–¡Al diablo con todos ellos! –exclamó Pedro y en aquel momento se propuso conseguir la mano de la joven María, aunque no tenía ni idea de cómo lo iba a poder hacer.

Pasaron unas semanas antes de que Pedro recibiera una invitación formal para asistir a una cena que Mendoza daría en su casa, cosa que le extrañó sobremanera. Desde que enviudó de doña Ana, don Juan nunca había dado ninguna fiesta. Es más, siempre solía decir que odiaba abrir su casa. Era un quebradero de cabeza y un gasto inútil.

La casona estaba tan iluminada como no lo había estado desde el enlace matrimonial de su dueño. Grandes antorchas alumbraban la entrada y el patio. Numerosos pajes y siervos, con el escudo de los Mendoza bordado en sus sayales, recibían a los invitados y les indicaban el camino. El gran comedor en donde fue introducido se le antojó distinto. Ya había estado en él otras veces, pero nunca lo había visto tan resplandeciente. El suelo de gruesa madera de roble brillaba como un espejo recién pulido; muebles y artesonados habían sido encerados; más de veinte candelabros de dos brazos iluminaban la estancia y la gran mesa había sido dispuesta con los mejores paños. La vajilla de fina loza, las copas de cristal francés y la cubertería de plata y oro despedían suaves fulgores al reflejarse en ellos las llamas de las candelas. En una esquina del salón, unos músicos tocaban las melodías en boga en las cortes europeas.

–¡Santo cielo! –pensó Pedro– ¿Qué motivos habrá tenido para organizar una cena tan lujosa?

–Es un secreto...

Se volvió y encontró el rostro lleno y amable de Mendoza.

–¿Qué es un secreto? –preguntó.

–Estabas pensando los motivos que he podido tener para organizar algo así con lo poco dado que soy a las fiestas de sociedad, ¿no es así?

–Sí..., así es –respondió sorprendido de que su amigo hubiera podido leer en su mente.

–Pues eso..., es el secreto.

Don Juan se dirigió a saludar a nuevos invitados que acababan de llegar y Pedro se colocó discretamente cerca de los músicos. Les preguntó si conocían alguna música de danza o alguna canción de la corte francesa a lo que ellos respondieron con una melodía muy a la moda en París, *Le chapeau de saulge*, o "el sombrero de sauce" que narraba el eterno tema del amante abandonado. Recordó a María, su esposa, y el corazón se le llenó de melancolía al escuchar los notas desgarradas de la flauta travesera.

–Qué triste son...

María Ruíz de Gaona se había aproximado a los músicos y él no se había dado cuenta. Dio un respingo al verla tan cerca de él y no supo qué decir. La joven sonrió amablemente.

–Siento haberos distraído de vuestras meditaciones, maese Pedro –dijo con sencillez.

–¿Sabéis quién soy? –preguntó él sorprendido.

–¿Cómo no voy a saber quién es el director de nuestro hospital? Sois el discípulo aventajado de vuestro padre, el buen físico David.

–¡Vaya! Casi lo sabéis todo a cerca de mí. También sabréis que soy un judío converso... –dijo Pedro con brusquedad.

–Lo se y también que sois muy diestro en el trato con las damas –rió alegremente–. Don Juan de Mendoza, no hace más que hablar de vos desde hace unas semanas.

Supo sin necesidad de mirarse en un espejo que su rostro había enrojecido al escuchar las palabras de la muchacha.

–También sé que habéis seguido los estudios de medicina en París... Decidme –se dirigió a los músicos–, ¿conocéis la canción "*La filho dou ladre*"?

–La conocemos, señora –respondió el que parecía el jefe y dio señal a los otros para que empezar a tocar la melodía solicitada.

–Y vos, maese Pedro, ¿la conocéis?

–Siento tener que deciros que ni mi voz ni mis oídos son precisamente apropiados para las delicias del canto...

–Pero yo soy un excelente cantor y ¡estoy dispuesto a probarlo! –Louis de Tournay se había aproximado a ellos– ¿Sabéis vos la canción, mi señora? –preguntó dirigiéndose a María de Gaona

–La sé, pero... –rió quedamente– ¡No tengo ni idea de su significado!

–Trata de una joven recogedora de aceitunas que después del trabajo se queda dormida y le sorprende la noche. Un caballero se ofrece para acompañarla y ella le responde que es hija de un leproso y así evitar que el caballero en cuestión abuse de ella...

–Muy edificante... –opinó Pedro algo molesto por haber visto interrumpida su conversación con la joven.

Louis hizo una seña a los músicos para que comenzaran la melodía de nuevo y con una hermosa voz de barítono comenzó a cantar la primera estrofa indicando a María que le siguiera:

–Belle, si vouliatz retournar

Cent écus vous darié...

–Moun beou moussu quand l'on la tèn
Fau plumar la galino!
–Belle, si vous vouliez retourner
Cent écus je vous donnerais
–Mon bon monsieur quand on la tient
Il faut plumer la poule!

María no conocía el resto de la canción y se interrumpió con una risa alegre que también provocó la risa de los dos jóvenes.

–¡Bravo! ¡Bravo! –gritó don Juan acercándose– No conocía yo vuestras habilidades musicales, maese Louis...

–Las oculto para mostrarlas solamente ante las bellas damas... –respondió el físico haciendo una leve inclinación de cabeza dirigida a María que respondió con una reverencia.

–Y ahora..., ¡a la mesa! –exclamó Mendoza– Los deliciosos aromas que desde hace horas suben de la cocina han abierto mi apetito.

La docena y media de invitados se acercaron a la mesa.

–¡Un momento amigos míos! –dijo Mendoza de nuevo– Sabéis que soy algo excéntrico en mis maneras –hubo risas y protestas entre los presentes–. He dispuesto pues vuestros sitios. El nombre de cada uno de vosotros está escrito en el lugar que ha de sentarse.

Hubo un pequeño revuelo mientras cada uno buscaba su lugar y los que no sabían leer solicitaron a sus vecinos que buscaran sus nombres. Finalmente todos ocuparon sus sitios y don Juan dio dos sonoras palmadas para que los criados empezaran a servir la cena. Pedro se encontró sentado al lado de María de Gaona y sonrió divertido al ver que su amigo Louis lo estaba al lado de una gruesa matrona dispuesta a sonsacarle los secretos de la eterna juventud. El Señor de Sabando se hallaba sentado al lado del anfitrión.

Al finalizar la cena y a la hora de los brindis. Mendoza se alzó de su asiento y pidió silencio.

–Mis buenos amigos os he reunido hoy en mi casa porque deseaba estar rodeado de la gente a quien amo y aprecio. No sois muchos como podéis observar pero "más vale poco y bueno que mucho y malo" –sonrió al observar los gestos afirmativos que hacían sus invitados–. Mi vida no ha sido nada de extraordinario. Algunas veces me he distinguido en el campo de batalla, pero otros ha habido que lo han hecho mejor que yo. Tengo dos hijos a los que no veo y que esperan a que me vaya al infierno para poder heredarme... ¡No pienso darles esa satisfacción en mucho tiempo! Sin embargo, antes de que eso ocurra quiero que todos sepáis el gran cariño que profeso a alguien que ha sido para mí más que esos dos bastardos que engendré.

Don Juan se detuvo un instante para contemplar el efecto que sus palabras hacían y comprobó satisfecho que la expectación se había adueñado de sus amigos.

–Esa persona es Pedro Sánchez de Bilbao –dijo mirando al médico–, nuestro joven director del hospital. He decidido legarle una renta de diez mil maravedíes anuales, efectivos a partir de este momento.

Hizo una seña a uno de los pajes que se aproximó a Pedro con una bandeja de plata en la que había un rollo de pergamino. Todo el mundo le miraba esperando su reacción. No era algo común que un notable legase una renta a una persona ajena a su familia y mucho menos de cantidad tan considerable. Los ojos de Pedro iban del pergamino a don Juan y de éste al pergamino. No se atrevía a cogerlo.

–¡Cógelo! –tronó Mendoza– ¡No muerde! Todo está en regla. Mi notario Olabe puede asegurarte que es legal. ¿No es así Martín?

–Así es, en efecto, señor de Mendoza –respondió el aludido.

Pedro cogió el documento y lo desplegó lentamente. En él constaba su nombre, el legado, la firma de su benefactor, la del notario y la de varios testigos. No entendía muy bien la razón por la cual don Juan le hacía un regalo tan extraordinario. ¿Qué había hecho él para merecerlo? La emoción le impedía hablar. Miró a su alrededor y vio los rostros sonrientes de Angebin de Maturana, el poderoso hombre de negocios, de Juan de Calleja, de Pedro Ruíz de Gaona, del Regidor Andrés Miñano, de Juan

Martínez de Álava, de Juan Pérez de Oña, escribano de Cámara... Era su reconocimiento como ciudadano de pleno derecho y miembro de la clase privilegiada de Vitoria. Miró a María. La joven le sonreía y en sus ojos pudo leer una promesa de entendimiento.

—¿Por qué? —le preguntó a Mendoza cuando todos los invitados se hubieron despedido.

Don Juan se acercó a la mesa, sirvió dos copas de vino y le tendió una a Pedro.

—Porque eres el hijo que yo hubiera querido tener. Nunca me has decepcionado. Te has hecho un hombre de bien, has estudiado y eres, después de tu padre, el mejor médico que hemos tenido en esta ciudad. Cada vez que he necesitado confiar en alguien, has estado junto a mí. Tu padre salvó la vida de doña Ana, a pesar de que ella no quería. Tu tío Yehudá salvó la mía a riesgo de morir él también y ha sido para mí más que un amigo, un verdadero hermano a quien quiero. Es mucho lo que debo a tu familia y poco lo que he dado a cambio.

—¡Pagasteis mis estudios en París! —exclamó Pedro.

—Una nimiedad comparada con lo que ha gastado cada uno de mis hijos en tonterías sin provecho —sorbió un largo trago y continuó—. Como no puedo asegurar que después de que haya muerto, esos dos bastardos cumplan las órdenes de mi testamento, he preferido legarte en vida. Así al menos podré disfrutar viendo como utilizas tu nueva fortuna. Podrás poner tu consulta privada, podrás comprar una casa nueva y..., podrás solicitar la mano de María de Gaona.

Pedro le miró sin comprender.

—He hablado con su padre, mi buen amigo, y no se opone. ¡Mucho menos ahora que eres un hombre rico! —rió con ganas— Don Pedro Ruíz es un gran caballero, pero su bolsa no está a la altura de su calidad. Además la joven tiene dos hermanos y el mayor heredará el título y las propiedades. La oportunidad de casar a su hija con un físico afamado y por ende adinerado no es algo que se pueda despreciar así como así y —volvió a reír—

menos si cuenta con el padrinazgo de alguien tan importante como un Mendoza, ¡aunque sea de la rama segundona!

–No sé que decir –balbuceó Pedro.

–No digas nada –respondió don Juan sirviéndose otra copa de vino–. A propósito, ¿sabías que María tiene otro pretendiente?

–¿Cómo iba a saberlo? Apenas si nos conocemos...

–Pues lo tiene o, mejor dicho, lo tenía. Tu amigo Martín de Escoriaza había puesto sus ojos en ella. Es rico, es apuesto a pesar de su pelo rojo, pertenece a una gran familia...

–¿Y cómo es así que el Señor de Sabando me prefiere a mí? –preguntó Pedro incrédulo.

–Porque no le agradan los Escoriaza. Los encuentra demasiado altivos y orgullosos y además... –bajó la voz–, alguien le ha dicho que el joven Martín tiene, digamos, un defecto en su virilidad debido a la compañía de malas mujeres...

–¡Don Juan! –exclamó Pedro escandalizado.

–¿Qué quieres, hijo? Como dicen por ahí "Todo es válido en el amor y la guerra".

Mendoza soltó una de aquellas sonoras carcajadas que se oían hasta en las caballerizas y Pedro no pudo evitar reír con él.

Pidió la mano de María y, como cualquier otro pretendiente, acudió todas las semanas durante varios meses a visitar a su prometida. Don Juan y el señor de Gaona se encargaron de discutir las capitulaciones y disponer los preparativos para la boda. Parecían dos comadres casamenteras y, a veces, se les oía discutir por el número y la calidad de los invitados, la ceremonia, los detalles del banquete y otras cosas por el estilo. Pedro sólo pidió que su familia también fuera invitada. No estaba dispuesto a que ocurriera igual que la primera vez. No volvería a humillar a su padre y a su hermano.

Fue la boda más sonada de Vitoria en muchos años. Los invitados se contaron por cientos. La ceremonia tuvo lugar en la catedral y el propio obispo ofició la ceremonia. El banquete de bodas tuvo lugar en el inmenso patio de la casa de Mendoza y se mataron para la ocasión cuarenta lechones, treinta corderos y más de setenta gallinas y pavos. El vino y la cerveza corrieron a raudales y la cocina del palacio no dejó de echar humo durante horas.

Pedro era inmensamente feliz. A su lado, en la mesa principal, se encontraban su padre y su mujer Miriam; un poco más lejos su hermano, su cuñada, la tía Ruma, el joven Mosseh y el ama Isabel con las dos niñas. Tenía todo lo que hubiera podido desear: fama, fortuna, familia y el amor de María que le contemplaba arrebolada bajo su velo de novia. Nada en el mundo podría romper el hechizo de aquel momento.

Don Juan de Escoriaza asistió a la boda. No así su hijo Martín que se excusó alegando asuntos importantes que le requerían en la Corte.

–Es una disculpa –dijo Mendoza–. Lo que ocurre es que no puede soportar la humillación de haberse visto desplazado...

–Por un marrano... –concluyó Pedro.

–¿Lo eres en verdad? ¿Eres un converso judaizante?

–Sabéis muy bien que no –respondió algo alterado–. ¿Acaso la Iglesia prohibe el trato con un padre y con un hermano?

–No –respondió a su vez don Juan gravemente–, pero lo desaconseja...

–¿Cómo podéis decir vos algo así? Erais el mejor amigo de mi tío incluso cuando era un rabino.

–Lo sé muy bien, hijo, pero tengo demasiados años y he visto demasiadas cosas. La tranquilidad de la que disfrutamos ahora puede que no dure mucho. Los hombres somos seres volátiles y cambiamos nuestros comportamientos con mucha facilidad. Sólo puedo decirte, Pedro, que tengas mucho cuidado –le aconsejó Mendoza–, que midas tus acciones. Te has creado, aún sin desearlo, un poderoso enemigo en esta ciudad. Antes o después sacará a relucir tu origen y lo aprovechará en tu contra. Escucha a un viejo y no olvides mis palabras.

Por el momento las había olvidado. Su nueva esposa le daría hijos varones que llevarían su apellido e invertiría su renta en negocios seguros que la harían aumentar hasta convertirse en una verdadera fortuna. No tenía por qué temer a nada ni a nadie. Él, Pedro Sánchez de Bilbao aportaría nueva sangre y nuevos aires a la anquilosada sociedad vitoriana.

Fray Anselmo de Vitoria se levantó del suelo. Había estado orando desde las cinco de la mañana y pronto iban a dar las nueve. Echaba en falta el convento. Su puesto como amanuense le convertía en uno de los muchos frailes que vagaban sin rumbo fijo por la catedral de Toledo y sus aledaños. Tenía una pequeña celda, contigua a las habitaciones de don Lucio, pero se sentía perdido en cuanto el arcediano no necesitaba de sus servicios y le permitía disponer de su tiempo. Varias veces le había solicitado que le permitiera volver a Vitoria, a su querido convento de San Francisco, con sus hermanos de Orden, pero don Lucio no había querido oír nada del asunto. Él mismo se sentía a veces perdido entre la caterva de purpurados, canónigos, presbíteros y demás gentes que intrigaban sin cesar para obtener mejores puestos y prebendas. Necesitaba un amigo cerca. Alguien en quien confiar y de quien poder estar absolutamente seguro.

–Mirad, fray Anselmo –le dijo un día–, vuestra presencia y ayuda me son imprescindibles.

–Cualquier otro podría hacer por su paternidad lo mismo que hago yo –le respondió él.

–No lo creáis así. Sois un alma pura que no ve las ambiciones y mezquindades de quienes nos rodean… ¿En quién podría confiar sino en vos?

–Necesito a mis hermanos –insistió fray Anselmo–. Necesito la protección de los muros de nuestro convento. Entré en religión en busca de la paz de espíritu y la oración. No es éste el lugar al que pertenezco ni en el que mejor puedo servir al Señor.

–El lugar de todo siervo de Dios es servirle. Lo mismo da que sea en un convento que en una catedral. Ni vos ni yo podemos saber cuáles han sido las razones por las que Él ha hecho que estemos aquí, pero aquí estamos y aquí seguiremos hasta que Él disponga otra cosa.

Y el antiguo Abad dio por zanjada la cuestión.

Durante varios meses apenas si salió de la zona catedralicia. Después, poco a poco, fue adentrándose cada vez más por las calles estrechas de Toledo. Recordó los años que pasó en aquella ciudad preparándose para el rabinato y disfrutó recuperando una memoria que creía perdida. Durante varias semanas anduvo únicamente por el barrio cristiano y asistió a la misa en una iglesia de rito mozárabe. No pudo menos que sorprenderse cuando el párroco le explicó que los mozárabes se habían mantenido fieles a su liturgia incluso durante la dominación árabe de la ciudad y lo habían seguido siendo después de que el rey Alfonso VI implantase el rito romano.

–No vamos a cambiar ahora –le dijo–; nosotros somos cristianos viejos, con el orgullo de ser descendientes de aquellos que se mantuvieron fieles a Cristo a pesar de que era más fácil ceder ante el pagano y renegar de nuestras creencias. No aceptamos entre nosotros ni moros, ni judíos, ni cristianos nuevos. Nuestra sangre es pura, como pura es nuestra fe.

Se guardó muy bien de decirle que él era un converso, pero decidió no volver más a aquel lugar de intolerancia.

Días más tarde decidió adentrarse por el barrio árabe. Sólo había unos pocos moros genuinos en sus calles, la mayoría dedicada a la construcción y a la artesanía. Muy atrás quedaba el esplendor sin igual que durante tres siglos había brillado con luz propia hasta que una terrible noche toda la nobleza árabe contraria al poder del califa de Córdoba había sido pasada a cuchillo. Recordó haber oído que al entrar en Toledo dos siglos después, el rey Alfonso VI había dispuesto la preservación de la mezquita mayor pero su esposa decidió transformarla en catedral. Sus pasos le llevaron hasta la capilla del Cristo de la Luz, que había sido transformada en mezquita durante la dominación árabe. Según la leyenda, el caballo del rey se había arrodillado al pasar por delante de la pequeña construcción. Esto hecho permitió descubrir en su cripta una lamparilla que había ardido sin descanso desde el año 711, fecha de la conquista de la ciudad por los hombres de Muza.

Tardó mucho, casi un año, en encaminar sus pasos hacia la judería. Su aspecto en nada recordaba al joven Yehudá Sahadia que había vivido en ella durante cuatro años. Era imposible que alguien le reconociera treinta años después, enfundado en el hábito de San Francisco. Finalmente, un día y sin saber cómo se encontró frente a la casa de Samuel ha-Leví, el famoso almojarife del rey Pedro I. Era ciertamente una hermosa propiedad rodeada por un alto muro que la defendía de miradas indiscretas. Por la puerta entreabierta pudo ver un jardín lleno de plantas, árboles y flores que invitaban al reposo. Se detuvo delante de la sobria y elegante fachada de la sinagoga que el rabino y financiero había hecho edificar al lado de su casa. Deseaba entrar y volver a ver aquel lugar que tanta impresión le había causado la primera vez, pero sintió como si sus pies se hallaran clavados en el suelo.

–¿Puedo ayudaros en algo? –le preguntó un hombre que se detuvo a su lado.

Era un anciano de larga barba y mirada amable. Vestía una sencilla túnica blanca de lino sin adorno alguno, pero podía apreciarse con una simple mirada que no era un artesano ni un comerciante. Fray Anselmo no supo qué responder.

–¿Deseáis ver la sinagoga por dentro? –preguntó de nuevo el hombre al no obtener respuesta– Es una hermosa construcción que merece la pena ser visitada. El hombre que mandó edificarla era rico y poderoso y no escatimó la mano de obra ni los materiales. Dejando a un lado las creencias –añadió con una sonrisa–, un espíritu cultivado apreciará el trabajo de los artesanos que la construyeron.

Dio un paso hacia las escaleras y con un gesto le invitó a seguirle.

Era aun más hermosa de cómo la recordaba. Las yeserías mudéjares de la pared central y de las zonas superiores de los muros más parecían delicadas filigranas bordadas por manos femeninas que el paciente trabajo de artesanos árabes cuya culminación quedaba reflejada en el asombro que mostraban los visitantes que las veían por primera vez. A una altura considerable, el techo artesonado sembrado de estrellas de David semejaba una prolongación del universo y bajo él, el sol penetraba por las ventanas.

Durante largo rato, permaneció mudo, maravillado. Sin columnas, sin estatuas, ni cuadros, el vacío más completo y a la vez más repleto de piedad y devoción que la más esplendorosa catedral del mundo.

–Ved que merecía la pena de visitar el interior –dijo el anciano rompiendo el silencio–. A menudo me pregunto las razones por las cuales la hizo construir el ricohombre Samuel ha-Leví Abulafia...

–La piedad sin duda –dijo fray Anselmo hablando por primera vez.

–¿Lo creéis así? Yo pienso que el único templo digno del Señor es nuestro propio corazón. A Él no le hacen falta grandes construcciones, le basta un simple choza si la devoción es sincera.

El fraile dirigió una mirada interesada a su acompañante.

–Sin embargo –dijo–, el hombre siempre ha querido dar testimonio de su piedad elevando los más hermosos templos para mayor gloria de Dios...

–O de sí mismo... –añadió el anciano con una sonrisa– A esta sinagoga se le conoce como la sinagoga de Samuel ha-Leví y al templo de Jerusalén, cuya destrucción los judíos recordamos con dolor todos los años, se le llamó el templo de Salomón.

–Pero –insistió fray Anselmo–, ¿no es cierto que si los reyes y los nobles poseen lujosos palacios, con más razón ha de ser bella la casa de Dios?

–¿Y acaso el hombre es capaz de construir un templo digno de Él? ¿Véis esa inscripción ahí arriba? Permitid que os la traduzca, dice: "*Non se halló tal señor entre los que estábamos en esta parte, mas levantose entre nos en la nuestra ayuda Samuel, que fue Dios con él e con nos. E halló gracia e misericordia para nos. Era hombre de pelea e de paz, poderoso en todos los pueblos e gran fabricador...*".

–"*Aconteció esto en los tiempos del rey don Pedro e sea Dios en su ayuda engrandezca sus estados, prospérele e ensálcele e ponga su silla sobre todos los príncipes...*" –continuó fray Anselmo leyendo el castellano escrito en caracteres hebreos.

–¿Lo véis? Si en verdad el hombre edificara a la gloria de Dios, sería humilde y no dejaría escrito su nombre para que otros lo supieran...

Fray Anselmo sonrió afirmativamente y el anciano sonrió también.

–Perdonad mi descortesía –dijo–. Mi nombre es Abraham Benveniste.

–¡El Rab mayor del reino! –exclamó fray Anselmo.

Todo el mundo conocía, al menos de nombre, al Rabbi de la Corte. El rey Juan II había recuperado un título ya perdido y se lo había concedido con el encargo de restablecer la vida intelectual y social de las comunidades judías que se había extinguido debido a las terribles persecuciones sufridas años atrás. Era una tarea gigantesca e ímproba. Faltaban medios, sinagogas, escuelas, maestros. La población judía se hallaba empobrecida y desmoralizada. Los hombres ricos de las aljamas se hacían construir palacios fuera de las juderías, poseían carruajes tirados por los mejores caballos, sus mujeres e hijas vestían como las damas de la corte y sentían un gran desprecio tanto por los intelectuales y científicos como por los artesanos y agricultores. Tan sólo tres años antes –recordó fray Anselmo–, el Nassí había convocado una reunión en Valladolid a la que acudieron rabinos y ancianos de todas las comunidades. Entre otras decisiones –como la de una distribución justa de los impuestos, el control del lujo y la asistencia asidua a la sinagoga–, Abraham Benveniste había recordado a los judíos que antes se consumían en la diáspora y que ya no estaban en terreno propio. Los acuerdos y determinaciones de dicha reunión habían llegado, naturalmente, a conocimiento de los más altos estamentos de la Iglesia incluido el Primado, que residía en Toledo.

–Mucho título para tan poca persona –continuó el rabino–. Uno solo no puede cambiar lo que tantos otros destruyen. ¿Dónde habéis aprendido a leer nuestra escritura, fray... ?

–Anselmo de Vitoria... Lo aprendí en el Talmud-Torá de la sinagoga de Vitoria –respondió mirándole directamente a los ojos.

Abraham Benveniste no hizo ningún gesto, pero una tristeza inmensa nubló su mirada.

–Sois..., erais judío –afirmó en hebreo.

–Lo era –dijo fray Anselmo en la misma lengua–, fui rabino en mi ciudad natal, en Vitoria, durante cuatro años antes de ser un mesumad.

Ambos permanecieron en silencio durante un buen rato. Preguntándose el fraile la razón por la que había confesado su deserción y el rabino por qué lo habría hecho.

–¿Puedo preguntaros cuál era vuestro nombre hebreo?

–Yehudá Sahadia.

–¿Sois algo del insigne médico David? –preguntó de nuevo el rabino.

–Su hermano.

–Conocí a vuestro hermano cuando visité Vitoria hace unos meses. Es un hombre recto.

–Lo es. Mi decisión le causó un gran disgusto y mayor fue el mío por causárselo. He de marcharme ya –dijo fray Anselmo haciendo un ademán hacia la salida.

–Una pregunta más... ¿Habéis encontrado lo que buscabais? –preguntó el rabino y en su tono no había el menor indicio de reproche.

–No y dudo que algún día lo encuentre –respondió fray Anselmo y, haciendo un gesto con la cabeza a modo de despedida, salió de la sinagoga.

No supo qué impulso interior le condujo al mismo sitio al día siguiente, pero allí estaba a la misma hora delante de la puerta de la sinagoga. Abraham Benveniste parecía estar esperándole y le sonrió.

–Shalom, fray Anselmo –dijo.

–Que Dios sea con vos Rabbi –respondió el fraile.

–¿Tenéis tiempo para acompañarme en un pequeño paseo? Mi médico se empeña en obligarme a ejercitar mis huesos sedentarios. He de caminar un rato todos los días...

–De buen grado caminaré a vuestro lado, Rabbi.

Los dos hombres echaron a andar por el camino que bordeaba la muralla hasta el puente de San Martín. Las pocas gentes que encontraron en su camino no parecieron sorprendidas de ver juntos a un rabino y a un fraile cristiano. Siglos de convivencia habían hecho tolerantes a los habitantes de Toledo, a pesar de que de tiempo en tiempo la ira de los cristianos se desatara contra sus vecinos judíos. Después, las cosas volvían a la normalidad.

Llegaron hasta el puente y, saliendo por la puerta del mismo nombre, se acercaron a las orillas del río Tajo tomando asiento sobre un tronco caído.

–Este puente tiene una hermosa leyenda, ¿la conocéis? –preguntó el Rabbi.

Fray Anselmo negó con la cabeza.

–Hace más de doscientos años, la riada se llevó el antiguo puente y don Pero Tenorio, arzobispo de Toledo, mandó construir uno nuevo. Casi estaba acabado cuando el alarife encargado de la obra se dio cuenta de que había hecho mal los cálculos y de que el arco mayor se vendría abajo en cuanto quitasen la cimbra –podéis imaginar cuál sería su desesperación–. Al saber lo que ocurría, una noche de tormenta la esposa del arquitecto prendió fuego al estribo en el que se apoyaba la cimbra. Las gentes atribuyeron el hecho a los muchos rayos que habían caído durante la noche y el arzobispo encargó la reconstrucción al mismo hombre.

–Una mujer con iniciativa –dijo sonriendo fray Anselmo.

–Y mucho amor por su esposo –añadió Abraham Benveniste–. El caso es que sintiendo remordimientos por su acción, se presentó a don Pero Tenorio y le confesó lo que había hecho. El arzobispo no sólo no la castigó sino que admirado ante su valor, ordenó esculpir su figura en la misma clave del arco restaurado, en la cara de aguas arriba. Si sois animoso de cuerpo, podéis trepar hasta allí y verlo con vuestros propios ojos –concluyó el rabino señalando el punto.

–Creo que no soy animoso de cuerpo –replicó fray Anselmo con una sonrisa–, más bien todo lo contrario...

El Rabbi contempló la cara enjuta, los pómulos salientes y el cuerpo enflaquecido por los ayunos y penitencias del fraile franciscano.

–No me atrevería yo a afirmarlo –dijo–. Bien puede verse por vuestro aspecto que os castigáis tal vez más allá de lo que ordenan las reglas de vuestra Orden…

–Intento ser un buen fraile como antes intenté ser un buen rabino, pero me temo que mis esfuerzos son baldíos.

–¿Qué es eso que buscáis y que tanto os cuesta hallar?

Fray Anselmo suspiró profundamente.

–Si lo supiera… Quizá el gozo de un alma plena y de un espíritu en paz.

–Mucho es lo que pedís, mi buen amigo –sonrió Abraham–. No conozco a nadie que lo haya conseguido. Dudo incluso de que vuestros hombres santos y los nuestros lo consiguieran. El hombre nace con la incertidumbre de su propio ser y pasa toda su vida buscando la razón de su existencia. Algunos se acercan, otros ni siquiera se aproximan. Es la paradoja a la que estamos condenados. Sin ánimo de juicio ni de que toméis por tal mi pregunta, ¿qué fue lo que os impulsó a abandonar vuestra raíces religiosas?

–No puedo responderos a ciencia cierta –replicó fray Anselmo–. Puede que la insatisfacción espiritual que sentía en aquellos momentos o las pláticas de Vicente Ferrer que hicieron honda mella en mi ánimo… ¿Por qué no creer que Jesús era el Mesías anunciado en los Textos Sagrados? ¿El Hijo de Dios tantas veces anunciado por los Profetas? Era judío, como judíos eran sus discípulos y seguidores…

–¿Y cómo estar seguros de que así era? –preguntó a su vez el Rab– Hubo otros que se dijeron Mesías. También ellos hicieron cosas extraordinarias. ¿Cómo creer que un hombre ajusticiado en la cruz fuera el Enviado para convertir a Israel en la más poderosa de las naciones?

–Porque su conquista era espiritual, no física. Predicó el amor y la caridad…

–También el Levítico habla de caridad y dice que "*si tu hermano empobreciere y se apoya sobre ti, lo sostendrás, sea extranjero o advenedizo, para que pueda vivir junto a ti*".

Fray Anselmo meditó durante unos instantes antes de replicar.

–Pero en el Deuteronomio está escrito: "*No entrará en la comunidad de Yahvé ningún bastardo, ni siquiera en la décima generación entrará en ella ni ammonita ni moabita, ni siquiera en la décima generación entrarán en ella; jamás entrarán*". ¿No desdice esto la caridad y el amor al prójimo que Cristo predicó a sus discípulos sin tener en cuenta credos o procedencias?

–Y también se dice en el Eclesiástes –replicó el rabino–. "*Hijo, no defraudes al pobre de su limosna; ni apartes tus ojos del necesitado. No desprecies al que padece hambre; ni exasperes al pobre en su necesidad. No aflijas al desvalido ni dilates el socorro al que se halla angustiado*". Para nada se menciona que la caridad haya de dirigirse exclusivamente a los hebreos.

–Sin embargo –terció fray Anselmo–, no ha habido ningún otro hombre entre los de nuestro pueblo que predicara tanto el amor al prójimo como lo hizo Jesús de Nazaret, tanto que hasta dio su vida por redimirnos.

–Parece que habéis olvidado las enseñanzas del patriarca Hillel, el hombre santo que enseñó la máxima "*no hagas a los demás lo que no quieras para ti*". ¿No siguió Jesús su doctrina al hablar de la caridad y del amor? ¿Cuál es pues la diferencia entre el mandamiento dado por Yahvé a Moisés y que está escrito en el Levítico "*amarás a tu prójimo como a ti mismo*" y el suyo a sus discípulos "*un mandamiento nuevo os doy: que os améis unos a otros*"?

El fraile sonrió.

–No estoy preparado para mantener una discusión teológica con alguien como vos –dijo–. En realidad, no lo estoy para mantenerla con nadie, cristiano, judío o musulmán. Sólo puedo deciros que amo a Cristo. Él es el compendio de todas las virtudes, el cordero sacrificado para salvar a los hombres y creo en verdad que es el Hijo de Dios.

Abraham Benveniste sonrió también.

–¿Qué es entonces lo que inquieta vuestra alma y no os deja hallar la paz? –preguntó.

–Tal vez que allá donde miro encuentro en el hombre odio, ambición y egoísmo –respondió fray Anselmo con los ojos fijos en las aguas claras del río.

–Quizá es porque no habéis mirado en la dirección apropiada, amigo mío.

–¿Y cuál es la dirección apropiada? –preguntó levantando la vista hacia el cielo.

–La que os dicte vuestro propio corazón –respondió el Rabbi y los dos permanecieron en silencio.

Yehudá oía en los labios de Abraham las mismas palabras que le había dicho su maestro muchos años atrás.

Durante más de dos semanas Fray Anselmo acudió a la judería todos los días a la misma hora. Acompañaba a Abraham Benveniste en sus paseos y los dos hablaban como si se hubieran conocido toda la vida. Esperaba ansioso que don Lucio prescindiera de él. Las conversaciones con el anciano rabino le recordaban las que había mantenido tantas veces con su amigo Juan de Mendoza, aunque no se pareciesen en nada. El Rab Mayor del reino sabía escuchar y decir la palabra justa en el momento adecuado. Su voz grave y melodiosa nunca cambiaba de tono, nunca se alteraba, incluso cuando recordaba en voz alta las persecuciones que su pueblo había sufrido a lo largo de la historia.

Caminaban sin prisas por las calles del barrio judío aunque, la mayoría de las veces, tomaban el camino de la muralla y paseaban por las orillas del río. Fray Anselmo volvía a la catedral con el ánimo renovado y el espíritu tranquilo. No le había dicho nada al arcediano de sus encuentros con Abraham y, al parecer, tampoco él había notado su ausencia. Estaba demasiado ocupado.

La catedral era un centro de dimes y diretes. La oposición de los nobles a los recortes que el rey deseaba llevar a cabo habían llevado a Castilla a la guerra civil. Una contienda en la que los nobles castellanos habían estado apoyados por el rey de Aragón, Alfonso V, y sus hermanos, los Infantes Juan y Enrique, que poseían gran cantidad de tierras en Castilla. Juan II no sentía por naturaleza ninguna afición ni interés por las cuestiones políticas y de gobierno. Sus inclinaciones eran el lujo, la ostentación, los placeres y el cultivo de las letras. Carecía de la fortaleza y fuerza de voluntad que debía tener un monarca y había confiado las riendas de su reino a su favorito, don Álvaro de Luna, un descendiente bastardo de la prestigiosa familia aragonesa de los Luna. Gran político y gran militar, el Condestable hacía y deshacía a su voluntad. Había conseguido una tregua con Aragón y Navarra y había destacado como caudillo en las luchas contra Granada. Pero la facción de la nobleza, alentada por los Infantes de Aragón seguía conspirando contra él con la intención de apoderarse del gobierno.

La Iglesia no era un testigo mudo y neutral en dicha contienda. Los cardenales y obispos de casi todo el reino eran miembros de la nobleza y apoyaban el enfrentamiento de los suyos contra el poder absoluto de don Álvaro de Luna. El adelantado Pedro Manrique trataba de reunir entorno a su persona una liga contra el Condestable con el beneplácito de la reina doña Leonor y el príncipe de Asturias, Enrique. Pero el arzobispo de Toledo, don Pedro de Luna, tío del Condestable, apoyaba a su sobrino y, a su vez, conspiraba contra los conspiradores.

Así estaban las cosas cuando una tarde que fray Anselmo salía de la catedral para reunirse con Abraham Benveniste, vio venir hacia él la inmensa figura de Juan de Mendoza. Hizo un gesto de incredulidad y apoyó la mano sobre su frente a modo de visera para defenderse de los rayos del sol.

–¡No puede ser! –exclamó en voz alta.

–¡Sí que puede ser! –dijo el gigante.

Un instante después, ambos amigos se encontraban fuertemente abrazados y se examinaban con cariño.

–Has engordado, Juan –dijo el fraile incapaz de abarcar el corpachón con ambos brazos.

–Y tú pareces un palo de escoba –respondió Mendoza–. ¡Santo cielo! ¿Es que no te dan de comer en este sitio? ¿Acaso la Iglesia mata de hambre a sus frailes para hacer de ellos unos santos?

–¡Qué barbaridades dices! –rió fray Anselmo– Mis necesidades son pocas, amigo mío, y no soy dado a comer hasta hartarme...

–¿Eso va por mí? –preguntó Mendoza frunciendo el ceño y riendo después– ¿Qué quieres? Yo no tengo el consuelo de la religión para alimentarme y no hay nada que me guste más que un buen asado con castañas en su jugo.

Rieron y por un instante volvieron a sentirse jóvenes.

–¿Cómo está mi familia? –preguntó por fin el fraile.

–Bien, todos bien. Estupendamente diría yo. Tu sobrino Pedro va a ser padre de nuevo.

–Esa es una buena noticia... Me hubiera gustado estar presente el día de su boda...

–María es una mujer encantadora, pero también es dura cuando llega el momento de serlo. Sabrá darle a Pedro el hijo que tanto ansía.

–¿Y mi hermano David? ¿Y Ruma?

–Envejeciendo como todos nosotros, querido amigo... Ha dejado el hospital y ahora sólo se ocupa de atender los casos que le solicitan privadamente. Sufre porque su vista no le permite leer sus hermosos libros, pero su hijo Mosseh se encarga de hacerlo por él.

Sin haberse puesto previamente de acuerdo, echaron a andar por la calle del Pozo Amargo.

–¿Por qué se llama así esta calle? –preguntó Mendoza al reparar en el cartel.

–Para recordar una hermosa historia, tal vez una leyenda, de hace dos o tres siglos –contestó su amigo–. Cuentan que una joven judía y un cristiano se enamoraron perdidamente a pesar de la oposición de ambas familias. Una noche se hallaban hablando al lado de un pozo cuando el muchacho fue asesinado, no se sabe si por rivalidad amorosa o por poner fin al romance. El caso es que la joven judía, viendo muerto a su enamorado, desesperada se tiró al pozo. Dicen que la amargura de su corazón convirtieron en amargas las aguas del pozo para que las gentes de esta ciudad recordaran hasta dónde puede llevar la intolerancia y la incomprensión.

–Hermosa leyenda en verdad –dijo Mendoza conmovido–. Sin embargo, ¿crees qué en algo cambió la disposición de las gentes?

–Ése es el pozo –Fray Alberto sonrió y señaló al pozo–. No, no lo creo –dijo respondiendo a la pregunta–, y no obstante, hay gentes de buena voluntad que lo intentan. Desearía que conocieras a un gran hombre...

–Conozco a cientos de grandes hombres y me guardo lo que opino de ellos. ¡Mis palabras ofenderían tus santos oídos! –tronó don Juan.

–Este es diferente. Se llama Abraham Benveniste, es el Rab mayor del reino. Desde hace algún tiempo me reúno con él todos los días. Paseamos y hablamos de los tiempos que nos han tocado vivir...

Mendoza se detuvo y agarró a su amigo por el brazo.

–Yehudá, ¿me estás diciendo que tienes tratos con una rabino judío? –preguntó alarmado.

–No existen rabinos cristianos –respondió fray Anselmo divertido.

–¿Sabes que eso es muy peligroso?

–¿Por qué? No seré el primer cristiano que tenga tratos con los judíos... Tú los tenías –añadió con ironía.

–¡Yo soy cristiano viejo y puedo tratar con quien me dé la gana! Pero tú eres converso. No es lo mismo.

–¿Crees que mi vida corre peligro? ¿Después de más de treinta años? He sido cristiano más tiempo que judío.

–No lo verán así quienes buscan la perdición de los conversos –afirmó Mendoza seriamente preocupado–. No es una cuestión de religión, entiéndeme bien. Es una cuestión de poder. Los conversos adquieren cada día mayor fuerza, lo sé. El tema de los judíos ha pasado a segundo plano. Pueden servir de chivo expiatorio para calmar los ánimos del populacho, pero no representan ningún peligro desde el punto de vista político. No es al pueblo hay quien hay que temer, es a los poderosos, a los nobles, a los ricos comerciantes, a la Iglesia...

–A la Iglesia ha de interesarle más conseguir nuevos cristianos...

–También hay dentro de ella conversos que obtienen los cargos más altos... Sabes muy bien que en la época en que tú te hiciste bautizar...

–El año de la gran apostasía como le llaman los judíos –le interrumpió fray Anselmo.

–En esos años muchos judíos de la corte se hicieron cristianos...

–Judíos que tan sólo lo eran de nombre –le interrumpió de nuevo el fraile–. No cumplían con los preceptos mosáicos ni con sus obligaciones religiosas. Dudo que ahora cumplan con sus deberes cristianos...

–¡Da lo mismo que cumplan o no! El caso es que al hacerse cristianos no sólo no encontraron impedimentos en su carrera, sino que también adquirieron enormes ventajas y..., muchos enemigos.

–¿Y qué tiene eso que ver conmigo? No soy poderoso ni rico, no tengo ningún cargo dentro de la Iglesia y no aspiro a cambiar..., nadie va a preocuparse por un simple fraile. Mira..., ya hemos llegando –indicó, señalando con el dedo la casa que había sido de Samuel ha-Leví–. Ahí empieza la judería. Actualmente hay muchos menos judíos que cuando yo estudiaba para rabino y la población está muy mezclada...

Se detuvieron al ver que tres jinetes rodeaban a un muchacho judío. Azuzaban sus caballos contra él y los encabritaban al acercarse de forma que los cascos quedaban a tan sólo unos centímetros de su rostro. Proferían insultos soeces y reían de sus bromas groseras. El chico, asustado, trataba de escapar del círculo pero los jinetes se lo impedían. Al poco había un gran número de personas mirando. Algunos eran simples curiosos que se divertían casi tanto como los caballeros; otros observaban preocupados el hecho sin atreverse a intervenir. Fray Anselmo hizo ademán de interponerse pero la férrea mano de Mendoza se lo impidió.

–¡No hagas insensateces! –mascculló su amigo asiéndole por el brazo– Sólo se trata de una broma pesada...

Justo en ese momento, el muchacho se plantó firme y mirando a los tres hombres les gritó:

–¡Cabrones! ¡Hijos de perra cristiana! ¡Así muráis y os vayáis al infierno!

Se hizo el silencio. Cesaron los comentarios y las risas. El terror se reflejó en los rostros de los judíos y el odio en el de los cristianos. Los tres jinetes detuvieron sus monturas y miraron al muchacho desde su altura.

–Tú morirás antes que nosotros –dijo uno de ellos y el tono frío de su voz estremeció a todos los presentes–. No mereces vivir, ni tampoco los tuyos. Sois unos asesinos, los asesinos de Nuestro Señor Jesucristo –desenvainó la espada y la levantó en alto gritando–. ¡Por la cruz y por Castilla!

Todo ocurrió rápidamente. Fray Anselmo se desembarazó de la mano que lo mantenía aprisionado y corrió hacia el grupo. Colocándose entre el agresor y su víctima alzó su crucifijo hacia el jinete y gritó:

–¡Deténte en nombre de Dios!

En ese mismo momento la espada, en su marcha inexorable, se abatió sobre él. Un grito de terror brotó de todas las gargantas y el mundo pareció detenerse durante un momento. La sorpresa se reflejó en los ojos del fraile. Miró al caballero, miró la sangre que empezaba a extenderse por su hábito y después se desplomó sobre el suelo empedrado que empezó a teñirse de rojo.

Como si hubiera sonado un clarín, todos parecieron salir del estupor. Los tres jinetes se miraron entre sí y dando media vuelta a sus cabalgaduras se perdieron por el sendero de la muralla. Las gentes de a pie desaparecieron tan deprisa como habían aparecido. Sólo quedaron en la plaza don Juan de Mendoza, Abraham Benveniste y el muchacho atacado. Mendoza corrió hacia su amigo y lo estrechó entre sus brazos.

–¡Hijos de puta! ¡Hijos de puta! –gritaba desaforado sin poder decir ninguna otra cosa.

El Rabbi se arrodilló al lado del moribundo y comenzó a recitar la plegaria *Schema Israel.* El muchacho lloraba a lágrima viva sin poder contenerse. Fray Anselmo abrió los ojos en un último esfuerzo.

–Juan –dijo dirigiéndose a Mendoza–, éste es el Rabbi Abraham Benveniste a quien tanto deseaba que conocieras...

–Deja de hablar, ¡maldita sea! –le contestó su amigo tratando de detener la sangre que no dejaba de manar– ¿Sois físico? –preguntó al rabino que había dejado de rezar.

–No, señor, y es lo que más hubiera deseado en este momento, pero me temo que ni el mejor físico del reino pudiera hacer nada por salvarle la vida... –respondió tristemente.

–No os preocupéis por mí, mis queridos amigos –susurró fray Anselmo en un hilo de voz–. Noto que el alma se me escapa del cuerpo. Juan, díles a mis hermanos y sobrinos que siempre les he querido...

–Se lo dirás tú mismo, cabeza de alcornoque –protestó Mendoza sorbiéndose las lágrimas–. Te pondrás bien, ¡ya lo verás!

–No sabes mentir. –sonrió su amigo– Me alegro de que estés aquí a mi lado. Tengo miedo –dijo mirando al rabino.

–Dios sabe distinguir a los suyos –respondió éste–. Él os estará esperando con los brazos abiertos.

–El amor al prójimo... –suspiró el moribundo cerrando los ojos.

–El amor al prójimo –dijo Abraham.

Mendoza había dejado suavemente a su amigo sobre el suelo, colocando su jubón bajo la cabeza del herido, y le asía la mano con desesperación. El Rab le cogió la otra. Algunas personas se habían acercado y contemplaban el cuadro sorprendidas y apenadas. Fray Anselmo abrió de nuevo los ojos y miró hacia el cielo.

–Elí, Elí lemá sabactani? –preguntó

Y su corazón dejó de latir.

Durante varios días no se habló de otra cosa en Toledo. Los cristianos comentaban que el fraile franciscano había muerto por salvar la vida de un joven –por obra y gracia del pueblo, el muchacho ya no era judío sino un cristiano atacado por varios facinerosos– y que sus últimas palabras habían sido las mismas que profirió Jesús en la cruz. El clamor popular pedía el castigo de los culpables y la beatificación del mártir.

Los judíos, por su parte, guardaron luto, encendieron velas en la sinagoga y recitaron el qaddish por el alma de aquel que había muerto por salvar la vida a uno de los suyos con las santas palabras del salmo de David en su boca. En una ceremonia sin precedentes, el Rab Abraham Benveniste, levantó el herem que pesaba sobre todo el que renegaba de su fe para convertirse a otra religión y Yehudá Sahadia volvió a la comunidad que le vió nacer.

El arcediano fray Lucio se sintió profundamente conmovido por la pérdida de su discípulo favorito. No sólo perdía a un hermano en religión, sino también a un amigo y compañero de tantos años de exilio lejos de su tierra. Exigió justicia al arzobispo y la promesa de que hablaría con su tío para dar caza y captura a los asesinos. Su superior así se lo prometió, mas una nueva amenaza de levantamiento por parte de los nobles que exigían el destierro del Condestable hizo posponer la gestión infinitamente y nunca se buscó a los asesinos.

Fray Anselmo de Vitoria fue inhumado en olor de santidad en uno de las capillas de la catedral. El propio Primado de la Iglesia ofició la ceremonia. Todos los nobles de la ciudad acudieron al funeral, presidido por el Infante Enrique de Aragón, primo y cuñado del rey, que se hallaba en Toledo en aquellos momentos tramando una nueva conspiración. Don Juan de Mendoza, sentado en un lugar de honor junto a don Lucio, apenas podía reprimir el intenso dolor que sentía por la muerte de su más querido amigo. La desaparición de Yehudá rompía definitivamente el tenue lazo que le unía al pasado. Desde ese mismo momento sólo le restaba esperar su propia muerte.

Exactamente tres días después del sepelio de fray Anselmo, uno de los sacristanes de la catedral descubrió horrorizado que la tumba había sido abierta y que el cuerpo había desaparecido. Acudió rápidamente a dar cuenta del hecho al arcediano. Don Lucio meditó durante unos instantes y fue después a hablar con el arzobispo de Luna. Éste fue de la opinión que el sacrilegio era seguramente obra de los partidarios contrarios a su hermano.

–No les interesa que el pueblo sienta devoción por un clérigo de mi casa –sentenció–. ¡Pues van a probar su propia medicina!

Don Lucio volvió a la Iglesia y se dirigió al sacristán que esperaba junto a la tumba abierta.

–El arzobispo cree que el Señor ha debido llevarse el cuerpo de su siervo para que no se corrompa en la tierra –le dijo.

–¡Milagro! ¡Milagro! –gritó el sacristán y salió corriendo para anunciar la buena nueva.

Al poco, la capilla estaba abarrotada de fieles que deseaban ser testigos de hecho tan extraordinario, rezaban fervorosamente y clamaban para que fray Anselmo de Vitoria intercediera por ellos ante Dios.

–¿De verdad creéis que ha sido un milagro? –preguntó Mendoza a don Lucio con escepticismo.

–Todos necesitamos un milagro de vez en cuando –respondió el arcediano impertérrito.

Antes de abandonar Toledo, don Juan creyó un deber despedirse de Abraham Benveniste. Fue a verle y le comunicó lleno de tristeza la desaparición del cuerpo de su amigo. El Rabbi le invitó a acompañarle al cementerio judío y una vez allí le mostró una tumba recién excavada sobre la que se había colocado una lápida. La inscripción de la lápida estaba en castellano, pero escrita en carácteres hebreos.

–Permitidme que os lea lo que está escrito –dijo el Rabbi y comenzó a leer:

"Te alabaré, Señor Dios mío,
con todo mi corazón,
y glorificaré tu Nombre
por toda la eternidad.
Pues grande ha sido
tu misericordia conmigo;
y libraste mi alma
de lo más hondo del abismo."

–Es un verso de los Salmos. ¿Creéis que a fray Anselmo le hubiera gustado que alguien escribiera estas palabras sobre su tumba?

Mendoza miró largamente al rabino y comprendió.

–Estoy seguro de que Yehudá Sahadia se sentirá muy feliz allí donde se halle –dijo, miró por última vez la lápida y quitándose la gruesa cadena de oro que colgaba de su cuello la depositó encima de la tumba.

segunda parte

Otoño de 1462

Pedro Sánchez de Bilbao contempló con satisfacción la marcha de las obras. Al morir, el señor de Torreondoa había legado a su hija María un buen número de tierras y varias casas en la calle de la Cuchillería —entre ellas, una torre al comienzo de la calle. No era gran cosa y estaba ruinosa, pero tenía más de doscientos años de antigüedad y eso la hacía muy valiosa a sus ojos. En ella entroncaría su linaje. La torre de Gaona pasaría a llamarse de Bilbao. Su hijo Juan la heredaría y su hijo después de él. Colocaría en la fachada el escudo de armas que se había hecho dibujar por un experto en dichos menesteres: sobre fondo negro, una media luna creciente de color naranja y bajo ella una estrella de ocho puntas. El todo rodeado de un cordón de la orden de San Francisco. No le había costado mucho esfuerzo explicar al artista el tipo de escudo de armas que deseaba. Llevaba tiempo pensando en algo que, de alguna forma, significara la unión de tres formas distintas de vida: la musulmana, la judía y la cristiana. Bien era cierto que no se había atrevido a plasmar el maguén David o estrella de seis puntas, distintivo del judaísmo. Podría parecer una provocación. La estrella del escudo se parecía más a la de la Orden de los Caballeros de Santiago, pero él sabía lo que había querido representar.

Miró con orgullo a su hijo Juan que se movía entre obreros y artesanos controlándolo todo. Acababa de cumplir los veintiséis años. Dos más –pensó– que los que tenía él cuando acabó sus estudios de medicina en París y regresó a Vitoria. Según decían, el joven había heredado la belleza de su abuela paterna, Sarai. Pedro, sin embargo, reconocía en su rostro los trazos seguros y voluntariosos de su esposa.

Dirigió la mirada hacia la ventana del segundo piso de la casa de enfrente y al ver en ella a María le envió un beso con la punta de los dedos. Después se encaminó hacia el Portal de la Cuchillería y salió de la muralla por la Puerta de Navarra.

Era feliz. En realidad –pensó– lo había sido durante toda su vida. Era un hombre afortunado que siempre había estado rodeado de personas que le apreciaban y le querían. Con su primera esposa había vivido un amor profundo, juvenilmente romántico, que aún hacía latir su corazón cuando pensaba en ella. Con su segunda esposa, de igual nombre pero de carácter tan diferente, había conocido la pasión, el fuego que llevaba a dos personas a desearse de manera incontrolada. Lo supo la noche de su día de bodas. María no sólo se le entregó sino que hizo que también él se entregara plenamente a ella. Después de veintiocho años de matrimonio seguía deseándola como la primera vez. No había vuelto a poner los ojos en otra mujer porque no lo necesitaba y la hora de acostarse seguía siendo para él el momento más esperado del día.

Se dirigió hacia Judimendi cogiendo una vereda a la izquierda del convento de San Francisco. Pronto divisó unas cuantas cabañas en un claro del bosque al borde del riachuelo y encaminó sus pasos hacia ellas. Su llegada no pareció sorprender a hombres y mujeres que alegremente charlaban y comían en unas largas mesas repletas de fuentes con comida y jarras de vino. Preguntó por Jonás y le indicaron la cabaña más alejada de todas.

–La que está debajo del roble... –señaló una mujer de mediana edad atareada en atender a los suyos.

Pedro anduvo los pocos metros que le separaban del roble y se detuvo para contemplar el cuadro que se ofrecía ante sus ojos. Su hermano Jonás estaba sentado a la cabecera de la mesa con su nieto mayor encima de sus rodillas. Sus hijos y yernos se agrupaban entorno a la mesa mientras Ana, sus hijas y nueras iban colocando encima bandejas llenas de tortas, turradillos, frutos secos, confites, rosquillas de aceite y otros dulces.

–¡Yosef!

Dejando al niño en el suelo, Jonás se levantó del asiento y acudió a saludar a su hermano.

–Shalom, Yosef.

–Shalom, Jonás –respondió Pedro y sonrió. Nunca oiría su nombre cristiano en boca de su hermano mayor.

–¡Bienvenido a la fiesta de Sukot!

–Que la paz sea en tu familia –dijo Pedro.

Los hombres se levantaron para saludar al recién llegado y le hicieron un sitio al lado de Jonás. Inmediatamente, una de sus sobrinas colocó un cuenco de loza delante de él y le presentó dos jarras, una con vino tinto y otra con vino blanco.

–Prueba los turradillos, Yosef –le dijo su cuñada Ana–. Son iguales a los que hacía la tía Ruma.

Pedro sintió melancolía al oír mencionar el nombre de la que había sido para él como una madre y alargó la mano para coger uno.

–¿Por qué os empeñáis en venir hasta aquí para celebrar Sukot? –preguntó– Nuestro padre montaba la cabañuela en el patio de la casa.

–Pero a nuestros hijos y nietos les gusta más esto –le respondió su hermano–. Así es la fiesta es completa, ¡con excursión incluida!

–Es la forma correcta de festejar esta celebración, tío Yosef –terció Ismael, el segundo hijo de Jonás y futuro maestro–, si de lo que se trata es de evocar la salida de nuestro pueblo de Egipto y los cuarenta años de travesía por el desierto. Nuestros antepasados no pudieron disponer de casas confortables ni camas mullidas durante aquel tiempo...

–¡Ni de turradillos tan ricos como éstos! –replicó Pedro cogiendo otro bocado de la bandeja.

Todos se echaron a reír y Ana agradeció a su cuñado el cumplido que le hacía al apreciar en su justa medida las viandas que le habían llevado varias horas de trabajo.

Desde la muerte de su padre David, diez años atrás, había tomado por costumbre acercarse a la judería para celebrar con su familia los días más señalados del año hebreo: Purim, Pesaj, Rosh Hashaná, Janucá... Al principio lo había hecho con algo de reserva no sabiendo muy bien cuál sería la reacción de Jonás, pero pronto había comprobado que su hermano disfrutaba con su presencia y lo mismo hacían los demás miembros de la familia para quienes era un pariente generoso que nunca llegaba con las manos vacías. Nadie mencionaba el hecho de que él fuera cristiano. Le llamaban Yosef y lo consideraban uno de los suyos. Sentía que Miriam y Mosseh no estuvieran ya en Vitoria y residieran en Miranda de Ebro. Su hermano había sido contratado como rabino de la aljama. Había sabido por Jonás que Mosseh se había casado con una joven de allí y les había mandado un generoso presente de bodas. De todos modos, su relación con ellos había sido demasiado corta como para echarles demasiado de menos.

María tampoco se había opuesto a que se relacionara con los suyos, pero había dejado bien claro que ella no iría a celebrar sus fiestas. Había acudido a la judería a la muerte de su suegro y de la tía Ruma, a quien quería de verdad, y también con motivo del nacimiento de los cuatro hijos de su cuñado. Apreciaba a Jonás y a su mujer pero, a pesar de todo, nunca se había sentido a gusto en el barrio judío.

–Sé que lo que digo se contradice con lo que siento, Pedro –le había dicho el día en que él la invitó a acompañarle a la fiesta de Pesaj, la Pascua judía–. Quiero mucho a tu familia y con gusto iría a celebrar sus fiestas, pero he sido educada de otra manera y, en el fondo, siento que traiciono lo que me ha sido enseñado.

–Una fiesta no deja de ser una fiesta... –replicó él– ¿Qué más da lo que se celebre? Lo importante es estar con gente a la que se aprecia y con la que uno se sienta bien...

—¿Si estuvieras en Granada asistirías a las celebraciones del Ramadán?

—¡Naturalmente! Y mucho más si mi hermano fuera musulmán... —rió imaginándose a Jonás con chilaba y turbante.

—Pues yo no iría, querido mío. Una cosa son las fiestas familiares y otra muy distinta las religiosas. Tu familia nunca ha venido a celebrar con nosotros la Natividad del Señor o el domingo de Resurrección...

Comprendía muy bien la postura de su esposa, pero la pérdida de David y de Ruma había dejado un gran vacío en su alma. Nunca hasta entonces había sentido tan fuertemente la necesidad de pertenecer a una familia, a su propia familia. Los lazos de la sangre eran mucho más fuertes que los de la religión o los de la clase social a la que había llegado a pertenecer. Ni la una ni la otra llenaban esa parte íntima de su alma que a él sólo pertenecía. No temía ser acusado de hereje judaizante. Era demasiado poderoso. No había en Vitoria ningún personaje importante que no hubiera necesitado su ayuda médica o que no le debiese algún favor, incluida alguna suma de dinero a él o a su hijo Juan. Era uno de los más generosos benefactores del convento de San Francisco y había entregado una importante suma para ayudar en el arreglo de la iglesia. Su voz era escuchada en el Concejo que más de una vez se había plegado a sus deseos, a pesar de no ser uno de sus miembros. No era cuestión de despreciar a quien aportaba una verdadera fortuna a las arcas municipales y que tenía como amigos a grandes señores de la villa y de la Corte.

Louis de Tournay, su esposa Leonor y su hijo Antonio se les unieron a media tarde. Cuando Pedro dejó el hospital, su amigo se hizo cargo de la dirección. No deseaba trabajar privadamente. El hospital era un campo abonado para los estudios que nunca había dejado de lado. Seguía interesándose por las enfermedades de la piel y había conseguido un laboratorio mínimamente equipado para poder proseguir sus investigaciones. Su hijo Antonio seguía sus pasos. A Pedro el muchacho le recordaba a su padre cuando estudiaban juntos en París: alto y delgado, con una figura desgarbada que se balanceaba al andar como los juncos mecidos por el viento a la orilla del río. Le gustaba aquel joven.

A veces sentía envidia de Louis al ver que ninguno de sus dos hijos quería ser físico. En la familia Sahadia siempre había habido un médico y hubiera deseado que lo mismo ocurriera en la de Sánchez de Bilbao. El estudio de la medicina impregnaba al hombre de ciencia, le permitía estar en contacto con el dolor y no le dejaba olvidar que el ser humano era débil y podía quebrarse en cualquier momento. Juan tenía clara su vocación de hombre de negocios y a la vista estaba que le iba bien, pero Pedro le preocupaba enormemente. Tenía la cabeza llena de pájaros. Cada día cambiaba de opinión sobre lo que deseaba ser, unas veces quería ser comerciante, otras soldado..., e incluso había comentado más de una vez que estaba pensando en hacer carrera dentro de la Iglesia.

–¡Lo qué me faltaba! Un fraile en la familia... –había exclamado en tono de guasa.

–Un fraile no, padre –le había respondido el muchacho seriamente–; un obispo, o un cardenal y, ¿por qué no?, tal vez un Papa..

María y él se habían mirado y habían sonreído divertidos. ¡Difícil lo iba a tener su hijo si quería ser Papa! Estaba por verse el día en que el hijo de un converso llegara al puesto más alto de la escala eclesiástica. Si bien era cierto que había habido y seguía habiendo en Castilla y Aragón prelados conversos –o descendientes de conversos–, no era menos cierto que eran puestos recibidos a modo de premio por su conversión y celo anti–judío. El ejemplo más patente era el de la familia de La Caballería, de Zaragoza, que contaba entre sus miembros a varios obispos, el rector de una Universidad, el vicecanciller del reino de Aragón, el presidente del Tribunal de Justicia y un célebre escritor antisemita. A pesar de que éste era un caso extremo, había otras familias conversas que también contaban en su seno con príncipes de la Iglesia.

–Entonces, ¡me haré judío y seré Rab Mayor del reino! –exclamó cuando le hubieron expuesto sus dudas.

Tuvieron que explicarle que tampoco eso sería posible. Un judío podía convertirse al cristianismo, pero un cristiano jamás podría, en una nación católica, convertirse a la religión de Abraham.

–No es justo –replicó el muchacho.

Su padre sonrió.

–Ni siquiera yo, que una vez fui judío, podría volver a la religión de mis padres.

–¿Qué ocurriría si lo hicieras?

–Me quemarían vivo en una estaca por hereje.

La amenaza pareció surtir efecto y nunca más oyeron a su hijo hablar de ser rabino.

Cuando la tarde empezó a declinar y el fresco hizo acto de presencia, Pedro se despidió de su familia.

–No sé cómo podéis pasar aquí toda una semana –le comentó a Jonás–. ¿Qué pasa si esta noche llueve?

–¡Que nos mojaremos! –le respondió su hermano provocando las risas de sus familiares.

–Pensaré en todos vosotros cuando oiga tronar al cielo –dijo–. Estaré en mi cama bien acurrucado y caliente.

Louis y su familia también se despidieron y los cuatro se encaminaron a la ciudad disfrutando del paseo y de los colores que el otoño había pintado en la naturaleza.

–Y bien Antonio, ¿cómo te va en el hospital con el hueso de tu padre? –preguntó al joven que caminaba tras ellos.

–Me va bien, don Pedro –respondió Antonio acercando su paso al suyo–. Es un buen maestro.

Louis sonrió orgulloso.

–Y él es un buen alumno –dijo a su vez.

–¿Cuántos años tienes ya? –volvió a preguntar Pedro.

–Veintidós, señor...

–Cuatro menos que mi Juan... No sabía que os llevabais tanta diferencia...

–Olvidas que te casaste mucho antes que yo –dijo Louis al tiempo que apretaba la mano de su esposa entre las suyas.

–Los Tournay sois gente que pensáis mucho antes de actuar...

–Ya no somos los Tournay, querido amigo –Pedro le miró sorprendido–; hemos cambiado nuestro nombre por el de Tornay.

–¿Y eso?

–Porque nadie aquí pronuncia nuestro nombre a la francesa. Cada vez que alguien lo menciona tiene que hacer un verdadero esfuerzo para pronunciar la "o" y la "u" por separado y como casi todo el mundo prefiere no complicarse la vida y decir simplemente Tornay..., hemos decidido que así sea.

Sonrió. Su amigo llevaba viviendo en Vitoria más de treinta años y no había conseguido perder el acento gutural que tanto había sorprendido a sor Margarita la primera vez que lo oyó.

Pensó en la religiosa. Había ido a visitarla al convento de La Magdalena unos días antes. Nada recordaba al verla que hubiera sido una mujer de genio, grande y gorda. Había enflaquecido e incluso encogido. A sus ochenta y siete años de edad todavía seguía respirando. Era todo lo que podía decirse. Había perdido la cabeza y se le había olvidado el habla. No podía moverse sino era con ayuda y tenían que limpiarla y darle de comer a la boca como a una niña pequeña ¡Qué terrible enfermedad la vejez! A él no le ocurriría lo mismo –pensó–. En el momento que sintiera que perdía sus facultades mentales, elaboraría un preparado de cicuta y acabaría con su vida. Luego recordó que la cicuta tardaba tres o cuatro horas en hacer efecto y que durante ese tiempo se producían diarreas, vómitos, pérdida del habla y parálisis progresiva... No. Tendría que pensar en otro veneno más rápido e igual de eficaz. Tal vez la belladona o un buen revuelto de ilkorrak, setas venenosas.

Olvidó sus sombríos proyectos cuando se halló en la cama sintiendo el calor y el dulce olor a espliego de María. Era curioso. Las cuatro mujeres que más habían influenciado en su vida se mezclaban en su pensamiento con aromas de flores. La nodriza Orocara que le amamantó hasta los cuatro años olía a hierbabuena; su tía Ruma a jazmín y a laurel; su primera esposa a lilas; y María, su bienamada, la madre de cuatro de sus seis hijos, a espliego.

–¿Lo has pasado bien, Pedro? –le preguntó al tiempo que se arrimaba a él como un gatito en busca de caricias.

–Sí, querida. Jonás tiene una hermosa familia –le respondió poniendo su mano sobre sus pechos aún firmes.

–No mejor que la tuya... –dijo ella jugando con los pelos de su torso.

–No mejor que la mía... –murmuró.

Sus dos hijas mayores, María y Catalina llevaban años felizmente casadas. Su esposa no había querido oír hablar para nada de un matrimonio por amor.

–¡Tonterías! –había exclamado– Las jóvenes no saben lo que quieren. Es nuestro deber ocuparnos de que encuentren unos maridos dignos y respetables.

–¿Como el tuyo? –había preguntado con ironía– Te recuerdo que a nosotros nadie nos casó...

–¡Eso es lo que tú te piensas! ¿Has olvidado a mi padre y a don Juan de Mendoza? Ellos fueron los que dispusieron nuestra boda.

–Tu padre no sé –dijo él–, pero don Juan únicamente siguió mis deseos. Yo te eché el ojo en aquel banquete en el palacio de Bendaña, cuando dejabas que los moscones revolotearan a tu alrededor... ¡De buena gana los hubiera espantado de un manotazo!

Rieron recordando sus primeros encuentros, pero ella no se dejó convencer y consiguió salirse con la suya. Casó a María con Juan Martínez de Olabe, el hijo del notario. Su padre no pudo –como había soñado– enviarlo a estudiar a la universidad de París ni a la de Oxford, pero hizo una excelente carrera de leyes en Salamanca y llevaba camino de convertirse en un gran abogado. Le habían hecho abuelo de su primer nieto, a quien pusieron su nombre, Pedro.

Catalina se casó con Juan de Vitoria, un comerciante de Bilbao de procedencia alavesa, y se trasladó a vivir a aquella villa. La echaba mucho en falta. Hubiera deseado que todos sus hijos vivieran junto a él. Quería ver crecer a sus nietos y oír sus risas, verse rodeado de toda su familia como un patriarca de la antigüedad.

Juan, a sus veintiséis jóvenes años era ya uno de los hombres más ricos de la ciudad. A pesar de su innata destreza para la medicina –algo que había apreciado en él desde que era un niño–, había decidido entrar en los negocios. Con veinte años se había ocupado de la administración de los bienes de sus padres. Había invertido miles de maravedíes en empresas y comercios. Su habilidad para distinguir el buen negocio del malo, había quintuplicado la fortuna familiar, ya de por sí cuantiosa. Sabía invertir, comprar, vender y hacer transacciones ventajosas. Autoritario y seguro de sí mismo conocía el modo de hacerse obedecer. Era sin duda un resultado brillante de la mezcla de sus dos sangres. Pronto se supo en Vitoria de su capacidad y muchos fueron los que le confiaron sus ahorros, aunque su principal actividad, la niña de sus ojos, era el comercio de paños. Se hacía traer sedas de Asia, brocados de Italia, paños de Holanda y terciopelos de Damasco y surtía a la corte y a toda la nobleza. A pesar de la oposición de su madre, se había casado con Inesa Rodríguez de la Puebla, a quien había conocido en uno de sus viajes a Madrid –el rey Enrique IV había trasladado la corte a esa villa porque estaba rodeada de magníficos bosques para la caza. Parecían muy felices y ya les habían dado dos nietos, Juan y María.

Su hija Teresa, su favorita, acababa de cumplir los dieciocho años y estaba prometida a Juan Martínez de Buendía. No le gustaba aquel hombre. Había algo en él que le parecía sospechoso. Tal vez la forma de no mirar nunca directamente a los ojos de las personas con las que hablaba o ese desprecio que mostraba por los judíos, siendo él mismo nieto de conversos. Le recordaba a los apóstatas que vertían su odio sobre los hebreos a fin de librarse de toda sospecha ante sus vecinos cristianos. Eran los más peligrosos. Su esposa, sin embargo, se había reído de sus temores.

–Ningún hombre te parecerá lo suficientemente bueno para tu hija –le dijo–. Juan de Buendía es un excelente muchacho y tiene fortuna propia. Nuestra Teresa será muy feliz con él, ¡ya lo verás!

No estaba muy seguro de que así fuera pero desde lo más profundo de su ser esperaba estar confundido.

Su otra hija, María *bigarrena* –la segunda, como le llamaban para distinguirla de su media hermana–, deseaba entrar en religión, pero su madre no estaba dispuesta a perder a ninguno de sus retoños y ya estaba en hablas con la familia de los Insunza para casarla con uno de sus hijos, Francisco.

Finalmente estaba el joven, Pedro. El que quería ser Papa o Rab Mayor del reino...

Pedro Sánchez de Bilbao dejaba hacer a su esposa en los asuntos de educación, casamientos y administración de la casa. Era tan eficaz que él no lo hubiera podido hacer mejor.

Yacían desnudos bajo los lienzos. El tiempo no había transcurrido en balde y sus cuerpos firmes y tersos hacía algunos años que habían empezado a reblandecerse. Las caderas de María habían ensanchado después de siete maternidades, de las cuales dos no habían llegado a hacerse realidad y una tercera, el pequeño Lope, su último hijo, había muerto a los tres años. Su vientre estaba blando y sus muslos también, pero no había para él algo más excitante que aquel cuerpo generoso entregado al placer de amar.

–Fue una suerte encontrarte, amada mía –le dijo en un susurro antes de besar su boca.

–También lo fue para mí encontrarte a ti, querido esposo –dijo ella antes de que sus cuerpos se fundieran en un estrecho abrazo.

Martín Martínez de Escoriaza pegó un fuerte puñetazo encima de su escritorio y miró furibundo a su hijo.

–¿Que has hecho qué? –gritó más que preguntó.

–He estado jugando a los dados últimamente y no he tenido mucha suerte. Necesitaba dinero y... –respondió el joven.

–Y no se te ha ocurrido otra cosa que ir a pedírselo prestado a un judío de mierda, ¿no?

–Juan Sánchez de Bilbao no es judío… –se defendió Martín, "el mozo".

–Su padre es un judío de mierda y su hijo también lo es por mucha misa que oigan y mucho cristiano que se digan –vociferó Escoriaza–. ¿No te lo he dicho yo siempre? ¿No te he dicho que no tengas tratos con esa gente?

Preso de furor se acercó a su hijo y le soltó una sonora bofetada que el joven aguantó sin pestañear a pesar de que su mejilla derecha se tornó roja contrastando con la izquierda que estaba más pálida que de costumbre.

–¡Los odio a muerte y algún día encontraré la forma de acabar con ellos!

–¿Por qué esa inquina? –osó preguntar el joven. Su padre nunca le había contado la razón de su aversión por los Bilbao.

–¿Quieres saberlo? ¿Quieres saberlo? –le preguntó a gritos y el joven afirmó con la cabeza– El hecho de que sean unos herejes, unos marranos, unos cristianos falsos que siguen practicando su religión, sería suficiente para odiarlos y lanzarlos al pozo más profundo.

Le extrañó tanto furor religioso en un hombre a quien jamás había visto comulgar y quien un domingo sí y otro también buscaba la mínima disculpa para no asistir a la misa.

–Ese maldito Pedro Sánchez me robó la mujer con la que pensaba casarme –prosiguió su padre hablando en voz alta para sí mismo–. La embaucó y embaucó a su padre, el senil de Gaona, con ayuda de Juan de Mendoza el adúltero y sus muchos dineros. Nunca perdonaré a ese hijo de puta por haberme robado a la mujer que amaba.

Martín apretó los dientes. Su padre estaba ofendiendo a su madre y le estaba ofendiendo a él al hablar de otra mujer en su presencia. Sabía que nunca había amado a Isabel de Esquíbel, a pesar de que ella le quería y le había sido siempre leal. El trato que daba a su esposa rayaba el desprecio y Martín sospechaba que la había golpeado en más de una ocasión aunque ella nunca se había quejado y, mucho menos, delante de sus hijos. Le hubiera gustado darle un puñetazo en la boca y hacerle callar, pero no lo hizo.

–Llegará el día en que seas un viejo inútil –pensó– y ese día te trataré de la misma manera en que tú tratas a tu familia...

–Y no contento con eso –continuó el viejo Escoriaza salido de sí–, ¡atacó mi honor, me humilló y me marcó para toda la vida!

Eso era algo nuevo. Nunca había oído a su padre hablar de honor. Prestó atención a sus palabras y su asombro no tuvo límites cuando le vio bajarse las calzas y mostrar su flácida virilidad.

–¿Qué ves? ¡Di! ¿Qué es lo que ves? –le preguntó a gritos.

Martín miró el miembro de su padre, primero incómodo y luego interesado.

–Padre..., ¡estás circuncidado! –exclamó sin poder contenerse.

El viejo se subió las calzas y su tono se volvió frío y cortante.

–En efecto –dijo–, y no soy un judío de mierda. Nuestra familia es una de las más antiguas de Álava y no ha habido mezcla en ella. Todos somos puros de raza, incluido tú. Ese marrano de Pedro Bilbao me hizo esto hace ya muchos años, aprovechando que estaba inconsciente y ardía de fiebre...

Aspiró con fuerza y entornó los ojos como hace un animal al acecho de su presa.

–Después de mantener una pelea con dos sucios judíos que me habían atacado y a los que di muerte –continuó Escoriaza–, hube de acudir al hospital para que me curaran una herida que recibí. Era una herida sin importancia en un brazo, un rasguño más bien, pero que me produjo bastante fiebre. Pedro Sánchez de Bilbao estaba aquella noche en el hospital y aprovechando mi estado, me drogó y después, ¡ya has visto lo que me hizo!

No le contó que su prepucio se había infectado después de encamarse durante varios días seguidos con una mora que había llegado a uno de los burdeles de la Magdalena; tampoco le dijo que la infección podía haberse propagado al resto del miembro y tal vez hubiera puesto en peligro su vida; ni que su abuelo y su tío Diego habían sido testigos de la operación y habían dado su aprobación. El aborrecimiento que sentía por el médico era tan profundo e intenso que, a lo largo de los muchos años transcurridos, había ido transformando el hecho real en otro imaginario en el que había llegado a creer a pies juntillas.

Martín, "el mozo", se sintió muy impresionado por la revelación que acababa de escuchar. Tal vez tenía razón su padre. Ningún converso era de fiar y los hijos de los conversos tampoco. ¿Cómo no lo había pensado antes de ir a pedir dinero prestado a Juan Sánchez de Bilbao? Sacó una pequeña daga de plata que llevaba oculta en la bota y se la acercó al cuello haciendo un gesto de degüello.

–¿Quieres que mate al viejo Bilbao en tu nombre, padre? –preguntó con una determinación que a él mismo asombró.

–¿Para que te cuelguen de la picota como a un cerdo?–preguntó a su vez el viejo–. Serías capaz de ir en plena luz del día y ensartarle con tu daga... ¡Eres un cabeza hueca!

Como le fastidiaba aquel hijo estúpido que había engendrado ¡No valía para nada! Le había conseguido un puesto en el Concejo y el cargo de ayudante del Merino, pero sabía que era del dominio público que no era útil para aquel puesto ni para ningún otro. Era un parásito que se alimentaba de su savia y le chupaba la poca paciencia que tenía. Sin embargo, era su hijo mayor, su heredero. ¡Él se encargaría de espabilarlo!

–Si yo he tenido aguante durante todos estos años, bien puedes tenerlo tú también –prosiguió–. Llegará el momento adecuado y ese día podrás usar tu daga que es para lo único que sirves. Entretanto, quiero que devuelvas a Juan de Bilbao el dinero que le has pedido prestado. ¿A cuánto asciende la suma?

El "mozo" dudó durante unos instantes antes de confesar.

–Dos mil maravedíes... –dijo al fin.

Martín Martínez de Escoriaza estuvo a punto de sufrir un ataque de corazón. Su rostro se congestionó y se volvió blanco –más aún de lo que era normalmente–, después fue enrojeciendo hasta que las venas se marcaron en su frente. Su hijo le miraba asustado y divertido a la vez observando la metamorfosis que iba produciéndose en la cara de su progenitor.

–¿Quieres que mande traer un poco de agua? –preguntó.

–Una estaca es lo que quiero –respondió su padre–. ¡Para abrirte la cabeza hasta hacerte perder el poco seso que tienes!

Ya calmado, sacó de la camisa una llave que colgaba de su cuello y abrió con ella una gran caja de hierro en la que guardaba dinero y documentos. Contó diez doblas castellanas y se las entregó a su hijo.

–Ahí tienes –dijo con desprecio–, dos mil maravedíes. Ahora mismo vas a ir a devolvérselos a ese judío de mierda.

Martín cogió el dinero e hizo ademán de salir pero su padre le retuvo agarrándolo del brazo. Tocó una campanilla que estaba encima de la mesa y cuando apareció el criado le envió en busca de Sancho Alba, su administrador. Esperaron en silencio a que Sancho llegara.

–¿Me habéis mandado llamar, señor? –preguntó el administrador haciendo una reverencia.

–Deseo que acompañes a mi hijo a casa de ese jodido prestamista de Juan Sánchez de Bilbao –dijo sin dirigir la mirada al "mozo"– Asegúrate que mi hijo le entrega las diez doblas que lleva.

Martín interrogó a su padre con la mirada. ¿Por qué tenía que ir acompañado como si fuera un niño pequeño? ¿Acaso no se fiaba de él? Martín Martínez de Escoriaza no se molestó en responder la muda pregunta de su hijo, los despidió con un gesto de la mano y se enfrascó en sus papeles.

Caminaba deprisa en dirección a la calle de la Cuchillería. Iba dando grandes zancadas y ni siquiera se molestó en responder al saludo de algunos conocidos con los que se cruzó en el camino. Estaba furioso contra su padre, contra Juan de Bilbao, contra los judíos y los conversos. Llegaría el día –pensó–, en que se tomaría la revancha por todas las humillaciones sufridas. Mataría a su padre y mataría a Juan, ¡los mataría a todos! Toda Vitoria sabría que él era un hombre peligroso, que nadie podía pisotearlo como si fuera una boñiga de vaca.

Sancho Alba corría resoplando detrás de él. Era un hombre gordo y pequeño, acostumbrado a tomarse las cosas con calma y muy preocupado por su siempre cuidada imagen. Odiaba tener que correr detrás de su joven amo por quien no sentía respeto alguno. Siempre que se metía en algún problema le tocaba a él sacarlo del apuro. ¡De buena gana cambiaría de trabajo!, pero, ¿a dónde iría? Le había costado mucho encontrar un puesto como aquél y la paga era buena a pesar de que don Martín le trataba como a un recadero más que como a un administrador. Había llegado de Ávila dos años antes y había presentado una recomendación del almirante Enríquez que había falsificado con gran maestría. Era dudoso que un pequeño señor de provincia llegara nunca a encontrarse cara a cara con el almirante, uno de los principales personajes de la corte castellana. En caso de que se presentara una ocasión semejante, no dudaría en coger las de Villadiego y desaparecer de Vitoria. El hijo del pobre aparcero abulense que había aprendido a leer y a escribir por sí mismo, que nunca había ido a la escuela y aún menos a la Universidad, no estaba dispuesto a volver al terruño del que había salido.

Encontraron a Juan Sánchez de Bilbao en su escritorio comercial hablando con su agente de Bruselas. Les hizo esperar durante un buen rato sin prestarles mayor atención y tuvieron que compartir la espera con un comerciante en lanas y un mercero de la calle de la Correría. Cuando finalmente les tocó el turno, a Martín de Escoriaza le rechinaban los dientes y tenía las manos sudorosas. Estaba furioso e indignado por el trato que, a su parecer, no correspondía a una persona de su calidad.

–¿Qué deseáis? –preguntó Juan de Bilbao con indiferencia.

–Mi señor, don Martín... –comenzó a decir Sancho Alba.

–He venido a devolverte el dinero que me prestaste hace dos días. Dos mil maravedíes –le interrumpió Escoriaza con brusquedad y tiró el dinero encima de la mesa.

Juan le miró fríamente y cogiendo las doblas las contó parsimoniosamente. Escoriaza dio media vuelta para salir del escritorio pero se detuvo al oír la voz de Bilbao.

–Un momento Escoriaza –se levantó del asiento y comenzó a juguetear con las monedas–, aquí falta algo...

Martín se volvió como un rayo y le taladró con la mirada. ¿Qué quería decir aquel asqueroso judío?

–Te he devuelto el dinero que me prestaste. Estamos en paz –dijo masticando las palabras.

–Me temo que no, amigo mío. Olvidas que todo préstamo tiene su interés. El mío es del veinte por ciento, como lo estipulan las leyes –sonrió con desprecio y continuó–. El veinte por ciento de dos mil son cuatrocientos maravedíes que aún me debes...

De buena gana se hubiera lanzado contra aquel insolente que osaba reclamarle más dinero. ¿Cómo se atrevía a tratarle a él, heredero de linaje, como si fuera un vulgar villano? ¡No era más que un converso, hijo de un perro judío! Su tez adquirió un tono rojo parecido a las calzas que vestía y no encontró palabras para responder.

–Permitid que os entregue lo que falta –intervino Sancho Alba y sacando de su bolsa la cantidad debida se la entregó al comerciante–. Si sois tan amable de entregarme el pagaré...

–Ahora mismo –respondió Juan.

Escoriaza no pudo soportar más y saliendo del comercio dio un portazo que hizo retumbar los vidrios multicolores de las ventanas.

–Un hombre nervioso –dijo Juan sacando el pagaré de una carpeta en la que había otros más–. No es muy recomendable en los negocios tener el genio pronto...

–Bien decís, maese Juan –respondió Alba cogiendo el documento–. "El mozo" no sabe dominar sus iras, pero no ha de culpársele por ello. Su padre, mi señor, ha sido su ejemplo.

Juan miró con curiosidad al hombrecillo rechoncho mientras éste leía el pagaré y constataba que todo estaba en orden. Había tenido oportunidad de verle en otras ocasiones, siempre detrás de Escoriaza como una sombra.

–¿Cuál es vuestro puesto en casa de Escoriaza? –preguntó interesado.

–Aparentemente soy el administrador, señor.

–¿Aparentemente?

–En principio debo de ocuparme de la administración y libros de cuentas de don Martín –prosiguió Alba sin inmutarse–, pero en la realidad, él mismo se ocupa de todo. No permite que nadie meta las narices en sus asuntos. Él lleva las cuentas y yo sostengo los libros.

Juan sonrió. No le costaba nada creer en las palabras del "gizontxu". Conocía bien a la familia Escoriaza.

–¿Cuánta es vuestra lealtad hacia Martín, "el viejo"? –le preguntó.

–La lealtad, mi señor, es un lujo que sólo pueden permitirse los ricos –respondió Alba con tranquilidad–. La mía es para quien me da de comer.

–Pero no es lo mismo un plato de castañas que otro de asado –rió Juan ante el cinismo del hombre.

–Por supuesto que no lo es, mi señor don Juan. Cuanto más saciado está un estómago, mayor es la lealtad de su dueño.

El comerciante sonrió. Le gustaba Sancho Alba. Los dos hablaban el mismo idioma.

–Pensaré en vos, maese Alba –dijo dando por finalizada la conversación.

El administrador saludó con una inclinación de cabeza y abandonó el escritorio.

Como tantos otros domingos, Pedro de Bilbao se dirigió a San Francisco. María prefería asistir a la misa de la catedral con sus hijas, pero a él le gustaba más la recogida capilla de los frailes. Se apostó –como siempre hacía– en el fondo, cerca de la puerta, y esperó pacientemente a que finalizara la ceremonia. Después, cuando los fieles hubieron abandonado la iglesia, se dirigió a la capilla de San Juan y se sentó en un pequeño banco de piedra adosado a una de las paredes.

Era la capilla de los Mendoza y varias generaciones de la familia yacían en ella. Recorrió la capilla con la mirada. Podían apreciarse mausoleos profusamente adornados con estatuas y las armas de los Mendoza por doquier, pero también los había sencillos y simples lápidas sobre el suelo en las que el paso del tiempo y de las gentes casi había borrado las inscripciones. Se detuvo finalmente en el mausoleo que contenía los restos de su amigo Juan y de su esposa María, la terrible dama. No era ni muy lujoso ni muy humilde. Dos estatuas arrodilladas representaban a los yacientes.

–No se parece en lo más mínimo –pensó una vez más al contemplar la estatua de su amigo.

El hombre delgado casi enjuto vestido en traje de campaña –cota y calza de mallas–, el pelo bien atusado y el bigote recortado en nada recordaba al generoso gigante desaseado que había sido su benefactor.

–No te preocupes de mis gorduras –le había dicho riendo más de una vez cuando le recriminaba su exceso de peso–. Cuando los gusanos hayan dejado mondos mis huesos, seré tan flaco como todos...

La muerte fue amable con él y se lo llevó silenciosamente durante la noche. Su gran corazón había dejado de latir y cuando él llegó lo encontró apacible, con su irónica sonrisa a medio esbozar. Su segunda esposa, María de Mendoza, lo hizo enterrar con gran pompa y al sepelio acudieron todos, los amigos y los enemigos. No habían estado casados más que un par de años y recordó las amargas palabras de su amigo un día en que el vino había desatado su lengua más que de costumbre.

–Se ha casado conmigo para que su hijo no sea un bastardo –le dijo–. Después de tantos años me hizo llamar y casi me ordenó el matrimonio. Yo esperaba que quedara algo de la pasión que nos unió tan brevemente y que yo aún sentía por ella, pero ¡qué equivocado estaba! La misma noche de bodas dejó bien claro que no compartiríamos la misma alcoba. No es que yo esperara ser el buen amante que una vez fui, pero quedaban las caricias, la ternura, el calor de dos cuerpos bajo los lienzos...

–¿Por qué accedisteis entonces? –le preguntó Pedro.

–Tal vez porque deseaba tenerla una vez más..., o por no estar tan solo..., o porque también quería que mi hijo tuviera un padre reconocido..., ¡qué sé yo! Y ya ves –continuó–, sigo tan solo. He dejado de quererla y además mi hijo me odia.

–¿Cómo podéis decir algo así, don Juan? Nadie puede odiaros.

–Pues mi hijo sí puede. Una vez hemos estado juntos, el día de mi boda con su madre. Apenas si me dirigió un saludo cortés y frío. Las veces que le he invitado a venir a vivir con nosotros ha rechazado la invitación por mano de su escribano. Su tío Mendoza, mi primo, ha debido decirle perrerías de mí y el muchacho no quiere tener tratos conmigo. Para él no existo.

Pedro pensó con tristeza que su buen amigo no había tenido ninguna fortuna con sus hijos. A raíz de su relación adúltera con María de Mendoza, los dos mayores no habían vuelto a vivir a su lado y sólo le habían dirigido la palabra en contadas ocasiones; el joven Juan ni tan siquiera eso. Tal y como don Juan había vaticinado, al morir, los tres impugnaron el testamento en el que seguía constando la manda de diez mil maravedíes anuales que le había concedido. No le importó. Había invertido su dinero con acierto y podía considerarse un hombre rico antes de que su querido Juanillo lo convirtiera en un hombre extremadamente rico.

Sonrió y se levantó del asiento. Caminó lentamente hacia la puerta contemplando detenidamente las demás capillas que albergaban a ilustres miembros de no menos ilustres familias de Vitoria.

–He decirle a Juan que vaya estudiando el modo de que nuestra familia también se haga con una capilla –murmuró entre dientes–. Los Sánchez de Bilbao yacerán junto a los rancios notables.

Rió pensando en la cara de los muertos y de sus familiares cuando vieran que un judío converso les acompañaría para toda la eternidad y salió de San Francisco.

Jacob Gaón llevaba tiempo dándole vueltas a una idea que se le había ocurrido una noche de verano en la que el calor no le dejaba pegar ojo. Era hombre ambicioso. Comenzó con una pequeña tienda de lonas y sacos en la calle de la Pintorería y pronto estaba compaginando dicha actividad con la de prestamista. Prestaba pequeñas cantidades a bajo interés a los artesanos y agricultores humildes con los que tenía tratos. Ahorrando cada pieza que ganaba, consiguió después de varios años hacerse con un pequeño caudal que le permitía una mayor libertad de movimientos, pero seguía manteniendo su pequeño comercio y prestando pequeñas cantidades a bajo interés. Comenzó, sin embargo, a prestar a comerciantes y burgueses sumas importantes a las que aplicaba el veinte por ciento de interés y se hizo con varios arrendamientos que le producían golosas ganancias pudiendo considerarse un hombre acomodado, si no rico. Había oído que iba a salir a subasta un nuevo puesto de Arrendador de las Rentas Reales. ¡Qué maravillosa oportunidad para dar el gran salto! Dejaría de ser un mísero prestamista para convertirse en un recaudador del rey... Por su mente desfiló la visión de su nueva posición dentro de la Comunidad. Podría codearse de igual a igual con los Alguadix, Arroyo, Crespo y otros que le miraban por encima del hombro..., su mujer podría engalanarse y pasear en un elegante carro tirado por mulas..., sus hijas se casarían con hijos de notables judíos y sus hijos serían importantes hombres de negocios.

El único obstáculo que se interponía entre su sueño y la realidad era el dinero para pujar en la subasta. Ni todos sus ahorros juntos bastarían para conseguir el cargo. Después de darle muchas vueltas al asunto únicamente se le ocurrió una solución: pedir el dinero necesario a Juan Sánchez de Bilbao, "el rico".

–Veréis, maese Juan, vos me prestáis la cantidad que preciso y yo me encargo del resto –dijo después de explicarle cuáles eran sus intenciones y sin que nada en el rostro del comerciante denotara su pensamiento–. No hay riesgos para vos... Si no consigo la cesión, os devolveré el dinero más el interés correspondiente. Si la consigo, no sólo os devolveré el dinero y el interés sino que seréis mi socio en los beneficios.

–No estoy interesado en el negocio de la recaudación y no deseo que mi nombre se apareje con el vuestro –respondió Juan fríamente.

–Vuestro nombre no se aparejará para nada con el mío, maese Juan, os lo prometo. Será un secreto entre vos y yo y nadie excepto nosotros sabrá del asunto –insistió Gaón–. Os firmaré un pagaré.

–¿Y qué pasará si os ocurre algún percance?

–¿Qué habría de ocurrirme? –preguntó el prestamista algo atemorizado al tiempo que frotaba con dedos sudorosos el amuleto de plata que pendía de su cuello y en el que estaban grabados los cuarenta y un nombres de Dios.

–Es un decir..., ¿qué pasará si tenéis un accidente o desaparecéis de este mundo? –preguntó de nuevo Juan y añadió con ironía– No será la primera vez que alguien desaparece con una gran cantidad de dinero en su bolsa...

Sintió que sus músculos se tensaban ante la ofensa. Aquel cristiano, hijo de un perro mesumad, osaba insinuar que él, Jacob Gaón, descendiente de la tribu de Judá cuyos antepasados habían merecido el apelativo de *gaón,* podría desaparecer llevándose el dinero. Su orgullo herido le aconsejó marcharse de allí inmediatamente con la cabeza bien alta, pero su lado práctico le hizo amagar el golpe y sonreír mansamente.

–Para vuestra tranquilidad, maese Juan –dijo–, os haré un inventario de todas mis posesiones, que no son pocas os lo aseguro y firmaré un compromiso por el que en caso de accidente o..., de desaparición, podáis haceros con todas ellas. También dejo en Vitoria a mi esposa, hijas e hijos, para que hagáis con ellos lo que más os convenga hasta que la deuda quede saldada.

Juan sonrió. Sabía de antemano cuál iba a ser la respuesta del prestamista y, por otra parte, estaba al corriente de sus negocios y propiedades. De hecho, conocía al dedillo los de todos y cada uno de los comerciantes que había en Vitoria, tanto cristianos como judíos. Sabía que Jacob Gaón había incrementado su fortuna en pocos años y que los préstamos eran su mayor fuente de riqueza. En el fondo despreciaba a los prestamistas. Era verdad que en ocasiones también él prestaba algunas cantidades, pero sólo en ocasiones y siempre a gente muy especial a la que esperaba poder controlar de una u otra manera.

–De acuerdo, Jacob –dijo dirigiéndose al hombre que esperaba ansioso su respuesta–. No es mi costumbre hacer este tipo de negocios, pero tampoco está en mi ánimo impedir que otros los hagan. Si ha de haber recaudadores de impuestos, más vale que sean personas conocidas.

Gaón se inclinó repetidamente al igual que hacía en la sinagoga para agradecer al Señor sus mercedes.

–¡Muchas gracias, maese Juan! ¡Gracias! No os arrepentiréis de vuestra ayuda.

–Eso espero..., eso espero...

Deseaba acabar con una entrevista que empezaba a pesarle. Presumía de tener buen ojo para los negocios, pero aquél no acababa de gustarle del todo.

–Sois un digno descendiente de vuestro abuelo David quien tanto hizo por su pueblo...

Frunció el ceño molesto por el comentario del judío y lo despidió con un gesto de la mano. Se levantó del asiento y se acercó a la ventana con las manos a la espalda en cuanto Gaón hubo salido del escritorio. Recordaba a su abuelo como a un anciano venerable de largos cabellos y barba que siempre le había parecido un ser irreal. No se parecía a nadie que conociera. Era alto, delgado, firme y sólido como una roca. Siempre sentía un estremecimiento cuando iba con su padre a la Judería y veía que le observaba con atención. No era hombre hablador y jamás había mantenido una verdadera conversación con él, así pues, su imagen era el único recuerdo que tenía del padre de su padre.

Cuando creció y aprendió cuál era la diferencia entre un judío y un cristiano, se alegró de ser cristiano. Más de una vez volvió a casa sangrando por la nariz después de una pelea con otros chicos que le habían llamado "marrano y nieto de perro judío". Era fuerte y buen luchador, nunca había perdido una pelea y los otros se habían llevado la peor parte –en especial Martín de Escoriaza y su amigo Pedro García de Mendoza, un sobrino segundo del amigo de su padre. No obstante, aquellas riñas infantiles habían dejado un poso amargo en su interior. Desde muy joven decidió ser el mejor cristiano de todos. Era el primero en la catequesis, ayudaba a misa al párroco de Santa María y no había ningún otro chico que mostrara mayor devoción que la suya. Quería borrar de golpe su ascendencia judía y jamás pensaba en ella ni se había interesado por conocer la historia del pueblo de sus abuelos paternos.

Su padre había querido, en alguna ocasión, hablarle de los hebreos y le mostró unos hermosos libros escritos con signos que no entendía, pero no quiso escucharle y tampoco quiso acompañarle a la judería cuando tuvo edad para decidir.

–No son mi gente, padre –dijo firmemente–, y no quiero saber nada de ellos. Yo soy un verdadero cristiano.

Había sido una de las pocas veces que se había enfrentado a él. Pedro le miró con tristeza, pero no insistió. Se veía a sí mismo renegando de los suyos cincuenta años atrás. Desde aquel día acudió solo a la judería y ni siquiera intentó llevar a sus hijos menores.

Cuando Juan pudo disponer de su propia fortuna se mostró extremadamente generoso en sus obras de caridad. No había convento ni monasterio que no recibiera cada año una importante cantidad de dinero, especialmente el de los frailes franciscanos. Se ocupaba igualmente de sufragar un hogar para niños cristianos huérfanos y contribuía al mantenimiento del hospital de los pobres. No era sólo que quisiera hacer olvidar que parte de sus orígenes eran judíos, le agradaba poder ayudar a los menos afortunados y a los necesitados, lo que no dejaba de sorprender teniendo en cuenta la frialdad inmisericorde que exhibía a la hora de hacer negocios.

–Una cosa nada tiene que ver con la otra, querida –le comentó a Inesa un día que ésta le reprochó su dureza con un deudor que había pedido su intercesión–; los negocios son los negocios.

–Pero ¿qué más te da esperar un poco? El hombre te pagará las mercancías en cuanto pueda hacerlo –insistió ella suavemente.

–Y se correrá por Vitoria que Juan "el rico" tiene a Santa Inés por esposa y, tanto si pueden como si no, todos acudirán a ti para que intercedas.

Juan contempló con cariño a su esposa. Llevaban cinco años casados y la quería. Supo en cuanto la vio que era la mujer apropiada para él, bella, discreta, de movimientos silenciosos... Sabía eclipsarse cuando su humor no estaba para bromas y siempre estaba presente cuando él la necesitaba. Le había dado ya dos hijos guapos y sanos y aún le daría más. Su familia aumentaría al igual que aumentaría su imperio comercial y su fortuna. Sonrió satisfecho. Inesa volvió a la carga ajena a los pensamientos de su marido.

–Sería una obra de caridad ayudar a ese pobre hombre...

–Sería una necedad. Nadie le obligó a adquirir tanta cantidad de mercancía si no disponía del dinero para pagarla o de compradores para adquirirla.

–Deja entonces que te la devuelva...

–No puede ser, querida, no puede ser –¿cómo explicar a una mujer los vericuetos del comercio?–. Si lo hago una vez tendré que hacerlo otras y pronto nos veríamos con el almacén repleto de géneros sin poder darles salida. Por otra parte, ¿cómo recuperar la inversión realizada y el tiempo y el trabajo perdidos?

–¿Y qué vas a hacer entonces? ¿Vas a quedarte con su casa? –preguntó Inesa horrorizada.

–No me interesa su casa, ya tengo muchas. Quiero mi dinero.

–¿Y dónde va a conseguirlo?

–El infeliz tendrá que pedirlo prestado. Eso le enseñará a no meterse en camisa de once varas y dejar los negocios para quienes sabemos manejarlos.

Dio un beso a su esposa y salió de la habitación, dando por terminada la conversación. No le divertía hablar de sus asuntos profesionales con ella. No entendía nada. Su madre era otra cosa –pensó. No había mujer como ella. A sus cincuenta años, María Ruíz de Gaona parecía conservar toda la vitalidad de los veinte. Dirigía la inmensa casa que ocupaba toda la familia

–aunque él, Inesa y sus hijos, vivían en el primer piso y los demás en el segundo–, controlaba los gastos, a los sirvientes y a los empleados de la tienda. Trataba directamente con los proveedores, los campesinos, los arrendatarios, los bodegueros..., y aún tenía tiempo para ocuparse del ajuar de sus dos hermanas. Sonrió y de pronto sintió el deseo de pasar a saludarla. Subió los tramos que separaban los dos pisos y se dirigió a la habitación de su madre.

Doña María estaba sentada a su mesa de trabajo rodeada de una gran cantidad de papeles y documentos.

–¿Puedo pasar? –preguntó cuando ya estaba dentro.

La mujer se volvió y sonrió complacida al ver a su hijo mayor.

–Pasa, querido. ¿Cómo así por aquí?

–¿Qué pregunta es esa? ¿No puede un hijo cariñoso visitar a su madre sin levantar sospechas? –preguntó acercándose y besándola en la mejilla.

–Sí que puede –respondió doña María risueña–. Es sólo que no acostumbras a venir aquí a estas horas...

–Quería verte –dijo él simplemente.

Contempló a su hijo de arriba a abajo. De los cuatro que habían llegado a la edad adulta, Juan era su favorito. Lo adoraba. Era igual que su hermano Alonso, castellano de la fortaleza de Guadalajara. Alto, delgado, con los ojos del color del ámbar y el pelo castaño y fino, la nariz recta, la boca bien dibujada, las manos grandes, las piernas rectas. Con ojo crítico de madre observó lo bien que le sentaba el jubón de terciopelo azul claro, bordado con hilos de plata, con mangas superpuestas que pendían elegantemente de sus hombros, las calzas también azules pero más oscuras y los borceguíes de fina piel de ante expresamente hechos para sus pies. Verdaderamente su Juan era el hombre más apuesto que conocía. Hubiera debido casarse con una princesa... Recordó el desencanto que le produjo su boda con Inesa y se dijo que no estaba siendo justa. A fin de cuentas, su nuera era una buena mujer y no era fea. Hacía feliz a su hijo y eso era lo más importante..., pero..., él se merecía algo mejor.

–Hasta los hombres más sabios y guapos se equivocan de vez en cuando... –pensó y añadió en voz alta– ¿Todo va bien entre Inesa y tú?

Juan rió alegremente. Sabía cuál era la opinión de su madre con respecto a su mujer, pero también sabía que nunca se lo diría y hasta –estaba seguro– había empezado a apreciar a Inesa.

–¡Claro que sí! –respondió– Todavía no está segura, pero puede que dentro de poco te hagamos abuela por tercera vez...

–¡Santo cielo! ¿Es que nunca os vais a dar un reposo? La pequeña María apenas acaba de cumplir los dos años y Juanito todavía no ha cumplido uno... Perdona la comparación, pero a este paso vais a parecer una pareja de conejos...

Juan volvió a reír.

–¿Y cómo, si puede saberse, pueden descansar un hombre y una mujer que se aman y se desean? –preguntó mordazmente.

–Hay modos de evitar los embarazos tan seguidos...

–¿Estás diciéndome que Inesa debe abortar? –preguntó de nuevo escandalizado.

–Estoy diciéndote que hay medios para que una mujer no se quede preñada todos los años. ¡Apañadas estaríamos si no pudiéramos controlar nuestros embarazos! Y aún así no siempre lo conseguimos... Si tu padre y yo hubiéramos hecho el amor sin precauciones en vez de siete los embarazos hubieran sido veintiocho, si yo no hubiera muerto antes...

Juan contempló a su madre. Nunca se le había ocurrido pensar en ella como en una mujer ardiente. Sabía que sus padres se amaban con intensidad, pero le parecía casi indecente que después de tantos años siguieran amándose carnalmente como parecían indicar sus palabras.

–El fin de un matrimonio respetuoso con la Ley de Dios es la procreación –adujo–, y el único medio aceptable por la Iglesia para evitarla es la abstinencia.

María miró a su hijo y una sonrisa irónica bailó en sus ojos y en sus labios. ¡Qué sabrían ellos! Curas y frailes, hombres al fin y al cabo, que habían renunciado a los goces del amor.

–Ya lo pone difícil considerando una falta las relaciones sexuales en domingos, fiestas, cuaresma, viernes, cuarenta días después del parto..., ¡casi no nos dejan días para gozar! De todos modos, ¿por qué Inesa no amamanta a sus hijos? Yo os amamanté a cada uno durante casi tres años y ése, te aseguro, es un medio *legal* –enfatizó la palabra–, para no quedarse preñada...

Juan deseaba hablar de otra cosa. Estaba incómodo. No le parecía una conversación apropiada entre una madre y un hijo adulto. Había sido decisión suya dar a criar a sus hijos a una nodriza. No deseaba que Inesa estuviera siempre pendiente de los chuponcetes, tenía que estar dispuesta sólo para él. Además tampoco quería que sus hermosos y firmes pechos se deformaran con el amamantamiento y tuvieran el sabor de la leche agria cada vez que él intentara besarlos.

Cambió de conversación.

–Padre quiere que me ocupe de adquirir una capilla en el convento de los franciscanos.

–¿Para qué? –preguntó su madre sorprendida.

–Imagino que para tener allí el mausoleo de la familia.

Doña María no pudo evitar un estremecimiento.

–¿Ya está pensando en morirse? –preguntó en un tono ligero que no sentía.

–Bueno..., algún día tendrá que ser. Teniendo en cuenta que nuestra familia es de nuevo cuño, no estaría mal que dispusiéramos de un lugar entre las más notables...

–Dudo que te resulte fácil conseguirlo. A pesar de que tu tío abuelo fray Anselmo de Vitoria es considerado por algunos casi como un santo y de que tu padre fue adoctrinado y bautizado por los frailes, puede que te pongan pegas para que él sea enterrado en su iglesia.

–¿Por qué?

No respondió de inmediato. Bien sabía ella que su hijo encontraría oposición para llevar a cabo sus planes. No sólo por parte de los franciscanos, sino también por la de los notables que contribuían al mantenimiento del convento. Ni unos ni otros estarían muy dispuestos a dejar que un judío converso cuya piedad –les constaba– estaba lejos de ser ejemplar, tuviese una capilla en el santo lugar. La duda sobre la sinceridad de su conversión planearía siempre sobre su cabeza.

–Ya sabes por qué...

–No hay nada en este mundo que el dinero no pueda comprar...

Juan decidió en aquel mismo momento que la familia Sánchez de Bilbao tendría una capilla en San Francisco. Nada ni nadie se interpondría en su camino para conseguirla.

Primavera de 1463

Primero fue un rumor, una noticia no confirmada, en boca de unos mercaderes judíos que habían llegado de Bayona. No se hablaba de otra cosa en la judería y todo el mundo esperaba anhelante que alguien pudiera aportar alguna prueba consistente. Dos días después, el mucdamin Ben Arroyo se dirigió a la asamblea tras el oficio religioso del Sabbat.

–Amigos –comenzó diciendo con lágrimas en los ojos–, he de comunicaros que nuestro vecino Jacob Gaón fue muerto hace menos de una semana en la villa de Tolosa.

El triste lamento de los congregados llegó hasta la calle y algunos vecinos que no habían asistido al oficio penetraron en la sinagoga para saber lo que ocurría.

–Jacob –continuó Ben Arroyo– fue a Tolosa para cobrar el tributo llamado "pedido" por orden del rey Enrique IV, nuestro señor. Como quiera que los guipuzcoanos nunca han pagado dicho tributo, los naturales se encolerizaron y entrando en la hospedería mataron a golpes a nuestro hermano...

De nuevo se escuchó el gemido del pueblo de Israel que clamó de dolor y rabia. Heliecer Jacob, hijo del asesinado –que había ido en persona a Tolosa para informarse–, tomó la palabra.

–Unos cuantos hombres rodearon la posada mientras otros penetraban en ella –explicó hablando entre sollozos–. Mi padre estaba comiendo. Sin darle tiempo a reaccionar empezaron a maltratarlo al tiempo que le insultaban, le desgarraron las ropas, le arrancaron mechones del cabello y de la barba y lo tiraron al suelo, donde siguieron golpeándolo con puños y palos.

La asamblea mantenía la respiración aterrorizada. Nunca le había ocurrido algo semejante a uno de sus miembros. Los únicos casos cercanos que conocían habían acontecido en Navarra casi cien años antes y sólo algunos pocos los habían oído de boca de aquéllos que se habían refugiado en la aljama de Vitoria huyendo de la persecución. Jacob Gaón era uno de los suyos, un vecino, al que conocían desde siempre. Había nacido y crecido en la Judería, en ella se había casado y allí habían nacido también sus hijos. Tenía amistades y enemistades como todo el mundo, pero en general era un hombre respetado y su terrible muerte dolía a todos por igual.

–Cuando por fin dejaron de golpearlo –prosiguió Heliecer Jacob–, ya estaba muerto.

–¡Justicia! –gritó Jacob Tello, el hijo de Yaco, que había heredado la agresividad de su padre– ¡Acabarán con todos nosotros como si fuéramos perros sarnosos que hay que abatir! ¿Hasta cuándo tendremos que soportar las humillaciones y el acoso? ¡No somos cristianos y no tenemos porqué poner la otra mejilla!

Algunos hicieron coro a sus palabras, pero fueron los menos. La mayoría estaba anonadada por el temor de que comenzaran de nuevo los ataques contra los judíos.

–Nuestro rey Enrique –explicó Ben Arroyo–, se hallaba en Fuenterrabía cuando acaeció el terrible hecho y se dirigió a Tolosa para castigar la muerte de su recaudador. Los culpables habían huido e hizo derribar la posada en la que había tenido lugar.

Se escucharon murmullos de aprobación.

–¿Y eso fue todo? –preguntó Tello– ¿Solamente derribó la posada?

–¿Qué más querías que hiciera? –preguntó el mucdamin algo molesto– Ya he dicho que los culpables habían huido..

–¿Y si hubiera sido al contrario? –insistió Tello– ¿Y si nosotros hubiéramos dado muerte aquí en la judería a un recaudador cristiano? ¿Se hubiera limitado a derribar una casa? ¿O hubiera mandado detener al Consejo y a los familiares de los culpables hasta que éstos se hubieran entregado?

De nuevo hubo murmullos de aprobación y esta vez también se escucharon voces airadas que reclamaban justicia y la muerte de los asesinos.

–¡Ojo por ojo y diente por diente! Lo dice la Torá –enfatizó Tello–. Propongo que unos cuantos de nosotros vayamos a Tolosa disfrazados de cristianos, averigüemos quiénes han sido los asesinos y les demos la misma muerte que ellos han dado a Jacob Gaón.

Se hizo un silencio absoluto. Una cosa era sentir la muerte de su vecino y otra muy distinta embarcarse en una aventura que no podía acabar bien. Al fin de cuentas, Tolosa estaba lejos y Gaón había querido ser recaudador. Era un riesgo aceptado, como el del soldado que se enrolaba voluntariamente para luchar. Todo el mundo sabía que los recaudadores eran gente odiada, tanto por los cristianos como por los judíos. Su trabajo consistía en reclamar dinero una y otra vez y –aunque éste fuera para el rey, la Iglesia o los Concejos–, obtenían buenos dividendos y ganancias. De hecho los hombres más ricos de la aljama eran recaudadores y, desde esa perspectiva, no contaban con las simpatías de sus conciudadanos.

–El rey fue informado por documentos y testimonios de los más ancianos de Tolosa de que los hidalgos guipuzcoanos nunca habían pagado tal impuesto y de que en el Fuero de aquella provincia se castiga con la muerte a quien solicita unos dineros que no le corresponden –dijo Ben Arroyo ampliando las explicaciones–, y ha concedido el perdón general a la población y la exención de pagar "pedidos".

–¡Estupendo! –clamó Tello mirando a su alrededor– No solamente no ha castigado a los culpables sino que encima les ha premiado. "Mata a un judío y te haré un regalo", esa podía ser la divisa de ese rey afeminado e inútil que nos gobierna. ¡Escucha Israel! ¿Hasta cuándo vamos a soportar esta situación? ¿Dejaremos que nos maten uno a uno? ¿Que violen y asesinen a nuestras mujeres e hijos? ¿Que nos humillen y pisoteen como si fuéramos miserables insectos?

Nadie respondió. ¿Adónde quería ir a parar aquel insensato? ¿Quería hacer una guerra santa de un hecho aislado? Las comunidades judías de todo el reino llevaban años de paz y por nada del mundo pondrían su seguridad en peligro. Los hombres temían por ellos y por sus familias, las mujeres se agitaban nerviosas en su galería y los niños no entendían muy bien lo que ocurría. Sólamente algunos jóvenes estaban de acuerdo con las palabras de Tello, pero no se atrevieron a expresarlo delante de los demás. Jacob recorrió la asamblea con una mirada en la que podía leerse el desprecio más absoluto.

–Merecéis ser tratados como ciudadanos de segunda clase, como esclavos o siervos que es lo que sois –dijo–. Algún día llegará en que recordéis mis palabras. Ese día los cristianos acabarán con todos nosotros y no habrá nadie que alce su voz para protestar. Os dejaréis degollar como corderos. Para eso, ¡mejor sería que os hicierais bautizar y abandonarais de una vez por todas los sueños de Israel!

–El Señor, Nuestro Dios, prometió a su pueblo la vuelta a la Tierra Prometida después del galut... –terció el rabino Samuel dándose por aludido.

–¿Y cómo pensáis enteraros de que ha llegado ese día? ¿Oiréis el sofar llamándoos desde Jerusalén?

–¡Jacob Tello!¡No blasfemes! –exclamó el rabino, enojado al observar algunas sonrisas entre los amigos del exaltado.

–Pues aunque suene el sofar, no lo oiréis –prosiguió Tello embalado–, porque todos estaremos muertos o nos habremos hecho cristianos.

Diciendo esto abandonó la sinagoga dejando a los allí reunidos compungidos y doloridos por sus palabras.

–Lo siento Heliecer Jacob –dijo Juan de Bilbao–. Tu padre se comprometió a devolver su deuda pasara lo que pasara. Aquí tengo un pagaré y una carta de su puño y letra en la que especifica bien claro que en caso de que algo le ocurriera todos sus bienes –incluida su familia–, pasarían a ser de mi propiedad.

–Pero, maese Juan, vos sabéis lo que ha ocurrido... Mi padre ha sido asesinado y sus asesinos han sido perdonados por el rey...

–¿Qué tiene eso que ver con la deuda? –no era la primera vez que alguien moría y dejaba las deudas a sus parientes.

–Que mi padre no tuvo tiempo de recuperar vuestro dinero. Tan sólo llevaba unos meses como recaudador real...

–Y, ¿qué es lo que me propones?

–Dádnos un poco más de tiempo –suplicó Heliecer Jacob.

–Hablemos claro, muchacho –dijo el comerciante–. En un momento de debilidad accedí a prestar a tu padre una enorme cantidad de dinero. Tan enorme es que dudo mucho que puedas devolvérmela aunque pases toda la vida trabajando veinte horas diarias. Ni siquiera vendiendo lo que poseíais –y que ahora es mío–, podré recuperar la centésima parte de lo prestado.

La angustia se reflejó en el rostro de Heliecer. Apenas acababa de cumplir los veinte años y se había hecho cargo de la pequeña tienda de su padre en la calle de la Pintorería. Sabía que Juan Sánchez de Bilbao tenía razón. Jamás podría devolver la deuda contraída por su padre.

–¿Y qué haréis con nosotros, con mi madre y mis hermanos? –preguntó con el corazón en un puño.

–Tendré que pensármelo –respondió "el rico"–, y mientras tanto, te recomiendo que busques hasta debajo de las piedras para resarcirme algo de la gran pérdida que me ha causado la ambición de tu padre.

Con un gesto de la mano que daba por terminada la conversación, despidió a Heliecer y se concentró en los papeles que tenía encima de la mesa. Cuando el joven hubo abandonado el escritorio, se levantó y se dirigió a la ventana. Miraba el exterior sin ver a los que pasaban por delante y los saludos que le dirigían. Nunca más volvería a dejarse convencer por alguien que viniera a proponerle un negocio. En adelante sólo se ocuparía de sus propios asuntos. ¡No volvería a prestar dinero a nadie en toda su vida!

–¡Maldita sea! –exclamó en voz alta, sin preocuparse de los dos escribanos que levantaron la cabeza de su trabajo al oír la exclamación.

Todo el mundo sabría en Vitoria que un judío de tres al cuarto le había convencido para que le prestara una fortuna y que ahora el maldito judío estaba muerto y él había perdido el dinero. ¡Por los clavos de Cristo!, conseguiría recuperar hasta el último maravedí... Obligaría a pagar a toda la judería, a la villa de Tolosa y hasta al mismísimo rey... A fin de cuentas, Jacob Gaón era un recaudador real que había muerto en el ejercicio de sus funciones y él había perdonado a los asesinos por lo que era imposible reclamar los daños ocasionados.

Volvió a la mesa, pero no pudo concentrarse en su trabajo. No había nada en el mundo que pudiera enfurecerle más que un negocio fallido en su contra. Barrió con el brazo todos los documentos que había encima de la mesa y cayeron al suelo; lanzó una mirada furibunda a los escribanos y, profiriendo una imprecación grosera, salió del escritorio dando un portazo que hizo que los vidrios de una ventana se soltaran y cayeran al suelo haciéndose añicos.

Jonás y Pedro se encontraron en el caminillo de los olmos, a orillas del río Abendaño. Era su lugar favorito cuando ambos eran niños y solían salir a pescar. Pedro había acudido sospechando de antemano la razón de la llamada de su hermano y no sabía muy bien cómo iba a responder a su demanda. Nunca se había entrometido en los negocios de su hijo. A veces estaba de acuerdo con él y otras no lo estaba, pero jamás había tratado de influir en sus decisiones.

–Son sus asuntos y a él sólo le corresponde decidir –le dijo a su nuera Inesa un día que ella solicitó su intervención–. Y tú harías bien manteniéndote apartada de ellos. Sé que en ocasiones es duro, tal vez demasiado duro, pero me consta que nunca ha robado a nadie ni ha abusado de sus prerrogativas. Es un hombre de negocios, hija mía. Ni tú ni yo lo somos, así que haremos mejor quedándonos al margen...

Caminaron durante largo rato en silencio. La temperatura era agradable y empezaba a notarse el frescor del atardecer que aliviaba un poco el calor inhabitual de aquel día primaveral. Las lilas habían comenzado a florecer y Pedro recordó con nostalgia, pero sin pena, a su primera mujer.

–Yosef... –comenzó Jonás–, imagino que sabes por qué te he pedido que nos viéramos...

–Lo supongo... –respondió esperando que su hermano continuara.

–El asunto de Jacob Gaón...

–Ya...

Volvieron a permanecer en silencio contemplando cómo el cielo totalmente azul se unía al verde de la tierra en la explanada.

–No digo que Juan no tenga razón –prosiguió Jonás–. Él hizo la transacción legalmente y ha salido perjudicado, pero peor le ha ocurrido a Gaón que ha perdido la vida y a toda su familia que ahora se encuentran en la indigencia más completa...

Calló esperando que su hermano hablara, pero Pedro no dijo nada y mantuvo la mirada perdida en el horizonte.

–No es la primera vez que algo así ocurre ni la última que una familia se verá abocada a la miseria debido a la ambición de un padre... –gracias al Todopoderoso eso no había ocurrido en sus familias–, pero Juan se ha tomado todo este asunto muy mal. Amenaza con vender como esclavos a la mujer de Gaón y a sus seis hijos. Está dispuesto a comprar todos los créditos y deudas de los judíos de Vitoria y hacer que se le paguen en el mismo momento o, de lo contrario, se hará con sus propiedades... ¡media aljama! Está furioso y nos mete a todos en el mismo saco.

–Mi hijo es muy susceptible en tema de negocios... –comentó Pedro molesto– Ten en cuenta que ha perdido un dineral...

–Pero cuando lo prestó sabía que corría un riesgo –insistió Jonás–. Él no es un prestamista, es un comerciante, ¿por qué se arriesgó?, ¿acaso no esperaba sacar un jugoso beneficio?, ¿no pensaba cobrarse con creces el adelanto hecho a Gaón? Jugó y perdió.

–Es un mal perdedor, siempre lo ha sido... –recordó cómo se enfadaba su hijo cuando perdía jugando con él a los dados o al ajedrez.

–Hemos hecho una colecta en la aljama para ayudar a la familia de Jacob –continuó Jonás–. No todos han participado, todo hay que decirlo, y algunos han dado menos de lo que verdaderamente podían, pero hemos recogido una suma importante. En momentos como éstos es cuando se aprecia las grandes diferencias que existen entre nosotros...

–Como en cualquier grupo humano –añadió Pedro recordando el comentario que solía hacer su padre cuando había discusiones e incluso enfrentamientos físicos en las asambleas de la Comunidad.

–No sé si podrás hacer algo, Yosef, pero te ruego que lo intentes no sólo porque una vez fuiste de los nuestros, sino también por tu propio hijo. Los ánimos están muy encrespados desde el asesinato de Gaón... –dijo Jonás recordando las palabras de Jacob Tello–. Algunos hombres estarían dispuestos a todo –recalcó la palabra–, antes de verse humillados y arruinados por un cristiano, hijo de... –calló antes de mencionar la palabra.

–De un mesumad, de un nisin –Pedro concluyó la frase.

–No quería ofenderte...

–No lo has hecho, hermano. Asumí mi situación el día que decidí hacerme cristiano...

Caminaron un rato en silencio. El sol se había ocultado y, como si se hubieran puesto de acuerdo, se encaminaron hacia la muralla.

–¿Por qué lo hiciste? –preguntó al fin Jonás.

Nunca habían hablado del tema. Ambos lo rehuían no deseando revivir viejos fantasmas, pero alguna vez tenía que salir –pensó Pedro.

–Era joven –se excusó–. Tal vez los insultos de los muchachos cristianos..., o la intransigencia del rabino Yaacob... El hecho de que nos obligaran a llevar una marca como la del ganado..., el temor...

–¿No fue pues una cuestión de fe?

Pedro rió sin alegría. ¿Qué era la fe? ¿Creer en algo intangible? ¿Algo que te decían que era, pero que no podía probarse? ¿Un montón de historias antiguas que habían de creerse como una verdad absoluta? No. No había sido una cuestión de fe. Él no tenía fe en nada más que en sí mismo. Si Dios existía –algo que ni siquiera se cuestionaba–, estaba, sin duda, más allá de la mezquindad humana que hacía un dogma de su propia debilidad. Dios era el Todo, el principio y el fin. No había leyes, ni reglas, ni religión que pudieran definirlo. Ningún ser humano tendría jamás la capacidad de comprenderlo. A pesar de ello y en su Nombre los judíos habían matado a los moabitas, los babilonios a los judíos, los romanos a los cristianos, los cristianos a los musulmanes, los musulmanes a los paganos africanos... No. La fe era una excusa que esgrimían los hombres para cometer sus tropelías. No había sido buen judío y tampoco era un buen cristiano. Llevaba la religión sin traumas, como algo adyacente al lugar y el tiempo que le había tocado vivir. Recordó las palabras de Louis de Tournay cuando ambos eran jóvenes estudiantes y la promesa que se había hecho de no hablar jamás de religión.

–Digamos que fue más bien una cuestión práctica –se limitó a contestar.

–Siento oírtelo decir, Yosef. ¿Dónde encontrarás consuelo a la hora de tu muerte?

–En la creencia de haber obrado con justicia y honradez durante toda mi vida –respondió–. No haber buscado venganza contra mis enemigos, no haber matado, ni robado, ni hecho infeliz a mi familia... Haber trabajado, amado y ayudado al necesitado, ¿qué mayor consuelo puede tener un hombre, querido hermano?

Jonás sonrió. ¡Cómo le recordaba a su padre y cuánto hubiera dado por volver a estar los tres juntos como antaño!

Antes de despedirse, Pedro prometió pensar en lo referente al tema de la familia Gaón y ver de mediar para atenuar la dureza de su hijo.

–¿A cuánto asciende la deuda? –preguntó.

–A doscientos mil maravedíes –respondió Jonás.

Emitió un silbido de asombro.

–Hemos recogido ciento diez mil –añadió su hermano–, pero dudo que podamos conseguir el resto. Son tiempos difíciles y pocos pueden permitirse el lujo de dar dinero a fondo perdido...

Pedro quedó en hacerle saber si conseguía algo de su hijo o si encontraba alguna otra solución y cada uno siguió su camino.

Despierto en el lecho, contempló a María que dormía apaciblemente a su lado. ¡Qué hermosa era! Su piel ya no era tersa y joven, pequeñas arrugas habían comenzado a asomar alrededor de sus ojos y su largo cabello castaño se desparramaba por la almohada entremezclándose con finos mechones del color de la plata vieja..., aun así, seguía pareciéndole la mujer más bella y dulce de la tierra. Sintió ganas de despertarla y hacer de nuevo el amor con ella. Nunca se cansaba y seguía deseándola como la primera noche. ¡Qué distinta hubiera sido su vida si no se hubieran encontrado! Dio gracias a Dios por haberle permitido llegar a viejo con aquella compañera a su lado y trató de conciliar el sueño.

La conversación con Jonás volvía una y otra vez a su mente. ¿Qué podía hacer él? Su hijo no admitiría nunca que tratara de influenciarle y él tampoco deseaba hacerlo. No obstante, tenía que ocurrírsele algo. Se lo debía a su hermano, a los que una vez fueron su pueblo, a su hijo que corría peligro... Debía evitar por todos los medios que se rompieran la convivencia y armonía que las dos comunidades habían mantenido durante tantos años. Sonrió con ironía. Él y sus hijos se encontraban entre las dos, como peones de ajedrez. Los judíos no los aceptaban por ser conversos y los cristianos tampoco por la misma razón. Sin embargo, si algo malo le ocurría a Juan, la comunidad cristiana no tendría reparos en acusar a los hebreos de atacar a uno de los suyos y ello podría desencadenar terribles consecuencias en las que no quería pensar.

Se levantó suavemente para no despertar a María y se dirigió a su pequeño escritorio –su "santuario", como lo llamaba– contiguo a la alcoba y separado de ésta por una pesada cortina. A tientas buscó la mecha y encendió una candela que levantó para poder ver los libros que se alineaban ordenadamente encima de las repisas.

A la muerte de su padre, sus hermanos y él se habían repartido su biblioteca. No hubo discrepancias entre ellos a la hora de elegir los libros. Jonás cogió los tratados de medicina, Mosseh los religiosos y filosóficos y él optó por la poesía. No era un gran lector –nunca lo había sido–, pero había descubierto la poesía ya adulto. David y él habían disfrutado juntos de muchas veladas comentando y leyendo a los más famosos poetas judíos, árabes y cristianos, de los que su padre tenía una buena colección. Ni Jonás ni Mosseh echaron en falta el *Moré Nebujim* y él tampoco les dijo que lo tenía. Tiempo después de que su padre hubiera muerto, decidió abrir el libro por primera vez. Al principio le supuso un verdadero esfuerzo entender el hebreo culto de la copia de la traducción de Samuel ibn Tibón. El gran filósofo había escrito el original en árabe, aunque luego se había arrepentido de no haberlo hecho en hebreo.

–¡También podría haberlo escrito en castellano! –exclamó ante la dificultad de leer en la lengua de su juventud que no había vuelto a utilizar en años.

Se obligó a leer el hermoso libro en recuerdo de su padre y sintió una viva decepción al no encontrar en él la piedra filosofal que quizá esperaba. Había perdido el sentido religioso –si alguna vez lo tuvo–; hacía tantos años que todas aquellas páginas disertando y explicando las palabras y textos del Libro Sagrado no le dijeron absolutamente nada.

Eligió unos poemas de Salomón ibn Gabirol, el poeta malagueño de origen cordobés nacido cuatrocientos años antes, y leyó con agrado algunos de sus hermosos versos, recitando en voz alta su preferido que sabía de memoria:

Negro es su cabello, y él, rojo y dorado;
sienten por él las almas ardiente deseo.
A todo el que le ama odia y devora,
no concede ni otorga lo que su alma apetece.
¿Sabes de alguien que odie a sus amantes,
y que a sus enemigos ame y desee?
Mejor es la palabra de mi amigo que el bedelio
y el ónice, que la plata y el oro.
Observa su mejilla en la oscuridad de la noche:
dirías que es una antorcha o una llama.

Seguía sin tener sueño y de nuevo buscó entre los libros la inspiración que le permitiera encontrar una solución al problema planteado por la muerte de Gaón y la postura intransigente de su hijo Juan. Su mirada se topó con un pequeño libro que David le había regalado en su Bar Misvá. Durante unos instantes su mente voló a aquel hermoso día en que –recién cumplidos los trece años–, se convirtió en adulto desde el punto de vista religioso. Su familia le acompañó a la sinagoga y tomó parte activa en el oficio del Sabbat. Todos los ojos estaban puestos en él y todavía recordaba la mirada divertida de su padre cuando empezó a leer con voz temblorosa el pasaje de la Torá que le había señalado el rabino. Desde aquel mismo momento sólo él era responsable de sus actos ante Dios. Acabado el oficio le ofrecieron una fiesta a la que acudieron sus amigos y los amigos de su familia. Recordó el orgullo de la tía Ruma y su pena porque había dejado de ser su niño pequeño para convertirse en un miembro adulto de la Comunidad. Le hicieron muchos regalos, pero sólo había conservado aquél, una copia del *Libro de los Proverbios* de Salomón. Lo recuperó a la muerte de su padre, pero nunca lo había vuelto a abrir desde su marcha al convento de San Francisco.

Leyó la dedicatoria de David escrita en hebreo y los ojos se le humedecieron.

–Definitivamente –pensó–, la edad me ha vuelto un sensiblero...

Hojeó el libro recordando las muchas horas que había pasado contemplando las hermosas y numerosas ilustraciones que tenía y envidiando la maestría del artista. Él siempre había sido un zote con el pincel. Se detuvo ante una que representaba a un hombre rico dando a un pobre una bolsa repleta de dinero. Siempre le había llamado la atención los rostros gozosos de los dos hombres. Entendía que el pobre se sintiera feliz –al fin y al cabo, aquella bolsa significaba el fin de su miseria–, pero, ¿y la alegría del hombre rico? Leyó el proverbio escrito bajo la ilustración: "*Vale más el buen nombre que las grandes riquezas, y más que la plata y el oro, la buena estima*".

Había empezado a clarear el día cuando volvió al lecho. Había encontrado la solución al problema. ¡Era tan simple! Se oyó reír mientras se entregaba confiado al descanso y, por un momento, creyó que la risa que oía era la de su padre David que le miraba orgulloso y satisfecho.

Se levantó tarde. Era una de las ventajas de hallarse retirado de su profesión. Nadie esperaba en la consulta y nunca venían a buscarle a altas horas de la noche para que atendiera a una parturienta cuyo hijo venía de través, o a un anciano que le había dado el mal de la vejez y no podía respirar... Comprobó que María no estaba a su lado. Andaría bregando hacía ya horas con los criados y los proveedores. Sonrió. A veces le gustaría volver a ser joven y emprender de nuevo un largo viaje..., le hubiera gustado ir a Italia o a Inglaterra..., pero la naturaleza era una madre sabia que mitigaba las ansias con la edad.

Hizo que le prepararan un baño caliente en la gran tinaja del cuartito de aseo y permaneció flotando dentro del agua hasta que se quedó fría. También le hubiera gustado ver el mar. ¡Qué ironía! Había elegido el nombre de Bilbao y nunca había estado en aquella villa... Todavía estaba a tiempo de ir allí –pensó–, era absurdo morirse sin ver el mar que tenía tan cerca y, además, le apetecía ver de nuevo a su hija Catalina.

Pachuco, su criado personal le ayudó a vestirse una camisa blanca de lino que María había bordado para él. Olía al aire de primavera al que se había secado. Se introdujo en unas calzas de color amarillo y se puso por encima los calzones abombados a rayas amarillas y negras. Dudó unos instantes entre un jubón negro y otro amarillo. El sirviente le recomendó el negro. Rechazó un cinturón de fina piel de ciervo teñido de negro del que colgaban unos cascabeles de plata y eligió otro sin adornos.

–Haz que quiten los cascabeles de ese cinturón –ordenó a Pachuco y ante su mirada sorprendida, añadió riendo–. Yo ya no estoy para llevar cascabeles como si fuera un joven gallito entre gallinas...

Finalmente, el criado le pasó un sayo negro de amplias mangas que le llegaba hasta los tobillos y un sombrero de media copa también negro que previamente había cepillado con esmero.

Se miró en el espejo de la alcoba y se sintió satisfecho de su aspecto. Seguía manteniendo una esbelta figura a pesar de los años. Su cuerpo no estaba deformado por la barriga de la que hacían alarde la mayoría de sus amigos. Su melena corta y peinada hacia atrás le daba un aspecto más joven a pesar de que los cabellos blancos superaban a los castaños. Llevaba el bigote y la barba a la moda, recortados siguiendo la forma de su mandíbula. No tenía el aire de patriarca bíblico de su padre David, pero los años le habían dado una prestancia y un aire de señorial elegancia que todavía hacía que damas y damiselas envidiasen a María. Sonrió y salió del cuarto.

Se dirigió directamente a la Judería. Algunos viandantes se sorprendieron de verle por allí a aquellas horas del mediodía y más aún conociendo la polémica que enfrentaba a su hijo con la comunidad, pero le saludaron con leves inclinaciones de cabeza a las que Pedro respondió con una sonrisa. Jonás se hallaba en su escritorio escribiendo un pequeño tratado de plantas medicinales de las que era un gran experto. También él había dejado la práctica de la medicina activa y únicamente se ocupaba de algunos casos puntuales que acudían a su casa.

–Aquí hay seiscientos ducados –dijo Pedro al tiempo que depositaba una bolsa sobre la mesa del escritorio de su hermano.

Jonás contempló la bolsa durante unos instantes y después levantó la vista hacia su hermano en muda interrogación.

–Con eso y con lo que habéis recogido, habrá suficiente para pagarle la deuda a Juan.

–No podemos aceptarlo.

–¿Por qué no?

–¡Es ridículo! –exclamó Jonás– ¿Cómo vamos a aceptar tu dinero para dárselo luego a tu hijo?

Pedro sonrió abiertamente y tomó asiento. Siempre le había gustado sorprender a los demás y especialmente a su hermano mayor, tan poco dado a gestos extravagantes.

–¿Y qué más da? –preguntó divertido– Antes o después será suyo. Digamos que lo único que yo hago es avanzarle su parte de la herencia..., o mejor dicho, devolverle parte de las ganancias que he obtenido gracias a su buen hacer. Ya sabes que lleva años ocupándose de invertir mi dinero. De no ser por él, no podría yo ahora permitirme el placer de echaros una mano...

–No lo entenderá –sentenció Jonás.

–Pues peor para él... De todos modos, tampoco tiene porqué saberlo... No tiene porqué saberlo nadie –añadió.

Jonás no sabía qué decir.

–Si nadie lo sabe, no podremos devolvértelo –dijo por fin.

–¿Quién habla de devoluciones? A fin de cuentas, va a volver de nuevo a la familia...

–¿Y qué les diré a los demás? ¿Cómo explicarles de dónde ha salido este dinero?

–Diles que te lo ha dado un benefactor anónimo que desea ayudar a una familia en apuros... –rió con ganas– Diles que ha sido San Judas, el patrono de los imposibles.

Jonás no pudo evitar reír también y miró a Pedro lleno de emoción.

–Es una suerte tenerte como hermano.

–No pensabas así hace algunos años... –dijo Pedro con ironía.

–Es cierto –recordó los años que estuvo sin hablarle–. El rencor anidó en mi corazón durante mucho tiempo. No te perdoné que nos hubieras abandonado, que hubieras dejado a los tuyos, tu religión, tus raíces, que hubieras causado tanta pena a las personas que te querían... Lloré de rabia muchas noches y deseé que murieras para no tener que sufrir más pensando en ti. Odié tu solo recuerdo y todo lo que recordaba tu presencia en esta casa...

–Nunca imaginé que tus sentimientos fueran tan terribles...

–Nunca fui comedido en mis acciones –prosiguió Jonás–, para mí sólo existía el amor o el odio. No había términos medios. Tú me has enseñado mucho durante todos estos años. De ti he aprendido a valorar a las personas por lo que en realidad son y no por sus apariencias externas que muchas veces ocultan la verdad.

–Yo siempre te he querido, incluso cuando me despreciabas por haberme convertido en un mesumad. Eras mi hermano mayor, la estrella que guía al viajero en su larga travesía por el desierto, el espejo en el que debe mirarse un niño para llegar a ser adulto. Nuestro padre y tú fuisteis el ejemplo que marcó mi vida y mis actos.

Se miraron. Ambos habían vivido una larga vida que había sido generosa con ellos, tenían hermosas familias y nunca habían sufrido penuria ni enfermedades, pero aquel instante valía más que todas las riquezas del mundo.

La víspera de San Juan se organizó una gran hoguera fuera de las murallas y hubo festejos en toda la Villa. Los bailes al son de la xirula y el tamboril duraron hasta la madrugada y cuando la mayoría regresó cansada a su casa, los más apegados a las antiguas costumbres se dirigieron en romería al Zadorra para lavarse en el río antes de que saliera el sol. Casi todos se quitaron calzado, medias y calzas, arremangaron faldas y calzones y metieron los pies en el agua. Los mayores echaron a andar sobre la hierba con los pies desnudos, pero los jóvenes más osados se desnudaron completamente y se zambulleron en las frías y cristalinas aguas del torrente. Después de la mojadura, entre risas y aspavientos, corrieron entre los trigales cargados de rocío y se revolcaron en la hierba para curar y evitar el herpe, la sarna y otras enfermedades de la piel. Llamaron a gritos a las mozas para que fueran a encontrarse con ellos, pero éstas –escandalizadas y halagadas al mismo tiempo–, no les hicieron caso y prosiguieron con la tarea de lavarse el pelo, peinarlo y cortarlo para lucirlo esplendoroso cuando les llegara la hora de tenerlo largo.

Cuando los primeros rayos de sol de la mañana de San Juan empezaron a adivinarse en la lejanía, la comitiva volvió a Vitoria entonando viejas canciones y recogiendo ramas de fresno, helechos, hinojos y lirios para colocar en las puertas de sus casas y que fueron bendecidos por el fraile de la ermita de San Juan de Arriaga. Así evitarían el rayo y la entrada de los malos espíritus en sus hogares.

A pesar de que el santo era cristiano y la fiesta en sí una reminiscencia pagana, también los judíos tomaron parte en las celebraciones y los niños y jóvenes de la kahala corrieron alrededor de la hoguera lanzando ramas al fuego. Como otros años, el rabino y los ancianos no estaban muy seguros de que tal proceder fuera correcto, pero no encontraron una base doctrinal para impedirlo. La fiesta coincidía con el solsticio del verano y estaba muy arraigada en el pueblo vasco del que, en cierta medida, también ellos hacían parte.

Jonás contempló desde la terracilla de su casa el humo de la hoguera y escuchó los cantos y la música. Llevaba varios días notando una fuerte presión en el pecho. De vez en cuando sentía un agudo pinchazo en el corazón y la respiración se le cortaba del dolor, pero no dijo nada a su familia. ¿Para qué angustiarlos? Demasiado bien sabía lo que tenía: la máquina empezaba a fallar y acabaría por detenerse. Puso en orden sus documentos, dejó escritos sus últimos deseos y repartió entre sus hijos aquellos objetos que le eran más queridos. Lo hizo poco a poco, sin darle importancia para no levantar sospechas.

A su hijo Ismael, el maestro, le regaló la cadena de oro y la estrella de David que siempre llevaba colgada al cuello.

–Deseo que la lleves tú –le dijo respondiendo a su pregunta–, mi padre me la regaló a mí cuando tenía tu edad.

A su hijo mayor, Abraham, le entregó la hermosa túnica blanca bordada en hilos de oro que se había hecho confeccionar cuando fue nombrado juez del Bet-Din. Era una prenda valiosa y rara. La tela era de gruesa seda y la había comprado en el comercio de su sobrino Juan. También le dio su anillo de juez. A sus otros hijos e hijas regaló anillos, brazaletes, amuletos, libros... Ninguno –excepto Ana–, sospechó el motivo de tal generosidad.

–No te apenes, querida –le dijo al ver la tristeza en sus ojos–. Antes o después todos tenemos que abandonar este mundo. Si algo siento es tener que dejarte aquí sola, pero –rió dulcemente–, me temo que no podré llevarte conmigo...

Sentado en la terracilla pensó en su esposa. Había sido una compañera querida y discreta durante todos aquellos años. Nunca le había dado motivo de queja y sí muchas alegrías y buenos momentos. Había insistido para que toda su familia, incluida ella, acudiera a la fiesta. Pretextó, para no acompañarlos, que las algarabías festeras nunca habían sido de su agrado. Odiaba las multitudes y el olor a sudor y, además –dijo–, quería repasar las últimas anotaciones de su libro sobre las plantas medicinales. Despacio y con dificultad subió las escaleras que llevaban a la terracilla y se sentó en un pequeño banco de madera que él mismo había fabricado cincuenta años antes. Miró hacia el este, en dirección de la Tierra Prometida y la oración acudió a sus labios.

–Schema Israel Adonai Alohenu Adonai Echod...

"Escucha Israel, el Señor Nuestro Dios, es el único". La última profesión de fe en la hora de la muerte. No sentía dolor alguno y una inmensa paz invadió su cuerpo y su mente. Durante unos momentos revivió en su mente los momentos más dichosos de su vida. Vió de nuevo a su padre David, a la tía Ruma, a Yosef de niño y a Ana el día de su boda..., miró por última vez el cielo cubierto de estrellas y cerró los ojos.

Su familia le encontró sentado en el banco de madera después de haberlo buscado por toda la casa. En un principio creyeron que dormía, pero Ana ahogó un gemido al observar que el brazo izquierdo de su marido pendía sin vida mecido por la brisa de la noche.

El luto por la muerte de Jonás fue general en Vitoria. Los judíos lloraron a uno de sus miembros más respetados y queridos. También los cristianos sintieron su muerte. A lo largo de más de cuarenta años, Jonás ben David Sahadia había dejado una profunda huella como físico y hombre honesto. Fueron muchos los que asistieron a las honras fúnebres y acompañaron el cadáver al cementerio judío. Por ser el mayor de los parientes varones, Pedro Sánchez de Bilbao presidió la comitiva y las oraciones en la sinagoga. Parecía haber envejecido veinte años de golpe y aunque en ningún momento abrió la boca para responder a las preces del rabino, en su corazón fue repitiendo una a una todas las palabras del qaddish. Su hijo Juan acudió a la judería a dar el pésame a su tía y a sus primos, pero se abstuvo de asistir a la sinagoga y tampoco fue a Judimendi. Pedro, "el mozo", sin embargo –y para gran sorpresa de su padre–, estuvo a su lado en todo momento, así como Mosseh y su hijo mayor que acudieron a galope tendido desde Medina en cuanto recibieron la noticia de boca del mensajero que su hermano y tío despachó a toda velocidad la misma mañana de San Juan.

La noche del sepelio, María se acostó sola dejando a su esposo sentado en su mesa de trabajo. Por primera vez en casi treinta años de matrimonio no encontró el medio de comunicarse con él y aliviar el sordo y terrible dolor que sentía. Pedro no había dicho nada en todo el día, tampoco había derramado una sola lágrima ni proferido ninguna lamentación por la pérdida de su hermano. Su mente estaba en blanco, paralizada por el estupor. Alargó la mano mecánicamente y cogió el libro de

Semu'el ben Yosef ibn Nagrella ha-Nagid que reposaba encima de la mesa y comenzó a pasar las hojas lentamente. Sus ojos tropezaron con un poema escrito por el poeta con motivo de la muerte de su hermano mayor, Yishaq, y comenzó a leerlo:

"¿Hay un mar entre nosotros
que me impida ir a exequiarte
y correr con el corazón estremecido
a sentarme junto a tu tumba?
En verdad, si no lo hiciera
traicionaría tu amor de hermano.
Ay, hermano, estoy sentado
junto a tu tumba, frente a ti;
por ti está mi corazón en duelo
al igual que en tu muerte.
Te saludo,
y no oigo tu respuesta.
No sales a mi encuentro
al llegar yo a tu tierra.
No ríes cuando estoy junto a ti,
ni río yo al tenerte a mi lado.
No puedes ver tú mi imagen,
ni yo tampoco la tuya,
puel el se'ol es tu casa,
y la tumba tu morada.
Primogénito de mi padre y de mi madre,
la paz sea contigo desde ahora.
Que el espíritu de Dios repose
sobre tu espíritu y sobre tu alma.
Yo regreso a mi tierra, tú te quedas
en la tierra aprisionado.
Yo me duermo y me despierto,
tú duermes ya para siempre.
Hasta que llegue el día de mi tránsito,
arderá en mi corazón el fuego de tu ausencia".

Al finalizar la última estrofa los ojos de Pedro estaban anegados de lágrimas que suave y silenciosamente rodaban por sus mejillas. Lloró durante toda la noche. A la mañana siguiente, María lo encontró dormido, sentado en su sillón con el libro en su regazo. Las lágrimas se habían mezclado con la tinta y habían emborronado parte del poema escrito cuatro siglos antes.

Invierno de 1467

Al salir de Santa María de misa de diez llevando a Inesa del brazo y al pequeño Juanillo de la mano, un mozalbete de unos ocho años se les cruzó en el camino y estuvo a punto de hacerle dar un traspiés.

–¡Muchacho! –gritó soltando el brazo de su esposa –¿Es que acaso no tienes ojos en la cara para mirar por donde vas?

El chico se le quedó mirando con un aire insolente desmentido por el temblor de su voz.

–¿Sois maese Juan Sánchez de Bilbao? –preguntó.

–¡Por Dios que lo soy! –respondió– ¿Quién lo pregunta?

El chico le puso un trozo de papel en la mano y desapareció velozmente, mezclándose entre la gente que salía de la iglesia. Había sido todo tan rápido que ni siquiera Inesa se había dado cuenta. Juan aguantó la curiosidad que sentía y guardó el papel en la faltriquera de su sayo. Se entretuvo charlando con algunos conocidos y compró un cucurucho de almendras para su hijo en un puesto de golosinas a pesar de las protestas de Inesa.

–Luego no come bien... –apuntó.

–No pasa nada porque un niño sano no coma un día –replicó.

El papel le quemaba en el bolsillo y metía la mano de vez en cuando para asegurarse de que seguía allí. En cuanto llegaron a casa, se encerró en su escritorio y leyó el recado. Sólo contenía unas pocas palabras: "Esta noche, después del toque de queda, en vuestro comercio". No estaba firmado. Pensó que podía tratarse de una broma o, aún peor, de una encerrona.

–No iré –dijo en voz alta–. Si alguien tiene algo que decirme que dé la cara y se presente a la luz del día...

¿Y si se trataba de algún asunto importante que requería del secreto de la noche? Estuvo dándole vueltas a la cabeza durante toda la tarde y al anochecer ya había decidido que iría a la tienda y esperaría al desconocido. Tomaría sus precauciones y se haría acompañar de un par de sus hombres armados. Si alguien quería gastarle una mala pasada iba a llevarse una buena sorpresa...

Oyó el toque de queda y acompañado de Sebastián y Hernando –sus dos criados más fieles–, bajó las escaleras y penetró en el comercio que ocupaba toda la planta baja de la casa. Esperó con impaciencia dando vueltas y mirando continuamente por la ventana hasta que, unos minutos más tarde, oyó que llamaban a la puerta. Hizo una seña a sus sirvientes para que se ocultaran detrás de unos fardos de mercancías y sacó su daga.

–¿Quién va? –preguntó en euskara.

–¿Maese Juan? –preguntó una voz al otro lado de la puerta.

Juan abrió la mirilla y trató de descubrir al visitante.

–¿Quién va? –volvió a preguntar esta vez en castellano.

Se llevó un susto cuando al otro lado de la mirilla apareció de pronto un rostro desfigurado por las sombras de la noche.

–Soy yo, maese Juan. Sancho Alba.

Tardó unos segundos en reaccionar antes de caer en la cuenta de que aquel hombre era el administrador de Escoriaza. Descorrió los cerrojos de la puerta y la abrió con una mano mientras en la otra seguía manteniendo la daga.

–¿Venís solo? –preguntó sin franquearle la entrada.

–Solo y..., desarmado –respondió Alba con una sonrisa– Tengo algo importante que deciros.

Juan hizo una seña a sus criados para que se fueran y sólo se apartó de la entrada cuando vió que sus hombres desaparecían por la puerta trasera de la tienda.

–Tomáis vuestras precauciones... –comentó Alba al observar la daga.

–En mi situación hay que tomarlas –replicó guardando el arma en su vaina y, tras echar un vistazo a la calle y comprobar que no había nadie, cerró la puerta–. ¿Qué es lo que os trae aquí a estas horas? ¿Quién era el muchacho que me ha entregado vuestro recado?

–Mi hijo Alonso. Un perillán listo donde los haya –respondió Alba aparentemente muy orgulloso de su retoño y luego prosiguió gravemente–. El motivo de mi visita a horas tan intempestivas, maese Juan, se debe a una importante razón. No podía abordaros en pleno día, ni podía venir a veros sin correr el riesgo de ser visto...

–¿Qué es eso tan importante que os hace moveros como una ave nocturna? –insistió Juan impaciente.

–Una conversación que tuvo lugar ayer en casa de mi señor, don Martín de Escoriaza –el hombre hizo una pausa–. Se habló de vos y de vuestro padre, don Pedro. Piensan tenderos una emboscada y mataros a ambos.

Juan no sabía cómo reaccionar ante las palabras de Alba. Su primer impulso fue echarse a reír. No era la primera vez y probablemente tampoco sería la última que alguien venía a contarle que pensaban acabar con su vida. Pero no se rió. Sancho Alba parecía hablar muy en serio.

–¿Quién quiere matarnos? –preguntó.

–Unos cuantos señores que se hayan muy disgustados por el auge de vuestros negocios. Ha llegado a sus oídos que habéis conseguido del rey una reducción en vuestras tasas comerciales y que además habéis obtenido permiso para comerciar con Francia e Inglaterra sin pagar los derechos de aduana...

–Eso es cierto –aseguró Juan con satisfacción.

Le había costado muchas entrevistas con el secretario del rey –del que había llegado a ser amigo personal–, regalos costosísimos y muchas horas de espera en la antesala de los miembros del consejo real, pero, ¡había merecido la pena! Todos los demás grandes comerciantes de Vitoria tendrían que tratar con él si no querían ir a la ruina. En adelante él sería el arbitro de las transacciones comerciales en la ciudad.

–Esos privilegios que habéis obtenido –prosiguió Alba–, han desatado el odio y hay algunos que están dispuestos a acabar con vos ante de permitir que os hagáis con el monopolio comercial de Vitoria…

–¿Y quiénes son esos que tan mal me quieren? –preguntó con sorna conociendo la respuesta de antemano.

El bando gamboíno de los Ayala, Abendaño, Maeztu, Landa, Salazar… Hidalgos campesinos cuyos antepasados habían ido a instalarse en la Villa cuando sus rentas agrícolas mermaron de forma tan considerable que les fue imposible continuar la ostentosa vida a la que aspiraban. Respiró profundo. Los conocía bien y conocía sus manejos. No le perdonaban su prosperidad, su amistad con Pedro Calleja –enemigo de todos ellos–, y mucho menos, la riqueza amasada en pocos años que le había abierto las puertas más nobles de la corte. Había, sin embargo, algo que no cuadraba en todo aquel asunto. La reunión de los conspiradores había tenido lugar en la casa-torre de Escoriaza y éste, en principio, pertenecía al bando oñacino de los Mendoza, Hurtado, Maturana y del propio Calleja. Por otra parte, Martín Martínez de Escoriaza era un ricohombre que no tenía intereses en el comercio, ¿por qué deseaba el viejo acabar con él?

–Desconozco el fondo de sus motivos, maese Juan –dijo Alba respondiendo a su pregunta–, pero me pareció entender que él no deseaba vuestra muerte sino la de vuestro padre y se refirió a él como a "un apestoso judío de mierda…".

La revelación le dejó pensativo. Conocía la enemistad existente entre su padre y el viejo Escoriaza, pero en ningún momento hubiera creído que ésta fuera tan grande como para comprometerse en un plan asesino. Tendría que hablar de ello con su padre.

–¿Y cuándo piensan llevar a cabo su plan?

–Saben que es imposible atacaros en vuestra propia casa y tampoco sería recomendable hacerlo en la calle en un día cualquiera...

–¿Entonces?

–Os prepararán una emboscada –aclaró Alba–. Con la excusa de llegar a un acuerdo, os convocarán a una reunión en casa de Juan de Anda y allí os matarán. Luego dirán que fuisteis con ánimo de asesinar a uno de ellos y que lo único que hicieron fue defenderse.

–¿Y cómo explicar la presencia de mi padre en dicha reunión? –preguntó Juan– Él no es un comerciante.

–Pero es vuestro socio y tiene su dinero invertido en vuestros negocios. Su firma es necesaria en cualquier acuerdo...

Tuvo que reconocer que era un buen plan. Su muerte y la de su padre levantaría una pequeña polvareda durante algún tiempo, pero una vez muertos, ¿a quién le iba a importar? Había muchos que le envidiaban y no derramarían ni una sola lágrima por él. Otros pensarían que "el hábito no hacía al monje" y que los que habían sido judíos, judíos seguían siéndolo. Todavía vivía gente que había conocido a su padre cuando era Yosef ben David Sahadia..., y también estaban los que le debían dinero... Trató de pensar en alguien que de verdad pudiera sentir su desaparición y sólo se le ocurrió pensar en su propia madre, Inesa y acaso su hermana Teresa con la que siempre había estado unido. Sus otros hermanos llorarían a su padre, pero no le llorarían a él. De pronto se sintió hastiado de todo.

–¿Por qué habéis venido a contarme esto? –preguntó a Alba con dureza.

–Nunca me han gustado los asesinatos a traición –fue su respuesta–. Si hay que matar a alguien, ha de hacerse a la luz del día y con testigos. Lo otro es pura cobardía.

Juan permaneció callado durante unos segundos contemplando con ojos escrutadores al delator de su amo.

–¿Os gustaría trabajar para mí? –preguntó de nuevo.

Sancho Alba le miró directamente a los ojos.

–Sería un honor, maese Juan.

–Venid a verme cuando todo esto haya pasado. Os procuraré una vivienda para vos y vuestra familia y hablaremos de vuestro nuevo cometido.

Alba se inclinó y salió cerrando la puerta tras de sí.

Juan se quedó pensativo viéndolo marchar. No le diría nada a su padre. ¿Para qué preocuparlos a él y a su madre? Él se encargaría de todo.

Sus relaciones con su padre eran algo tirantes desde que supo que había sido su dinero el que había ayudado a los Gaón a pagar la deuda. No le había costado mucho averiguarlo. Interrogó a varios judíos que le debían favores y que le confesaron la cantidad exacta recogida en la aljama. De los noventa mil maravedíes que faltaban sólo pudieron decirle que habían sido entregados a Jonás Sahadia por alguien que deseaba permanecer en el anonimato. Su tío nunca había sido rico –le constaba–, y no hubiera podido entregar una cuantía semejante de su propia pecunia. Toda su vida había transcurrido en Vitoria y dudaba que tuviera amistades cristianas dispuestas a donar una suma tan considerable a fondo perdido. Por otra parte, de haber sido el misterioso donante un judío adinerado de la aljama, seguramente él mismo se hubiera encargado de propagar su generosidad a los cuatro vientos. Todas las suposiciones le llevaban a una sola persona: su padre.

En cuanto hubo llegado a dicha conclusión, fue directamente a verle. Pedro se hallaba departiendo tranquilamente con su mujer en la cocina de su casa y preparando un té verde de hierbabuena que siempre tomaba después de las comidas porque era digestivo y aliviaba los ardores de estómago. Lo preparaba él mismo y sentía gran placer en seguir un rito que Juan le había visto hacer desde que era niño. Escaldaba el té verde con un chorrito de agua hirviendo, lo removía y tiraba el agua. Inmediatamente después, con el té ya reblandecido y lavado, echaba otra vez el agua hirviendo necesaria y le añadía un gran manojo de hierbabuena recién cortada. Pasados unos minutos colaba la cocción con un paño y la endulzaba con miel. Siempre había dicho que esa era la forma correcta de preparar las tisanas. Lo aprendió de su tío Yehudá quien, a su vez, lo aprendió de un viejo moro en sus años de estudiante en Toledo.

–Padre, ¿has sido tú quien ha dado el dinero que les faltaba a los Gaón para pagarme la deuda de Jacob? –preguntó sin tan siquiera saludar primero.

–¿Y qué si fuera así? –replicó Pedro desafiante.

–¿Has hecho que esos judíos me pagaran con mi propio dinero? –gritó más que preguntó.

Pedro coló el té con cuidado y lo sirvió en dos tazas de loza bellamente decoradas, una para él y otra para María que contemplaba a su marido y a su hijo sin entender nada de lo que estaba ocurriendo. Después se enfrentó a Juan.

–¿Tu propio dinero? –le preguntó con ironía– Que yo sepa aún estoy vivo y coleando. Mi dinero es mío, no tuyo, y dispongo de él como me place.

–Es parte de mi herencia y de la de mis hermanos...

–Tendréis que esperar un poco –rió Pedro–, para repartiros mi fortuna.

–¡He sido yo quien te lo ha hecho ganar!

–Y yo quien te proporcionó los medios para comenzar tu negocio –replicó su padre con determinación.

Se midieron con la mirada. En la del joven una furia incontenida, en la del viejo un brillo malicioso y divertido. Juan salió de la cocina sin decir ni una palabra más.

–¿Qué ha ocurrido? –preguntó María– Nunca os había visto así.

–Tu hijo tiene que aprender modales –respondió Pedro sorbiendo y paladeando el té.

–Pero ¿qué ha ocurrido? –insistió su mujer.

–Que yo le dí a Jonás parte del dinero que los Gaón necesitaban para pagar la deuda que el desgraciado de Jacob había contraído con Juan.

–¿Por qué hiciste eso?

–No lo sé. Tal vez porque sentí que debía algo al pueblo de mi padre..., o porque no me agrada que Juan sea tan ambicioso. Antepone sus negocios a cualquier otro tipo de sentimiento –dijo pesaroso.

–Es buen hijo, esposo y padre…

–Lo sé…, lo sé…

–Y da grandes cantidades a obras de beneficencia…

–¿Crees que no lo sé, querida? Pero también estaba dispuesto a vender como esclavos a la mujer y a los hijos de Jacob Gaón y a arruinar a media comunidad judía –puntualizó–. No acabo de entender las razones que le llevan a ser tan generoso con unos y tan duro con otros…

–Tú no eres un financiero como él –María puso la mano encima de la suya en un gesto de ternura que Pedro agradeció.

–¿A ti te parece mal lo que he hecho?

–Nada de lo que tú haces me parece mal, querido mío.

Ni la más hermosa declaración de amor escrita por los poetas a lo largo de los siglos podía compararse con aquellas sencillas palabras de María. Pedro acercó sus labios a los de su esposa y olvidó a su hijo.

Tal y como se lo había anunciado Sancho Alba, pocos días después Juan recibió la visita de Juan de Anda. Era un hombre más o menos de su edad con el que había tenido algunas relaciones comerciales, siempre amistosas. Al verle delante de él, tan tranquilo y sonriente, no pudo dejar de pensar que venía con ánimo de llevarlo a una trampa mortal y admiró su sangre fría. Él nunca había matado a nadie y tampoco había ordenado que otros lo hicieran por él. Se necesitaba ser de un tipo especial de hombre para asesinar fríamente a otro. Sintió ganas de echarle en cara su proceder, de decirle que conocía sus planes y que no les resultaría tan fácil acabar con su vida y con la de su padre, pero se contuvo. Deseaba saber hasta dónde podían llegar en sus maquinaciones.

–Es muy sencillo, Bilbao –le propuso Anda–. Sabemos que gozáis de una serie de privilegios que ninguno de nosotros puede igualar. Eso, naturalmente, nos coloca en desventaja respecto a vos. Lo que nosotros os proponemos es un trato por el que todas nuestras mercancías recibirán el mismo trato que las vuestras y, a cambio, nosotros os pagaremos un cinco por ciento de nuestros beneficios…

–Un diez por ciento –dijo fríamente.

–Mucho es lo que pedís… ¿Qué tal un siete por ciento?

–Un ocho.

–¡Conforme! –cedió Anda– Que sea un ocho. No creo que los demás tengan nada que objetar vistas las grandes ventajas que nos aportará un trato con vos. Propongo que nos reunamos en mi casa para la firma del acuerdo. Tengo unos vinos excelentes que espero sean de vuestro agrado y del de vuestro padre.

–¿Mi padre? –interrogó Juan aparentando sorprenderse.

–¡Por supuesto! –exclamó Anda en tono alegre– Nunca habéis ocultado que él es vuestro socio, por lo tanto su firma también es necesaria en el documento.

–Sí, claro, naturalmente…

–Pues en eso quedamos. Mañana al mediodía os espero en mi casa a don Pedro y a vos.

Juan acompañó a su homónimo hasta la puerta y le despidió efusivamente con una amplia sonrisa y un agitar de manos. Después entró de nuevo en la tienda y llamó a sus hombres.

Acababan de dar las doce y el eco de las campanas de las iglesias aún flotaba en el aire cuando Juan Sánchez de Bilbao golpeó la aldaba de la casa de Juan de Anda situada entre el Portal de Arriaga y la catedral… Un instante después abría la puerta el propio Anda con una sonrisa de oreja a oreja que se congeló en su rostro al ver que don Pedro no acompañaba a su hijo.

–¿Y vuestro padre? –preguntó confuso y preocupado.

–No ha podido venir –respondió Juan tranquilamente–. No se sentía bien…

–Espero que no sea nada grave…

–Nada grave, os lo aseguro, pero lo suficiente como para impedirle asistir a vuestra cita.

El de Anda se hizo a un lado para permitirle la entrada y cerró la puerta después de asegurarse de que no se había hecho acompañar por ninguno de sus hombres, conocidos por su fiereza en toda Vitoria. Penetraron en un hermoso salón cuya sobriedad y elegancia sorprendió a Juan. Las paredes estaban completamente apaneladas y sobre ellas colgaban cuadros y tapicerías de gran valor. Un ventanal desde el que se divisaba un coqueto pero vacío jardín permitía entrar un raudal de luz que iluminaba la estancia. Los muebles eran antiguos, de buena madera y recia factura y en la chimenea ardían unos troncos de encina que impregnaban el ambiente de un suave y cálido aroma.

Juan saludó a los tres hombres que apuraban unas copas de vino junto a la chimenea y que cesaron su conversación en cuanto le vieron.

–Así pues, sólo son cuatro... –pensó regocijado.

Pedro López de Maeztu, Alonso de Guevara y Pedro García de Mendoza, además del propio Anda eran los cuatro conjurados que habían tramado su muerte en compañía de Escoriaza. Todos de su misma edad, todos hijos de buenas familias, pero ninguno de ellos cabezas de linaje, segundones a fin de cuentas. El viejo don Martín no estaba presente y tampoco el inútil de su hijo, "el mozo".

–El muy cuco –se dijo, pensando en el viejo–, lía a estos pardillos para que hagan el trabajo sucio y él se lava las manos. Si la cosa sale bien, ¡estupendo! y si sale mal, él no ha tenido nada que ver... ¿Y bien, caballeros, dónde están esos papeles que hay que firmar? –preguntó en voz alta.

La pregunta pilló desprevenidos a los conspiradores que no supieron qué responder y se excusaron torpemente por no tener listos los documentos.

–Al parecer aún no los habéis preparado... Menos mal que soy hombre precavido –añadió mordaz–, y he traído conmigo un documento redactado por mi cuñado Olabe que, como sabéis, es escribano y notario del Concejo. Todo está en regla y sólo tenéis que estampar vuestras firmas.

Juan estuvo a punto de echarse a reír al ver el estupor reflejado en los rostros de los cuatro hombres. Aquello no era lo que ellos habían previsto. Seguramente pensaban darle a beber una copa de vino en la que habrían vertido una respetable cantidad de tósigo y acabar con él cuando estuviera dormido.

Pedro López de Maeztu cogió el documento y leyó su contenido.

–¡Aquí dice que nos comprometemos a daros el trece por ciento de los beneficios! –exclamó escandalizado.

–Eso no era lo que habíamos acordado –protestó Juan de Anda–. Ayer hablamos de un ocho por ciento...

–Yo no puedo comprometerme sin contar con la aprobación de mi padre... –objetó García de Mendoza.

Juan disfrutaba oyéndoles balbucear todo tipo de disculpas para no firmar. Los pichones habían caído en su propia trampa.

–¿He de entender, señores, que me habéis hecho venir hasta aquí para nada? –preguntó con frialdad– Pues lo siento mucho. No acostumbro a perder mi tiempo. No me sirven de nada vuestras excusas y exijo que firméis el documento.

Los cuatro se miraron. ¿Cómo se atrevía aquel don nadie, hijo de un judío converso, a exigirles algo a ellos? El color tiñó sus mejillas y la ira asomó a sus rostros. Alonso de Guevara se encaró a Juan sabiéndose arropado por los otros.

–¿Piensas obligarnos tú solo a firmar? –preguntó en tono insolente– Sería la primera vez que cuatro caballeros cristianos se bajaran los calzones ante el hijo de un bastardo judío.

Ni siquiera pestañeó por el insulto. Dio un silbido y al momento aparecieron Sebastián, Hernando y otros dos hombres más armados hasta los dientes. Se habían introducido en la casa durante la madrugada, apostándose en lugares estratégicos dentro de ella. No había nadie. Juan de Anda no quería testigos del crimen que tramaba cometer en compañía de sus amigos y había enviado a su mujer y a su hijo con sus padres. A los criados –para su gran sorpresa–, les dio el día libre y les obligó a salir de la casa.

–Me temo, señor de Guevara, que tendréis que hacerlo –dijo Juan respondiendo a la pregunta del joven hidalgo–, de lo contrario mis hombres no tendrán tantos reparos como yo y os abrirán en canal como si fuerais..., marranos –rió de su ocurrencia y aclaró para no dejar ninguna duda–. No son gente educada y sólo escuchan la voz de su amo. La mía.

Después de firmar el documento, fueron obligados a desprenderse de todas sus ropas y a salir a la calle desnudos y tiritando. Los viandantes no salían de su asombro al ver el extraordinario cortejo que se dirigía cuesta arriba hacia la plaza de la catedral y llamaban a sus vecinos para que se asomaran a ventanas y balcones: los cuatro notables caminaban como sus madres los trajeron al mundo tapándose las vergüenzas con las manos; detrás, los hombres de Sánchez de Bilbao y tras ellos el propio Juan sonriendo y saludando a los conocidos. Llegados a la plaza, les hicieron colocarse en el centro de la misma. En pocos minutos, la pequeña plazoleta se había llenado de gente. Todo eran risas y bromas.

–¡Vaya! –exclamó a gritos una comadre– ¡Parece ser que los notables también tienen culos como todo el mundo!

–¡Otra cosa que el culo me gustaría a mí verles! –le respondió otra desde un balcón.

La carcajada fue general y los cuatro hidalgos tuvieron que soportar la humillación de escuchar todo tipo de comentarios, a cual más soez, sobre sus personas y atributos. Juan dejó pasar unos minutos ante de tomar la palabra. Se subió al bordecillo de la fuente y desde allí pidió silencio.

–Estos cuatro malnacidos me habían preparado una trampa y pensaban degollarme como a un cordero –dijo–. Yo podía haberlos matado y mi acción hubiera estado justificada, pero no soy un matarife como ellos. Vedlos aquí tal como son, sin plumas ni armiños…, ¡y sin cojones!

La algarada que provocaron sus palabras pudo escucharse en todos los rincones de Vitoria. Instantes después hizo su aparición una pequeña tropa de alguaciles que rodearon a los cuatro hidalgos y se los llevaron en medio de las chirigotas del populacho.

–No sé si has obrado prudentemente –opinó Pedro de Bilbao al conocer lo acaecido de la propia boca de su hijo.

Pocos meses antes se había producido un choque sangriento en Toledo que había puesto en pie de alerta a todos los conversos del reino. La lucha entre los cristianos viejos y los nuevos por obtener los puestos más importantes del gobierno de aquella ciudad había llegado hasta el punto de formarse dos bandos irreconciliables en la población. Un domingo del mes de julio, a la salida de misa, hombres de ambos bandos se habían enfrentado verbalmente delante de la catedral. La discusión había desquiciado de tal manera a los cristianos viejos que, horas más tarde, grupos armados con hoces, hachas y palos penetraron en el barrio converso –que ocupaba parte de la antigua judería–, incendiaron las casas e hicieron una horrible carnicería entre sus habitantes. Fueron muertos más de cien conversos o marranos, como se empeñaban en llamarlos. Pedro supo de aquel hecho poco después y sintió temor por su familia.

–Con tu acción te has convertido en la persona más odiada de una parte de la población de la Villa...

–Ya lo era antes –replicó Juan con indiferencia–. ¿O acaso crees que siempre me hago acompañar de dos de mis hombres porque me agrada?

–Tendrías que haberme avisado –dijo su madre–. ¡Me hubiera gustado ver el espectáculo!

–¡María! –Pedro miró perplejo a su esposa.

–Yo hubiera sido menos generosa con ellos, querido –su voz era suave, pero sus ojos brillaron de rencor–. Los hubiera matado con mis propias manos, uno a uno, sin tener piedad.

Pedro no salía de su asombro ¿Era aquella su dulce María? ¿La madre de sus hijos? ¿Su compañera de casi toda una vida? No la reconocía.

–Si Juan no hubiera sido alertado. Si esos asesinos hubieran llevado a buen fin sus planes matando a mi esposo y a mi hijo, no hubiera cejado hasta ver sus huesos blanqueados por los gusanos –afirmó fríamente convencida mientras pelaba unas castañas.

Los dos hombres se la quedaron mirando. Juan sonreía con admiración, Pedro estaba atónito. La furia de la tormenta no era nada comparada con la determinación que leía en los ojos de su mujer. La sangre de los rudos alaveses, de los guerreros que se habían enfrentado a romanos y árabes, de los hombres y mujeres que habían soportado ataques y asedios de castellanos, navarros y aragoneses bullía en sus venas dispuesta a defender a los suyos como la loba defendía a sus cachorros. Por primera vez en treinta años se dio cuenta de lo diferentes que eran y la amó aún más por su amor hacia él.

En Vitoria no se habló de otra cosa en muchos días y hasta se formaron dos bandos: los que apoyaban la acción de Juan Sánchez de Bilbao y los que opinaban que había llevado la cosa demasiado lejos. Las familias de los cuatro hombres presentaron una denuncia ante el Concejo pidiendo la cárcel y el destierro para el comerciante.

El juicio se llevó a cabo pocos días después en medio de una enorme expectación. Las viejas familias se sentían directamente ofendidas por la actuación del comerciante y exigieron una justa reparación al agravio sufrido. El pueblo, por su parte, disfrutó alegremente de una situación que había puesto en ridículo a cuatro cachorros de la clase dirigente. Después de escuchar la declaración de Sancho Alba, el Regidor se limitó a imponer a Sánchez de Bilbao una multa de mil maravedíes "por haber incitado al alboroto y atentado contra la moral pública". Juan pagó la multa al momento.

–Y los volvería a pagar –dijo en voz alta para que todos lo oyeran– por ver en cueros a esos cuatro caballeritos.

El alboroto que siguió fue tremendo y el Regidor ordenó desalojar la sala del juicio.

Cuando supo el resultado del juicio, Martín Martínez de Escoriaza juró una vez más vengarse de aquella familia de marranos antes de morir.

Primavera de 1437

Las obras de la torre de los Sánchez de Bilbao estaban ya finalizadas. De hecho, hubiera podido decirse que llevaban acabadas desde hacía ya varios meses, pero Juan no se había conformado con reconstruir la vieja torre de los Gaona. Nuevas reformas y ampliaciones habían ocupado el lugar de las originalmente previstas. Lo que en principio iba a convertirse en el buque insignia de la familia, el centro de sus operaciones mercantiles y financieras, se había transformado en una meta fija y obsesionante para Juan Sánchez de Bilbao. Después de darle mil vueltas a la cabeza, adquirió la casa vecina y la hizo demoler por completo; contrató al mejor arquitecto de la ciudad y él mismo dirigió las obras, cambiando los planos a medida que se le ocurrían nuevas ideas y mejoras. Hizo traer maderas de África, hierros forjados de Alemania, cristales transparentes de Flandes y baldosas cocidas de Andalucía. No escatimó esfuerzos ni dinero para construir el más bello palacio de Vitoria.

–¿Para qué necesitamos un palacio? –le preguntó su padre– La casa en la que vivimos es amplia y confortable. Suficientemente grande para todos nosotros...

–No es sólo cuestión de tener una casa mayor, padre –respondió–. Es una cuestión de prestigio.

Prestigio. Esa era la palabra clave –pensó Pedro. Su hijo no se conformaba con ser el hombre más poderoso, el más rico y envidiado de toda la ciudad. Necesitaba también ser el de mayor prestigio. Su palacio no sería un mazacote de piedra como los otros, sería un edificio moderno y armonioso, lleno de gracia y belleza. Contempló admirado la sala central de la torre, una enorme estancia cuyo techo era una gran bóveda estrellada de terceletes policromados y decorados. En el centro, una enorme clave en la que estaba labrado el escudo de Castilla dominaba la estancia. Ocho claves más pequeñas con el escudo de la familia, su marca comercial, la figura de un pañero midiendo una tela con la vara y animales fantásticos completaban la increíble techumbre. ¿De dónde habría sacado su hijo la idea para construir algo semejante? Las paredes de piedra estaban recubiertas de cortinajes de terciopelo azul, el color favorito de Juan –a juego con el color del techo–, y tapicerías traídas de Flandes que representaban escenas de caza y de comercio. Varias ventanas permitían el paso de la luz que hacía brillar como si fuera un espejo el suelo de baldosas encerado. Una gran chimenea, hermosos muebles de madera de roble con extraños dibujos vascos y numerosos candelabros de plata completaban la decoración. El resto del palacio no le iba a la zaga. Un amplio zaguán cubierto se abría a la calle de la Cuchillería permitiendo gracias a dos enormes portones ojivales el paso de hombres, caballerías y carrozas. Entre las dos, una pequeña puerta apenas más alta que un hombre de mediana estatura.

–¿Y esta portezuela? –preguntó Pedro interesado.

Juan se echo a reír.

–Por esta puerta –dijo–, haré entrar a todos esos nobles orgullosos que nos miran con desprecio. Cada vez que vengan a esta casa, tendrán que agachar la cerviz e inclinarse ante nosotros...

De nuevo se preguntó a quién habría salido su hijo. Ni él ni María eran dados a exteriorizar lujo alguno. Años atrás habían tenido que soportar algún que otro ultraje de los notables que veían en el nuevo cristiano un arribista ambicioso. Los habían ignorado y el tiempo había hecho el resto. Luego recordó las palabras que él mismo había dicho a su padre: "Seré el hombre más rico y poderoso de Vitoria". Sonrió. Juan había hecho realidad su deseo jamás emprendido. Admiró la gran sala diseñada para fiestas y recepciones; las hermosas y luminosas alcobas; las salas de baños; la cocina provista de hornos y alacenas; las caballerizas y el inmenso sótano donde almacenar mercancías y provisiones.

–Aún queda por acabar la fachada –dijo Juan inmensamente satisfecho–. He mandado labrar en piedra el escudo de la familia y nuestra marca de comercio. Tal vez también ponga alguna otra cosa, depende...

El extraño comentario de su hijo llamó su atención. ¿De qué dependía?

–No he olvidado, padre, tu deseo de poseer una capilla en San Francisco...

Él sí lo había olvidado. Hacía tiempo que no había ido al convento, ni siquiera para oír la misa de los domingos. Ahora iba a Santa María acompañando a María. A punto de cumplir los setenta años y desde la muerte de Jonás había perdido todo interés por disponer el lugar de su enterramiento. Una vez muerto ¿qué más le daba?

–Pues a mí sí me importa –dijo Juan–. Una capilla familiar en San Francisco es lo único que nos falta para hacer olvidar... –se interrumpió confuso.

–¿Que tu padre es un judío converso?

–No pretendía...

–Ya sé que no lo pretendías y también sé que nunca has aceptado el hecho de que una vez mi nombre fuera Yosef ben Sahadia..., pero –sonrió benévolo–, ¿qué quieres, hijo? Las cosas son como son y no podemos cambiarlas.

–Yo las cambiaré –repuso Juan decidido–. Hace tiempo que hablé con el Abad del convento. Al principio puso ciertos reparos. Que si la iglesia estaba demasiado llena, que si no quedaba espacio para una capilla más, que si esto..., que si lo otro...

–Tu madre y yo sabíamos que no te iba a ser fácil...

Juan rió con fuerza.

—Y yo os dije una vez que el dinero todo lo compra. Estoy sufragando el costo de una enfermería para el convento y ya he encargado la construcción de un nuevo púlpito para la iglesia —rió de nuevo—; parece que mis "piadosas" intenciones han conmovido el corazón del Abad y en unos días comenzarán las obras de remodelación en la capilla del Espíritu Santo. Hay en ella unas tumbas que ya nadie recuerda a quién pertenecen. Sacarán los huesos —si es que queda alguno—, y los llevarán al osario. En su lugar haré construir un mausoleo digno de un rey.

—¿Crees que es necesario tanta ostentación? —preguntó Pedro incómodo.

—¡Por supuesto! —exclamó su hijo— No es que a mí me importe demasiado, pero les importa a los demás y eso es lo que cuenta. Los Sánchez de Bilbao tendrán un mausoleo digno de su poder y de su riqueza. Eso hará bajar los humos a más de un hidalgo que cree descender del mismo Adán por línea directa.

—O enervará su animosidad contra nuestra casa —opinó Pedro preocupado.

—¡Allá ellos! —exclamó Juan y dejó a su padre para ocuparse de los carpinteros que acababan de llegar con la barandilla de la gran escalera que subía al piso superior del palacio.

Pedro salió del palacio con ánimo de volver junto a María. Su presencia le era cada vez más preciosa. La necesitaba tanto como el aire que respiraba. Solía sentarse en una silla en la cocina y la veía trajinar entre los criados, dando órdenes, organizando la buena marcha de la casa, ocupándose de los menores detalles... Le gustaba observarla. La edad no había menguado su dinamismo y estaba activa de la mañana a la noche. No sólo se ocupaba de su hogar, sino también del de su hijo mayor. Inesa había seguido pariendo hijos y en cada parto había perdido salud y energía. Ocho hijos —tres de ellos muertos al poco de nacer— en diez años habían sido demasiados para su débil cuerpo. Hablaron con Juan seriamente.

–¿No te das cuenta de que Inesa puede morir? –le preguntó su madre.

–Tal vez sea la voluntad de Dios –respondió.

Ni tan siquiera Pedro había visto nunca a su esposa tan encolerizada como aquel día. La sorpresa ante su ataque enfurecido dejó sin palabras a los dos hombres.

–¡Somos mujeres, no animales! –gritó– ¿Con qué derecho hablas de Dios? Satisfaces tus necesidades y dejas que tu mujer arriesgue su vida año tras año. ¿Es eso amor? ¿Tanto la amas que no te importa perderla? ¡Maldita sea, Juan! Como hijo eres todo lo que una madre puede desear, pero como esposo eres un desastre. Inesa ha parido ocho veces desde que os casasteis y tenéis cinco hijos sanos y fuertes, ¿qué más quieres? ¿Llenar Vitoria de pequeños Sánchez de Bilbao? Si tanta es tu necesidad búscate una manceba y desahógate con ella, pero deja a Inesa en paz. Deja que se recupere de una maldita vez, que recobre la salud y la sangre que se han llevado tus hijos.

Supo después que Juan había seguido los consejos de su madre y se había buscado una manceba a la que mantenía a cuerpo de reina en un piso de la calle de la Herrería. Era una joven campesina que había llegado a Vitoria para trabajar como doncella en casa de Calleja. Juan la vio un día que fue a visitar a su amigo y tardó poco en proponerle un cambio de situación que, sin duda, le sería mucho más provechosa que la de trabajar como criada el resto de su vida. Inesa empezó a mejorar gracias a las atenciones de su suegra y, más aún, a las que su esposo prestaba a la joven campesina.

El día era soleado y cálido. A punto de entrar en el portal de su casa, cambió de opinión y se dirigió paseando hacia la plaza del Campillo. Los árboles llenos de hojas proporcionaban una agradable sombra y eran muchos los que a esas horas del mediodía habían acudido a aquel lugar para solazarse y encontrarse con sus conocidos. Las amas de teta charlaban alegremente con sus mamoncetes en brazos y los niños corrían y jugaban alrededor de la fuente. Las campanas de Santa María llamaron al Ángelus y durante unos instantes las conversaciones cesaron y las gentes elevaron sus rezos al cielo, volviendo a continuación a sus animadas conversaciones. Echó un vistazo buscando a algún conocido y vió a su amigo y consuegro Martínez de Olabe que departía con otros caballeros. Se aproximó al grupo y, para su disgusto, comprobó que Martín de Escoriaza era uno de ellos.

–¡Bienvenido, Pedro! –exclamó Olabe verdaderamente complacido– Hace tiempo que no te veíamos...

–La edad hace estragos, querido amigo –respondió y saludó a todos con una inclinación de cabeza, pero sin dirigir la mirada a Escoriaza–. No perdona a nadie. Mis huesos se cansan con gran facilidad...

–Estábamos hablando del nuevo castellano de San Vicente, don Juan de Mendoza...

Pedro tuvo un sobresalto.

–¿Don Juan de Mendoza? –creyó haber oído mal.

–Sí –respondió Escoriaza con mirada torva–, el hijo bastardo del adúltero Mendoza y su no menos adúltera prima...

Se encaró a Escoriaza. Llevaban varios años sin verse –desde que había dejado de frecuentar los círculos sociales poco después de la muerte de Jonás–. Estaba viejo, mucho más viejo que él a pesar de ser ambos casi de la misma edad. Lo miró de arriba a abajo sin cortarse un ápice. El viejo Martín tenía el sombrero en la mano y lucía una esplendorosa calva que trataba de ocultar con largos pelos lacios y grasosos que iban de una sien a la otra. Pedro pensó divertido que probablemente se los pegaba con algo para evitar que el viento los levantara dándole el aspecto de un loco. El vivo color rojo de sus cabellos y de su barba se había tornado amarillo blanquecino como la orina. El jubón de buena tela y mejor corte no podía ocultar un vientre gordo y fofo que se sostenía sobre sus delgadas y curvadas piernas. Era la caricatura de lo que una vez fue. Hubiera podido resultar hasta cómico si sus ojos no atravesasen sin piedad a todo aquél que se le ponía delante. Era una mirada aguda y malvada que desconcertaba y hacía temblar a más de uno.

–Mendoza fue hombre de honor y un gran caballero –dijo con frialdad.

–Su hijo ha hecho grandes méritos ante el rey que le ha concedido el mando de la fortaleza de San Vicente –terció Olabe para evitar la disputa.

–Méritos bien pobres han debido de ser –dijo a su vez Escoriaza–, puesto que de haber sido mayores, le hubiera hecho castellano de otra fortaleza más importante...

–Parece ser que el de Mendoza deseaba venir a Vitoria –aclaró Esquíbel, cuyo hijo también servía en la fortaleza–. No olvidemos que aquí posee una gran cantidad de propiedades e inmuebles, herencia de sus padres.

–Será de su madre porque lo que es el puto de su padre era un hidalguillo segundón que se las daba de gran caballero y no tenía dónde caerse muerto... –insistió Escoriaza en tono venenoso mirando a Pedro.

–Sabéis muy bien, señor de Escoriaza –dijo éste despectivamente– que eso no es cierto. Don Juan poseía fortuna propia y estaba bien acomodado.

–¿Y por eso se casó con su prima siendo ya un viejo senil?

–Lo hizo porque la amaba, por honor y por el buen nombre de su hijo.

–Resulta divertido oír la palabra *honor* en boca de un...

–¿Circunciso? –le interrumpió Pedro entornando los ojos y no pudiendo reprimir una sonrisa irónica.

Olabe, Esquíbel y los otros se quedaron asombrados al observar la expresión de Escoriaza. Su rostro lívido se volvió como la grana y si las miradas pudieran matar, Pedro hubiera caído muerto en aquel mismo instante. Intentó responder, pero las palabras no llegaron a salir de su boca y dando un brusco giro se marchó sin despedirse.

–¿Por qué se ha puesto así? –preguntó Olabe.

–Es una vieja historia, amigo mío –respondió Sánchez de Bilbao–. Tal vez algún día te la cuente.

Pasaron un buen rato hablando sobre los aconteceres de la villa y el reino. Habían llegado noticias de que la salud del rey Enrique IV no era buena. Todo el mundo se preguntaba cuál sería el desenlace de la disputa que desde hacía años envenenaba las relaciones del rey con su hermana, la princesa Isabel, heredera en ciernes del trono. Se habían creado dos bandos poderosos en Castilla. Uno apoyaba a la hija del rey, doña Juana, y la otra a doña Isabel. En un momento de debilidad, el rey había nombrado heredera a su hermana y luego se había arrepentido en favor de su hija. Los dos bandos se habían enfrentado en varias ocasiones y el futuro se presentaba azaroso. Algunos miembros de las familias más notables de Vitoria se hallaban embarcados en la disputa a favor de cada una de las supuestas herederas.

–López de Ayala apoya a doña Isabel –comentó Esquíbel–. Así pues, en principio, nosotros deberíamos apoyar a doña Juana...

–Pero también los Mendoza apoyan a doña Isabel –dijo otro de los reunidos–. Por lo tanto, y por una vez en la historia de nuestra ciudad, parece que todos hemos apostado al mismo carnero ganador.

Rieron ante la comparación de una princesa con un carnero. En el fondo, ninguno estaba de acuerdo en que el gobierno del reino fuera a parar a manos de una mujer. ¡Era absurdo! Las mujeres no estaban hechas para gobernar a los hombres... De acuerdo en que de vez en cuando sobresalía una hembra por su inteligencia y dotes de mando, pero de eso a gobernar un país...

–Todo sería mucho más simple –dijo Esquíbel–, si la corona recayera en don Fernando de Aragón. A fin de cuentas, es un hombre y también él es descendiente de un rey de Castilla...

–No te preocupes –le respondió Olabe–, si doña Isabel llega a reinar, no será ella, sino su esposo quien se ocupe del gobierno. No creo que don Fernando permita que su mujer lleve los calzones en su casa...

Rieron de nuevo y continuaron charlando un rato más. Después se despidieron y cada cual se dirigió a su casa con el estómago hambriento.

–A nuestra edad, querido Olabe –dijo Pedro a su amigo que se ofreció a acompañarle durante un trecho–,ya sólo nos queda el placer de la comida. No me preocupa envejecer, pero echo en falta la energía que hace unos años aún me permitía complacer a mi esposa en el lecho…

Olabe rió de buena gana.

–Si nuestros nietos te oyeran hablar así se escandalizarían…

–¿Qué edad tiene ya el joven Pedro?

–Veinte hermosos años dentro de poco…

Los dos hombres sonrieron orgullosos al pensar en su nieto mayor. Seguía los pasos de su padre y de su abuelo paterno y pronto obtendría su título de Licenciado. Su familia y los Pérez de Anda estaban en tratos para unir a Pedro con Juana Pérez de Anda, una de las jóvenes más solicitadas de la ciudad.

Pedro contempló a su amigo que se alejaba lentamente apoyándose en su "makila" y la tristeza asomó a su rostro. La edad era una enfermedad para la que no había cura. Antes o después también él tendría que enfrentarse con su propio final y, ciertamente, le disgustaba la idea. Amaba la vida con intensidad, siempre lo había hecho y no estaba dispuesto a rendirse sin luchar.

Podía ver el cielo estrellado a través de la pequeña ventana abierta por la que se colaba un frío helado. Oyó cantar a un gallo y supuso que había empezado a amanecer. Se arrebujó bajo la pelliza y rozó el cuerpo desnudo de Deborah. La joven se movió pero siguió durmiendo. Pedro de Bilbao, "el joven", la contempló con placer. Una candela casi exigua iluminaba el rostro de su amada. Era una hermosa mujer de piel blanca y cabello negro; sus pestañas entornadas se proyectaban sobre sus mejillas y, aun dormida, sus labios carnosos, entreabiertos, reclamaban las caricias del amor.

La había conocido en casa de su tío Mosseh, con motivo de la festividad de Pessah, dos años antes. Había tomado por costumbre hospedarse en casa de su tío cada vez que los negocios de su hermano le llevaban a Miranda. ¿Para qué gastar dinero en una posada cuando podía disponer de la hermosa casa y la bien surtida mesa de Mosseh Sahadia? La comunidad judía de

Miranda era rica y pagaba generosamente a su rabino. Además, su tío había invertido su dinero en prósperos negocios y había conseguido amasar una bonita fortuna.

La primera vez llamó a su puerta con ánimo únicamente de saludarle porque le había causado una gran impresión cuando lo conoció en el funeral de su tío Jonás. Mosseh era un hombre agradable y un gran conversador, con mucho sentido del humor y una familia encantadora. Le instaron para que se quedara con ellos unos días y así lo hizo. Desconocía por completo las costumbres judías, pero no le costó ningún esfuerzo adaptarse a ellas. En casa de su padre nunca se probaba la carne de cerdo. Pedro Sánchez de Bilbao había conservado de su infancia hebrea un verdadero rechazo a ciertos alimentos y bebidas. No se atenía a la ley de Moisés, era simplemente que su paladar no aceptaba ciertos sabores. Casi todos sus hijos habían heredado sus gustos alimenticios, incluso Juan.

Pensó en su hermano. Aceptó el trabajo que le ofreció ya que no había querido tenerlo como socio.

–Si quieres dedicarte a los negocios, móntate uno – le dijo–, pero no trates de subirte a un carro que ya está en marcha. Lo que tengo me lo he ganado con el trabajo de muchos años. No sería justo ni para ti ni para mí que te encontraras con todo hecho.

Hizo varios intentos ayudándose con el dinero que le dio su padre a cuenta de su parte de la herencia y todos fueron un fracaso. Sabía comprar y vender, pero tenía que reconocer que como hombre de negocios era un verdadero desastre. Podría haber montado una pequeña tienda de paños, pero nunca hubiera conseguido tener éxito. No le gustaban los números y no estaba dispuesto a pasarse las noches en vela haciendo cuentas, ni tampoco a que su vida transcurriera detrás de un mostrador. Quería ser tan rico y poderoso como su hermano. Finalmente, Juan le ofreció el puesto de agente en Castilla y Navarra y ello le llevaba a viajar continuamente por todo el territorio. De alguna manera casi prefería que fuera así. No soportaría tenerlo todo el tiempo detrás suyo, dándole órdenes, recriminándole su indolencia y pidiéndole cuentas. No quería a su hermano, ni siquiera le apreciaba. Desde muy pequeño supo que sus padres sentían un verdadero fervor por él y los celos no le habían abandonado desde entonces. Todo lo que tocaba parecía convertirse en oro mientras que él sólo se había distinguido en el juego de la pelota y la suerte que siempre le acompañaba jugando a los dados o apostando en las luchas de carneros.

Volvió a centrarse en su compañera. Le acarició suavemente el cabello y le pareció que era de seda pura. Deborah era la única persona que sentía por él una devoción sin límites. Se le entregó poco después de conocerse y él se enamoró perdidamente de ella. Optó por comprar una casita en la judería de Viana e instalarla en ella. Para la pequeña comunidad del lugar, los dos eran marido y mujer. Había adoptado el nombre judío de su padre, Yosef ben Sahadia, y nadie había sospechado nada. Sus largas ausencias estaban justificadas por su oficio de mercader. Muchos judíos lo eran y no era extraño que se ausentaran de sus casas durante meses e incluso años. Nunca le había dicho que ya estaba casado y que tenía una esposa y un hijo en Vitoria. Cada vez que ella le hablaba de matrimonio, él le recordaba que era cristiano y que nunca podría, por mucho que lo deseara, tomarla como esposa. Deborah habló en un par de ocasiones de hacerse ella misma cristiana, pero naturalmente Pedro rechazó la idea.

–No puedo permitirlo, querida –le dijo–. Mi conciencia me acusaría de hacer de ti una renegada de tu fe.

–Tu padre lo hizo...

–Eran otros tiempos y, además, él era muy joven. No supo lo que hacía. Tú, sin embargo, mi bella Deborah, eres una mujer adulta y nunca te lo perdonarías... Por otra parte –había añadido–, ¿qué más da que estemos casados o no? ¿Acaso las palabras de un sacerdote o de un rabino hacen más santa nuestra unión? ¿Sabías que antiguamente no había bodas? Hombres y mujeres se unían porque deseaban hacerlo y se convertían en esposos ante los ojos de Dios.

Deborah no parecía muy convencida de las explicaciones de su amante, pero, ¿qué podía hacer? ¿Dejarle y regresar mancillada a Miranda? Su padre no le permitiría volver a pisar el suelo de su casa. No sabía nada de su familia desde que decidió fugarse con Pedro, pero le era fácil imaginar la cólera de su padre y el dolor de su madre al conocer el motivo de su huida. Se habrían desgarrado las vestiduras y llorado como si ella ya estuviera muerta. Después, habrían hecho desaparecer de su casa todo aquello que le pertenecía o que les recordaba que alguna vez tuvieron una hija. ¿Había merecido la pena? Pedro la adoraba, de eso estaba segura, pero por mucho que dijera que su unión estaba santificada por el amor, lo cierto es que ella era su manceba. Nada más.

Se levantó perezoso y con cuidado para no despertarla. Siempre lloraba como una Magdalena en el momento de la despedida y prefería que siguiera dormida hasta el momento justo de su partida, así se evitaría la pena de su amada que siempre le dejaba un amargo sentimiento de culpa. Tenía que regresar a Vitoria. Llevaba más de un mes fuera y la gestión que le había encomendado su hermano sólo debía haberle ocupado un par de semanas. Tendría que ocurrírsele una buena disculpa para explicar su larga ausencia.

Pensó en su mujer, Juana Sánchez de Maturana. Creyó que al casarse con la nieta de Angebin de Maturana y entroncar con una de las familias vitorianas más antiguas y de mayor raigambre podría disponer de una situación acomodada para el resto de sus días. ¡Qué equivocado estaba! Sus cuñados se limitaron a cederle una de las casas de la familia en la calle de la Herrería y dejaron bien claro que su hermana únicamente recibiría los intereses generados por su parte de la herencia en el negocio familiar. Eso era todo. Ni siquiera le habían permitido tomar parte en dicho negocio, uno de los más saneados de la ciudad después del de su hermano Juan.

Juana era una buena mujer, pero mayor que él y nada atractiva. No le había costado ningún esfuerzo casarse con ella. Era la última de las hijas de Maturana que quedaba por casar y la familia respiró tranquila cuando él fue a pedir su mano. No pusieron pegas por su falta de oficio ni por sus antecedentes judíos. Le hizo un hijo al año de casados y con ello dio por cumplido su deber conyugal. El niño, un chavalillo avispado y divertido, era tan feo como su madre, pero le tenía cariño. Según su abuelo paterno, se parecía a su bisabuelo, Angebin –a quien había conocido en sus años mozos en casa de Mendoza. Fue el comerciante más importante de Vitoria y uno de los artífices de la repoblación de la ciudad cuando –debido a la peste y la guerra–, el vecindario menguó alarmantemente. Solicitó y consiguió del rey que los impuestos les fueran rebajados y alentó al Concejo a que diera todo tipo de facilidades para que nuevos habitantes procedentes de las tierras colindantes fueran a establecerse en la Villa.

–Espero que Pedrito tenga más suerte que yo en la vida –suspiró y besó a Deborah en la boca–. Querida, tengo que marcharme.

La joven despertó y se abrazó a él con fuerza. Estuvo a punto de tomarla una vez más, pero se deshizo del abrazo y salió apresuradamente de la casa.

Llevaba ya un buen trecho a lomos de su caballo cuando le pareció notar que alguien le seguía. Miró hacia atrás y vio a un hombre montado en una mula a media milla de distancia. No era extraño que coincidieran varios viajeros en rutas tan concurridas como aquélla, pero sintió que precisamente aquél le seguía a él. Se detuvo en una hospedería en Laguardia y comprobó que el hombre también hacía un alto en el mismo lugar. Lo contempló con atención mientras bebía un vaso de vino. Estaba seguro de haberlo visto antes en algún otro sitio, aunque su aspecto era el corriente en un campesino o pequeño comerciante y había cientos como él. Se detuvo en Samaniego para comer y el otro también lo hizo. Entró en la misma posada y se sentó a una mesa cercana a la suya. Pasada Bastida, el hombre continuaba tras él. Detuvo su cabalgadura en un recodo del camino y esperó a que estuviera a su altura.

–¿Por qué vas tras de mí? –le preguntó a bocajarro.

El hombre pareció sorprendido por su pregunta.

–Me dirijo a Vitoria, señor –respondió–. ¿Acaso también va su merced hacia allá?

–¡No te hagas el idiota! –exclamó Pedro enfadado– ¿Piensas que no me he dado cuenta de que me estás siguiendo? ¡Habla de una vez si no quieres que te destripe!

Diciendo esto sacó la daga que siempre llevaba al cinto cuando viajaba y la blandió delante de sus narices. El gesto tuvo el efecto esperado y el hombre comenzó a hablar de corrida. Se llamaba Juancho Zabaleta, hijo de Sancho de Anzuela, vivía en Vitoria y trabajaba como aprendiz de sastre para Juan Sánchez de Bilbao. Había ido a visitar a unos parientes que tenía en Viana y, por casualidad, le vio salir de una de las casas de la judería. El hecho le llamó tanto la atención que se hizo informar por un vecino.

–Podéis imaginaos, señor, mi sorpresa cuando me dijeron que el hermano de mi patrón era un comerciante judío que vivía en aquella casa con su esposa, una tal Deborah –dijo Juancho con una voz contrita repleta de hipocresía.

Pensó en ensartarlo allí mismo. ¿Quién podría relacionarlo con la muerte de aquel miserable aprendiz? A punto estaba de poner en práctica su idea cuando vio a dos viajeros bajar por la colina.

–¿Qué es lo que quieres? –preguntó de malas maneras.

–Mi gozo sería inmenso si pudiera servir a su merced –respondió Juancho adulador–. El trabajo de aprendiz de sastre apenas si me permite llevar una vida digna. Estoy seguro que su merced será generosa con un criado que, además de servirle como se merece, sabrá guardar un secreto...

–De acuerdo –dijo Pedro–, pero escucha: si alguna vez te vas de la lengua, yo mismo me encargaré de cerrarte la boca para siempre.

–No tendréis queja de mí, señor.

Hicieron el resto del camino en silencio. El nuevo criado unos pasos detrás de su amo.

–Encontraré el medio de desembarazarme de este cerdo chantajista –pensó Pedro–. Hasta entonces puede que me sea de alguna utilidad.

Cuando llegaron a Vitoria empezaba a amanecer. Las noticias no eran muy alentadoras. El odio hacia los conversos se extendía por Castilla. De todas partes llegaban relatos de ataques y matanzas. En Córdoba –durante una procesión el 14 de marzo–, corrió el rumor de que la hija de un marrano había echado agua sucia desde la ventana en el momento en que pasaba la imagen del santo. El rumor se propagó como la pólvora encendida y durante tres días los cristianos viejos se dedicaron a asaltar a los nuevos cristianos. Al grito de "¡Viva la fe de Dios!", quemaban y destruían comercios, propiedades y casas. Muchos conversos huyeron, pero los que no pudieron o no quisieron hacerlo hubieron de sufrir la persecución, y a veces la muerte. El comandante de la ciudad, Alfonso de Aguilar, emparentado con una familia de conversos por parte de su mujer, trató en vano de poner fin al terror con ayuda de su tropa. El odio de los cristianos viejos se había desatado en toda su furia. Eran muchos los judíos bautizados que habían ascendido en la escala social –ahora que nada les impedía a ello–, y habían copado puestos en la administración y en la Iglesia. Los más ricos contraían matrimonio con miembros de la alta nobleza, se codeaban con los personajes más ilustres y hacían ostentación de un lujo que no estaba al alcance de la mayoría de sus conciudadanos. Su ascensión era imparable.

–¿Y eso a nosotros qué nos va? –preguntó Juan Martínez de Buendía.

Estaban reunidos entorno a la mesa celebrando el nacimiento de su primera hija, Sancha. Después de varias maternidades frustradas, Teresa, su mujer, había dado por fin a luz una hermosa niña. Buendía no ocultó su decepción y disgusto por no haber tenido un hijo varón y ello contribuyó a reafirmar la aversión que Pedro sentía por su yerno. Era un hombre violento, pendenciero, con el insulto pronto e incapaz de soportar la mínima oposición. María había acabado por dar la razón a su marido, pero ya era tarde para ratificar. Su hija era la esposa de Buendía para bien o para mal.

–Nosotros también somos medio conversos... –respondió Teresa tímidamente.

–¡Lo seréis tú y tu familia! –exclamó groseramente sin tener en cuenta que todos los presentes eran parientes de su mujer.

–Tus abuelos también lo eran –le recordó Pedro tratando de ocultar su desprecio.

–¡Eso es agua pasada! Los abuelos no cuentan. Cuentan los padres, y los míos son tan cristianos como los demás. No puede llamarse conversos a tres generaciones de bautizados. Cuando mi abuelo se hizo cristiano, lo hizo con verdadera fe. No como ahora que cualquiera se hace bautizar para aprovecharse y medrar en la vida a costa de los verdaderos creyentes.

–¿Estás insinuando que mi padre es un hereje? –le preguntó su cuñado Juan con los ojos encendidos de ira.

Buendía cayó en la cuenta de que había hablado demasiado. El vino le había hecho decir en voz alta lo que siempre había pensado de su familia política. ¿Por qué coño se había casado con Teresa Sánchez de Bilbao, hija de un maldito marrano? Perdió la cabeza cuando la vio tan hermosa, el talle estrecho, los ojos castaños con largas pestañas, los pies pequeños bajo las sayas..., y tampoco era de despreciar la importante dote que aportaría. No atendió a su propia razón que le aconsejaba buscarse a una muchacha de rancia estirpe y no a una nueva rica descendiente de judíos por parte de padre que podía poner en peligro su futuro. ¿Cómo diablos iba a conseguir un cargo en el Concejo con semejantes antecedentes? Cuando se dio cuenta del error que había cometido, ya era tarde. Tendría que acarrear con las consecuencias.

–Pero..., ¿qué dices cuñado? –preguntó con aire inocente–. Tu padre es también mi padre, ¿cómo iba yo a hablar mal de él? Cuando me refiero a aquéllos que aprovechan el bautismo para hacer fortuna, no me estoy refiriendo a él... Me creéis, ¿verdad don Pedro?

–Habré de creerte si así lo afirmas –respondió su suegro, pero no le creyó y tampoco le creyeron los demás.

En cuanto hubieron acabado de comer, los Sánchez de Bilbao se despidieron de Buendía y de Teresa y salieron de aquella casa a la que raramente acudían.

–¡Algún día le partiré la boca a ese hijo de puta! –exclamó Juan en cuanto se vieron en la calle.

–Avísame para que esté yo también –dijo Pedro, "el mozo".

María y sus nueras se miraron alarmadas.

–¿Y qué ibais a solucionar con eso? –preguntó su padre.

–No lo sé –respondió Juan–, pero por lo menos me daré la satisfacción de cerrarle esa bocaza de asno que tiene. El muy cretino nunca pierde ocasión de insultarnos. ¡No sé cómo se lo permites! –dijo dirigiéndose a su padre.

–Tiene a Teresa...

–Pues con o sin ella, el día menos pensado le daré una paliza que recordará toda su vida.

–La familia ha de permanecer unida –reflexionó Pedro en voz alta–. Sólo así será posible hacer frente a las adversidades. Los miembros de una familia han de ayudarse y apoyarse entre sí.

–¡Ese imbécil no es mi familia!

Cada vez que Buendía mencionaba el hecho de que su suegro era de sangre judía –y lo hacía siempre que tenía ocasión–, a Juan le hervía la sangre y le entraban ganas de estrangularlo con sus propias manos. Ya era suficiente con tener que aguantar a Martín de Escoriaza, a sus amigos y otros que le envidiaban su fortuna. Desde que en Castilla habían comenzado los ataques a los conversos, había notado un sutil cambio de actitud en ciertas personas. Algunos que antes pasaban por su lado con la cabeza gacha, lo hacían ahora con arrogancia, mirándole a la cara con una sonrisa burlona. El propio Martín había osado llamarle marrano en voz alta un día que se hallaba en una taberna en compañía de su amigo Calleja. Hizo caso omiso. Escoriaza no se atrevió a seguir molestándolo cuando vio la mirada feroz que le dirigió Sebastián, siempre apostado cerca de su amo.

Aquella misma noche, Sebastián y Hernando le esperaron en el cantón de Santa María cuando regresaba a su casa y le dieron una manta de palos. La oscuridad de la noche ocultaba sus rostros y, aunque denunció el hecho al Alguacil Mayor, la denuncia no prosperó puesto que no había visto a sus agresores y tampoco había habido testigos del ataque.

De vuelta a casa, Juan se excusó ante los suyos y se dirigió a su escritorio. Llamó a Sancho Alba y se encerró con él.

–Quiero que averigüéis el estado de cuentas de mi cuñado Juan Martínez de Buendía –le dijo–. Dónde tiene depositado su dinero, si tiene inversiones y propiedades, si éstas tienen alguna hipoteca y el medio de hacerse con ellas.

–¿Acaso vuestro cuñado tiene problemas? –preguntó Alba.

–No. Pero los va a tener –respondió Juan.

Alba no preguntó nada más. Juan no tenía secretos para su administrador. No sólo le había salvado la vida, sino que también había arriesgado la suya propia al presentar declaración ante el juez. Estaba seguro de que el viejo Escoriaza no dormiría tranquilo hasta haber dado muerte al administrador que le había traicionado. Juan le proporcionó una casa próxima a la suya, en la misma calle de la Cuchillería, y contrató a dos matones –soldados licenciados–, para que le cuidaran las espaldas. Sancho Alba había resultado ser un colaborador inteligente y hábil que se ocupaba de sus asuntos igual o mejor que él.

–Y ya que estamos... –prosiguió–, quiero que hagáis otro tanto con Martín de Escoriaza.

–¿El viejo o el mozo? –preguntó Alba interesado.

–Los dos. Aunque me interesa el joven, no estará de más que echemos una mirada a los asuntos del viejo...

–Tiene un arca de hierro lleno de ducados y documentos. La tiene encerrada bajo llave en un armario de su escritorio. Las llaves del arca y del armario penden de una cadena que siempre lleva al cuello... –informó Alba.

–Pensaremos en ello..., pero también nos interesa saber qué hay de sus propiedades y casas. Averiguad si "el mozo" sigue apostando y perdiendo dinero y a quién recurre para pedir prestado –dio un puñetazo en la mesa–. ¡Ya va siendo hora de que acabemos con todos esos cabrones que han jurado perderme!

Sancho Alba salió del escritorio dispuesto a comenzar cuanto antes la tarea encomendada. Juan permaneció largo tiempo sentado a su mesa. Buendía y Escoriaza serían los primeros. Luego les tocaría el turno a muchos más ¡Iban a saber quién era él! Nadie le llamaría marrano y ni siquiera se atreverían a mencionar que su padre era un converso. Acabaría con todos sus enemigos de la forma que mejor conocía: el dinero. Compraría sus pagarés, se haría con sus hipotecas y arruinaría totalmente a todos aquellos necios que se atrevieran a enfrentársele...

Subió contento a su casa y encontró a su hermana Teresa con la cara hinchada y roja, llorando a lágrima viva en brazos de Inesa. Su sobrina Sancha dormía tranquilamente en la misma cuna que su hija Constanza, dos meses mayor.

–¿Qué ha ocurrido? –preguntó temiéndose la respuesta.

–Su marido la ha golpeado en cuanto nos hemos ido –le respondió Inesa–. Le ha acusado de... –no se atrevió a continuar.

–Me ha llamado puta judía –dijo Teresa entre sollozos–. Dice que tengo un apaño con Alonso Gamiz, nuestro vecino. También ha dicho que el día que en Vitoria se persiga a los conversos, él mismo prenderá fuego a esta casa, al comercio y al palacio que estás construyendo...

Juan sintió que sus mejillas ardían, pero mantuvo la calma.

–¿Saben algo de eso nuestros padres? –preguntó.

–No –respondió Inesa–, no ha querido darles un disgusto y ha venido directamente aquí.

–Pues que siga aquí. Yo me encargo de solucionar este asunto.

Llamó a Sebastián y se dirigió de nuevo a casa de su cuñado. Ordenó a su hombre que se quedara delante de la puerta y no dejara pasar ni al mismísimo obispo. Subió los peldaños de dos en dos y de una patada abrió la puerta del piso. Buendía estaba sentado en la cocina con la mirada perdida, completamente borracho. Juan lo levantó agarrándolo por el cuello de la camisa con intención de estrellarle la cara de un puñetazo, pero se detuvo. No merecía la pena mancharse con la sangre de aquel guiñapo. Lo arrastró hasta un rincón de la cocina y le metió varias veces la cabeza en un cubo lleno de agua. Cuando le pareció que ya estaba bastante despabilado, calentó agua en un cazo y le obligó a beber. La reacción no se hizo esperar. Buendía empezó a vomitar todo el vino que tenía en el estómago. Su cuñado le contempló con repugnancia.

–Ahora lávate, vístete, coge el dinero que tengas y sal de Vitoria –le ordenó.

–¿Qué estás diciendo? –preguntó Buendía saliendo de su sopor.

–Podría matarte una y cien veces por lo que has hecho y nadie, ni siquiera tu familia, te echaría en falta –respondió Juan con frialdad–. En lugar de eso, te dejo vivir a condición de que abandones la ciudad ahora mismo.

–¡Tú no puedes... !

–Sí que puedo –le interrumpió–. Tengo motivos suficientes para hacerlo. Has ofendido el honor de mi familia, nos has insultado y has golpeado a mi hermana. Ningún tribunal me condenaría por acabar con un miserable como tú. Ahora bien, si insistes en quedarte ya puedes ir rezando las oraciones que sabes, si es que sabes alguna, porque dentro de unos instantes voy a despellejarte vivo.

El tono de su cuñado y la punta de la daga pinchándole en el cuello acabaron por despejar a Buendía de que no se iba a hacer repetir la orden. Minutos después ambos bajaban al portal donde Sebastián seguía haciendo guardia.

–Acompáñale a las caballerizas del camino de Navarra y que se compre un caballo –ordenó Juan a su criado y luego se volvió a Buendía que difícilmente podía mantenerse en pie–. Si vuelvo a verte por aquí haré que te maten como a un perro rabioso.

Vió como se alejaban y regresó a su casa.

Al principio no le dio importancia. Otras veces había padecido dolores de cabeza y se le habían pasado sin hacerles caso.

Tomó una píldora elaborada con lobedarra, adormidera, y se sintió aliviado. Días después el dolor empezó a ser más agudo y localizado en algún punto de su cabeza que no podía delimitar porque seguidamente se extendía por todo el cráneo. Tomó varias píldoras antes de acostarse y durmió profundamente relajado. Pero a la mañana siguiente el dolor volvió. Pedro Sánchez de Bilbao había sido demasiado buen médico para no darse cuenta de que la razón de su mal era un tumor en el cerebro. Había visto otros y los síntomas eran siempre los mismos. Supo que le aguardaba un penoso fin. Nada aliviaría los terribles dolores, cada vez más fuertes, que sufriría. En sus últimos momentos tendrían que atarlo al lecho como a un animal herido para evitar que se desgarrara la cara con las uñas o se mordiera las manos. Tal vez también se quedara ciego. Supo que entonces ya no sería un ser humano sino un demente enloquecido cuyos alaridos atravesarían los muros de su alcoba y llegarían a la calle horrorizando a todos aquellos que los escucharan.

Tomó una determinación. Bajó al cuartito de la planta baja. El mismo cuarto que una vez sirvió de refugio a Mayr Tello. Cuando Juan ocupó toda la planta para ampliar su comercio, se reservó el pequeño habitáculo para guardar en él sus libros de medicina, su instrumental, el alambique y algunas otras cosas. Llevaba tiempo sin entrar en él y olía a cerrado y a polvo. Recorrió el lugar con la mirada y sintió añoranza de la vida que se le escapaba. No se detuvo en vanas lamentaciones, abrió el ventanuco que daba al patio de vecinos y ojeó ávidamente el *Libro de Los Venenos* que guardaba desde sus años en París. No tenía los ingredientes necesarios, pero no le costaría mucho conseguirlos en la botica. Todavía atendía a su familia y a algunos amigos y el boticario estaba acostumbrado a servir sus pedidos.

Esa misma tarde se encerró bajo llave en el cuarto y preparó varios frasquitos de opiáceos –unos más fuertes que otros–, colocándoles unas etiquetas con las indicaciones precisas para su administración. En algún momento volvió a sentir el agudo dolor que le trepanaba el cerebro, pero la agitación que sentía era aún más fuerte y no quiso tomar nada que pudiera perturbar su razonamiento. Hizo caso omiso a las llamadas de María al otro lado de la puerta y continuó trabajando hasta bien entrada la noche. Dio por finalizada su labor cuando el frasquito que contenía el napelo y las raíces y hojas de tejo triturados estuvo taponado y con su correspondiente etiqueta.

Eligió el napelo, *belarr pozoiduna* o "hierba venenosa" como la llamaban sencillamente los campesinos vascos que desde antiguo conocían sus mortíferos propiedades tanto en hombres como en animales. El proceso era simple y rápido una vez absorbido el napelo. Insensibilizado, el cuerpo se paralizaba, se perdía el conocimiento y la muerte sobrevenía por paro cardíaco. Desmenuzó la patata y la machacó en el mortero durante largo rato. También machacó hojas y raíces de tejo que eran igualmente mortales. Se decía que los guerreros vascos preferían suicidarse utilizando raíces de tejo antes de caer en manos de los soldados romanos. Sonrió pensando en las antiguas historias que le contaba Juan de Mendoza y recordó que también los judíos prefirieron suicidarse en Masada antes de ser capturados por los romanos.

–¡Vaya! –exclamó irónico– Por fin encuentro alguna semejanza entre nuestros dos pueblos...

Tuvo un último rasgo de humor y eligió su mejor vino para mezclarlo con el veneno.

–Por lo menos que mi último trago sea de calidad...

Intentó reír pero el dolor que le atravesó el cráneo lo dejó momentáneamente paralizado. Se sentó como pudo y alargó la mano hacia uno de los frascos que acababa de preparar apurándolo de un solo trago.

–¿Qué has estado haciendo todo el día en tu cuartito? –le preguntó María con curiosidad.

Estaba a gusto junto a ella, bajo las sábanas y la gruesa pelliza, los sentidos algo embotados por el opiáceo, oyendo la lluvia golpear en los cristales.

–Te quiero... –dijo en un susurro asiéndole la mano.

–Yo también te quiero a ti…

–He sido muy dichoso contigo durante todos estos años.

Ella rió bajito.

–Yo también lo he sido contigo, Pedro.

Permanecieron en silencio. Él aspirando su aroma a espliego. Ella adormeciéndose con el calor de su cuerpo.

–No me has dicho lo que has estado haciendo en el cuartito… –insistió medio dormida.

Pedro suspiró profundamente.

–He estado preparando unos medicamentos.

–¿Para quién?

Tardó en responder pero finalmente lo confesó.

–Para mí –dijo suavemente.

María no dijo nada y él creyó que no le había oído. Momentos después notó que se levantaba del lecho y andaba a tientas por la habitación. Luego vio el resplandor de la mecha y ella volvió a su lado con una palmatoria que acercó a su cara. Examinó sus rasgos con atención y no vio nada extraño en ellos.

–¿Por qué? –preguntó.

Habló durante largo rato explicándole lo que le ocurría, los síntomas, los dolores, el fin que le esperaba, las drogas que había preparado… No quería morir gritando como un cerdo durante la *txarriboda.* Ella callaba y escuchaba.

–Necesitaré tu ayuda, querida –concluyó con esfuerzo. El opiáceo estaba haciendo su efecto y apenas podía mantener los ojos abiertos–. Puede que no tenga fuerzas suficientes para hacerlo yo mismo, pero sabrás cuando ha llegado el momento. ¡Prométemelo!

–Te lo prometo, amor mío. Te lo prometo por el amor que te tengo, por nuestros hijos y por nuestros muertos.

Se abrazaron estrechamente y poco después Pedro dormía profundamente. María contempló el rostro apacible de su esposo hasta que se consumió la vela de la palmatoria y lloró quedamente durante el resto de la noche.

Hacía tiempo que no se sentía feliz. Durante unos días recobró el espíritu y no sintió ningún dolor. Llegó a pensar que estaba equivocado y que sus temores sólo eran un mal sueño. Tenía a su alrededor a los seres que más quería en el mundo: su mujer, sus hijos y sus nietos. No indagó sobre la desaparición de su yerno Buendía. Aceptó la somera explicación de Juan sobre unos extraños negocios que le habían llevado a Ávila, pero le bastó observar la mejilla hinchada de Teresa y su tristeza para saber que algo había ocurrido y que su hijo había intervenido en el asunto. Su esposa preparó un gran banquete y reunió a toda la familia para celebrar la fiesta de Todos los Santos. Allí estaban todos sus hijos: María y su esposo Juan de Olabe con su hijo Pedro; Juan, Inesa y sus seis hijos sanos y fuertes; Pedro y Juana con el feucho pero listo y divertido Pedrito; Teresa y la pequeña Sancha; María y su marido Francisco Isunza. Hasta Catalina y su marido Juan de Vitoria habían llegado desde Bilbao para reunirse con toda la familia.

La comida transcurrió alegremente entre charlas y risas. Las voces de los mayores se mezclaban con el griterío de los pequeños y los llantos de las dos recién nacidas. Los criados iban y venían sirviendo a tanto comensal y las amas de cría se desesperaban buscando a los más traviesos que jugaban por las escaleras, pasillos y habitaciones de la inmensa morada.

–He aquí mi obra –pensó Pedro contemplando su gran familia–. Mía y de mis dos Marías...

Un súbito y atroz dolor le dejó paralizado. Cerró los ojos. Su rostro se contrajo y creyó que iba a desmayarse. Solamente María, pendiente de sus menores gestos, se dio cuenta. Discretamente le ayudó a levantarse y agarrándole del brazo con ternura le acompañó a la alcoba.

–El frasquito azul... –dijo sin fuerzas dejándose caer sobre el lecho.

Su esposa buscó el frasquito azul. Con manos nerviosas abrió el tapón y le ayudó a beber el contenido. Pasaron unos minutos interminables hasta que Pedro abrió de nuevo los ojos y sonrió.

–Ya ha pasado... –suspiró aliviado– Esta vez ha sido muy fuerte, querida. Me temo que estoy llegando al final.

María ahogó el gemido que pugnaba por brotar de su garganta y le sonrió confiadamente.

–No digas eso... –le reprochó–, Pedro Sánchez de Bilbao tiene que dar aún mucha guerra...

No respondió. Volvió a cerrar los ojos y se quedó dormido.

Las crisis eran cada vez más agudas. Permanecía en el lecho sin fuerzas para moverse y María velaba continuamente junto a él. Catalina no regresó a Bilbao con su marido. Se quedó en la casa de sus padres. Ella, Teresa e Inesa se turnaban para ayudar a María. Se ocupaban de las comidas, ayudaban a lavar a Pedro y cuidaban de él cuando el cansancio vencía a su madre. Las otras dos hijas, las Marías, acudían todos los días a la casa paterna y colaboraban en lo que podían.

–Nunca hombre alguno estuvo tan bien cuidado –comentó Pedro un día que se sentía algo mejor–. ¡Seis mujeres para mí sólo! –exclamó con humor– Ni el propio rey está tan bien servido...

Las observaba mientras se movían silenciosamente a su alrededor para no molestarle. Hablaban suavemente y le sonreían con cariño cuando sus miradas se encontraban. Charlaba con ellas como no lo había hecho en años y agradecía a Dios por haberle dado una esposa y unas hijas tan maravillosas. Sus hijos eran otra cosa.

Juan había aguantado muy mal la noticia de su enfermedad. Su pena se transformó en ira que descargó sobre sus sirvientes y empleados. Acudía pocas veces a visitarlo y siempre se excusaba a los pocos minutos. No podía soportar ver al hombre que tanto quería y admiraba postrado, pálido y dolorido.

Pedro, "el joven", parecía no darse cuenta de la gravedad de su padre. Llegaba todos los días a la misma hora y, si lo encontraba despierto, departía con él como si sólo tuviera un simple catarro. Le relataba los chismes de la Villa y de la corte.

Le contaba los últimos chistes que corrían sobre la impotencia del rey y se empeñaba en hacer con él proyectos para el futuro.

–¡Es como una vieja comadre chismosa! –exclamó furioso Juan, cuando su hermano se hubo marchado, un día que los dos coincidieron en la visita.

–Déjale –replicó Pedro– su palabrería me divierte.

–¡Y también te cansa!

–¿Qué más da? No deseo que esta casa se convierta en un velatorio antes de tiempo.

–El Abad de San Francisco, fray Luis, desea venir a verte –en realidad, había sido él quien se lo había pedido.

–¿Para qué? –recordaba al devoto fraile empeñado en confesarle – ¿Quiere asegurarse de que mi alma se salva? ¿De que soy un cristiano como Dios manda? A lo mejor piensa que sigo siendo judío...

–No creo que éste sea momento para ironías, padre –¿Por qué tenía que mencionar la palabra judío precisamente en aquel momento?

Definitivamente, su hijo tenía muy poco sentido del humor. Llegaría a ser un viejo gruñón como Escoriaza. Pensó en su adversario. Se alegraría de verle bajar a la tumba antes que él y podría dormir tranquilo. ¡Su secreto estaría por fin a salvo! Rió quedamente y la risa se heló en los labios.

Cuando despertó creyó que ya era de noche. Todo estaba oscuro y silencioso. Movió la mano y sintió que María se la cogía.

–¿Estás mejor? –le oyó preguntar.

–¿Cuánto he dormido?

–Mucho tiempo, querido, mucho...

–¿Qué hora es?

–Pronto sonará el Ángelus. ¿Quieres que mande traer un caldo de la cocina?

¡El Ángelus! Había pues ocurrido lo que tanto temía. Estaba ciego. Ya no podría ver el rostro amado de su esposa nunca más. Tanteó su cuerpo hasta llegar a su cara y la acarició con infinita dulzura tratando de ver en su ceguera los trazos mil veces besados.

–¿Qué pasa, Pedro? –había algo extraño en la forma en que su mano la tocaba.

–Estoy ciego –respondió suavemente.

Esta vez, María no pudo ocultar su dolor. Las lágrimas caían desesperadas por sus mejillas humedeciendo la mano de su marido.

–Si tú no eres fuerte –le dijo con cariño–. ¿Cómo podré serlo yo?

Tardó unos momentos en serenarse y después arregló la cama y ahuecó la almohada en silencio.

–¿Deseas algo en especial?

–Me gustaría poder leer una vez más los poemas de Samu'el ben Yosef pero... –rió tristemente–, me parece que no va a ser posible por mucho que tú te empeñes...

María no dijo nada, besó a su esposo en la frente, salió de la alcoba y mandó bajar a una de las criadas al comercio en busca de su hijo Juan.

–¿Ocurre algo? –preguntó alarmado– ¿Acaso padre ha...?

–Quiero que vayas a la Judería en busca de tu primo.

–¿Qué primo? –Él no tenía ningún primo en la Judería.

–Ismael Sahadia, el maestro, el hijo de Jonás, el hermano de tu padre –su voz era firme y decidida–. Ruégale que venga lo más pronto posible.

–Pero...–trataba de sacar tiempo, ¿por qué diablos...?

No había vuelto a ver a la familia de su padre desde la muerte de su tío. Ni siquiera recordaba los rostros de sus primos y estaba seguro de no haber reconocido a ninguno de ellos si se los hubiera encontrado por la calle.

–Tu padre quiere que le lean unos poemas.

–¡Yo puedo leerle todos los poemas que quiera! –exclamó.

–¿Y desde cuándo sabes tú hebreo? Son versos del poeta Samu'el ben Yosef y están escritos en su lengua.

Sus ojos se humedecieron al recordar las veces que Pedro le había leído los poemas de Samu'el. Lo hacía primero en hebreo para que ella escuchara la sonoridad de la lengua y después se los traducía y juntos comentaban su contenido.

–Si no vas tú, iré yo –dijo con determinación.

–Podemos enviar a un criado...

–Éste no es asunto de criados –le interrumpió con brusquedad e hizo ademán de coger su capa.

–Iré yo mismo.

¡Era absolutamente ridículo! Su padre se estaba muriendo y no se le ocurría otra cosa que pedir que le leyeran unos versos judíos. ¿Acaso no había excelentes poetas castellanos? ¿Por qué tenía que ser precisamente aquél? Salió de la casa bruscamente. En la calle oyó la voz de su madre que le llamaba desde la ventana y miró hacia arriba.

–Procura ser amable –le recomendó–. Vas a pedir un favor, no a dar una orden.

Tuvo que preguntar por la casa de los Sahadia y creyó notar una sonrisa cómplice en el hombre que le indicó la dirección. Caminó lo más deprisa que pudo. No soportaba el olor a guisos y especias de la judería. Le parecía estar en otro país. Las casas eran parecidas a todas las demás de Vitoria, pero aquel olor..., y la gente con la que se cruzaba... Los hombres con sus trajes oscuros, sus largos cabellos y barbas y sus sombreros altos. Las mujeres con túnicas y capas unicolor y los cabellos ocultos bajo unas tocas tan diferentes a las utilizadas por las cristianas. Una cosa era verlos de uno en uno o de vez en cuando y otra muy diferente encontrarse en medio de ellos, en su propio ambiente. Llegó por fin a la casa de su primo y llamó a la puerta. Un hombre de edad parecida a la suya la abrió. Juan tuvo un sobresalto. ¡Se parecía a su padre más que él mismo!

–¿Ismael Sahadia? –la pregunta salió ronca de su garganta. El hombre afirmó con la cabeza– Mi madre te ruega que acudas al lecho de mi padre.

El maestro no dijo nada. Penetró en la casa dejando la puerta abierta y al poco volvió a salir poniéndose un largo abrigo de color negro que le llegaba hasta los pies. Caminaron en silencio hacia la Cuchillería. ¿Qué podían decirse? Juan cayó en la cuenta de que no se había presentado, pero Ismael tampoco le había preguntado su nombre, así que debía saber quién era él. Sintió una cierta satisfacción: no había nadie en Vitoria que no le reconociera.

María les estaba esperando con ansiedad y saludó al sobrino de su marido colocando sus manos en sus brazos. Después le indicó el camino a la alcoba. Juan les siguió. No estaba dispuesto a permitir que su padre mantuviese en su lecho de muerte una conversación privada con un judío, aunque fuera su sobrino.

–Shalom tío... –le oyó saludar.

–¿Quién es? –preguntó Pedro intentando ver a través de su ceguera.

–Ismael, el hijo de tu hermano.

El enfermo no pudo reprimir su impresión. La voz de su sobrino era igual que la de Jonás. Desde su muerte no había vuelto a la calle de la Judería. ¿Para qué? Allí ya no había nadie que le uniera a su pasado. Supo de la muerte de su cuñada y envió una pequeña misiva a sus hijos, pero no asistió al funeral ni al entierro.

–Ismael ha venido a leerte los poemas de Samu'el ben Yosef, querido –terció María en tono alegre queriendo alejar la emoción del corazón de su marido.

Una inmensa alegría se pintó en el rostro de Pedro. María acercó un taburete a la cama e indicó a Ismael que tomara asiento al tiempo que le entregaba el libro de poemas.

–¿Cuál de estos versos deseas que lea, tío? –preguntó el maestro en hebreo.

–Me gustan todos –respondió Pedro en la misma lengua y luego rió– ¡Puedes empezar por el primero!

Juan estaba molesto. ¿Por qué tenían que hablar en hebreo? Era una falta de consideración hacia los demás miembros de la familia que lo ignoraban. No debía haber hecho caso a su madre. No tenía que haber ido en busca de aquel maldito judío. Le daría las gracias por haber venido y después le pediría que se fuera. Le estaba robando el precioso tiempo que le quedaba para estar con su padre y ¡tenía aún tantas cosas que decirle!

María sonrió complacida viendo el efecto favorable que la presencia de Ismael había causado en el enfermo. Los observó atentamente durante unos instantes. Se imaginó al joven con el cabello más corto y la barba recortada, vistiendo un rico jubón de terciopelo. Cualquiera hubiera dicho, al verles en tan buen entendimiento, que eran padre e hijo. Se lo comentaría después a Pedro. Estaba segura de que se sentiría muy feliz. Hizo una seña a Juan para que la siguiera y abandonó la habitación.

"La tierra es para el hombre una prisión toda su vida;
por eso digo esta verdad tan simple:
"aunque corras, los cielos te rodean
por todas partes; intenta salir, a ver si puedes".
Amigos míos, un muro nos rodea,
y esferas en las que no hay fisuras.
Nos encontramos como la yema y la clara
dentro del huevo, y el mundo es como un huevo.
Piensas que podrás escapar en el día aciago,
mas ¿cómo huirás, si no hay puerta ni salida?
¿Qué haremos, si las obras de Dios fueron primero?
¿Qué idearemos, si el plan ya está trazado?".

Pedro cerró sus ojos muertos y repitió mentalmente los últimos versos. Notó que Ismael se levantaba del taburete.

–¿Ya te vas? –preguntó apenado.

Había estado más de dos horas escuchando las suaves cadencias de los versos en la grave y modulada voz de su sobrino. Hubiera deseado morir en ese mismo momento, sin dolores, escuchando sus poemas favoritos. En algún momento se había perdido en los recuerdos más dichosos de su vida. Algo así tenía que ser el Paraíso prometido, una sucesión de visiones gratas y confortantes en la paz del espíritu.

–Creía que dormías... –respondió Ismael.

–¡Oh, no! –rió– Dentro de poco tendré todo el tiempo del mundo para hacerlo... Simplemente repetía los últimos versos del poema que me acabas de leer. ¿Tú crees que eso es cierto?

–¿El qué? –preguntó su sobrino sin saber muy bien a qué se refería.

–Lo que dice Samu'el ben Yosef: "*¿Qué haremos, si las obras de Dios fueron primero? ¿Qué idearemos, si el plan ya está trazado?*". ¿Crees en verdad que el plan ya está trazado? ¿Que todo lo que hacemos ha sido previamente escrito en el libro de la vida?

–Creo que el hombre es libre de decidir su destino –respondió Ismael con cautela–, pero que su mismo destino, aunque él no lo sepa, ya ha sido previsto por Dios.

–Entonces..., hagamos lo que hagamos, Dios lo sabe de antemano, ¿no es así?

–Yahvé, Nuestro Dios, lo sabe todo desde el comienzo hasta el fin –dijo en tono doctrinal–. No hay nada de lo que hagamos o decidamos que Él no lo sepa antes que nosotros.

–Podría evitar que cometiéramos errores...

–Entonces no seríamos libres para cometerlos...

–¿Crees que Dios es un ser tan terrible? –preguntó Pedro animado con el recuerdo de las discusiones que solía mantener con su padre y con su hermano– ¿Que nos da la vida y luego nos la quita para condenarnos al fuego eterno?

–Todos sabemos que hay unos preceptos que tenemos que cumplir –respondió Ismael gravemente–. Cumplirlos o no es sólo decisión nuestra.

–Pues yo creo que a Dios le importan muy poco los preceptos –imaginó divertido la cara de asombro que ponía su sobrino–. Le importa mucho más el alma de cada hombre que la ley escrita por otros hombres. Todas las religiones se dicen únicas y verdaderas..., así que los que siguen una religión están convencidos de que sólo ellos se salvarán y de que todos los demás, miles, cientos de miles, se condenarán... –empezaba a sentirse muy cansado– ¿Iba Dios a darse el trabajo de crear el universo y llenarlo de seres para luego salvar sólo a unos pocos?

Ismael no supo qué responder. No estaba preparado para discutir de materias teológicas. Su cometido era la enseñanza de las letras y de los números. Ejercía como maestro desde hacía veinte años y nunca se había cuestionado la fe que había recibido de sus mayores.

–¿Volverás para leerme más poemas? –preguntó Pedro.

–No estoy muy seguro... –respondió su sobrino con humor– Creo que si converso contigo una vez más, los muros de mis creencias se derrumbarán como las murallas de Jericó al son de las trompas de Yoshué.

Rieron complacidos de su mutuo entendimiento e Ismael se despidió de su tío prometiendo volver al día siguiente.

Juan penetró en el cuarto en cuanto su primo se hubo marchado y sintió una punzada de celos al ver a su padre dormido con la sonrisa en los labios.

Algo la despertó en medio de la noche. Todo estaba en silencio. No se escuchaba el más mínimo ruido en la casa ni en la calle. Estuvo unos minutos con los ojos abiertos en la oscuridad. De pronto, se sentó en la cama como impelida por un resorte. Alargó la mano para tocar a Pedro y lo sintió rígido. Buscó la mecha y encendió la vela. Su marido aún respiraba, pero sus músculos en tensión y el rictus doloroso de su rostro mostraban claramente cuanto estaba sufriendo. Se mordió los labios antes de preguntar.

–¿Querido, me oyes? Dime cuál de los frascos debo darte ahora...

–El rojo...–susurró Pedro.

–¿El rojo?

Sabía que si se lo daba ese sería el último ¿No podría esperar un poco más? Aquella crisis pasaría como las otras y podría tenerlo un poco más junto a ella.

–El rojo... –insistió sin fuerzas.

Se levantó de la cama y se acercó al arcón. Quedaban tres frascos. Tal vez Pedro se había equivocado..., tal vez había otro frasco de color rojo..., sosteniendo la vela a la altura de los ojos, comprobó que solamente había uno rojo y lo cogió.

–¿Estás seguro? –preguntó al volver junto a Pedro.

–Lo estoy. Por favor... –los ojos sin vida suplicaban compasión.

Con la mirada enturbiada por las lágrimas, quitó el tapón del frasco y le ayudó a beber el contenido.

–Gracias, querida, gracias por todo. Te amo... Es la fiesta del Hanuká... –empezó a delirar– La purificación del Templo, la victoria del espíritu sobre la fuerza. No te olvides de encender el candelabro de ocho brazos, cada día una candela..., y prepara una buena comida. Mi padre, Jonás y tía Ruma vendrán a celebrar el día con nosotros, es...

Su voz se fue apagando poco a poco. María limpió sus labios con la sábana y los besó con amor.

–Adiós, amado mío –dijo.

Permaneció abrazada a él hasta que la claridad del día empezó a inundar la habitación. Entonces, lavó su cuerpo con esmero, lo vistió con un sayal de seda carmesí y peinó sus cabellos y su barba. Retiró la sábana superior y la pelliza y en su lugar colocó una hermosa sobrecama en la que ella misma había bordado el escudo de los Sánchez de Bilbao. Vistió una túnica negra de viuda, peinó sus largos cabellos en un moño y los ocultó bajo la toca. Finalmente, guardó los frascos bajo llave y limpió la alcoba.

Cuando horas más tarde su hijastra Catalina penetró en la habitación, la encontró rezando junto al cadáver de su esposo.

Otoño de 1475

Exactamente un año después de la muerte de Pedro Sánchez de Bilbao, la noche del 11 al 12 de diciembre, moría en Madrid el rey Enrique IV. El 19 de diciembre, su medio hermana, Isabel, se hacía proclamar reina de Castilla.

Los viejos cristianos esperaban mucho de la nueva reina, conocida por su piedad y sus buenas obras. Los últimos años del rey habían estado salpicados de escándalos y el gobierno del reino se había resentido. Sabían que doña Isabel había sido educada devotamente y que sus consejeros espirituales –Tomás de Torquemada y Hernando de Talavera–, la habían inculcado desde pequeña un profundo fervor religioso. ¡Ella acabaría con todos los herejes que brotaban como setas en el reino! Los judíos confiaban en que doña Isabel y su esposo don Fernando les fueran favorables. No en vano el distinguido rabino Abraham de Segovia había tomado parte activa en las negociaciones previas a su matrimonio. Tan agradecida había quedado la reina que le asignó un importante sueldo anual. También eran judíos Isaac Abrevanel, al que los reyes le habían confiado la administración de todas las finanzas del reino y Abraham Seneor, encargado por los soberanos de recaudar los impuestos de las comunidades judías.

Los conversos, por su parte, tenían fe en su buena estrella. Muchos hombres que ocupaban importantes puestos en el gobierno y en la Iglesia eran conversos. Uno de los mejores amigos de la reina, Andrés de Cabrera, castellano del Alcázar de Segovia, le había apoyado en su coronación. Fernando Álvarez de Toledo, Juan Díaz de Alcocer, Juan Arias de Ávila, el escribano Fernando del Pulgar e, incluso el confesor de doña Isabel, fray Hernando de Talavera, eran de origen judío. Con tantos e insignes personajes que gozaban de la intimidad de los soberanos, ¿qué otra cosa cabía esperar sino un esplendoroso futuro?

Casi todos, cristianos y judíos, se regocijaron en Vitoria y demás ciudades norteñas apoyando la subida al trono de doña Isabel en detrimento de su sobrina Juana y se organizaron grandes fastos para celebrar la coronación. Muchos vascos, cabezas de linaje y notables –con los Mendoza al frente– se apresuraron a ponerse ellos mismos y a sus hombres al servicio de la nueva reina en cuanto se vio claro que nada podría evitar la guerra civil.

–Será cuestión de pocos meses, ya lo verás –comentó Juan Sánchez de Bilbao a su amigo Pedro Calleja–. Los reyes acabarán pronto con esos rebeldes apoyados por los portugueses...

–Yo no estaría tan seguro –respondió Calleja–. Al parecer los franceses están dispuestos a atacar Fuenterrabía. Tienen un ejército de más de cincuenta mil hombres en Bayona. Si consiguen reducir la fortaleza, no habrá nadie que les detenga...

–No entrarán, ¡estoy seguro! –exclamó el comerciante con vehemencia– Nos esperan años de gran prosperidad, querido amigo.

–¿A quiénes?

–¿A quiénes? ¡Vaya pregunta! ¡A todos!

Calleja paladeó lentamente el vino que estaba bebiendo. Era un hombre robusto aunque no gordo, de cabello oscuro, ensortijado y abundante. Sus ojos vivos y atentos recordaban los de un gato que ni en reposo dejan de estar alertas. Le gustaba la buena mesa y gastaba gran cantidad de dinero en trajes que ordenaba confeccionar con los mejores y más caros paños según la moda de la Corte. Juan opinaba que su amigo se excedía. Sus abrigos con cuello de armiño y otras pieles, los jubones bordados con perlas, las gruesas cadenas de oro y el gran número de anillos que brillaban en sus manos resultaba algo demasiado abigarrado para una ciudad como Vitoria. Calleja se reía de sus comentarios y le encargaba un brocado de Flandes bordado con hilos de plata y oro que hacía furor entre las damas.

A pesar de su aspecto que evidenciaba un gusto refinado y una vida holgada, Pedro Calleja era un enemigo peligroso, un excelente jinete y un mejor hombre de armas. El arcabuz, la ballesta, la espada, la lanza y, por supuesto, la daga no tenían secretos para él. Desde niño había aprendido su manejo con los mejores maestros. Durante algunos años fue soldado en el ejército del duque de Alburquerque. Se esperaba de él que llegara a ser un gran comandante. La muerte de su padre le hizo regresar a Vitoria para encontrarse con una considerable fortuna e innumerables inmuebles y tierras. No sólo fueron heredamientos materiales, también recibió la obligación moral de liderar el bando oñacino. En su palacio de la calle de la Zapatería se reunía con los Mendoza, Soto, Nanclares, Hurtado, Maturana, Escoriaza, Esquíbel y otros notables para discutir las líneas maestras de su acción dentro del Concejo contra los gamboínos liderados por los Ayala, Guevara y Salazar.

Todo el mundo quedó muy sorprendido al saber que Pedro Calleja había decidido dejar el ejército y dedicarse a una vida aparentemente sedentaria. Juan, sin embargo, sabía que su amigo nunca había querido ser un soldado. Le disgustaban las largas jornadas a caballo, el olor de la tropa, las malas comidas, la incomodidad de los alojamientos... Su hermano Lope estaba destinado a recibir el mayorazgo familiar. Una oportuna reyerta con un Abendaño le había herido de muerte y Pedro había ocupado su lugar.

–He oído –dijo Calleja al cabo de unos minutos–, que los consejeros religiosos de la reina insisten en que se emprenda una lucha legal contra los apóstatas...

–¿Qué apóstatas? –Juan no comprendía a qué se refería su amigo– ¿De qué diablos estás hablando?

–Quieren que todos los herejes sean puestos ante un tribunal especial... –prosiguió Calleja haciendo caso omiso a la interrupción– El Papa parece dispuesto a conceder el permiso pero exige que Roma tome parte. Por ser asunto de religión, en principio, los bienes de los condenados irían a parar a la Iglesia... Parece que los reyes no están muy dispuestos a que eso ocurra. Quieren también una parte del botín.

–Pero..., ¿quieres decirme ya de una vez a qué te estás refiriendo?

–Me estoy refiriendo, querido amigo, a los conversos y a los hijos y nietos de conversos. A los marranos, como gustan llamarlos los cristianos de toda la vida... ¿Has oído esa copla que se canta por ahí dirigida a Diego Arias Dávila? El que fue contador real hasta la muerte del rey Enrique hace unos meses... Dice así:

"A ti, fray Diego Arias, puto,
que eres y fuiste judío,
contigo no me disputo,
que tienes gran señorío;
águila, castillo y cruz,
dime de dónde te viene,
pues que tu pija capuz
nunca le tuvo ni tiene".

Permanecieron en silencio. Por la ventana abierta de la gran sala del nuevo palacio de Juan, podían escucharse los ruidos de la calle, los aguadores llamando a los vecinos, los afiladores haciendo tañer la xirula, las risas de los niños y las charlas de las mujeres. Pero Juan sólo escuchaba las palabras de su amigo.

–¿Quieres decir que la Iglesia va a atacar a todos los conversos? –preguntó.

–A todos no. Sólo a los herejes, a los que judaizan.

Suspiró aliviado. Él no era un judaizante. Nunca lo había sido. Nadie podría decir que se le había visto en compañía de judíos. Era un buen cristiano. Mucho mejor que otros que se decían de vieja estirpe.

–Pero… –prosiguió Calleja–, en los tiempos que corren y teniendo en cuenta que la aversión hacia los conversos es casi tanta como la que se tiene a los judíos…, una denuncia, un comentario, un gesto…, que en otros no tendría importancia alguna, podría ser tenido como una señal para que ese tribunal, si alguna vez llega a formarse, realice ciertas investigaciones.

–¿Qué investigaciones?

–No lo sé… Sólo puedo decirte que algunos harán bien en tener cuidado de ahora en adelante…

–¿Te refieres a mí? –preguntó Juan a la defensiva.

–A ti, a otros muchos, a mí…

Le miró sorprendido. No sabía que su amigo fuera descendiente de conversos.

–El abuelo de mi padre era judío –le aclaró Calleja sin que él se lo hubiera preguntado.

–¡Eso es agua pasada! –¡Ojalá sus antecedentes fueran tan antiguos como los de Calleja!

–Hace treinta años, don Álvaro de Luna trató de imponer a la población de Toledo un impuesto extraordinario de un millón de maravedíes. La recaudación estaba a cargo de un converso, Alonso de Cota.

Juan no sabía a dónde quería ir a parar su amigo, pero le escuchó atentamente.

–Pero Sarmiento, el alcaide del Alcázar de Toledo –prosiguió Calleja–, se hizo con el mando de la población durante varios meses. Para enmascarar su rebeldía, alentó al pueblo contra los judíos. Les acusó de ser enemigos de Castilla y de haber abierto la puerta a los moros en el siglo VIII. En realidad no eran los judíos, sino los conversos, los que le interesaban. A fin de cuentas –según dijo–, los conversos, a pesar de su bautismo, eran de la misma ralea que los judíos. La población se dio al pillaje de los bienes de los conversos y Sarmiento fue el más beneficiado.

–¿Por qué me cuentas algo que ocurrió en Toledo hace tanto tiempo?

–Porque entre las disposiciones del tal Sarmiento hubo una a la que se llamó “limpieza de sangre”. Según dicha orden, los conversos –nuevos o viejos–, quedaron excluidos de todos los cargos públicos.

–¡Como los judíos y los moros!

–Exactamente. Cuando la ciudad volvió a la normalidad la sentencia quedó anulada –concluyó Calleja.

–Bueno, eso era de esperar –comentó Juan aliviado.

–Pero, amigo mío, hay dos cosas que me preocupan. La primera, que ya una vez se habló de la limpieza de sangre y puede volverse a hablar. Y la segunda, que Pero Sarmiento fue depuesto de su cargo de alcaide y hubo de abandonar Toledo, pero…, pudo llevarse consigo todo lo que había robado a los conversos durante su mandato. Si lo que hizo era ilegal, si los conversos tenían los mismos derechos que los cristianos viejos…, ¿cómo no se le obligó a devolver las riquezas obtenidas del pillaje?

De nuevo permanecieron en silencio, preocupados por su situación en caso de que en Vitoria se pudieran dar los mismos hechos que en Toledo. Los dos tenían suficiente número de enemigos que verían con agrado una reacción popular en contra de los conversos o de sus descendientes.

–Por otra parte –continuó Calleja–, y no hace tanto, apenas diez años, fray Alonso de la Espina y fray Alonso de Oropesa, general de los dominicos, instaron al rey Enrique IV a solicitar del Papa licencia para instaurar los antiguos tribunales de la Inquisición. Pretendían que algo que fue exclusivamente eclesiástico pasara a ser materia de Estado con el fin de acabar con la herejía.

–¿Cómo sabes tú tanto de este tema? –nunca habría pensado que su amigo se ocupara de otros asuntos que no fueran sus litigios con los gamboínos, sus tierras y sus lujos.

–Porque todo este asunto puede llegar a incumbirme y me preocupa. He leído varios libros escritos por religiosos muy bien situados y que sin duda pueden llegar a influir en el futuro. Alonso de Cartagena dice en su *Defensorium unitaris christianae* que si algún cristiano nuevo hay que mal use, debe ser castigado cruelmente. Para que no quede ninguna duda de sus sentimientos, añade que él mismo será el primero que llevará la leña para que lo quemen y le dará fuego...

–¡Qué bestia! –exclamó Juan horrorizado.

–Lo peor de todo este asunto, amigo mío, es que precisamente son conversos los que más odio destilan. Este Cartagena, Alonso de la Espina, Alonso de Oropesa y muchos otros son conversos. Añade a esto que los propios judíos sienten un gran desprecio por los que han abandonado su fe. No creo que les importe mucho que las furias de la Iglesia caigan sobre los traidores y, de paso, se olviden un poco de ellos mismos.

Durante algunos días, Juan Sánchez de Bilbao se sintió muy afectado por la conversación que había mantenido con Calleja. No obstante, tenía que reconocer que él no estaba del todo en contra de que se persiguiera a los falsos cristianos. Como a muchos otros, le habían llegado noticias de que algunos conversos notables judaizaban casi abiertamente. Incluso, circuncidaban a sus hijos y comían carne los viernes y durante la Cuaresma. Que él supiera, en Vitoria no había casos así y, si los había, se ocultaban muy bien ya que no era fácil pasar desapercibido en una pequeña ciudad. Por su parte, podía dormir en paz. Durante toda su vida había sido un buen cristiano y nadie podría atestiguar lo contrario. Le preocupaba, no obstante, el tema de que se sacaran a relucir los antecedentes con aquello de... ¿cómo se llamaba? ¿Limpieza de sangre? Al fin y al cabo, su padre fue judío hasta los catorce años y nunca lo ocultó. Mantenía relaciones con sus parientes y amigos de la judería, asistía a sus fiestas, hablaba y leía en hebreo... ¡Los libros! En casa de su madre había un buen número de libros hebreos. ¡Tenían que deshacerse de ellos rápidamente!

Al principio, doña María no quiso oír nada del asunto. Había conservado el escritorio de su esposo tal y como él lo había dejado. Permanecía en él mucho tiempo limpiando el polvo y volviendo una y otra vez a poner las cosas en orden. Hojeaba los libros de poesías que no entendía y acariciaba las hojas que las manos amadas había pasado cientos de veces. Esperaba que en cualquier momento Pedro entrara sonriente en la habitación, le hiciera alguna broma por su afán de limpieza y la estrechara fuertemente entre sus brazos. Sus labios ansiaban sus besos, su rostro deseaba volver a notar el picorcillo que le producían los pelos del bigote y su cuerpo se estremecía dolorosamente por su ausencia. Era como un herido al que le hubieran amputado una pierna y, sin embargo, siguiera sintiendo dolor y cansancio en el espacio dejado por el miembro perdido.

Juan pudo convencerla de que era absurdo mantener en casa algo que a ninguno de ellos iba a serle de provecho y que, además, podían constituir un problema en el futuro. Finalmente su madre accedió y mandó llamar a Ismael Ṣahadia. Le pidió que entregara los libros a quien mejor pudieran beneficiar, pero no quiso desprenderse de los poemas de Samu'el ben Yosef y de Salomón ibn Gabirol, los favoritos de Pedro. Después, abriendo un hermoso cofre de madera tallada extrajo el *Moré Nebujim* de Maimónides y se lo tendió.

–Este libro le fue dado a mi marido por su padre, tu abuelo David –dijo emocionada–. Deseo que lo guardes y que vuelva al seno de tu familia.

Ismael abrió los ojos atónito y con manos temblorosas cogió el manuscrito iluminado en pergamino. Había oído hablar de él a su padre. Jonás estaba convencido de que David se lo había regalado a algún docto amigo capaz de comprender la filosofía del gran pensador. Apenas si encontró palabras para agradecer a la esposa de su tío el maravilloso regalo y le indicó que un poco más tarde enviaría un par de jóvenes en busca de los libros. Él se llevó el *Moré Nebujim* asiéndolo fuertemente entre sus dos brazos como si temiera que fuera a desaparecer en cualquier momento.

Al llegar a casa, se encerró en el estudio que fuera de su padre y mucho antes de su abuelo David y con reverencia casi mística fue pasando las hojas una a una admirando las bellas ilustraciones y la artística caligrafía con la que había sido copiado. Era una verdadera obra de arte. Hacia la mitad del libro vio que había una hoja despegada e hizo un gesto de contrariedad que se tornó en otro de alegría cuando observó que era el árbol de la vida de su familia. Allí estaban todos los que le habían precedido y aún quedaba espacio para seguir escribiendo más nombres. Con sumo cuidado añadió a la lista los de las esposas, hijos y nietos de Jonás y Mosseh. El espacio destinado a los hijos y nietos de Yosef Sahadia quedó vacío.

Pedro de Bilbao seguía manteniendo su doble vida entre Vitoria y Viana. Deborah le había dado un hermoso hijo y Juana no veía más que por los ojos del pequeño Pedrito. Durante mucho tiempo no volvió a Miranda. No deseaba encontrarse con los padres de su amante y estaba seguro de que su tío Mosseh conocía el asunto y no lo aprobaría. No sólo los cristianos tenían sus leyes en contra del entendimiento entre un hombre y una mujer de distinta religión, aunque hicieran la vista gorda en cuanto a los adulterios. La ley de Moisés era incluso mucho más dura al respecto. ¡Los antiguos judíos los hubieran apedreado! Sin embargo, tuvo que volver a Miranda por los asuntos de Juan que no entendía la reticencia y las disculpas de su hermano para no ir allí.

Se dirigió a la judería acompañado de Juancho Zabaleta que no se le despegaba ni a sol ni a sombra. Yudá Morey era el comerciante más rico del lugar. Su red de agentes –parientes en su mayoría– en Francia, Flandes y Alemania hacían de él un socio imprescindible para poder importar hermosos tejidos desconocidos en Castilla. Juan Sánchez de Bilbao mantenía con él desde hacía años unas relaciones comerciales que a ambos beneficiaban por igual. Después de entretenerse con el comerciante durante más de cuatro horas, salió de su comercio con la intención de regresar a Vitoria, pero una voz le detuvo antes de montar en su caballo.

–¡Pedro! ¡Pedro de Bilbao!

Se volvió y vio que su primo David se dirigía hacia él con una sonrisa de oreja a oreja. Le abrazó con efusión y le besó en las mejillas. Juancho observaba la escena sorprendido y divertido. El aspecto del recién llegado no dejaba duda alguna en cuanto a su origen hebreo.

–¡Primo! ¿Dónde te habías metido? –preguntó David– ¡Hace por lo menos dos años que no te vemos por aquí!

–No he tenido ocasión... –se disculpó torpemente sin perder de vista a Juancho– De hecho..., ya me marchaba...

–¡No harás tal cosa! –exclamó David– ¿Acaso piensas que los Sahadia olvidamos por un instante la hospitalidad debida a nuestros parientes? Además, mis padres se sentirán ofendidos si saben que has estado en Miranda y no has ido a visitarlos. ¡No se hable más! ¿Es éste tu sirviente? –preguntó indicando a Juancho. Pedro afirmó con la cabeza– A las afueras de la población hay una posada que no está mal. Se llama "El caballo del Cid". Según dicen, dan bien de comer y se puede alquilar una cama para pasar la noche.

No sabía qué hacer. Por un lado deseaba enormemente volver a ver a sus tíos y, además, nada en las palabras de David parecía indicar que estuvieran disgustados con él. Por otro, le molestaba y preocupaba la sonrisa que veía en la cara de su criado. Decidió acompañar a su primo y entregó un real a Juancho con el encargo de alquilar una habitación para los dos en la posada.

–No sabía que tuvierais parientes en Miranda... –comentó Zabaleta en euskara.

–No tenías por qué saberlo... –le respondió él en la misma lengua. El tono de su voz no daba lugar a más explicaciones– Ve a la posada y espérame allí. Llegaré para cenar.

Vio cómo se alejaba y luego se volvió sonriente a David.

–¿Y cómo están mis queridos tíos?

–¡Estupendamente, Pedro! ¡La sorpresa que van a llevarse en cuanto te vean aparecer!

Cogidos del brazo como los mejores amigos del mundo, los dos se adentraron de nuevo en la judería y se dirigieron a la hermosa casa de tres plantas que sobresalía sobre todas las demás. Para su sorpresa, no entraron en la vivienda. David le guió directamente al jardín en la parte posterior de la casa. Al lado de la tapia y resguardada del viento, se alzaba una cabaña sólidamente construida con troncos y recubierta de una gruesa lona. Mosseh, su tía Jamilla, sus primos Haym, Rubén y Sara, la esposa de David, Dueña, dos mujeres más y cuatro niños de corta edad comían y bebían mientras charlaban animadamente.

–Es pascua de cabañuelas –le aclaró David al observar su asombro.

Había olvidado que estaban en el mes judío de Tsiri y que durante una semana, los judíos celebrarían la fiesta del Sukot y dormirían o comerían en las cabañas que recordaban la travesía del desierto. Pensó en Deborah y tuvo remordimientos. Ella y su pequeño Tobías estarían solos celebrando la fiesta o, en todo caso, estarían con sus vecinos, Yom-Tob y su mujer. Siempre se habían ocupado de ellos cuando él no estaba. Sintió unos enormes deseos de tenerla de nuevo en sus brazos.

Al verlos llegar, su tío y los demás se levantaron de los asientos como un solo hombre. Tuvo que dejarse besar y abrazar y se sintió bien. Sus padres no habían sido nunca demasiado afectivos con él. Aquellas expresiones de cariño le gustaban. Hubiera deseado que su propia familia fuera más expresiva, pero los Sánchez de Bilbao no eran gentes dadas a mostrar sus sentimientos, ni en público ni en privado. Le hicieron un sitio y le obligaron a probar todos y cada uno de los platos de comida que había sobre la mesa.

Después de comer se sentó a charlar con su tío y primos bajo un enorme castaño mientras las mujeres recogían los platos y los niños dormían la siesta dentro de la cabaña. Era un día cálido de otoño, las hojas de los árboles habían comenzado a tornarse de colores ocres y se desprendían perezosamente de las ramas cuando les azotaba la brisa. El sonido alegre y refrescante del río Ebro les llegaba desde el otro lado del muro del jardín y a lo lejos podían divisarse los montes Obarenes.

–¿Nos acompañarás luego a la sinagoga? –le preguntó Mosseh.

Pedro no supo de pronto qué responder.

–No es nada extraño que un cristiano asista a los oficios de la sinagoga –le aseguró su tío–. Durante la pascua del Sukot y en otras fiestas, los vecinos y amigos suelen acompañarnos al igual que, a veces, nosotros también les acompañamos a ellos...

Claro que ahora resulta algo más difícil para nosotros puesto que no se nos permite la entrada en las iglesias.

Desde hacía varios años, los judíos no podían entrar en los templos cristianos y ni tan siquiera podían apostarse a las puertas o bajo los atrios. Debían permanecer fuera del recinto sagrado, a la intemperie. Recordó el funeral de su padre. Sus parientes y muchos de los vecinos de la aljama –que le estaban agradecidos por sus atenciones médicas y otros favores que había hecho a la comunidad hebrea–, tuvieron que contentarse con seguir la ceremonia fúnebre desde fuera del convento de San Francisco. Fue un día lluvioso y frío. A través de las puertas abiertas de la iglesia pudo verlos agrupados, mojados y ateridos, con sus largas vestiduras, sus sombreros en punta y los capuces marcados con la humillante rodela bermeja como si fueran apestados. Sintió pena por ellos e indignación. A fin de cuentas eran parientes y amigos de su padre, no bestias de acarreo.

–No sé... –comenzó a decir.

–¿Has estado alguna vez en una sinagoga? –le preguntó Haym que acababa de ser nombrado rabino de la judería de Pancorbo– A lo mejor te llevas una sorpresa. A pesar de lo que puedan decir por ahí, no acostumbramos a comernos el corazón de los niños cristianos...

Rieron sin alegría. Demasiado bien sabían que sus más acérrimos enemigos propagaban de tiempo en tiempo que los judíos crucificaban niños cristianos y después mezclaban la sangre y el corazón de la víctima con una hostia consagrada para realizar un acto de brujería con el propósito de provocar una epidemia de rabia. Era una patraña absurda. Nadie medianamente inteligente podía darla por cierto, pero muchos cristianos viejos la creían –o querían creerla.

–Ya lo sé –replicó Pedro–, y contestando a tu pregunta, sí que he estado en una sinagoga –y añadió para que no hubiera dudas–. Más de una vez.

Mosseh miró a su sobrino y sus ojos se encontraron. Pedro supo que su tío conocía lo suyo con Deborah. Estaba seguro que incluso sabía que en Viana se hacía pasar por judío y se hacía llamar Yosef Sahadia. Aunque Viana y Miranda distaban muchas leguas entre sí, los comerciantes hebreos eran muy activos y se movían con asiduidad. No sería extraño que uno de ellos hubiera comentado que en Viana vivía un hombre de igual nombre que el rabino de Miranda. A Mosseh no le habría costado mucho trabajo enterarse que aquel Yosef era en realidad su sobrino Pedro de Bilbao. Decidió acompañar a su familia a la sinagoga.

Después de haber dado siete veces la vuelta en torno al altar con las ramas de sauce recién cortadas, rabí Mosseh subió al almemar y se dirigió a los congregados.

–Así dijo Moisés: *"Celebrarás la fiesta de los Tabernáculos por siete días, una vez acabada la cosecha de tu era y de tu lagar. Y te regocijarás en tu fiesta, tú, tu hijo y tu hija, tu siervo y tu sierva, y también el levita, el extranjero, el huérfano y la viuda, que habitan en tus ciudades. Siete días celebrarás fiesta en honor de Yahvé, tu Dios, en el lugar escogido por Yahvé; porque Yahvé, tu Dios, te bendecirá en todos tus productos y en todas las obras de tus manos. Entrégate, por tanto, a la alegría".*

Pedro escuchaba con atención las palabras y oraciones de su tío. Las había escuchado antes en Viana, pero, ¿por qué aquella vez le sonaban tan diferentes? Observó con atención a Mosseh. Le recordaba a alguien. Era alto y delgado como todos los Sahadia. Tenía el cabello plateado peinado con esmero, la barba también blanca le llegaba al pecho, la mirada profunda y la voz grave y melodiosa. Subido en el almemar, dirigiéndose a su congregación, parecía envuelto en un halo misterioso. Por su boca salían palabras que un número incontable de rabinos, profetas y hombres santos ya habían dicho antes que él. Era la voz del pueblo hebreo que hablaba a través de los siglos, de miles de años de tradición, de alegrías y penas. Notó dentro de él una sensación que jamás antes había sentido y supo entonces que su alma era judía aunque él fuera cristiano.

Unas voces airadas rompieron la armonía del momento. Miró hacia la puerta de la sinagoga y pudo ver a Juancho Zabaleta hablando a gritos con dos hombres que le impedían la entrada. Mosseh frunció el ceño, interrumpió la oración y se dirigió hacia la puerta, seguido por sus hijos y su sobrino.

–¿Qué ocurre? –preguntó a los dos hombres en hebreo.

–Este hombre quiere entrar en el templo –le explicó uno de ellos–. Dice que su amo está aquí dentro.

–¿Qué haces aquí? –preguntó Pedro a su vez.

Los ojos de Juancho se desorbitaron de la sorpresa al ver a su amo vestido con un largo capuz, al estilo judío, y llevando sobre sus hombros el talit de estameña anudado bajo los sobacos.

–Como no veníais, he ido a casa de vuestros parientes y me han dicho que estabais aquí –trató de explicarse viendo el enojo en los ojos de Pedro–. Necesito dineros para la cena y la cebada de los caballos...

Pedro sacó de su bolsa unas monedas y se las tendió sin una palabra. Juancho se inclinó y, pidiendo disculpas por haberles interrumpido, se marchó precipitadamente de allí.

–Lo siento –dijo Pedro a su tío. Estaba avergonzado por el proceder de su criado.

–No te preocupes por nosotros –respondió Mosseh con una sonrisa– pero... –le advirtió–, yo que tú me andaría con cuidado con ese hombre.

Acabada la ceremonia en la sinagoga, acompañó a sus parientes a casa con ánimo de despedirse de ellos cuanto antes. No le había gustado la mirada atónita de Juancho al verle vestido como un judío. Sus tíos y primos insistieron en que se quedara con ellos para la cena y no supo negarse. Mosseh le cedió su plaza a la cabecera de la mesa. Era un gran honor y Pedro aceptó emocionado. De nuevo se encontraban todos en el jardín, pero esa vez, la mesa había sido instalada dentro de la cabaña. El aire fresco de la sierra no invitaba a comer al aire libre.

–¿Por qué la ley judía se preocupa tanto por que la carne sea de una forma concreta? –preguntó mientras degustaba un exquisito trozo de buey asado a las brasas de una pequeña hoguera colocada encima de una especie de altar hecho de grandes piedras– ¿Tan importante es? Un buey es un buey...

–Lo es –respondió Hayim–. Pero no es lo mismo matar a un animal como hacen los cristianos que como lo hacemos los judíos. El animal ha de ser sacrificado de una certera estocada en la cerviz, para que no sufra y que la muerte sea instantánea y la sangre no se desparrame por el cuerpo. Es un trabajo que se deja en manos del shojet, el sacrificador ritual, quien sabe muy bien cómo hacerlo.

Mosseh escuchaba a su hijo con satisfacción. Sería un buen rabino. Conocía la Ley igual o mejor que él. Era joven y estaba lleno de entusiasmo. Algo que, tenía que reconocer, le faltaba a él. Observó la atención con la que Pedro escuchaba las explicaciones de su hijo y, recordando su recogimiento horas antes en la sinagoga, por un instante se le ocurrió pensar que tal vez el hijo de su hermano enderezaría el pecado cometido por su padre y volvería a la verdadera fe. ¡Qué gran triunfo sería aquél! Un cristiano convertido al judaísmo... Sabía que había habido algún caso así, pero él no conocía ninguno personalmente. Luego se dijo que era imposible e incluso si lo fuera, nada podría aportar a la causa pues debería permanecer en secreto. La Iglesia católica no aceptaría jamás una apostasía y lo haría quemar vivo. Conocía la doble vida de su sobrino –aunque nunca le diría nada al respecto–, y se preguntó qué razón impulsaba a su sobrino, aparentemente poco dado a grandes gestas o actos heróicos, a arriesgar su vida, su fortuna y su posición. No encontró respuestas a sus cavilaciones.

Cuando ya casi se hallaban al final de la cena, un criado fue a avisarles que Juancho Zabaleta preguntaba por su amo. El rostro de Pedro se contrajo. ¡Por Dios que mataría a aquel insolente! Hizo decirle que saldría al poco y se despidió de su familia prometiendo volver en cuanto le fuera posible. Antes de abandonar el jardín, se volvió para dirigirles una última mirada. Le hubiera gustado permanecer con ellos el resto de la semana. Se fijó en Mosseh que le despedía con la mano y en ese mismo momento cayó en la cuenta de que su tío le recordaba a David, su abuelo. Apenas si lo había conocido y los recuerdos se mezclaba borrosamente en su mente, pero siempre aparecía en ellos la figura alta y digna del padre de su padre.

—¿Qué diablos estás haciendo aquí? ¿Es que ni siquiera puedo comer en paz sin que vengas a molestar? —le preguntó a Juancho con ira.

—Siento haberos interrumpido, señor don Pedro —respondió el otro en un tono de falso arrepentimiento—. Me habíais dicho que vendríais a la posada para la cena y como se hacía tarde y no llegabais…, pensé…, creí…

—No te pago para que pienses ni para que creas, sino para que hagas lo que yo te ordeno —le interrumpió—. Y mi orden era que esperaras en la posada.

Caminaron un trecho en silencio. Finalmente Zabaleta comenzó a hablar.

—Me pregunto, señor, si vuestro hermano, don Juan, está al corriente de vuestras relaciones con esos judíos…

Pedro se paró en seco y se encaró a su criado.

—¿Qué estás intentando decir? —más que una pregunta era una amenaza.

—¡Oh! nada…, sólo que el señor don Juan es tan…, ¿cómo diría yo? —vaciló unos segundos buscando la palabra adecuada—, tan buen cristiano… Nunca le he visto dirigir la palabra a un judío a menos que no fuera un asunto de negocios. No sé cómo reaccionaría si supiera que su hermano no sólo come y bebe en casa de un judío, sino que además asiste a la sinagoga como si fuera uno de ellos y mantiene a una esposa y a un hijo hebreos…

Pedro lo agarró por el cuello de la camisa y acercó su rostro al de él.

—¿Acaso se lo vas a decir tú? —preguntó.

—¿Yo? ¡Claro que no! —se defendió Zabaleta con aire contrito— pero tal vez alguien…, otra persona…, ¡qué sé yo! El mundo es tan pequeño…

Lo soltó y echó a andar a grandes pasos. Juancho se pasó la mano por el cuello dolorido y echó a correr detrás de él.

—¿Sabíais que tengo un tío sastre que vive en Murcia? —Pedro no contestó y siguió caminando sin dirigirle la mirada —Siempre anda mandándome recados para que vaya a vivir con él y ayudarle en el negocio. Claro que el viaje hasta Murcia es largo y cuesta algunos dineros... Y además tampoco puedo presentarme ante él con las manos vacías. Si quisiera ser su socio, tendría que aportar mi parte...

Pedro volvió a detenerse.

–¿Estás diciendo que si no te doy el dinero para que te vayas a Murcia, irás a contarle a mi hermano que trato con nuestra familia judía?

–No olvidéis a mi señora Deborah y..., a su hijo...

¿Qué le impedía acabar con aquel gusano inmundo? ¿Por qué no le atravesaba la garganta con su daga y se olvidaba del asunto? Ya antes había matado a un hombre que se le había enfrentado en Medina de Pomar y no había sentido ningún remordimiento. Era de noche, podría acabar con él en un santiamén y tirar su cuerpo al Ebro... Notó que Zabaleta estaba a la defensiva. Tal vez no le iba a resultar tan fácil deshacerse de él. Por otra parte, ¿cómo explicar la desaparición de su criado? Antes o después alguien podría encontrar el cadáver.

–¿Cuánto quieres? –preguntó.

–Diez mil maravedíes sería una bonita suma...

–¿Y por qué no me pides también los calzones? O mejor aún, ¿por qué no te quedas con mi casa y mis propiedades?

–Diez mil serán suficientes, señor...

–Te daré cinco mil. ¡Ni uno más! Si quieres los coges o sino los dejas. No me importa lo que vayas a contarle a Juan..., pero antes de hacerlo, ocúpate de preparar tu entierro porque cuando yo te mate, dejaré que los perros devoren tus miserables huesos.

Juancho Zabaleta no era tonto. El tono de su amo era lo suficientemente claro como para saber que no estaba bromeando y que llevaría a cabo su amenaza. Aceptó los cinco mil maravedíes que Pedro le entregaría en cuanto volvieran a Vitoria y no volvió a abrir la boca. Aquella noche tuvo que dormir en la cuadra de las caballerías, junto a las mulas. Pedro no le permitió compartir la pequeña habitación en "El caballo del Cid".

La reunión del gremio de comerciantes había sido muy turbulenta. Sus miembros eran muchos y sus ocupaciones demasiado diversas para llegar fácilmente a un acuerdo. Cada cual velaba por sus intereses y no eran capaces de entenderse en vistas a un beneficio común. Como presidente del gremio, Juan Sánchez de Bilbao había intentado hacerles ver la importancia que para todos tenía la unión de los comerciantes de Vitoria. Las tasas que pagaban al Concejo eran desproporcionadas en relación con las de los rentistas, agricultores o constructores. La obtención de los puestos en el mercado constituía todos los años una verdadera batalla. Los vendedores ambulantes, los hosteleros que montaban sus tenderetes y los campesinos que llevaban a vender ganado y verduras pagaban la misma cantidad que ellos. En su opinión, eso no era justo. Los comerciantes pagaban impuestos durante todo el año y aquellos otros únicamente lo hacían con ocasión de los mercados semanales y las ferias anuales. Propuso presentar una queja al Concejo con amenaza de no pagar más impuestos si no se tomaban medidas en su favor. En vano. Le acusaron de mirar únicamente por su propio provecho y, en todo caso, por el de los pañeros en detrimento de los demás comerciantes. La mayoría eran artesanos que trabajaban solos en pequeños talleres o tenían empleados a uno o dos aprendices. No deseaban enfrentarse al Concejo ni poner en peligro su pequeño negocio.

–¡Son unos cagados! –exclamó malhumorado de regreso a su casa.

–No tienen miras de futuro –dijo Sancho Alba–. Para ellos lo más importante es el día a día. De todos modos, hay que comprender su postura. Sus negocios se limitan a lo poco que tienen y no quieren riesgos.

–El que no se arriesga, nunca saldrá de la pobreza –sentenció Juan–. Me envidian por lo que poseo, pero ellos no hacen nada para mejorar.

–Sois afortunado, maese Juan. Pocos son los que tienen tan buen ojo para los negocios como vos.

–Pero también ha habido veces que he estado a punto de perder todo lo que tenía…

–¿Y qué hay de las vidrieras? –preguntó Alba con ánimo de cambiar de tema.

Le habían hablado de que en la catedral de Semur, en Francia, los pañeros habían decido costear unas nuevas vidrieras para la catedral y optaron por reproducir las labores de acabado de las telas: la selección, cardado, levantamiento del pelo y desbastado. Al parecer la idea había sido admirada y copiada por otros gremios. Intentó convencer al suyo para ofrecer a los franciscanos algo parecido, pero topó con la negativa más rotunda. Ningún pañero estaba dispuesto a pagar la enorme cantidad de dinero que suponía el encargo de las vidrieras. Decidió costearlas él solo. Eso sí, en cada una de las escenas estaría incluido el escudo de su familia y su marca comercial. No permitiría que nadie olvidara que había sido él quien había corrido con los gastos. Los frailes aceptaron la propuesta con entusiasmo. Las vidrieras adornaban las iglesias y permitían el paso de la luz mejor que los gruesos vidrios casi opacos que cubrían las ventanas. Sólo pusieron una condición, que en la vidriera central estuviera representado un santo o un ángel. Eligió a San Miguel, siempre le había gustado la figuración del arcángel, aplastando la cabeza de la serpiente, la espada en ristre.

–Empezarán a colocarlas un día de éstos –repuso Juan más animado–. Nuestra capilla, la del Santo Espíritu, donde está enterrado mi padre, será la más hermosa de todas. Los señorones rabiarán cuando la vean.

–Hablando de señorones –recordó Alba–, por fin tengo acabado el inventario de las propiedades de Martín Martínez de Escoriaza.

Juan levantó las cejas interesado e hizo una seña a su administrador para que no dijera nada más hasta llegar al palacio. Se detuvo unos instantes, como siempre hacía, ante la fachada de su nueva casa. No se cansaba de admirar su obra. Había mandado colocar el escudo familiar y su marca comercial, pero eran sin duda los cordones de la orden franciscana entorno a las dos puertas en arco lo que más le gustaba. Era un detalle original que daba prestancia al edificio y no dejaba lugar a dudas sobre su religiosidad y devoción.

–Bien –dijo una vez que se encerraron en el escritorio contiguo a la gran sala de techo abovedado y estrellado que sólo utilizaba para fiestas o para recibir a gente importante–. Me decíais que ya habéis acabado el inventario de los Escoriaza...

–Así es, mi señor –le entregó una carpeta de piel llena de documentos–. Al parecer, "el mozo", no ha perdido su afición al juego y debe enormes cantidades de dinero. A todos sus acreedores les firma pagarés a cuenta de su herencia.

–¿Que hace qué? –creyó haber oído mal.

–Promete devolver el dinero a un veinte por ciento de interés en cuanto su padre muera.

–¿Y le creen? –preguntó Juan atónito.

–Bueno –sonrió Alba–, el señor de Escoriaza tiene ya más de setenta años y parece ser que está viejo y achacoso.

–Pero..., ¡aún no está muerto! "el mozo" no tiene derecho a disponer de la herencia a menos que su padre no le nombre heredero en vida...

No tenía ninguna simpatía al viejo Escoriaza, pero era hombre respetuoso con la legalidad y no admitía componendas al respecto.

–¿A cuánto ascienden sus deudas?

–Según los documentos que obran en nuestro poder... –consultó los papeles–, a cerca de medio millón de maravedíes. Exactamente cuatrocientos cincuenta y siete mil. Hasta el momento –aclaró.

Juan levantó la ceja derecha al oír la cifra pero no hizo comentario alguno.

–Y..., ¿qué hay del viejo? –preguntó.

–No tiene deudas y sus asuntos están en regla.

Era una lástima –pensó–, no poder acabar con el hombre que había tramado la muerte de su padre y la suya propia. De todos modos, si era verdad que tenía tantos achaques como decían, no tardaría mucho en estirar la pata y dar cuentas a Dios de todas sus maldades.

–Ocuparos de comprar todos los pagarés de Escoriaza, "el mozo" –ordenó a su administrador.

–Pero señor..., eso supondrá una elevadísima suma de dinero...

–Haced como os he dicho, maese Sancho. Con esos pagarés en nuestras manos, "el mozo" está acabado –y el viejo lo estaría también al saber los manejos de su hijo–. ¿Qué hay de mi cuñado Buendía?

No había tenido noticias directas de él desde hacía dos años, desde el día en que él mismo lo echó de Vitoria. Sabía, no obstante, que se había alistado a las órdenes del almirante Enríquez, tío del rey, y luchaba contra los partidarios de la princesa Juana. Cualquier día, una vez acabada la guerra, se presentaría en Vitoria para reclamar sus bienes y su familia. Tenía que atar bien todos los cabos antes de que eso ocurriera.

–Vuestro cuñado Juan Martínez de Buendía sólo posee los bienes gananciales obtenidos al matrimoniar con doña Teresa. De su fortuna personal únicamente quedan unas pocas tierras en Salvatierra y otras en Campezo.

–¿Queréis decir que ha dilapidado su fortuna?

–Así es, señor. Al parecer –le explicó Alba–, entre otros malos negocios, invirtió grandes cantidades en la fabricación de un artilugio mecánico para el manejo de sierras para abatanar que resultó un fracaso.

–Siempre ha sido un estúpido... ¡En mala hora concertaron mis padres su boda con mi hermana!

–El caso es que vuestro padre colocó a nombre de doña Teresa una importante cantidad de dinero en casa del cambista Alonso de Zárate –prosiguió el administrador–, y las rentas producen lo suficiente como para que vuestra hermana pueda vivir de manera acomodada el resto de su vida. No debéis preocuparos por ella.

–No es ella quien me preocupa –replicó Bilbao–; es el cretino de su marido que puede presentarse aquí en cualquier momento y reclamar su parte de los bienes gananciales o, lo que es peor, encandilar a la tonta de mi hermana para que vuelva con él.

Hizo un gesto con la mano indicando a Alba que le dejara solo. El hombre se dirigió a la puerta e iba a salir cuando recordó algo y volvió sobre sus pasos.

–¿Hay algo más? –preguntó Juan al verle titubear delante de la mesa.

–Bueno…, he oído decir que el rey don Fernando piensa venir al norte próximamente. Como bien sabéis, las tierras vascas gozan de ciertos privilegios que los reyes han de jurar defender y respetar si desean ser acatados como soberanos…

–¿Y bien? –no entendía a dónde quería ir a parar su administrador.

–Naturalmente, una de las etapas de Su Alteza será la ciudad de Vitoria… –se detuvo unos instantes, pero al ver que su amo no comprendía lo que estaba queriendo decir, fue directo al asunto– El rey deberá alojarse en algún sitio… El palacio de Bendaña sería apropiado, pero no posee un mínimo de comodidad. Los viejos palacios tienen un aspecto imponente, pero sus dueños no se han preocupado de modernizarlos. Son fríos y poco acogedores. Las escaleras crujen y, en su mayoría, ni siquiera disponen de letrinas en el interior. Puestos a pensar sobre el asunto, no estaría de más prever un alojamiento más acorde con la calidad del personaje…

Juan sonrió. No se había equivocado al contratar a Sancho Alba. No sabría pasarse de él. Poseía el arte cortesano que a él le faltaba. La idea de alojar al propio rey en su casa era algo que jamás había soñado ¡Después de eso nadie osaría levantar un dedo contra él! Sería no solamente el hombre más rico de la ciudad, sino también el más poderoso.

Otoño–invierno de 1480

Era el domingo primero de octubre. La lluvia había arreciado con fuerza durante todo el día. A excepción de la asistencia a la misa matinal, los vecinos de Vitoria no se habían aventurado fuera de sus casas y habían tenido que suprimir su paseo dominical. Los grandes paraguas de lona encerada constituían un impedimento a la hora de pasear por las calles estrechas y además, si se exponían al agua durante un largo rato, acababan por calar. Por otra parte, el empedrado de las calles se volvía resbaladizo con la lluvia y las que no estaban empedradas eran un auténtico lodazal. A media tarde la lluvia cesó y unos tímidos rayos de sol comenzaron a colarse por entre las nubes. Algunos vecinos de la Correría asomaron a los balcones y otros bajaron a la calle para estirar un poco las piernas y charlar con sus amigos antes de que volviera a caer una nueva tromba, como presagiaban los grises nubarrones que se movían con celeridad por encima de sus cabezas.

De pronto, todo el mundo enmudeció. De una de las casas salían unos alaridos tan espeluznantes que ponían los pelos de punta. Sólo se escucharon durante unos segundos, luego cesaron. No habían tenido tiempo los vecinos de averiguar de dónde procedían los gritos, cuando de uno de los portales salió corriendo un hombre con un cuchillo en la mano y cubierto de sangre de la cabeza a los pies. Un grito de horror salió de las gargantas y paralizó momentáneamente al hombre que se quedó mirando a los vecinos con aire alelado. Tiró el cuchillo e intentó darse a la fuga. Su gesto hizo reaccionar a algunos hombres y mujeres que se abalanzaron sobre él y le tiraron al suelo. Hubieran podido matarlo a golpes y patadas si no hubiera sido por el mayoral de la calle que llegó en ese preciso instante y les conminó a que cesaran su ataque. Se hizo un profundo silencio y se formó un corro alrededor del caído que yacía en el suelo encogido en postura fetal tapándose la cara con las manos. Un hombre –que en compañía de otros había subido rápidamente a la vivienda–, se asomó a la ventana del segundo piso.

–¡La han matado! ¡Han degollado a doña Teresa!

Un murmullo amenazador recorrió el corro y el mayoral hubo de hacer uso de toda su autoridad para evitar que las gentes se abalanzaran de nuevo contra el presunto asesino. Pocos minutos después llegaban media docena de alguaciles que habían sido avisados por un muchacho y se llevaban al hombre entre los abucheos, golpes y amenazas de los vecinos.

La noticia causó estupor en Vitoria: Juan Martínez de Buendía había degollado a su esposa, Teresa Sánchez de Bilbao. Nadie sabía qué razones le habían llevado a cometer tan horrendo crimen. No es que en Vitoria no hubiera asesinatos –comentaban. Los había como en todas partes. Pero..., ¡matar a una mujer indefensa! Las lenguas se desataron y antes de que hubiera sido el juicio ya se habían formado dos bandos. Los que disculpaban el proceder de Buendía porque "alguna razón habría tenido..." – no se mataba a una esposa así como así y a plena luz del día–, y los que le acusaban de haber sido toda su vida un mal nacido, un hombre violento pronto a desenvainar la daga y enzarzarse en una pelea por un quítame-de-ahí-esas-pajas.

La madre y los hermanos de Teresa fueron advertidos enseguida. Todos, menos los niños –incluidas las dos hijas de Teresa, Sancha y María, que habían ido a pasar el domingo con su abuela–, acudieron rápidamente a casa de la asesinada. Sus gritos, sollozos y maldiciones al verla en el suelo de la cocina, con la garganta cercenada y cubierta de sangre, pudieron oírse en la calle. Solamente doña María conservó la calma. Diríase que el asunto no iba con ella. Ordenó a varios criados que le habían acompañado desde su propia casa que llevaran el cuerpo de Teresa a su alcoba y que, después, limpiaran a fondo la cocina. Para cuando sus hijas y nueras reaccionaron, ella había lavado y vendado la profunda herida del cuello y se aplicaba a lavar el resto del cuerpo de su infortunada y más querida hija.

–Quiero que lo degüellen de la misma manera que él ha hecho con mi hija –dijo fríamente a sus hijos–. Lo haría yo misma pero dudo que me permitan acercarme a él.

Era muy entrada la noche y se hallaban en la cocina. Después de haber lavado y vestido el cuerpo de Teresa, había despedido a sus hijas y nueras que no cesaban de gemir y de llorar. Sólo los hombres permanecieron junto a ella. Varias monjas del convento de Santa Clara –del que doña María era benefactora–, habían acudido a velar el cadáver y desde cualquier punto de la casa podían escucharse sus oraciones. Los corros de vecinos se habían dispersado, pero aún quedaba algún curioso que intentaba saber más del asunto. Sebastián y Hernando hacían guardia en la puerta y no permitían a nadie la entrada.

–Ten por seguro que así será, madre –replicó Juan–. He hablado con el alcalde, don Miguel Pérez de Oñate, y el juicio se celebrará el próximo jueves.

–¡Ese bastardo no merece ningún juicio! –exclamó Pedro que seguía bajo la impresión.

–Todo el mundo merece un juicio –sentenció su cuñado Olabe–. Eso no significa que vaya a librarse de pagar por lo que ha hecho...

–¡Pues yo creo que lo que tenemos que hacer es atacar la cárcel y matarlo nosotros mismos!

Doña María hizo un gesto a su hijo menor para que se callara y preguntó dirigiéndose a Juan.

–¿Dónde lo tienen?

–En una celda aislada para que los demás presos no le maten..., suele darse el caso cuando el crimen es execrable –añadió a modo de explicación–. Lo tienen atado de manos y pies con argollas y cadenas y también por el cuello.

–¿Te ocuparás de que todo esté en orden y no haya sorpresas de última hora? –preguntó a su yerno Olabe– Puede que la familia de ese... de ese..., –no encontraba las palabras.

–Por supuesto que sí, señora. Ese hombre pagará con su vida lo que ha hecho.

Teresa fue enterrada junto a su padre en la capilla del Espíritu Santo en el convento franciscano. Un impresionante cortejo atravesó la ciudad y acompañó al cadáver hasta su última morada. En casos como aquél, los vecinos se unían al dolor de la familia olvidando sus rencillas. Podían verse juntos a oñacinos y gamboínos, cristianos viejos y conversos, judíos, comerciantes, damas y comadres, campesinos, monjas y frailes.

Teresa Sánchez de Bilbao había sido una mujer apreciada. Era alegre, siempre dispuesta a echar una mano. No tenía reparos en ir al mercado o a la fuente a por agua en vez de mandar a una criada. Charlaba con todo el mundo y se preocupaba por la salud y los problemas de sus vecinos. Nadie supo qué había ocurrido para que Buendía desapareciera de Vitoria. Algunos habían visto a Juan, "el rico", penetrar en su casa y otros a Sebastián acompañarlo hasta las afueras de la ciudad. Lógicamente se pensó que algo grave habría habido entre los dos cuñados, pero con el paso de los meses el asunto quedó olvidado. Buendía no era querido ni respetado y todo el mundo sabía que tampoco era un buen marido ni un buen padre. Nadie lo echó de menos.

Hacía un año y medio que había regresado a Vitoria. Al principio, su mujer le negó la entrada en la casa e incluso le amenazó con mandar aviso a su hermano. No insistió y se fue a casa de su madre, pero todos los días volvía y trataba de convencerla de que había cambiado y de que deseaba ardientemente estar de nuevo a su lado. Le mandaba pequeños regalos para ella y para la pequeña Sancha y las esperaba en la calle para acompañarlas en sus paseos. Poco a poco la resistencia de Teresa cedió y volvieron a vivir juntos para gran disgusto de Juan y de su madre que no se fiaban un pelo del supuesto cambio. Nueve meses después Teresa dio a luz a una preciosa niña a la que pusieron por nombre María. Aparentemente eran muy felices.

El día del juicio no cabía ni un alfiler en la sala de reuniones del Consistorio que se había habilitado como corte. Los curiosos ocupaban todo el espacio libre, los pasillos, las escaleras y la calle. Las preguntas de los abogados y las respuestas del acusado pasaban de boca en boca hasta llegar a los oídos de los que esperaban afuera.

Juan Martínez de Buendía confesó que el día de autos estaba borracho. Había estado bebiendo en una taberna del barrio de la Magdalena. Los negocios no le iban bien y las relaciones con su esposa tampoco. Cuando volvió a casa tuvo una discusión con Teresa. Según él su mujer le engañaba con su vecino Pedro de Gamiz y aquel mismo día le había anunciado que pensaba separarse de él e irse a vivir con su amante. Declaró que no supo lo que hacía hasta que la vio en el suelo cubierta de sangre. Sollozó como un niño y pidió perdón por su terrible acto. Los celos –dijo– y su honor herido habían movido su mano. Los oyentes de la sala se sintieron conmovidos e igualmente pareció ocurrir con el jurado presidido por el alcalde. Tanto las leyes como las gentes eran benévolas con los maridos que mataban a sus esposas infieles.

Los Sánchez de Bilbao permanecían impasibles en sus asientos de las primeras filas. Doña María ni siquiera parpadeaba. Totalmente vestida de negro, mantenía la mirada fija en el que había sido su yerno. Solamente un leve temblor de sus aletas nasales y los labios prietamente cerrados permitían apreciar, a los que la conocían bien, el odio y la ira que sentía en aquellos momentos.

La puesta en escena del reo se vino a bajo cuando subió a declarar Marina, "popandia", conocida ramera que había pasado la tarde con Buendía.

–¿Cuál es vuestro oficio? –le preguntó Olabe.

–¿Acaso su excelencia no puede verlo por sí mismo? –respondió Marina con desparpajo provocando las risas de todos.

Era una mujer aún joven, pero entrada en carnes –de ahí su apodo–. Vestía saya y corpiño rojos y un gran manto de color naranja que el Concejo obligaba a llevar a las mujeres públicas para distinguirlas de las ciudadanas honestas. Tenía un rostro atractivo, pero las cejas muy depiladas, los afeites de las mejillas y los labios pintados de rojo no daban lugar a equívocos.

–Contesta a la pregunta del Licenciado –le ordenó el alcalde.

–Como quiera su ilustrísima... –hizo una pequeña reverencia y se volvió a Olabe– Soy lo que podría llamarse una mujer ocupada en el servicio público.

De nuevo se oyeron risas en la sala y el alcalde tuvo que pedir silencio.

–¿Conoces al acusado?

–¿A ése? –Marina señaló a Buendía– Le he conocido bíblicamente dos días por semana durante el último año. Aunque, a decir verdad, la mitad de las veces estaba borracho y lo mismo le daba holgar que rezar un *Pater noster*...

Las risas y protestas que levantó su comentario final tardaron unos momentos en apaciguarse.

–Sé más respetuosa con lo que dices –le amenazó Oñate–, o te mandaré dar cincuenta latigazos.

La amenaza pareció surtir efecto y, en adelante, la mujer respondió sin sarcasmos a las preguntas del Licenciado. Según dijo, el acusado no había bebido aquel día ni vino ni licor mientras estuvo con ella, pero sí parecía muy alegre. En un momento de euforia, después de haber hecho el amor, le dijo que pronto sería muy rico. Cuando ella le preguntó la razón, rió de buena gana y le respondió que iba a recibir una herencia. Después se fue a su casa.

Olabe y el letrado Ortiz de Guzmán demostraron que no había herencias a la vista y que, sin embargo, Buendía había hecho firmar a su mujer un documento por el que –si algo llegaba a ocurrirle–, le dejaba administrador de sus bienes hasta que sus hijas fueran mayores de edad. También demostraron que Pedro de Gamiz no podía haber sido amante de Teresa porque la gota lo mantenía clavado en un sillón desde hacía más de tres años. Incluso sin gota, era improbable que un hombre de casi ochenta años pudiera hacer lo que se esperaba que hiciera un varón en activo. Este comentario hizo reír al público y el alcalde amenazó con echar a todo el mundo de la sala. Existía otro Pedro de Gamiz, hijo del anterior, pero era soldado de fortuna y llevaba más de cinco años sin aparecer por Vitoria.

Las simpatías que inicialmente había despertado el acusado se trocaron en insultos y exclamaciones encolerizadas. El alcalde, el merino mayor y los licenciados salieron de la sala para volver al rato con el veredicto que leyó Miguel Pérez de Oñate. El tribunal había decidido que Juan Martínez de Buendía, "*...con pensamiento diabólico, sin temor a Dios y no mirando las penas en las que incurría, mala y alevosamente, cometió el cobarde parricidio premeditado...*", por lo tanto, se le condenaba a muerte, se confiscaban sus bienes y la tutela de sus hijas pasaba a su abuela, doña María Ruiz de Gaona, y a su tío, Juan Sánchez de Bilbao. Todos los presentes –menos los familiares de la víctima y de su asesino– prorrumpieron en aplausos y vítores.

–¡Ni que estuvieran en un teatro! –exclamó Juan molesto, luego se volvió a su madre– ¿Estás satisfecha, madre?

–No lo estaré hasta que no ver el cuerpo de ese miserable colgando de la picota –respondió ella en tono helado.

La ejecución debía llevarse a cabo a las doce de la mañana siguiente después del Ángelus, delante de la cárcel, en la pequeña plaza situada detrás de la catedral, y así se hizo saber en el bando que el alcalde hizo colocar en varios puntos de la ciudad. Habían transcurrido veinte días desde el asesinato.

Tanto los que deseaban que se hiciera justicia, como los que esperaban poder asistir al macabro espectáculo se quedaron con las ganas. Juan de Buendía huyó de la cárcel aquella misma noche. Los Sánchez de Bilbao montaron en cólera y acusaron al merino mayor, Fernando de Ulibarri, de no haber puesto las suficientes medidas de seguridad. Para demostrar que él no había tenido nada que ver en la fuga del preso, mandó dar cincuenta azotes al carcelero y a su ayudante que habían sido encontrados, desnudos y apestando a vino, encerrados en el cuartucho que les servía de alojamiento.

–Yo lo encontraré –dijo Juan a su madre–. Enviaré a mis hombres tras él y te lo traeremos.

Varias semanas después los hombres volvieron con las manos vacías. Buendía se había acogido al perdón general otorgado por la reina doña Isabel, aquel mismo día veinte de octubre, a todos aquellos que acudieran en la armada contra el turco para auxiliar al Gran Maestre de Rodas.

–Con o sin indulto, algún día volverá a Vitoria –comentó doña María–. Si aún estoy con vida, yo misma me encargaré de que reciba su merecido.

–¡Ya los tenemos, padre! ¡Ya los tenemos !

"El mozo" entró como una tromba en el escritorio de su padre y fue a detenerse delante de la mesa tirando un par de sillas al pasar. Martín Martínez de Escoriaza levantó la cabeza y no pudo reprimir un gesto de disgusto.

–Ya tenemos, ¿a quién? –preguntó con desdén.

–¡A los Sánchez de Bilbao! –la fisonomía del viejo se animó al oír el nombre de sus enemigos– Los Reyes han decidido usar los poderes que les da la bula del Papa y han nombrado los primeros inquisidores para Sevilla. Me lo acaba de decir mi cuñado Esquíbel que acaba de regresar de allí.

¡Por fin! Llevaba dos años esperando la noticia. Cuando supo que el Papa Sixto IV había firmado la bula *Exigit sincerae devotionis* solicitada por los Reyes para acabar con los conversos judaizantes de sus reinos, se frotó las manos. Podría acusar a Juan, "el rico", de simpatizar con los judíos. Le iba a costar mucho poder demostrar lo contrario. Estaba dispuesto a todo, incluso a comprar los testigos que fueran necesarios para que declararan que el comerciante era un marrano encubierto. ¡Acabaría con esa familia que le había infligido tantas amarguras a lo largo de su vida!

Cuando murió Pedro Sánchez de Bilbao, asistió a su funeral para cerciorarse de que estaba bien muerto y enterrado. Su satisfacción se trocó en ira cuando vio la magnífica restauración de la capilla del Espíritu Santo y el imponente mausoleo de mármol que la presidía. A su lado, la de los Escoriaza parecía triste y oscura. ¡Incluso después de muerto quería aquel judío de mierda ser superior a él!

–Manda restaurar nuestra capilla –le dijo “el mozo”.

–Para unos frailes que admiten marranos en su templo, ¡ni un real! –respondió enfurecido.

Y ahora, ¡había llegado su hora!

–¡A ver si te ganas de una vez el pan que te comes! –le soltó a su hijo– Empieza a investigar y recopila toda la información que puedas sobre todos los miembros de esa puta familia. Averigua si van a la judería, si tratan con judíos y con cuáles, si tienen libros hebreos en sus casas, si alguna vez han hecho comentarios en contra de la verdadera religión..., paga, soborna, compra... pero, ¡haz un buen trabajo por una vez en tu vida!

“El mozo” salió de la habitación alegre como unas pascuas. Odiaba a su padre y deseaba verlo muerto cuanto antes, pero aún odiaba más a los Bilbao y, sobre todo, a Juan “el rico”. Sería un placer verlo humillado y arruinado.

Martín de Escoriaza pensó que Dios era justo. Después de tanto tiempo por fin estaba de su parte. Acababa de cumplir los ochenta años y llevaba clavado en aquel maldito sillón de ruedas desde hacía dos. Sus piernas se negaban a sostener su cuerpo. Había adelgazado tanto que tenía la piel pegada a los huesos. El pelo había desaparecido completamente de su cabeza y se había hecho confeccionar una peluca que le daba el aspecto de un muñeco de feria, de esos a los que se les tiraban pelotas de trapo. Pero conservaba una magnífica vista y un estupendo oído y, ante todo, su mente seguía funcionando a las mil maravillas.

–Dios ha querido mantenerme con vida para que pueda ver mi triunfo sobre sus enemigos y los míos –se dijo en voz alta.

Su mujer, Isabel de Esquíbel, había muerto muchos años antes. No la lloró. Nunca la había amado y sintió alivio por no tener que verla más ni escuchar sus lastimosas quejas. Le había dado cuatro hijos, dos varones y dos hembras, pero ninguno de ellos era digno de llevar su nombre. Las dos hijas estaban casadas y apenas si las veía. ¡Tanto mejor! Eran iguales que su madre... Su hijo Martín, casado con otra Esquíbel sobrina de su mujer, era un imbécil inútil y su hijo menor, Diego, se había marchado de casa después de una bronca descomunal que habían tenido. No recordaba ya por qué razón. No sabía dónde estaba y le importaba un bledo saberlo.

Pensó en María Ruiz de Gaona..., ¡aquella sí que era una verdadera hembra! Qué no hubiera dado él por haberla tenido en su lecho, gozar de su cuerpo y someter su orgullo! No había podido apartar los ojos de ella durante el funeral de su marido. Seguía siendo una mujer especial que destacaba entre todas las demás a pesar de sus años. Ella hubiera sabido cuidar de él, le hubiera apoyado y le hubiera dado hijos tan fuertes como aquel maldito Juan, "el rico", que había osado alojar en su palacio al mismísimo rey don Fernando en su viaje a Vitoria cuatro años antes. Organizó fiestas y banquetes como nunca antes se habían visto en la ciudad para agasajar al soberano y él, Martín Martínez de Escoriaza, cabeza de una de las familias más antiguas, no había sido invitado. Nunca le perdonaría el insulto. Su madre había preferido casarse con un judío de mierda, con un marrano, hijo y nieto de judíos..., pues bien, ¡pagaría cara su decisión! La vería arrastrándose a sus pies pidiendo clemencia por sus hijos y su vida habría merecido la pena. Acercó el crucifijo de plata que estaba encima de la mesa y oró agradeciendo a Dios la bondad que le mostraba al permitirle el gozo de la venganza.

Las noticias que llegaban de Sevilla eran muy alarmantes. En principio, los inquisidores se habían conformado con asegurarse que las catequesis y sermones impulsados por el cardenal Mendoza y fray Hernando de Talavera habían llegado a todos los hogares conversos. Los dos religiosos, preocupados por las consecuencias que podría acarrear la bula papal, habían presionado a los Reyes para que los nuevos cristianos de aquella ciudad fueran instruidos debidamente en sus obligaciones. Muchos habían sido obligados al bautismo y otros lo habían aceptado precipitadamente. Era normal que no sintieran la fe católica con la profundidad y el fervor necesarios. Los sermones tenían como fin convencerlos para que rompieran definitivamente con el judaísmo y renunciaran a todas las creencias, ritos y costumbres a los que seguían apegados. No dieron resultado.

Los marranos no creyeron que corrían peligro alguno. No sólo no hicieron caso de sermones y catequesis, sino que algunos se permitieron redactar un libelo para justificar su postura. La ley de Moisés y el cristianismo se complementaban y nada se oponía a la práctica de ambos. Por otra parte el libelo afirmaba que, *"la gente convertida del judaísmo es gente sabia y de gentil ingenio, por eso no puede ni quiere aplicarse a las burlas que cree y obra el pueblo cristiano convertido de la gentilidad"*. Era un insulto directamente dirigido a los cristianos viejos y a la religión católica. La persecución comenzó de inmediato.

Miles de conversos huyeron de Sevilla, pero no encontraron asilo en ninguna tierra de señorío. Los Reyes firmaron una orden por la que se prohibía a los nobles acoger a los huidos de la justicia.

Pedro Calleja se sacudió la nieve de las botas y del abrigo antes de entrar en la casa de Juan Sánchez de Bilbao. Había estado nevando durante más de una semana seguida y la nieve alcanzaba casi media vara de altura. A pesar del frío y de las incomodidades esperaba cada año que llegara el invierno y que los tejados y las calles de Vitoria se volvieran blancos. Sentía cierta pena por no poder disfrutar como cuando era niño y se enzarzaba a bolazos con sus amigos y, sobre todo, con sus enemigos los Ayala. En más de una ocasión ambos bandos habían escondido piedras dentro de las bolas de nieve y se habían causado heridas que habían enrojecido el suelo blanco. Calleja conservaba en su mejilla izquierda un pequeño recuerdo de uno de aquellos proyectiles. Tenía en su cuerpo otras cicatrices de la época en que fue soldado, pero ninguna le hacía sentirse tan orgulloso como aquélla. El altivo y recién nombrado por los Reyes Diputado General de Álava, Lope López de Ayala tenía una mucho más grande en la frente causada por él mismo.

Cinco años antes, el rey don Fernando había firmado un Capitulado por el que quedaban prohibidos los bandos en Vitoria. Durante años se habían enfrentado, había habido muertos por ambos lados, incendios, robos y todo tipo de tropelías. Tanto él como Ayala hubieron de aceptar las disposiciones y darse un abrazo público en señal de concordia. No pudo menos que sonreír satisfecho al observar la marca que atravesaba la frente de su hasta entonces enemigo. La paz quedaba sellada entre las dos facciones, pero la cicatriz en el rostro de López de Ayala le haría recordar hasta su muerte que Pedro Calleja le había vencido por la menos una vez.

–¡Bienvenido, amigo mío! –Juan abrazó con fuerza a su amigo y le obligó a despojarse de su abrigo mojado– ¿Cuándo has regresado?

–Hace un par de días y…, ¡por todos los diablos del infierno! –exclamó–, el viaje no ha sido nada fácil desde Burgos. Perdí dos mulas a la altura de Pancorbo y a poco se me muere el alazán que tan caro me costó.

Juan condujo a su amigo a su pequeño estudio privado, una habitación coquetamente decorada en la que ardía un gran fuego, y le hizo sentarse en uno de los confortables sillones de cuero situados al lado de la chimenea. Mandó que les trajeran bebida y algo para comer y ordenó que les dejaran solos y que nadie les molestara.

–¿Y qué me cuentas de tu viaje? ¿Qué ocurre en Sevilla? –le apremió– Las noticias son verdaderamente alarmantes.

–Mi hermano Alfonso está bien y no corre ningún peligro. Allí nadie va a indagar si el Procurador General tuvo un bisabuelo judío. Además, el marido de una prima de la reina está por encima de cualquier duda, pero… –Calleja se detuvo y su mirada se centró en las llamas– ¡He visto algo terrible!

Recién llegado a Sevilla, el seis de febrero, tuvo que asistir en compañía de su hermano a un auto de fe a las afueras de la ciudad. Los condenados eran seis marranos.

La procesión salió del Alcázar temprano por la mañana. A la cabeza iban dos filas de alabarderos tañendo sus tambores en medio del silencio más profundo de la multitud que abarrotaba las calles. Tras ellos, medio centenar de frailes dominicos portando el estandarte del Santo Oficio, cruces y cirios encendidos, escoltaban a varios obispos y cardenales en sus mejores galas. Cuatro familiares de la Inquisición transportaban una arqueta de madera forrada de terciopelo rojo en la que se guardaban las sentencias del Tribunal. Después, los seis condenados custodiados cada uno por dos alguaciles y dos frailes que les instaban a prepararse a bien morir, a abjurar de sus errores y a poner su alma en paz con Dios. Vestían jubón y calzas de tela negra, encima un sambenito de lienzo de color amarillo con llamas rojas y sobre la cabeza un capirote rojo. Dos de ellos llevaban también en la mano una cruz, lo que significaba que se habían arrepentido y que el verdugo los estrangularía antes de prender el fuego de las hogueras. Los otros cuatro no llevaban cruz, eran judíos réprobos y serían quemados vivos. Detrás de los condenados, representantes de las familias más importantes de la ciudad, totalmente vestidos de negro, portaban banderas y estandartes y cerraba la procesión la guardia de honor del Alcázar.

Llegados al lugar donde se alzaba un altar en el que ardían seis cirios, los eclesiásticos se situaron en una lateral mientras que las autoridades y los notables lo hacían en una tribuna levantada delante del altar. Los reos y sus guardianes se sentaron en unos bancos situados en el centro. Después de la misa, un predicador pronunció con voz exaltada el "sermón de la fe" contra la herejía. Su voz acalló los murmullos de los espectadores y en el silencio más completo podía escucharse el zumbar de las moscas. Las gentes, paralizadas por el temor, escuchaban sus palabras.

Tras exhortar una vez más a los condenados para que abjurasen sus errores en público, el Secretario del Santo Tribunal leyó las sentencias que los condenaban a muerte y los entregó al brazo secular. Un murmullo horrorizado recorrió la muchedumbre que, en pie y apretujada, trataba de ver algo. Los nobles, altos dignatarios, eclesiásticos de rango y miembros de las principales familias sentados en la tribuna no hicieron gesto ni comentario alguno.

El verdugo estranguló a los dos arrepentidos. Después, sus ayudantes ataron los cuerpos a sendas estacas y les prendieron fuego. Los frailes que acompañaban a los otros cuatro se empeñaban con todas sus fuerzas en convencerlos para que abjuraran. El fuego de las hogueras no sería nada comparado con las llamas del infierno que abrasarían sus cuerpos para toda la eternidad. No pudieron hacer nada. Los cuatro hombres mantenían un obstinado silencio y miraban sin ver las hogueras preparadas para ellos. Fueron atados a las estacas y, a la señal del alcalde, los ayudantes del verdugo prendieron fuego a los leños.

–¡No te puedes imaginar lo que fue aquéllo! –Calleja aún se estremecía al recordarlo– Llevo noches que me despierto oyendo los gritos de aquellos desgraciados. Cuando era soldado vi muchas cosas terribles: heridos a los que les faltaban piernas y brazos, hombres con el pecho abierto y la cara ensangrentada pidiendo la muerte a gritos. Pero te aseguro que nada puede compararse a la muerte por el fuego ante la expectación e insensibilidad de cientos de espectadores.

A pesar del calor reinante en la habitación, Juan sintió que un escalofrío le recorría la espina dorsal.

–Sevilla es el comienzo, ya lo verás –comentó Pedro Calleja.

–Han ocurrido muchas cosas en aquellas tierras que aquí nunca han llegado...

–Pero esto es distinto –suspiró Calleja–, muy distinto..., créeme. No sólo persiguen a los conversos que judaizan, sino también a todos los que tienen algún antecedente judío. Todo converso o hijo de converso provoca recelos por el simple hecho de serlo. A los cristianos se les ha ordenado denunciar a toda persona sospechosa. Puedes imaginarte lo que eso significa...

–¡No puede ser tan grave!

–Lo es –insistió Calleja–, Pronto comenzarán a investigar a todos aquellos que tengan algún antepasado judío por muy remoto que esté sea... Me han llegado noticias de que hay cientos de detenidos en los sótanos del convento de la fortaleza de Sevilla. Una denuncia es suficiente para detener a un converso y aplicarle la tortura. Si no confiesa y denuncia a sus amigos y parientes, le someten a una tortura todavía mayor.

Juan meditó las palabras de su amigo durante unos instantes.

–Entonces, no queda otra solución que organizarnos –dijo por fin–, y hacer frente a lo que se avecina. Tú mismo has dicho que los conversos sevillanos no esperaban ni por lo más remoto una acción tan drástica. Esto les ha pillado en pelotas. Nosotros ya lo sabemos y seríamos unos necios si nos quedáramos esperando tranquilamente a que los inquisidores lleguen a Vitoria...

La idea de organizar un frente de batalla, aunque fuera sin armas, levantó el ánimo decaído de Calleja. Su educación militar, que él creía olvidada en el pasado, revivió dentro de él de manera sorprendente y pocos segundos después ambos amigos se hallaban enfrascados redactando una lista de acciones a seguir. Lo más importante era conocer quiénes eran en Vitoria de familia conversa o tenían algún antepasado judío.

–¡La lista será interminable! –exclamó Calleja– Tal vez no haya antepasados judíos entre los viejos habitantes de la ciudad, pero puedo asegurarte que sí que los hay, y muchos, entre las gentes que vinieron aquí después del incendio, de las persecuciones en Navarra y la repoblación que impulsó Angebin de Maturana.

–¡Mejor que mejor! Cuantos más seamos, menos riesgos habrá...

Al cabo de un rato tuvieron que admitir que la lista era demasiado larga. Muchos de los nombres que aparecían en ella correspondían a gente sin importancia: artesanos, agricultores, pequeños tenderos, herreros, sastres... Sería imposible convocarlos a todos y llegar a un acuerdo con ellos. Además, ¿quién iba a denunciar a un humilde zapatero o a un pobre campesino? Decidieron centrarse en aquellos que podían suscitar más envidias entre sus vecinos: financieros, cargos públicos, canónigos, ricos comerciantes o gente adinerada.

–Y una vez que nos hayamos puesto en contacto con ellos, ¿qué? –preguntó Juan.

–Les informaremos de lo que ocurre y de lo que puede ocurrir… –la mente de Calleja trabajaba aceleradamente– Hay que conseguir documentos que demuestren que somos buenos y leales cristianos. Cartas de recomendación, facturas de obras de caridad, testimonios de frailes y monjas… ¡En fin!, todo lo que pueda ser de alguna utilidad.

No le fue difícil a Juan obtener sendos escritos –comenzando por uno del Abad de San Francisco–, en los que se mencionaban su religiosidad, ayudas a iglesias y conventos, obras pías y testimonios de particulares. Incluso consiguió que el Diputado General de Álava, don Lope López de Ayala, le enviara una carta en la que alababa su proceder como vitoriano de pro, conocido por su piedad cristiana, que mucho contribuía con sus dineros a mantener el hospital, el orfanato y la escuela para niños pobres de la ciudad. También pidió y obtuvo una carta firmada por el propio secretario del rey don Fernando, Fernán Álvarez, en la que se detallaba la grata estancia del soberano en su casa. Sonrió satisfecho cuando tuvo los preciados escritos guardados en su caja fuerte y, para que no hubiera ninguna duda de sus sentimientos, ordenó limpiar a fondo los escudos de la fachada, incluido naturalmente el cordón de la orden franciscana en torno a cada una de las dos puertas principales de su palacio. Era una profesión de fe en toda regla.

–¿Quién más sabe algo de este asunto? –el tono de Juan era cortante como la hoja de una daga.

Pedro suspiró. De pie, ante su madre y su hermano, tenía la impresión de estar siendo juzgado por un tribunal. Algo en su interior se rebeló. Tenía casi treinta años y no estaba dispuesto a ser reñido y castigado como un niño pequeño. Él podía hacer con su vida lo que le viniera en gana sin tener que dar explicaciones a nadie ¿Acaso Juan se imaginaba que podía manejarlo y controlarlo por el simple hecho de trabajar para él? Había sido una maldita casualidad que Sebastián, el perro guardián de su hermano, hubiera tenido que ir a Viana por un asunto relacionado con una pequeña herencia que le había dejado una tía suya. Y también había sido una casualidad que se hubiera topado de narices con él, justo en el momento en que salía de su casa de la judería. Podía haberle dado una simple explicación, pero ¿cómo explicar el capuz que llevaba puesto y el niño judío agarrado de la mano que era su réplica en pequeño?

–¡Maese Pedro! –había exclamado el criado sorprendido de verle en Viana cuando todo el mundo pensaba que estaba en Medina.

–¿Conoces a este hombre, padre? –había preguntado Tobías igualmente sorprendido– ¿Por qué te llama Pedro?

–Seguramente me ha confundido con otra persona –respondió y pasó de largo por delante de Sebastián sin tan siquiera dirigirle una mirada.

Durante unos días pensó en no regresar a Vitoria. Sebastián se lo habría contado todo a Juan y no quería enfrentarse con él. Por otra parte, ¿de qué iban a comer Deborah y su hijo? Pensó también en decirle todo a su amante, pero no tuvo valor para hacerlo y finalmente regresó a la ciudad.

–Te he preguntado si hay alguien más que sabe algo de este asunto... –La voz imperiosa de su hermano le sobresaltó.

–No... –comenzó a decir y luego se acordó–, bueno, sí... Aquel criado, Juancho Zabaleta..., el que era aprendiz de sastre... Tuve que contratarlo como sirviente porque me amenazó con contártelo todo.

–¿Dónde está ahora?

–En Murcia, trabajando con un tío suyo. Le di cinco mil maravedíes para que se marchara...

Juan miró a su madre. Doña María los escuchaba sin hacer ningún comentario. No estaba escandalizada por el comportamiento de su hijo menor, pero sí sorprendida. Nunca hubiera pensado que Pedro se hubiera atrevido a hacer algo semejante. Las leyes del reino prohibían claramente el ayuntamiento entre cristianos y judíos. Que Pedro hubiera sido capaz de afrontar un posible castigo por amor era algo que no acababa de comprender. Siempre lo había tenido por un joven ligero y algo cobarde.

–¿Te das cuenta de lo que has hecho?

–No más de lo que llevas haciendo tú desde hace unos cuantos años –respondió Pedro con resentimiento.

Juan seguía manteniendo una manceba. A aquella primera, la sirvienta de los Calleja, habían seguido otras. Cuando se cansaba de ellas les entregaba una bonita suma de dinero para que pudieran rehacer sus vidas en algún otro lugar y acomodaba a su nuevo capricho en la casa de la calle de la Herrería. Era un asunto conocido por todo el mundo, incluso Inesa había llegado a enterarse. No le importó demasiado pues entendía que un hombre tuviera necesidad de desahogarse. Liberada de un deber en el que nunca había encontrado el gozo del que hablaban otras mujeres, sus seis hijos y sus obras de caridad la mantenían demasiado ocupada para sentirse ofendida. Sus relaciones con Juan eran excelentes. La trataba siempre con respeto y nunca se oponía a sus deseos.

–¿Qué dices, imbécil? –Juan no preguntaba, gritaba– ¡Yo nunca he mantenido una segunda familia oculta! ¿No sabes lo que está ocurriendo en otras partes del reino? Los Reyes han conseguido que el Papa les permita crear un tribunal especial para acabar con la herejía.

–Y eso, ¿a qué viene? –preguntó de nuevo en tono insolente.

Juan cerró los puños. De buena gana la hubiera emprendido a golpes con él y le hubiera roto los dientes si su madre no hubiera estado presente. Todos los documentos que había conseguido, su seguridad y la de toda la familia estaban en peligro por aquel idiota que, no contento con echarse una amante judía, se permitía la osadía de hacerse llamar por el nombre hebreo de su padre, vivir en la judería de Viana y asistir a la sinagoga. El furor hacía presa de él a medida que pensaba más en ello. Sebastián se había informado sobre él. Uno de sus vecinos, Yuda Farax, hombre amable y locuaz, le había contado todo lo que sabía sobre el comerciante Yosef Sahadia. Lamentaba –dijo– que tuviera que viajar tanto. Dejaba mucho tiempo solos a su esposa Deborah y a su hijo, el pequeño Tobías, pero cuando estaba en Viana era el mejor de los esposos y el mejor de los padres. Un buen judío –esas fueron sus palabras.

—Viene a que el Tribunal que se ha formado —Juan trató de contener su ira—, va a perseguir especialmente a los conversos que judaizan.

—Yo no judaizo…

—¿Cómo que no? —el tono de Juan se elevó de nuevo— Vives con una judía, te vistes como un judío, asistes a los oficios de la sinagoga e imagino que habrás hecho circuncidar a tu hijo, ¿o no?

—No podía hacer otra cosa… —por primera vez Pedro vaciló— Pero mis sentimientos son tan cristianos como los tuyos.

—¡Y una mierda! ¿De verdad piensas que es eso lo que van a creer los inquisidores? ¡Si así opinas es que eres más idiota de lo que yo creía!

—¿Cómo se llama tu hijo?

La pregunta de su madre pilló por sorpresa a los dos hombres.

—Tobías…

—¿Cuántos años tiene?

—Cinco hará el mes que viene…

—¿Y cómo es? —insistió doña María.

—Se parece a nuestro padre —Pedro se animó recordando la cara risueña de su hijo—. Tiene sus mismos ojos, la nariz…, ¡incluso el cabello revuelto! Es alto para su edad y muy listo. Habla perfectamente el castellano y el hebreo…

Doña María sonrió. Le hubiera gustado conocer a aquel nieto al que probablemente nunca tendría oportunidad de ver. Aparte del cabeza loca de Pedro, ninguno de sus hijos ni nietos se parecía a su querido esposo. Llevaba ya siete años enterrado en San Francisco y seguía echándolo en falta como el primer día. Nada podía llenar el vacío que había dejado en su alma. Su vida había sido plena y nunca se había arrepentido de haberse casado con él. Su marido nunca había ocultado su origen judío. No se enorgullecía, pero tampoco se avergonzaba. Simplemente lo asumía.

—Es así de sencillo, querida —le solía decir—. Toda mi familia es judía. Que yo sepa, no ha habido en ella nadie que no lo haya sido… Mis padres, mis abuelos, mis bisabuelos… Así que el bautismo pudo cambiar mi fe, pero no mi sangre. No corre por mi cuerpo ni una sola gota que no sea judía.

Lo recordó yendo solo a celebrar las fiestas con su familia judía y sintió algo de pesar por no haber compartido con él aquella parte de su vida. Tal vez hubiera debido entender mejor que no se borraba con un poco de agua bendecida el peso de una existencia de miles de años. No era extraño que uno de sus hijos sintiera inclinación y simpatía por los hebreos. Era natural.

La voz airada de Juan la sacó de su breve abstracción.

–¡Ya puedes ir pensando en olvidarte de ellos!

–¡Eso no lo haré jamás! –Pedro estaba furioso. ¿Con qué derecho se entrometía su hermano en su vida? ¿Acaso le decía él cómo tenía que vivir la suya?

–Pues tú verás: o eres cristiano o eres judío –prosiguió Juan en el mismo tono–. Lo que no vas a poder seguir siendo es ambas cosas a la vez.

–¿Y quién lo va impedir?

–¡Yo mismo! Si persistes en tu cabezonería, no trabajarás más para mí –le amenazó–, y no creo que a tu esposa, ni a sus hermanos, vaya a gustarles mucho saber que llevas una doble vida.

–Madre... –Pedro le imploró ayuda con la mirada.

–Me temo que tu hermano tiene razón –dijo doña María suavemente pero con firmeza–. Las noticias no son buenas, hijo. Aquí todavía no ha ocurrido nada, pero puede que antes o después se desate la furia contra los conversos y sus descendientes.

–Pero..., ¡tú eres cristiana vieja!

–Y eso es lo que tendréis a vuestro favor si llega a instalarse en Vitoria el Santo Oficio. Pero tendrás problemas si comienzan a investigar y averiguan que tienes un hijo circuncidado.

–¡Los tendremos todos! –exclamó Juan.

–¿Y por qué iba a querer nadie investigar mi vida? –insistió Pedro.

–La tuya no, necio ¡la mía! –El imbécil todavía no se había enterado de que más de uno deseaba acabar con él– Si empiezan a interesarse por ti, acabarán interesándose por mí.

–Tú no tienes nada que temer. Siempre has sido un cristiano modelo...

Juan le miró fijamente y frunció el ceño. Le parecía haber notado cierta ironía en las últimas palabras de su hermano.

–No existen cristianos modelos cuando se trata de poder y dinero. ¿No sabes que todo aquél que es investigado por los inquisidores corre el riesgo de perder sus propiedades y fortuna aunque sea declarado inocente? Y dime, ¿de qué viviréis tú y tu familia judía si yo pierdo mi negocio? Juana y tu hijo Pedro no tendrán problemas. Los Maturana velarán por que nada les falte, pero... –prosiguió en tono mordaz–, no creo que a ti te traten con igual condescendencia... Las rancias familias alavesas raramente perdonan una ofensa y, ten por seguro, que lo tomarán como tal el hecho de que hayas engañado a su hermana. Por menos de eso ha sido degollado más de uno.

Doña María sintió un terrible dolor en el pecho a oír las últimas palabras de su hijo mayor. Teresa yacía junto a su padre desde hacía un año. Ni sus numerosas ocupaciones ni la atención que prestaba a sus dos pequeñas nietas podían atenuar la desesperación que a veces sentía al recordar a su hija y su innoble muerte.

Pedro meditó durante unos instantes. A pesar de todo, Juan tenía razón. Nunca había sido bien acogido en la familia de su mujer. Sabía que sus cuñados le despreciaban. Seguramente todo hubiera sido muy distinto, si hubiera tenido la fortuna y la suerte de su hermano. El dinero hacía olvidar muchas cosas... Nicolás, el mayor de los Maturana, no se privaba de hacer comentarios cada vez que se encontraban en alguna fiesta familiar.

–¿Qué? –le decía– ¿Todavía sigues trabajando para tu hermano "el rico"? ¿Cuándo piensas montarte tu propio negocio?

–Lo haré algún día –respondía él tratando de ocultar el rencor que sentía tanto hacia su hermano como hacia sus cuñados.

–Es extraño que no se te den bien las finanzas..., teniendo en cuenta tu ascendencia –continuaba Nicolás con ironía y él callaba lleno de ira.

Definitivamente Juan tenía razón. Si llegaban a enterarse de que mantenía a una mujer y a un niño judíos, no sólo perdería a Juana y a Pedrito, sino que además podía darse por muerto.

–¿Y qué puedo hacer? –preguntó por fin.

–Acabar inmediatamente con esa relación. Por ningún motivo puedes volver a Viana. Yo mismo me encargaré de todo –vio la angustia en los ojos de su hermano y sintió pena por él–. No te preocupes. Nada les faltará a esa mujer y al niño.

Pedro abandonó la habitación en silencio. Era un cobarde. No merecía el amor que Deborah le había entregado desinteresadamente. Ella había abandonado a su familia por él..., se le había entregado de cuerpo y alma..., le había dado un hijo... Sintió un nudo en la garganta al pensar en Tobías. No volvería a verlo y nunca más podría tener a su madre entre sus brazos. Salió de la casa y se dirigió a una taberna. Empezaba a amanecer cuando unos hombres le acompañaron a su casa, completamente borracho.

Otoño de 1483

La visita de doña Isabel a Vitoria fue un acontecimiento como no recordaban ni los más ancianos del lugar. Veintitrés años antes había estado en la ciudad su antecesor en el trono, Enrique IV, y tan sólo habían pasado siete años desde la estancia durante unos días en la ciudad de don Fernando, su esposo. Pero ninguna de las dos visitas tenía ni punto de comparación con la de la Reina.

Vitoria se engalanó como una novia para recibir a la mujer a la que había apoyado desde un principio y que le había concedido el título de "*Muy Noble y Muy Leal*" que orgullosamente ostentaba en su escudo. Semanas antes de la llegada real, el Concejo publicó un bando por el que se instaba a la población a colaborar en el recibimiento limpiando calles, pintando balcones y puertas y colgando banderolas con los escudos de Vitoria y de Castilla. Para convencer a los más reacios, también se amenazó con fuertes multas a los que tiraran basuras desde las ventanas y a los vendedores que dejaran restos de sus mercancías –verduras, raspas de pescado o huesos– esparcidos por los suelos después de la venta. A los mendigos de Vitoria se les obligó a permanecer en el hospital de los pobres durante la visita real. A los que no eran vitorianos simplemente se les echó de la ciudad, lo mismo que a los gitanos, vendedores ambulantes, titiriteros y otras gentes de mal vivir.

Varias semanas antes de la anunciada llegada, los miembros del Concejo mantuvieron una agria disputa sobre el alojamiento a disponer para la Reina y su hija, la infanta Isabel, que le acompañaba en el viaje. Las grandes familias se disputaron el honor de alojarla en sus palacios y casas-torre. Los Álava, Insunza, Guevara, Escoriaza, Aguirre y otros más pusieron sus viviendas a disposición de la ciudad. Tras una discusión que duró más de cinco horas, tuvieron que reconocer que la única casa en toda Vitoria suficientemente amplia y acondicionada para las regias visitantes era la de Juan Sánchez de Bilbao, "el rico". Las alcobas eran grandes y luminosas, los muebles de nueva factura, los tapices de Flandes, las vajillas de Francia, las alfombras de Turquía... Poseía dos salas de baños y la cocina más grande de toda la ciudad. En la sala abovedada podían colocarse mesas para cien o más comensales y, lo que era muy importante, todas las habitaciones disponían de chimenea. El otoño en Álava podía ser suave y dulce como una doncella o frío y desapacible como una vieja arpía. No podían arriesgarse. El hecho de que "el rico" tuviera también un número de criados muy superior al de cualquier otro facilitó la decisión. El numeroso séquito de la Reina se hospedaría en las demás casas por orden de calidad y rango. Juan Sánchez de Bilbao recibió en su palacio la visita del alcalde y del regidor que le anunciaron la decisión tomada por el Concejo.

A pesar de las innumerables molestias que suponía tener a la reina alojada en su casa, el comerciante no pudo ocultar su alegría. Puso a toda su gente manos a la obra y se mudó con su mujer e hijos a la casa de su madre. El piso que una vez habían ocupado seguía vacío. Doña María no tenía la menor intención de compartir su vivienda con gentes extrañas y pensaba cedérselo a su nieta María, la hija de la infortunada Teresa, cuando tuviera edad para contraer matrimonio. Mandó confeccionar nuevos trajes para sus criados y encargó al platero Ezmel Orabuena la compra de una cubertería de oro para uso exclusivo de Sus Altezas y sus más allegados. Los demás tendrían que conformarse con los cubiertos de plata. Las habitaciones destinadas a la reina y a su hija fueron objeto de particular atención. La de doña Isabel sería la propia alcoba del matrimonio cuyos grandes ventanales se abrían a un pequeño y florido patio interior, alejado de los ruidos de la calle. En el pequeño escritorio, separado de la habitación por un dintel sin puerta, hizo colocar un hermoso cuadro de La Virgen María pintado por el artista flamenco Petrus Christus y un reclinatorio forrado de seda púrpura. Conocía la gran devoción que la Reina sentía por la Madre de Jesús y ello le animó a pagar la enorme suma que le pidieron por la pintura. Finalmente, mandó labrar en piedra el escudo de Castilla y lo hizo colocar en la fachada del palacio.

Doña Isabel, procedente de Vizcaya, hizo su entrada en Vitoria con toda solemnidad por el portal de Arriaga. Allí le esperaban las autoridades acompañadas de los personajes más distinguidos de la ciudad y del reino.

En primer lugar marchaba la guardia de honor, los estandartes de Castilla al viento, las armas brillantes y las botas relucientes; los capitanes en sus mejores galas y una docena de jóvenes pajes vestidos de terciopelo rojo. La Reina llegó a continuación. Vestida también de rojo con una larga capa de armiño y una sencilla corona sobre su tocado, controlaba con mano diestra de amazona su caballo blanco bellamente enjaezado. Hablaba animadamente con su hija mayor que cabalgaba a su lado y ambas saludaron sonrientes al inmenso gentío que se apiñaba para verlas. Detrás de ellas, el Cardenal de España, don Pedro González de Mendoza, el duque don Alfonso de Aragón, los condes de Eguilar y Salinas y otros Grandes del reino; médicos, escribanos, clérigos y la guardia personal de la soberana. Finalmente, y a cierta distancia, llegaban un numeroso grupo de sirvientes y los carros llenos de cofres que contenían los trajes, zapatos, tocados, ropas de cama, manteles, vajillas y demás enseres de la comitiva.

Los notables rogaron a doña Isabel que repitiera el juramento que desde Alfonso XI constituía la salvaguardia de las franquicias alavesas y que jurase sobre los Evangelios guardar y observar todos los privilegios, libertades y buenos usos y costumbres, preeminencias y franquezas que tenía Álava. En medio de un impresionante silencio, la Reina hizo como se le pedía. Al finalizar el juramento las puertas de Vitoria se abrieron y entró en ella entre los vivas y aclamaciones más calurosos.

Las jornadas de la reina, su esposo –que se había reunido con ella–, y la hija de ambos transcurrieron entre fiestas, banquetes, recepciones, audiencias y visitas. Unos días después llegaron a la ciudad unos emisarios del Marqués de Cádiz para comunicar a los Reyes que en las márgenes del río Lopera, Bejir, el vencedor de los cristianos en la Ajarquía, y Hamet, jefe de los zegríes, habían sido derrotados. Este suceso fue celebrado con repiques de campanas, luminarias y procesiones que fueron a añadirse a las conmemoraciones.

Nunca había habido en Vitoria tal animación y movimiento. Plebeyos y nobles se mezclaban para asistir a las festividades públicas; duques y condes se paseaban por la plaza de los Chopos y asistían a los oficios de la catedral; también pudo verse al gran cardenal Mendoza acudir a casa de sus parientes e impartir su bendición a los curiosos reunidos cerca de la puerta de la antigua casa-torre que había sido de don Juan de Mendoza, el amigo del converso Pedro Sánchez de Bilbao.

Doña María se ocupó personalmente de que todo estuviera en orden en el palacio de su familia y no permitió que la Camarera Mayor de la Reina se inmiscuyera en sus asuntos. Velaba para que los fogones de la cocina estuvieran encendidos antes del amanecer, las alacenas y la bodega continuamente repletas, que la leña no faltara en las chimeneas y hubiera siempre agua caliente en los calderos, que los sirvientes de la casa presentaran un aspecto digno y aseado y que todo estuviera a gusto de sus ilustres huéspedes. Se movía silenciosa por la casa, atenta al menor detalle.

No pasó desapercibida su actividad a los ojos de la Reina. Doña Isabel, todo el mundo lo sabía, se ocupaba personalmente de los asuntos domésticos de su propia casa. Hizo llamar a la dama vestida de negro y supo que era la madre de su anfitrión. Las dos mujeres simpatizaron enseguida y encontraron momentos para charlar como simples amas de casa, esposas y madres.

–Alteza, es por mi hija Teresa –respondió doña María a la pregunta que sobre el luto le hizo la Reina–. Murió hace cerca de un año.

–¿Sufría enfermedad?

–Alteza no. Fue degollada por su marido –respondió serenamente.

La Reina no pudo reprimir un gesto de horror.

–También él fue muerto, esperamos.

Doña María miró a la soberana. Le sorprendió la dureza de su tono. Había fruncido el ceño y su mirada, hasta entonces amable, había adquirido un brillo severo.

–Fue condenado a muerte, pero escapó de la cárcel. Se acogió al perdón de Su Alteza y se embarcó para luchar contra el turco –su voz tembló al recordar el cuerpo ensangrentado de su hija.

–Puede que Dios ya le haya juzgado, sino... –la Reina hizo una pausa y luego añadió con firmeza– Nos misma lo haremos.

Juan Sánchez de Bilbao suspiró feliz al encontrarse de nuevo en su enorme cama. No podía dormir. Los Reyes habían abandonado Vitoria temprano aquella misma mañana y él y los suyos se habían apresurado en regresar a su casa. Aspiró con fuerza tratando de sentir la esencia real. ¡Los Reyes habían estado en aquella habitación! ¡Habían dormido en su misma cama! Miró a Inesa que descansaba apaciblemente a su lado. Para ella, haber alojado a los soberanos, haber visto en su casa al cardenal Mendoza y tratado con grandes personajes de la Corte tan sólo había sido una experiencia extraordinaria que había trastrocado durante unos días su tranquilo hogar. No era mujer dada a fiestas y recepciones. Prefería ocuparse de su familia y de sus obras de caridad. Pero para él, la visita real significaba mucho más.

Era su consagración definitiva como ciudadano de pleno derecho.

Rió bajito recordando sus temores y los de su amigo Calleja. Vitoria no era como el resto del reino. Allí nunca ocurrirían las barbaridades que se decía ocurrían en otros lugares y los judíos no constituían ningún problema. Cada comunidad estaba bien diferenciada y lo estaba aún más desde que una ordenanza real había obligado el aislamiento de los hijos de Israel. Era verdad que su número había disminuido considerablemente y los pocos que vivían en otras calles no tuvieron problemas para vender sus casas y buscar unas nuevas en la calle de la Judería. El Concejo encargó a los albañiles que tapiaran la parte trasera de la calle, que comunicaba con la de la Pintorería; y la única entrada a la Judería quedó por el Portal del Rey.

–¡Es indignante! –exclamó su madre al conocer la noticia– ¿Cómo se atreve el Concejo a tratarlos como si fueran leprosos?

–Es orden de la Reina, madre –replicó él–. El Concejo no puede hacer otra cosa que obedecer.

–¿ Y a ti te parece bien ?

–A mí no me parece ni bien, ni mal –respondió indiferente.

–Es decir, que te hubiera dado igual que tu padre hubiera sido encerrado como un apestoso...

–Mi padre era cristiano... –se defendió.

–Antes fue judío... –recordó doña María– Olvídate del padre y recuerda al hombre ¿Hubiera sido distinta su forma de ser? ¿Su amor hacia su familia? ¿Su honestidad?

–No me hables de lo que podía haber sido... Yo no puedo cambiar las cosas. Es una ley que trata de defender a los conversos para que no se mezclen con los judíos y no caigan en la herejía.

–Para eso no hace falta levantar tapias de adobe en la calle –el tono de su madre era triste–. Basta con levantarlas en nuestro corazón.

Por primera vez en mucho tiempo pensó en su padre. Lo echaba en falta. Había sido su mejor amigo. Siempre dispuesto a escucharle y a echarle una mano o darle un consejo, que no siempre seguía. Hubiera estado muy orgulloso de él. La familia Sánchez de Bilbao tenía por derecho propio un lugar entre lo más encumbrado de la sociedad vitoriana. Se lo imaginó siendo niño y asistiendo a la sinagoga. Nunca se había detenido a contemplar a los niños judíos. Para él judíos o cristianos eran todos iguales: alborotadores, ruidosos, con las caras sucias... En suma, una molestia que había que soportar. Sus propios hijos eran pequeñas personas que vivían en su casa y con los que apenas trataba. Juanillo, el mayor, heredaría el comercio y el hermoso palacio. Cuando fuera más mayor le enseñaría los entresijos de los negocios y haría de él su socio y colaborador. Hasta entonces, Inesa y fray Luis de Salvatierra, su maestro, se encargarían de él. Recordó que su padre siempre había estado junto a él en todo momento y había compartido sus juegos y aficiones.

–Eran otros tiempos... –se dijo para justificarse.

De nuevo ocuparon su mente las imágenes de la visita real. Durante aquellos días había flotado como en una nube escuchando a los regios huéspedes y los grandes personajes alabar su hermosa casa, compartiendo algunas de sus comidas y conversaciones, sintiéndose su igual...

Lo uno trajo lo otro y pensó que al día siguiente tendría que encerrarse con Sancho Alba para revisar las facturas y los enormes gastos ocasionados por el honor que le había sido concedido. Serían miles de maravedíes... El Concejo pagaría tan sólo una parte –la correspondiente a los banquetes que la ciudad había organizado en honor de los visitantes. Por un instante se le pasó por la cabeza la idea de que, a pesar de su insistencia, muchos notables habrían respirado aliviados al saber que no serían ellos los encargados de agasajar a los Reyes.

–¡No tienen suficiente riqueza! –exclamó despectivo en voz alta e Inesa se removió intranquila en su sueño.

A fin de cuentas, el dinero era para gastarlo en ocasiones como aquélla. Él sabría sacarle buena tajada al asunto. No dejaría que nadie lo olvidara jamás.

Juan Martínez de Buendía regresó a Vitoria poco después. La gente no podía dar crédito a sus ojos. El asesino de Teresa Sánchez de Bilbao se paseaba por las calles con toda la impunidad del mundo y saludaba a los conocidos como si nada hubiera ocurrido. Doña María supo la noticia por boca de la fiel Lucía, su ama de llaves desde que sus hijos eran pequeños.

–¡Era él, señora! ¡Os lo puedo asegurar por mi santa madre que en el Paraíso se halle! –exclamó con los ojos anegados de llanto– ¡El matador de mi pobre Teresita!

–Ama Lucía... –la voz le temblaba–, sabes que tu vista no es tan buena como solía ser. Tal vez te has equivocado...

–¡No me confundiría ni aunque estuviera entre mil moros, vestido él mismo de sarraceno! –respondió el ama con vehemencia– Recordad que estuve con mi Teresita en su casa hasta que parió a la pequeña María... Conozco bien a ese mal nacido hijo del diablo.

Sintió que le flaqueaban las piernas. Había rogado al cielo para que Buendía muriera en la batalla contra el turco y no tuviera que pasar otra vez por el terrible trance de ver cara a cara al asesino de su hija. Se echó un suave chal de lana por encima de los hombros y salió de la casa atravesando la calle y entrando en la de su hijo. Se dirigió directamente al escritorio y entró sin llamar a la puerta. Juan estaba hablando con Alba quien, al verla, hizo una ligera inclinación y salió de la habitación.

–Buendía ha vuelto –dijo lacónicamente.

–Lo sé –respondió su hijo en el mismo tono.

–¿Por qué no me lo has dicho? –le reprochó– He tenido que enterarme por boca de Lucía que le ha visto en la calle.

–No quería entristecerte –se disculpó Juan–. Aunque antes o después ibas a enterarte...

–¿Y... ?

–Volvió hace unos días sano y salvo... Ni una herida, ni tan siquiera un rasguño... –quedó pensativo durante unos instantes y luego prosiguió– Se hace acompañar de dos matones que le guardan las espaldas y se pasea insolente por toda la ciudad. Mi cuñado Olabe me ha dicho que ha presentado una petición al

Concejo para que se le devuelvan la casa, las propiedades y el dinero que se le confiscó. También ha pedido la tutela de las niñas.

Doña María iba a decir algo, pero las palabras se congelaron en su garganta. Se quedó paralizada por el estupor. ¿Cómo se atrevía a volver a Vitoria y reclamar las hijas y la fortuna de su víctima?

–No pueden... –pudo al fin decir.

–Sí que pueden –replicó su hijo cerrando los puños con furia– La amnistía de la Reina fue total. Todos los crímenes fueron perdonados. Aún los más atroces.

–¡Yo misma mataré a ese bastardo! –exclamó fríamente.

–No hará falta, madre –Juan se acercó a ella y le pasó cariñosamente un brazo protector por encima del hombro–. Hombres no me faltan para que se encarguen de él, pero...

–Pero, ¿qué?

–Dame algún tiempo...

–¿Acaso se lo dio él a tu hermana?

–Esto es distinto –trató de explicarle–. Todo el mundo sabría que hemos sido nosotros y no podríamos evitar una investigación. Buendía morirá, tenlo por seguro, pero el plan habrá de ser cuidadosamente preparado. Por otra parte..., ¿no te parece extraño que después de luchar tres años contra los turcos que, según dicen, son feroces guerreros, no tenga ninguna marca, ninguna cicatriz?

–Puede que no se le vea... –¿qué podía importarle a ella que aquel miserable hubiera sido herido en la lucha?–, o que sea tan cobarde que se haya escondido a la hora de la batalla...

Juan meditó durante unos segundos el comentario de su madre.

–¡Acabas de darme una idea! –exclamó con una gran sonrisa en su rostro.

–¿Qué idea?

–Hay una posibilidad... Te ruego que tengas paciencia, madre –le suplicó–, sólo un poco de paciencia. Puede que la solución sea más sencilla de lo que nos suponemos y, entonces, no hará falta que nosotros mismos nos encarguemos de su ejecución.

Doña María dejó a su hijo que inmediatamente volvió a llamar a Sancho Alba.

–Pagad a quien tengáis que pagar, pero averiguad todo lo que podáis sobre mi cuñado Buendía –le dijo–. Quiero saber exactamente qué ha hecho y dónde ha estado durante estos tres años.

–Hoy mismo comenzaré las pesquisas –respondió el siempre eficaz Alba–. Dejad el asunto en mis manos.

El administrador iba a retirarse cuando Juan recordó el otro asunto que le tenía preocupado.

–¿Qué ha sido de la manceba de mi hermano y de su hijo?

–Los dos se hallan en Ávila.

Juan no preguntó nada más. No deseaba conocer el paradero de la judía y de su cachorro. Le bastaba con saber que estaba lejos y que Pedro nunca los encontraría.

Habían transcurrido ya tres años desde que Sancho Alba emprendiera viaje a la judería de Viana. No le fue difícil dar con la esposa del comerciante Sahadia. Sintió pena al encontrarse delante de la mujer joven y bella que le miraba con grandes ojos interrogantes. ¿Cómo decirle que el hombre al que tanto amaba no volvería nunca más con ella? ¿Que estaba legalmente casado y tenía un hijo mayor que el suyo propio? Lo hizo, sin embargo, con el mayor de los cuidados y le ayudó a sentarse cuando vio que estaba a punto de desfallecer al escuchar la noticia. La mujer no preguntó nada, no hizo ningún reproche, simplemente se le quedó mirando con expresión alelada.

Cuando poco después el pequeño Tobías entró en la casa, encontró a su madre llorando en silencio. Deborah lo abrazó con fuerza.

–Tu padre ha muerto –le dijo con infinita tristeza–. De ahora en adelante solo te tengo a ti, precioso mío.

Alba maldijo a Pedro de Bilbao por haber provocado, en su inconsciencia, una situación como aquélla. Sintió el dolor de la joven como algo propio y juró velar por ella y por el niño.

Cuando salió del pequeño pueblo de Vinaderos, cercano a Arévalo, se prometió a sí mismo que jamás volvería allí. Haría fortuna y olvidaría su humilde condición. No sería como su padre, un pobre campesino sin un plato de comida caliente que llevarse a la boca. Los años y la añoranza habían transformado sus intenciones. No le gustaba la lluvia y echaba en falta las extensas llanuras castellanas. Empezaba a cansarse de estar al servicio de otros y verse mezclado en intrigas y asuntos que no eran de su incumbencia. Ahorró el dinero que generosamente recibía por sus servicios e, incluso, invirtió pequeñas cantidades en alguno de los negocios de su patrón. Compró tierras en su pueblo e hizo construir una hermosa casa. En unos años dejaría Vitoria y se instalaría como propietario en Vinaderos con su esposa e hijos. Luego, su mujer murió y los planes quedaron medio olvidados.

Obedeciendo el encargo que le había dado Juan Sánchez de Bilbao, instaló a Deborah y a su hijo en una pequeña casa de la judería de Medina y le entregó una importante suma de dinero para sus necesidades. Al principio por obligación y luego por propia iniciativa, se acostumbró a visitarlos periódicamente. No tardó en sentirse atraído por la dulzura y belleza de la judía. Su viudedad, la falta de una mujer en su lecho y sus tres hijos, que crecían sin madre, hicieron el resto. Le propuso matrimonio. Ella y el niño obtendrían su protección y una seguridad para el futuro. Él, una esposa y una madre para sus hijos.

Deborah y Tobías recibieron el bautismo y no tardaron en acostumbrarse a sus nuevos nombres cristianos: Isabel y Gonzalo. Sancho Alba los trasladó a la casa de Vinaderos y, poco después, hizo lo mismo con los hijos de su primer matrimonio. Iba a verlos cada vez que tenía oportunidad y no podía menos que sentirse orgulloso de su obra. Sus campos daban frutos, sus vacas leche y su familia crecía sana y feliz. Tal vez Isabel no le amara como había amado a Pedro, pero le estaba agradecida, le quería y respetaba. Una hija, Isabelita, vino a sellar su acuerdo. Definitivamente –pensó–, la suerte le sonreía.

Naturalmente, se guardó muy bien de informar del asunto a Juan Sánchez de Bilbao y, más aún, a su hermano Pedro. ¡Allá ellos con sus historias! Su vida privada sólo le pertenecía a él.

Las gestiones del administrador tuvieron pronta respuesta. El hombre de confianza que envió a Segovia regresó semanas después con la información que esperaban y que Alba se apresuró a comunicar a Juan de Bilbao.

–En efecto –le dijo–, vuestro cuñado Buendía se acogió al perdón de la Reina y se alistó en el ejército para acudir en ayuda del Gran Maestre de Rodas en la lucha contra el turco.

Juan se levantó del asiento, dio un puñetazo en la mesa y se acercó a la ventana. La leve esperanza que había mantenido durante algún tiempo se evaporaba como una nube de verano y tendría que encargarse él mismo del asunto. La idea le puso de mal humor. Había querido a Teresa más que a sus otros hermanos y sabía que el honor de su familia estaba en juego. ¿Cómo exigir respeto de nadie cuando el asesino de su hermana se burlaba de él en sus propias narices? Según le habían informado estaba a punto de lograr que el Concejo cediera a sus peticiones –lo cual incluía la tutela de sus sobrinas y, lo que era aún peor, el muy hijo de puta se embolsaría unos dineros que pertenecían a los Sánchez de Bilbao. Por otra parte, no deseaba verse envuelto en un escándalo. Una vez muerto, la familia de Buendía no tardaría en acusarles a él y su madre del asesinato de su pariente y, tal como estaban las cosas en aquellos momentos, era muy importante no atraer la atención.

Alba supo lo que pasaba por la cabeza del comerciante y sonrió. A pesar del respeto y admiración que le merecía, constituía un pequeño placer ver la preocupación en el rostro del hombre más rico y poderoso de Vitoria.

–Pero... –dijo por fin. Juan se giró y le atravesó con la mirada–, según mi informador, no embarcó hacia Chipre.

–¿No?

–No, señor –prosiguió imperturbable–, pagó a un mercenario, Francisco Mendigorri, al parecer excelente ballestero, para que ocupara su puesto. El tal Mendigorri volvió a su caserío de Ochandiano hace tan sólo unos días. Recibió una herida en la pierna y se la tuvieron que cortar.

Juan trataba de pensar con rapidez. No era la primera vez, ni sería la última, que alguien pagaba a un mercenario para que ocupara su puesto. Él mismo lo había hecho, años atrás, cuando el difunto rey reclamó a la ciudad hombres para luchar contra Granada.

Pero..., lo que estaba permitido en tales ocasiones, ¿lo estaría también en el caso de un criminal condenado acogido al perdón real?

–No puedo responderos a esa pregunta, maese Juan –respondió Alba–. Probablemente eso sólo podrían hacerlo los propios Reyes...

Despidió al administrador y se dirigió a toda prisa a casa de su cuñado. A medio camino, cambió de opinión y fue directamente al Consistorio. Olabe era procurador y a aquellas horas de la mañana todavía estaría en su puesto oficial. Tan ensimismado estaba que no se fijó que Buendía y sus guardaespaldas salían en aquel mismo momento por la puerta. Los dos hombres se encontraron cara a cara y durante unos instantes se miraron sin reaccionar.

–¡Vaya! –exclamó por fin Buendía dirigiéndose a sus dos matones– ¡Mirad a quien tenemos aquí! Amigos, os presento a mi cuñado Sánchez de Bilbao, "el rico". Aunque sería mejor llamarle "el ladrón", pues ese es el nombre que merece quienquiera que se apropia de lo que no es suyo.

Los tres hombres rieron con fuerza. La faz del comerciante se había vuelto blanca de la ira, pero no respondió al insulto. Varias personas se detuvieron y los observaban con curiosidad esperando una pelea a muerte.

–¿Sabéis? –prosiguió en el mismo tono el asesino, dirigiéndose siempre a sus acompañantes– Su padre era un judío renegado que se bautizó para salvar el pellejo y su hermana una puta que se acostaba con cualquiera...

Estaba claro que trataba de provocarlo para obligarle a atacar. Se sentía seguro con los dos fornidos a su lado. Acabarían con él en un santiamén y podría alegar que había sido en defensa propia. Se hizo el silencio más profundo y Buendía empezó a ponerse nervioso. Mirándole fijamente, Juan alargó el brazo y le señaló con el dedo índice.

–Date por muerto –dijo fríamente y penetró en el edificio.

Buendía palideció y siguió su camino abriéndose paso a empujones entre los curiosos.

Al día siguiente, aconsejada por su hijo y por su yerno, doña María Ruiz de Gaona escribió una larga carta a la Reina. En ella le relataba los hechos que habían llevado a la tumba a su hija Teresa, le enviaba una copia del proceso y el testimonio firmado de Francisco Mendigorri, como mercenario que había cobrado por ocupar el puesto de Juan Martínez de Buendía. Como súbdita de Su Alteza –y de madre a madre–, le suplicaba que se hiciera justicia y que el culpable pagara el crimen cometido. Le pedía que revocase y anulase el perdón en el caso de Buendía ya que había enviado a un sustituto a servir por él y que se cumpliera la condena del tribunal que lo había juzgado.

Doña Isabel no tardó en responder. El propio secretario del Justicia Mayor, don Álvaro Manrique, llegó a Vitoria con la carta y se la entregó personalmente al alcalde. En ella, la Reina ordenaba que el uxoricida fuera hecho preso y ejecutado según la sentencia de muerte dictada por el bachiller Miguel Pérez de Oñate.

Juan Martínez de Buendía creía estar sufriendo una pesadilla desde el momento en que le habían arrestado en plena plaza del mercado, el jueves anterior. Fue llevado directamente a la cárcel y allí se le leyó la condena. Sus protestas, primero airadas y luego suplicantes, no hicieron mella alguna en el Merino Mayor que se limitó a decirle que cumplía las ordenes dadas por la Reina en persona. Obtuvo autorización para recibir la visita de su madre y hermanos, pero no pudo ver a sus hijas. Doña María se negó en redondo: las hijas de Teresa no verían al asesino de su madre. Confió en poder sobornar al carcelero –al igual que la vez anterior–, y en que sus matones irían a buscarlo en cualquier momento, pero el Merino no estaba dispuesto a permitir que el preso se le escapara de nuevo y encargó su vigilancia a un cuerpo de guardia militar cedido por el castellano de San Vicente, don Juan de Mendoza.

La ejecución de un criminal siempre congregaba un gran número de curiosos en la plaza de la Leña y muchos más cuando el ajusticiado era hombre de calidad. Los notables llenaban los balcones y ventanas de la plaza alquilados para la ocasión; el alcalde, el corregidor y demás autoridades ocupaban unos asientos colocados delante del patíbulo; todos los demás: cristianos, judíos, comerciantes, campesinos, mujeres, niños, viejos, mendigos y meretrices se apiñaban detrás del cordón de soldados que rodeaban el lugar del suplicio.

Buendía fue conducido a la plaza entre dos filas de alguaciles, con las manos atadas y llevando al cuello una gruesa cadena que sostenía el verdugo. Dos frailes franciscanos le acompañaban sin dejar de orar y hablar con él para ayudarle a bien morir. La gente enmudeció. Nada en aquel hombre sin rasurar, con la camisa sucia y arrugada y la más viva desesperación pintada en sus ojos, recordaba al altivo Juan Buendía que había regresado a Vitoria tan sólo unas semanas antes. Durante un instante no hubo corazón que no se apiadara de su suerte. Después, el recuerdo de su horrible crimen volvió a la mente de todos y el silencio apenado se transformó en abucheos e insultos que no cesaron hasta que el Merino dio comienzo a la lectura de la sentencia por la que se condenaba al preso a morir colgado por el cuello. Todo fue muy rápido. Las autoridades no deseaban alargar el sufrimiento del reo ni la morbosa expectación de sus conciudadanos. Martínez de Buendía fue ahorcado y su cuerpo quedó colgando en la horca para ejemplo de todos aquellos que alguna vez creyeran que sus crímenes podían quedar impunes.

Justo antes de que el verdugo diera una patada al taburete que lo sostenía, la mirada del condenado se cruzó con la de su suegra que presenciaba la ejecución desde el balcón de una de las casas de la plaza. En los ojos de Buendía pudo leerse una súplica de perdón. En los de ella una dureza inconmovible.

Doña María permaneció largo rato contemplando el cadáver que el viento balanceaba suavemente. Cuando regresó a su casa, se encerró en su alcoba y por primera vez desde la muerte de Teresa, lloró desconsoladamente la pérdida de su hija.

Martín "el mozo" relató a su padre todos los pormenores de la ejecución. Había presenciado el hecho desde un balcón en compañía de su cuñado Esquíbel y de su amigo García de Mendoza. El viejo Escoriaza escuchaba con atención. Le hubiera gustado estar allí aunque sólo hubiera sido por salir de la casa en la que estaba prisionero desde hacía años. ¡Maldita vejez que le iba carcomiendo día a día ! Ya nunca se miraba en un espejo. No quería ver su propia ruina.

–¿Estaba ese judío de mierda? –preguntó en clara referencia a Juan de Bilbao.

–Lo estaba. Y también estaba su madre, doña María, en lugar bien visible para no perder detalle.

–Si se matan entre ellos nos evitarán a nosotros tener que hacerlo, ¡sucios marranos! –exclamó escupiendo las palabras.

–No sabía que doña María también fuera marrana... –comentó "el mozo" sorprendido.

–Ella no, ¡imbécil! –¡cómo le exasperaba aquel hijo que sólo tenía de él su nombre!– ¿Cómo va el asunto de los Sánchez de Bilbao? ¿Has encontrado ya suficientes pruebas para presentar la denuncia ante el Tribunal?

–De Juan el rico no hay nada, padre.

–¿Cómo que no hay nada? –preguntó Escoriaza no dando crédito a sus oídos– ¿Cómo que no hay nada?

–No hay nada. Es un cristiano fiel.

Al ver la cara demudada de su padre se alegró de no haber encontrado ninguna prueba incriminatoria contra Juan de Bilbao. Con un poco de suerte, el viejo podía sufrir un ataque de ira y quedarse seco. Podría entonces heredar los muchos dineros que el avaro guardaba bajo llave y pagar las deudas que iban amontonándose sobre las mesas de sus prestamistas. Insistió.

–Cumple fielmente con los preceptos y jamás falta a la Iglesia; no tiene tratos con su familia judía; entrega grandes cantidades a obras de caridad y sus hijos tienen un preceptor que les educa en la religión católica. Su mujer, doña Inesa...

–¡Su mujer me importa un bledo! –explotó Escoriaza interrumpiendo a su hijo– ¿Qué hay de sus mancebas?

–Todas cristianas viejas...

–¿Sus criados?

–Todos cristianos viejos...

–¿Los empleados de su comercio?

–También son cristianos viejos...

–¿Estás seguro de que has investigado todo lo que había por investigar?

"El mozo" miró a su padre y en su rostro se dibujó la misma desagradable sonrisa habitual en su progenitor.

–Lo estoy –respondió entre dientes–. Me parece que ni tú, ni el Santo Tribunal podréis echar mano a los Bilbao...

El viejo agarró con fuerza las cabezas de león talladas en los antebrazos de su butaca. Presentía que estaba cerca, muy cerca, de vengarse de sus grandes enemigos. No permitiría que aquel hijo estúpido lo echara todo a perder. Tenía que haber algún punto flaco por donde poder atacarlos.

–¿Y su hermano qué? –preguntó de nuevo el viejo.

–¿Su hermano? –"el mozo" miró al viejo sorprendido.

–Sí, su hermano, ¡pedazo de acémila! –gritó Escoriaza fuera de sí– Su hermano, sus hermanas, sus cuñados... No vuelvas a presentarte delante de mí sin tener alguna prueba. Habla con la gente, interroga a sus antiguos criados, paga a algún judío para que pregunte en la judería y, ¡apunta todo lo que te digan! ¿Lo has oído? ¿Lo has oído bien?

Había recobrado su espíritu y sus últimas palabras habían adquirido el tono frío y despectivo que siempre utilizaba para hablar a su hijo. Hizo un gesto con la mano y lo despidió. "El mozo" balbuceó unas palabras y salió de la habitación. Martín Martínez de Escoriaza abrió una carpeta y sus manos vacilantes fueron sacando los documentos que guardaba en ella. Los leyó uno a uno y el rostro se le iluminó de placer.

–Te tengo en mis manos, Pedro Sánchez de Bilbao –dijo en voz alta hablando al fantasma de su enemigo–. Pronto, muy pronto, pagarás tus ultrajes. Dios, mi Señor, me dará fuerzas para mantenerme en vida hasta que pueda gozar de mi triunfo sobre ti y tus descendientes, judío de mierda.

Su risa cruel resonó por toda la casa y los criados sintieron que la sangre se les helaba en las venas.

Invierno de 1487/1488

En un principio, la Inquisición parecía haberse centrado únicamente en las tierras del sur. En cuatro años y solamente en Sevilla habían muerto en la hoguera más de cuatrocientos marranos y había habido más de cinco mil reconciliaciones. Los bienes de los condenados pasaban a poder de la Iglesia y de la Corona. No contentos con ello, los inquisidores obtuvieron que los judíos fueran expulsados de tierras andaluzas. Era imposible –dijeron– que los conversos llegaran a ser buenos cristianos mientras sus familiares y amigos infieles siguieran cerca de ellos. Así pues, cientos de familias judías tuvieron que abandonar la tierra que los había visto nacer y emprender viaje a otras zonas del reino.

A Andalucía le siguió Extremadura. La conmoción fue extraordinaria cuando se supo que varios frailes jerónimos del Monasterio de Guadalupe habían sido condenados y quemados por herejes en siete procesos en los que se pronunciaron cincuenta y dos sentencias de muerte.

–No sólo eso –había comentado Calleja–; también han quemado los huesos de no sé cuantos muertos...

–¿Por qué? –preguntó Juan de Bilbao atónito.

–Por judaizantes...

–¿Los muertos?

–Sí, pero cuando estaban vivitos y coleando –replicó Calleja bromeando macabramente.

–Investigan a los conversos difuntos de los que se sospecha que judaizaron en vida –terció Antonio de Tornay–. Llaman a testigos que testifican que les vieron practicar su antigua religión. Me han dicho que los inquisidores se toman el asunto muy en serio. Cualquier detalle es válido: si tenían libros hebreos en sus casas, si no comían cerdo, si no trabajaban los sábados...

Juan sintió que se le erizaba el vello de la piel. Si alguna vez llegaban a interesarse por su padre... Calleja no tendría problemas. No quedaba nadie vivo que pudiera atestiguar sobre las costumbres de su bisabuelo y, por otra parte, sería difícil atacar a un notable, miembro del Concejo y emparentado con los Hurtado de Mendoza.

Centró su atención en Tornay. No parecía preocupado y, sin embargo, sus casos eran muy parecidos. De jóvenes habían sido muy amigos, al igual que lo eran sus padres. Luego, sus vidas se distanciaron. Los intereses comerciales de Juan y la total entrega de Antonio al ejercicio de la medicina habían tenido mucho que ver en dicho distanciamiento. También era verdad, todo había que decirlo, que el comerciante no compartía las simpatías del físico por los judíos. Tornay seguía manteniendo una relación afectuosa con los parientes de su madre y, siempre que podía, aceptaba las invitaciones que le hacían para asistir a fiestas tanto civiles como religiosas en la judería. Incluso continuaba actuando de la misma manera después de las recientes ordenanzas redactadas por el Concejo, en las que se prohibía a los cristianos cualquier relación con los judíos.

Con los años, Antonio de Tornay había llegado a parecerse a su padre como una gota de agua a otra. La alta y desgarbada figura un tanto descuidada, el largo cabello ondulado, las túnicas hasta media pierna y la enorme bolsa de piel con instrumentos y medicinas que siempre llevaba colgada al hombro, se habían convertido para los habitantes de Vitoria en algo tan habitual como la torre de Santa María, en lo alto del Campillo. Su carácter, insobornable a las adulaciones, y el hecho de ser el médico más solicitado de Vitoria y el único experto en el tratamiento de las enfermedades sexuales hacían que ambas comunidades lo respetaran por encima de las convicciones religiosas. Permanecía soltero y vivía, atendido por una vieja sirvienta, en la misma casa que Juan de Mendoza había prestado a su padre y a Pedro de Bilbao y que Louis de Tournay había comprado años después.

–Mucho me temo que las cosas vayan de mal en peor –prosiguió el físico–. Las nuevas ordenanzas y el temor a la sospecha van a enturbiar las relaciones con los judíos y a colocar a los conversos en una difícil situación.

–¿Por qué difícil? –preguntaron Bilbao y Calleja al unísono.

–Porque, además de interrumpir unas relaciones naturales de parentesco, van a obligar a que los conversos demuestren su fe cristiana continuamente –calló, pero prosiguió ante el silencio de los otros dos–, algo que ni tan siquiera se exige de un cristiano viejo. Cualquiera que vista una camisa limpia en sábado o no ponga tocino en el cocido será tenido por sospechoso...

–¡Mal rayo parta a todos los fanáticos! –exclamó Calleja– ¡Y en especial a ese Satanás encarnado de Torquemada!

Juan Sánchez de Bilbao echó una rápida mirada alrededor y respiró aliviado. En aquel momento eran los únicos parroquianos de la pequeña taberna del cantón de San Miguel en la que solían reunirse varias veces por semana porque, entre otras cosas, el vino que allí servían era excelente. Incluso Pello "el cojo", el tabernero, se había ausentado del local durante unos minutos.

–¡Ten cuidado con lo que dices y dónde lo dices! –le reprochó enfadado– Sólo falta que alguien te oiga y nos detengan... Nadie que ofenda al Inquisidor General sale bien parado.

–¡En mala hora lo parió su madre! –volvió a exclamar Calleja en el mismo tono, pero bajando la voz– Me han dicho que aparece sin anunciarse, como pájaro de mal agüero, por ciudades y pueblos y que todo el mundo se echa a temblar en cuanto lo ven. Dicen que cuando viaja para presidir los tribunales va siempre acompañado por cincuenta familiares de la Inquisición a caballo y otros doscientos a pie y que, para protegerse de sus enemigos, posee un cuerno de unicornio que, como sabéis, neutraliza el daño del veneno…

–¡Bobadas! –Antonio de Tornay le interrumpió con un gesto de fastidio– La gente no sabe qué inventar… ¿Alguien ha visto alguna vez un unicornio? Los unicornios no existen. ¡Ésas son historias de viejos! Y, aunque existieran, no es tan fácil conseguir un antídoto contra un veneno. Una vez dentro de las entrañas no hay cuerno de bicho que pueda con él… Torquemada es un hombre que sufre muchos males, pero no por causa del veneno os lo puedo asegurar. Yo le atendí una vez hace dos años y son otros las dolencias que le aquejan…

Los dos amigos se quedaron boquiabiertos por la sorpresa. ¡Tornay había estado cerca del hombre más temido del reino y uno de los más poderosos! El médico continuó hablando sin esperar sus preguntas.

–Estaba en Ávila visitando a un amigo, físico también, cuando fueron a avisarle de Santo Tomás para que acudiera con presteza al convento. Mi amigo no pudo ir. Sufre una terrible enfermedad que va minándolo poco a poco… –calló apesadumbrado por el dolor al recordar al enfermo.

Calleja y Bilbao respetaron su silencio a pesar de las ganas inmensas que sentían por escuchar la continuación del relato.

–Así que fui yo en su lugar… –prosiguió al cabo de unos instantes– Me condujeron a una celda en la que únicamente había un catre y un gran crucifijo colgado en la pared. Fray Tomás estaba postrado en el catre, cuyo colchón no llegaba al grosor de tres dedos, apenas cubierto por una fina manta y, ¡os aseguro que el invierno en aquella ciudad es aún más frío que aquí! Estaba vestido con su hábito de dominico y temblaba de fiebre. Al parecer no había querido que se avisara a ningún médico. Penitencia, lo llamó él. Pero los frailes no querían arriesgarse a que se les muriera en su convento y por eso fueron en busca de mi amigo. Les ordené que lo desnudaran para darle baños de agua caliente y fría a fin de bajarle la fiebre y…, ¡no os lo podéis imaginar!

–¿Qué? –preguntó Juan de Bilbao.

–¡Dilo de una maldita vez! –le apremió Calleja.

–El hombre era pura llaga. Tenía el cuerpo completamente lacerado…

–¿Tiene la lepra? –preguntó Calleja esperanzado.

–No. Hace penitencia y se flagela con furia para sufrir –según me explicó el joven fraile enfermero que me ayudó en la tarea– los mismos dolores de Cristo cuando fue azotado por orden de Pilatos. Lleva continuamente un cilicio enrollado en su cintura y sólo come y duerme lo suficiente para mantenerse en pie.

–¡Ese hombre está loco! –exclamó Calleja horrorizado.

–Tiene fuertes creencias. Está seguro de su fe…

Antonio de Tornay recordó la conversación mantenida con el austero fraile dominico una vez repuesto de su enfermedad.

–Esta vez os habéis librado de una buena, fray Tomás –le había dicho él con humor–. Pero yo no tentaría de nuevo a la Providencia con penitencias y ayunos tan extremos. Puede que la próxima vez no tengáis tanta suerte…

–No ha sido suerte, maese Tornay –replicó Torquemada con gravedad–; Dios es mi dueño. Ha sido Él quien ha decidido que no había llegado el momento de llamarme a su lado.

–Y, ¿creéis que Dios aprueba que atormentéis vuestro cuerpo de esa manera?

–Permitió que su único Hijo bienamado, Nuestro Señor Jesucristo, padeciera las más terribles torturas ¿Por qué no iba a aprobar que su más humilde siervo sufra una milésima parte de lo que Él sufrió? ¿No os dáis cuenta de que únicamente podemos llegar a percibir su sacrificio sintiendo el dolor en nuestra carne? El mundo está pervertido por el lujo y la comodidad. Las finas telas han reblandecido los cuerpos, las mesas rebosantes de carnes y vinos el espíritu. Las mujeres pintan sus rostros como las rameras y los hombres se cubren de oro como si fueran ídolos paganos.

Había escuchado mudo el discurso del dominico. Parecía estar hablando desde un púlpito en una iglesia atestada de gente y no desde un miserable catre, más propio de un indigente que del Inquisidor General cuyo nombre hacia temblar al más recio.

–Conozco a muchos –había dicho tranquilamente al tiempo que recogía sus cosas– que jamás han visto un brocado y que nunca se han llevado a la boca un pedazo de carne... Cada vez que llueve, el agua inunda sus miserables viviendas. No pueden cazar porque si les pillan serán colgados por furtivos, ni tampoco les está permitido recoger leña en el bosque para calentarse. Todos los días se preguntan si podrán dar de comer a sus hijos. Las mujeres envejecen prematuramente debido a los innumerables partos y al trabajo sin fin y los hombres no han visto en su vida, ni siquiera de lejos, el oro de una dobla...

Fray Tomás había estado observándole con interés.

–Son las ovejas de Nuestro Señor –comentó enternecido–. Sus siervos más queridos. Gozarán en el cielo en igual medida que han sufrido en la tierra...

–No laceran sus cuerpos –continuó él indicando con un gesto el azote que reposaba en un rincón de la celda–; la vida se encarga de hacerlo por ellos...

El fraile había entornado los ojos.

–¿Estáis acaso en contra de la penitencia?

–Soy médico. Mi deber es ocuparme de sanar los cuerpos enfermos y curar las heridas.

–Y el mío sanar las almas que están en peligro y salvar de la condenación eterna a los descarriados que han abandonado la verdadera fe.

–¿Mediante la tortura y las llamas de la hoguera?

–No importa sufrir unos instantes para librarse del infierno.

–¿Tan seguro estáis de ello, señor Inquisidor General?

Torquemada no había respondido. Advirtió su dura mirada tratando de atravesarlo y sintió algo parecido al miedo, pero la sostuvo sin bajar los ojos.

–Maese de Tornay –había dicho el dominico finalmente pronunciando las palabras lentamente–, ¿sois acaso judío?

–No, señor. No lo soy. Soy cristiano, nieto de conversos, al igual que lo es su paternidad.

Los dos se midieron sin pronunciar palabra. Luego, el fraile esbozó algo parecido a una sonrisa que a él le recordó la de una hiena que había visto ilustrada en un libro de ciencia.

–Tenéis valor y es ésa una cualidad que mucho admiro en los hombres –dijo–. En el alto cargo que ocupo gracias a la generosidad de nuestro Santo Padre, el Papa, y de sus Altezas Serenísimas –prosiguió con cierta melancolía–, pocas veces encuentro a alguien que hable conmigo sinceramente... Espero que volvamos a encontrarnos y podamos proseguir esta... interesante charla.

Antonio de Tornay miró a sus amigos.

–Me incliné respetuosamente y salí de la celda. Unas gotas de sudor frío cubrían mi frente y las manos me temblaban imperceptiblemente.

Bilbao y Calleja contemplaban a su amigo con admiración. ¿Cómo había sido capaz de dirigirse en aquellos términos al terrible Torquemada?

–¿Es verdad que sus abuelos eran conversos? –preguntó Juan interesado.

–Lo es –respondió Tornay.

–Pues..., por el odio que siente hacia todo lo judío, cualquiera diría que es descendiente directo de san Pelayo... –añadió Calleja con ironía.

–No tiene odio a los judíos. Simplemente los desprecia por no renegar de su error. A los que verdaderamente odia es a los conversos que continúan aferrados a sus antiguas creencias. Para éstos no tiene misericordia ni perdón y no cesará hasta acabar con ellos. Ha hecho de ese asunto la meta de su vida...

Permanecieron unos minutos en silencio, cada uno perdido en sus pensamientos, después se despidieron y abandonaron la taberna.

Seguido por el fiel Sebastián que caminaba unos pasos tras de él, Juan se dirigió lentamente hacia su casa. No podía apartar de su mente las palabras de sus amigos sobre los conversos muertos a quienes investigaba la Inquisición. De todos era conocido que Pedro de Bilbao nunca ocultó su origen judío y que mantuvo siempre buenas relaciones con sus familiares de la calle de Judería. Costara lo que costara tenía que convencer a su madre de que se deshiciera de aquellos libros de poesías hebreas que había guardado. La vieja Lucía y algunos otros servidores tendrían que abandonar la casa. Les buscaría un lugar alejado de Vitoria y cuidaría de sus necesidades ¡No dejaría ninguna prueba ni testigo que pudieran ser utilizados por sus enemigos!

A punto de entrar por el Portal de la Cuchillería cambió de opinión, dio media vuelta y se encaminó hacia la calle Santa María. Sebastián siguió sus pasos sin la menor muestra de sorpresa. Se detuvo ante una hermosa casa de dos pisos y abrió la verja que daba paso a un diminuto jardín. Sin preocuparse de la mirada irónica que le dirigió una vieja desde una ventana vecina, abrió la puerta de la vivienda con su propia llave y penetró en el interior. El sirviente se apostó bajo un soportal justo enfrente de la casa.

Empezaba a anochecer a pesar de que aún no habían dado las seis de la tarde. La casa estaba silenciosa y un candil de aceite iluminaba la escalera que medio en penumbra ascendía al piso superior. Juan se desprendió de la capa y el sombrero y los dejó caer descuidadamente sobre la única silla que había en la entrada

–¡Zagala! –llamó con suavidad.

–¡Estoy en la alcoba! –le respondió una voz risueña de mujer.

Subió rápidamente las escaleras y se detuvo bajo el marco de la puerta. Catalina se volvió sonriente al oírle. De pie, delante de un espejo de cuerpo entero que había hecho traer especialmente para ella desde Inglaterra, cepillaba su largo y abundante cabello de color castaño oscuro que le llegaba hasta la cintura.

–¡Santo Dios! –pensó– ¡Qué mujer!

Contuvo el deseo de abalanzarse sobre ella y la examinó con detenimiento como si fuera la primera vez que la veía. Tenía la piel más blanca que había visto nunca, cejas perfectamente dibujadas, ojos grandes de mirada profunda, pómulos salientes, labios carnosos y brillantes... Sus ojos recorrieron su cuerpo cubierto únicamente por una bata larga de terciopelo de Damasco –también regalo suyo–, bajo la cual podían adivinarse dos senos turgentes, una cintura estrecha y unas caderas que eran una continua invitación al placer.

Se preguntaba cómo era posible que aquella mujer le amara y fuera completamente suya.

Catalina Ruiz de Elgueta, la mujer más bella y deseable de Vitoria se le había entregado sin condiciones. Viuda de un capitán del ejército del Rey, con fortuna propia y sin parientes cercanos y molestos, había sido objeto de numerosas proposiciones matrimoniales y las había rechazado todas a pesar de haber recibido incluso alguna que otra amenaza si no accedía.

–No entra en mis planes volver a casarme –le dijo un día que él le preguntó al respecto–. Mi matrimonio me fue impuesto cuando sólo contaba quince años de edad. Mi marido, el capitán, tenía casi treinta años más que yo. Era amigo de mi padre y ya había enviudado dos veces cuando nos casamos. Era un hombre severo y brutal. Creyó que era su obligación tomar el lugar de mi padre. Me reñía y azotaba como a una niña cada vez que le contrariaba, pero eso no le impedía tomarme a su gusto cuando se le antojaba. Gracias a Dios –sonrió–, no parece que mi naturaleza sea apta para la maternidad. Hubiese odiado el fruto de su violencia. Después de diez años de matrimonio murió en el cerco de Alhama. Llevo pues algo más de cinco años viuda y así pienso seguir.

Se habían conocido durante la fiesta dada por el Concejo para celebrar la toma de Málaga por el ejército castellano dos años antes y habían sentido inmediatamente una mutua e intensa atracción. Desde entonces mantenían una relación que era motivo de escándalo para unos y de envidia para otros. La joven criada de los Calleja y las que le siguieron quedaron olvidadas. Ninguna de ellas podía compararse a la hermosa y ardiente hembra que le había devuelto el entusiasmo de su juventud y la emoción de sentirse nuevamente enamorado.

Se acercó a ella lentamente, le quitó el cepillo –que dejó sobre la mesa–, y la atrajo hacia él besándola primero con dulzura y luego con vehemencia. Momentos después estaban desnudos bajo los lienzos, sus cuerpos enlazados en un apasionado abrazo.

Mosen Balid, rabino y juez de la aljama de Vitoria, convocó una reunión urgente. La situación se volvía más difícil cada día. Las ordenanzas del Concejo, hechas públicas unos meses antes, no les habían preocupado demasiado puesto que en otras ocasiones raramente se habían llevado a cabo, pero esta vez era distinto. El alcalde estaba dispuesto a hacer cumplir la ley. Varios miembros de la Comunidad habían sido ya arrestados y multados severamente por no haberla acatado. A la consabida retahíla de normas que obligaba a los judíos a llevar en lugar bien visible la señal de paño colorado; que prohibía a los cristianos servirles o aprender oficios con ellos; la entrada de mujeres cristianas en la Judería o el simple hecho de compartir una comida, se habían añadido otras por las que los judíos no podían comerciar con los cristianos ni utilizar el horno comunal para cocer el pan. Tampoco podían trabajar los domingos, aunque se les reconocía el derecho de no hacerlo los sábados, ni prestar cantidad alguna a los cristianos.

No tardaron en apreciarse las consecuencias de la estricta aplicación de las ordenanzas. En unos pocos meses varios comerciantes se habían visto obligados a cerrar sus negocios –especialmente vendedores de aceite y velas y merceros–, los pequeños prestamistas se habían arruinado y los grandes financieros veían peligrar su posición privilegiada. La aljama tenía grandes dificultades para recaudar los impuestos, tanto los propios como los debidos a la ciudad y al reino. Mosen Balid y el procurador Ismael Moratan fueron a hablar con los miembros del Concejo para explicarles su situación y rogarles que rebajaran las cantidades, pero se encontraron con la negativa más absoluta y volvieron completamente descorazonados.

A pesar de la prohibición de abandonar el lugar de residencia, algunos habían conseguido salir de la ciudad para dirigirse a otros lugares con la esperanza de encontrar una situación mejor, pero habían sido pocos y, por supuesto, se habían marchado sólo con lo puesto. La mayoría, familias enteras, no estaba dispuesta a perder sus bienes ni a abandonar el lugar en el que habían vivido durante generaciones.

–¡Esta tierra es tan mía como del que más! –gritó Isaac Faral, el carnicero– Mi familia lleva viviendo en Vitoria más de doscientos años y pueden contarse con los dedos de las manos los cristianos que pueden decir otro tanto.

Un rumor de aprobación recorrió la asamblea.

–¡Nos tratan como apestados! –gritó de nuevo el carnicero– Nos han encerrado en la Judería y no nos permiten comerciar con los cristianos. ¿Cómo diantre esperan que paguemos los desorbitados impuestos a los que nos obligan? ¡Ya va siendo hora de que hagamos algo para defendernos! ¿O es que acaso vamos a esperar a que nos expulsen de aquí como ya lo han hecho con nuestros hermanos de Balmaseda?

El recuerdo de la expulsión de los judíos de Balmaseda, tan sólo un año antes, encrespó los ánimos. En la villa vizcaína, importante centro comercial y aduanero del norte, se hallaba establecida desde hacía mucho una importante comunidad hebrea. Sus miembros mantenían una rigidez de culto y costumbres que incluso sus correligionarios de Vitoria hacían a veces comentarios jocosos sobre ellos. Tres años antes, las relaciones –pacíficas hasta entonces– entre judíos y cristianos habían empezado a deteriorarse porque, entre otras cosas, la minoría hebrea dominaba el ámbito económico y cultural de la Villa. Las cosas habían llegado a un punto tal que un día de enero de 1486, los cofrades de Nuestra Señora de Agosto con los de otras Cofradías los echaron de la Villa en medio de un gran escándalo y alboroto. Don Haron, defensor de la aljama, recurrió a los Reyes pidiendo protección. Doña Isabel y don Fernando ordenaron que los hebreos fueran admitidos de nuevo en su barrio de San Lorenzo, pero los balmasedanos no acataron la Real provisión apoyándose en una ordenanza de las Juntas de Gernika. Los judíos tuvieron que marcharse definitivamente abandonando bienes y propiedades.

Todos comenzaron a hablar en voz alta y durante unos minutos apenas pudieron oírse unos a otros. Mosen Balid pidió silencio ayudándose con el mazo que repetidamente golpeó contra la mesa.

–¡Hermanos! ¡Amigos! –rogó– Llevamos ya mucho tiempo en este suelo de Sefarad pero sabemos, porque así lo dijo el profeta, que un día volveremos a la Tierra Prometida. Éste no es nuestro país, Isaac Faral, es tan sólo un alto en nuestro largo caminar. ¿Qué más da que estemos aquí o en otro lugar? Nuestra fe nos mantiene unidos. Nuestra patria es nuestra fe, oh pueblo de Israel!

–Eso está muy bien –replicó Juce Gaón, segundo hijo del recaudador asesinado en Tolosa–, pero mientras esperamos al Mesías que habrá de anunciarnos la vuelta a la Tierra Prometida ¿debemos acaso soportar que nos humillen y nos roben, que maten a nuestros parientes y que nuestros hijos vivan en continuo temor?

De nuevo empezaron a hablar todos a la vez en medio de un gran barullo. En la galería, las mujeres gemían y los niños más pequeños lloraban asustados por el tumulto.

Mosen Balid consiguió imponer silencio ayudado por Ismael Moratan y Samuel Benjamín.

–Aún está fresco nuestro dolor por la muerte de tu padre, Juce –dijo el rabino con voz sentida–, pero aquí, en Vitoria, nuestra comunidad lleva más de dos siglos viviendo en armonía con nuestros vecinos. Incluso cuando hemos oído las terribles cosas que ocurrían en otras partes del reino, aquí teníamos paz. ¿Qué propones? ¿Que nos enfrentemos al Concejo? ¿Que hagamos la guerra a la ciudad? ¿Cómo? Los cristianos son ocho, tal vez nueve, veces más numerosos que nosotros.

Gaón iba a responder cuando un poco más lejos un hombre se alzó ayudado por un muchacho que también se puso en pie.

Jacob Tello alargó un trozo de papel a su hijo Mayr y con un gesto le indicó que lo leyera.

–Mi padre quiere que lea esto –dijo Mayr y comenzó la lectura con cierta dificultad–: "*Escucha Israel: os dispondréis hoy para pelear contra vuestros enemigos; no desmaye vuestro corazón; no temáis, no os asustéis, ni os amedrentéis ante ellos; pues Yahvé, vuestro Dios, marcha con vosotros para pelear por vosotros contra vuestros enemigos para salvaros*".

Se hizo un profundo silencio. No había nadie allí que no sintiera por Jacob Tello, miembro de una de las principales familias de la aljama, el más profundo de los respetos. No era demasiado mayor, sin embargo su aspecto era el de un hombre envejecido: la espalda encorvada, el cabello blanco y un ligero temblor de manos le hacían parecer un anciano. Diríase que estaba ya casi muerto si no fuera por la gran vivacidad de sus ojos negros que destilaban un odio intenso. Alguien que hubiera pasado por Vitoria cuatro años antes no habría reconocido en él al apuesto y brillante comerciante de mediana edad, fácil oratoria y amable sonrisa que había sido. Su cultura, la enorme fortuna que poseía, la brillantez de sus negocios y su carácter extrovertido y generoso hacían de él un interlocutor capaz, aceptado por las dos comunidades como mediador en los litigios. Podía considerarse un hombre afortunado hasta que ocurrió el asunto de la dehesa.

La comunidad judía poseía unas tierras de pasto entre el camino de Judimendi y el de las Trianas. Era un terreno llano, regado por un riachuelo, en el que pacía el ganado comunal que servía para proveer de leche y carne a la aljama. Se trataba de una de las primeras propiedades que habían adquirido tras su asentamiento en la ciudad. El suministro de la carne prescrita por la Ley había sido una de sus principales preocupaciones y la habían solventado ocupándose ellos mismos de criar y sacrificar su propio ganado.

Unos años antes, al propietario de unos terrenos colindantes al norte, Juan Fernández de Paternina, señor de la torre de Salvatierra, asentado en Vitoria, se le ocurrió plantar unas cepas de vid en su propiedad. Debido a la calidad de la tierra y a la falta de agua, así como a la sombra que daban los grandes robles y hayas que bordeaban la dehesa, empezó a obsesionarse con la idea de adquirir los terrenos de la Comunidad. Ofreció cambiarlos por los suyos, recibiendo una negativa por respuesta.

–Seremos judíos, pero no idiotas –había comentado con humor Ismael Moratan, encargado de los asuntos económicos de la aljama, en una reunión del Consejo para tratar del tema–. Sus tierras son mucho más pobres y nosotros necesitamos el agua para el ganado…

Paternina ofreció entonces comprar los terrenos en su justo precio e incluso regalar además otros que tenía al norte de Vitoria. Eran tierras pedragosas, propias para criar cabras, y recibió una segunda y definitiva negativa. La Comunidad no tenía intención de desprenderse de su dehesa y le rogó que no insistiera en sus pretensiones.

Juan Fernández de Paternina hizo de ello un asunto de honor.

–¡Conseguiré esas tierras aunque sea lo último que haga en esta vida! –exclamó enfurecido– ¡Ningún judío va a negarme lo que deseo y lo que en justicia me pertenece! ¡Mis antepasados estaban en estas tierras antes de que esos desharrapados llegaran aquí muertos de hambre!

Sus palabras fueron aplaudidas por Martín de Escoriaza, "el mozo", y otros amigos que le ayudaban a ahogar en vino la rabia que sentía.

–¡Y nosotros te ayudaremos! –apoyó Escoriaza con entusiasmo– Lo primero que hay que hacer es demostrar a esos judíos de mierda quién manda aquí y…, ¿por qué no empezar esta misma noche?

Bebieron hasta que el tabernero los echó del local y después, alumbrándose con antorchas, enfilaron hacia la Puerta de Navarra. Un grupo de borrachos, hablando en voz alta y riendo las groserías que se les ocurrían no podía pasar desapercibido. El guarda encargado de la vigilancia de la Puerta les prohibió el paso y les conminó para que dejaran de meter ruido, pero, al reconocer en ellos miembros ilustres de la ciudad, no se atrevió a insistir y los dejó pasar. El grupo se dirigió a la dehesa tomando el camino de Judimendi. Una vez allí prendieron fuego al cobertizo de madera donde se guardaban los fardos de paja y ahuyentaron con gritos ganado y rebaños que huyeron despavoridos en medio de la noche.

El escándalo fue descomunal: los animales asustados pisotearon campos y huertas, arrollaron chabolas y destruyeron cercas para esparcirse después varias millas a la redonda; veinte reses y medio centenar de ovejas murieron aplastadas y asfixiadas en la huida. La Comunidad judía presentó una denuncia ante el Concejo. La conversación a voz en grito de Paternina, Escoriaza y sus amigos en la taberna, la declaración del guarda que les había dejado salir de la ciudad y los ufanos comentarios de los acusados una vez de regreso, fueron suficientes. Todos ellos fueron multados con fuertes sumas y tuvieron que pagar por los animales muertos y los destrozos causados.

En el juicio, la parte agraviada fue representada por el procurador Moratan y por Jacob Tello, que actuó de acusador denunciando a Juan Fernández de Paternina como instigador del hecho para vengarse por la negativa de la Comunidad en el asunto de la venta de los terrenos. Paternina tuvo que pagar el doble que los demás y juró vengarse de aquel judío arrogante que osaba acusarle en público.

Dos años después, Juan de Paternina fue elegido alcalde de Vitoria y pocas semanas más tarde mandó detener a Tello bajo la acusación de haber renegado en público de Nuestro Señor Dios. El comerciante fue torturado para que confesara su pecado, pero ni la rueda ni el potro lograron arrancar de él una sola palabra. Sin haber confesado ni haber sido juzgado, el alcalde mandó que se le dieran cincuenta latigazos y que se le cortara la lengua que hizo clavar en la picota para ejemplo y escarmiento de todos aquellos hebreos que osaran calumniar a un noble cristiano. No contento con ello, confiscó todos sus bienes –parte de los cuales se los adjudicó a sí mismo por el perjuicio sufrido–, y mandó cerrar su casa y su negocio.

Por medio de Ismael Moratan, Jacob Tello presentó una apelación ante la Chancillería de Valladolid. Los bienes le fueron restituidos en su totalidad y el alcalde hubo de dejar su cargo. No obstante, la tortura, los latigazos, la pérdida de la lengua, –y por lo tanto de la palabra–, y la terrible humillación sufrida durante aquellos meses, habían hecho mella en él. Se había encerrado en sí mismo y apenas si salía de su casa. No recibía visitas ni quería tener tratos con nadie. Las pocas veces que lo hacía iba siempre acompañado por su hijo pequeño, Mayr, que era el único que parecía entender las señas y sonidos guturales que salían de la garganta de su padre.

–Jacob –dijo el rabino Mosen cuando Mayr hubo acabado de leer la nota–, todos sabemos lo que sientes, pero tu caso y el del padre de Juce son hechos aislados. La muerte de Gaón ni siquiera ocurrió aquí. Sabes muy bien que no podemos ni siquiera pensar en enfrentarnos con los cristianos...

Con gestos y ruidos Tello se hizo entender por su hijo.

–Dice mi padre que no tenéis fe en Yahvé, Nuestro Dios –tradujo el muchacho.

–No es fe lo que nos falta –replicó el rabino–. Si así fuera, hace mucho tiempo que no quedaría ni un solo judío en Sefarad. El Libro Santo fue escrito hace siglos y hay que saber interpretar sus palabras que no siempre quieren decir lo que dicen y tampoco es este el momento para hablar de ello. Puede que nos hayamos asustado sin razón. El hecho de que el Concejo haya decretado unas ordenanzas que nos atañen y humillan no quiere decir que nuestra situación vaya a ir a peores.

Jacob Tello volvió a dirigirse a su hijo y todos pudieron observar que el muchacho vacilaba antes de hablar, pero su padre le apremió para que lo hiciera.

–Dice mi padre que sois unos cobardes y que él hará la guerra por su cuenta.

Dicho esto, Tello abandonó la sala apoyado en el hombro de su hijo y en medio del silencio de la asamblea que lo vio partir con el alma entristecida pero sin hacer un gesto para retenerlo.

–Amigos –prosiguió Mosen Balid–, el Consejo ha decidido crear un fondo para ayudar a los que se encuentran en apuros. Cada uno entregaremos a Ismael Moratan lo que bien podamos y todas las cantidades quedarán registradas para devolverlas cuando las cosas nos vayan mejor. Entretanto, queremos pediros que mantengáis la calma. No demos a nuestros enemigos motivos para atacarnos. Una delegación partirá mañana para entrevistarse con Abraham Seneor, Rab Mayor de Castilla, y con Isaac ben Yehudá Abravanel, tesorero de los reyes. Tal vez ellos puedan aconsejarnos sobre lo que debemos hacer.

Continuaron largo rato discutiendo sobre las cantidades a entregar al fondo y las garantías de su devolución, el número y nombre de los que irían a entrevistarse con los dos grandes hombres y la redacción de una carta al Concejo de Vitoria para protestar por su situación.

Ismael Sahadia, sentado en un rincón de la sinagoga, no abrió la boca. Contemplaba apenado cómo su gente se aferraba a la esperanza y se empeñaba en no ver la realidad. El fin estaba cerca. Andalucía, Extremadura, Balmaseda... habían sido tan sólo un aviso. Pronto todos los judíos del reino se verían obligados a marchar del país que los había acogido durante tantos siglos. Como maestro había estudiado a fondo la historia de su pueblo y en ella una palabra se repetía una y otra vez: EXPULSIÓN. Estaban condenados a ser expulsados de todas partes desde el fatídico día en que los babilonios destruyeron el templo de Jerusalén y obligaron al pueblo de Israel a partir para el galut. No habría paz para los judíos hasta que no regresaran de nuevo a la Tierra Prometida, pero..., ¿cuándo ocurriría eso? Suspiró. Se sentía cansado por dos mil años de espera y sufrimientos. Recorrió el templo con la mirada. Los hombres discutiendo, las mujeres hablando en voz baja, los jóvenes escuchando atentamente y los pequeños deseando poder salir de allí para volver a sus juegos. ¿Qué era lo que les mantenía dispuestos a los mayores sacrificios, siempre rechazados, siempre extranjeros en cualquier parte del mundo? Inconscientemente, llevó su mano a la estrella de David que colgaba de su cuello desde el mismo día en que su padre se la regaló.

–Eres un Dios poderoso –dijo en silencio posando su mirada en el tabernáculo–, poderoso y... duro con tu pobre pueblo.

¿Cuántos miles? ¿Cuántos millones de hebreos habían muerto a lo largo de todos aquellos siglos con la esperanza puesta en la vuelta a Israel? ¿Y cuántos más tendrían que morir antes de ver su deseo hecho realidad? Posó su mirada en Hera que le contemplaba con amorosa atención desde la galería. Sus dos hijas estaban a su lado. No levantaban un palmo del suelo, pero permanecían muy serias escuchando como si entendieran todas y cada una de las palabras que allí se decían. Sonrió y pensó en el pequeño Jonás, su hijo recién nacido. Lo imaginó dormido en su cuna bajo la atenta mirada de su abuela materna y deseó estrecharlo fuertemente entre sus brazos.

No era cierto lo que había dicho Mosen Balid. Aquél sí era su país. La tierra en la que habían nacido él y su padre y su abuelo antes que él. La tierra en la que habían nacido sus hijos y en la que deseaba ser enterrado. Amaba la Villa, sus calles y sus plazas. Los campos que la rodeaban y las montañas que se veían a lo lejos. Le encantaba pasear sobre la nieve en los crudos días de invierno y recorrer la orilla del Abendaño en busca de truchas bajo los primeros rayos del sol del verano. Amaba incluso aquella lengua incomprensible para los castellanos que la menospreciaban –al igual que menospreciaban el hebreo–, por no poder entenderla. Él no se sentía extranjero en Vitoria ni siquiera cuando salía de la Judería y tenía que colocarse la humillante rodela sobre la ropa.

–¿Por qué nos mantienen apartados como si fuéramos extraños? –preguntó una vez a su padre cuando aún era niño.

Había intentado jugar con unos niños cristianos en la Plaza del Mercado y le habían rechazado.

–Quizá somos nosotros los que nos mantenemos apartados –respondió Jonás con una sonrisa.

–¿Por qué? –insistió él.

–Porque somos diferentes.

–¿Cómo podemos ser diferentes si todos somos de Vitoria? Seríamos diferentes si no hubiéramos nacido aquí, como Gento Sarasamel –dijo recordando a su nuevo amigo recién llegado de Gerona. Al principio sólo habían podido entenderse en hebreo y eso con dificultad porque Gento hablaba de manera muy rara y le costaba comprender su acento.

–Tu amigo Gento y su familia están mucho más próximos de nosotros que cualquier cristiano nacido en Vitoria.

–No lo entiendo...

–Lo entenderás cuando seas más mayor y sepas que los lazos espirituales son mucho más fuertes y duraderos que los terrenales. Puede que los judíos estemos separados por miles de leguas, que vivamos en países distintos y hablemos lenguas diferentes..., pero nuestra fe es común y ella es la razón de nuestra existencia.

Habían pasado muchos años desde aquella conversación que todavía recordaba, pero seguía pensando que su vida estaba mucho más próxima de cualquier vecino de Vitoria que de un judío desconocido. Cuando se prendía fuego en algún pajar –cosa que ocurría con cierta frecuencia–, todos ayudaban a sofocarlo; cuando la nieve cubría las calles y los carros no podían transitar por ellas, todos colaboraban con palas en la limpieza y cuando el rey pedía hombres para luchar contra portugueses, moros o franceses, todos los hombres disponibles de la ciudad –cristianos o judíos–, acudían a la llamada.

Pensó en su tío Pedro. Se había hecho cristiano muchos años antes de nacer él, pero nunca había visto la marca del Diablo en su rostro. Recordó la última vez que lo vio, en su lecho de muerte. Estuvo con él durante más de dos horas, hablando, leyendo poemas e incluso bromeando y no vio en él a un hombre atemorizado por la proximidad de la muerte y su pronta comparecencia ante el Juez Supremo. Parecía en paz.

–¿Acaso tenemos derecho a juzgar las acciones de nuestros semejantes? –se preguntó– ¿No es el alma un tabernáculo sagrado al que únicamente puede acceder uno mismo en comunión con Dios?

Ismael Moratan, Juce Gaón e Isaac Faral se habían enzarzado en una disputa que parecía no tener fin. Hizo un signo a Hera para que abandonara la galería y él salió discretamente del templo. Nadie notó su ausencia.

En su ochenta y cinco aniversario, don Martín Martínez de Escoriaza recibió el mejor regalo que podía desear. No había querido celebrar una fiesta para celebrar su cumpleaños.

–¡Y una mierda! –exclamó cuando su hijo le insinuó la posibilidad de hacerlo– ¡Para que vengan unos cuantos mogrollos a beberse mi vino y comer gratis a mi costa! ¡Bastante les importo yo! La mayoría de ellos desearían verme muerto..., como tú, por ejemplo –añadió lanzándole una mirada de rencor–. Pues no os daré ese placer. Pienso vivir hasta los cien años y, con un poco de suerte, os enterraré a todos.

"El mozo" no había insistido, pero, a medida que se acercaba la hora del mediodía, parientes y amigos fueron presentándose en la casona para felicitar al patriarca. No hubo más remedio que disponer un festín para dar de comer a todos.

Don Martín veía hacer desde la silla-prisión en la que estaba obligado a permanecer. Los criados se movían delante de él a toda prisa colocando los tablones de las mesas, disponiendo manteles y cubiertos, vasos, copas y jarras llenas de vino. De la cocina subía un apetitoso olor a guisado y coles y bandejas llenas de dulces se ordenaban cuidadosamente encima de los arcones de la sala.

El malhumor iba apoderándose de él a medida que observaba cómo los invitados vaciaban las jarras de vino.

–Los muy hijos de puta... –pensó–, ¡van a acabar con mi bodega!

Estaba a punto de hacer un comentario desagradable en alta voz cuando su hijo se acercó a él con una amplia sonrisa en los labios y una abultada carpeta en las manos.

–¡Felicidades, padre! ¡Aquí tienes mi regalo!

Tan sorprendido quedó que no se le ocurrió ninguna frase mordaz e hiriente que decirle. Miró la carpeta con curiosidad y la cogió con un brusco ademán.

Su rostro se iluminó de alegría y satisfacción mientras recorría con la vista las hojas cuidadosamente apiladas. ¡Santo Dios!, aquello era más de lo que nunca había soñado… ¡Había material suficiente para presentar una denuncia ante el Santo Tribunal y acabar con los malditos Sánchez de Bilbao de una vez por todas! Olvidó a los ruidosos comensales que le rodeaban, tampoco se detuvo a pensar en la enorme cantidad de dinero que le habría costado a su hijo conseguir tantos y detallados testimonios y se enfrascó en la lectura de los documentos.

Cristianos y judíos de Viana estaban dispuestos a declarar haber conocido a Pedro de Bilbao, hijo de Pedro Sánchez de Bilbao y hermano de Juan Sánchez de Bilbao, bajo el nombre de Yosef Sahadia, vecino de la judería de aquella ciudad, así como a su esposa judía e hijo. Había declaraciones de todos los gustos: que se le había visto asistir a los oficios de la sinagoga; que vestía el capuz hebreo cuando estaba en Viana; que nunca comía otra comida que la preparada por manos hebreas según la Ley de Moisés; que nunca se había relacionado con sus vecinos cristianos y que jamás había declarado no ser judío. El testimonio más amplio y detallado de todos era el de un antiguo criado, Juancho Zabaleta, que le había servido durante unos años y que ejercía de sastre en Murcia. Estaba dispuesto a declarar ante cualquier tribunal a cambio de una recompensa sustanciosa.

–Has hecho un buen trabajo –dijo dirigiéndose a su hijo que esperaba de pie al lado de su silla–. Tal vez no seas tan zote como yo pensaba.

Aquellas palabras en boca del viejo Escoriaza eran lo más parecido a un parabién y "el mozo" sintió una gran satisfacción, olvidando por un momento que rezaba todas las noches a Dios para que enviara a su padre al infierno cuanto antes.

–¿Dónde están la mujer y el niño judíos?

–Nadie lo sabe. Al parecer, hace dos años recibieron la visita de un hombre y se fueron con él.

–¡Bueno! –exclamó Escoriaza eufórico– ¡Tampoco nos hacen falta! Estos papeles son suficientes para enviar a ese marrano al otro mundo..., y de paso, a su hermano "el rico".

–No he encontrado nada en contra de Juan... –mascullo "el mozo" temiendo la reacción de su padre.

–¡Tampoco importa! Una vez que el Santo Tribunal empiece a indagar, no le costará mucho encontrar alguna prueba que lo incrimine. Y si no la encuentra... –meditó durante unos instantes–, la condena de su hermano caerá sobre él y toda su familia. No levantará cabeza ante tanta deshonra y tendrá que tragarse su condenado orgullo.

Mientras "el mozo" daba cuenta de los últimos trozos de carne que quedaban en una bandeja, Martín de Escoriaza dio gracias a Dios por haberle concedido por fin una prueba para demostrar que él siempre había estado en lo cierto: los Sánchez de Bilbao eran unos malditos marranos que habían engañado a todo el mundo.

–¡A todos menos a mí! –pensó con satisfacción.

Pediría que el juicio se celebrara en Vitoria y que Pedro Bilbao fuera quemado en la Plaza de la Leña en un auto de fe sin precedentes. Todos los vecinos de la ciudad acudirían en masa a presenciar la ejecución y, ese día, él se haría llevar a la plaza en su sillón para gozar de su venganza. Disfrutó pensando en la altiva María Ruiz de Gaona. Acudiría a él con lágrimas en los ojos pidiendo su intercesión y él se la negaría al igual que ella le había negado su amor para entregarse sin ningún pudor a un judío de mierda. Y luego le llegaría el turno a Pedro Sánchez de Bilbao. ¡Tenía suficientes pruebas para que le hicieran un juicio *post mortem!* Había oído que se hacían en otros lugares del reino: los huesos de los culpables eran desenterrados y quemados en público y luego se colgaban en la iglesia unos sambenitos con sus nombres para vergüenza y oprobio de sus familiares.

Sintió gran excitación al pensar en lo cercano que se encontraba el hermoso día en que vería la ruina de la odiada familia e incluso creyó ver el rostro de Pedro Sánchez de Bilbao contraído por el dolor en la llama parpadeante de un candelabro colocado sobre la mesa, justo enfrente de él.

–¡Brindo por ti, judío de mierda! –exclamó ante el asombro de sus parientes.

Al ir a coger una copa de vino volcó el candelabro que cayó sobre él. La túnica prendió fuego y hubiera estado a punto de morir abrasado de no ser por la pronta reacción de su hijo y los servidores que acudieron en su ayuda. Chamuscado y dolorido fue llevado en volandas a su alcoba. Maese Tornay fue llamado urgentemente. El físico comprobó que las lesiones no presentaban gravedad alguna, aplicó sobre las quemaduras hipericón –o hierba de San Juan–, macerada en aceite de oliva que tenía como virtud disminuir el dolor y reavivar la piel dañada y prometió volver al día siguiente.

Aquella noche, Martín de Escoriaza se despertó varias veces en medio de un sudor frío. La misma pesadilla se repetía cada vez que cerraba los ojos vencido por el sueño. Veía avanzar una procesión de frailes con hábitos negros y los rostros cubiertos por las caperuzas. Llevaban cirios encendidos en las manos y entonaban un lúgubre canto de difuntos. En medio de ellos, un hereje con capirote y sambenito caminaba arrastrando los pies con la cabeza gacha. La procesión llegaba hasta un montículo muy elevado hecho de paja y ramas secas, encima del cual podía verse un pilón de madera. El hereje subía la escala con dificultad y al llegar arriba era atado al pilón. Todo ocurría con una lentitud exasperante y únicamente podía escucharse el canto monótono y sombrío de los frailes. De pronto cesaba el canto y el verdugo se aproximaba a la leña con una tea encendida. El hereje levantaba la cabeza gacha para mirar al verdugo y un grito horrible salía de su garganta. El hereje era él mismo, Martín de Escoriaza y el verdugo…., ¡Pedro Sánchez de Bilbao!

Con la llegada del día pudo al fin dormir profundamente y ni siquiera se dio cuenta de la llegada del físico que untó de nuevo sus quemaduras con aceite y dejó dicho que su presencia ya no sería necesaria.

Cuando despertó tenía la boca seca. Recordó claramente la pesadilla que le había agitado durante la noche y sintió un estremecimiento. Tal vez era un aviso del Todopoderoso –se dijo–, advirtiéndole que dejara en paz a los muertos... Quizá no debería seguir adelante con su plan...

No volvió a tener más pesadillas y olvidó sus temores a medida que pasaban los días y que sus heridas sanaban. Dictó a su escribano una carta acusatoria contra Pedro de Bilbao dirigida al Tribunal de la Inquisición y una semana más tarde Martín, "el mozo", salía con ella y los testimonios recogidos en dirección a Calahorra.

Primavera/verano de 1492

Juan Sánchez de Bilbao y Antonio de Tornay caminaban despacio por la ribera del Abendaño pisando las huellas del tiempo como antaño lo habían hecho sus padres. Habían tomado por costumbre dar un paseo cuando sus ocupaciones se lo permitían y disfrutaban de su mutua compañía. El médico no dejaba de admirar el hermoso paisaje que se extendía ante sus ojos bañado por el dorado resplandor de la puesta de sol. El cielo azul, las aguas brillantes del río, el verde de la hierba y las flores multicolores que empezaban a brotar por doquier le provocaban una infinita sensación de bienestar.

–Si mi alma dudara de la existencia de Dios –dijo–, mis ojos me recordarían su existencia al contemplar la belleza inigualable de la naturaleza. No hay en el mundo obra más perfecta. Ni el más sabio de los hombres ni el artista más consumado son capaces de igualar tal perfección.

Juan sonrió. Para él, la belleza no era motivo de emoción, sino más bien algo práctico. Cuanto más bello, más valioso era un objeto. La naturaleza estaba para servir a los hombres. No pensaba en el árbol cuando tasaba un hermoso mueble de madera de roble tallado, ni tampoco se detenía a pensar en los diminutos gusanos que hacían posible que sus manos acariciaran las suaves sedas que llegaban de Catai. La naturaleza proporcionaba la materia prima, el hombre la transformaba. No era inmune, sin embargo, a la paz que se respiraba en aquel lugar y, mientras su amigo se detenía para recoger hierbas con las que elaborar jarabes y pomadas, sus pensamientos volaron a Catalina. Se la imaginó esperándole como cada anochecer, cepillando su largo cabello, desnuda bajo la bata, los ojos del color de las almendras, los muslos tersos... Sintió de pronto unos enormes deseos de correr hacia ella e iba a despedirse de Tornay cuando oyeron que alguien les llamaba a gritos.

–¡Juan! ¡Antonio!

Ambos hombres miraron en la dirección de donde provenían los gritos y vieron venir hacia ellos a Pedro de Calleja. La sonrisa asomó a sus labios. Su amigo corría de mala manera dando traspiés y tropezando con todas las piedras del camino. Era una figura grotesca en medio del silencio y la paz del atardecer. Llegó a su lado sofocado y medio asfixiado por la carrera y tardó unos segundos en recobrar el aliento.

–¿Qué ocurre, hombre? –le apremió Juan con sorna– ¡Ni que se te hubiera quemado la casa!

–Los Reyes han firmado el decreto de expulsión de los judíos –respondió a duras penas el hombretón–. El alcalde ha ordenado clavar una copia del edicto en la Casa Consistorial y otra en la Puerta del Rey. No se habla de otra cosa en Vitoria...

–¿Cuándo tendrán que marcharse? –preguntó Tornay a su vez.

–Tienen hasta finales de julio para abandonar el reino.

¡Apenas tres meses! Se miraron en silencio. Habían corrido rumores de que algo así podría ocurrir, pero nadie creía que fuera cierto. Una cosa era mantener a los judíos apartados y otra, muy distinta, expulsarlos del país.

Juan Sánchez de Bilbao pensó rápidamente en el tremendo perjuicio que eso iba a representar para sus intereses. Sus mejores intermediarios eran judíos. Había hecho caso omiso de la ordenanza que prohibía el trato comercial con los hebreos y había continuado manteniendo con ellos sus buenas relaciones comerciales de siempre. ¿Quién mejor que ellos podía ocuparse de hacerle llegar a buen precio mercancías de todas partes del mundo?¿Quién se encargaría de distribuirlas por todo el reino? El asunto de Sevilla y Balmaseda no le había ocasionado graves pérdidas porque sus agentes en las dos ciudades había optado por hacerse bautizar, pero ahora... ¿cuántos judíos de los que trataba harían lo mismo? Tendría que reorganizar toda su red comercial y eso era algo que le había costado años de trabajo... Soltó una palabrota sin poder reprimir su contrariedad.

Los pensamientos de maese Tornay tomaron otros derroteros. Podía imaginarse fácilmente el éxodo de miles de personas abandonando sus casas cargados de enseres. Su padre le había relatado más de una vez los avatares de la huida de su familia de Inglaterra y de Normandía: una larga caravana de hombres, mujeres y niños sin saber a dónde dirigirse, caminando bajo el sol hacia ninguna parte y clamando al cielo pidiendo justicia. Pensó en su familia de la judería y sintió que el corazón se le encogía de dolor. Recordó de pronto al viejo Isaque Nieto que apenas podía moverse, ¿cómo diablos podría emprender un largo viaje? ¿Y qué ocurriría con las mujeres embarazadas y los niños pequeños? En el hospital tenía varios enfermos hebreos, ¿tendrían que marcharse ellos también? Frunció el ceño y apretó las mandíbulas, pero no dijo nada.

Sin apenas intercambiar palabra, los tres hombres volvieron a la ciudad, entraron por la Puerta de San Miguel y se dirigieron hacia la Casa Consistorial. Había un numeroso grupo de personas que leían, se hacían leer o comentaban el edicto real.

–¡Tenía que ocurrir! –oyeron decir a una comadre– Son gente que siempre están dando problemas...

–A mí no me han dado nunca ningún problema –le respondió con firmeza un anciano apoyado en una makila–. En Vitoria los únicos altercados con ellos han sido obra de cristianos mal nacidos.

Se alzaron varias voces. Unas apoyando sus palabras, otras reprochándole su simpatía hacia la raza maldita. El hombre insistió.

–¿Habían hecho algo hace cuatro años cuando un hatajo de borregos católicos entró en la sinagoga insultándolos y golpeándolos? ¿Eh?

Se hizo el silencio. Los vecinos de Vitoria no estaban muy orgullosos del hecho al que se refería. Nadie sabía muy bien por qué razón un buen día un nutrido grupo de cristianos entró en la Judería dirigiéndose a la sinagoga. Una vez allí empezaron a insultar y a golpear a los reunidos e, incluso, algunos subieron a la galería de las mujeres amenazándolas con todo tipo de ofensas. Los judíos aterrorizados no respondieron y la llegada de los alguaciles puso fin al ataque, pero a partir de entonces las relaciones entre las dos comunidades no habían vuelto a ser lo que eran.

–¡Son unos usureros! –gritó una voz.

–¡Mataron a Cristo! –gritó otra.

–¡Son como la lepra!

–¡Emponzoñan los pozos para atraer a la peste!

–¡Sacrifican niños y luego se los comen!

El anciano miró con desprecio a los dueños de las pocas voces que se habían alzado en respuesta a su pregunta.

–¡Y vosotros sois unos imbéciles que os creéis todos los cuentos que algún hijo de puta va diciendo por ahí! –exclamó– ¿A quién echaréis la culpa de la peste cuando se hayan marchado? ¿Quién cuidará de vosotros cuando los médicos judíos ya no estén aquí? ¿A quién iréis a pedir dinero cuando no tengáis suficiente para pagar los impuestos? ¿Creéis acaso que los prestamistas cristianos son santos benditos?

Tornay dirigió una mirada agradecida al hombre que se atrevía a levantar la voz en favor de los judíos, Pedro Martínez de Olabe, el notario amigo de su padre y a su vez padre del Procurador Olabe, el cuñado de Juan. Era un hombre al que nadie osaba enfrentarse. Había llevado a más de uno a juicio por afrentas y calumnias y siempre había ganado los pleitos. A pesar de su edad –calculó que andaría cerca de los ochenta–, don Pedro seguía imponiendo respeto a sus conciudadanos.

El grupo se disolvió sin que se escuchara ningún otro insulto contra los judíos.

–Tendrán que marcharse sin remedio –comentó Calleja leyendo de nuevo el edicto–. Todos. Jóvenes o viejos..., los que no se marchen, o los que regresen después, podrán ser condenados a muerte...

–Sólo tienen tres meses para vender sus bienes y no podrán llevarse con ellos oro, plata, ni moneda amonedada... Tampoco podrán llevar armas ni caballos –dijo el viejo Olabe que se había aprendido el edicto de memoria–. ¡Qué vergüenza, Señor! ¡Qué vergüenza! Eso es igual que robarle a uno y obligarle a marchar con lo puesto.

–Tened cuidado con lo que decís, mi señor de Olabe –le aconsejó Juan al tiempo que echaba una mirada a su alrededor–. Es un edicto real y pueden acusaros de traición.

–¡Que me acusen de lo que quieran! –exclamó el anciano indignado– A mi edad poco me importa, pero hay lealtades, hijo, que ningún edicto puede prohibir. Yo veneraba a tu abuelo David y quise mucho a tu tío Jonás. Pocos cristianos hubo en esta ciudad que pudieran igualarse a ellos. Eran hombres buenos, fieles a su fe, a sus amigos y a la medicina. Nunca hubieran traicionado ninguna de esas tres cosas y ¡vive Dios!, yo tampoco abandonaré a mis amigos en estas horas de dolor.

El señor de Olabe se despidió con una ligera inclinación de cabeza, dio media vuelta y encaminó sus pasos vacilantes hacia la calle de la Judería.

Juan se dio cuenta de que, por primera vez en mucho tiempo, no le había molestado la referencia hecha sobre su abuelo y su tío judíos. Incluso había sentido cierto orgullo al oír las palabras de Olabe.

Olvidó la expulsión, los problemas que ello acarrearía a su negocio y las palabras del amigo de su padre cuando un par de horas después se halló en el lecho de Catalina.

Ninguna de sus aventuras amorosas había durado tanto tiempo, pero, ¿acaso era aquella una aventura como las otras? Lloviera o nevara, hiciera frío o calor, no dejaba de visitar a su amante todos los días. El deseo le consumía cuando sus viajes o algún problema de última hora impedían que acudiera puntualmente a su cita. Pensaba en ella en todo momento y cuando, –después de haberse entregado al amor, la tenía entre sus brazos, no podía imaginarse ningún otro lugar en la tierra en el que pudiera ser tan dichoso.

–¿Vas a hacer algo para ayudarles?

La voz cálida de Catalina le sacó del sopor embriagante en el que se hallaba.

–¿Ayudar? ¿A quién? –preguntó irguiéndose sobre el codo y besando una vez más sus labios.

¡Qué mujer tan hermosa! No se cansaba de admirar su piel, tan blanca..., tan suave... Y aquel cabello largo y abundante que se desparramaba por la almohada y le cubría púdicamente... Retiró el cabello y le acarició suavemente los senos. Su mano se deslizó hacia el vientre y buscó con avidez el centro de su placer.

–A los judíos... –respondió ella.

La mano se detuvo. Frunció el ceño y la miró sin comprender.

–¿A los judíos?

–Sí –insistió Catalina– ¿No piensas ayudarles?

–¿Por qué diablos iba a hacerlo?

–Porque tienes parientes entre ellos..., porque algunos trabajan para ti..., porque..., son seres humanos.

Recordó que era hora ya de regresar a su casa, se sentó en la cama y empezó a vestirse.

–No sé qué podría hacer por ellos...

–Algo podrás hacer... Eres una de las personas más poderosas de Vitoria.

–Es un edicto real –dijo entre dientes–. Nada de lo que se diga o se haga podrá cambiarlo.

–Pero... –Catalina se levantó de la cama, cogió la bata y se cubrió con ella–, tienen que marcharse antes de tres meses y no pueden llevarse nada con ellos ¡Lo perderán todo!

–Lo tienen muy fácil –tiró con fuerza de la bota hacia arriba–; basta con que se hagan cristianos.

Catalina le miró con tristeza, pero no dijo nada. Se sentó delante del espejo y empezó a cepillarse el cabello. Juan se acercó a ella y la besó en el cuello.

–Volveré mañana…

–¿Tú lo harías? –el cepillo se detuvo en el aire– ¿Cambiarías de religión con tal de no perder tus riquezas?

La miró sorprendido. ¿A qué venía semejante pregunta? Dicha posibilidad no se daría nunca y era totalmente absurdo perder el tiempo pensando en algo que no ocurriría jamás. No respondió, volvió a besarla en el cuello y sintió de nuevo la tensión que se apoderaba de él cuando la tenía cerca. ¡Podría amarla a todas las horas del día! Le acarició los hombros y sus manos, como copas repletas, rodearon sus pechos esperando que el hermoso cuerpo respondiera a la llamada, pero ella siguió cepillándose el cabello.

–¿Renegarías de tu fe? –insistió– ¿Te arriesgarías a la condenación eterna? ¿Te parecería justo tener que abandonar tu casa, tu país…, sólo por no tener la misma religión que la mayoría?

–¿Qué te ocurre? ¿Por qué ese empeño con los judíos? –preguntó malhumorado separándose de ella– Son sólo unos pocos. Han tenido cientos de años para acostumbrarse a ser como los demás y nunca han querido hacerlo. Mi padre era judío y se hizo bautizar. Nadie le empujó a hacerlo. Nadie le amenazó con expulsarlo de su tierra. Lo hizo y nunca se arrepintió de ello.

–¿Estás seguro? ¿Sabes con certeza lo que sentía en lo más profundo de su corazón?

Recordó a su padre. Lo recordó dirigiéndose a la judería, asistiendo a las fiestas judías, leyendo sus amados libros… Recordó que en su casa nunca se había comido carne de cerdo, ni se había echado tocino al cocido…, y lo vio de nuevo en su lecho de enfermo, poco antes de morir, sonriente y feliz hablando en hebreo con el hijo de su hermano. Sintió un profundo dolor y trató de borrar los recuerdos de su mente.

–Mi padre era un verdadero cristiano –dijo con frialdad–. Como lo soy yo y también tú.

Catalina sonrió sin alegría antes de responder.

–Yo soy judía.

Durante unos momentos no reaccionó. Si se trataba de una broma no tenía la menor gracia, no era un tema que pudiera tomarse a la ligera. Iba a responder con brusquedad, pero algo le contuvo: sus ojos se encontraron y pudo leer en los de ella que le estaba diciendo la verdad. Sorprendido, súbitamente débil, se dejó caer sobre la cama e hizo un último intento.

–Tú eres Catalina Ruiz de Elgueta.

–Mi verdadero nombre es Oroshoel ben Aljamín. Mi padre era maestro en Toledo cuando tuvieron lugar los ataques de Sarmiento y sus hombres contra los conversos que vivían en la judería. Los asaltantes quemaron muchas casas y entre ellas la nuestra. Mi padre pudo ponerme a salvo sacándome de entre las llamas, pero cuando entró de nuevo para ayudar a mi madre el tejado se desplomó y los dos murieron.

Catalina hizo una pausa. No podía pensar en aquel funesto día sin que los ojos se le llenaran de lágrimas. Se veía a sí misma en ropa de dormir, los pies descalzos, mirando las llamas mientras a su alrededor la gente corría y gritaba perseguida por hombres armados que lo destrozaban todo.

–Don Hernando Ruiz de Elgueta era amigo de mi padre –prosiguió–. Estaba en Toledo en aquellos días y acudió a la judería en cuanto se enteró de que había sido atacada. Me encontró delante de nuestra casa calcinada y me llevó consigo. No pude hablar durante semanas y nos quedamos en Toledo hasta que recobré el espíritu. Luego nos trasladamos a Vitoria, don Hernando se inventó una historia declarando que yo era hija suya y así lo hizo constar en todos los documentos. Desde entonces soy Catalina Ruiz de Elgueta para todo el mundo.

–¿Nadie conoce la verdad? –preguntó Juan súbitamente preocupado.

–Lo sabía el capitán, que también estaba en Toledo cuando ocurrió la tragedia, y por eso me obligó a casarme con él. Nos amenazó con contarlo todo y por eso accedí a la boda. No quería perjudicar a don Hernando, pero juré que si el capitán moría nadie me obligaría nunca a hacer algo en contra de mi voluntad. Como así ha sido.

Catalina había recuperado la tranquilidad y acompañó sus últimas palabras con una amplia sonrisa. Daba la impresión de haberse quitado un gran peso de encima.

Permanecieron un rato en silencio. Juan trataba de recuperarse del golpe recibido. Todos sus planes podían estar en peligro. ¿De qué le servirían los documentos que tan cuidadosamente había recopilado? Su padre había seguido teniendo tratos con su familia judía y, tal vez –nunca lo sabría–, había sido un judaizante; su hermano no sólo se había amancebado con una hebrea sino que tenía un hijo judío y, para colmo, Catalina, su amante durante los últimos años, también era una de ellos. ¿Es que todos se habían coaligado en su contra? ¿Cómo podría demostrar que él era un verdadero cristiano que había permanecido ajeno a las intrigas tejidas a su alrededor? Sintió un escalofrío y maldijo a sus padres por no haberle hecho nacer en el seno de una verdadera familia de cristianos viejos.

–¿Por qué no te bautizaste? –preguntó de pronto.

Catalina pareció sorprenderse al oír su voz.

–¿Y por qué habría debido hacerlo? –preguntó a su vez con mucha dulzura– Don Hernando nunca me lo pidió y el capitán tampoco. Le interesaba tenerme bajo su amenaza. Por otra parte, ¿crees que hubiera podido renegar de mi familia?, ¿de mis padres que murieron por salvar mi vida? Durante muchos años he llevado una doble vida: cristiana por fuera, judía por dentro. He asistido a la iglesia y he cumplido con todos los preceptos de la religión católica, pero también he rezado a Yahvé y he respetado todas las fiestas judías.

–¿Has asistido a los oficios de la sinagoga? –estaba verdaderamente escandalizado.

–No, pero tampoco me hace falta. Conozco la Ley de Moisés, las fiestas, las reglas..., y además tengo un libro de oraciones. No hace falta asistir a la sinagoga para sentirse un buen judío, como tampoco hace falta ir a la iglesia para ser un buen católico. ¿No crees?

No respondió. Se levantó de la cama y se dirigió a la puerta de la alcoba. La voz de Catalina le hizo volverse.

–¿Te veré mañana?

–¿Qué dice la Torá de las relaciones entre una judía y un cristiano? –preguntó mordaz.

–Lo mismo que la Iglesia de Roma.

–Así pues… –tenía necesidad de hacerle tanto daño como ella acababa de hacérselo a él–, no contenta con mentir y engañar a todo el mundo, eres una pecadora se mire por donde se mire…, una ramera que se encama con cualquiera, sin importarle su raza ni religión.

Sintió un gran placer al ver la súbita palidez en el hermoso rostro de Catalina.

–Nunca te he pedido nada –dijo ella en un hilo de voz–. Nunca has tenido que comprar mi amor.

–No siempre hace falta pagar a una puta por sus servicios.

Abandonó la habitación y bajó las escaleras de tres en tres. Cogió su capa y su sombrero y salió dando un portazo. Sebastián esperaba como siempre al otro lado de la calle y se sorprendió mucho al ver el rostro cejudo de su amo. De costumbre, maese Juan aparecía alegre y sonriente tras las visitas a su amante.

Todos los habitantes de la judería se habían congregado en la sinagoga. Los lamentos, llantos y gritos de dolor de unos se mezclaban con las imprecaciones y maldiciones de otros. No hizo falta convocar una asamblea. Desde el momento en que se conoció la noticia, los vecinos se apresuraron a acudir al templo. Algunos, esperando encontrar allí refugio y consuelo; otros, respuesta a sus preguntas.

El rabino Mosen Balid contemplaba angustiado a su rebaño. Sabía lo que iba a ocurrir desde hacia varias semanas, pero no había querido decir nada con la esperanza puesta en un cambio de última hora, en un giro de la política real. Se había desplazado personalmente a Toledo para entrevistarse con el Rab Abraham Seneor y su yerno, el rabí Meir Melamed, en el momento en que supo la gravedad del asunto.

–Puede que la cosa no llega a mayores –le tranquilizó el Rab–. Es una decisión muy grave y sin precedentes en estos reinos. Los Reyes tendrán que pensárselo muy bien antes de firmar el edicto.

–Pero... –insistió–, ¿por qué se ha llegado a esta situación? Los Reyes siempre han actuado en nuestra defensa. ¿No fueron ellos mismos los que te nombraron Rab Mayor del reino? ¿No tienen su confianza puesta en numerosos funcionarios judíos que ocupan los más altos cargos?

–Es cierto –admitió Abraham Seneor– pero el Santo Oficio y, más concretamente, fray Tomás de Torquemada han forzado la situación. El Inquisidor General cree firmemente que la unidad religiosa del reino está en peligro por los falsos conversos y considera imprescindible nuestra expulsión. Muerto el perro, se acabó la rabia –añadió con amargura.

–¿Qué podemos hacer?

–Esperar, amigo mío, esperar. Hemos pedido audiencia a Sus Altezas. El Tesorero Real, Isaac Abravanel, y yo mismo acompañados por los representantes de las aljamas más importantes de Castilla y Aragón, hablaremos con los Reyes dentro de unos días. Puede que logremos algo... –concluyó en tono confidencial pero sin aclarar nada.

Mosen Balid no estaba dispuesto a marcharse de allí lleno de dudas.

–¿Y qué ocurrirá si no conseguís que se vuelvan atrás en su decisión?

El Rab tardó en responder.

–Entonces... –dijo finalmente–, tendremos que marcharnos al igual que tuvimos que hacerlo de otros países...

–¡Eso supondría una nueva catástrofe para nuestro pueblo!

–No es la primera vez que nos expulsan de un país, aunque..., tal vez, ha llegado el momento de reconsiderar nuestra postura y dejar de ser extranjeros en esta tierra.

Mosen Balid miró fijamente al Rab.

–Abraham Seneor, ¿me estás diciendo que debemos pensar en hacernos cristianos? –preguntó horrorizado– ¿Que tenemos que renegar a la religión que hemos defendido con nuestras vidas durante más de cuatro mil años?

–Puede que haya momentos en la historia de un pueblo en los que para poder sobrevivir se deba mantener la fe escondida en lo más profundo del corazón a la espera de un nuevo renacer...

No habían hablado mucho más. Mosen Balid sentía que los pelos se le ponían de punta cada vez que recordaba su conversación con el Rab Mayor. Si la máxima autoridad religiosa del reino tenía en mente aquellas ideas, ¿qué podía esperarse de los miles de hombres y mujeres que tal vez tendrían que enfrentarse ante el dilema: expulsión o conversión?

Un rico hombre de negocios, que había decidido marcharse a Francia antes de que los Reyes firmaran el decreto y que había pernoctado en Vitoria un par de noches, le relató días después que Isaac Abravanel y Abraham Seneor habían ofrecido a don Fernando una suma fabulosa para que reconsiderase su decisión de expulsar a los judíos.

–Dicen que, al enterarse, el Inquisidor General se presentó en la cámara real y arrojó un crucifijo a los pies de los Reyes...

–¿Por qué? –preguntó Balid atónito.

–Me han contado –pero no puedo aseguraros de que la historia sea cierta– que el Inquisidor se dirigió a don Fernando y le dijo que Judas había vendido a Jesús el Nazareno por treinta monedas de plata y que su Alteza estaba a punto de venderlo por treinta mil...

–¿Y qué hicieron los Reyes?

–Nada. Dicen que el gesto de Torquemada les dejó muy impresionados... Lo que sí es cierto –prosiguió– es que no parece que nuestros notables vayan a conseguir la anulación del edicto. Antes o después los Reyes acabarán firmando el decreto.

¡Ese día había llegado antes de lo esperado! Allí estaba él, pastor de un rebaño desvalido, sin palabras para mitigar la desesperación de su gente. Un alguacil le había entregado una copia del edicto, pero no había hecho falta leerla ante la asamblea. Todos conocían de memoria su contenido. La orden era bien clara. Nada decía de la posibilidad de convertirse al cristianismo, pero la alternativa era obvia: sólo los judíos estaban obligados al destierro.

–¡Hermanos! ¡Escuchad! –gritó para hacerse oír y un pesado silencio cayó sobre la asamblea– De nada vale que nos lamentemos o maldigamos nuestra suerte. Apenas si tenemos tres meses para organizar nuestro viaje. Hay mucho de lo que hablar y mucho que preparar. Tiempo habrá para llorar nuestro destino allá donde Yahvé, Nuestro Dios, encamine nuestros pasos. Pensad en nuestros padres. Ellos también tuvieron que dejar Egipto para dirigirse a lo desconocido a través del desierto...

–¡Ellos tenían a Moisés como guía e iban a la Tierra de la Promesa! –respondió Samuel Mijanca– ¿Quién es nuestro guía hoy? ¿A dónde iremos?

–Otros muchos antes que nosotros tuvieron que dejar sus lugares y rehicieron sus vidas en otros países –insistió Mosen Balid.

–¡Yo no quiero rehacer mi vida en otro país! –gritó Isaac Nieto, el hijo de Isaque el zapatero– ¡Éste es mi país! ¡Ésta es mi tierra! ¡Aquí está todo lo que poseo!

Gemidos y maldiciones arreciaron con fuerza entre los presentes. El rabino miró desolado a su alrededor.

–Es inútil que nos lamentemos –dijo Ismael Moratan tomando la palabra con firmeza–. Si quieres quedarte aquí, Isaac, ya sabes que sólo tienes un medio para hacerlo: bautizarte. Los conversos no están obligados a abandonar el reino. Pero si quieres seguir fiel a tu Dios, si crees en lo mismo que creyeron tus padres, si nada en este mundo puede hacer que reniegues de tu fe..., entonces, ¡deja ya de lamentarte y ponte a trabajar! ¡Tenemos mucho que hacer y poco tiempo para hacerlo!

Los reunidos en la sinagoga discutieron durante muchas horas. Trazaron planes, sopesaron todas las posibilidades e incluso llegaron a enzarzarse en una pelea: algunos hombres ricos de la aljama no estaban dispuestos a colaborar en el mismo plano que los demás. Ellos tenían mucho más que perder que la mayoría y querían tratar el asunto de manera diferente. Tal vez podrían llegar a un acuerdo con el Concejo..., tal vez ofreciendo ciertas garantías..., tal vez... Finalmente decidieron que cada uno se las apañara como mejor pudiese y que en lo concerniente a las propiedades de la Comunidad, serían los dirigentes de la aljama los encargados de llegar a un acuerdo con el alcalde y consejeros de la ciudad.

Había anochecido hacía mucho cuando abandonaron la sinagoga. Los hombres meditabundos y preocupados, las mujeres llorosas con los niños pequeños dormidos en sus brazos y los jóvenes dispuestos a empuñar las armas si fuera necesario, como siglos antes lo hicieran los grandes héroes de la historia judía. Pero todos sabían que sólo había dos caminos posibles: salir para siempre de la tierra que los vio nacer –la misma en la que habían nacido y muerto sus abuelos y los abuelos de sus abuelos– o aceptar el bautismo.

Fueron semanas de gran agitación en Vitoria. El Concejo derogó la ley que prohibía el comercio con los judíos y éstos pudieron vender sus propiedades y comercios. A instigación del anciano señor de Olabe y de su hijo, el Procurador, se creó un comité especial para controlar las transacciones tras tener conocimiento del provecho que ciertos elementos esperaban obtener comprando bienes por menos de la mitad de su precio real. No obstante hubo quien, no pudiendo sacar dinero fuera del reino, se conformó con vender su casa por un carro y un par de mulas. Las mujeres, pobres o ricas, se afanaron en coser bolsillos secretos y falsos dobladillos para poder ocultar en ellos joyas y pequeños objetos de oro y plata. Algunos afortunados consiguieron, gracias a sus buenas relaciones, letras de cambio que harían efectivas en su nuevo país. Pero fueron los menos. La mayoría malvendió lo poco que tenía y se preparó para enfrentarse a lo desconocido.

Los frailes dominicos y también los franciscanos fueron por la judería de casa en casa, tratando de convencer a sus habitantes para que abandonaran sus creencias y se dejaran bautizar. Les pintaban el exilio como un terrible caos en el que irremediablemente se verían envueltos. Lejos de su tierra, sin conocer la lengua, sin oficio, sin amigos..., les esperaba la muerte por hambre y desesperación. Si aceptaban el bautismo podrían quedarse en sus casas, junto a los suyos, no perderían los bienes por los que tanto y tan duramente habían trabajado durante toda la vida. Serían acogidos con amor y protegidos de todo enemigo y después de su muerte irían a reunirse con los Santos Patriarcas que gozaban en el cielo la presencia de Dios.

Los miembros del Concejo también intentaron convencer a los reticentes, especialmente a los hombres de negocios, financieros y médicos, para que permanecieran. Al fin y al cabo tampoco era algo tan terrible hacerse cristiano..., ¡ellos lo eran! Temían un declive de la prosperidad que Vitoria gozaba desde hacía décadas que, por otra parte, vería mermada su población y volvería a los tiempos en que Angebin de Maturana tuvo que solicitar del rey la disminución de los impuestos y alentar la repoblación de la villa.

Al contrario de lo que estaba ocurriendo en otras partes del reino, pocos fueron los notables de la aljama vitoriana que decidieron hacerse cristianos. Mosen Balid, Ismael Moratan, Samuel Benjamín, Isaac Faral, Samuel de Mijancas y otros que poseían posición y fortuna optaron por acompañar a los suyos al exilio. Firmaron un contrato con el Concejo por el que le vendieron las propiedades de la Comunidad: la sinagoga, la escuela, el cementerio, la dehesa... Pusieron como única condición que Judimendi, en el que quedaban enterrados los huesos de sus antepasados, fuera campo de pastos y que no se edificara casa alguna sobre él. El Procurador Juan Martínez de Olabe firmó el acta en nombre del Concejo y el dinero de la venta se utilizó para costear el viaje de los más pobres.

A finales del mes de junio llegó una noticia que cayó como una losa sobre la judería: el Rab Mayor, Abraham Seneor, su yerno, Meir Melamed, y todos sus familiares habían sido bautizados en el monasterio de Guadalupe. Los Reyes habían sido sus padrinos. Unos días después del bautismo, el que fuera el jefe de la comunidad hebrea en Castilla fue nombrado regidor de Segovia y miembro del Consejo Real.

–Es el fin –comentó el rabino Mosen Balid apesadumbrado–. Nunca en toda la historia de nuestro pueblo hubo tantas deserciones en masa.

–Tal vez el Señor desea probarnos –replicó su joven ayudante Nathán–. El Libro Sagrado está lleno de ejemplos en los que algunos de los nuestros cayeron en el pecado y la idolatría. Los que olvidaron su fe fueron castigados y nuestro pueblo salió fortalecido de la prueba.

Mosen Balid miró al joven con lágrimas en los ojos.

–Gracias, Nathán, por recordármelo. No dejes que nunca lo olvide.

Otra noticia levantó algo los ánimos de los judíos: el médico Antonio de Tornay había decidido acompañar en el exilio al pueblo de sus abuelos.

–¿Por qué? –le preguntó Juan de Bilbao sin comprender las razones de tan insólita decisión.

–Porque no deseo permanecer en una tierra capaz de expulsar a algunos de sus hijos y de olvidar que le han servido fielmente tanto o más que los demás –respondió el físico pausadamente–. Aborrezco la ingratitud, la injusticia y la intolerancia. Por eso me voy.

–Pero..., si tú te vas, la ciudad se quedará sin médicos. Eres el único médico cristiano que hay aquí.

–Pues tendréis que buscaros algún otro. Pedid a los Reyes que os envíen físicos en lugar de predicadores –añadió con ironía–. Estoy seguro de que ya han pensando el modo de solucionar la falta de galenos, comerciantes, financieros, físicos, astrónomos, zapateros, plateros y curtidores, entre otros, que va a tener el reino.

La decisión de Tornay conmocionó al Concejo y fue motivo de una urgente reunión convocada por el regidor Diego Martínez de Álava.

–¡Qué se vaya! –exclamó García de Mendoza– Si se siente más cercano de los judíos que de los cristianos es que nunca ha sido un fiel creyente. ¡Ya encontraremos médicos de fiar!

–¡Deja de decir tonterías! –le espetó Juan de Olabe– La situación es grave. Todos sabemos que hay un gran número de físicos hebreos en el reino. Todas las ciudades y pueblos van a tener el mismo problema. Para cuando logremos los oficios de uno o más médicos cristianos pueden transcurrir semanas, incluso meses. ¿Quién se ocupará de los enfermos? ¿Quién nos atenderá en caso de que se declare una epidemia? ¿Quién te curará en caso de que vuelvas a herirte haciendo el idiota?

García de Mendoza guardó silencio. Durante las fiestas de San Prudencio, el santo patrón, había apostado con unos amigos a que podía subir a lo alto del palo engrasado y conseguir el jamón. Era una práctica normalmente reservada a niños y jóvenes, cuyo ligero peso les permitía trepar hasta arriba en medio del jolgorio popular. Incluso si se caían –cosa que ocurría la mayoría de las veces–, siempre había alguien dispuesto a recibirles en el suelo y el accidente no pasaba de unas simples magulladuras. En su caso, cercano a los cuarenta y con más libras de peso de las necesarias, la caída fue tremenda. Aplastó a los amigos que le animaban desde abajo y él mismo se rompió una pierna por varios sitios. Hubiera quedado cojo sin remedio si Tornay no le hubiese operado, colocando los huesos con maestría de nuevo en su sitio. Aún entonces, dos meses después, seguía sintiendo fuertes dolores de vez en cuando.

El Concejo decidió hacer al médico una oferta que no podría rechazar: un contrato de diez mil maravedíes por un año y todas las garantías necesarias para que pudiera ejercer su profesión sin trabas.

–¿Acaso piensan los notables que pueden comprarme? –preguntó ofendido cuando se presentó en su casa la comisión delegada con la propuesta– ¿Acaso alguna vez me han visto ejercer mi oficio por dinero como si fuera una ramera? No es muy inteligente por vuestra parte solicitar que permanezca en Vitoria mediante el insulto...

–No se trata de dinero –replicó Olabe tratando de apaciguar el enfado del físico–. Se trata de no dejar a la ciudad desprovista de cuidados médicos.

–Eso debería haberse pensado antes de tomar la decisión de expulsar de sus hogares a gente inocente...

–¿Qué ocurrirá con los enfermos que llenan el hospital? –insistió Olabe.

–¿Qué ocurrirá con los enfermos a quienes vais a obligar a marcharse? ¿Con los viejos, los niños, las mujeres embarazadas? –preguntó a su vez el físico.

–Llevarán con ellos a los médicos judíos. Nosotros, sin embargo, quedaremos desamparados. Ni hebreos ni cristianos tienen la culpa de la decisión que han tomado los Reyes. También nosotros tenemos enfermos y pobres...

Después de muchas horas de discusión, Antonio de Tornay aceptó firmar un contrato con la ciudad. Sólo sería por un año y después se marcharía hubieran o no encontrado otro médico para sustituirle. Entregó a Mosen Balid la mitad de la suma ofrecida para ayudar en los gastos de la marcha y prometió reunirse con ellos en cuanto expirara el plazo.

–¿Adónde os dirigiréis? –le preguntó.

–Algunos de los nuestros desean ir hacia Navarra, otros intentaremos establecernos en Bayona o sus alrededores... Navarra es motivo de litigio entre el rey de Francia y don Fernando de Aragón, pero todavía es un estado independiente. Yo, sin embargo, creo que antes o después caerá en sus manos y entonces volverá a repetirse la misma situación. Bayona es tierra de vascos y hablan euskara. Nos será más fácil entendernos. Por otra parte –añadió preso de una gran melancolía–, no estaremos muy lejos de aquí y, ¿quién sabe?, tal vez algún día podamos volver.

–Pero..., en Francia todavía está en vigor la ley en contra del establecimiento de judíos –dijo Tornay, recordando la orden de expulsión que había obligado a su abuelo a abrazar la religión católica.

–Algunos de los nuestros fueron allí nada más conocerse el edicto y no han tenido problemas. Parece ser que los gobernantes no verían con malos ojos nuestro establecimiento en aquellos lugares...

–Bien, pues no dejéis de mandarme aviso –le recordó Tornay–. Dentro de un año me reuniré con vosotros.

–¿Por qué? –preguntó el rabino– ¿Por qué un físico renombrado y respetado iba a dejar su brillante carrera en esta ciudad para ir a reunirse con un grupo de parias cuyo destino únicamente Dios conoce?

–Porque mi destino también es el suyo..., porque su Dios es también mi Dios y no me había percatado de ello hasta ahora.

Mosen Balid no pudo responder. Las palabras enmudecieron en su garganta y sólo tuvo fuerzas para abrazar al físico y besarle en ambas mejillas.

–Bienvenido seas, hermano –dijo al fin emocionado.

El flaco y enjuto rostro de Antonio de Tornay se iluminó con una de aquellas raras sonrisas que reservaba para los momentos muy especiales.

Juan Sánchez de Bilbao llevaba semanas de un humor de perros. Apenas hablaba y se limitaba a contestar con monosílabos cada vez que alguno de sus empleados le hacía alguna pregunta. En su casa actuaba poco más o menos de la misma manera. Inesa, discreta como siempre, esperaba que las cosas cambiaran y mientras tanto procuraba que nadie molestara a su marido. Los dos hijos pequeños pasaban el día en casa de su abuela y los mayores procuraban no cruzarse en el camino de su padre. Lo mejor era guarecerse hasta que pasara la tormenta. La única persona que se atrevía a enfrentarse a él era su madre.

–¿Qué te ocurre? –le preguntó una tarde en que él pasó a verla– Llevas una temporada insoportable y tratas a todo el mundo como si fueran rastrojos.

Contempló a su hijo. Para ella seguía siendo el hombre más atractivo de Vitoria. La edad había asentado sus rasgos y mantenía una envidiable figura a pesar de haber sobrepasado ya los cuarenta años.

–No me había dado cuenta –respondió él con sinceridad.

–Pues todos los demás sí. Tu familia y tus empleados te sufren a todas horas. ¿Acaso te han perturbado los lamentables acontecimientos que se viven estos días?

Sabía que su madre se estaba refiriendo a la expulsión de los judíos. Después de la ejecución de su yerno doña María de Gaona se había aislado del mundo. Apenas salía de casa, no deseaba recibir visitas y daba la impresión de que la gran vitalidad de la que siempre había hecho gala la había abandonado para siempre. Se hacía decir misa todos los días por un sacerdote amigo en su capilla privada y ya ni siquiera asistía a los oficios de Santa María. Esperaba que la muerte no le hiciera esperar demasiado y sólo deseaba ardientemente reunirse con su marido y su hija. Estaba convencida de que entonces volvería a recobrar la felicidad que tan brutalmente había perdido.

La noticia de la expulsión le sacó de su letargo. Por mediación de su yerno Olabe, hizo saber al Concejo la vergüenza que sentía por la decisión real y su indignada opinión al respecto. En boca de otra persona tales palabras hubieran constituido delito de alta traición, pero en esta ocasión los miembros del Concejo se limitaron a sonreír: la anciana dama había sufrido mucho últimamente y probablemente su mente se había visto perturbada por los acontecimientos. Doña María no se limitó a dar su parecer en voz alta. Acompañada por su hijo Pedro, el viejo Olabe, su consuegro, y otras personas de su entorno, no tardó en presentarse en la judería para ofrecer la ayuda que fuera menester. Su gesto fue imitado por otros cristianos de la ciudad que tampoco aprobaban el trato que sus vecinos estaban recibiendo.

Juan había intentado disuadirla. No era el momento de mostrar simpatías por los hebreos. En cuanto éstos hubieran abandonado el reino, el único interés del Tribunal de la Fe sería investigar a todos los conversos y, en especial, a aquéllos que habían mostrado su oposición al edicto.

–Yo soy cristiana vieja –le respondió su madre con acritud.

–Pero te estás metiendo en algo que no te incumbe...

–Naturalmente que me incumbe, lo mismo que a ti.

–¿Por qué? –preguntó mordaz entornando los ojos– ¿Porque soy hijo de converso? ¿Porque los padres de mi padre eran judíos?

–Porque yo te he educado para ser un hombre honrado y un buen cristiano. La caridad y el amor al prójimo –a cualquier prójimo–, fueron predicados por Nuestro Señor Jesucristo. De nada vale ir a la iglesia si luego nos encerramos en el cascarón y no queremos ver lo que ocurre a nuestro alrededor.

Trató de olvidar las palabras de su madre, pero no lo consiguió. Como tampoco consiguió quitarse de la cabeza a Catalina. La echaba en falta. La deseaba con más fuerza que nunca y ansiaba poder estrecharla entre sus brazos, besar su boca, acariciar su hermoso cuerpo... La amaba con locura. ¿Y qué si era judía? Nadie lo sabía, así que era lo mismo que si no lo fuera. Se decía que iría a su casa a pedirle perdón por las ultrajantes palabras que le había dirigido, pero lo posponía día tras día por temor a verse rechazado. ¿Qué mujer podría perdonar la tremenda ofensa de oírse llamar puta y mentirosa por el hombre al que se había entregado sin pedir nada a cambio?

Sancho Alba le puso en bandeja la forma de ayudar a los hebreos sin que su nombre y prestigio sufrieran mella.

–Se está haciendo en todo el reino y no va contra la ley, maese Juan –le dijo–. Vos compráis una propiedad, una bodega o una joya y en vez de entregar al vendedor dinero amonedado, le firmáis un pagaré que puede hacer efectivo en casa de alguno de los comerciantes o banqueros con los que tenéis tratos en Francia. Ambos cobráis una comisión por la transacción y el vendedor también sale beneficiado puesto que el edicto prohibe sacar moneda del reino y, si no fuera por Vos, tendría que malvender sus bienes a cambio de un par de viejas mulas...

Compró casas, huertos, objetos de oro y plata e incluso muebles que no le interesaban en absoluto, pero que podría revender fácilmente. Entregó los pagarés a los vendedores, les explicó la manera de cobrarlos en Francia y se sintió turbado al ver en sus ojos una mirada de agradecimiento. A fin de cuentas, era un negocio como otro cualquiera –se dijo–, y además, él salía ganando. En dos meses se convirtió en el mayor propietario de Vitoria y su humor mejoró considerablemente para gran alivio de su familia y sirvientes.

–Bueno –le dijo a su madre–, ya he hecho lo que querías. He ayudado a los judíos...

Doña María le miró sorprendida.

–¿Cómo?

–Les he comprado bienes y propiedades a su justo precio.

–Extraña forma de ayudarles... –dijo doña María con ironía.

–Mucho más importante de lo que crees –replicó su hijo mosqueado por el tono–. Sabes que no pueden llevar oro consigo, pero podrán trocar mis pagarés por dinero en cuanto lleguen a Francia. Habrán perdido sus casas pero no su valor y podrán comprar otras allá a donde vayan.

–Nunca dejarás de sorprenderme, Juan –reconoció ella–. Me alegro de que, por una vez, hayas olvidado los negocios para hacer una buena obra...

–No tanto, madre –rió de buena gana–. Es cierto que no tenía necesidad de comprar, pero también es verdad que ahora soy el mayor propietario de la ciudad...

No le dijo que también recibiría un buen porcentaje de sus cambistas en Francia, ¿para qué empañar la buena impresión causada?, y además –se dijo–, si no hubiera sido por él, muchos de aquellos judíos hubieran sido miserablemente engañados por otras gentes menos aprensivas que él...

Pensó en Catalina. Ahora que había ayudado a su gente de la única manera que sabía y podía, tal vez estuviera dispuesta a perdonarle..., aunque sólo fuera un poco.

Durante todo el mes de julio y los primeros días de agosto, pasaron por Vitoria multitud de caravanas, grupos y personas aisladas que se dirigían a Navarra y a la frontera con Francia. Se supo que la mayoría de los judíos de Castilla había optado por dirigirse hacia Portugal, otros eligieron las costas africanas y unos pocos se embarcaron hacia Inglaterra. Las noticias de conversiones en masa en otros lugares acabó de desanimar a los que aún esperaban que la Providencia llegara en su ayuda en el último momento. Muchos de los convertidos eran notables, rabinos y gente acaudalada. Las ratas abandonaban el barco en peligro –¿si en verdad su conversión era sincera por qué habían tardado tanto en hacerse bautizar?– Otros habían decidido acompañar a su pueblo. Don Isaac Abravanel, el Tesorero Real, había sido uno de ellos a pesar de que los Reyes, que lo tenían en gran estima, le habían ofrecido la oportunidad única de quedarse sin abandonar su religión.

El trajín en la ciudad era enorme. Pocos vecinos hubo que no sintieran lástima por aquellas personas, de todas las edades y condiciones, que llegaban con la mirada perdida, agotados, sucios por el polvo del camino y con los pies llagados por el largo caminar. Los recién llegados aprovechaban el alto para descansar, aprovisionarse de agua y alimentos y relatar sus desgracias. Aunque muchos de los judíos vitorianos habían ya emprendido el viaje, en la ciudad todavía quedaban algunos notables –Mosen Rabid e Ismael Moratan habían decidido ser los últimos en marcharse–, y los que se resistían a abandonar su casa y su tierra.

El día que emprendieron la marcha el cielo estaba cubierto y amenazaba tormenta. Las campanas de las iglesias que llamaban a la primera misa parecían repicar por la muerte de una época y el fin de un modo de vida y en la calle de la Judería se amontonaban personas, animales y carros repletos de enseres. Llegado el momento, y tras dirigir una mirada empañada de lágrimas a lo que durante dos siglos había sido su hogar, Mosen Balid dio orden de partir. Moratan, Benjamín, Faral y Mijancas, llevando el arca que contenía los Libros Sagrados, se colocaron tras de él encabezando la caravana mientras varios jóvenes tañían unos grandes panderos hechos con piel de oveja. Los últimos judíos de Vitoria echaron a andar entonando una antigua canción hebrea y salieron por el Portal del Rey en dirección al cruce que unía la carretera de Navarra con el camino de Judimendi. No volvieron la vista atrás ni tampoco miraron a los que se apiñaban fuera de la judería para contemplar su marcha, algunos con curiosidad, otros con lástima y los menos –como doña María de Gaona y don Martín de Olabe–, con verdadero pesar en el corazón por la injusticia que se estaba cometiendo.

Antonio de Tornay había conseguido varias carretas para transportar a los enfermos y a los más viejos. Decidió acompañar a los exilados hasta la frontera con Francia y tuvo que jurar a los miembros del Concejo que regresaría a los pocos días. El Concejo envió una milicia. No quedó muy claro si lo hacía para proteger a los que hasta entonces habían sido sus vecinos, para asegurarse de que ninguno de estos volvía a la ciudad de tapadillo o para garantizar que el médico cumplía su palabra.

La caravana se detuvo en el cruce durante unos minutos. Al contemplar la vereda que llevaba al cementerio en el que dejaban a sus padres y familiares sintieron que sus piernas flaqueaban y que las fuerzas los abandonaban.

–¡No os desaniméis, Pueblo de Dios! –gritó con fuerza el rabino– Los huesos son sólo huesos, pero las almas de nuestros padres gozan de la dicha de Yahvé, nuestro Dios, que nos acompaña y nos protegerá de nuestros enemigos.

Reemprendieron la marcha en dirección al camino de Francia, volvieron a sonar los panderos y a escucharse los cánticos hebreos. Poco tiempo después un pesado silencio cayó sobre la ciudad.

A partir del momento en que los primeros judíos empezaron a llegar a Vitoria de camino a Navarra y Francia, Pedro de Bilbao recorrió las calles, en especial la de la Judería, con la esperanza de encontrar a Deborah y Tobías entre los desventurados expulsados. No sabía muy bien cuál sería su reacción si llegaba a encontrarlos, pero estaba decidido a no perderlos de nuevo. Juana había muerto meses atrás y ya nada impedía que él y Deborah se casaran. Le pediría que se hiciera bautizar y, si no aceptaba, él mismo se haría judío y marcharía al exilio con ella.

Se negaba a pensar en la posibilidad de que su amante se hubiera casado con otro o, incluso, de que hubiera muerto. En su fantasía seguía siendo la hermosa doncella enamorada que esperaba pacientemente su regreso después de meses de ausencia.

Habían transcurrido doce años desde el día en que cobardemente dejó que su hermano decidiera sobre el futuro de su amada y de su hijo. No habían vuelto a hablar de ello. De hecho, apenas si se dirigían la palabra. Odiaba a Juan por haberle obligado a abandonar a la única mujer que de verdad había amado.

Poco tiempo después, su madre le ayudó a instalar un negocio de compra y venta de vinos y se convirtió en su propio patrón. Un día, cuatro años más tarde, decidió enviar a Viana a uno de sus empleados con el encargo de averiguar el paradero del comerciante Yosef Sahadia y su familia aduciendo que le debía algún dinero. El hombre volvió días más tarde. No había rastro de ellos y nadie había podido darle razón de su paradero. La única información que pudo obtener fue la descripción del hombre que había ido en busca de la mujer y el niño: de mediana edad, algo grueso y cabeza calva. Vestía elegantemente y montaba un caballo bayo. No tuvo que pensar mucho para darse cuenta de que la descripción coincidía con la de Sancho Alba, el secretario, confidente y mano derecha de su hermano.

Tardó bastante tiempo en decidirse a hablar con Alba. Nunca habían intimado y el "gizontxu" –como le llamaba Juan– no acababa de gustarle. Tenía la impresión de que le rehuía y creía ver un destello de desprecio cada vez que sus miradas se encontraban.

Se dirigió a él sin miramientos.

–Alba, ¿fuisteis Vos quien se llevó a Deborah y a Tobías de Viana?

El hombre no pareció sorprendido y le miró directamente a los ojos.

–En efecto, maese Pedro. Lo hice por orden de vuestro hermano y, creo saber, que con vuestra aprobación.

–¿Dónde están?

–Los dejé en la judería de Medina. Puedo aseguraros que mi señor don Juan les entregó una suma de dinero suficiente para vivir el resto de sus vidas con comodidad.

–¿Siguen allí?

Alba ni siquiera parpadeó al responder.

–Lo ignoro. Mi encargo fue llevarlos a Medina y dejarlos bien instalados.

Pedro iba a preguntar de nuevo, pero desistió. Sabía que no conseguiría obtener más información de aquel hombre hermético y distante. Dio media vuelta y se marchó sin despedirse.

Sancho Alba se quedó pensativo. Uno no podía fiarse de las reacciones de Pedro de Bilbao. Tal vez siguiera investigando. De ser así, no tardaría en averiguar que la judía Deborah y el niño habían recibido su visita en Toledo –había estado allí suficientes veces como para que cualquier vecino pudiera describir su aspecto–, y volvería a la carga. Tendría que decirle que se habían convertido al cristianismo y que Isabel era ya su esposa. No le preocupaba la reacción de su mujer –estaba seguro de su cariño y lealtad–, pero sí le inquietaba que Pedro quisiera llevarse a su hijo. Todos querían a Gonzalo y su madre se moriría de pena si la separaban de él. Sin embargo, Pedro no volvió a interrogar al secretario y Alba respiró aliviado. Aparcó las prisas por ir a reunirse con su esposa e hijos y siguió trabajando duro, ahorrando hasta el último maravedí, a la espera de que llegara el día en el que podría regresar a su casa.

Ese día había llegado. Era tiempo de preparar su marcha definitiva de Vitoria. Isabel reclamaba su presencia en Vinaderos, los hijos iban haciéndose mayores y necesitaban a su padre y ella también necesitaba tenerlo cerca. Incluso hasta un pueblecito tan apartado como aquél había llegado la noticia de la expulsión de los judíos y las terribles persecuciones a los conversos. Tenía miedo y quería a su marido en casa. También estaba el otro asunto, el acoso a los conversos. Tenía que impedir por todos los medios que alguien averiguase el paradero de la antigua judía Deborah y de su hijo.

–He de marcharme –dijo simplemente.

Juan Sánchez de Bilbao no necesitó muchas explicaciones. Conocía demasiado bien a su administrador y secretario para saber que esa vez el viaje sería sin retorno.

–Mi esposa y mis hijos me necesitan.

El comerciante levantó las cejas sorprendido. No sabía que Alba se hubiera casado de nuevo, pero no dijo nada.

–¿Cuándo os iréis? –se limitó a preguntar.

–En cuanto mi ayudante, el joven Ozaeta, se haga cargo de todas las gestiones en las que me ocupo.

–Sentiré vuestra marcha, Alba.

–Yo también, maese Juan. Habéis sido un buen patrón y deseo seros de utilidad por última vez –sacó unos documentos de la carpeta que llevaba bajo el brazo–. Nuestro agente en Logroño me informó hace unas semanas de que familiares del Santo Oficio le habían estado haciendo preguntas sobre vos y vuestra familia.

Juan tuvo un sobresalto y el corazón empezó a latirle con fuerza, pero esperó a que Alba acabara de hablar.

–No quise alarmaros y yo mismo me desplacé a esa ciudad hace un par de días. Un hermano de mi difunta mujer es escribano del Tribunal y no me costó mucho averiguar de qué iba el asunto. Al parecer, don Martín de Escoriaza, "el viejo", hizo hace tiempo una denuncia contra vuestro hermano Pedro acusándole de haber vivido con una judía y tener un hijo circunciso.

Un sudor frío cubrió su frente. ¡Maldito Escoriaza, hijo de puta !

–El Tribunal tiene mucho trabajo en estos momentos y por esa razón todavía no ha empezado a investigar seriamente la denuncia... Puede que haya llegado el momento de utilizar los pagarés de deudas que guardáis en vuestra caja...

–¿Cómo?

Quería pensar rápidamente, pero no conseguía poner sus ideas en orden. La mala fortuna parecía acosarlo sin tregua. Primero había sido la muerte de su padre, después la de su hermana, el desagradable episodio de Buendía, la pérdida de sus agentes judíos en las principales ciudades, la ruptura con Catalina... y ¡ahora esto! ¿Es que todo se había vuelto contra él?

–Tal vez... –la voz de Alba le hizo prestar atención–, el viejo Escoriaza retire la denuncia. No creo que desee ver a su familia desprestigiada y arruinada por culpa del inútil de su hijo...

–¿Creéis que lo hará?

–Nada se pierde con probar...

Tardó varios días en decidirse y finalmente se dirigió a la casa-torre de los Escoriaza acompañado, como siempre, por el fiel Sebastián.

Cuando el criado anunció que maese Bilbao deseaba verle, Martín de Escoriaza sintió que todos los poros de su vieja piel se dilataban y estuvo a punto de sufrir un ataque, tal fue su satisfacción.

–¡Por fin! –exclamó gozoso– Ese judío de mierda ha debido tener noticias del Tribunal y viene a mí a pedir misericordia...

–¡No pensarás recibirlo! –protestó "el mozo"– Después de las ofensas e insultos que hemos recibido de esa familia...

El viejo Escoriaza ni le escuchó. Disfrutaba el momento de antemano. Le dejaría rogar y suplicar..., le humillaría del mismo modo que su padre le había humillado a él..., y luego..., ¡haría que sus criados lo echaran de su casa como al hijo de perra que era!

–¿Viene solo? –interrogó al criado.

–Le acompaña un sirviente, señor.

–Pues que el sirviente se quede fuera –ordenó–. Si Bilbao quiere verme, que entre solo...

Momentos después, Juan Sánchez de Bilbao penetraba en la estancia. Su experimentado ojo de comerciante pudo apreciar en un instante la riqueza del lugar: los buenos muebles, cuadros, tapicerías, alfombras, objetos de plata... Hizo una leve inclinación de cabeza y se encaró con su enemigo. Hacía tiempo que no había tenido oportunidad de ver de cerca al temible don Martín y le costó reconocerlo.

–¡Santo cielo! –pensó– Lo que puede hacer la edad...

La frágil figura del anciano parecía sostenerse en el aire. Ni siquiera el grueso jubón de terciopelo a rayas rojas y negras, ni la ridícula peluca colocada sobre su cabeza, podían ocultar un esqueleto exiguo y falto de carne. Sentado delante de su mesa, al lado de la chimenea encendida a pesar de ser verano, parecía un fantasma. Por un momento sintió lástima del hombre mezquino y malvado que deseaba enviar a su hermano a la hoguera, pero la voz odiosa y antipática de Escoriaza le hizo olvidar su momentánea compasión.

–¿Qué es lo que te trae por mi casa? –su tono sonaba tan falso como una moneda hueca.

Estuvo a punto de replicar que no era admisible el tuteo entre dos caballeros que apenas se conocían, pero optó por pasar por alto la falta de modales.

–Deseo hablar con vos... –dirigió una mirada a Martín "el mozo" que le observaba con hostilidad y añadió–, en privado. No hablaré con nadie más que con vos.

–¡Lo que tengas que decirle a mi padre, bien puedes decirlo delante de mí! –"el mozo" había saltado como picado por el afilado aguijón de una avispa.

Martín de Escoriaza miró a su hijo y después a Juan. ¿Dónde creía que estaba aquel marrano para poner condiciones? Iba a responderle de malas maneras, pero le contuvo la determinación que vio en los ojos de Juan. No hablaría y él perdería el inmenso placer de humillar al hijo de Pedro Sánchez de Bilbao, el maldito judío.

–Vete –dijo sin mirar al "mozo".

–Pero..., padre...

–Vete.

Martín lanzó una mirada de odio al comerciante y otra no más compasiva a su padre. Ante el silencio de ambos abandonó la habitación soltando un juramento.

–Ya estamos solos –¡había llegado el momento!– ¿Qué tienes que decirme?

–Desde hace ya varios años –comenzó Juan al tiempo que abría la abultada carpeta que llevaba en las manos–, y por razones que ahora no vienen a cuento, llevan cayendo en mis manos ciertos recibos de deudas a nombre de vuestro hijo...

Martín de Escoriaza abrió los ojos con estupor. ¿A dónde quería ir a parar aquel miserable? ¿Por qué venía a él con historias de deudas en vez de hincarse de rodillas y suplicar clemencia para él y los suyos?

–La suma asciende a cerca de siete mil...

–¿Y para eso has venido a verme? –explotó con furia el anciano– ¿Para pedirme que te pague siete mil maravedíes de mierda?

–No me habéis dejado terminar, señor de Escoriaza... No son maravedíes... sino castellanos. Vos mismo podéis verlo –puso las copias de los recibos encima de la mesa–. Son pagarés por una cantidad de siete mil castellanos de oro, intereses incluidos.

Un furioso temblor que no pudo dominar se apoderó de Escoriaza. Miraba sin ver los recibos que se amontonaban delante de él ¿Cómo era posible? ¡Su hijo debía tres millones de maravedíes!

–¡Estos pagarés son falsos! –gritó tan fuerte como pudo– ¡Y tú eres un ladrón hijo de puta! ¡Un bastardo judío! ¡Un hereje sodomita que arderá en el infierno! ¡Vete de mi casa antes de que llame a mis criados y te echen de aquí a patadas!

–Podéis insultarme tanto como os plazca –respondió el comerciante tranquilamente–, pero eso no cambiará las cosas. Vuestro hijo lleva años endeudándose y firmando recibos.

–¡Mira lo que hago yo con tus recibos, judío de mierda!

El viejo cogió los documentos y los lanzó al fuego.

–Sólo eran unas copias, mi señor de Escoriaza –repuso Juan– Los originales están a buen recaudo, de eso podéis estar seguro.

Una calma fría se apoderó de don Martín ¿Qué podía importarle a él? No tenía porqué hacerse cargo de las deudas del imbécil de su hijo. ¡Allá él! ¡Que se las apañara como pudiese! El muy cretino... Cambiaría el testamento. No le dejaría ni una sola moneda en herencia y todos sus bienes pasarían a su nieto mayor Pedro.

Juan observaba atentamente a su contrincante y sonrió, sabía exactamente lo que estaba pasando por la mente del viejo Escoriaza.

–Si no os hubierais dado tanta prisa en quemar esos papeles –dijo malévolamente–, podríais haber comprobado que vuestro hijo se compromete, en su nombre y en el de cualquiera de vuestros herederos, a devolver todas las cantidades, más los intereses, una vez que vos estéis bien muerto y enterrado.

Era mentar la cuerda en casa del ahorcado y la reacción no se hizo esperar. En un principio, Escoriaza pareció no comprender. Después, su cara se tornó pálida, roja y finalmente grana. Juan contempló divertido la transformación. Había oído hablar a su padre y al viejo Olabe de los cambios de color que se producían en el rostro de Escoriaza cuando algo le sacaba de sus casillas, pero nunca había tenido ocasión de presenciarlos.

–Naturalmente –prosiguió en el mismo tono–, vos no estáis obligado a responder de los compromisos de vuestro hijo y tampoco he venido a reclamaros nada, pero..., he creído interesante poner en vuestro conocimiento que... –sonrió irónicamente–, cuando Dios os llame a su lado, vuestra casa y la mayoría de vuestras propiedades pasarán a mi poder. Ya conocéis la política de nuestros monarcas en lo referente a deudas: no admiten componendas al respecto. Es una pena que el patrimonio de vuestra familia, levantado a lo largo de tantos años gracias a vuestros esfuerzos y a los de vuestros antepasados, vaya a perderse en cuanto vos vayáis a reuniros con ellos. Enfin..., ¡así es la vida! Buenos días, mi señor de Escoriaza.

Hizo una pequeña inclinación y se disponía a abandonar la habitación cuando la voz cascada e imperiosa de don Martín le detuvo.

–¿Qué es lo que queréis?

Había dejado el tuteo. Reconocía un digno oponente en aquel hombre, cuarenta años más joven que él, que osaba presentarse en su propia casa y decirle a la cara que su familia estaba arruinada, que los Martínez de Escoriaza tendrían que mendigar un techo, que la más terrible de las humillaciones pendía sobre sus cabezas como el hacha del verdugo... Una vez más sintió un terrible odio por el maldito judío muerto, cuyo hijo debería haber sido el suyo, que incluso desde el infierno seguía siendo más fuerte que él.

Juan Sánchez de Bilbao volvió sobre sus pasos y se encaró al anciano.

–Me han llegado ciertos rumores... Al parecer, alguien –recalcó la palabra– ha enviado al Tribunal de Logroño una falsa acusación de herejía contra mi hermano Pedro. Vos sois una persona de reconocidos méritos e influencias y, naturalmente, podríamos llegar a un acuerdo en cuanto a los pagarés si tuvieseis a bien interceder de alguna forma para que la acusación sea retirada y los inquisidores olviden a mi familia...

–¿Quemaríais todos los recibos?

El comerciante se echó a reír.

–Me temo que eso no sería posible. Considerad que yo he pagado por ellos y, a fin de cuentas, no es por mí por quien se interesa el Santo Oficio. Sin embargo, puedo aseguraros que estoy dispuesto a ser razonable y que vuestra familia no se verá obligada a pedir asilo en el Hospital de los Pobres cuando vuestro cuerpo aún no se haya enfriado en la tumba.

–¿Cómo sabré que eso es cierto? ¿Por qué habría de fiarme de vuestra palabra?

Sus miradas se enfrentaron durante unos instantes.

–En cuanto obren en mi poder los testimonios escritos que acusan a mi hermano y me llegue la noticia de que la denuncia ha sido retirada, vuestro secretario y el mío podrán sentarse y discutir unos términos favorables para ambos de nosotros.

El tono de Juan Sánchez de Bilbao no admitía dudas y Escoriaza tuvo que reconocer que, muy a su pesar, creía en su palabra.

No tenían más que decirse. El comerciante hizo un gesto de despedida y dio media vuelta. Antes de salir, sus ojos se toparon con un hermoso cuadro colgado que representaba a unas doncellas hilando y que reconoció inmediatamente como obra del pintor italiano Jacopo de Barbari. No pudo evitar lanzar una última puya a su enemigo.

–Bonita pintura –dijo sin girarse–, quedará muy bien en una de las paredes de mi escritorio.

Tuvo tiempo, antes de cerrar la puerta tras de sí, de oír una maldición a él dirigida. Todos los de la casa, incluido “el mozo”, que esperaba en una estancia vecina ansioso por conocer la razón de su visita, pudieron escuchar su risa de vencedor.

comienzos de 1493

La nieve había caído con intensidad durante las últimas semanas cubriendo el campo hasta algo más de media vara de altura. Los caminos estaban intransitables y solamente algunos viajeros osados se atrevían a adentrarse en tierras alavesas. En Vitoria, los vecinos se afanaban con ahínco limpiando calles y plazas para abrir estrechas vías de paso sobre las que colocaban tablones de madera, pero la noche traía nuevas nevadas y al día siguiente tenían que recomenzar el trabajo.

Habían transcurrido seis meses desde la marcha de la comunidad judía. El Concejo había decretado que la Judería recobrara su antiguo nombre: calle Nueva, y las casas vacías habían sido ocupadas por nuevos propietarios e inquilinos que trataban de borrar de ellas todo trazo que recordara a los hebreos. Los conversos que habían preferido bautizarse antes que abandonar la ciudad intentaban imitar a sus vecinos e iban poco a poco despojándose de su impronta judía: garnachas, capuces, tabardos, sayas, mantos, túnicas y tocas de tradición hebrea habían sido sustituidos por prendas similares a las usadas por el resto de la población. Las largas barbas de los hombres habían sido rapadas y sus cabellos recortados. Solamente unos pocos ancianos mantenían tozudamente su aspecto de toda la vida. La calle ya no olía a fritos ni especias, no se oía hablar en hebreo y los sábados humeaban las chimeneas de todos los hogares.

Luis Sáenz de Castresana echo un último vistazo a la sala, colocó bien los libros y cuadernos que había encima de la mesa, se aseguró de que el fuego estaba apagado y salió del edificio. Sintió un escalofrío al sentir en su cara el viento helado de la tarde. A pesar de ser todavía una hora temprana, el exterior estaba oscuro y el cielo presagiaba una nueva nevada. Eligió una de las llaves del manojo que llevaba colgado a la cintura, cerró la puerta del edificio y se dirigió a su casa.

Caminó despacio para no resbalar siguiendo el sendero abierto en la nieve y saludó sin detenerse a los pocos vecinos que cruzó en su camino. Al pasar por delante de la zapatería le llegó el olor a piel curtida y a engrudo que tanto le gustaba cuando era niño y se detuvo un momento para contemplar a los dos hombres que cortaban, moldeaban, cosían y clavaban trozos de cuero que acabarían siendo los mejores y más solicitados zapatos de la ciudad. Su gesto de saludo fue correspondido por los artesanos e iba ya a seguir su camino cuando su mirada se topó con la de un anciano que, envuelto en una gruesa manta y con otra sobre las rodillas, estaba sentado en un rincón del taller. Parecía muy mayor, sus manos temblaban sin cesar y la barba totalmente blanca le llegaba hasta medio pecho. Le conmovió la infinita tristeza que vio en sus ojos y, entrando en el local, se acercó a él con una sonrisa.

–¿Cómo estás, abuelo?

El hombre pareció no oírle, pero siguió mirándole fijamente.

–¿Quién eres? –preguntó finalmente en hebreo con cierta desconfianza– Me recuerdas a mi buen amigo Jonás Sahadia, el físico, pero no puedes ser él porque tú eres mucho más joven y los dos nacimos el mismo año… Hace mucho que no veo a Jonás. Mis piernas, ¿sabes?…, no puedo moverme ni siquiera para ir a los servicios de la sinagoga…

Con el corazón oprimido, Luis levantó la vista hacia los dos zapateros que habían cesado de trabajar al oír la voz del anciano. El mayor se llevó el dedo índice a la sien indicándole que el viejo no estaba en sus cabales y que no había que hacer mucho caso de sus palabras.

–Shalom, Isaque –respondió también en hebreo–. Soy... –miró a su alrededor para cerciorarse de que estaban solos y continuó–, soy Ismael, el hijo segundo de Jonás Sahadia.

Los ojillos del anciano brillaron de alegría.

–¡Vaya! ¡Estás hecho todo un hombre! ¿Cómo está tu padre? Aún recuerdo cuando los dos éramos jóvenes y solíamos ir al lavadero a ver a las mozas... ¡Tenías que haber visto cómo le miraban! Siempre tuvo mucho éxito con las mujeres el muy golfo... ¿Cómo está? –insistió.

–Murió hace años, Isaque...

La mirada del anciano perdió el brillo que por unos instantes había iluminado su rostro y de nuevo la pena cubrió sus ojos como un velo el rostro de la viuda.

–Ya..., es verdad –musitó– Está muerto. Todos están muertos..., Samuel, Yuçaf, Mayr, Heliazar..., todos muertos.

Luis afirmó tristemente con la cabeza, puso su mano encima del viejo hombro durante unos instantes y salió de la tienda con el corazón acongojado y la mente llena de recuerdos.

Los hijos de Isaque Nieto se habían negado a abandonar Vitoria seis meses antes. No estaban dispuestos a embarcarse en una aventura arriesgada que únicamente podía acabar en tragedia. Su tierra era aquélla, allí habían nacido y allí morirían. El anciano zapatero no pudo contener su indignación al conocer la decisión de sus hijos y amenazó con partir solo al exilio, pero..., ¿quién iba a ocuparse de un viejo inválido a las puertas de la muerte? Mosen Balid tuvo que convencerle para que se quedara en Vitoria, junto a los suyos. Llevarlo con ellos supondría una carga más para todos y no podían permitírselo.

–Dios, no lo tendrá en cuenta, Isaque –le aseguró–, puesto que has obrado siempre conforme a la Ley de Moisés y no es tuya la decisión de permanecer entre los gentiles. Abrirá los brazos a la hora de tu muerte y Él y nuestro padre Abraham recibirán tu alma entre los elegidos.

Respondió a las invocaciones del sacerdote con la lección bien aprendida y sintió como el agua del bautismo resbalaba por su cabeza y se mezclaba con las lágrimas amargas que caían de sus ojos al oírse llamar por su nuevo nombre: Simón de Santa María. A partir de aquel día se encerró en sí mismo y en los recuerdos de un mundo que ya no volvería. Raramente hablaba y las pocas veces que lo hacía se aferraba a la memoria de su pasado y a la fe que seguía viva en su alma.

Luis suspiró. Una fina lluvia había empezado a caer y apresuró el paso para llegar cuanto antes a casa. Sus ojos se posaron en el hueco dejado por la mezuzá que había retirado de la jamba de la puerta el mismo día que él, su esposa y sus hijos recibieron el bautismo. Una vez más le pareció la cuenca vacía en el rostro de un ciego que había visto de niño y tembló, no supo si de frío, por el recuerdo del ciego o por el hecho de haberse convertido en un mesumad de la única y verdadera fe.

Fue una decisión difícil que tomó fríamente después de darle mil vueltas a la cabeza y conociendo sus consecuencias de antemano. Reunió a su familia, su esposa Hera y sus cuatro hijos, Ruma, Sara, Jonás y Ezequiel, y les comunicó su determinación. El estupor y dolor que vio en los rostros de las cinco personas que más amaba en el mundo le golpearon con fuerza y a punto estuvo de decirles que todo había sido una broma, pero no era ninguna broma. Había educado a sus hijos en la más estricta observancia de la Ley de Moisés no permitiendo el mínimo desvío de las normas establecidas y juzgaba con dureza a aquellos de entre sus vecinos que no asistían a la sinagoga u olvidaban el comportamiento que se esperaba de un verdadero judío. Su familia, sus amigos y sus alumnos de la Yeshivá le apodaban cariñosamente "el rabino", aunque no lo fuera, tal era su fe y religiosidad.

–¿Por qué, padre? –Ezequiel fue el único que se atrevió a preguntar.

Miró los rostros compungidos de los suyos. ¿Cómo podría hacerles entender la razón de su terrible decisión? Algunos de los miembros de la Comunidad se habían convertido para no perder sus posesiones, otros lo habían hecho por temor al largo y peligroso viaje que les esperaba, o porque tenían un familiar enfermo, o porque su fe no era lo suficientemente fuerte… No había, estaba seguro de ello, entre los conversos de última hora ningún cristiano de corazón. Cuando las cosas mejoraran, cuando cambiara la disposición de los Reyes y de la Iglesia, cuando de nuevo se permitiera a cada hombre y mujer creer en el Dios de su elección…, ¿quién se ocuparía de reunirlos a todos?, ¿quién les recordaría la Ley del Pueblo Elegido? A partir de ese momento, tomaba sobre sus hombros y sobre los de sus hijos la tremenda y pesada carga de mantener viva la llama de la fe. Mientras él y sus descendientes estuvieran vivos, existiría en Vitoria una comunidad hebrea. Aquella era su Tierra Prometida y allí seguirían.

Optó por no dar a su familia explicación alguna. Aún no había llegado el momento y cuanto menos supieran, mejor para todos.

–Algún día, no muy lejano, entenderéis el motivo de mi decisión. Hasta entonces, sólo os pido que tengáis confianza en mí.

Doña María y el anciano señor de Olabe fueron sus padrinos. Eligió al azar para su familia el nombre de Castresana –un pequeño pueblo burgalés, en las faldas de los montes llamados La Peña–, y también eligió para él y los suyos nombres cristianos que en nada recordaran su origen judío: Luis, Juana, Isabel, Catalina, Alonso y Fernando.

–¡Nunca me acostumbraré a mi nuevo nombre! –exclamó llorosa su hija Sara, ya Catalina, de vuelta a casa después de la ceremonia en San Francisco.

–Pues tendrás que hacerlo. Todos tendremos que hacerlo y acostumbrarnos a nuestra nueva forma de vida –y añadió con dulzura acariciando el rostro húmedo de la muchacha– pero…, solamente en la calle. Entre estas cuatro paredes que son nuestro hogar y nuestra fortaleza nada ha cambiado: seguimos siendo los ben Jonás ben David Sahadia, hijos del pueblo de Israel. Bendito sea Yahvé, Nuestro único Dios.

Sonrió al ver la sorpresa en los rostros de sus seres queridos y rogó al Señor que le concediera la fuerza necesaria para llevar a cabo la misión que él mismo se había encomendado.

Unos meses más tarde el Concejo decidió transformar en Escuela de Estudio de Letras Humanas la antigua sinagoga comprada a la Comunidad judía y nombró director de la misma al Bachiller Pero Díaz de Uriondo. No había muchos enseñantes cualificados y disponibles en Vitoria y Luis de Castresana recibió una oferta para cubrir el puesto de profesor de gramática en la recién creada escuela. Sintió un nudo en la garganta cuando penetró en el lugar en el que tantas veces había orado y enseñado. El local había sido dividido en pequeñas aulas, las paredes encaladas y repicados los frisos en los que poco tiempo antes estuviera grabada la palabra de Dios. Penetró en la clase repitiendo mentalmente los versículos del salmo

"Yahvé es mi pastor,
nada me faltará.
Él me hacer recostar en verdes prados,
me conduce a manantiales
que restauran,
confortando mi alma,
guiándome por senderos rectos,
para gloria de su Nombre.
Aunque atraviese
un valle de tinieblas,
no temeré ningún mal, porque Tú vas conmigo.
Tu bastón y tu cayado
me infunden aliento.
Para mí Tú dispones una mesa
ante los ojos de mis enemigos.
Unges con bálsamo mi cabeza;
mi copa rebosa.
Bondad y misericordia me seguirán
todos los días de mi vida;
y moraré en la casa de Yahvé
por días sin fin".

Después abrió uno de los libros de gramática castellana que estaba sobre la mesa y se encaró a la veintena de alumnos que esperaban atentos sus palabras.

Por primera vez en mucho tiempo, Juan Sánchez de Bilbao se sentía enteramente satisfecho. No había vuelto a tener una sensación igual desde el día en que, a los dieciséis años, ganó su primer maravedí. En menos de cuatro meses había rehecho su red de agentes en todo el reino –la mayoría conversos y algunos cristianos viejos ansiosos por abrirse camino en el mundo de los negocios; el escribano del Tribunal de la Fe de Calahorra había informado a Alba de que la denuncia contra Pedro de Bilbao había sido archivada; Ozaeta y el secretario de Escoriaza habían llegado a un acuerdo en el tema de los pagarés –el joven ayudante de Sancho Alba había resultado ser un inteligente negociador–, y además tenía a su hijo mayor, Juan, ayudándole en la marcha de su imperio comercial, uno de los más prósperos del reino. Sólo había dos cosas que enturbiaban su euforia: su fiel secretario se había despedido definitivamente antes de las fiestas de la Natividad.

–Ha llegado el momento de marcharme, maese Juan –dijo en su lacónico tono de siempre.

–¿Cuándo? –se limitó a preguntar el comerciante.

–Dentro de un par de días. El joven Ozaeta conoce ya todo lo que hay que saber y no echaréis en falta mis servicios.

Juan se acercó al hombre y le puso la mano en el hombro.

–Sí que los echaré, Alba. Habéis sido la mejor ayuda que hombre alguno pueda tener y…, también un amigo leal.

Sentía lo que decía y así lo entendió el conmovido secretario poco acostumbrado, como todo el mundo, a escuchar palabras cariñosas en boca de su patrón.

–Si alguna vez me necesitáis, buscadme en Vinaderos de Ávila.

–Si alguna vez me necesitáis, aquí estaré –replicó Bilbao.

Sancho Alba partió como había prometido y Juan se sintió un poco más solo.

Catalina era la otra cuestión que empañaba su ánimo. No había vuelto a verla desde el día en que le confesó que era judía. A veces encaminaba sus pasos hacia la calle Santa María con la leve esperanza de percibir su figura tras los vidrios o verla asomada a la ventana, pero puertas y ventanas permanecían cerradas. En una ocasión se cruzó con Graciana, la criada de Catalina, pero la mujer bajó los ojos y se apresuró a entrar en la casa sin tan siquiera responder a su saludo. Trataba de distinguirla entre el gentío en la misa de doce de los domingos y asistió a la de las ocho de la mañana un par de veces, por si había cambiando de hábitos, pero no había ni rastro de ella. Incluso llegó a pensar que se habría marchado de la ciudad.

–¡Mejor para los dos! –se dijo, pero sus ojos seguían buscando con avidez su rostro cada vez que oía una voz de mujer o que unas faldas le rozaban al pasar.

La noche del veinticuatro de diciembre, víspera de la Natividad del Señor, acudió con toda su familia a la misa del gallo en la catedral. Los cirios encendidos, el olor a incienso y los cantos provenientes del coro llenaron su alma de una devoción religiosa que hacía tiempo no sentía. Las plegarias de diez sacerdotes, todos vestidos con casullas bordadas con hilos de oro y seda, se unían a las del pueblo elevándose hacia el Altísimo en una confesión de fe capaz de conmover los corazones más impíos y, desde su pedestal, la Madre de Dios extendía sus brazos para recibir en su seno a todos sus hijos.

–Es ciertamente una hermosa religión –pensó.

Estaba orgulloso de pertenecer a ella, de ser parte de aquella devota grey que se apiñaba piadosamente para recibir con alegría la noticia del nacimiento del Salvador. Miró a su alrededor henchido de gozo y entonces la vio.

Catalina estaba sentada en el lado reservado a las mujeres, su bello e inconfundible perfil enmarcado por la alta toca de las dueñas vascas que únicamente dejaba entrever el rostro. El corazón empezó a latirle con tanta fuerza que casi le hizo daño y a partir de ese momento sólo tuvo ojos para la mujer que amaba y deseaba con tal intensidad que, allí mismo, juró que volvería a ser suya aunque fuera lo último que hiciera en la vida.

Al finalizar la misa, esperó a que pasara cerca de él e inmediatamente se colocó trás ella después de abrirse paso sin delicadeza entre los fieles que se interponían entre ellos.

–Catalina... –susurró.

La mujer dio un respingo pero no se volvió y siguió caminando hacia la salida.

–Catalina..., perdóname te lo ruego... –susurró de nuevo.

No le permitiría marcharse sin hablar antes con ella, aunque luego la gente hablara, aunque le viera Inesa, aunque el propio Papa tratara de impedírselo... Se vio separado de ella por la multitud que empujaba para salir de la iglesia y estaba a punto de gritar desesperado su nombre cuando Catalina se volvió y le dirigió una sonrisa enamorada antes de desaparecer en la noche.

Tuvo que esperar varios días, roído por la impaciencia, hasta que acabaran las fiestas, pero le escribió una carta en la que de nuevo le pedía perdón rogándole que olvidara sus necias palabras. Hizo acompañar la carta de un bello estuche que encerraba una cadena de oro cuyos eslabones eran *Ces* y *Jotas* entrelazadas y encargó a Sebastián que se la entregara en propias manos. No tardó el fiel sirviente en volver con una nota en la que únicamente estaban escritas dos palabras: "*Te espero*". Era el mejor regalo de Navidad que podía haber recibido y guardó la nota en el bolsillo interior de su camisa, cerca del corazón.

Como era costumbre, toda la familia Sánchez de Bilbao se reunió en su palacio para celebrar la llegada del Nuevo Año. Su madre insistía en ello. Quería tener juntos, por lo menos una vez al año, a todos sus hijos, yernos, nueras y nietos y su casa era la única que podía acogerlos.

–¡Esta famosa reunión sólo nos causa problemas! –se quejó a Inesa.

–Son tu familia…

–¡Pues que organicen ellos el banquete! La broma me cuesta un dineral…

–Recuerda que lo hacemos por tu madre…

La mención de su madre acalló inmediatamente sus protestas. No podía negarle nada a la extraordinaria mujer a la que seguía queriendo y admirando como cuando era niño. Conservaba la misma voluntad y fuerza de espíritu, pero los años pasaban inexorablemente e iban dejando huella en su cuerpo, antaño soberbio. No se había repuesto del golpe que para ella supuso la muerte del marido y de la hija, aunque no dejara entrever la profunda pena que desde entonces se había adueñado de ella. Él la conocía demasiado bien y sabía que su único deseo desde el ajusticiamiento de Buendía era reunirse cuanto antes con sus dos seres queridos.

No pudo, sin embargo, evitar un gesto de fastidio al recordar que durante unos días se vería obligado a albergar a su medio hermana Catalina y a su marido que hacían el viaje desde Bilbao para poder estar con la familia. Nunca se había llevado bien con ella. Era mujer de carácter y, con la edad, se había vuelto más y más agresiva. Habían tenido una seria disputa con motivo de la herencia de su padre, que ella consideró le beneficiaba en demasía, pero él no dio su brazo a torcer y desde entonces su relación era meramente diplomática.

Con sus otros hermanos tampoco se llevaba demasiado bien. A su media hermana María apenas si la veía; no así a su marido, Juan Martínez de Olabe, el Procurador que era un hombre cabal y honesto en quien se podía confiar y a quien acudía a menudo para tratar de asuntos de negocios. Con la otra María, "bigarrena", casada con Insunza, solía coincidir en casa de su madre, pero era una mujer superficial únicamente ocupada en su propia imagen y raramente intercambiaba con ella más de dos frases de cortesía. Y también estaba Pedro, el más joven de todos. Sabía que le envidiaba su fortuna y buena suerte, que no le había perdonado el asunto de su manceba judía y que hablaba mal de él a sus espaldas, pero eso no le preocupaba lo más mínimo y así se lo había hecho saber.

–En vez de hablar mal de mí –le dijo un día–, mejor harías en tener más cuidado a la hora de elegir a tus compañeros de borracheras…

–¿Acaso tengo que pedirte permiso para beber con quien me plazca? –preguntó Pedro a la defensiva.

–No por cierto, pero tengo entendido que uno de tus amigos es Martín de Escoriaza, "el mozo"…

–¿Y qué? Mis amigos no tienen porqué ser también los tuyos.

–¿No te ha dicho que hace unos meses su querido padre envió al Tribunal de Calahorra una denuncia contra ti y que fue él personalmente quien la entregó?

Sonrió complacido al ver la estupefacción dibujada en el rostro de su hermano. Pedro tragó saliva y se pasó la lengua por las comisuras de los labios.

–¿Una denuncia? ¿Contra mí? –alcanzó a preguntar.

–Sí. Te acusaba de judaizar, tener una amante judía y un hijo circunciso, vivir como un hebreo y asistir a la sinagoga…

–¿Cómo lo has sabido?

–Me lo comunicó mi agente en Logroño. Al parecer, habían empezado a hacer preguntas sobre nuestra familia. Un cuñado de Alba, escribano del Santo Oficio, le confirmó la denuncia y el denunciante. Aunque… –añadió con aire de suficiencia–, no tienes porqué preocuparte. Me ha costado unos cuantos cientos de miles de maravedíes, pero la denuncia ha sido archivada…, por ahora. Te aconsejo que andes con pies de plomo y no digas algo de lo que después puedas arrepentirte.

Creyó que Pedro le estaría agradecido por su intercesión y que en adelante trataría de llevarse mejor con él, pero no fue así. Desde aquel día, su hermano le rehuyó aún más y supo que continuaba bebiendo en compañía de Martín de Escoriaza como si no le importara que el otro le hubiera denunciado.

De todos modos sentía la necesidad de hacer las paces con sus hermanos –a fin de cuentas eran su familia–, y dispuso todo lo necesario para que el banquete fuera lo más brillante posible. Él mismo se acercó al mercado y compró gallinas para hacer el caldo, varios hermosos capones para asar con castañas, conejos para preparar en salsa de laurel, truchas y rodaballos, cajas de verduras y frutas de todos los tipos. Eligió los vinos y se ocupó de que Matías, el maestro pastelero, tomara buena cuenta de enviar a su casa decenas de pasteles de crema y unas cuantas tartas de su especialidad: de merengue con nueces y miel y, finalmente, contrató a un grupo de músicos para que amenizaran la comida.

A medida que se acercaba el Nuevo Año y, con él, el día en el que de nuevo tendría a Catalina en sus brazos, se sentía eufórico y pletórico de buenos sentimientos hacia todo el mundo, algo que no dejó de sorprender a su familia y, especialmente, a sus sirvientes y empleados poco habituados a verlo sonriente y lleno de amables palabras.

Dispuso para cada uno de sus hermanos, cuñados y sobrinos unas varas de los mejores paños y las hizo envolver en telas de lino sobre las que puso el nombre de cada uno de ellos. Para su madre eligió un corte de terciopelo granate que sabía que ella apreciaba particularmente y lo hizo acompañar por un dije de perlas montado en oro. A Inesa, la fiel y callada Inesa que le había dado seis hijos y había compartido con él los últimos veinte años, le regaló un espléndido collar de esmeraldas que acababa de adquirir al platero Pablo Ruíz de Anitua, antes Ezmel Orabuena.

–¡Esta vez, no podrán quejarse de mi generosidad! –exclamó una vez que todo estuvo dispuesto.

–No creo que lo hagan, querido…

Inesa acarició las hermosas y brillantes piedras que adornaban el collar. Pocas veces tendría oportunidad de lucirlo ya que raramente acudía a recepciones o actos sociales. Hubiera preferido algo más sencillo: un simple anillo, una cruz…, y también le hubiera gustado haber participado en los preparativos del banquete y la elección de los regalos, pero Juan no compartía con nadie su entusiasmo cuando decidía volcarse en algo, ya fueran negocios o fiestas. Miró a su alrededor. Una gran mesa capaz para una treintena de comensales había sido dispuesta en medio de la hermosa sala de techo estrellado y cubierta por un fino mantel de lino bordado. Encima se había colocado la mejor vajilla de porcelana, la cubertería de oro encargada para la visita de la Reina, fina cristalería y grandes candelabros de plata con velas nuevas dispuestas para ser encendidas.

–Demasiado lujo... –pensó–, la última cena de Nuestro Señor fue mucho más humilde... –y prometió mentalmente entregar un generoso donativo a las Hermanas Clarisas para compensar el derroche de su marido.

–Te digo que, a pesar de ser tu hermano, es un cabrón redomado que arderá en el infierno el día que le llegue la hora...

Martín Martínez de Escoriaza, "el mozo", tenía la voz pastosa y su aliento olía a alcohol, pero no estaba borracho. Raramente se emborrachaba a pesar de beber gran cantidad de vino, cerveza y licores. Él, García de Mendoza y Pedro de Bilbao habían estado juntos toda la tarde jugando a los dados y, una vez más, había perdido todo el dinero que llevaba encima, que no era mucho.

El mundo se había derrumbado bajo sus pies el día que Juan Sánchez de Bilbao fue a visitar a su padre. Cuando el viejo Escoriaza supo que su hijo había estado firmando pagarés sobre la herencia que recibiría después de que él estuviera bien muerto y enterrado –esas habían sido las palabras del judío de mierda–, no quiso hablar con él, ni escuchar sus explicaciones y ordenó a sus criados que no le dejaran entrar en sus habitaciones. Su secretario llegó a un acuerdo con el del "rico" y pudo así salvar parte de su fortuna y, sobre todo, la honra mancillada por un pendenciero y jugador que nunca le había causado ninguna alegría y sí muchos sinsabores. Llamó al notario e hizo estar presentes a todos sus familiares, incluido "el mozo", para que no hubiera ninguna duda sobre sus intenciones. Delante de todos desheredó a Martín y nombró heredero y futuro cabeza de linaje a su nieto mayor, Juan.

La humillación de verse renegado por su padre, y relegado a mendigar el sustento a su propio hijo, agrió su débil carácter, de por sí rencoroso. Pasaba la mayor parte del día en la taberna, jugando, bebiendo y maldiciendo a contra el viejo y contra Juan de Bilbao, al que consideraba principal responsable de su situación.

–Se merece un escarmiento –prosiguió en el mismo tono–. Alguien debería darle una buena paliza para bajarle esos humos ...

–Es una arrogante y un egoísta –replicó Pedro a quien el mucho vino bebido durante toda la tarde apenas le permitía mantener los ojos abiertos–. ¿Sabíais que no quiso que fuera su socio? Sólo me permitió trabajar para él, como uno más de sus sirvientes y cada vez que nos vemos me recuerda todos los favores que le debo...

–Yo mismo le retaría a un duelo –prosiguió "el mozo", obsesionado con el mismo tema–. Si no fuera porque siempre va acompañado de un montón de hombres que defienden sus espaldas.

–Podrías ir a su casa y retarlo... –terció García de Mendoza– Yo te serviría de testigo...

–Sus hombres nos echarían de allí a patadas antes de que pudiéramos tan siquiera acercarnos a él... ¡Creo que incluso va al excusado acompañado por esa chusma de mercenarios...!

Rieron imaginándose el cuadro que presentarían tantos hombres fornidos metidos en un pequeño retrete.

–¡No hay manera! –recomenzó "el mozo"– Ni siquiera puedo decirle a la cara el asco que me da..., si no fuera por esos hombres que siempre están detrás de él...

–No siempre...

–¿Qué has dicho? –preguntaron Escoriaza y Mendoza al unísono.

–Que no siempre va acompañado... –Pedro se levantó de su asiento y cayó de nuevo pesadamente sobre él– No, cuando va a visitar a su amante, la bella Catalina, la de los pechos grandes y el culo estrecho... Entonces va solo, acompañado de ese perro faldero de Sebastián... Se piensa que nadie lo sabe, pero todo el mundo está al corriente de sus amores..., hasta mi cuñada Inesa lo sabe, pero prefiere cerrar los ojos y dedicarse a los rezos en vez de hacer ella lo mismo y ponerle los cuernos.

–Difícil lo iba a tener la señora Inesa... Cuando un hombre se echa una amante, busca una piel tersa y unos muslos firmes, no un viejo pellejo usado...

Los tres rieron groseramente la ocurrencia de García de Mendoza y pidieron más vino para celebrarla. Un par de horas después, vagaban dando tumbos por calles y cantones armando gran alboroto. Fueron detenidos por los alguacilillos e "invitados" a pasar la noche en el calabozo.

¡Había llegado el día! La impaciencia de la espera no había hecho más que acrecentar su deseo por Catalina. Por fin podría besar sus labios, acariciar su cuerpo, adentrarse en el gozo de poseerla y sentirse poseído por ella... Las horas transcurrían con una lentitud exasperante. Le había enviado, temprano por la mañana, un recado con Sebastián anunciándole su visita al anochecer y no sabía cómo llenar el tiempo que aún faltaba. No podía concentrarse en sus asuntos y ni siquiera se había interesado por los fardos, llenos de mercancías, que acababan de llegar desde Flandes.

A media tarde ordenó a uno de los criados que le prepara un baño de agua caliente con esencia de jazmín y le hizo frotar con insistencia todas las partes de su cuerpo hasta que su piel quedó tan roja que parecía haber sido restregada con un manojo de ortigas verdes. Hizo llamar al barbero para que le arreglara el cabello, la barba y las uñas y tardó más de una hora en decidirse por un hermoso jubón azul oscuro con bordados de plata y calzas a juego. Eligió un sombrero de copa alta, forrado de terciopelo también azul, unas botas de media caña y un grueso abrigo de piel que le llegaba hasta los pies. Se miró complacido en el espejo y no pudo evitar una sonrisa al recordar las muchas veces que se había reído de Calleja por preocuparse tanto de su aspecto.

—Los hombres no tienen que acicalarse como las mujeres —le dijo con guasa una vez que su amigo se había excedido en su aseo.

—No veo porqué no —contestó Calleja muy serio—. ¿Dónde está escrito que un varón haya de andar por ahí descuidado y oliendo a oso? Si a nosotros nos gustan que las mujeres se adornen y se perfumen para hacernos más grata su presencia, igualmente les gustará a ellas que obremos del mismo modo...

—¿Estás insinuando que debemos adornarnos y perfumarnos para conquistar a una mujer?

—¿Acaso no es el plumaje del pato mucho más hermoso que el de su hembra? —insistió Calleja poéticamente— ¿Y no es el ciervo mucho más hermoso que la cierva?

—Sí —respondió Tornay con su seriedad acostumbrada—, y sus cuernos también lo son.

Los tres amigos habían reído con ganas en aquella ocasión. Fue una de las últimas veces que estuvieron juntos. Tras la expulsión de los judíos, el físico no había vuelto a ser el mismo. Todo el mundo en Vitoria conocía su decisión de marcharse de la ciudad en cuanto expirara el año de plazo que había concertado con el Concejo y, aunque algunos le despreciaban por ello, muchos sentían verdadera pena y sabían que echarían en falta la visión, a cualquier hora del día o de la noche, de la flaca figura con la bolsa al hombro acudiendo a la llamada de un enfermo. Juan había intentado hablar con él, convencerle para que abandonara tan absurda idea, pero todo había sido inútil. Tornay estaba decidido a reunirse con el grupo de hebreos que se había instalado en Bayona y sus alrededores y nada le haría cambiar de opinión. Tampoco parecía tener mucho interés en relacionarse con nadie y se había vuelto un lobo solitario.

A Calleja tampoco le veía tanto como antes. Estaba pagando el precio de toda una vida abusando de la comida y la bebida: una gota que le producía terribles dolores lo mantenía postrado en su casa. Iba a verle de vez en cuando, pero los quejidos de su amigo cada vez que sentía un pinchazo y el olor que emanaba de su pierna enferma no eran precisamente acicates que le animaran a repetir las visitas a menudo.

Echó un último vistazo al espejo y abandonó la habitación bajando las escaleras en dirección a la puerta principal. Se alegró de no encontrar en su camino a sus hijos ni tampoco a Inesa, que estaría visitando algún convento o a alguna familia necesitada como casi siempre hacía durante las tardes. No deseaba mentirles. Era demasiado feliz y quería que los demás lo fueran también. A veces la felicidad dormía en la ignorancia: cuanto menos se sabía, más feliz se sentía uno... Aquél era un pensamiento cínico –pensó con una sonrisa–, pero en esos momentos le venía como anillo al dedo.

Salió a la calle y, una vez más, contempló desde afuera la hermosa fachada de su palacio. Le encantaba su obra: recia, sobria y elegante al mismo tiempo; el escudo de Castilla en la mitad, con la marca comercial de los Sánchez de Bilbao justo debajo, y flanqueado por dos medallones representando la imposición de los estigmas a San Francisco de Asís a un lado y un sol con el anagrama sagrado IHS al otro. Pero era sobre todo los cordones franciscanos que rodeaban las puertas principales lo que más le gustaba y lo que había causado sensación en Vitoria. Algún otro copió la idea poco tiempo después, pero aquellos habían sido los primeros y muchos se referían al palacio como "la casa de los cordones", lo cual no acababa de saber si le gustaba del todo.

Sebastián aguardaba algo apartado las órdenes del comerciante decidido, como siempre, a ser la sombra y protección del hombre que le había librado de ir a galeras para toda la vida por un robo cometido muchos años atrás. Bilbao compró su rescate y desde entonces él sólo veía por los ojos de su amo. El comerciante le hizo una seña para que esperara y penetró en el portal de la casa de enfrente, la casa de su madre y de su juventud.

La encontró leyendo al lado de la ventana, sentada en un viejo sillón que había pertenecido a su padre.

–¿Vas a alguna fiesta?

Doña María contempló a su hijo con orgullo y placer. Pocos hombres había en Vitoria que mantuvieran con los años un aspecto tan atractivo como su Juan. El color azul siempre le había sentado muy bien y estaba segura de que él lo sabía.

Guardaba las prendas de ese color, y en particular aquel costoso traje, para cuando quería causar buena impresión u obtener algún ventajoso contrato. Sus ojos de madre comprobaron que se había hecho arreglar el cabello y la barba y hasta creyó sentir un ligero olor a perfume. Muy importante tenía que ser el motivo que le había impulsado a engalanarse con tanto esmero...

–No, madre. Sólo voy a visitar a..., una vieja amistad.

–¿Una vieja amistad? –preguntó burlona entornando los párpados– ¿Cuánto de vieja?

Juan sonrió. Era imposible engañarla. Desde que era un niño le había sido imposible ocultarle nada. Siempre sabía de antemano lo que él iba a decir o a hacer. Hasta llegó a pensar que tenía algo de aquellas brujas de las que el ama Lucía les contaba historias..., naturalmente, nunca se le ocurrió decírselo.

–Toda una vida –respondió.

–Pues ve, hijo. No hagas esperar a esa vieja amistad...

Al inclinarse para besarla, se fijó en la obra que su madre tenía sobre las rodillas. Era uno de los libros de poemas hebreos que tanto gustaban a su padre y de los que ella nunca había querido desprenderse.

–Le echas en falta, ¿verdad? –preguntó con ternura.

–Todos los días y a todas las horas –acarició la hoja abierta y los ojos se le humedecieron de recuerdos.

–Es un ejemplar verdaderamente hermoso.

Se dio cuenta de que, curiosamente, ya no sentía aversión por aquella uniforme escritura incomprensible que se entremezclaba con bellas ilustraciones y delicados márgenes. Sabía apreciar una obra de arte cuando la veía y se sorprendió a sí mismo pensando que no le hubiera importado conocer la lengua de los antepasados de su padre.

–Más hermoso es lo que está escrito en él –replicó doña María–. Escucha: *"Con sus cabellos tornan en noche el calor del día; con sus rostros alejan la oscuridad siendo de noche"*.

–¿Desde cuándo entiendes la lengua de los judíos? –preguntó asombrado.

Su madre rió divertida.

–No la conozco. Tu padre solía leerme estos versos y conozco algunos de memoria. Hay tanta belleza y emoción en ellos... Tal vez..., si nos hubiéramos detenido a pensar que ni todos los judíos eran usureros, ni todos los cristianos santos, las cosas habrían sido muy distintas...

Era un reproche velado a su falta de interés, e incluso desprecio, por todo lo que pudiera recordarle que él también llevaba sangre hebrea en su cuerpo. No quería volver a la eterna polémica y se despidió de su madre.

–Adiós, madre. Mañana volveré a visitarte.

–Ve con Dios, hijo mío y que él te guíe.

De camino a la casa de la calle Santa María recordó el corto poema.

–La dejaré sorprendida –pensó– pero cambiaré algunas palabras: *"Con tus cabellos tornas en noche el calor del día; con tu rostro alejas la oscuridad siendo de noche..."*.

Lo repitió varias veces y sonrió complacido consigo mismo. Siempre había creído que la poesía era cosa de mujeres y de hombres afeminados y nunca había entendido la razón de que su padre sintiera tanto placer con su lectura, pero las cosas habían cambiado. Su amor por Catalina le inundaba de tal manera que no podía expresarlo con palabras comúnes. Decidió que al día siguiente se acercaría a casa del librero y compraría varios libros de poemas.

Una voz aguda y desagradable interrumpió sus pensamientos.

–¡Eh! ¡Judío de mierda!

Se detuvo en seco. Martín de Escoriaza, "el mozo", y su amigo García de Mendoza acababan de aparecer delante de él como por arte de magia. Frunció el ceño y miró a Sebastián que ya tenía la mano encima de la daga que colgaba de su cintura. Las pocas personas que cruzaban en aquel momento la plaza del Campillo también se detuvieron y los miraron expectantes.

–¡Te hablo a ti, Juan "el rico"! –gritó de nuevo Escoriaza al ver que no había respuesta al insulto.

–¿Qué quieres? –preguntó Bilbao despectivamente.

–¡Te quiero a ti, usurero cojón del diablo! ¡Te reto a duelo! ¡Veremos si eres tan valiente con las armas como con los dineros que has estado robando durante toda tu vida!

Escoriaza había desenvainado su espada y su amigo Mendoza le guardaba la espalda vigilante. Los curiosos habían aumentado en número y también podían verse personas asomadas a los balcones alertadas, sin duda, por los gritos del provocador. Juan no llevaba espada y tampoco la llevaba Sebastián, pero observó que varios hombres entre los reunidos a su alrededor hacían amago de prestarle las suyas. Miró a Escoriaza de arriba a abajo con el más absoluto de los desprecios.

–Eres como un pesado e inútil moscardón que revolotea entorno a un festín llenando la comida de mierda. No pienso batirme con alguien que ha deshonrado a su familia y que ni siquiera merece llevar su nombre.

Hizo una seña a Sebastián y echó a andar abriéndose paso entre la gente. "El mozo" tardó unos instantes en reaccionar. Miró a su alrededor y vio los rostros burlones de sus vecinos que le señalaban con el dedo y hacían bromas sobre él. Miró a Mendoza que se había quedado tan asombrado como él por la reacción de Bilbao y, finalmente, miró la espada que colgaba inerme de su mano. Estaba acabado. Después de aquello tendría que abandonar Vitoria. Ni siquiera su mejor amigo podría volver a dirigirle la palabra... El odio acumulado durante tantos años contra su padre, Pedro Sánchez de Bilbao, Juan, su propio hijo e incluso contra su mala fortuna, afloró de golpe y con los ojos arrasados de lágrimas embistió al comerciante.

Un grito horrorizado salió de las bocas de los espectadores. Juan no tuvo tiempo de volverse. Sintió un golpe seco en su espalda y contempló atónito como la punta de la espada asomaba a través de su abrigo, a la altura del corazón. Giró sobre sus talones, miró a su asesino y cayó muerto en brazos de Sebastián con la sorpresa reflejada en sus ojos abiertos.

El juicio de Martín Martínez de Escoriaza, "el mozo", y de su amigo García de Mendoza se llevó a cabo al día siguiente.

Aprovechando la consternación que su acción había provocado, los dos amigos habían echado a correr calle abajo en dirección de la iglesia de San Miguel, pero los testigos del terrible acto habían reaccionado casi al mismo tiempo que ellos y los habían perseguido al grito de "*¡Asesinos!*". Hubieran muerto a manos de los vecinos de no haberse dado de bruces con una patrulla de la milicia ciudadana que se hizo cargó de ellos y los encarceló en el fuerte de San Vicente.

De nada valieron las gestiones llevadas a cabo por las familias Escoriaza y Mendoza recordando a los miembros del Concejo que ambos hombres pertenecían a dos de los más antiguos y notables linajes de Vitoria. El Diputado General y el Alcalde no estaban dispuestos a permitir que se volviera a los tiempos en que cualquiera podía ser asesinado en la calle. La paz entre bandos, obligada por los Reyes, había cambiado por completo la fisonomía de la ciudad y estaban decididos a mantenerla a toda costa. El crimen se había perpetrado por la espalda, a traición y en público. Era necesario dar un escarmiento. "El mozo" fue juzgado y condenado a morir ahorcado al día siguiente antes del funeral y entierro de Juan Sánchez de Bilbao.

Su amigo Mendoza corrió mejor suerte. Nadie pudo testificar que hubiera provocado a Bilbao, tampoco se le había oído animar a Escoriaza para que acabara con él y en ningún momento había desenvainado su espada. Fue declarado inocente, pero el juez le aconsejó que se ausentara de Vitoria durante doce años, por lo menos. Conocía las intenciones de su amigo y no había hecho nada para impedir que retara al muerto, algo que estaba prohibido en la Villa desde la paz entre los bandos.

Sentada en la primera fila de la sala, con su hijo Pedro y su nieto Juan a ambos lados, doña María Ruíz de Gaona asistió al juicio con los ojos secos. Al igual que había hecho cuando tuvo lugar el proceso de Buendía, no dejó de mirar ni un instante al asesino de su hijo y tampoco abrió la boca cuando varios notables se le acercaron para darle el pésame.

"El mozo", con manos y pies atados por una gruesa cadena y escoltado por cuatro alguaciles, permaneció de pie sin levantar la cabeza en ningún momento. El juez tuvo que insistir varias veces para que respondiera más alto a las preguntas que le hacían los abogados y hubo de ser sostenido por los alguaciles cuando le fallaron las piernas al escuchar su sentencia de muerte.

Unas horas más tarde, el Abad de San Francisco, fray Francisco de Amorebieta, envió recado a doña María rogándole que acudiera al monasterio por un asunto urgente que requería su presencia. Su primera reacción fue negarse y decirle al joven lego portador de la misiva que en aquellos momentos no había asunto más urgente para ella que velar el cadáver de su amado hijo, pero lo pensó mejor. A fin de cuentas tenía que ir al convento para disponer el funeral.

Se hizo acompañar por dos sirvientes que esperaron afuera mientras ella era introducida directamente en el escritorio del Abad. Empezaba a anochecer y la habitación estaba a oscuras, únicamente iluminada por un candelabro de tres brazos colocado encima de la mesa, y sus viejos ojos tardaron unos instantes en acostumbrarse a la penumbra. Fray Francisco avanzó a su encuentro.

–Gracias por venir, doña María –dijo apretando con fuerza sus manos–. Temíamos que no lo hiciera...

¿Temíamos? ¿Por qué hablaba en plural como un prelado? Cerró un poco los ojos para ver mejor y descubrió una figura inmóvil sentada a la derecha del escritorio. Reculó un par de pasos y tuvo que llevarse la mano a la boca para no gritar de la impresión: la luz del candelabro iluminaba vacilante el perverso rostro del diablo. El Abad asió con firmeza su brazo y le hizo avanzar hasta un asiento colocado a la derecha de la mesa, sentándose él después en su sitio.

–Don Martín de Escoriaza está aquí en calidad de padre –dijo mirándola únicamente a ella–. Ha solicitado veros en este lugar porque no deseaba violentaros con su presencia en vuestra propia casa y sabía que os negaríais a acudir a la suya.

Doña María estaba perpleja. Miraba fijamente al hombre que tenía delante y no reconocía en él al joven arrogante que le había pretendido cincuenta años atrás. Creía firmemente en la vida eterna y en el Juicio Final cuando todos serían juzgados, premiados o castigados, no según sus creencias ni su religión, sino por su bondad en la Tierra, pero el hombre que tenía delante era la imagen misma del pecado que había visto en una ilustración de un libro religioso: un esqueleto con manos en forma de garfios, sin pelo, sin apenas dientes y con una terrible mirada, brillante de maldad. Sintió un escalofrío y apartó la mirada.

–Comprendo que este momento es muy doloroso para vos, doña María –prosiguió el Abad–, y que la pena inunda vuestra alma, pero no es menor, debéis creer, el sufrimiento del señor de Escoriaza que está a punto de perder a su hijo primogénito...

–El asesino...

–Sí, el asesino del vuestro. Pero también la Santa Madre de Nuestro Señor Jesucristo perdonó a los asesinos de su hijo –fray Juan tragó saliva ante de continuar–. Si Ella lo hizo, ¿no seríais vos capaz de hacer lo mismo?

Frunció el ceño y parpadeó varias veces. ¿Adónde quería ir a parar el franciscano? ¿Por qué le había hecho ir allí ? ¿Por qué le enfrentaba a la persona que más daño había hecho a su familia? ¿Perdonar? ¿De qué diablos hablaba aquel fraile?

–Sabéis que Martín de Escoriaza ha sido condenado a la horca y la sentencia se llevará a cabo mañana mismo –prosiguió el Abad al ver que ella no decía nada–. Sólo hay una posibilidad de salvar su vida: que vos intercedáis por él. El señor Obispo está dispuesto a presentar vuestra solicitud de perdón ante el Concejo.

–¿Estáis hablando en serio, mi señor Abad? –la ira enrojeció sus mejillas– ¿Me estáis pidiendo que perdone al cobarde que ha asesinado a mi hijo por la espalda?

–El Santo Evangelio nos enseña a perdonar, aún a aquel que más daño nos haya hecho... Pensad en don Martín, en su terrible aflicción. No sólo su sangre ha sido causante de un crimen execrable que ensombrecerá el buen nombre de su familia, sino que, además, va a perder a su hijo bienamado y...

–¿Su hijo bienamado? ¿El "mozo"? –en circunstancias menos dolorosas se hubiera echado a reír– No son esas las noticias que yo tengo. Él nunca ha querido a su hijo, lo ha despreciado desde que era niño y su última acción ha sido desheredarle delante de todos sus parientes. Verdaderamente, es un extraño amor el de don Martín...

–Es el honor de mi familia lo que está en juego, María.

Se estremeció al oír la lúgubre voz de Escoriaza. Casi había olvidado que estaba sentado frente a ella. Le miró. El viejo inválido permanecía inmóvil como una estatua y sus labios apenas se movieron al hablar.

–Jamás en la historia de nuestro antiguo linaje ha habido alguien ajusticiado por un crimen... –prosiguió Escoriaza en el mismo tono– Mi nieto Juan, mi heredero, tendrá que vivir toda su vida con la sombra de su padre colgando de una cuerda como un vulgar criminal.

–¿Y acaso no lo es? –la indignación volvió a apoderarse de ella– Es un asesino que ha matado por la espalda a un hombre desarmado, ¿cómo le llamarías tú a eso?

–Fue provocado...

–¡Eso es mentira y lo sabes! Fue él quien provocó a Juan que no respondió a sus insultos.

–La provocación de tu hijo fue anterior. Empezó en el momento en que se hizo con los pagarés de las deudas de Martín y me hizo chantaje, obligándome a desheredarle.

–No te obligó a desheredar a tu hijo ni a echarlo de tu casa. Te obligó a retirar la denuncia que habías presentado en el Tribunal de la Fe de Logroño para que investigaran a mi hijo pequeño Pedro. Querías que lo acusaran de judaizante y lo quemarán vivo en la plaza de Vitoria –vio la sorpresa en los ojos de Escoriaza– ¿Acaso creías que yo no lo sabía, viejo malvado? ¿Que Juan no me lo diría?

Ignorando la presencia del Abad que intentaba por todos los medios intervenir en la discusión y llevarla por unos cauces más serenos, se medían como dos carneros a punto de embestirse. La pena, el rencor, el dolor, el odio, los recuerdos..., todo mezclado y triturado en el mismo almirez de la vida había acabado por producir una mixtura explosiva que llevaba décadas gestándose.

–Tu hijo Pedro es un marrano y el fuego es el castigo que merece por haberse amancebado con una judía –la luz de la vela se reflejaba en los ojos negros de Escoriaza dándoles un aspecto feroz–, y Juan no era más que un usurero ambicioso que deseaba hacer olvidar su sangre corrompida. Tú tienes la culpa de todo, María de Gaona. Preferiste unirte a un judío de mierda en vez de hacerlo con un cristiano fiel y pariste una camada de perros mestizos. Hoy no tendrías tú un hijo muerto y yo otro a punto de ser colgado si hubieras actuado como ha de hacerlo toda hembra honrada.

Doña María escuchaba las palabras de Escoriaza sin parpadear y una calma fría iba apoderándose de ella a medida que el viejo escupía su veneno. Se levantó del asiento y contempló a su enemigo durante unos instantes, después se volvió hacia el Abad.

–No intercederé –dijo impávida–, y tampoco perdonaré. Juan ha sido muerto alevosamente y el culpable ha de recibir su castigo, sólo así podrá mi hijo yacer en paz.

Hizo un gesto de despedida al fraile y, sin mirar a Escoriaza, dio media vuelta dirigiéndose hacia la puerta. La voz del viejo la detuvo antes de salir.

–Vendrás a suplicarme clemencia antes de lo que crees y yo te enviaré al infierno, lo juro.

No se volvió y salió del escritorio. Una vez fuera, hizo la señal de la cruz para ahuyentar al Maligno. Sus dientes castañeaban nerviosamente y tuvo que hacer un gran esfuerzo para recuperar la calma antes de reunirse con sus sirvientes.

PRIMAVERA DE 1495

Dos años después del asesinato de su hijo, el Santo Oficio declaró hereje apóstata judaizante a Pedro Sánchez de Bilbao, "el relajado". La denuncia anónima entregada en Calahorra y acompañada por documentos testimoniales probaba que el físico difunto poseía libros hebreos, que jamás se le vio comer carne de cerdo, que gustaba hablar en la lengua de los judíos y acudir a la judería para celebrar las fiestas religiosas en compañía de sus parientes y que había utilizado sus artes médicas para macular la virilidad de varios cristianos viejos.

El Tribunal actuó con suma celeridad y no demoró el juicio ni la condena. Todas las familias judeo-conversas vitorianas debían saber que la sospecha se cernía sobre ellas y que, a pesar de la aparente calma religiosa que se vivía en la ciudad, el largo brazo de la Inquisición podía llegar hasta ellas en cualquier momento.

Según la sentencia, los huesos de Pedro Sánchez de Bilbao serían exhumados del mausoleo de San Francisco, quemados, juntamente con una estatua que lo representara, en la calzada que iba a la Correría, debajo del petril de la cárcel y, para infamia de su linaje, se colocaría un sambenito en Santa María con la siguiente inscripción: "*Pedro Sánchez de Bilbao, físico, vecino de la ciudad de Vitoria, difunto, cristiano nuevo de judío condenado por hereje judaizante, año 1494".* De esta manera, todo el mundo sabría que la Iglesia renegaba de él y que su alma ardería en el fuego eterno por el aberrante pecado que había cometido.

A pesar de la insistencia de los Inquisidores en declarar que la denuncia recibida era anónima y que ellos habían constatado que todas y cada una de las acusaciones eran ciertas, el rumor popular señaló al señor de Escoriaza como autor de la delación y las gentes honradas lamentaron que el nombre de quien había sido hombre honorable y físico respetado fuera arrastrado por el lodo de manera tan infame.

Desde la ejecución de su hijo, pocas personas habían tenido oportunidad de volver a ver a don Martín. Más que nunca el viejo cacique se parapetaba tras los muros de su casa-torre con el pensamiento puesto en un único fin: vengarse de María Ruiz de Gaona y conseguir la condenación eterna de Pedro Bilbao. Daba gracias a Dios por permitirle seguir con vida y sólo le rogaba poder estar presente en el auto de fe que culminaría con la quema de la osamenta del judío de mierda que le había amargado la vida. Se hizo confeccionar un hermoso traje de terciopelo rojo con ribetes negros y encargó a su sastre que comprara la tela en el comercio de los Sánchez de Bilbao. ¡Qué gran victoria! Se haría transportar sobre su mejor silla por cuatro lacayos y asistiría a la ceremonia vestido como para una fiesta..., ¡la fiesta que había esperado durante más de cincuenta años!

Los Calleja, Olabe, Insunza, Vitoria y muchos otros notables de la ciudad protestaron formalmente ante el Concejo y pidieron que se hiciera llegar su queja al Santo Oficio, pero el Alcalde no se atrevió a enfrentarse a los Inquisidores. A fin de cuentas, nadie podía negar que Bilbao había sido judío y que nunca ocultó sus simpatías hacia la Comunidad hebrea. Por otra parte, era lógico que aquellos caballeros protestaran: todos estaban emparentados con los Sánchez de Bilbao y no podían permanecer de brazos cruzados ante una acción que mancharía el nombre de sus parientes. Los escuchó cortésmente y, tan pronto como hubieron abandonado el Consistorio, se olvidó del asunto y centró su atención en disponer los preparativos necesarios para el auto de fe que concentraría a gran número de personas puesto que no era aquel un espectáculo que pudiera verse en Vitoria todos los días.

—¿Por qué, madre?

Pedro de Bilbao trataba de razonar con doña María, empeñada en asistir a la ceremonia a pesar de que su salud se había resentido seriamente durante los últimos meses.

—Porque quieren deshonrar la memoria de mi esposo, por eso —respondió con firmeza—. No permitiré que nadie diga que yo, María de Gaona, descendiente de uno de los más antiguos linajes alaveses, me avergüenzo de haber amado con toda mi alma al hombre cuya vida compartí durante tantos años. Estaré allí presente y no derramaré ni una sola lágrima pero, te juro, que muchos tendrán que bajar la vista cuando se encuentren con mi mirada.

La contempló con admiración. Sentada en el viejo sillón que había sido el favorito de su padre, parecía frágil y desvalida, pero él sabía bien que daba una impresión engañosa. Nunca habían estado muy unidos. Su especial y abierta predilección por Juan los había mantenido alejados, pero no por ello dejaba de apreciar la valentía, decisión e inmensa fuerza de carácter que siempre había demostrado. Le pesó no haber heredado alguna de aquellas cualidades que tanta falta le habrían hecho en algunos momentos y una vez más no supo qué decir. No la convencería y cambió de tema.

—Madre... —no sabía cómo enfocar el asunto sin ofenderla—, los asuntos de mi hermano...

—¿Qué ocurre con ellos?

—Ahora que yo soy el cabeza de familia..., debería hacerme cargo de ellos y... del palacio...

Doña María le miró interesada. Presentía que, antes o después, Pedro sacaría aquel tema a relucir. ¡Pobre Pedro! Le daba un poco de lástima. ¿Quién le había dicho que era el cabeza de familia y que podría encargarse del negocio de Juan y ocupar su casa? Después de que su querido hijo fuera asesinado, creyó morir de dolor. No podía soportar la idea de seguir con vida mientras los seres que más había amado estaban muertos. Sentía que los estaba traicionando por no ir a reunirse con ellos cuanto antes, pero Dios estaba decidido a no llamarla aún a su lado. Al quedar viuda, Inesa –la pobre infeliz– decidió retirarse con sus dos hijos más pequeños en una propiedad que su esposo había adquirido en Salvatierra.

–Nunca ha sido mujer de espíritu –se dijo–, aunque tampoco puedo quejarme. Amó a Juan y le dio hermosos hijos, pero ahora mete la cabeza bajo el ala en vez de luchar por ellos...

Una vez más, tomó las riendas y su pena quedó relegada a las interminables horas de la noche en las que ni podía ni quería dormir para no olvidar, ni en sueños, a sus queridos muertos.

–¿Por qué? –se limitó a preguntar.

–Es normal que sea el mayor de los varones que llevan nuestro apellido quien se ocupe de los negocios familiares y... del palacio.

–¿Los negocios familiares? ¡Por Dios, Pedro! ¿Cuando vas a madurar de una vez? Tú tienes tus propios negocios. Los de tu hermano son ahora de tus sobrinos. El joven Juan está aprendiendo rápidamente. Ozaeta y los otros escribanos le ayudan en lo que es menester. Y en cuanto al palacio...

–¡Yo tengo más derechos sobre él que mi sobrino y pienso reclamarlo aunque tenga que acudir al juez para que se me haga justicia! –le interrumpió airado– No hay ningún documento que testifique que Juan lo recibió como herencia de nuestro padre. Lo he comprobado.

–Te aconsejo que no lo hagas –la voz de doña María se había vuelto fría–. Ese palacio no era de tu padre.

Pedro abrió los ojos consternado y asombrado.

–Tampoco era de tu hermano.

–¿Entonces... ?

–Es mío. Lo recibí en herencia y lo aporté, junto a otras propiedades, como ganancial al contrato de matrimonio –miró fijamente a su hijo antes de continuar–. Sé que estás pensando que no hay impedimento para que yo, a mi vez, te lo ceda, pero no lo haré. Tu hermano mayor tenía sobre el palacio todos los derechos del mundo por las grandes cantidades que invirtió en mejorarlo. Fue su dinero y no el tuyo el que hizo de una vieja y derruida torre el espléndido palacio que codicias y que, en toda ley, pertenece a mi nieto Juan, heredero mayorazgo de su padre.

Pedro iba a hablar, pero su madre le contuvo con un gesto de la mano.

–Por otra parte –continuó–, si tú no hubieras olvidado tus deberes de esposo y padre, Escoriaza no te hubiera denunciado y tu hermano no hubiera acudido a él con los pagarés del "mozo" quien, a su vez, no hubiera sido desheredado y Juan seguiría vivo.

–¿Me estás acusando de ser el responsable de la muerte de mi hermano? –balbuceó indignado.

–No te estoy acusando de nada. La vida es una continua sucesión de casualidades que no podemos prever, pero me duele que en momentos como este, cuando la pena y el desconsuelo se han cernido sobre nuestra familia, tu única preocupación sean los bienes y la casa de tu hermano muerto... El palacio nunca será tuyo. Hoy mismo llamaré a tu cuñado Olabe para que redacte la cesión en favor de mi nieto Juan. No quiero que se lo reclames una vez que yo ya no esté aquí.

Pedro no encontró palabras para responder. Estaba atónito, indignado y furioso: incluso después de muerto, Juan seguía siendo el favorito de su madre. Dio media vuelta y salió de la habitación sin tan siquiera despedirse de ella.

La muerte de Juan Sánchez de Bilbao desgarró el alma de Sebastián convirtiéndole en una sombra de sí mismo. Huía de todos y se refugiaba en los rincones más oscuros del almacén del sótano. Allí, al abrigo de todas las miradas, daba rienda suelta a su terrible pena. Los sollozos escapaban de su garganta en desgarradores gemidos, más propios de una bestia herida que de un hombre, cada vez que recordaba a su señor cayendo muerto en sus brazos. Su devoción y entrega habían sido totales, sin dudas ni condiciones, hacia el hombre que le había salvado de perecer en galeras. Vivía para él, respiraba por él, y le embargaba una inmensa alegría cada vez que veía en sus ojos un gesto de aprobación. Había sido el hijo, el padre, la amante que nunca tuvo, su único Dios... Su brusca y cruel desaparición le había sumido en la más terrible de las desesperaciones. Durante muchos días no durmió, ni comió, ni bebió. Después, poco a poco pareció calmarse pero ya no era el hombre pulcro y aseado que seguía a Juan de Bilbao a todas partes. No volvió a cambiarse de ropa, ni a peinarse el cabello ni la barba que crecían sucios y enmarañados. Su aspecto era lastimoso y nadie en la casa osaba decirle nada. Su mirada enajenada y furiosa provocaba más temor que piedad y todo el mundo procuraba no cruzarse en su camino. Se ocupaba de los trabajos más duros de la casa: descargar carros, acarrear agua, cortar leña..., sin que una sola palabra saliera de sus labios y respondiendo únicamente con gruñidos a las preguntas que se le hacían.

La víspera del auto de fe se hallaba limpiando la chimenea del pequeño escritorio privado del que fuera su amo cuando oyó voces en la gran sala estrellada. Al principio no prestó atención, ¿qué le importaba a él lo que hablaran los demás? El mundo podía irse al infierno. ¡Él no movería ni el dedo meñique para ayudar a salvarlo! Reconoció las voces de doña María y de su nieto Juan y, poco después, el nombre de Escoriaza que pronunciaron le hizo detener su labor y escuchar.

–No se atreverá a asistir... –decía el joven

–Oh..., ¡sí que lo hará! –replicó la mujer en tono crispado– Lleva muchos años esperando esta ocasión. Desde que éramos jóvenes y yo elegí a tu abuelo para casarme con él. Nunca me ha perdonado por eso. Aunque..., también debió ocurrir algo entre ellos antes de que nos conociéramos, pero desconozco el qué. El odio que ha ennegrecido su alma no es normal, no es únicamente aborrecimiento por el origen judío de mi amado esposo. Hay muchos otros cristianos nuevos en Vitoria por los que no siente ninguna aversión. No, es algo más...

–Aún así –repuso el joven– su presencia sería indigna después de lo ocurrido...

–¡Bastante le importa a él que sus actos sean indignos! –exclamó doña María amargamente –De toda esta vergonzosa historia, lo más injusto es que Dios haya permitido que Martín de Escoriaza siga con vida para gozar de su terrible venganza...

Sebastián no escuchó más. Recogió con rapidez los utensilios de limpieza, barrió el hollín desperdigado y, después de acariciar la mesa en la que su señor había pasado tantas horas trabajando, abandonó la habitación.

Sentado en la gran cama cerrada por gruesos cortinones de terciopelo verde oscuro, con la espalda apoyada en varias almohadas y su escuálido cuerpo cubierto con un camisón de paño, Martín de Escoriaza saboreaba con placer unas almendras majadas en leche y miel. Sus ojos no dejaban de contemplar el hermoso traje que había ordenado dejar a los pies de la cama e imaginaba con deleite la ceremonia en la que Pedro de Bilbao sería el principal protagonista. Años atrás había asistido a un auto de fe celebrado en Valladolid y podía fácilmente imaginarse cómo se llevaría a cabo el de Vitoria.

Después de una misa solemne y mientras repicaban las campanas de la catedral, el cortejo se dirigiría a la calzada que iba a la calle de la Correría. Primero, el estandarte del Santo Oficio portado por tres familiares de la Inquisición y escoltado por los alabarderos haciendo retumbar sus tambores; tras ellos, dos hileras de frailes predicadores y, después, cuatro familiares más llevarían un arca con los huesos del marrano cubierta por un paño amarillo pintado con lenguas de fuego; el Diputado General, el Alcalde, el Merino Mayor y los miembros más representativos del Concejo y de las familias notables cerrarían finalmente la comitiva. Al llegar frente a la cárcel, el representante delegado por el Santo Tribunal leería los crímenes y la condena del "relajado" y sus huesos, junto a su estatua, serían quemados delante de todo el pueblo. ¡Por fin se haría justicia y él estaría allí para cerciorarse de que así era!

Sintió un agradable cosquilleo recorriéndole la espina dorsal y suspiró satisfecho. Aquella noche, por primera vez en mucho tiempo, dormiría a gusto. Necesitaba estar descansado para el día siguiente. Dejo el cuenco vacío sobre la mesita de noche y alargó la mano para coger el capuchón y apagar la llama del candil.

Una mano fuerte y peluda asomó entre las cortinas y asió con fuerza la suya. Seguidamente, vio emerger una figura sucia y espeluznante que le puso la piel de gallina. Quiso gritar, pero la sorpresa le dejó momentáneamente mudo. La horrible aparición le sonrió mostrando unos feos dientes negros, se llevó el dedo índice a los labios indicándole que guardara silencio y sin dejarle recuperarse del susto le amordazó con un trozo de tela pringoso. Después, sacó del interior de su mugriento tabardo un pequeño puñal de plata y se sentó tranquilamente sobre la cama.

–Buenas noches, señor de Escoriaza –hablaba suavemente en un tono voluntariamente bajo y, al observar los esfuerzos que hacía el anciano para alertar a sus servidores, continuó pausadamente–. Es inútil que intentéis gritar porque nadie oirá vuestros gruñidos... –Sebastián sonrió de nuevo– ¿Sabéis que sois uno de los viejos más viejos de Vitoria? Habéis vivido más que la mayoría y ya va siendo hora de que abandonéis este mundo... –rió al ver el pavor dibujado en el rostro del inválido–, pero..., no estaría bien que un hombre como vos muriese en paz y fuera enterrado en tierra sagrada con todos los honores. Durante mucho tiempo creí no tener motivos para seguir viviendo, pero Dios me tenía reservada una misión y por eso estoy aquí ahora... Rezad vuestras oraciones, si es que sabéis alguna...

Cogió una de las flacas y huesudas manos de Escoriaza y, ante su aterrorizada mirada, le hizo un profundo corte a la altura de la muñeca. Dejó suavemente la mano sobre la cama, cogió la otra e hizo la misma maniobra. El viejo don Martín, paralizado por el pánico, no podía moverse. Sus ojos parecían salirse de las órbitas, fijos en la sangre que lenta pero sin pausa iba empapando los lienzos de la cama.

–Esta preciosa daga –dijo Sebastián mostrándole el arma y dejándola después cerca de su mano–, lleva vuestro escudo. Vuestro hijo, el asesino, la perdió hace mucho en una partida de dados... Todo el mundo creerá que os habéis quitado la vida acosado por el dolor y los remordimientos y os enterrarán en tierra de nadie, junto a los criminales. No es un fin muy digno que digamos para alguien como vos, pero... –su voz se tornó dura–, es el que os merecéis.

Escoriaza movió la cabeza desesperado. Las fuerzas iban abandonándole poco a poco. Sentía como la vida se le escapaba a medida que la sangre abandonaba su cuerpo. ¿Quién era aquel maldito hijo de puta y por qué quería acabar con él? Trató de rogar a Dios, pedirle misericordia, despertar de aquella terrible pesadilla..., pero un solo pensamiento obsesionante le invadía: ¡no podría asistir al auto de fe ni gozar de su venganza! Un par de amargas lágrimas rodaron por sus mejillas y sus ojos agonizantes buscaron con angustia el hermoso traje de terciopelo rojo.

–Bonito traje –dijo Sebastián siguiendo su mirada–. Os servirá de mortaja y seréis un muerto muy elegante...

Escoriaza miró sin ver a su asesino y el último hálito de vida se escapó de su alma.

Sebastián permaneció unos instantes contemplando el cadáver y después le quitó la mordaza. Se levantó de la cama, estiró las sábanas e hizo una profunda reverencia.

–Adiós, señor de Escoriaza –dijo–, nos veremos en el infierno...

Salió de la habitación de igual manera que había penetrado en ella: por la ventana y escalando el muro trasero de la casa.

De vuelta al palacio, encendió la chimenea y esperó a que se calentara el gran caldero con agua que siempre colgaba del gancho, llenó el barreño, se desnudó, tiró sus viejas ropas al fuego y se metió en el baño. Con la ayuda de un cepillo frotó con fuerza la capa de mugre que cubría su piel y tuvo que enjabonarse repetidamente hasta conseguir desenredar la maraña estropajosa que cubría su cabeza. Ya lavado, y después de haberse cortado con un cuchillo afilado el cabello y la barba, se enfundó una camisa limpia, se frotó los dientes con raíz de regaliz hasta que la sangre brotó de sus encías, se acostó en el catre del dormitorio que compartía con otros sirvientes y durmió a pierna suelta como no lo había hecho desde la muerte de su señor.

Doña María y su nieto Juan asistieron al auto de fe vestidos totalmente de negro. A su lado únicamente se encontraba el Procurador Olabe que, debido a su cargo, estaba obligado a presenciar el acto religioso. Los demás miembros de la familia no acudieron. No querían pasar por la terrible humillación de ver su nombre mancillado y vituperado en público. La anciana dama y el joven, que era la viva imagen de su padre, se mantuvieron dignamente frente a la pira y escucharon sin parpadear la lectura del documento por el que el Santo Tribunal condenaba al hereje apóstata Pedro Sánchez de Bilbao. No dieron muestras de fijarse en las miradas de conmiseración de las gentes y tampoco respondieron a las palabras de consolación que algunas personas amigas les dirigieron. Sólo una vez, al comienzo del acto, la anciana señora pareció salir de su abstracción. Ansiosa y preocupada buscó a alguien con la mirada.

–No vendrá –oyó a sus espaldas.

Se volvió sorprendida y se encontró con Sebastián a quien, en un primer momento, apenas reconoció. El hombre afirmó un par de veces con la cabeza mientras la miraba directamente a los ojos. No hizo falta que dijera nada. Doña María tuvo la certeza de que Escoriaza no disfrutaría del momento que había esperado durante toda su vida. Sonrió agradecida al hombre que había protegido a su hijo durante tantos años y afrontó serena y orgullosa la vergonzosa ceremonia.

Pocas horas después, cuando ya había anochecido y no se veía un alma en la calle, varios hombres se acercaron silenciosamente a la pira. Las cenizas, aún templadas, fueron recogidas con cuidado y colocadas en un pequeño cofre de plata labrada.

Al recibir el precioso cofre de manos de Sebastián, doña María lo estrechó contra su pecho, lo colocó en la mesita, al lado de su cama, e hizo jurar a su nieto que cuando ella muriera –algo que presentía no tardaría en ocurrir–, lo haría enterrar con ella en el mausoleo de San Francisco. Pedro Sánchez de Bilbao volvería a su reposo, junto a los suyos, para toda la eternidad.

El sambenito colgado en la catedral desapareció a las pocas semanas y a nadie pareció importarle. El sacristán únicamente pudo conjeturar que el ladrón había permanecido oculto en la iglesia después de cerrarse las puertas, había robado la prenda y se había vuelto a esconder –probablemente en un confesonario o detrás de un altar–, hasta la primera misa.

–¿Deberíamos comunicárselo al Santo Oficio? –preguntó inquieto.

El canónigo Pedro Fernández de Insunza y Sánchez de Bilbao no tuvo que pensárselo dos veces.

–Dejemos las cosas como están y no añadamos más leña al fuego. Ésta es la Casa de Dios, no la residencia de Tomás de Torquemada y sus discípulos.

El domingo de Resurrección de aquel año coincidió con el comienzo de la fiesta del Pesaj, o Pascua judía, en la que durante ocho días los judíos de todo el mundo celebrarían el milagro de las siete plagas que Dios envió contra Egipto y su liberación del yugo del faraón.

Después de asistir a la misa mayor y a la procesión que recorrió las calles de Vitoria, Luis Sáez de Castresana, su mujer e hijos apresuraron el paso de regreso a su casa. Aún quedaba mucho por hacer antes del atardecer.

La casa había sido limpiada a fondo: suelos, muebles, objetos, utensilios de cocina y demás enseres relucían como el oro. Juana cubrió la mesa con su mantel más fino y la mejor loza y amasó con ayuda de su hija pan cenceño, sin levadura, en recuerdo de las tortas que los hijos de Israel llevaron encima de sus hombros cuando pasaron el mar bermejo. Colocó encima de la mesa varias escudillas con apio en señal de pesadumbre y amargura a las que seguirían otras repletas de lechugas aliñadas en signo de dicha y alegría. Los hombres, por su parte, se encargaron de asar dos rollizos corderos. Platos llenos de turradillos, almendras, rábanos, huevos, arrucaques y dulces fueron ocupando su lugar en la mesa para hacer las delicias de los paladares más exigentes. Entre todos prepararon pequeños regalos para ofrecer a sus invitados y se dispusieron a compartir gozosa y clandestinamente la celebración de una de las tres fiestas más importantes del calendario religioso hebreo.

Los primeros en llegar fueron Jacob Tello y su hijo menor, Mayr. Únicamente ellos entre todos los miembros de su familia optaron por permanecer en Vitoria. Nada había podido convencer al mudo para que emprendiera el viaje.

–¿Cómo es posible que tú, a quien los cristianos torturaron y estuvieron a punto de matar, aceptes el bautismo? –le había preguntado agriamente Mosen Balid al conocer su decisión.

–Os dije que había que luchar y no me hicistéis caso –respondió Jacob por medio de su hijo–. Os vais como perros con el rabo entre las piernas. Dejáis que os roben lo que es vuestro y que os expulsen de la tierra que os vio nacer. También os dije que yo lucharía a mi manera y por esa razón me quedo aquí.

–¿Cómo? –preguntó el rabino indignado– ¿Renegando de Dios y de tu fe? ¿Jurando lealtad a la religión de los gentiles?

–Unas gotas de agua no matan a nadie y las palabras se las lleva el viento... –fue su respuesta.

Vio con amargura la marcha de su esposa, de sus otros hijos e hijas, yernos, nueras y nietos que no comprendían sus razones y tampoco estaban dispuestos a condenarse junto a él para toda la eternidad. Sólo el más joven permaneció a su lado. Mayr tampoco entendía muy bien la postura de su padre, pero había sido su voz durante muchos años y no podía abandonarlo. Pensó que Yahvé tendría en cuenta el gran cariño que profesaba al viejo tozudo y le perdonaría su traición.

Jacob Tello adoptó el nombre cristiano de Juan Ortíz de Latierra y no perdió su inmensa fortuna. Libre de las trabas que impedían a los judíos mantener comercio con los cristianos y poseer propiedades, compró tierras e inmuebles, amplió sus negocios y poco tiempo después era uno de los hombres más ricos de Vitoria. Su primer acto fue comprar los pagarés de deudas del hombre que le había torturado, Juan Fernández de Paternina, y exigir su pago inmediato. El antiguo alcalde tuvo que vender todas sus posesiones, algunas de las cuales las compró el propio Tello, y retirarse casi arruinado a tierras de Logroño en donde todavía le quedaba alguna. Actuó de igual manera con otros cristianos viejos que habían aprovechado la orden de expulsión para comprar a precios irrisorios propiedades judías y poco tiempo después hizo llegar a Mosen Balid una enorme cantidad de dinero para la construcción de la sinagoga con una escueta nota en la que escribió: "*Los caminos de Dios son inexcrutables*".

El platero Ezmel Orabuena,que había adoptado el nombre cristiano de Pablo Ruíz de Anitua, fue el siguiente en llegar acompañado de su mujer y sus dos hijos. Sus razones para aceptar la conversión habían sido parecidas a las de Tello, aunque, tuvo que reconocer, que no se sentía con fuerzas para abandonar el negocio que con tanto esfuerzo había puesto en pie y que le había llevado la mayor parte de su vida. La débil salud de su esposa también fue otra razón que le impulsó a tomar la terrible decisión. Sus dos hijos decidieron permanecer junto a ellos. Durante muchos meses no se atrevió a enfrentarse a los demás miembros de la Comunidad que habían permanecido en la ciudad. Veía en ellos un reflejo de sí mismo y sentía que llevaba la marca de su traición en el rostro, a la vista de todos.

Un día, Luis de Castresana fue a verle con la excusa de adquirir un anillo para Juana. Al principio la conversación giró en torno a la joya, pero minutos después estaban hablando del tema que tanto les preocupaba a ambos.

—¿Cómo te encuentras? —le preguntó el maestro.

—Mal... —respondió sin mirarle a la cara.

—¿Acaso tu salud no es buena? —insistió el otro.

—Es mi salud espiritual la que no es buena... Apenas si puedo conciliar el sueño y me despierto en medio de la noche empapado en sudor y lágrimas pensando en nuestros hermanos a los que he traicionado. No hay día en que no piense que aún es tiempo para dejarlo todo y seguir su camino, pero me faltan las fuerzas y Raquel no podría afrontar el viaje.

—¿No es la conciencia el refugio del hombre? —preguntó Castresana con suavidad— Y si es así, ¿qué te preocupa?

—He renegado de Nuestro Dios y he obligado a mi familia a que también lo haga. Sufriré las consecuencias de mi acto para toda la eternidad.

—No es la primera vez que los judíos han tenido que adoptar otras costumbres y religiones para poder sobrevivir y Dios siempre les ha perdonado.

—Porque volvieron a la fe de sus padres y pidieron perdón por sus pecados...

—¿Y quién te dice a ti que no llegará el día en que también nosotros podamos volver a proclamar nuestra fe sin miedo a ser perseguidos? A la espera de que llegue ese momento, podemos aparentar ser cristianos y conservar intacta nuestra alma judía.

El platero miró fijamente a su amigo y una luz de esperanza brilló en sus ojos.

—¿Me estás diciendo que es posible ser las dos cosas a la vez? ¿Perjuros por partida doble?

—Perjuros no —respondió gravemente Luis de Castresana—; nuestro bautismo nos ha sido obligado por las circunstancias, no por el deseo de recibirlo. A la espera del día en que podamos regresar a Israel, es nuestro deber mantenernos unidos y conservar viva la llama de la esperanza.

Desde aquel instante, Pablo de Anitua pudo enfrentarse a su nueva vida con serenidad. De día era un perfecto cristiano que asistía a misa y al rosario vespertino, pero todas las noches sacaba del escondite que había preparado bajo una losa de la cocina una pequeña arca que contenía una copia del Libro de los Libros, sus filacterias, y las de sus hijos, y el talit que había heredado de su padre. A la luz del candil, con las puertas bien atrancadas y las ventanas cubiertas por gruesos paños, oraba junto a los suyos y les leía pasajes del Libro Sagrado con la confianza puesta en el futuro.

Luis de Castresana había desistido en un principio de hablar con los hijos de Isaque Nieto, con Isaac Faral y con otros conversos de los que no estaba muy seguro. Un paso en falso podría llevarle a él y a su familia a la hoguera.

–Vale más ser pocos y estar seguros –se dijo–. Tiempo habrá para que las ovejas perdidas vuelvan al redil.

Se contentaban con hablar de vez en cuando y hacerse visitas esporádicas e incluso se animaban a celebrar alguna fiesta judía con la excusa de una celebración familiar. Nada había de extraño en que amigos y vecinos de toda la vida compartieran una comida o alguna fiesta íntima, pero sabían que estaban en el punto de mira de sus vecinos cristianos y que algunos conversos estarían dispuestos a delatarlos para garantizar su propia seguridad. Solamente cuando una de las fiestas judías coincidía con una cristiana, podían libremente y sin trabas dar rienda a la imperiosa necesidad que sentían de celebrarla en compañía de sus hermanos de fe, como en aquella ocasión en la que la Iglesia celebraba la Pascua de Resurreción y ellos el Pesaj.

Se hallaban hablando y comiendo animadamente cuando les sobresaltaron unos fuertes golpes en la puerta. Se hizo un pesado silencio en la mesa y las miradas se cruzaron: las de los hombres dispuestas a defender a los suyos, las de las mujeres angustiadas. Luis de Castresana se levantó, con un gesto de la mano pidió calma a los demás y salió de la sala cerrando la puerta tras de sí. Los golpes resonaron de nuevo antes de alcanzar la puerta y pudo oír los latidos de su corazón golpeando su pecho con fuerza. Aspiró profundamente y abrió la puerta. Bajo el dintel se encontraba un hombre cercano a los cincuenta años de edad cuya mirada torva le azaró durante unos instantes.

–¿Qué deseáis? –se esforzó en hablar con naturalidad.

–Busco a Luis Sáez de Castresana –respondió el hombre con brusquedad.

–Soy yo…

El hombre metió su mano bajo la capa, pero en vez de sacar un arma –como el maestro creyó que haría–, sacó un par de libros y se los tendió. Las letras de las tapas estaban escritas en hebreo.

–Me han encargado que os entregue estos libros…

No sabía qué hacer. Miraba los libros sin atreverse a cogerlos. Aquello podía ser una trampa, ¿por qué razón le iban a mandar a él unos libros escritos en hebreo si no era para pillarle en falta contra la ley y acusarle de judaizante? Miró al hombre y se sorprendió al ver en su rostro un amago de sonrisa.

–Cogedlos –dijo– mi señora doña María de Gaona ha fallecido esta misma tarde y era su deseo que os entregara estos libros que pertenecieron a don Pedro Sánchez de Bilbao.

–¡El "relajado"! –no pudo evitar exclamar.

–El noble y llorado padre de mi señor don Juan –respondió el hombre con agresividad–. El amado esposo de mi señora, ¡qué Dios los tenga a los tres en su gloria!

Cogió los libros y sintió un nudo en la garganta al reconocer en ellos los mismos libros de poemas que él había leído para su tío en su lecho de muerte. Obras escritas y copiadas por manos hebreas cuando aún eran libres para expresar en su lengua sentimientos de amor y de ternura, de dolor y angustia, de fe y esperanza. Su mirada se enturbió al pensar que aquellos libros habían sido de su abuelo judío David y de su tío cristiano Pedro. Ahora eran suyos, de un judío cristiano perdido entre dos mundos a los que no pertenecía.

–¡Id con Dios! –gritó al hombre que había dado media vuelta sin despedirse y ya enfilaba la calle.

–¡Que Él os acompañe! –respondió el otro al tiempo que se volvía para despedirse con la mano.

Esperó a que el hombre hubiera desaparecido de su vista para cerrar la puerta de la casa, entró en la sala donde los suyos, silenciosos y angustiados, aguardaban su regreso y los tranquilizó con una sonrisa confiada, llena de futuro.

–Es un regalo de Pesja que me llega a través de los tiempos –se limitó a decir mientras apretaba los libros contra su pecho, a la altura del corazón–, y que perteneció a personas que creían en el amor entre todos los seres de Dios. Escuchad...

Abrió uno de los libros y con voz pausada comenzó a leer en su antigua y armoniosa lengua un poema escrito cuatro siglos y medio antes:

"*Envía una paloma mensajera,*
aunque no sepa hablar,
con una breve carta
atada a sus alas,
coloreada con agua de azafrán
y perfumada con incienso;
y cuando vuelva y tome altura,
manda otra tras ella,
para que si a la primera la alcanza un halcón,
o cae en una trampa
o se retrasa por descuido,
que la segunda se dé más prisa,
y al llegar a la casa de Yosef,
zuree desde lo alto del terrado;
y cuando baje a sus manos,
jugando con ella como un pájaro,
desate sus alas,
y lea esto en la carta:
"*Hijo mío, sabe que ha huido en desbandada*
la maldita tropa de enemigos,
se ha dispersado por los montes
como tamo de avena arrastrado por el vendaval,
esparcida por los caminos
como ovejas sin pastor...".

Bibliografía

ENCICLOPÉDIA PRÁCTICA DEL JUDAISMO,
Elie Baroukh y David Lemberg.
Ed. RobinBook, S.L., 1995.

HISTORIA DE LOS JUDÍOS EN LA ESPAÑA CRISTIANA, Y Baer.
Ed. Altalena, 1981.

HISTORIA DE UNA INJUSTICIA, Joseph Pérez.

HISTORIA DEL PUEBLO JUDÍO, Werner Keller.
Ed. Omega S.A., 1990.

ISABEL Y FERNANDO. Los Reyes Católicos, Joseph Perez.
Ed. Nerea S.A., 1988.

JUDÍOS EN NAVARRA EN LA BAJA EDAD MEDIA, Béatrice Leroy.

JUDÍOS ESPAÑOLES EN LA EDAD MEDIA, L. Suárez Fernández.
Ed. Rialp, 1980.

LA EXPULSIÓN DE LOS JUDÍOS DE ESPAÑA, Béatrice Leroy.
Ed. Berg International, 1990.

LA INQUISICIÓN ESPAÑOLA EN EL PAÍS VASCO, Iñaki Requera.
Ed. Txertoa, 1984.

LA VIDA DE FERNANDO E ISABEL, Eugenio d'Ors.
Ed. Juventud, 1982.

LA VIDA JUDÍA EN LA EDAD MEDIA, Thérèse y Mendel Metzger.
Ed. Office du Livre S.A.., 1987.

LA VIDA JUDÍA EN SEFARAD, Ministerio de Cultura.
Dirección General de Bellas Artes y Archivos, 1992.

LAS JUDERÍAS MEDIEVALES DEL PAÍS VASCO, F. Canteras Burgos.
Sefarad nº 31, 1971.

LOS JUDÍOS, Besaide Bilduma.
Fundación Sancho el Sabio con el patrocinio de la Caja de Ahorros de Vitoria y Álava.

LOS JUDÍOS DE ESPAÑA, Fundación Amigos de Sefard.
Ed. Trotta, 1993.

LOS SANCHEZ DE BILBAO DE LA CASA DEL CORDÓN,
José Luis de Vidaurrazaga e Inchausti.
Boletín de la Institución Sancho el Sabio, Año XVI-Tomo XVI-Vitoria, 1972.

SEFARAD, SEFARAD. La España Judía,
J.L. Lacave, M. Armengol,F.Ontañón.
Lunwerg Editores S.A., 1987.

SINAGOGA Y MERCADO, Juan Carrasco.
Gobierno de Navarra-Departamento de Educación y Cultura, 1993.

UNA ÉLITE DE PODER, Los Judeoconversos,
Mª del Pilar Rábade Obradó.
Ed. Sigilo, 1993.

JUDÍOS
NAVARRA
ALAVA
BILBAO, Enciclopedia Ilustrada del País Vasco

Este libro
se terminó de imprimir
en los talleres de
Gráficas Lizarra
el día 2 de noviembre de 1998.
Estando compuesto
con tipos Perpetua,
en versión de fotocomposición
de la tipografía diseñada en 1928
por Eric Gill.

TTARTTALO LITERATURA
títulos publicados

1.- Amaya o los vascos en el siglo VIII
F. Navarro Villoslada
(antigua colección)

2.- Blancos y Negros. Guerra en la Paz
Arturo Campión
(antigua colección)

3.- La calle de la judería
Toti Martínez de Lezea

TTARTTALO SOCIEDAD
títulos publicados

1.- El Libro Negro del Euskera
Joan Mari Torrealdai
(antigua colección)

2.- De la Mesa de Ajuria Enea al Pacto de Lizarra
Diccionario de términos válidos para la pacificación de Euskal Herria
José Luis Orella

TTARTTALO ESTUDIOS
títulos publicados

1.- Esclavos y traficantes. Historias ocultas del País Vasco
José Antonio Azpiazu

2.- Nueva síntesis de la Historia del País Vasco (II Tomos)
Martin Ugalde

3.- El mendigo. Estudio histórico-etnológico
Juan Garmendia

4.- La Censura de Franco y los escritores vascos del 98
Joan Mari Torrealdai

5.- Soberanía vasca. Cuestión de justicia
F. Aretxaga